你是人间理想

沐清雨

渔火已归

上

沐清雨 著

江苏凤凰文艺出版社
JIANGSU PHOENIX LITERATURE AND ART PUBLISHING

图书在版编目（CIP）数据

渔火已归：全2册 / 沐清雨著. -- 南京：江苏凤凰文艺出版社，2021.9
ISBN 978-7-5594-6139-1

Ⅰ. ①渔… Ⅱ. ①沐… Ⅲ. ①长篇小说－中国－当代
Ⅳ. ① I247.5

中国版本图书馆 CIP 数据核字 (2021) 第 141595 号

渔火已归：全2册

沐清雨 著

责任编辑　白　涵
特约监制　燕　兮
策划编辑　落　溪
营销支持　胡小雨　姚　瑶
设计统筹　46 设计
封面绘图　符　殊
版式设计　蚂蚁王国
责任印制　刘　君
出版发行　江苏凤凰文艺出版社
　　　　　南京市中央路 165 号，邮编：210009
网　　址　http://www.jswenyi.com
印　　刷　北京美图印务有限公司
开　　本　880×1230 毫米 1/32
字　　数　344 千字
印　　张　20.5
版　　次　2021 年 9 月第 1 版
印　　次　2021 年 9 月第 1 次印刷
书　　号　ISBN 978-7-5594-6139-1
定　　价　79.80 元（全二册）

目录

第一章 × 久别非少年

人间四月天，梨花正当时。微风过处，枯树发新芽，整座城市一派生机勃勃。

清明节前最后一个工作日，俞火照例起床晨练。她赤脚站在阳台的地垫上，站稳右脚后弯起左腿，膝盖向外展，再用左手抓住脚腕向上提，随后左脚踩在右大腿根部，双手合十慢慢举起，向着天空伸直。

她意念集中，重心上推，耳畔舒缓的音乐渐渐远去，心中一片宁静。直到指尖发热，手心出汗，全身暖起来，她才缓缓收势。

在镜子中看见脸色红润的自己，俞火精神一振。

她回卧室掀闺密赤小豆的被子："怎么还不起？这是要缓冲到中午的节奏吗？"

赤小豆翻了个身，嘟囔："你又不是不知道，我就不是个早起鸟啊。"

俞火把她拉起来，从她两耳往上交会到头顶，力度适中地按压她头顶的百会穴："熬夜对身体的危害有多大你又不是不知道，还不早睡。"

赤小豆闭着眼耍赖："道理我都懂，可依然过不好这一生。"

俞火掐她肩膀一把："别皮了，限你五分钟搞定自己，要不早餐我全给大款喽。"

"大款"是一只纯乳色加菲猫，外表憨萌，体形……用它主人的话讲就是："球状是它的身材。"

此刻，大款正在主人脚边徘徊，等待喂食。这是它最没有节操的时候。吃饱喝足的情况下，比酷比懒比高冷，它没对手。

赤小豆不情不愿地下床："它重得我都快抱不动了，还吃！你这不是爱它，是害它。"

俞火带着点小得意说："我们大款行走世间，靠的就是一个胖！"

"诡辩。"赤小豆刷着牙，含糊不清地问，"砺哥明天和你一起去 A 市吗？"

俞火整理好被子才说："不知道。"

赤小豆反应了一下："没联系上啊？"

俞火挑眉："依旧不在服务区。"

"失联？"赤小豆无语，"真行。"

肖砺职业特殊，这是常态。俞火见惯不怪。

早餐过后，大款晃去阳台，往地垫上一趴。

赤小豆见状感慨："活得都不如一只猫幸福。看人家，吃饱了睡，睡醒了吃。"

俞火弯唇笑道："它最会享受了，每天都要睡三四个觉。"

赤小豆气不过，过去骚扰人家："快起来做俯卧撑！你该减肥了不知道吗？"

大款连眼睛都不睁。

俞火双手抱胸靠在门口："它胖得只能俯卧，撑不起来了。"

两人一道出门。

先把赤小豆送到"善和"中医养生馆，俞火才往医院开。路上的私家车相比以往少了三分之一不止，同样的时间出门，早到了二十分钟。她打了卡，换好衣服，不徐不疾地泡了杯茉莉花茶，华主任和其他大夫才陆续到。

科室晨会过后，俞火带着两名实习医生随华主任查房。

治未病中心大多是患有慢性病，或处于亚健康状态的患者。由于这里提供的是中医养生保健方面的治疗服务，不仅患者，连西医那边的大夫也常过来拔个罐、刮个痧、做个艾灸督灸什么的，甚至还有人半真半假地问："有月卡年卡或是次卡办吗？"

毕竟同院，中医这边的大夫也不好反驳什么。俞火却受不了这委屈，她随口怼回去："当这健身房还是美容院啊？给你做治疗的是正经的中医大夫好吗？"

"行行行，你们中医最牛。"

再没人问些有的没的。

治未病中心平时来往的人不少，但病房床位却不满，也基本没什么重患。即便是华主任先诊脉，俞火再诊，听完她的辨证，再给两名实习医生讲解、提问，再讲解，整个查房过程也就一上午。

相比西医各科室的"一派繁荣"，中医的没落显而易见。

对此，实习医生谷雨消极地说："我怎么有种前途未卜的错觉呢。"

"那不是错觉，是现实。"俞火漫不经心地建议，"现在改行还来得及。"

谷雨皱眉："俞大夫，你就不能鼓励我两句吗？"

华主任推了推鼻梁上的眼镜，用他独特的火上房也不急的语调开腔："如果连工作都需要别人盯着哄着鼓励着，劝你还是别干了。"说完转身进了办公室。

俞火看着他仙风道骨般的背影感叹："老师都会发心灵鸡汤了，不得了。"

另一位实习医生荆诚附和："别的科室把肉都吃光了，我们当然只能喝汤。不过，汤比肉有营养，我们比他们健康。"

"汤比肉有营养这个观念，到底是正确的还是错误的，你们俩今天要是弄不明白，午饭也别吃了。"走到诊室门口，俞火一扬手，"接客！"

华主任从办公室探头出来，略显不悦地唤："小俞！"

差点忘了老师听力逆天了，俞火立即改口："接诊！"

谷雨与荆诚对视一眼，扑哧一声乐了。

工作照旧。

下班时，赤小豆发过来一个定位，提醒俞火别忘了善和今晚聚餐。考虑到第二天要赶早班飞机出门，俞火决定不去了。可等她回家做好晚饭，吃饱收拾妥当，行李都整理好了，赤小豆还在不厌其烦地给她直播团建现场，撺掇她过去。

这群野丫头，居然不受控制地转战夜场了。

俞火无奈："别喝醉了。我十点过去接你们。"

九点半，她准时出门，根据赤小豆发来的定位，把车开往城西北路，汉宫会所。

俞火到时，十六楼的钢琴酒吧，赤小豆和善和的姑娘们正玩得兴起。她朝她们的方向去，走出没几步，迎面过来一个人，步子蹒跚，目光无焦距，显然喝了不少。

俞火在她摔倒前扶住她：“骄阳。”

徐骄阳借着她的手劲站稳，眯着眼睛看她半秒：“九姐。”

徐骄阳其实比俞火大，但善和的人都喊俞火“九姐”，两人熟了以后，徐骄阳也跟着凑热闹。

见她认得自己，俞火扶她到酒吧外面才问：“一个人？”

徐骄阳点头，挣开她的手，坐在旁边的休息椅上。

俞火看着她喝得发白的脸，说：“我送你回去。”

徐骄阳闭着眼睛摆手表示不用：“我叫了人来接。”

俞火见她揉太阳穴，便站在她两腿间，在她耳尖往上找到率谷穴，轻轻按压着，为她提神醒脑。

徐骄阳是善和的老顾客，对俞火的推拿手法十分受用。她乖乖不动，直到不适感有所缓解，才低声说：“我其实不喜欢喝酒，他也不让我喝，说要么酒量好，要么滴酒不沾。”

俞火知道这个“他”是指谁，眼神暗了暗。

徐骄阳深吸了口气，缓缓继续：“我是听说喝酒能猝死，才爱上了喝酒。”

俞火手上一滞，半秒后，她蹲下来，仰视徐骄阳。

徐骄阳以为她是要开导自己几句，结果她抬手指指吧台的方向：“那里面最烈的酒也是勾兑了果汁和碳酸的，酒精摄取量根本不显著，应该达不到你想要的效果。”

徐骄阳垂眸，那双平素精明清亮的眼睛从前一秒的有些空，到似笑不笑：“嘴真懒，安慰人都这么敷衍。”

“这是安慰？”俞火用自己温热的手握住她的手，按揉她的关冲穴，帮她加速酒精代谢，“我哪句话误导你了？”

徐骄阳失笑：“说不过你行了吧。”

俞火也笑了下：“舒服点了吗？”

徐骄阳点头，刚要说谢，又听她说：“微信转账就行，注明诊金，我不会拒收的。别发红包，上限太低，不够。”

徐骄阳随手打她一下：“你倒是不客气。”

“要不你不长记性！下次再这么不爱惜自己的时候就想想，遭罪的不仅仅是身体，还有钱包。”俞火挑眉，“主要是钱包。”

电梯在这时丁零一声响了，徐骄阳看清来人，扬声喊：“这儿呢。”

伴随渐近的脚步声，低沉的男声传来：“看到了。”

俞火手搭在徐骄阳肩上轻轻按了按：“那我进去了。”

徐骄阳仰头看她：“不认识下我朋友吗？”

俞火未语先笑：“你这语气和神情似乎带有目的性，我怕不小心被你清仓甩卖了。”她说完走进酒吧，朝赤小豆的方向去了。

邢唐走近，看一眼那纤细的背影，问：“你同事？”

徐骄阳不满：“你不是应该先关心一下我怎么样了吗？”

邢唐挑一下唇角：“你都知道使唤我当司机，能有什么事？”

徐骄阳“嘁”了一声，把一只手臂交给他，“扶一把。”

邢唐搀扶她往电梯里走：“还说明天给我送机，喝成这样，看你怎么送。”

“耽误不了你的事。”徐骄阳说着，把身体的全部重量依靠在他身上。进电梯时，她还发牢骚，“你们有钱人不都开豪车吗，怎么来这么慢，错过了一个亿好吗？”

邢唐哪儿体会得到她那颗红娘心，随口道：“条件摆在那儿，没必要争分夺秒。”不经意抬头，看见先前那道背影被一小堆人簇拥，她推拒着其中一人递过来的酒杯，笑得恣意。

下一秒，像是感应到他的视线一样，俞火抬眸朝他的方向看过来，两人视线恰好对上。

却只是一瞬。

梯门关闭。

邢唐把徐骄阳送回家。

她倒没有醉得不省人事，扑到床上时还想着：“明天我先接楠楠，再去接你，等我啊。”

邢唐的视线扫到床头柜上的相框，那里面是一张徐骄阳和邢政的合影。

她竟然还把照片摆在触手可及的枕边。

邢唐拿起相框，手指在邢政的笑脸上轻轻抚过，放回原位后，俯身帮徐骄阳把被子盖好。

她还嫌他服侍得不周到，没好气地吩咐：“关灯。”

从前她绝对不敢这么使唤他。

但邢唐照办了。

从徐骄阳家出来，他没直接回家，不知怎么的，就把车开到了江湾别墅。

别墅里亮着灯，昭示主人还没休息。可属于邢政的房间，窗前漆黑一片。

那个曾经他眼神一变，吓得不敢大声说话的傻弟弟；那个斯文俊秀，像个学者的大男孩儿，再也回不来了。邢唐胸口堵得难受，他站在外面吸了两支烟才离开。

夜渐深，凉风从半降的车窗钻进来，吹得人越来越清醒。

次日午后。

雨雾弥漫中，前方的路和远处的山都变得有些模糊。邢唐左手肘撑在窗框上，五指随意地搭在方向盘上方，右手则掌握着方向盘的最下方，专注开车的样子稳重又优雅。

徐骄阳注视他轮廓分明的侧脸，问：“家里那位怎么样？”

“谁？”邢唐有些走神，反应过来时侧头看她一眼，“应该还是老样子。”

徐骄阳就知道他最近没回江湾别墅。碍于车上还有孩子，她没再继续追问，而是换了个话题：“最近总有同业问我，什么时候嫁给你，成为邢太太。”

徐骄阳是从事媒体行业的杂志主编，行业特性决定了她们很擅长八卦。只是邢唐从未想过，会有一天，和本该成为自己弟妹的徐骄阳一起，被别人八卦。不过，最近一年，大唐站在行业的风口浪尖上，他又时常和徐骄阳同进同出，传出什么也不足为奇。

徐骄阳是个特立独行的人，从不在意别人的眼光，这种谣言自然影响不到她。可“邢太太”这个于她而言有着特殊意义的称谓，从她口里说出来，邢唐略显意外。

但他面上不动声色，还附和她出了个馊主意：“下次再有人问，你就让他来问我，什么时候愿意娶你。”

徐骄阳闻言调侃道：“以前小邢总有绯闻女友时，就想方设法坐实谣言，现在都是邢总了，还是一个路数。”

这分明是在讨赏！邢唐漫不经心地回她一句：“帮我挡一挡。”

“好朋友就是拿来陷害的对吧？”徐骄阳不客气地捶他一拳。

后座的楠楠见两位长辈你一言我一语，聊得快要结婚的样子，探身问：“骄阳姨妈，你是在和干爹谈恋爱吗？”

与邢唐对视一眼，徐骄阳侧身看她：“也就你把你干爹当宝，骄阳姨妈可看不上。”

楠楠嘟嘴：“干爹那么帅，明明是看不够的。”

邢唐唇边浮现一丝笑意。

徐骄阳又对楠楠说：“平心而论，你干爹确实有几分姿色，可骄阳姨妈不是看脸的人。”

楠楠振振有词：“可爸爸说这是个看脸的时代，长得好看很有用，还让我努力长成祸水。”

“这什么不着调的爹啊！你妈不把他铐起来送进去，简直对不起那身警服！”徐骄阳一口老血差点喷出来，“以后你还是多跟你干爹玩吧，至少他比你亲爹靠谱。”

楠楠的小手扒在驾驶位座椅上，满眼的开心和亲昵：“我本来就最喜欢干爹啊。我都决定了，等我长大了嫁给干爹，我爸爸也答应了呢。”

邢唐哭笑不得。

徐骄阳则说：“等你长大，你干爹都老到掉牙了，你要嫁给老头吗？”

楠楠哪懂嫁的真正含义，当即表态：“干爹等我长大，我陪干爹变老。”

饶是能言善辩的徐骄阳，也被小丫头这番孝心感动了。她憋了半天，才说：“真爱！我这个绯闻女友甘拜下风。”

邢唐瞥她，眼神带着警告：“别逗孩子！”

徐骄阳也不生气，她笑嘻嘻地说：“你干爹不好意思承认呢。”

楠楠哼了一声，双手抱胸看向窗外："我不理你。"

"小没良心的。"笑骂过后，徐骄阳又嘱咐，"别忘了见到你太婆，要喊你干爹'爸爸'。"

楠楠皱着小眉毛："我知道啊。"

邢唐默声。

到达出发厅外，他把行李拿下来："回去吧，慢点开。"

徐骄阳在气鼓鼓的楠楠脸上捏了下，就要上车走人。

想到昨晚她的醉态，邢唐忽然叫住她。

徐骄阳回头，等他继续。

邢唐欲言又止："没事，走吧。"

徐骄阳默了两秒，笑道："你不在家，没人替我善后，我不敢醉。"

邢唐注视那张透出倔强和坚强的面孔，点头："那最好。"

徐骄阳开着她的大块头越野车风驰电掣地走了。

邢唐在原地站了片刻，才拉着行李箱，牵着誓言要嫁给他的干女儿走进航站楼。

飞机准时起飞。三小时后，邢唐落地A市，他母亲的故乡。

搭早班机先一步到A市的俞火来到城西木家村。看到很多房子的外墙上都刷上了"拆"字，她心尖上的情绪一时难以形容。从外街拐进内巷，车开不进去。

俞火倒车，左拐右绕，找到一处角落把车停好，凭记忆来到林老师家门前，就听见半掩的门内一道怒不可遏的声音骂道："你给我滚出去！"

她敲门的手一顿。

另一道男声在这时说："爸，你别生气啊，我这不是和你商量吗？”

“你到底是和我商量，还是你们两口子商量好的？林木，你这个不孝子！”然后就是摔杯子的声音。

紧接着又是桌椅磕碰的声响，以及慌乱的喊声：“爸，爸，你怎么了？”

俞火意识到出事了。她也顾不上礼貌了，不请自入。

林老师躺在水泥地上，林木此时正手忙脚乱地要扶起父亲。

俞火疾步上前，一把按住他的手：“先别动他。”言语间已伸手搭脉，同时观察到林老师面色潮红，眼睛上翻，手呈鸡爪形。

俞火掐他人中：“老师，您能听见我说话吗？认识我是谁吗？”

林老师瞳孔涣散，手抖得厉害，身体更是不断抽搐。

“家里有针吧，找一根。”俞火后悔没随身带着行医箱。

“针？”林木刚要起身，“你要针干什么？”

“刺穴。我是大夫。”

“大夫？”质疑的语气。

“还愣着干吗？找针！”俞火嘴上说着话，手上也没闲着，迅速解开林老师衬衫领口的纽扣和裤子腰带，确保他呼吸通畅。

林木脑子有点乱，只顾盯着俞火。

俞火见他不动，啧了一声，随即想到什么，她伸手把自己的耳线摘下来，又眼疾手快地抄起桌上的打火机，在尖锐如针的耳线一端烤了两下，正准备施针，手腕被林木扣住。

他疾言厉色地质问：“你要干什么？”

“当然是救人，难道谋杀？”俞火没工夫和他解释太多，就要抽手。

无奈林木下了力气，她挣了两下没挣开，语气激烈：“我说了，我是个大夫，老师中风了。中风，你懂吗？轻则丧失劳动能力，重则致残致死。”

听到致残致死，林木呼吸顿时急促起来：“你是什么科的大夫？你，行吗？”

俞火坚定地说：“我是中医。”

“中医？”林木原本松了的手劲陡然加大，“我还是打120吧。”

俞火没时间和他耗，她左手一抬一按，在林木施力的小臂上点了一下：“一边打去！”

林木吃痛，瞬间松手。

俞火不再废话，她用耳线代替毫针，扎林老师人中，留针，又取下另一只耳线，扎林老师的十宣穴，这次没留针，而是点刺放血。几针下去，林老师的呼吸明显顺畅了些，但他的面部肌肉以及嘴角都有抽搐的迹象，半边脸瘫。

120在这时接通，俞火让林木转述：“告诉他们是血压暴升导致中风的患者，让他们做好急救准备。”她小心扶起林老师，用耳线尖锐处扎向他后脖颈风驰穴，留针。随后又对林木说，“你去巷口迎救护车，让他们抬担架进来。”

林木才反应过来外面路狭窄，救护车根本进不来。他再顾不得其他，爬起来往外跑。

救护车来得很快，争分夺秒地把林老师送到了距离最近的医院。

俞火一路跟随，把林老师的情况告诉接诊医生。

开设绿色通道，开通静脉通道，约CT，核磁，请脑科二线来会诊……由于俞火的协助，医生准确而快速地掌握了患者的情况，片刻未耽误，迅速展开急救。

等林老师脱离危险转去普通病房，俞火把住院手续办好，又等林木回家给他取来生活用品，已近黄昏。

确定林老师病情稳定，俞火才走。到了医院大门口，她正准备打车回木家村取车，一位身穿病号服，满头白发的老太太从旁经过，径自朝人来车往的马路上去了。

“老人家。”俞火追上去，一把拽住老太太的胳膊，半拉半抱地把人带回人行道。

下一秒，一辆私家车堪堪停在她面前。车窗降下来，开车的男人恼怒地骂：“老不死的，你瞎啊，走路都不看车的？撞上了算你的算我的？”

老太太被对方的大嗓门吓得直往后缩，俞火把她护在身后：“你倒是不盲不瞎，不也没看见限速标志牌吗？或者你需要先到医院里查查视力，我再告诉你这路段的测速仪装在哪儿，免得你开车乱跑，给交警添麻烦！”

意识到她不是好惹的，男人骂了句“神经病”，启动车走人。

俞火转身面对那张带着几分惊惧的慈祥的脸，缓和一笑：“奶奶，你这是要去哪儿啊？”

老太太迷茫地看着俞火：“我要找我外孙。”言语间要绕开她继续过马路。

俞火注意到她神态有异，挽住她手臂：“你外孙在里面，我刚看见他了，我带你去找。”

老太太却不上当，边挣扎边说：“他还没来呢，我要去接他。”

俞火手劲不松：“这儿有两条路，你知道他从哪边来吗？万一走错，不是接不到他了？”

“那怎么办啊？”

“我送你回病房等吧。”

“我不回去，里面好闷的……”

俞火指着人行道上的长椅：“那我陪你在这儿等，这样他一来你就能看见了……”

“我不要！”或许是等急了，老太太异常坚持，愈发大力地和俞火较起了劲。

俞火不想刺激她，安全起见，又不敢松手让她独自过马路，刚要妥协陪她一起，就听身后一道低沉的男声喝道：“你要干什么？”

又是这句！俞火不及回头，一只手伸过来，轻巧一拽，把她扯离老人家身边。

尽管来人明显控制了力道，可男女力量的差别是天生的，俞火毫无防备之下踉跄了两步。等她站稳，声音的主人背对她急切地询问：“外婆，你没事吧？”

老太太抬头看着来人：“大蒙，你回来啦。”

男人缓和了语气：“外婆，我不是大蒙，你再看看。”

老太太仔细端详了片刻，面色一喜：“邢宝，你怎么才来啊？”

“从机场过来堵车了。”被唤作“邢宝”的男人解释完，伸手捋了捋老人家的头发，“我和大蒙到处找你，你怎么跑出来了？”

老太太委屈巴巴地：“我想出来接你。”

男人轻责：“大蒙不是让你在病房等吗？怎么不听话呢？”

老太太不答，像个孩子似的拉着他的手轻轻地摇。

男人似乎是笑了，俞火注意到他的肩膀轻轻动了动。

忽然就因为这一刻的温柔，原谅了他前一秒的无理。可等他转过身来看向俞火时，那双眼却是深沉犀利的。

正是从G市而来的邢唐。

俞火对上他锐利的眼眸，目光一闪。回想先前他拉开自己时的质问，她极快地调整了情绪，反问：“你以为我要干什么？光天化日，朗朗乾坤，拐骗老人吗？”口吻寒凉而不客气。

邢唐的眼神滞了下，稍显沉默地看着她。

俞火无意继续，转身要走。

老太太却突然上前拉住她的手：“饶饶，你去哪儿啊？”

俞火一愣。

邢唐显然也反应了一下，才开口：“外婆，你认错人了，这不是赫饶……”

却被打断。

老太太不太高兴地说：“我孙媳妇儿，我还会认错？”言语间，拉起俞火的手放到邢唐手里，再用自己的手握住他们的手，半撒娇半责备地说，“你们小两口儿都多久没回来看外婆啦？”

四月的风徐徐吹过，一对年轻男女的手就这样毫无预警地握到了一起，一只干燥温暖，一只纤细柔软，而他们之间隔着的距离，近到邢唐似乎都感觉到她发丝拂过自己的脸，慵懒如羽毛划过。

片刻愣怔。

俞火最先反应过来，她试图抽回自己的手。无奈老人家用了力气，根本不给她逃离的机会。俞火又无法像先前对待林木那样出手。她等了两秒，见邢唐没有任何表示，抬眸，视线笔直地注视那双沉湛的眼。

这是让他解释的意思。

他身为家属，确实有解释的义务。

邢唐回过神，对老人家说：“我不是和你说过了吗？赫饶不会和我一起回来。你忘了？”

老人家皱眉："我就算糊涂了，她人都在我跟前了，我还能不认得啊？"看向俞火时，她脸上又扬起慈爱的笑容："外婆就知道，你肯定会和邢宝一起回来的。你也想外婆了，对不对啊？"

不难从老人家的言语中判断出来，她有多喜欢，多期待赫饶。俞火不忍心否认，却也不能承认。她抿唇看着邢唐，等他继续。

本以为她会附和自己解释两句，结果她居然不肯开口。

如此倔强，只能他来。

邢唐又说："大蒙回来发现你不在病房，急得四处找人，我们先回去，免得他担心。"

"好啊。"老人家松口了，手劲却丝毫不减，还对俞火说，"饶饶，我们快回去吧，外面有点凉。你看你，穿这么少。"

俞火穿着廓形设计的西装外套，九分直筒牛仔裤与系带短靴的搭配，更显双腿纤瘦细长，完全支撑起了这一年的时髦。所以，即便不是特别有温度，风度气质却半分不少，这更不能成为她跟两人回病房的理由。

见邢唐解释无效，她只能开口："奶奶，我还有工作没做完，要去忙一会儿。"

她没承认自己是赫饶，也没否认，只说要先去工作。老人通常都有一种心理，就是不能耽误孩子的工作。邢外婆也一样，她听后赶紧说："那你先去忙，忙完给邢宝打电话，让他去接你，外婆等你吃饭啊。"

俞火有一秒没说话："……好。"

老人家得到她的保证松了手劲。

邢唐顿觉自己先前的解释有多无力，他眼睛里浮起一丝无奈的笑意。

俞火几乎是立刻抽回了手。

感觉到她指尖划过自己掌心，邢唐心尖不自觉跳了下。

外婆还不忘交代他："你看着点时间，一会儿去接饶饶。"

邢唐注视俞火低垂的脸，也说："好。"

俞火对老人家说完再见，转身离开，看都没看邢唐一眼。

夕阳下渐行渐远的背影和酒吧里的身影叠成一抹，邢唐沉默地看了两秒，扶外婆往回走。

外婆边走边数落他："饶饶有工作，你还拉她来干吗？看我什么时候不行？你就让她先去忙嘛……哎，她刚刚叫我什么？奶奶……这孩子，怎么不叫我外婆了？邢宝你说，你们是不是吵架啦？"

俞火没有听见邢唐的回答，她也不关心，抬手拦出租车。

邢唐走出一段距离下意识回头，恰好看见她坐进车里。

出租车疾驰而去，邢唐低头看着自己空落的手，回想起刚才，她如软玉般的手被迫握在他掌心时，她看他的眼神如同看一个心怀叵测的好色之徒。

她不记得他了。

邢唐把手插进裤兜里。

俞火才到木家村，手机就响了，是赤小豆，心急火燎地问："你什么时候回来？"

俞火站在车前，语气很淡："不会是你给人误诊误治，喊我回去善后吧？"

赤小豆闻言不乐意了："那种要人命的错误，只有下医才会犯。"

俞火随口调侃："我都忘了，赤馆长是治未病的上医。"

赤小豆不置可否地哼了一声，切入主题："上次来'踢馆'的那女的，你没忘吧？”

“装病的那位？”显然她是有印象的。

“就是她，叫庄悦。”赤小豆说重点，“今天带了两个帮手。可这次不找师兄了，说要找你。”

俞火口吻随意地说：“找我让她去医院挂号。”

赤小豆哼了一声：“要是那么好打发，我还打这通电话干吗？欠骂啊？”

俞火语气就不太好了：“她以为四海之内皆她妈？处处都得让着她？我们凭什么惯着她？要是你手艺生疏对付不了，就让她在馆里等我回去！”

她不是个好脾气的人，却很少这么有攻击性。

赤小豆反倒乐了：“怎么听着像是撺掇我去打架？”

俞火看向晚霞的眼神带着点无奈：“既然她不知见好就收，你还客气什么？”

赤小豆有数了：“明白了，我马上安排！”之后才想起来问，“师兄说你刚到就去看林老师了，他老人家怎么样啊？”

“一言难尽。”俞火没心情继续，“等回去再说吧，没别的事先挂了。”

通话结束，她并没急着走，就那么倚车而立，直到天色完全暗下来，直到赤小豆再次致电来，边笑边说：“你肯定想不到，是谁收拾了那个女人。我告诉你，大款今天作妖，不知怎么跑到假山盆景上去了。馆里的盆景有多高你是知道的，我怕它摔着喊它下来，可能我嗓门太高吓到它了，也有可能它护主心切，见不得别人上门挑衅你，它一个蹦高，你猜怎么的？它直接跳到庄悦头上去了。”

被健壮的大款当头一坐……俞火脑补了一下那个场面，憋不住笑了："她颈椎还好吗？"

赤小豆已经笑得脸都快抽筋了："当场就动不了了。我就问她服不服，服我就给她正过来，敢说不服，我就让她歪着脖子滚蛋！"

莫名有种老母亲般的欣慰，俞火怒赞："干得漂亮！"

回到中草药种植基地时已经八点多了，俞火远远看见穿着工作服的黄药子在门口张望。

说到这位师兄，俞火一直觉得自己的老师给儿子起名太随性了。就因为姓黄，就因为出身中医世家，就要以一味中药命名，实在够草率！再想到同样身受其害的赤小豆，俞火庆幸没被老爸按"俞"姓谐音取个鱼腥草、鱼脑石、鱼古这样的中药名。

黄药子对小师妹上演的内心戏全然不知，等她停好车，两人往屋里走时，他说："还以为你今晚不回来了。"看样子是等急了。

"我不回来去哪儿啊？"俞火搓着手进屋，瞄了眼桌上的饭菜，边认真洗手边把林老师血压暴升导致中风住院的事说了。

黄药子听完，眉心一聚："幸好你今天过去了，要是听我的明天再去，后果不堪设想。"

俞火拿起毛巾擦手："但脑中风之后，一侧的肢体会偏瘫，恢复期不短。"

"在哪家医院？"

"西城中西医结合。"

"那里啊，我有个同学叫韩树，在那儿上班，等会儿我先给他打个电话，明天你过去找他。"

"那敢情好。毕竟中风的恢复期治疗中医针灸的疗效才是最显著的。我扫完墓就要回G市，你这阶段的工作也快结束了，回来的路上我还在琢磨后续的治疗交给谁呢。”俞火唇角微弯，清黑明亮的眼睛像在闪光，“谢谢师兄。”

黄药子莞尔一笑：“快吃饭吧。”

俞火解决掉一碗饭才说：“你们基地的伙食倒挺不错的，其他条件就让人忍不住要吐槽了。康诚医药也算财大气粗，怎么不舍得在基地建设方面投入呢？我借你光蹭住，没权利挑三拣四，可你是黄药师啊，作为新药研发中心主任，可是有江湖地位的，宿舍也太简陋了。师兄，我替你不平。”

针对她蹭住的说辞，黄药子说：“要不是小豆告诉我航班号，我直接去机场堵你，你肯过来？”

俞火屈指碰了下眉头：“我不是怕给你添麻烦吗！”

黄药子看她一眼：“你住酒店，我两头跑才麻烦。”

“这不是来了吗？”俞火垂下纤长的眼睫，“哎呀，和你说你们基地的条件呢，训我干吗呀？再说，我向老师告你小黑状啦。”

黄药子手指很轻地敲了一下她的额头，才言归正传：“康诚医药每年投入到新药研发中的资金，是国内所有药企中最高的。在这个营销为王的时代，多少企业都把钱投到广告中去了，郑总却专注于挖掘中药的千年智慧，致力于真正意义上的新药研发，在全国多地设立研发基地、中药材种植基地，只为让老百姓吃上既有疗效又便宜的好药。但你知道的，全球药品研发的成功概率是很低的，这意味着康诚医药要付出更多的成本，这是民营企业难以承受的。”

俞火不以为然：“新药一旦研发成功，会给康诚带来多大的经济效益？没有这个利益做前提，你们郑总怕也是舍不得这些前期投入。说到底，还是为了钱！”

这话或许偏颇了，但也不可否认，现今确实是个利益为上的时代。

黄药子无意和她辩下去，影响吃饭的心情，他适时换了个话题：“我给庄悦打过电话了，等我回去，会和她好好谈谈。”显然是赤小豆也给他打过电话。

俞火“哦”了一声：“我和小豆说，她太过分的话，就给她点颜色。”

黄药子语带笑意：“你原话可不是这么说的。”

俞火唇角挑起一丝笑：“她带人到养生馆找我，总不会是聊天吧？”

俞火的行事风格黄药子是清楚的，他没有责怪之意：“她认定我是因为你才拒绝她，上次你又对她礼遇有加，她以为你是好欺负的，结果……”

庄悦此前装病去善和找黄药子。但善和是养生馆不是医院，即便俞火是大夫，也不可能给她看病。可当时俞火和赤小豆不清楚她和黄药子到底是什么关系，看在师兄的面子上，对她很客气。后来黄药子给她打了通电话，庄悦才走人。至于两人是怎么说的，俞火并不知道。结果没几天，那位庄小姐又来这么一出，然后被一只猫给治了。

“你和我说这些没用，因为我只是一只猫！”俞火想到某个微信表情所配的这句话，唇边笑意更浓，“她不知道你和中草药做了好几届夫妻，而我只是师妹吗？”

黄药子笑道：“她哪有你知道得多？我们俞大夫，不仅会治病，还会算命。”

俞火眼睛弯弯：“我掐指一算，你今年有望脱单。”

黄药子眼皮一跳：“你还是算算我手上的项目什么时候能研发成功吧。”

之后俞火把下午的遭遇讲给黄药子听，说她后悔出门没带行医箱，幸好耳线是定制的，一端如针，代替了毫针；说她决定了，以后出门必须随身携带急救小工具，以备不时之需；说林木居然不信中医，她要不是忙着救人，真想给他也扎两针；说她好心办坏事，明明是怕老人走失，家属着急，却被误会是不怀好意的人贩子，不仅没听到一句感谢，还被认成什么劳什子孙媳妇儿，好气！

黄药子失笑："你不是一向很佛系，做好事不留名吗？"

俞火立即否认："谁说的？我其实最喜欢别人用金钱感谢我。"

对于这个刀子嘴的小雷锋，黄药子莞尔。

当晚，俞火给林老师写了个化瘀行滞、祛风通络的方子，在末尾处签名时，她有瞬间的迟疑，像是想起了什么，又似无意的停顿。

邢外婆对于等俞火回来吃饭这件事十分较真。一个平时没什么时间概念的小老太太，几乎每隔半小时就会提醒邢唐一次："你给饶饶打个电话，看看她忙完没有。"时间掐得精准，邢唐都以为她设了闹铃提醒。

起初他还找理由敷衍，糊弄老人家："她还没忙完，你先吃饭。"

本以为过会儿她就忘了，结果不明所以的楠楠也问他："干……爸爸，是妈妈要来吗？"邢唐脾气都没了。他先悄声安抚了干女儿，又对外婆说："赫饶因为工作的事又回G市了，下次再来看你。"

外婆根本不相信，她坚称："饶饶明明答应陪我吃晚饭的，一定是你惹她生气了，她才改主意不来了。"之后开始和邢唐冷战。

这种情况以前从来没出现过。自从老太太几年前得了阿尔茨海默病，她不仅对邢唐这个外孙百依百顺，更是格外依赖邢唐。哪怕邢唐并不时常回来，她也总能把邢唐记得牢牢的。至于赫饶，则是邢唐自己种下的果。老太太一见到他这个外孙，就会找孙媳妇儿。这次也不例外，她先前在电话里就问邢唐：“饶饶回来吗？”

邢唐虽不忍心，也只能如实相告：“她不来。”

本意是给老人家一个心理准备。毕竟赫饶已经结婚，他不能再任由这个误会发展下去。可邢外婆是个病人，她大多数时间都糊涂着，认定了的事情，不容易解释得清。一听赫饶不来，居然病了。

邢唐只好带了楠楠回来安抚外婆。没想到的是，老人家误把俞火当赫饶了。

谁的外婆谁负责，即便老人家小情绪闹得比楠楠小朋友还熟练，邢唐也必须保持微笑。尤其他从外婆细碎的言语中了解到，俞火先是及时拦住外婆，避免了一起车祸，后又阻止她走远，这才有了他先前在医院门口看见的一幕。

难怪她会恼了。邢唐自知误会了俞火。回想她险些因自己摔倒的一幕，他捏了捏眉心。

等老人家睡了，楠楠也被舅妈倪妩带回家了，邢唐和舅舅唐开蒙在外间说话。

了解了事情的经过，唐开蒙好奇：“老太太怎么就认定了那姑娘是赫饶呢？”

这也是邢唐不解之处。他认真地考虑了几秒：“可能因为我和她前后脚出现？”说着自己都笑了，可见这个理由有多牵强。

唐开蒙又问：“你和那姑娘认识吗？”

邢唐给了个模棱两可的答案：“算认识吧。”

唐开蒙不解：“认识就认识，不认识就不认识，怎么还算呢？”

邢唐默了一秒，才反应过来：“别无限脑补了，我和人家什么事都没有。”

唐开蒙却一脸憧憬："现在没有，不代表以后没有啊。"

邢唐不想和他说话了，背过身去。

唐开蒙推推他："起来起来，再唠十块钱的，我消费。"

邢唐回头看他："怎么没个当舅舅的样呢？"

唐开蒙理直气壮地反驳："你成天跟你外婆大蒙大蒙地喊，我哪知道当舅啥样啊？"

邢唐坐起来："也不看看你才比我大几岁。"

"那我也是你外婆生的，论资排辈就是你舅舅！"唐开蒙往他身边凑了凑，"大外甥啊……"

邢唐拿手点他，一副"你再敢叫我就发飙"的姿态。

唐开蒙妥协："行行行，咱俩当兄弟处行了吧。"

邢唐失笑，对这位为老不尊的小舅毫无办法。

闹够了，唐开蒙感叹："本以为你和赫饶能成，结果只是剃头挑子一头热。不过怎么说呢，那姑娘从事高危职业，和你之间还有郑雪君那层关系，我并不赞成你们在一起。"

"正因为有那层关系，从一开始我就知道我们不可能。可那起案子，楠楠的出生，无形中把我们绑在了一起。"邢唐很平静地说，"我可以不管，但我狠不下心。那么多年，要说一点期待没有就违心了。可现在这样也没什么不好，至少赫饶得偿所愿。于她，是最好的结局。"他说着，很浅地笑了下，释然的那种。

可即便邢唐放下了，唐开蒙也心有不甘。毕竟那纠缠不清的几年，是邢唐最宝贵的青春。外甥被耽误至此，他作为舅舅，心疼是必然的。又不愿邢唐再因自己的不快而有所为难，唐开蒙故意说："听听这口吻，还总说我是老年人，看你才是老气横秋。"

邢唐被他的关注点带偏："早晚我也得像你一样，天天保温杯不离手，活成个老年人。”

唐开蒙才不承认自己是老年人，他辩解道：“那是你舅妈逼我拿的，说外面的水不干净，要注意养生云云，也是够了。”

邢唐眉眼带着揶揄：“眼看着四打头的年纪了，还不服老！”

这什么外甥，也是一把年纪了，咋这么不会聊天呢。这回换唐开蒙不想和他说话了。

邢唐关灯躺下，就在他以为唐开蒙睡着的时候，那位又问：“你到底认不认识那姑娘啊？”

他不答。

唐开蒙似乎也不用他回答，自言自语：“照理说你外婆的眼光错不了，她能看上的姑娘，模样肯定没的挑，还是个乐于助人的小雷锋性格……”

小雷锋？她确实乐于助人。

邢唐看着窗外的星光，沉默。

邢外婆一觉醒来，像是忘了昨天的事，直到都中午了也没再找赫饶。只是依然对邢唐不太热情，连邢唐要服侍她老人家吃饭，她都拒绝了，非要自己来。

倪妩接收到唐开蒙递过来的眼色，微微一笑：“妈，我今天做了你爱吃的板栗炖鸡，你尝尝。”说着，夹起一块鸡肉递到老太太嘴边。

老太太边嘀咕“我不爱吃鸡”边张嘴，吃得倍儿香。

唐开蒙一脸“媳妇你最棒”的表情，邢唐也不吝给舅妈点赞。

楠楠则对邢唐说：“舅奶奶做的饭可好吃了，爸爸，你快来吃。”

见邢唐要拉着小丫头去吃饭，唐开蒙咳了一声：“你们爷儿俩是不是忘了一个人啊？”

楠楠“呀”了一声，跑过去拉他的手：“舅爷爷，舅奶奶说你最喜欢喝鸡汤了，我给你带来好多呢。”

妈吃肉，儿子只能喝汤?

中年舅爷爷违心地说：“我不爱吃鸡。”

好吧，饮食习惯随娘没毛病的。

饭后，邢唐和唐开蒙去了医生办公室，楠楠乖巧地围在老人家身边，陪太婆聊天。倪妩听着一老一小前言不搭后语，却也热火朝天地对话，想笑。后来她去了趟洗手间，再出来时，楠楠不在病房。询问之下才知道，孩子被老人家派出去接赫饶了。

倪妩吓了一跳。且不说赫饶根本没来，就算来了，医院这么多门，让孩子去哪儿接啊。想到昨天她一不留神，老太太趁唐开蒙去机场接邢唐时自己偷跑出去，倪妩赶紧给唐开蒙打电话。

邢唐回来得很快，问明白怎么回事后，就要和唐开蒙分头去找，邢外婆却慢条斯理地说：“给楠楠打个电话，问问接没接到她妈。”

唐开蒙一把抓住他老母亲的手：“她带手机了？”

邢外婆说：“我把我的手机给她了啊。”

邢唐赶紧拿出手机拨号码，接通后他急唤：“楠楠！”

那边听出他的声音，用稚嫩的童音说：“爸爸，我迷路了。”

俞火是踩着楠楠这句话从韩树办公室出来的。见一个粉雕玉琢的小姑娘，委屈巴巴地喊爸爸，她的心都快化了。

楠楠继续对着手机说：“我和护士姐姐说你去找医生叔叔了，问她去哪里才能找到你，她告诉我在五楼，可我没有看到你呀。”

这确实是五楼，却是门诊楼五楼，不是邢唐去的综合楼五楼。

那边是怎么说的俞火不清楚，她只听见小姑娘又说：“爸爸，你不用来接我，我可以自己回去的。我不认识路，但我可以去找护士姐姐问呀……”然后她又叫了两声“爸爸”，才把贴在耳边的手机拿过来看，嘀咕，“好像没电了呢。”

俞火被逗笑了。

楠楠应声回头，可不等俞火反应，小姑娘又把头扭回去了，往前走出几步又犹豫着转身，瓮声瓮气地问：“姐姐，你知道我爸爸在哪儿吗？”

俞火走过去蹲下，温柔地说：“姐姐不知道你爸爸在哪儿，但你可以告诉姐姐你想去哪儿，姐姐送你啊。”

楠楠眨巴着黑亮的大眼睛看她：“我要回太婆的病房。太婆让我出来接妈妈，可妈妈没有来呀，我出来就是想找爸爸劝劝太婆的，结果，这里好大，我迷路了……”

俞火怎么能想到小姑娘嘴里的太婆是昨天单方面认她为孙媳妇儿的老人家呢？她问：“小可爱，太婆的病房号你记得吗？”

“我叫楠楠，楠木的楠。”楠楠介绍完自己，努力想了想，“太婆住在……V1006 号房间。”

韩树本想借和俞火去林老师病房之机多聊几句，闻言适时说：“那是特殊病区，在隔壁楼，走天桥能直接过去，我让护士送她吧。”

不等俞火表态，楠楠已拉住她的手：“姐姐，你可以送我一下吗？”

俞火被这份莫名的依赖感动了，她爽快地答应：“当然可以呀。”说着牵起楠楠的手站起来，朝韩树抱歉一笑：“要不韩师兄先等我一下？”

韩树注视她俏丽的笑脸：“我和你们一起去吧，别一会儿你也迷路了。”

有黄药子的托付，韩树是要和她去看林老师的，俞火就没客气："那就有劳韩师兄了。"

韩树心甘情愿带路，听身后一大一小你来我往地说着话。

先是俞火问："你不是和爸爸说向护士问路吗，怎么又来问我呢？"

楠楠看向身穿医生服的韩树："叔叔是医生啊，你和他在一起，肯定不是坏人。还有就是，你和我妈妈一样，长得好看。"

韩树笑睨着俞火："挺聪明的孩子。"

被表扬的楠楠喜滋滋地说："妈妈说，万一有事需要求助，一定要找穿制服的叔叔阿姨，他们是工作人员，不会是坏人。"

俞火点头表示赞同："你妈妈说得没错。"

听见别人夸奖自己的妈妈，楠楠更来劲了："妈妈还说，要把爸爸妈妈的号码背下来……"

俞火想到什么，拿出手机："把你爸爸的号码告诉姐姐，姐姐给他打个电话，免得他着急。"

"对呀，手机突然没电了，爸爸找不到我了呢。我爸爸的号码是136……"楠楠顿了下，马上改口，"啊，不对，是139……"

俞火刚摁完十一位数字，按下通话键，韩树就说："我这儿通了，我和他说。"

俞火就挂了，她听见韩树和那边说："是楠楠爸爸吧，我们正把孩子往V1006病房送。不谢不谢。好的，稍后见。"

很快到了特殊病区，俞火把楠楠送到V1006病房门口："好啦，你到了，快进去吧。"

楠楠却不让俞火走，拉着她的手说："姐姐，你进来玩一会儿吧，我太婆可好玩了。"

小姑娘格外卖力气，俞火几乎是被拽进去的。

里间的人听到声响问：“是楠楠吧，你妈妈来了吗？”

这声音……俞火瞬间反应过来。她挣脱楠楠的手，转身就走。

“哎……”韩树差点反应不过来，随即跟上。

俞火只想赶快离开，免得再被孙媳妇儿一次。

却来不及了。

邢唐在和楠楠“失联”后就跑出去找人了，接到韩树电话，他匆忙折返回来。由于心急，脚步更快，因而忽略了病房里面的声音，没发现有人奔到门口，当他从外面一把拉开门，俞火手上就落了空，身体则因惯性前倾，扑向他怀里。

那正面而来的身体，带着某种柔软和丰盈的触感撞在他胸膛上，让邢唐整个人僵了一秒。

原本要去调监控，中途被叫回来的唐开蒙，和从里间病房出来的倪妩，看见这一幕，默契得如同刹车似的停住了脚步。

韩树没及时扶住俞火，见她跌进陌生男人怀里，他轻咳一声。

邢外婆则喜上眉梢地说：“饶饶啊，你可来啦。”

邢唐低头，想看清怀里人。这一动作，下巴偏巧不巧地抵在俞火头顶，而他的手像是有自己的意识似的，轻轻地扶在俞火腰侧，形成一种既是保护，又很亲昵暧昧的姿态。

她只是随手帮孩子个小忙，倒成了自投罗网。俞火懊恼的同时，几乎是从邢唐怀里弹出去的。

像是料到她会有这样过激的反应似的，邢唐的手不着痕迹地在她背后虚扶了一下，俞火才没因动作太快太猛撞到门框上。

为了避免她尴尬，邢唐绅士地向后撤了一步。

俞火会错了意，以为他是给自己让路，就要从右侧出门，结果邢唐似乎是要从左边进入病房，两人险些又迎面撞上。邢唐见状改向右迈步，不料俞火也同样向反方向去了。

如此这样两个回合下来，邢唐停步，语带笑意地问：“你到底要走哪边？”

俞火顿时上来点脾气，几乎要脱口回他一句：“我只恨自己没翅膀不能从你头上飞过去！”

邢外婆已经上前拉住她的手：“我就说邢宝怎么跑得那么急，原来是去接媳妇儿了。”

两位当事人闻言，眼角都一跳。

楠楠看了看邢唐和俞火，挠了挠小脸说：“爸爸，是姐姐送我回来的。”

邢唐注视俞火不知道是气得，还是因跌进他怀里不好意思羞得，泛出桃红色的脸，他眼神坦荡真挚，带着充分的感激：“又给你添麻烦了。”

俞火有点气不打一处来：“那就把孩子看好，免得又给人贩子机会！”

看来人贩子的哏一时半会儿过不去。

邢唐心想，还挺记仇，嘴上则好脾气地说：“好，下不为例。”

俞火不再吭声，轻轻动了动手。

这一次邢外婆没太用力，一挣就挣开了。

她对韩树说：“我们走吧。”

邢唐才注意到病房里还站了个人，他的视线快速从俞火和身穿医生服的韩树身上扫了一下，再结合先前那通电话，很客气地朝韩树伸出手，说：“谢谢你。”

韩树递出手，与他一握：“小事，不客气。”

俞火越过邢唐要走。

“饶饶。”

“姐姐。”

邢外婆和楠楠同时喊她。

俞火心一软。她转过身，语气温和地对邢外婆说：“奶奶，我先走了，你保重身体。”又俯身对楠楠说：“姐姐还有事，不陪你玩啦。”

楠楠往俞火身前凑了凑：“我妈妈说，对于帮助过我们的人，要怀有感恩的心。可我都不知道姐姐的名字呢，怎么感恩呀。”

举手之劳而已，要什么感恩？俞火说：“楠楠知道雷锋吗？”见小丫头点头，她继续，“他做好事，都是不留名字的。”

“雷锋不就是他的名字吗？”

“那楠楠也叫姐姐雷锋吧。”

“可雷锋是男的呀。”

我是女版的不行吗？这熊孩子，还挺难骗！俞火有些气馁。可名字虽说就是让人叫的，没什么值得保密，她还是不愿如实相告。

内心交战了几秒，俞火一咬牙：“姐姐叫……赤小豆。”

这强烈的求生欲。邢唐静了两秒，忽地一笑。

楠楠则歪着小脑袋问：“是赤手空拳的赤吗？”

俞火没注意到邢唐那别有深意的目光，她闻言眉眼一弯：“楠楠知道是哪个字呀！”

楠楠笑眯眯地：“我妈妈姓赫，双赤赫哦。”然后还不忘向邢唐确认：“对吧，爸爸？”

邢唐看着俞火，嘴唇弯了一个很浅的弧度：“嗯。”

楠楠于是又对俞火介绍：“小豆姐姐，这是我爸爸，我爸爸叫邢唐。”

邢唐眸色略深地直视她：“开耳邢，大唐的唐。邢唐。”

俞火抬眸，两人目光对上，静止一秒：“我记住了，楠楠爸。”

楠楠爸？这是什么神仙的称呼？邢唐不经意间将双唇抿紧了。

俞火无意再留下去，她对楠楠说：“姐姐走啦，再见。”

原本认定俞火是赫饶的邢外婆似乎不那么坚定了，她怯怯地又叫了一声：“……饶饶。”眼里的迟疑和需要人肯定的热切十分明显。

俞火没应。

邢唐也不能任由这个误会继续下去。他扶住老人家，正色道：“外婆，这不是赫饶，我昨天不是和你说过了？”随即看向干女儿：“楠楠。”

楠楠人小鬼大，瞬间领悟了邢唐的意图，她仰着小脸说：“太婆，这是小豆姐姐，不是我妈妈，我刚刚迷路了，是小豆姐姐送我回来的。”

邢外婆看看邢唐，又看看俞火，似乎有话要说，最后只瘪了瘪嘴，可怜的样子显然是不愿意接受俞火不是赫饶的现实。

韩树在这时抬手看了下时间，轻声提醒俞火：“我稍后还有个会。”

俞火点头。

邢外婆瞬间红了眼眶，没有任何铺垫地掉下眼泪，还怕被人看见一样转过身，把脸埋在了邢唐怀里，像受了委屈的孩子。

邢唐把停留在俞火身上的目光收回来，一边轻轻拍她的背，一边低声细语地哄。

那眼泪让俞火胸中莫名紧了一下，她忽然有些于心不忍，却无法留下，只能狠下心转身离开。

唐开蒙下意识唤了声：“赤小姐。”似是有心挽留。

邢唐瞬间抬眼，朝他看过去。

压迫感扑面而来，饶是身为舅舅，唐开蒙也立即闭上了嘴。

回到林老师病房，韩树先诊脉，结论和先前俞火诊脉的结果一致，林老师脑内中枢神经及运动神经中风，后续会影响肢体运动，留下语言障碍的后遗症，预计恢复期需要三个月。两人一致决定，采取针灸治疗。

林木亲眼见过俞火为父亲做过抢救，又听主治医生对俞火的抢救方式给予肯定和赞扬，他现在对俞火坚信无疑，对韩树也是感谢不尽："谢谢韩大夫，给您添了这么大的麻烦。"

韩树看了俞火一眼："这有什么麻烦的？大家都是熟人，况且这也是我的职责所在。"

林木又是一番感谢。

韩树还要开会，俞火送他出去。

病房外，韩树问："刚刚老人家一哭，心里难受了？"

俞火避重就轻地答："我这人眼窝浅。"

韩树除了对邢家人有诸多猜测，更好奇俞火为什么对个孩子报了假名字，但见俞火无意解释，他便没问："林老师就交给我了，你放心吧。哎，对了，你是哪天走？"

俞火如实说："后天。"

韩树一笑："那明天见。"

送走了韩树，俞火重新回到病房。

林老师醒着，见到她，想说话，却支支吾吾说不清楚。

俞火坐到他床边，耐心地说："您别急，这些都是中风后的正常反应，是暂时的，会慢慢好起来。刚刚那位大夫你也见过了，他是北中医的研究生，是这医院治未病中心的副主任医师，针灸方面的专家，负责给您治病。”她像哄孩子似的歪着脑袋问，“想不想快点好起来啊？”

林老师眨眼。

俞火眉眼一弯：“那就要听话，别怕扎针，配合治疗，听见了吗？”

林老师含糊地应着。

俞火又回忆了两件高中时班级里的糗事，单方面和林老师聊了会儿天，主要为了逗他开心，后又嘱咐林木如何照顾中风的患者，直到林老师睡着才走。

林木送她出去，硬把一沓钱塞到她手里：“俞大夫，这是昨天你帮我爸垫付的住院费，谢谢您了。”

林家并不富裕，林老师本人又对俞火很关照，现在他病倒了，俞火恰好赶上，她怎么还会在乎这点钱？可直接拒收，林木肯定不答应，大庭广众之下，两人推推搡搡也不好看，俞火就接了，心想回G市前再把钱给林老师存到住院费里，留着后续做康复治疗时用。

这一幕恰好被一位化着全妆的年轻女人看见了，她穿着风衣，踩着细高跟鞋走过来，双手抱胸，语有不善：“林木，你干什么呢？”

林木赶紧说：“这位是俞大夫，爸的学生，昨天就是她给爸做的抢救，也是她给爸垫付了住院费，今天还请来一位大夫负责爸的后续治疗。俞大夫，这是我妻子常娜。”

常娜把俞火从头到脚打量了一番，在她看来，面前这个看上去不过二十出头，身穿机车夹克的年轻女孩，实在不像是林木形容的那么厉害。她语速很慢地说：“俞大夫啊。”语气中的不屑很难让人忽视。

俞火抬眼看她：“怎么？”

常娜一笑，透出浓浓的讽刺意味："就是你救了我公公啊，看不出来，还挺有本事的。"

这不是夸奖，这是质疑，或者说是嫌她多管闲事了。如此不识好人心的气焰，俞火不想助长："没什么拿得出手的本事，无非是为了满足自己衣食住行的基本生活需求而已，不像你有一技之长，妆化得出神入化。"

她语气淡淡的，让人听不出任何恶意，常娜撩了撩头发正要附和，又听俞火补充了一句："男人都能秒变萌妹子，也是高手了。"

常娜反应了下，才听出来自己被讽刺了："你！"随即白了俞火一眼，嘀咕，"被叫一声大夫还真把自己当医生了，谁知道是不是冒牌的！"

俞火眉眼淡淡地回应："冒不冒牌，生命都只有一次，没什么能交换。"

林木抢在常娜再开腔前呵斥了她一句，又一脸抱歉地对俞火说："不好意思了，俞大夫。"

俞火无意让他为难，可常娜实在气人，她忍不住淡淡道："我明天再来看老师，到时候要是有谁掌握了医政监督大权，欢迎来查我的执业证。"

俞火的睡眠质量一向很好，确切地说，就算失眠，她也有办法让自己分分钟睡过去。但这一晚，她被连续不断的梦境扰得夜不安枕。

起初梦里的气氛很好，奶奶抚摸着俞火的头，一脸憧憬："等我的小九长大了，成了大医，就能给奶奶看病了。"

俞火听见年少的自己说："我现在也能给奶奶看病，只是有我爸，没我用武之地。"

奶奶欣慰地点头："幸亏有你爸给我补着治着，要不奶奶早就去见你爷爷喽。"

俞火可不愿意听这些，她抱住奶奶的胳膊，头枕在奶奶肩上，开始胡说八道："爷爷昨晚给我托梦了，说下面有几个老太太都对他有意思，为了他争风吃醋，闹得不可开交。"她说得自己都笑了，"爷爷说，让你别跟着添乱了。"

奶奶被逗笑了："那些老太太眼神怕是不太好，就你爷爷那面相，有啥可争的？"

俞火还替爷爷找补："爷爷面冷心善，是个能给人安全感的硬汉。"

奶奶撇了撇嘴："你爷爷就是有个个头，要不是有我，能生出你爸那么英俊的儿子？"

俞火故作惊讶："说了半天，您是表扬自己长得好看啊。"

奶奶笑着搂住她："我们家就数小九最好看了，继承了奶奶和你爸的全部优点。"

俞火带着一丝试探意味说："对，根本没我妈什么事。"

奶奶闻言沉默了。

俞火自知说错了话，正想弥补，画风就变了——

漆黑的夜里，风一阵紧似一阵，吹得大雨似乎都失去了方向，左右摇摆，窗户和屋顶像是随时都会被掀起，令人心生恐惧。

奶奶来回在屋里踱步，不断望向外面。

俞火被雷雨吵醒，从床上爬起来："我爸还没回来吗？"

"打电话说往回走了。"奶奶随手拿起外衣裹到她身上，"可能雨太大路不好走吧。这都快一个小时了，还没到。你起来干什么？快去睡觉，明天还上学呢。"

“都说了不让他出夜诊，偏不听。”俞火看看时间，凌晨两点，“这雨怎么下这么大啊。”

“刚才都小了，现在又大起来。你爸回来还有一段山路要走，你说……”奶奶脸上焦急的神色纤毫毕现，显然是担心儿子。

“别担心，我爸不像我毛手毛脚的，他稳着呢。”俞火开始套衣服，再穿上雨衣，又拿了把大伞，带上手电，“我出去看看。”

奶奶拉住她：“这么大的雨你出去干吗？别再感冒了。”

“感冒了有我爸啊，一服汤药灌下去，什么毛病，分分钟全消灭。”俞火边说边把奶奶往屋里推，“你别出来了，我到路口迎一下我爸，马上回来。”

那一夜的风雨实在太大了，仿佛弥漫了整个天地。俞火感觉身体已经不是自己的，完全是被风雨推着走。外面不仅一个人影没有，连路灯都跟着添乱，没一盏亮的。俞火完全是凭着一身正气壮胆，在寂静昏暗的夜色里，瑟缩着小跑起来。

在路口等了很久，一辆车都没有，俞火又沿着俞一归回家的必经之路走出去很远，还是人影车影全无。俞火的裤子和鞋已经全湿了，脸也冻得发白。她算算时间，出来应该半个多小时了，为了避免奶奶担心，她往回走。

这一回头，似是掉进了万丈深渊，眼前黑得不见来路，脚下泥泞如沼泽。俞火以为是自己冻得恍惚出现幻觉了，她站在原地闭上眼睛，稳了稳心神。结果再睁开眼时，情况还和刚刚一样。而风雨之外，她还隐隐听到哭声，那哭声由远及近，由模糊到清晰，渐渐地，她听出来那是奶奶的哭声，然后，她听见奶奶悲戚地喊她爸爸的名字：“一归，一归啊……”

俞火不知道奶奶哭声背后传达的是什么讯息，只是心跳忽然就漏了半拍，一口气堵在胸间，让她呼吸困难，眼泪更是莫名掉下来，像倾泻而下的大雨，根本控制不住。强烈不好的预感让她一把扔了手里的伞，在看不清方向的情况下，顺着哭声的指引，拼命往回跑。

俞火一直不停地跑，不停地跑，却怎么都回不去……如同俞一归，本来只是出个夜诊，患者经他救治平安无事，他却永远迷失在那个雨夜，再也没回来。

俞火惊醒，眼睛还没适应房间的昏暗，就像有心灵感应似的赤脚下地，拿起桌上的手机。有三个未接来电，全是一组奇怪的乱码数字。她马上回拨过去，和预想的一样，不通。握着手机等了很久，那边没再打过来。

她已经很久没有梦见奶奶了。回想病房里邢家外婆的泪眼，俞火按了按太阳穴。

之后再无睡意。

天亮后，黄药子起床洗漱完毕，晨练回来的俞火正坐在餐桌前和一捆“草”奋战。

黄药子走近看了看：“这是什么？”

俞火不以为意地答：“益母草啊。”

“我当然知道是益母草！”黄药子打开她的手，指着那一捆中草药，“你摘的？”

俞火一脸无辜：“我这不是起早了吗？没事干，就去地里摘了一点。”

“你这是一点？”黄药子一脸惋惜心疼，“还没到收获的季节呢，你这个时候摘下来也不能入药，不是浪费吗？”

“我当然知道它应该在枝叶生长旺盛，每株开花达到三分之二时收获最佳。但我又不入药，我是拿来……”俞火抬眼看他，“祭扫。”

用益母草替代菊花祭扫？这个想法，黄药子一脸痛心疾首：“我看你是疯了！”

俞火有她自己的道理：“我爸是老中医，我觉得中草药和菊花相比，他会更喜欢中草药。而你这地里有现成的，我何必舍近求远呢？”

黄药子有点想抽她，在心里掂量了一下她和中草药的分量，咬牙忍了。

俞火把他的“挣扎”看在眼里，妥协似的说：“行行，等会儿我用益母草给你煮两个鸡蛋，也算没浪费了好药，你看怎么样？”

益母草煮鸡蛋？这是一道药膳没错，但它的功效……通经、止痛经、补血，适用于月经先期有胸腹胀痛者。黄药子都气笑了：“拿我当姐妹处是吧！”

俞火不怕死地强调：“妇女之友。”

黄药子拿益母草抽她。

俞火跳着躲。

早饭过后，俞火带着两束益母草和两瓶酒要出门。黄药子本想陪她去，她却说：“不是说你们郑总要来基地巡查吗，你还敢脱岗啊？行了，我自己去，完事直接去医院看林老师，晚上留下陪护。”

“你陪什么护？林木呢？”黄药子看看她手里的酒，知道她是不打算开他的车了，追出来问，“那你怎么去啊？”

俞火朝他挥手：“我订了车，已经到了。”

“你就穿成这样出去，不套件外衣吗？带伞了没有啊？天气预报说今天有雨！你少喝点酒！”目送俞火走得一阵风似的背影，黄药子觉得自己这颗老母亲的心，操碎了。

邢唐和唐开蒙到墓园时，时间还早，但扫墓的人已经不少。可就在这样的人潮中，邢唐竟然一抬头，就看见俞火站在距离他不远的那一排墓碑前。

墓地依山而建，她站在足以俯视他的位置，在日光里，背影纤瘦，长裙飘逸。

世界那么大，还是遇见你。

邢唐注视那林间的窈窕身影，眼神是别人看不懂的意味深长。

俞火浑然不觉自己已成他人眼中风景，她把奶奶和父亲墓碑前放着的两束明摆着刚刚送来不久的鲜花放到一边去，把自己带来的益母草摆上，再把一瓶茅台放在奶奶墓前，另一瓶自己拎在手上："还有人比我来得早呀，人缘不错啊。"轻笑着说完，把酒瓶送到嘴边，就那样对瓶仰头喝了一大口。

邢唐看到这一幕，微扬的嘴角慢慢抿平。

俞火面不改色，继续对着冰冷的墓碑自言自语："我听过一个说法，说爱情是女性的终身课题。我怎么感觉不对呢。有些人难道不是爱一阵就去忙别的去了吗？"说完又是一口酒。

片刻，俞火俯身蹲下来，双手扶在瓶口上："记得你不喝酒，我给你带的是益母草——康诚医药基地种植的，我看长得还不错，就没去买花，仗着有师兄撑腰，摘了一大捆。"

她又看向旁边的墓碑："我偷了阿砺的酒孝敬你，我陪你喝点。"末了还拎起酒瓶和另一瓶碰了碰，自己喝完一口，把另一瓶都倒在墓碑前的地上了。

邢唐听不见她在说什么，她蹲下后，小小的一团缩在那儿，存在感更是微乎其微，邢唐必须调整站的位置，才能看见她时不时喝一口酒。他甚至怀疑那根本就是水，否则她一个女孩子，怎么喝得那么……豪爽。

邢唐打扫完外公和母亲的墓碑，把鲜花和祭品都按规矩摆好。唐开蒙絮絮地说了好半天的话，邢唐静静地听着，时不时抬眼看向上面，像是担心某人喝醉了。

起风了，满树的叶，被吹得沙沙作响，扫墓的人纷纷开始收东西，她却像没感觉一样，没有要走的意思。

邢唐发现她有一会儿没喝酒了。

难道已经喝完了整瓶？他微微蹙眉。

临走时，邢唐迟疑了一下，但终究没过去，只是明显压着步子，走得比平时慢。直到快到停车场时，他手机响了，才像终于找到理由一样对唐开蒙说："你先上车，我接个电话。"

唐开蒙还在纳闷谁的电话还要回避自己，邢唐已经边接电话边折返回山上去了。他朝着外甥的背影喊："要下雨了，你干吗去啊？"

也不知道邢唐是接电话没听见，还是假装听不见，脚步反而快了。

邢唐再回来时，山上几乎没人了，唯有俞火还在原地。他脚下未停，径直朝她而去。走近了才发现她不知什么时候盘腿坐下来了。一个酒瓶立在一块墓碑前，另一个在她右膝处，她一手托腮，一手随意地搭在瓶口上，姿态随性又粗放。

视线落在她正前方的墓碑上，邢唐眉心一皱。

俞火半天也没动一下，就那么保持一个姿势，不知道在想什么，也不说话，更没发现身旁站了人。渐大的风吹乱了她的头发，更掀开她裙子一角，露出一截匀称的小腿，她浑然未觉，如同一幅静止的画。

不知过了多久，轰隆一声，响雷大作。

俞火一个激灵，如梦初醒般转头，似乎是要确认自己身在何处，入目的却是一双黑色锃亮的男士皮鞋，视线向上，看见一条同色西裤，裤线笔直，剪裁合身，腰间的皮带纹路清晰，质感凸显，把款式简约、面料舒适的白色衬衫规整地收进裤腰里。

俞火眯着眼仰头，正见一片花瓣被风吹落在男人肩头。那人眉目深刻，鼻峰挺拔，垂眼注视她的姿态，像是一张被滤镜柔化的照片，那么赏心悦目。

邢唐与她对视。面前的女孩子，皮肤白皙红润，鼻梁翘挺秀气，通透明澈的双眸，让看似淡淡的注视隐隐透出防备的疏离，与记忆中那双含笑的眼眸天差地别。

可还是在重逢的一瞬，认出了她。

俞火醒过神来，一骨碌爬起来。可她坐得太久了，腿有点麻，起身时不小心晃了下。

邢唐以为她喝醉了，伸手去扶。她手臂一缩，避开了他的手，随即向旁边侧身，恰好挡在父亲墓碑前，嘴上则不饶人地说：“长得老不是错，出来吓人就不好了吧？”

老？三十一岁，正值而立之年的邢唐一时间无法消化这个评价。

他的手在空气中僵了一秒，慢慢收回。

俞火一副懒得再废话的姿态，越过他走人。

邢唐双手撑在胯上站了片刻，跟上去。

俞火听到身后的脚步声，回头见是他，眼中有警惕：“你跟着我干吗？”

他看着她，答得理所当然：“就这么一条通向停车场的路，我不走这儿走哪儿？”

俞火与他对视片刻：“那您先请。”言语间侧身让路。

继“楠楠爸”的称呼过后，先是老，再是您，她还真是金句不断。

邢唐双手插进裤兜：“你还挺尊老敬老的。”随后语气悠缓地又补充了一句，“但还是别‘您’了，我怕折寿。”

这话看似讽刺，可口吻随意得如同调侃，俞火心一滑，瞬间磕了个跟头，一向伶俐的口齿险些发挥不出来了，她慢了半拍地回敬：“大中华的传统美德，我当然也是有遗传的。”

雨点在这时落下来。

邢唐无意和她抬杠：“走吧，我送你。”

“对于您这种学雷锋做好事助人为乐的行为，我倒是很想表面上迎合一下，说‘好的谢谢’。但是，”俞火抬步要走，“不劳驾，我有车。”

擦肩而过的刹那，邢唐扣住她小臂，他手掌宽厚有力，透过薄薄的衣料贴着她的肌肤，俞火听见他问：“你是准备酒驾吗？”

俞火盯着他，那种被人偷窥的不悦感涌出来，让她黑漆漆的眼睛带了两分恼意：“你是交通警察吗，到这儿来查酒驾！”

邢唐注视她的目光看似平静，但无声的眼神也有隐约的力量，他反问：“我是不是交通警察，你不清楚？”

俞火眼色微凛，坦然地看向他。

两人对视着，空气中隐忍较量的气氛持续了几秒。

之后，俞火轻巧摆脱了他的钳制，语气依旧不好：“我对邢先生的身份不感兴趣。”

不错，还记得他姓邢，不枉他昨天那么仔细地介绍自己。手腕处瞬间的麻痹让邢唐冷静了一下，他目光移开，无语地笑了笑：“好，那你随意。”

他这么一随意，俞火有种打在棉花上的无力感。无从发作的她顶着小雨快步往山下走。

上来找邢唐的唐开蒙与她迎面碰上，他下意识喊了声：“赤小姐。”

等俞火反应过来是叫自己，已经走出一段距离。而她并不认识唐开蒙，便没回头，更没停步。

唐开蒙像是想明白了什么似的，小跑着往山上走。

或许是为了刻意和俞火保持距离，以免她又误会自己有所企图，或者是被俞火的不识好人心气到了，邢唐下山的脚步很慢，以至于上来迎他的唐开蒙抱怨：“雨都开始下了，你不能走快点吗？”

邢唐没说话，只接过他手里的伞撑开。

唐开蒙注意到他表情不是太好：“刚刚下去的是昨天那位赤小姐吧，你们……”

邢唐截住了他的话，说：“偶遇。”

他语气克制，语调平淡，但这两个字听起来怎么都有点不对劲。尤其这偶遇又是他刻意折返回来才发生的。对于这种人为制造的偶遇，唐开蒙瞬间脑补了很多情节，他故意说：“这雨眼看着大起来了，她也没带把伞。”

邢唐抬了抬伞，发现已经看不见俞火的身影，本欲回一句“她开车了”，转念想到那瓶酒，他步子加快了，似乎忘了才被人家怼得够呛。

再回停车场时，私家车已所剩无几，邢唐不确定俞火是不是真的酒后驾车走了，他也不可能挨辆车去找她。直到车子驶出停车场向山下去，看见那道在风雨中小跑的身影，邢唐才反应过来，她根本没开车。

油门都要踩下去了，到底还是减了速，把车停在她身边。降下车窗，他温声道：“上车。”

俞火的裙子和头发都有点湿了，她有些狼狈地抬头，撞上那道坦然温和的视线。

邢唐不想听拒绝的话，索性下车，为她打开了后座车门，又说一次：“上车。”

他就那么站在雨里，挡住了她的去路。

唐开蒙适时帮腔：“上车吧，赤小姐，雨越下越大了，下山还有段路呢。”话音刚落，雨势忽然变大，顷刻间倾泻而下，噼里啪啦地砸下来，湿冷地落在脸上。

见她不动，邢唐无奈：“上车吧。我不贩人，你大可以放心。”

贩人？他倒回得微妙。想到往车站去确实还有段距离，再退回去避雨也会被淋透。不吃眼前亏的俞火一低头上去了，但也用他能听见的声音回敬了一句：“贩人也是需要智慧的。”

真犟！邢唐挑了下嘴角，为她关上车门，坐回驾驶位。

大雨持续，雨刷不停摆动，外面的景象依然有些模糊。

邢唐专注于路况，一时没说话。

唐开蒙在正副驾驶位间的中央扶手箱里拿出一条毛巾递给俞火：“擦擦脸吧，赤小姐。”

俞火还不适应赤小豆这个新名字，反应了一下才接过毛巾，道了声谢。

邢唐随手抽了张纸巾擦了下脸上的雨水，同时说：“这位是我舅舅，唐开蒙。”

俞火心里怎么想就不知道了，嘴上却客气地说了句：“你好，唐先生。”

唐开蒙则露出好好先生一样的笑容：“你好你好，昨天都没好好感谢赤小姐。”

他一口一个赤小姐，俞火听得浑身不舒服。可一抬头，正对上后视镜里那双仿佛写满内容的眼睛，俞火只能继续做她的赤小姐：“不客气。本来也没几步路，楠楠聪明，问了护士，自己也能找回去。”

她语气随意，根本没当回事。这让唐开蒙愈发认可了她小雷锋的人设：“还有我家那个小老太太，你千万别往心里去，她糊涂记不清人。听阿唐说，他还误会你了，真是不好意思。”

如同给她解围似的，邢唐插话进来：“后座有衣服。”

俞火正因为丝质面料的裙子半湿，贴在身上感到尴尬，但座位上的衣服显然是件男士外套，不知是前排哪位先生的。

邢唐侧头看她一眼：“洗过之后还没穿。”言外之意，衣服是他的。

俞火迟疑了半秒，最终拿起外套披在身上。他明明说是洗过还没穿，但上面的男性气息，和之前跌进他怀里闻到的干净清新的味道一模一样，她抿唇，刻意忽略着什么。

车驶下了山，邢唐才想起来问：“你去哪儿？”

俞火却说：“前面车站放下我就行。”

生怕邢唐听她的，在不远处的车站停下，唐开蒙赶紧说：“雨这么大，车不好坐，阿唐，我们送赤小姐回去，反正也顺路。”

你都不知道人家要去哪儿，怎么就是顺路？邢唐脚下一踩油门，从车站经过了。

俞火忍了两秒：“西城中西医结合医院。”

唐开蒙顿时高兴了：“我就说顺路嘛。”说着侧过身去，一副要和俞火长聊的架势。

邢唐刚要打断他，唐开蒙的手机响了，他一看是单位的电话，转身坐正。

邢唐就没说话。

俞火更无意聊天，尽管雨帘阻隔了视线，她还是把目光转向了车外。路上黄药子打来电话，要来接她，俞火说搭了顺风车去医院，那边似乎很不放心，一直和她持保着通话。俞火都忍不住说：“小心被你们郑总发现你怠工啊，黄药师！”

邢唐看似心无旁骛地开着车，唇角却不自觉地微微扬起。

雨基本停时，医院也近在咫尺。

俞火收线，说：“我在门口下就行。”

邢唐停车，唐开蒙也解安全带：“我也在这儿下，走两步。你不是要去公司吗？赶紧走吧。”

邢唐偏头看了他一眼。

唐开蒙假装没看见。

邢唐的视线在俞火忘了脱下的外套上停留一秒，启动车子。

等他把车开走，俞火并没急着进去，而是问唐开蒙：“唐先生是有什么话要和我说吗？”

如此冰雪聪明，倒省得唐开蒙绕弯子了，他直奔主题：“赤小姐可能也看出来了，我母亲患有阿尔茨海默病，就是老年痴呆。但这次住院是因为血压升高。原本昨天下午已经要出院了，但她哭了很久，晚饭也不肯吃，连阿唐都哄不好，后来……又加了一组降压药。”

春天是肝气向外舒展的季节，而肝脏的功能是调节全身气血运行，一旦肝气郁结无法排出，气血就会紊乱，诱发高血压。每年的这个时候，医院里高血压患者最多。

俞火明白唐开蒙是希望自己去看看他母亲，但她说：“恕我直言，依您母亲的情况，亲人的陪伴，远比我这个外人去看她一次的效果要好。”

“赫饶是楠楠的妈妈没错，老太太也确实想见她，但她和阿唐……”唐开蒙停顿了一下，考虑如何三言两语为俞火解释清楚。

俞火却以为涉及那位邢先生的隐私，唐开蒙才欲言，她就没让他继续下去：“我现在就和您去一趟病房吧。”

唐开蒙顿时觉得这位赤小姐不仅是小雷锋，更是小天使。他那颗媒婆心顿时又复苏了。去病房的路上，大蒙舅舅有心替外甥做个功课，了解一下小豆姑娘，结果俞火一句：“您母亲出现这种情况多久了？”打断了所有。

两人到病房时，正赶上老太太要输液。结果小护士才进针，邢外婆手背上的血管，竟以肉眼可见的速度歪了。

“啊，怎么回事？”小护士顿时就慌了，像手被烫了一样，迅速撤开。

俞火疾步上前，把扎在邢外婆手上的针拔下来，用棉签按住止血。

邢外婆眼泪汪汪地看着俞火。

俞火握着她的手，语气温和地哄：“没事啊，马上就不疼了。”随即又对唐开蒙解释：“晕针了，血管才会跑偏。”说话的同时看了看药，都是常用的降压药。

高血压本是慢性病，急症才需要静脉用降压药。所以昨天因为她，老太太原本恢复正常的血压又高了？

俞火有些内疚，她说：“奶奶，舌头伸出来我看下。”

邢外婆乖乖地伸出了舌头，舌红苔黄。

俞火把三指搭在她腕上的寸关尺处，脉弦数。

再结合唐开蒙路上所说，老人家血压升高时，伴有眩晕、头目胀痛、易躁易怒的症状，她的诊断结果是，邢外婆是肝阳上亢，就是西医所说的高血压。

在中医里，《黄帝内经》中“诸风掉眩，皆属于肝”是对高血压的最早认识。中医认为，身体有时是需要提高血压以加速血液循环将外邪排出体外的。在治疗高血压方面，中医更讲究调节反应，因势利导。

依邢外婆现在的情况，俞火并不建议再输液了。毕竟，长期服用降压药，会压制身体的自身调节能力，加重脏器的调节负担，压而不服，纠而不正，久而久之又添了新病，就是西医常说的副作用。

老人家又在这时祈求似的看着她，哽咽地说：“不想打针。”

唐开蒙闻言则说：“妈，这是最后一组药了，打完，明天就能回家了。”

倪妩也跟着劝。

连刚刚躲在一边不敢看太婆打针的楠楠也小大人似的说：“太婆，你乖一点哦。”

医有三戒：医不自治、医不叩门、医不戏病。在邢外婆有主治医生的情况下，他的家属也没有提出要她诊治，正常情况下，俞火不应该主动上手。即，医不叩门。而她刚刚给邢外婆看舌头和号脉，其实已经犯戒了。俞火没急着说话。

护士长在这时匆匆赶来。

邢外婆一看见她突然激动起来，边往床上躲边以带着哭腔的声音迭声说不打针，最后更是死死拉住了俞火的手，手劲大到俞火都感觉到了疼。

俞火就忍不住了。她回握住邢外婆的手，对唐开蒙说：“要不一会儿再说吧。否则奶奶情绪波动过大，强制降压会破坏她自身的血压调控机制。”

唐开蒙见母亲反应如此之大，也不舍得硬来，赶紧把护士长带出了病房。等他再回来时，老太太已经止了哭，乖乖地靠坐在床头，俞火边削着苹果边逗她说着话：“奶奶还记得我是谁吗？”

邢外婆认真地看着她：“你是……小豆。”

自己挖的坑，跪着也得往下跳，可俞火没办法欺骗老人家，于是说：“那奶奶不能再叫我饶饶了，我真的不是。”

邢外婆点头：“是小豆，不是饶饶。”

俞火禁不住笑了，她有点无奈地附议：“嗯，小豆。”

这个看上去气质有点冷的姑娘，面对老人和孩子时，却是另外一番模样。唐开蒙因俞火对自己母亲的温柔和耐心，全程点头笑着。

等邢外婆吃完苹果，俞火用大拇指的指腹，自下而上用推法推位于她耳后翳风到缺盆即锁骨上窝处成一条线的桥弓穴，先推左侧，再推右侧，然后再分别揉、拿左右侧。

整个过程也就十分钟左右，再看邢外婆的脸色，先前面红耳赤的症状已经消失了。俞火给她量了个血压，收缩压小于140，已恢复如常。

唐开蒙和倪妩都惊呆了。

俞火才解释说：“我刚刚给奶奶推的是桥弓穴。那是人体颈动脉窦的部位，是内脏反射点，按摩这个穴位可以令心率减慢，血管扩张，以起到降压的作用。”

唐开蒙眼里全是赞赏：“我看你刚刚好像也没太用力，就是很慢很柔地按。怎么效果像是武林高手运功，输入内力呢？”

自古医武不分家。看似轻柔，实则是有气功相助的。但这些，俞火不会对一个外人说，她只一笑：“在一定的穴位或部位推拿，有降低中枢神经系统兴奋性，降压的作用。要是你们感兴趣，我可以教你们，平时可以帮奶奶保持血压正常。”

那还输什么液啊！唐开蒙和倪妧一起，推拿手法学起来。

之后林木打来电话说：“俞大夫，您今天来医院吗？我单位有点急事要赶过去一趟，您看……”

俞火今晚不想回基地，正有意留下陪护，闻言立即答应下来。

唐开蒙原本有意留俞火到邢唐回来，见状才反应过来，人家也是来探病的，赶紧说：“实在不好意思，赤小姐，耽误你时间了。”

“没关系。”俞火看着邢外婆那双充满慈爱、不舍、期待的眼睛，问她，“奶奶，我刚刚给你按摩得舒服吗？”

邢外婆一个劲点头，还说：“再也不扎针了。”

那可不行。俞火握着她的手：“有时候必须扎针，但再扎我们找个会扎的，不扎疼，好不好？”

邢外婆犹豫了一下，很听话地点头。

俞火这才说：“现在有个人也需要我过去给他按摩，他病得很重，还躺在床上呢，按摩不好，他就走不了路，奶奶你说，我是不是得去啊？”

邢外婆也不留她了，甚至还催促道：“那你快去帮他按摩。”

俞火却没有一走了之，为避免老人家再次因自己产生大的情绪波动影响健康，她很耐心地说：“奶奶，我平时工作是在G市。G市，你知道吗？离这儿有点远，要坐飞机才能去，所以我不太方便来看你。你能答应我，以后都按时吃饭吃药、不发脾气、不生气吗？”

邢外婆转头问唐开蒙：“邢宝也在G市吧？”

唐开蒙眼睛一亮：“没错，阿唐也在G市的。”

邢外婆似乎就理解了：“你们工作都忙，就不用总来看我了。”

俞火隐约觉得哪里不对，一时又说不出不对在哪里。见老人家不再强留她，又没有任何的不开心，借机告辞。

倒是楠楠跟出来问："小豆姐姐，能把你的手机号码告诉我吗？虽然我妈妈不让我玩手机，但我们也不一定天天聊天，不会让我的眼睛变坏对不对？"

唐开蒙差点没忍住拍大腿了，心想：这小丫头，总算是要为她干爹干点实事了。

然而，连名字都不愿如实相告，俞火又怎么可能轻易留下联系方式？

她眼睛一转："楠楠，我们来做个'找朋友'的游戏好吗？如果哪天我们又遇见了，就表示我们要做一辈子的好朋友。作为游戏奖励，我们再交换联系方式好吗？"

这根本就是在说：再也不见啊小鬼。这个小机灵，浑身的套路。

唐开蒙看向楠楠的目光瞬间充满了期待，希望小丫头反问一句："万一遇不到怎么办？"

结果他低估了游戏对小孩子的吸引力。楠楠兴高采烈地说："小豆姐姐说话算数哦。"

唐开蒙的内心是崩溃的，他给邢唐发信息："大外甥，舅舅我尽了洪荒之力了，无奈你干女儿不争气！"

第二章 × 无奈不相识

邢唐对那边的情况一无所知。离开医院后，他开车去位于城西的子公司——大全拆迁。他到时，助理西林、开发拓展部副总、工程管理中心和市场营销中心负责人，以及征拆部经理等相关人员正小声讨论着什么。大家见他到来，立即收声，正襟危坐。

邢唐在会议桌主位坐下，稍显沉默地看了右首的西林一眼："开始吧。"

面前的男人只是西裤与白衬衫的搭配，连领带都没系，身为上位者的威严却丝毫不减。西林注视这位自己跟了多年的年轻老板，恭谨地点头。

从市场营销中心开始，针对大唐在A市的"一生之城"项目，每个人逐一汇报所负责工作的推进节奏。对于他们所遇到的问题，邢唐一一给出指示。

他声线低沉严肃，神情寡淡沉寂。与会者愈发小心翼翼，生怕由于征拆部未按时完成拆迁安置协议签订惹火老板，进而牵连自己。

曹文浩作为大全的负责人，明知道自己的工作进度不能令人满意，也只能硬着头皮说："尽管每个项目都会遇到几个有'勇气'的钉子户，提过分的条件、多要面积和补偿金，试图一夜成为'拆二代'。但像木家村这种情况，老曹我还是第一次遇到。邢总，对于那些特殊拆迁户，我能不能……"他及时刹车，看向邢唐，"我是担心再这么发展下去，事情会越闹越大，不知道的，还以为大全是骗子公司。这对集团的声誉也会有影响。"

包括西林在内，在座的人都以为邢唐会生气。毕竟，印象中的小邢总不是个好脾气的人。尤其未按时完成拆迁安置协议的签订意味着无法如期进行拆迁，会影响整个项目的进度。曹文浩不仅没有拿出一套有效的解决方案，似乎还要采取一些非常措施。

邢唐却只是淡淡地看他一眼："你认为我们的特殊拆迁户的补偿办法合理吗？"

曹文浩实话实说："木家村地理位置偏，被拆迁房屋面积过小，这类房屋如果选择产权置换，根本没有同样面积的安置房。如果我们严格按照'拆一还一'的原则，对于超过原房屋面积的部分，即使按成本价来补足差价，被拆迁户也是要哭的。而且根据我们的调查统计发现，被拆迁房屋又有很多是没有房产证的私建滥建房，属于违章建筑，正常来说也是不给补偿的。我们的《特殊拆迁户补偿办法》里针对这些情况，都有相应的补偿措施。只要是懂点法的人，都该明白被拆迁户不仅不吃亏，还是占了便宜的。"

"既然我们的《特殊拆迁户补偿办法》符合《A市房屋征收与补偿实施办法》，就不存在欺骗。"邢唐声音不大，语速不疾不徐，但他所说的每一个字，都充满威力，"被拆迁户之所以还不满意，无非是因为在他们看来，产权置换方式变了。作为现有的产权所有人，在他们本人或是亲人入住我们的‘康养小镇’后，在规定的年限之内，不经我们的同意，他们不能擅自处理或使用房屋。这就是我们‘一生之城’提出的养老新理念。作为‘持续照料型养老社区’，我们推行这一理念遇阻是意料之中的事。”

等西林给众人分发完特殊拆迁户资料，邢唐继续：“这里面的拆迁户都是无配偶，无子女，没人照顾，年纪超过六十周岁，丧失劳动能力的孤寡老人。他们虽享受最低社会生活保障待遇，但他们的居住环境很差，人均居住面积不足二十平方米，属于住房困难户。我们按照住房面积最低保障进行补偿安置，对他们来说，装饰装修、搬迁费等也是一笔不菲的开支。随着年龄的增加，他们后续还要面临就医压力，以及无人照顾的难题。这样看来，我们的‘康养小镇’是他们最好的选择。”

对这些孤寡老人而言，老有所养比什么都重要。

他们应该是首批签约的特殊拆迁户。

曹文浩被点拨了，兴奋地说：“我马上安排人去和他们谈。”

最后邢唐说：“法务部的人今晚就到，从明天起协助征拆部进行谈判，根据特殊拆迁户分类，分批分次逐一讲解拆迁补偿办法。”

会议结束后，邢唐在曹文浩和西林陪同下，亲自到木家村去看了看。路上收到唐开蒙的信息，一个视频，一段文字。视频他没点开，至于什么洪荒之力，他看得莫名其妙，也没回复。

到了木家村，曹文浩边在前面带路边说：“这里距离市中心较远，年轻人基本都搬走了，只剩下一些老人居住。但最近很多年轻人又回来了，不少人家里都打起了地铺。”

这是为了在和拆迁办谈判时，争取多要一点面积或补偿。

邢唐理解，注意到前面路口有临时搭建的棚子塌了，他问：“怎么回事？”

“我们的拆迁工作还没开始，应该不是施工造成的。”曹文浩赶紧说，“我去问问。”

几分钟后，他回来说：“前两天有人叫了救护车，这棚子堵了路，车进不去，病人家属给砸的。”

原来是私建滥建造成了道路的梗阻。

邢唐环视四周，房屋和棚子一个接一个相邻搭建，山墙共用，各式矮危建筑粘连成片，俨然分不清单体建筑是哪些了。明明已是春暖花开的四月，却因下水管道排水不力，没有厕所，垃圾遍地，导致家家户户门窗紧闭。

选择居住在这样的环境下，是多么无奈和无能为力。可面对合理的拆迁补偿，他们还是不接受。邢唐的表情黯然。

随后的时间里，他走访了几家被拆迁户，想借此了解他们的真实想法。

对于拆迁一事，老人们大多欣喜地表示：“等了一辈子，终于能住上楼房了。”

还有一户老人则含着眼泪说：“也不知道老林还有没有命住上新房。”

邢唐问过才知道，老林是位退休教师，是最早，也是目前为止唯一签了安置协议，自愿入住康养小镇的人。但他儿子儿媳似乎对此很有意见，回来吵了几次。前天林老师中风发作，被救护车接走了。

回想路口那处破烂的棚子，邢唐神色凝重。又和老人聊了片刻，他转入下一家。

相比林老师的“勇于尝新”，年轻人对于康养小镇则是完全不认同。他们几乎一面倒地认为开发商太黑心，要骗他们父母的养老房。

什么持续照料，什么老有所养，都是噱头。

还有更过分的，居然有人说：“我都打听了，那个姓邢的开发商逼死了弟弟，把继母也搞下台了，是个不择手段的奸商。这样的人会做公益项目？骗谁啊！”

什么风度、身份，统统都顾不上了，曹文浩和西林撸起袖子就要和那些人干架。

邢唐拦住了他们。他说：“算了。”

曹文浩气得脸都红了：“邢总，你听听，他们说的是人话吗？”

邢唐平静地说了五个字：“但我们是人。”

回去的路上，他异常沉默，望向车窗外的那双锐利沉湛的眼，仿佛写满了心事。直到和从 G 市赶来的法务部的人碰过面后，邢唐才恢复如常。他在会议的最后，总结性地说：“我就一个要求：不允许出现一例‘逼签强拆’事件。”

他说这话的时候语气依旧是淡淡的，却字字有力，不怒而威。饶是曹文浩这位跟着邢唐打江山的元老级人物，脸色也变了变。

邢唐回到医院时有些晚了。见外婆不仅没闹脾气，还眉眼带笑，他才稍稍放心。

外婆看见他却说：“邢宝，你怎么又回来了？”

邢唐莫名，他看向唐开蒙：“你和她说我回去了？”

唐开蒙一脸茫然：“没有啊。”

邢外婆拿起沙发上的西装外套塞给他：“你媳妇儿都走了，你还在这儿干吗？赶紧回家。”

邢唐低头看看那件俞火穿过的外套，问唐开蒙：“她来过？”

“你说赤小姐？”唐开蒙笑着把下午俞火来病房的情况回顾了

一遍，末了说，“可你外婆明明都改口了啊，一口一个小豆的，就差拜把子了，这怎么又变卦强认人家做孙媳妇儿呢？”

邢唐无语：“外婆是病人，糊涂情有可原，你也跟着添乱。”他扶住外婆手肘，“我不是说过了吗，那是……”

“我知道那是小豆。”邢外婆眼里有着明显的责备之意，“你看人家小豆多大气，都没告你的状。”

告状？邢唐不解：“我怎么了？”

邢外婆打了他手一下：“你敢说你没惹小豆生气？要不她干吗趁你不在才来看我？那明明就是在躲你。”说着硬往病房外推他，“赶紧回去道歉，不哄好了媳妇儿，别来看我。”

邢唐站在病房外，听见老太太和唐开蒙抱怨：“你说说这个邢宝，那么好的媳妇儿不好好疼，是多么不懂事！”

被拒之门外的邢唐哭笑不得。他在病房外站了片刻，又回车上吸了支烟，才想起来自己还没吃晚饭。邢唐拿出手机，准备发条信息给唐开蒙，让他推荐一家店。打开微信对话框，就看见了那条没有查看的视频。

他这才点开。

视频里，俞火正在为倪妩演示手法，她嗓音轻柔，徐徐道来：“两只手的中指、无名指、小指弯成握拳的姿势，像这样……”

一双素白的手随即出现在眼前，手指修长，指甲修剪得很漂亮，没有涂指甲油，没戴戒指，唯有腕上那个精巧的手镯，衬得她手腕纤细、肤白如雪。

邢唐不禁想起那一天握着她手的感觉，柔软、温暖。

俞火继续：“食指半屈，拇指伸直在上，食指在下，这样用拇指和食指从颈部的大椎穴向腰骶尾部方向捏脊……”

楠楠清脆的童声插进来：“小豆姐姐，你看我这样对吗？”

外婆也问：“是不是这样啊？”

她眉心儿不可察地微微一聚：“……嗯，挺好。”显然有点违心。

外婆得到表扬，开心地说：“小豆教得好啊！”

那双含笑的眼睛此刻毫不设防，邢唐听见她说：“是奶奶聪明，一学就会。”

邢唐见过太多漂亮的女人，可此刻镜头里这个没有化一点妆的年轻女孩儿，整个人的轮廓格外好看，眼角眉梢皆有笑意的模样，落在他眼里，比满城的灯火更璀璨。

“小豆，呵。”低沉的嗓音里隐有笑意。

由于当晚林木不能陪护，俞火理所当然留在了医院。

傍晚时，黄药子把她的行李箱送过来：“正好明天直接从医院去机场，还比从基地走近。”

他一副任她自生自灭的口吻，惹得俞火不满：“也太潦草了，假装问一句要不要送机也行啊。”

黄药子笑着望她：“我接机的时候可是有人说，接来送去好矫情。”

俞火有点委屈地“喊”了一声：“原来在这儿埋伏我呢。”

韩树在这时推开病房的门：“明早我下夜班正好送你。”复又转首问黄药子：“不是说你们郑总过来了吗，这么早放你走？”

黄药子看一眼俞火：“正好和她通话时郑总在，我就借机脱身了。”

他向来不喜应酬，俞火是知道的，她没多想。

得知两位师兄约了一起吃晚饭，俞火有心抢单，以表对韩树关照林老师的谢意。

韩树看向黄药子：“我们两个大男人在，让一个小师妹买单，这像话吗？”

黄药子瞥了俞火一眼，开口时声音里有散漫的笑意：“她向来秉持‘请人吃饭，不如请人流汗’的原则，难得主动相邀，我们一定不能客气，要不就选附近最贵的海鲜酒楼？”

韩树眼里的笑意加深了：“这个馊主意很有建设性。”

然而，当俞火照顾林老师吃过晚饭，安排好护士照应着，那两位师兄已经把饭菜买回来，提到韩树办公室了，只等她就位，立即开餐。

三个人都是中医，很注重时令养生，深知清明时节干燥多风，人体内肝火旺盛，除了要多喝水，饮食方面应以平肝补肾润肺为主，以健脾扶阳祛湿为食养原则。点的菜都是利于肝脏生发、疏泄、养阴的食材，像荠菜山药羹、菠菜煎饼。而那些发毒助火助邪的海虾、海蟹等硬菜，一个都没有。

韩树还泡了“祛寒邪，助理郁”的茉莉花茶，让办公室里弥漫着茶香。

一切都是那么舒服。

见她来，韩树笑得温厚：“粗茶淡饭，让师妹见笑了。”

俞火唇角微翘：“这么讲究营养的席面，我可不会客气。”

“本以为能借韩树的光宰你一顿，结果……”黄药子唉了一声，很是惋惜的样子。

俞火还气他：“你们走过路过错过，下次且有的等喽。”

此刻，她眼眸清亮，神色狡黠。屋内，灯光静谧浅淡，映得她的脸多了几分温柔和慵懒，韩树的心里如同被什么轻轻撞了一下，瞬间柔成了窗外的夜色。

他静默几秒，笑了：“中医学的特点是枯燥和海量，那么艰辛而又漫长的学习过程，师兄们都熬过来了，还没耐心等师妹的一顿饭吗？”

一句“师兄们”等于把黄药子也包括其中了，恰到好处地掩盖了他心中那隐约滋长的情意。黄药子看着袅袅升起热气的青花瓷杯，嘴角浮起一抹淡笑。

简易的办公室，温和清淡的小菜，再加一壶花茶，还有共同的中医话题，晚饭的气氛可想而知。黄药子从医院离开时都十点多了，俞火作息规律，简单洗漱过后，也准备休息。

却翻来覆去睡不着。

一闭眼，眼前就出现戴着老花镜的奶奶，或在窗前给花浇水，或是坐她对面和她下棋。

昨夜已经没睡好了，俞火不想再熬一晚。她左右手拇指交替按摩两手臂的神门穴，按足五十次换手，之后又用双手中指按在位于耳垂后的安眠穴上，把握着力度按揉，助眠。

直到手指微酸，依旧无睡意。

俞火在黑暗中打开手机一看，已临近十二点。她索性起来，打算去外面找夜宵吃。

这其实并不符合她健康的饮食习惯，可即便是中医，也不可能做到生活起居完全遵照养生之道而来。偶尔破个戒，不算犯规。

这晚同样睡不着的，还有邢唐。

看完视频后许久，他给唐开蒙发信息：“附近哪儿能吃饭？”

唐开蒙对周边比较熟悉，很快发来一个地址。

邢唐穿过主街，走进小巷，来到一家装修清雅的餐厅。这个时间客人不多，他在靠窗的角落坐下，翻开菜单点了几个招牌菜，一个人慢条斯理地吃起来，完全没注意一路都有人尾随。

等唐开蒙把老母亲哄睡了过来，他早吃完了。唐开蒙又让老板炒了两个菜，边吃边说："我从来都不知道你外婆竟是个喜新厌旧的人，我也是服气了。提到赤小姐，就一副要给你们赐婚的架势，什么饶饶，好像根本没那么个人。"

邢唐略略抬眼："还不是你给她创造机会，否则她能误会？"不用问他也知道肯定是自己这位舅舅把俞火请去看外婆的。

"我那是给你创造机会。"唐开蒙没好气，"你外婆再闹，等你走了，很快也就没事了。可你想再遇见赤小姐，是那么容易的吗？你当 G 市是大唐，人人都对你俯首称臣？"

邢唐用手指碰了碰眉心："不要乱点鸳鸯谱。"

"你还知道这是鸳鸯谱？"唐开蒙有点恨铁不成钢，"怎么，失败过一次，就不会爱了？"

邢唐轻哂，像在笑他舅舅，多大岁数的人了，还张口闭口爱不爱的。

唐开蒙"嘁"了一声："再过十年，我也会对你舅妈说，我爱她。"

邢唐脸上的笑意犹在："知道你们感情好。"

"那是。"唐开蒙继续，"除了你舅妈，我没见过有谁能对一个有点磨人，又稀里糊涂的小老太太那么耐心。而且，你知道吗，那丫头不仅很神，哄人还特有一套……"然后就把俞火给老太太推拿降压，以及临走前那一套安抚的说辞转述了一遍。

邢唐没说话，可连他自己都没发现，眼眸里始终含着柔软的笑。

唐开蒙是个粗线条，也没注意到外甥眉眼处的温柔，径自道："本来我想找个合适的机会给你澄清一下，可当着老太太的面，我也不好说太多。”

邢唐看向他：“给我澄清什么？”

唐开蒙啧了一声：“你外婆拿人家当孙媳妇儿，你干女儿当着人家的面喊你爸爸，你说我要给你澄清什么啊，楠楠爸？”

楠楠爸——什么鬼！邢唐失笑。

唐开蒙以为他这一笑是表示不必解释的意思，立即说：“你未娶，她未嫁，郎才女貌，不发展一下对得起这一再相遇的缘分吗？”随后他又叨叨，“干等你也不回来！幸好我机灵，趁送她的时候多问了两句，搞清楚了她老师所在的病房。你明天赶紧找理由过去刷刷存在感。”

邢唐本该拒绝这个馊主意，却说：“发过来。”

“什么？”

“病房号。”

唐开蒙闻言兴奋地拍他肩膀：“这就对了。那么漂亮又善良的小雷锋小天使小机灵，不占为己有就是暴殄天物了。”片刻不耽误地编辑了信息发给邢唐。

邢唐看了眼手机，又垂眸想了想，朝唐开蒙伸手。

大蒙舅舅一愣：“什么？”

邢唐问：“她走前没留下点别的什么吗？”

唐开蒙恍然大悟，从裤兜里掏出两张纸：“她说你外婆长期服用降压药会有副作用，建议喝点中药调理一下，叫什么‘增效减副’。唉，她说得好专业，我也听不太懂，你说气人不？”

他把两张方子递给邢唐：“我找了位老大夫问了下，还把人请来给你外婆号了脉，那老大夫说，配伍没问题，可以说很好很优秀，但剂量太大了。然后他又留下个方。我就不知道该按哪个来了。”

邢唐接过两张方子对比了一下，配伍完全相同，剂量却几乎差了二分之一。他连犹豫都没有，直接把那张剂量大的评价为“很好很优秀”的药方，用手机拍照发给唐开蒙：“照这个给外婆抓药。辛苦舅妈亲自熬，不要医院代煎。”说完把两张药方折好，都放进了西装内袋。

“等等。”唐开蒙有点糊涂了，“你知道赤小姐是大夫啊？你们，真认识？”

邢唐没答，只是忽然就想喝点白酒。

老板推荐店里的一款酒，说是纯粮酿造。邢唐也不挑，听说用五六十摄氏度的热水烫一下酒会提升口感，他就让老板给烫了一小壶。端起酒杯时，已经有扑鼻而来的辛辣味，他先抿了一口，觉得还不错，就端起杯子，仰头把那大半杯酒一口干了。

唐开蒙吓了一跳：“这可是白酒，哪有这么喝的？你不想说我不问就是了，不用把自己灌醉吧。我告诉你，酒后吐真言的，你别一不小心把小秘密说出来，我不听！”

邢唐听得想笑，而这一大口和先前抿一口的感觉也截然不同，那种火辣瞬间从喉咙烧到心头，胃里的灼热感久久不退，整个人都像着了火一样热起来，他几乎是瞬间就感觉到头有点晕。

这酒上头啊。

见邢唐脸有点红，唐开蒙赶紧扶住他：“这里离医院不远，我们马上回去。”生怕外甥一不小心喝出个胃出血来。

邢唐坐着不动：“我先缓缓。”可缓了几分钟，眩晕的感觉不减反增。他意识到，这酒怕是一时半会儿醒不了，得回去睡一觉。

饭馆距离医院不远，开车反而绕远，两人之前都是走来的。此刻，邢唐一再强调走回去没问题，唐开蒙才答应步行。

邢唐只是有点头晕，没有达到醉的程度。唐开蒙却不放心，非要搀着他，边走边埋怨："你说你都戒酒了，怎么又突然喝上白酒了？这要是让你外婆知道是我带你出来喝醉的，不得打死我啊！亲儿子什么的，也不好使。"抬头看了下路，他扶着邢唐左转，进了一条暗巷。

寂静的夜色，空荡的小巷，除了被夜风吹得沙沙作响的树叶声，表面看来没有什么特别。走过巷子，再往前五十米，穿过主街，就到住院处侧门了。

唐开蒙听到身后有脚步声，并没当回事。毕竟他们两个大男人，没什么可怕的。可随着脚步声渐近，他忽然听见一道熟悉的女声大喊："小心！"

邢唐当时微微低着头，闻言瞬间睁眼，就看见身后一道黑影，正举着什么朝他砸下来。

酒意尽散。他本能地一把推开正抬头看向巷口的唐开蒙。

等他侧身再躲，显然晚了，钢棍夹杂着风声落到他身上。邢唐瞬间就觉得半边身子都麻了。所幸只是棍梢扫到肩膀，否则这一下要是落到头上，不死也得半条命。

唐开蒙回身，看到一个额头带疤的大高个，手里握着一根一尺多长的钢棍，边招呼着："是他没错，上！"边抬手，握着钢棍朝邢唐抽过去。

与此同时，不知从哪里冒出来六七个手持棍棒的壮汉，把两人包围了。

邢唐左肩刚被钢棍击中，此刻胳膊已经抬不起来，但在大刀疤挥棍打过来时，他迅速反应，把手里的外套抽向对方面门。对方闪躲间，他猛地挥出一拳，砸在大刀疤握着钢棍的手臂上。

大刀疤手上脱力，钢棍向地面掉落。

邢唐抄起钢棍，反身一棍将扑向唐开蒙的小个子打翻在地。但他显然控制了力道，更没朝对方要害部位下手，等他扶住唐开蒙，把手里的钢棍塞给他，那小个子已经又站起来了。

下一秒，双方打上了。

大刀疤寻到偷袭的机会，抬腿向邢唐腰腹踢去。

他个子高，身形壮硕，更在这一瞬把浑身的力都聚集在腿上，真落到邢唐后腰上，后果也是不堪设想。结果不知道从哪里伸出来一双手，一把扣住他脚踝。随着一股他抵挡不了的力量袭来，他腿上的力被那双手卸去，随后那手向后一拉，他双腿被迫劈开，整个人嘭的一声摔倒在地。

看清对方是个女人，他恨恨地骂："小娘们儿，看我不弄死你！"说着连滚带爬地起来。

邢唐一个扫堂腿把对方踢翻在地，随即扣住俞火手腕，把她拉到身后护住。之后再出手，就没先前那么客气了，而他无论如何动作，身体始终紧贴着俞火，确定她在自己触手可及的位置。

俞火在某个瞬间突然脱离了邢唐，她跨前一步，把抄在手里的酒瓶砸出去。

瓶子崩碎，一个壮汉鲜血直流。

那边被围的唐开蒙才得以脱身。

邢唐看着她出手间的利落，眼瞳暗了暗。

俞火却对他刹那间的分神很不满，喝了句："看着后面！"同时一侧身，快速出手，在扑过来的另一人腰间点了一下。

那人踢过来的脚就没了前一秒的来势汹汹，无力得如同踩空似的，一个趔趄摔倒在地。

又有人欲攻击他们，邢唐手中钢棍一握，就要挥出去。俞火先他一步，以指为拳在对方胸口上一击，那人如同触电，浑身颤抖地跪在一边，干呕不止。

警笛声由远及近传来，那几人互相看一眼，彼此搀扶着要跑。俞火回身去抓为首的大刀疤，没注意到有人正从斜刺里冲出来。

邢唐余光瞥见一个影子扑向俞火，可任他动作再快，也无法抢在俞火受伤前制止对方。他顾不得其他，一把拽住俞火手腕，把她整个人带进怀里抱住，不太灵活的左手下意识护住她头部要害。

等俞火反应过来前一秒发生了什么，邢唐左肩胛向下，大臂位置的白衬衫已血红一片，一道三寸来长的刀口，在她眼前皮肉外翻，向外渗着血。

他却眉头都没皱一下，只顾问她："你没事吧？"

对上那道透出焦急和灼热的视线，俞火下巴绷紧，眼神瞬间狠下来。

那壮汉像是没听见警笛一样，再次举刀刺过来。邢唐甚至都没反应过来俞火是怎么做到的，只感觉到她似乎是在自己手臂上点了一下，人已经挣脱他，抄起钢棍，手底下干脆利落，照着对方手臂一棍挥下去，一声清脆的骨折声"咔"地传来。

邢唐眉梢一抑，他自己都分不清是因为伤口太疼，还是被那一股蛮力惊到了。

只有两人被抓，其他几个跑了。

俞火对要带他们回派出所的警察说："我报警的时候说得清清楚楚，有十几个人在这儿殴斗，你们出警有多慢先不说，就来这么两个人？”她指着被抓的两个人，“如果不是这两个跑不了，除了我们三个受害人，你们还能抓住谁？”

她语气冷硬，带着质问和不满。而她刚才那一棍，下手有多狠，警察也是看得清清楚楚的，他不太客气地说：“你也不用急着发火，谁是受害人现在还不好说。”

俞火冷笑：“你该就近去医院检查一下视力。”

警察微恼：“哎，我说你……”

“警察同志，”唐开蒙冷静地说，“还是让我们先去医院处理下伤口吧，这儿流着血呢。再说不也得验伤吗？”

警察潦草地看了邢唐一眼：“没事吧？”

俞火此时正一手抬高邢唐受伤的左臂，另一只手的拇指在他上臂中段内侧摸到肱动脉搏动后，向肱骨方向按压，试图缓解出血情况，闻言抢白道：“要不你试试？”

见伤口出血不止，俞火边说“别动”，边松开按在邢唐左臂上的手，迅速摘下自己腕上的手镯，按开卡扣，从中取出两根银针，在出血位置上一寸下了一针。

伤口仍有出血。

她又在出血位置上一寸再下一针。

血就止住了。

这是什么小仙女，身上还藏着暗器？唐开蒙惊讶得下巴都要掉下来了。

邢唐的目光注视着俞火的手镯及她扎针捻针的手，移不开视线。

感觉到温热的气息落在额头上，俞火抬眸，不容反驳地说：“先回医院包扎。”

邢唐到了嘴边的，要回应警察的那句“没事”就变成了：“嗯，听你的。”

她看着他，嫣红饱满的唇，轻轻抿着。

对方那两个人情况也不太好：一个干呕得脸白得吓人不说，连路都走不稳了；另一个胳膊骨折，疼得嗷嗷直叫。

一行人一起进了医院。

负责清创的护士没轻没重的，她一上手，受伤都没吭一声的邢唐忍不住嘶了一声。

洗手回来的俞火听到动静走进诊室，不太高兴地说：“下手能不能别那么重？”

护士估计是生理期，比她脾气还大，闻言把手里的工具啪地甩到治疗盘里：“嫌我手重，那你来啊。”

好像能吓到我似的。姑娘，我是被吓大的，知道吗？俞火呵了一声：“别以为只有你是专业的。”见护士不动，她冷声道，“让开。”

“有什么问题，你们自己负责。”护士带着火气起身时动作幅度很大，差点把旁边的椅子带倒。

俞火脚上一钩一踢，椅子不偏不倚落在护士面前：“否则呢？你负得起？”

她那么不客气，邢唐非但没觉得她脾气差，反而心中一暖。

护士被反问得哑口无言，哼了一声走了。

可等自己上手，俞火又后悔了。面前的男人看着精瘦，此刻脱了衬衫才发现，竟是个有腹肌的。饱满匀称的腹肌还不同于肌肉猛男的鼓起，而是曲线分明，又美又有型，古铜色的肌肤每一寸都蕴含着力量，看上去结实而又性感，简直是行走的荷尔蒙。

她在心里骂自己没出息，眼睛则只盯着邢唐的伤口，而其他迷人的部位……看似眼观鼻、鼻观心的俞大夫，怎么可能控制得住不偷瞄两眼?

身材真不错。

但这并不影响她的专业性。

清创、缝合、包扎，俞火手法娴熟，步骤有条不紊。而那双轻柔的手如有魔力一样，碰触在他肌肤上，竟有瞬间止疼的作用。而她垂眸操作的样子，专业又专注。

邢唐注视着她，心和眼神一样，沉淀了某种又静又沉的情绪。那情绪来得太快也太强烈，几乎在瞬间破膛而出。

那情绪叫——心动。

唐开蒙这时为外甥取来了衣服。俞火好人做到底，接过衬衫帮邢唐穿好，最后还从治疗盘里取过棉花，沾湿后帮他把脖子上沾的血擦掉。

唐开蒙直朝邢唐眨眼。

邢唐眼里却只有一个人。

诊室里灯光柔和，她换下了长裙，此刻穿一身休闲服，上面还沾了他的血，用那双纤细素白的手为他整理衬衫，清理血渍。邢唐原本深沉的目光渐渐缓和下来，他说："谢谢你。"

俞火面无表情地抬眸："别误会，只是看你替我挨了这一刀，过意不去而已。"

此刻的疏远与先前怼警察、怼护士时表现出的维护之意，形成鲜明对比。邢唐消化了两秒，才强调似的说："那是两码事。"

俞火隐隐觉得他话里有话，却不肯多问一个字。

做完皮试，最后只剩破伤风针要打，值班医生和护士却连影都没见着。

俞火用砂轮划痕，掰开药瓶，用注射器把药液抽吸完，才忽然想到这是肌肉注射，通常都会在肌肉较厚，远离大神经大血管的臀部上注射，也就是“在屁股上打针”。

俞火几乎感觉到自己的脸在烧。

作为一名执业医师，她竟然因为肌肉注射而尴尬，好羞耻。

邢唐看着她瞬间红起来的脸，和手上的注射器，就明白了。

他轻咳一声，问：“需要我做什么？”

合理怀疑某人在线撩妹！

俞火呼吸凝住。

唐开蒙的眼睛在两人身上扫过，也明白了。他假装糊涂地说：“是要肌肉注射吧？阿唐，你手不方便，我帮你。”语气兴奋。

帮我当着人家姑娘的面脱裤子？邢唐抬眼盯了他一下，那愠怒而带着一丝警告和野性的眼神，落在俞火眼里，是爆棚的男人味。

心情莫名好了。她微翘了下嘴角，对唐开蒙说：“帮他把衬衫袖子撸起来。”

“啊，不是要打……”唐开蒙及时刹车，照办。

俞火在邢唐右上臂外侧注射。明显感觉到邢唐松了口气，她忘了掩饰嘴角的笑意。

一切妥当后，俞火要走。

邢唐握住她手腕：“你也让医生检查一下，看有没有哪里受伤。”

俞火看一眼他受伤的左臂：“拆线前不要用力和沾水，隔天换一次药。”末了才说，“我没事。”

邢唐不动，像是在质疑她话的真实性。

俞火抿了下唇：“我就是大夫，自己有没有受伤还不清楚吗？”

邢唐才松手：“那就好。”

俞火的手机在这时振动起来，屏幕显示又是一组奇怪的乱码数字。她边往诊室外走，边接起来唤：“阿砺。”

那边浅笑：“吵醒你了？”

“还没睡。”回想他昨天也是凌晨打来电话，她问，“是我们有时差吗？”

那边温声道：“没有，我们时间同步。”除此之外没做解释。

俞火就明白他不方便说：“我扫过墓了，明天回 G 市。”

那边嗯了一声：“我回不去。”

俞火本来也没指望他：“我偷了爷爷两瓶茅台带去了。”

那边也不心疼，很轻地笑了下：“你没喝醉吧？”

俞火跟着笑：“别忘了，我有千杯不醉的基因。”

那边知道她有分寸，也不和她争辩：“我过段时间才能回去，你注意身体。”

“我最擅长照顾自己了。倒是你，要小心。”

“我一切都好，你不用担心。”之后又问，“你作息一向规律，怎么这么晚还没睡？”

为了避免他担心，俞火只说了失眠的原因：“想奶奶了。”对打架只字未提。

那边静了一秒：“小九，你还有我。”

俞火几不可闻地叹了口气：“也有点想你。”

那边轻笑：“才有点吗？”

诊室内听不见那边说了什么，却能把俞火的话听得一清二楚。

唐开蒙有点泄气，一时间不太能接受小雷锋名花有主的事实。邢唐面上不动声色，内心却因她那声“阿砺”隐隐泛起波澜，那波澜撩动他的心弦，让他有种莫名的不快。

这时有位警察来问俞火："那个一直吐的，说是被你……"他顿了几秒，像是不知如何措辞，"你给他点穴了？那个什么，医生查不出来问题，你给瞅一眼？我看你刚才给里面那位止血，还挺像那么回事的。"

"点穴？"俞火把手机揣进兜里，表情略淡，"你当是拍武侠片吗？或者你来试试，看我会不会点？"她说着上前一步。

"哎，你站着别动。"警察退后一步，防备地看着俞火，"难道他不是被你打成那样的吗？"

俞火反问："他壮得像头牛，我体重 92 斤，说我把他打了，你信吗？"

回想她手起棍落的情景，警察的内心是信的。可是……

见他不说话，俞火又问："警察同志，还需要我做点什么？"

"打扰了。"

警察转身走人。

唐开蒙从诊室里出来："赤小姐，那个人是怎么回事啊？"

"没事，过会儿就好了。"

"骨折那个呢？"

"伤筋动骨一百天，养呗。"

邢唐听着她随意的口气，脸色略有缓和。

在派出所做完笔录已经凌晨三点。

回医院的路上，邢唐把外套披在俞火身上，说："夜里凉。"

西装还带着他的体温，将她包裹住。俞火拢了拢前襟，隔开夜里微寒的空气。

邢唐回想她打架的样子：“你练过柔道？”

俞火瞥他一眼：“我练过舞蹈。”

邢唐夸奖道：“身手挺不错。”

她也不谦虚，说：“嗯……还可以。”沉默了两秒，才问，“对方下手那么狠，显然是要你命，你还手下留情，认识啊？”

邢唐没马上答，静了几秒才说：“除了学生时期和欺负我弟弟的人打过架，今晚是我第一次和人动手。”回避了“认识啊”那关键性的一问。

俞火偏头看他，路灯下的男人轮廓分明，五官线条简洁。此刻，那双黑眸透出柔和而又安静的光，像在回忆，又似怀念，让他整个人散发出清俊的味道。俞火视线向下，看见那只垂在身侧的手，手指修长，骨节瘦削。是一双养尊处优的手，确实不像是能打架的。

她不说话了。

邢唐又问：“那么晚了，怎么一个人在外面？”

俞火答得随意：“出来吃夜宵。”

他眸色略深：“现在还想吃吗？”

她像是没听出来他语气里和眼中的邀请之意，答得有点冲：“都困死了，吃什么吃？”

他有点好笑地看着她瞬间奓毛的样子：“以后别再这么晚出门，你一个女孩子，不安全。”

俞火不太领情地回：“男人也不见得有多安全。”

以今晚为例，确实如此。

邢唐没话了。

唐开蒙在这时打到了出租车。他意图明显地抢坐在副驾位置，把后座留给他们。可惜俞火太困，上车就睡过去了，直到到了医院，才被邢唐叫醒。

下车后，俞火把外套还给邢唐，连句再见都没说就走了。

“你和赤小姐，”唐开蒙忍不住了，“你们是不是有小秘密？”

邢唐没正面回答，只纠正：“以后别叫她赤小姐。”

“那叫小豆？我是长辈，太随便了不好。”

在派出所时，她声称身份证丢了，只报了号码，他都帮她遮掩过去了。现下，邢唐喉结微微动了下：“她不姓赤。”

清晨时分，林木匆匆而来，手上提了个保温瓶，里面装着红豆薏米粥。

俞火以为是他带来的，刚要说谢，却听他说：“也不知道是谁挂在门把手上的。还有张纸条。”

趁热——纸条上仅有的两个字，笔力劲挺，力透纸背。

俞火的视线在上面停留了好几秒。

红豆薏米是祛湿的。这么懂得养生，不是韩树，还能是谁？因为他过来时自己还没醒，为了避免打扰，他才把粥放在外面？只是这字……怎么那么像自己的？

俞火眉心不自觉皱了皱，粥一口都没喝。

临走时，她给林木留下一个联系方式：“林老师身边一时离不开人，你如果兼顾不过来，可以打这个电话。张姐在护理病人方面很有经验，收费也合理。”

林木这两天也在考虑这件事，对俞火自是感激不尽。他把联系方式存好，犹豫了下才说：“俞大夫，您有朋友是律师吗？”

俞火瞬间想到木家村的拆迁：“你想咨询拆迁补偿？”

林木先点头，随即又摇头。

俞火听他说完，才知道木家村此次拆迁，涉及的不仅仅是补偿问题，还有置换后的房屋产权问题。在此之前，林老师已经和开发商签署了补偿协议，接受了新的产权置换方式。

林木和大多数村民一样，无法接受置换后的房屋产权在一定年限内不属于被拆迁人这种听起来很匪夷所思的事情。他几次三番回家劝父亲，希望父亲改变主意，抓紧时间解除那份协议。

林老师却坚决不肯。

"'一定年限'是什么意思？"俞火抓住重点问，"补偿协议带来了吗？"

"具体是什么意思我也不太清楚。但签了协议，会限制房屋的使用和交易是一定的。"林木迟疑了下，"协议我回头拍照发给你吧。"

俞火就明白协议在林老师手上，她提醒："林老师不能再生气了。"

林木挠了挠头："我知道，我会好好和我爸说的。"

俞火又问："是哪家开发商？"

林木答："城邦地产。"

城邦……大唐集团的子公司？俞火心中一凛。

去机场的路上，她低着头，用手机在网上查询城邦地产和木家村的相关消息。

晨间的阳光和煦地照在她脸上，恬淡、温柔。

韩树双手扶在方向盘上，问："是林老师家的事？"

俞火也不隐瞒，直说："林老师家那儿要拆迁了，据说开发商要建个养老院，叫'康养小镇'。"

"那是好事啊。中国已进入老龄化社会，国家不正提倡大力发展老龄事业吗？"得知林老师家住在城西木家村，韩树回忆了下说，

“那边拆迁的消息传了好几年了，但始终没动。直到去年年底，国土部在对全国城市住宅用地出让合同的开工进展进行摸底检查之后，拆迁办才设立起来。”

俞火有了兴趣：“所以那块地其实早就被政府挂牌出让了，但一直没进行土地征迁？”

“当时大唐集团摘牌后，很快就签订了土地使用权出让合同，只要按时支付土地款，征迁工作马上可以进行，土地就能依约交付。”韩树偏头看了她一眼，“可大唐的土地款却迟迟没到位。”

“大唐付不出款？”俞火颇感意外，“那既然征迁工作无法进行，国土部可以解除合同再挂牌吧？”

韩树说：“挂了。只是木家村又偏又远，地价升值空间不大，再加上最近两年房地产很不景气，根本没有新开发商接手。这个时候大唐再次摘牌，不知道怎么谈的，反正最终这块地又回到了他们手里，而征迁工作也由他们自己来。”

这应该属于毛地出让了。而这样出让土地涉及的法律关系复杂，还涉及土地使用权、房屋征收补偿等衔接问题，相比净地出让，是容易出现纠纷的。但鉴于城市规划的特殊性，有时也避免不了。

俞火话锋一转：“你怎么知道得这么详细？”

“我有个朋友是做房地产相关工作的，听他提过一次。”韩树索性把所知道的一股脑儿告诉了俞火，“听我朋友说，大唐是以‘关注公益，推动老龄事业’为理念，拿下的这块地。但怎么个推动老龄事业，此前我倒是不知道。听你说建养老院，那就对上了。”

俞火想到的却是：“你也说现在国家提倡大力发展老龄事业，那和养老相关的服务业，肯定是给政策、给扶持。初衷是好的，可也难免会成为某些人牟利的商机，未必能真的落到老百姓头上。”

“是啊。事物大多都有两面性。是真的公益，还是借此追求利益，还不好说。”发现她很关注这件事，韩树说，“这件事我留意着，回头有什么消息告诉你。”

尽管林木有所托，又事关林老师，但想到早上的红豆薏米粥，和他执意送机的热情，俞火还是说：“我也是随口一说。林木是被拆迁人，有什么消息他应该能第一时间知道。”

韩树没再坚持。到机场时，他把车停在了出发厅外，把俞火的行李拿下来后说：“就在这儿告别吧，不送你进去了。”说着伸出了手。

他这样进退有度、彬彬有礼，俞火又觉得自己想多了。

她递出手，诚恳地说：“谢谢韩师兄。”

韩树轻轻地握了一下她的手，语带笑意地问：“这谢的是哪件事啊？”

“送机啊，还有早餐。”俞火眼眸带笑，“至于林老师的事，我可没想浑水摸鱼，简单地以一个‘谢’字就此代过。”

韩树的注意力都放在她后一句上了。他注视俞火的眼睛，压抑而克制地说：“那是，怎么也得是顿大餐。”

俞火愉快地答应：“一言为定。”

等她转身，韩树才敢放任自己，目光如火般灼灼地落在她背影上。

航站楼里，值机柜台前，等待行李过检的俞火听见一道清脆的声音喊：“小豆姐姐。”

俞火回头，先看到的是不远处的男人。他还穿着昨晚那件她帮他换上的黑色衬衫，衬衣顶扣没系，喉结清晰可见。下身依旧是西裤，手上拖着一个粉粉的小行李箱，西装搭在臂弯里，站在人来人往的航站楼里，挺拔俊朗得让人想忽视他的存在都不行。

两人目光对上。邢唐的眼睛里映着沉静深邃的光。

下一秒，俞火的腿就被人抱住了。

楠楠仰着小脸说：“真的是你啊，小豆姐姐。”

这也太巧了。

俞火压下胸间涌起的异样情绪，低头问小丫头：“楠楠这是要去哪儿呀？”

楠楠笑眯眯地答：“回 G 市找妈妈。”

值机员在这时说：“行李没问题了。”随后把办理好的登机牌递过来。

拉杆箱拖地的声音乍然而止，正压在对方尾音上。行至近前的邢唐刚要伸手接，俞火抢先一步把登机牌从值机员手里抢了过来。

邢唐已把航班号看得清清楚楚，他洞悉一切似的笑了笑：“回 G 市？”不等她答，又补了一句，“我也是。”

楠楠闻言仰起小脸看他，俞火也是。

邢唐摸摸楠楠的小脑袋，话却是对俞火说：“方便帮我带她一下吗？我办下手续。”

俞火内心是拒绝的。

楠楠却已经拉住她的手：“小豆姐姐，我很好带的。”

当着孩子的面，她只能咬着牙说：“行。”

像是没发现她的不情愿，邢唐笑了一下：“谢谢。”

之后，楠楠一路跟着俞火。

邢唐先去了南程航空服务台，随后排队办登机牌。而他一来一回之间，都拖着那个粉粉的小行李箱，丝毫不觉尴尬，也没有把它交给她。

等他办好登机手续，他们一起过安检。楠楠个子太矮，摄像头拍不到她，要家长抱才行。邢唐刚要俯身，俞火想起他臂上的伤，就要上前帮忙。

邢唐伸手挡了一下："还是我来。"随即单手抱起了楠楠，同时对她解释，"她最近胖了，有点重。"

工作人员笑着看向俞火："你先生真体贴。"

俞火微怔。

楠楠则搂着他的脖子说："爸爸，我只是重了一点点而已。"

邢唐失笑，然后似乎就忘了向工作人员澄清自己和俞火的关系，或者是，他无意对一个陌生人解释什么。

登机前，俞火去了趟洗手间，再回来时，楠楠正坐在邢唐怀里，小脑袋枕在他肩膀上。邢唐低着头，轻轻地和她说着话。小丫头先是点头，后扬起小脸朝他笑。他就也笑了，是那种温柔又宠爱的笑。

从俞火的角度望去，他无疑是英俊的，高挺的鼻梁，薄薄的嘴唇，笑容柔和的侧脸线条，完美到无可挑剔。只要是正常的女人，面对这样一个男人，都会控制不住心动。

广播在这时催促登机。

邢唐抬头，眼睛在阳光下，带着几分寻找意味看向她。见到她回来，他对楠楠耳语了句什么，小丫头就从他身上下来了。他起身，对走近的俞火说："走吧。"

楠楠又过来拉她的手，邢唐于是继续拉着那个显然是楠楠的粉色小行李箱走在她们身后。俞火其实有点好奇他的行李，但她没问。走进机舱的一瞬，俞火还在想，看样子是要自己和楠楠坐，而他坐她的位置了。

俞火的座位比较靠前，走到那一排时，她刚要告诉身后的人，他已经顺着她的步子停下，把行李箱放上了行李架，再侧头问她："你坐哪儿？”

俞火指他身边的位置：“37A。”

邢唐拿出登机牌看了下，面色无异地说：“我也是这一排。”

楠楠问：“我可以坐靠窗的位置吗？”

正是俞火的37A。

于是，身高腿长的邢唐理所当然地坐在最外面，俞火则坐在这对“父女”中间。

直到飞机起飞，俞火都侧身对他，和楠楠你一言我一语地聊着天，像是刻意回避。

后来楠楠玩累了，缩在座椅里睡着了。俞火拉下遮光板，把她头顶的空调关了，也闭上了眼睛。总之，就是不和邢唐说话。

感觉到身旁的人呼吸均匀，邢唐把自己的外套披在她身上，注视她的睡颜片刻，他继续看航空杂志，却半天没翻一页。然后没多久，肩头一沉，身旁的人轻轻枕到他肩膀上。

邢唐静了几秒，肩膀向她倾了倾。俞火像是感应到什么，下意识往他身边蹭了蹭，睡得无知无觉。

邢唐偏过头，无声地笑。

俞火睡了一路，直到飞机下降期间颠簸了几下，她才猛地睁眼。意识到自己枕在男人肩膀上，姿态亲昵如恋人，她倏地坐直，发现邢唐也闭着眼睛，看上去像睡着了，才松了口气。可等反应过来自己刚刚枕的正是他有伤的胳膊，她懊恼地聚起了眉心。低头看看身上的外套，俞火犹豫了一下，轻轻搭回他身上。

邢唐才像被惊醒似的睁眼，他先低头看看身上的衣服，才看向她。

俞火迎着他的目光说：“明天该换药了。”

邢唐点头：“我记着呢。”

俞火问："有什么不舒服吗？"

他说："没事，都挺好。"

俞火根本不信："比没伤的那边还好？"

邢唐注视她，实话实说："有点疼。"

俞火垂眸，沉默两秒，打开自己的手包，拿出两片膏药："肩膀上不也挨了一下吗？贴这个，对局部的软组织损伤有一定的治疗效果。"然后又是一个小瓷瓶，"清创消毒后外敷，促进愈合。"

邢唐看着那两样东西："你自制的？"

"怕有毒？"她说着就要收回。

"怎么会？"邢唐赶紧接过去，"你不是中医吗？改学西医了？"

俞火的视线落在他脸上："你怎么知道我是中医？"

她的反应倒真像不记得他了。邢唐直视她眼睛，目光透出询问之意："用银针止血是中医的急救术吧？听说，大夫为患者治病时，都是用最有把握、最擅长的方式。况且昨天，你不是还给我外婆留了张药方吗？而你缝针的手法，也很娴熟。"

一中一西，他倒是不确定她究竟是中医，还是西医了。

这样的说辞滴水不漏。俞火没再说什么，转过头去。

他的问题就这样被忽略了。邢唐顺着她的视线看向舷窗外，天空湛蓝如洗，白云像波纹般一路铺陈到天边，美不胜收。一如触手可及的她，哪怕只是略显不悦的侧脸，也是绝色。

飞机快落地时，楠楠才醒。下机后，楠楠依然黏着俞火，像是失散多年的姐妹。最后还是邢唐说："楠楠，该和姐姐说再见了。"

楠楠转着黑葡萄似的大眼睛说："小豆姐姐，现在可以告诉我你的电话号码了吧，我们又见面了呢。"

俞火才想起自己和小丫头"找朋友"的约定。她摸摸楠楠的头说：“我已经告诉你爸爸了，一会儿你问他。”然后抬起头，用那双清亮的眼眸看向邢唐。

俞火欲言又止。

邢唐的目光灼热专注：“是有什么话要对我说吗？”语气温和柔软，带着鼓励和期待。

终究是失望了。

俞火注视他沉湛的眼一秒，转身，竟连句再见也没说，就那么走了。

楠楠拽他的手：“干爹。”

邢唐的视线追随着那背影，目光中的疑惑和恋恋不舍平分秋色。半晌，他才垂眸：“怎么才改口呢？”之前小丫头可是一直叫爸爸来着，叫得他都想直接提醒她可以改回“干爹”了。

楠楠则有自己的小想法：“那之前都是叫爸爸的呀，突然又叫干爹，小豆姐姐多奇怪呀，你解释起来又麻烦。”

居然还在为他着想。可这样，她是真的误会了吧？邢唐发现自己竟然有些介意，他摸了摸鼻尖，兀自笑了。

唐开蒙在这时打来电话，问他：“在哪儿？怎么还没回来？刚才手机还提示关机。再联系不上，我都要报警了。”

邢唐顿了半秒：“我回 G 市了，刚刚在飞机上。”

“啊？”唐开蒙不解，“不是说先把楠楠送回去，你留下跟一下木家村的事吗？”

本来是向航空公司申请了无成人陪伴儿童服务，准备先把楠楠送回去，所以他并没有带自己的行李，结果遇见俞火，鬼使神差上了飞机。

邢唐莫名叹了口气，一副很棘手的模样。

接机的赤小豆问："那谁啊？新朋友吗？颜值很能打啊。"

俞火循着她的目光看过去，邢唐正站在另一侧出口处，与抱着楠楠的一位身材高挑的年轻女人说着话。两人明明没有任何的肢体接触，可彼此的神情在她看来，又似乎有说不出的亲昵，显然是很亲近的人。她收回视线，拉着行李箱往外走。

赤小豆边跟上去边三步一回头："我可什么都看见了。"

俞火不以为意："你看见什么了？"

"看见他陪你取行李，你们一起出来，以及依依惜别的场景。"赤小豆开始刨根问底，"在飞机上认识的吗？那孩子和女人是怎么回事啊？"

俞火懒得解释所谓的依依惜别是自己骗小孩子的戏码，反问："看不出来人家是一家三口吗？"

"结婚啦？"赤小豆痛心疾首，"怎么长得帅的男人，都是别人老公呢！这冷漠的世界让我流泪！"末了，还不甘心地又回头，就见邢唐朝这边看过来。

她捅了俞火胳膊一下："哎，他看你呢。"

俞火目不斜视："嗯……也有可能是看你。"

赤小豆"嘁"了一声："我都不知道自己和人民币一样人见人爱呢。"

到了停车场，楠楠指着九点方向对赫饶说："妈妈，那是小豆姐姐，我在医院迷路，是她送我回去的呢。"

赫饶却只看到一道纤细的背影坐上一辆白色宝马的驾驶位。下一秒，宝马启动驶向出口方向。她回身看邢唐，发现他的目光也在那边，于是问："昨晚是她吗？"

邢唐点头。

赫饶一笑："不错。"

邢唐也笑了，内敛又矜持的那种。

赫饶眼里笑意更盛，她故意说："我是听西城派出所的李所长说，她身手不错。"

邢唐才反应过来被打趣了："我也是这个意思。"

赫饶把楠楠安置到后座的儿童座椅上，才说："我看不像。"

邢唐把楠楠的小行李箱放好，沉默了也就一秒，回了句："看破不说破。"

这等同于承认那人在他心里有所不同。

赫饶意外于他的坦诚，向他确认："真的？"

"其实她是……"邢唐欲言又止，"以后再说。"

赫饶误以为他在犹豫，鼓励道："男人就该主动。"

邢唐扬了下唇角："像某人那样死缠烂打？"

赫饶挑眉："又不丢人。"

是啊，对自己喜欢的女孩俯身相求，没什么丢人的。可问题是……喜欢她吗？那个几乎未加思索就跳出来的答案，让邢唐始料未及。

却也是安心的。

这样那些莫名的心动和不合宜的举动就有了合理的解释。邢唐看向窗外倒退的风景，很认真地思考，是从哪一刻开始的。但感情的事，往往没有明显界限。一瞬的对视，不经意间的一个动作，都可能产生化学反应，萌生爱情。

爱情……邢唐以为，那是很遥远的，与自己无关的一件事。

回去的路上，赫饶提到昨晚的事："我和李所长打过招呼了，有进展，他会第一时间通知我。”

邢唐回过神，没马上接话。

赫饶目视前方：“会和木家村的拆迁有关吗？”

这种可能性在事发后就被邢唐排除了，他说：“村民没那么大的胆子。”

钢棍和匕首，都是能致命的武器。即便对拆迁补偿有不满，普通的拆迁户也不至于对开发商下此狠手。他们不敢，更没必要。

赫饶不说话了，像是专注于路况。

静了片刻，邢唐说：“别查了，到此为止。”

所以，他心里是有答案的。

仿佛是走神了，赫饶有那么一瞬没握稳方向盘，性能良好的私家车飘了一下，她迅速扳正。在后视镜里看了眼低头自己玩的楠楠，她决绝地说：“不行。”

她其实也猜到了。又难免有那么一丝奢望，希望是自己想多了。邢唐并不觉得难过，可她不同。她是警察，一旦顺藤摸瓜查下去，结果一定是她不愿面对的。

他说：“那块地，两年前她摘了牌，最终没能依约付款，致使项目流产，是我暗中做的手脚。这一次，算是还她。”

“摘牌？同样一块地，同样是大唐，她运作和你接手，土地款相差九位数了吧？这当中的差价是怎么回事，别人不清楚，你会不知道？要不是看在阿政……”赫饶眼底微潮，“这不是第一次了。”

邢唐注视她绷紧的脸颊：“我答应你，事不过三。”

“你总是这样！”无可奈何的语气。

否则呢？那在背后算计他的人，不仅仅是他的继母，更是赫饶和邢政的生母。他答应了邢政，不动她。

邢唐笑得苦涩。

赫饶半晌没说话，直到把眼里的情绪压下去，才问：“外婆好吗？”

楠楠闻言抢在邢唐前面答：“开始不好，一直找你；后来有了小豆姐姐，就好啦。”

赫饶原本有些内疚，听完所有，神色稍有缓和：“看来外婆很喜欢小豆姑娘。”

邢唐一听见小豆这个名字就想笑，而一时之间他也不知道该如何解释这名字的因由。他只能如实说：“喜欢，比当年见到你时更热情。”

而他并没因此感到困扰。赫饶放心了，她说：“你确实也该考虑个人问题了。听说，你前不久还把一个对你很有意思的姑娘说哭了，就因为人家天天到公司等你下班。”

“徐骄阳跟你说的吧？”邢唐揉了揉眉心，“我只是不希望她在我身上浪费时间。可她不听，我话说重了点。”

赫饶叹气：“我看你准备把自己活成孤家寡人了。”

“怎么会？”邢唐朝后座的楠楠微扬下巴，“你们家萧熠不是给我指了她吗？”

赫饶忍了忍：“回头我收拾他。”

一不小心告了个小状。邢唐唇角勾起一抹笑。

赫饶直接把他送回了繁华里的家：“那么长的伤口，48 小时内痛感都会比较明显，好好在家休息吧，公司那边有事自然有人给你打电话。”

邢唐看了眼受伤的左臂：“什么都不影响，你就别操心了。”

楠楠并不知道他受伤，趴在车窗上说：“干爹，你怎么了？”

邢唐摸摸她小脸："干爹没事。"

楠楠在他身上看了看，没发现异样，就相信了："那小豆姐姐的电话号码，干爹，你什么时候告诉我啊？"

至少现在告诉不了，因为他也不知道啊。回想那位赤小姐"陷害"自己时坦然的小模样，邢唐只能说："你不是刚和姐姐分开吗？又没什么特别的事情要马上和她通电话，那过几天干爹再告诉你好不好？"

楠楠有点勉强地说："好吧。"

可回家的路上，她又有点失落地对赫饶说："干爹不会是想自己和小豆姐姐悄悄聊天吧。妈妈，你不知道，小豆姐姐可漂亮了，我觉得干爹好像有点喜欢她。唉，你们大人真善变，说好的等我长大都不算数了……"

赫饶琢磨了几秒，有点明白为什么邢唐突然改变行程回来了。

把赤小豆送回善和，俞火自己回家。整理好行李，给大款喂过食，她正在给阳台上的花浇水，手机响了。

接完电话，俞火又出门了。恰逢假期最后一天，很多去外地的私家车都回城了，路上竟有点堵，赶到西山干休所时，已经是一个小时后了。

到警卫亭时，俞火停车，降下车窗。

她是有通行特权的，警卫认得她的车，也认得她，敬礼后放行。

俞火轻车熟路地把车开到三号小楼前。

她才下车，一身戎装的程嘉野已经迎了出来："九小姐来啦。"

"程哥，"俞火边开后备厢拿行医箱边问，"爷爷午睡醒了？"

"早醒了，等你呢。"程嘉野过来接行医箱。

俞火也不和他客气，进门前发现花园里的异样，她问："这是要干什么？"

程嘉野笑答："老首长要自己种中草药。"

俞火弯唇笑："看来爷爷最近精神头儿不错。"话音未落，就听客厅传来低沉浑厚的男声："就算精神头儿不好，也没人管。"

俞火带着笑容进屋："我可是有事没事都来您跟前立岗的，搞得您的保健医生都以为我要抢他们饭碗呢。爷爷，您可别误伤我。"

肖远山哼了一声："你那是例行公事吧。我可没请大夫。"说着，坐到沙发上，手里转着两个玉石保健球。

俞火坐到他旁边，挽住他胳膊，撒娇似的说："你们家俞大夫不出诊，您忘啦？"

肖远山负气似的说："人老了，忘性大。"

俞火望着他笑："那怎么还记得我多久没来了呢？"

肖远山憋不住了，笑骂了句："鬼丫头。"

俞火看了眼阳台上的棋盘，提议："我陪您杀两盘？"

肖远山边移步阳台边说："这回让你一个车吧。"

"阿砺都会再让我一个马。"

"这么久了，棋艺都没进步吗？"

"再进步也追不上肖司令您啊。"

肖远山被取悦了，他故作勉强地说："行吧。"

程嘉野把俞火的行医箱放下，站在一旁观战。俞火才走了几步，他就憋不住了。见俞火又要落子，他咳了一声。

落子的手一缩，随后换了个位置。

好像更糟了。程嘉野不忍直视。

肖远山毫不客气地把她的马吃掉了。

“不是不是，我这只是前期侦察，还没决定出兵呢。”俞火说着就要把自己的马抢回来。

肖远山不给，并训诫她：“举棋不悔大丈夫。”

俞火不听，把马从他手里夺回来，重新摆上棋盘：“我是大夫，不是丈夫。”

肖远山看一眼身旁看笑话的程嘉野：“我是看明白了，她这不是马，是猫。”

程嘉野附和老首长：“有九条命的。”

肖远山于是撤掉了自己的马，又命令她：“好好下！”

好好下的结果依然是，俞火被杀得片甲不留。

之后又下了一盘，毫无悬念，还是肖远山完胜。

老人家不乐意了，批评道：“一点长进都没有，还心不在焉。”

俞火笑眯眯地甩锅：“师父不行，徒弟再有钻研精神也没用啊。”

肖远山失笑：“原来是阿砺的错。”喝完一口茶又问，“你们最近通了电话吗？”

俞火如实答：“他昨晚给我打过。”

肖远山语气酸酸地回了句：“他倒是有孝心。”

俞火被一口茶呛了个半死，缓过劲来才哄着老头说：“他问了您的身体情况，还嘱咐我常回来陪您。”

肖远山哼了一声，显然不信她的话：“有你在，他会惦记我的身体？”

随即问程嘉野：“那小子上次打电话回来是什么时候？”

程嘉野沉默了半秒：“……春节。”

“你看看。”肖远山气鼓鼓的，“心里哪还有我这个老头子？”

俞火佯装惊讶：“您吃我的醋啊！”

肖远山扭头看向外面，一副“谁吃醋谁是小狗”的表情。

“他是凌晨打的电话，那个时候您早休息了，他哪敢吵醒您啊？”俞火凑过去说，“再说了，他的首长不是早把他那边的情况及时汇报给您了吗？”

肖远山又是一声哼。

俞火忍着不笑：“我们俩情况不一样。他不偶尔向我汇报下近况，我就不理他了。”

肖远山转过头来：“你敢！”

“你看看。”俞火学他刚才的样子，对程嘉野吐槽，“心里明明是偏向孙子的。”

肖远山与程嘉野对视一眼，笑骂：“鬼丫头，把我都套进去了。”

之后俞火照例给老爷子把脉检查身体，确定老人家身体康健，她写了张调理的方子交给程嘉野，并嘱咐：“爷爷的饮食还是要清淡一些。”

肖远山闻言不高兴地接口：“再清淡就只能喝粥了。”

在这方面，俞火并不顺着他，而是说：“您胃不好，白米粥还是要少喝。”

话虽如此，晚饭还是亲自下厨，给老爷子做了两道她的拿手菜。

席间，肖远山忽然淡淡地问：“那个邢唐是怎么回事？”

俞火夹菜的手一顿。

先前程嘉野给她打电话，让她抽时间过来一趟时，她是有预感的。

肖远山是带兵上过战场，立过战功的人，如今退下来，在军中的威望也很高。老人家从不轻易发脾气，更别说闹情绪。可俞火今天进门就觉得，老爷子心里不是很痛快，像是窝了股火。她以为是自己最近忙，没常过来的原因。却没想到，这股火竟与邢唐有关。

再仔细回想老爷子之前的话，似乎也是话里有话、弦外有音，更以阿砺为提示。

俞火下意识看向程嘉野。

程嘉野点了下头，表示老首长已经知道，印证她的猜测是对的。

肖远山没理会两人的小动作，只抬眼看她："西城派出所的李建国是我的老部下，他几年前来看我时见过你。但你昨晚说自己叫赤小豆，他又不确定是不是你了，才打嘉野的电话确认。"

明明是轻描淡写的解释，俞火却感觉到一股扑面而来的强大的压迫力。

难怪民警给她做笔录时，中途被叫出去了，再回来时就认可了她赤小豆的身份，更没纠缠她拿不出身份证的事。本以为是邢唐和她口供一致，才圆了名字的谎，未承想还有李建国联系程嘉野的隐情。

"什么事都没有。"俞火不敢对肖远山撒谎，也不想。

她放下筷子，酝酿了两秒，才把在A市和邢唐的相遇简明扼要地说了，但两人坐同一班飞机回来这件事，不知道怎么的，她避而未提。

肖远山静静听完，先问她："昨晚没伤到哪儿吧？"

俞火摇头："我把对方的人打伤了。"

"活该！换我不崩了他们！"肖远山又问，"你给邢家那老太太看病了？"

俞火点头："老人家患有阿尔茨海默病，记忆力退化，把我认成她……孙媳妇儿了。"

肖远山听到这里，啪的一声把筷子拍在桌子上，显然对这个孙媳妇儿的称呼很介意。

俞火赶紧说："为了解释清楚这个误会，我去看了她。老人家有高血压，因长期服用降压药，脏腑有所损伤，我给她开了个平肝潜阳、滋养肝肾的方子。”

肖远山还是不太高兴：“你这个丫头啊，就是心眼太好。”

俞火笑了：“我可当您是夸我呢。”

“这点你随你爸。”提到俞一归，肖远山又沉默了片刻，重新拿起筷子时，他亲自给俞火夹菜，“好了，不说了，吃饭。”语气已完全缓和下来。

俞火在这个瞬间眼睛热得仿佛一眨就会有泪落下来。最终她克制地笑了：“谢谢爷爷。”

就此打住，肖远山没再过问关于邢唐的哪怕一个字。直到俞火要走，老爷子提及她的工作情况，又恢复了身为爷爷的唠叨：“好好的军总医院不去，偏偏去那么家破中西医结合。”

俞火犟嘴：“我们医院可是三级甲等医院，怎么就破呢？”

肖远山作势要拍她一巴掌。

俞火跳着躲开：“反正您答应了不干涉我的工作，不能反悔。”

肖远山跟着她出门：“等阿砺回来，我和他说。”

俞火就乖了起来，笑眯眯地说：“行啊，我听阿砺的。”

等她的车消失在视线里，程嘉野问：“需要通知阿砺吗？”

肖远山瞥了他一眼，反问：“和他说什么？”他把玩着手里的保健球，转身进屋时又说，“丫头不是说她叫赤小豆吗？也是不想和那个邢唐有所接触的意思。既然这样，没什么可担心的。”

也对。程嘉野没再说什么。

俞火回家要经过海湾大桥，来时五分钟通过的路，她被堵在上面已经有半个小时了。前面一辆辆的车，像老旧的机器，极慢地运转，一点点缓缓地挪。过个江而已，像打了场过江战役般艰难。

广播里的女主持用她沉缓温柔的嗓音说：“路上的风景不只在眼前，也在耳边，夜晚的寂静时光，万家灯火，走进夜色阑珊，听听音乐，聊聊心情，我是你们的好朋友如玉。此刻的你，是一个人孤独地前行，还是与TA一起共度，一首《归途》先送给你们……”

我没有明天，想要奔赴；

你没有昨天，对我交出；

我们都懂，躲在暗处，称不上孤独；

你没有眼泪，要我缝补；

我没有权利，给你温度；

没有喜悦，没有遗憾，谈什么辜负……

民谣不民谣，摇滚不摇滚，犀利的歌词，漫不经心的吟唱，风格迥异又仿佛深具含义，那欲说还休的蛊惑，让俞火有种似梦不醒的错觉。

她一时听得出了神，忘了身在何处。直到后车按喇叭催促，才发现路不知何时通了，前车已经开出去一段距离。俞火握着方向盘的手微微收紧，她挂挡，一脚油门踩下去，白色宝马豹子一样蹿出去。

一路并道超车，匪气十足。

车窗降下来，夜风凉凉地拂过脸颊，却怎么都吹不散那深心处萌发的知其不可为而为之的念头。终于到家了，俞火在小区西南门停车场入口处减速，本来都要进地下车库了，余光却瞥见右边的人行道上站着个熟悉的身影。

俞火方向盘一打，把车停在路边。

副驾一侧的车窗降下来，她偏头看向路边的男人。

前一秒还在接电话的邢唐待看清车里的人时，几不可察地蹙了下眉，紧接着说了句：“先这样。”随即挂断。

俞火先发制人地问：“你怎么在这儿？”

邢唐抬头看了眼对面的繁华里，不答反问：“你住这儿？”

他还穿着白天那一套衣服，只是那件在飞机上盖在她身上的西装外套，此刻被他穿在了身上，像是昭示他从机场回来后，并没有回家。俞火拿眼睛直视他，语气带着轻微的自嘲：“你不会是来找我的吧？”

邢唐迎着她的目光，没答。

俞火的心情本就很糟，她哼笑了下：“还是你想说这是巧合？那我真的要怀疑我们有雷达感应了。”

都说概率低就称之为奇迹，那在素年锦时，他与她不断错开和相遇在熙来攘往之中，到底是什么因果？

好似旧雨重逢，无奈不相识。

注视她愠怒的眉眼，邢唐动了下嘴角：“那你想让我怎么说呢？”

这话听在俞火耳里，根本就是回避。她不太客气地说：“如果是昨晚的事需要协助或配合，派出所会联系我。如果是你女儿，请你自行解决。邢先生，我不认为我们有再见面的必要。”

她的疏远和防备，其实从那天在医院外遇见时就有。邢唐本身不是那种带有攻击性或是侵略性气质的人，确切地说，相比从前的锋芒毕露，他身上更多了几分平和寂定。照理说，她即便忘了他，也不该是这样的反应。而昨晚，她对他的维护，明眼人都看得出来。甚至是之前在飞机上，她都还记得他的伤，给了他药。现下，她却如此抵触他。

还有机场分别时她明显的欲言又止，究竟都是为了什么？此刻她的话似乎也字字在理，邢唐无从反驳，只能点头说：“……好。”

唯有心里那份不甘的情绪，那么真切。

他不说话了，俞火更无话可说。她升起车窗，启动离开。

邢唐的视线在白色宝马的车牌上掠过，他站在原地没动。

然而，当地下车库车杆升起，那辆已经开到地下车库入口处的宝马突然停了下来。

下一秒，它以似慢实快的速度倒回来。

车窗再度降下来，刚刚还对他没什么好脸色的女人突然问：“想喝酒吗？”

她昨晚还提醒过，拆线前不要喝酒。

面对她的邀请，邢唐提议：“汉宫会所？”

俞火想到的也是钢琴酒吧。她一偏头：“上车。”

邢唐坐上副驾，抬手拉安全带时左臂的伤口跳痛了两下，他动作不自觉一滞。下一秒，一只纤细的手伸过来，从他手里接过安全带，拉长，扣到卡扣里。

平生第一次被女孩子照顾的邢唐，因她的手指无意间碰到他手时的异样感觉，心尖一麻。

俞火神色无异，手上打方向盘掉头，并没意识到刚刚帮他扣安全带的举动有何不妥。

邢唐注视她的侧脸，忽然有了决定——今晚无论如何都要把楠楠爸的误会解释清楚。

万一她介意的真是这个呢。

钢琴酒吧一如往常地热闹，舞池中那些男女脸上洋溢的热情诱惑，像是刚听完“今晚全场消费由赵公子买单”般亢奋。

俞火点了两杯烈酒。

邢唐一言不发，一副由她的姿态。

可等酒上来，她却一伸手，把服务生放在他面前的那一杯揽到自己面前，抬眼道：“不介意为我做一回代驾吧？”明明是疑问句，也不等他答，径自交代服务生：“给他一杯柠檬水。”

年轻的服务生闻言看向邢唐。

邢唐心想，依她的脾气没给自己点一杯酸奶，应该算是客气了。

他眉峰一挑：“听她的。”

俞火故意忽略了他言语间的暧昧，很快解决掉一杯，去端第二杯时，听见他说：“不赶时间的话，慢点喝。”

俞火不听，固执地又喝了一口：“我是怎么喝白酒的，你又不是没看见。”

邢唐的目光在她含着笑意的眉眼间停留片刻：“你不像是有酒量的人。”可她那天确实空口喝茅台。而从她下山时的状态看来，没有半分醉意。只是他不知道，她是不是把整瓶都喝光了。

“那我像什么人？”悦耳的嗓音忽然欺近，邢唐侧头，才发现原本并排坐在吧台前的两人，近到只要他微微俯身，就能吻上她的唇。

酒吧昏暗的灯光，空气中弥漫的烟酒味道，调酒师手中那一杯如同彩虹的鸡尾酒，还有隔壁拥吻的恋人，让四周的喧嚣仿佛都有了醉意，如同她那双迷离的眼，快速蔓延的不仅是暧昧，还有诱惑。

她难道不知道，已越过了和一个男人的安全距离？或者，她根本就是故意的，故意试探？

感受着她带着几许酒香的温热气息，邢唐定定地注视她。

周围都安静无声了。

半晌，他的目光专注不变。

终于，俞火觉察到两人的距离近到危险，脸在瞬间热了起来。

邢唐把一切看在眼里，他嘴角抿起一丝细微的弧度：“怎么脸红了？”低沉性感的嗓音一点点靠近，他已俯身向她。

俞火心跳如擂鼓，下意识要躲开。

却不被允许。

邢唐倏地抬手，不容拒绝地揽住她肩膀，轻轻一带，把她搂向自己。

俞火瞬间清醒，下意识抵在他胸口的手几乎就要动作，还他以颜色。

肩膀上那只冒犯的手却已松开，并顺势向后挡了下。与此同时，邢唐温声提醒：“小心。”

原来，是她身后经过的服务生不知怎么的没端稳托盘。如果她刚刚突然后撤身体，必然会撞到托盘上。邢唐突然把她揽向自己，松手后又迅速帮服务生接了一下托盘。

他反应迅速，避免了一场尴尬。

服务生连连道谢的声音里，俞火坐正，目光在他很可能已经抻到的左臂上看了一眼。

感应到她的视线，邢唐才说：“我是个左撇子。”

所以那一晚被钢棍击中左肩，致使左臂抬不起来后，他的行动才会受限，并非真的手下留情。而在那千钧一发之际，他还是习惯性用不太灵活的左手护她，以至于左臂受了严重的刀伤。

其实昨晚，她报警后应该直接走的，不去蹚那浑水。甚至是打报警电话时，她也是那么想的。毕竟，她不是他的谁。

却做不到置之不理。

他受伤在她意料之外。动手前，俞火已经看出来了，那些混混没什么技巧，无非是人多，有武器。加上她，邢唐和唐开蒙要全身而退并不难。况且，警察很快会到。结果，她这个自认有两下子的人反而添乱了。

为什么偏要去抓那个领头的人呢？无论起因为何，他邢唐遇袭，和她没有任何关系的。

甩开那些恼人的情绪，俞火点头表示知道了，她喝了一口酒才说："等会儿我叫代驾。"

"小伤，不影响开车。"邢唐看着她绯红未褪的脸，回答先前的问题，"你不像任何人。"

回想她盘腿而坐的随性粗放，嚣张之余，竟也风情万种。面前这个妩媚又犀利的女人，只是她自己，不像任何人，更不是一般人能够驾驭得了的。

俞火迎视他灼灼的目光，半晌，她摇了摇头："不对。"把剩余的酒一口干了，才补了一句，"他们都说我像阿砺。"

这是邢唐第二次听到这个名字，一个很有棱角，显然是男人的名字。他端起那杯她为自己点的柠檬水，喝了一大口。那酸甜中略带些苦涩的味道，让他压下了问她"那是谁"的冲动。他甚至在想，她千万别说："酒有了，我还有故事，要听吗？"

他不想听她和阿砺的哪怕一个字。

俞火却像是随口提的，她没再继续关于阿砺的话题，又点了两杯酒。

这次邢唐伸手端过一杯。

没能如愿入喉。

顺着小臂上那只手向上，他抬眸与俞火对视。那双天生的漂亮眼睛此刻清黑明亮，或许是喝了酒的缘故，白皙的皮肤透着红润，不用化妆都比旁人好看。还有那只手，明明没用什么力，只是柔柔地搭在他腕上，却让他有种被禁锢的错觉。

邢唐没说话，只沉默地看她。

俞火轻轻一动，邢唐端着的那杯酒就落在了她手里，她略显专制地说："我说过了，拆线前不能喝酒。这不是劝解，而是医嘱。"

那还邀他喝酒？邢唐嘴角一勾，笑了笑。

最后那两杯伏特加还是进了俞火的胃。

趁她还清醒，邢唐说："楠楠她……"

还没说完就被截断了。

俞火问："她几岁了？"

邢唐只能答："六岁。"

她又没别的话了。

邢唐于是说："她向我要你的手机号码了。"

俞火看过来，他正好在喝水。她看见他低垂的脸，略高的眉骨，很长的睫毛，健康的麦色皮肤。怎么看，都很英俊。她把目光收回来，笑着给他出主意："你随便编个号，她打不通，你再说记错不就得了？"

在哄老人和孩子方面，她信手拈来，有层出不穷的馊主意。

邢唐微皱眉，表情不太明朗。

俞火迎着他的视线问："向年轻女人要电话号码这种事，常干啊？"

邢唐承认确实想要她的电话号码，还不想通过别人。而此刻她那轻薄的语气，他该生气的。

可他没有。

邢唐一面平静地答"第一次"，一面把她放在桌上的手机拿过来。意图很明显，要直接用她的手机往自己的手机里打个电话。

那一刻不符合他性格和身份的举动，事后回想起来，邢唐都不禁笑自己在面对她时，冲动得像个二十岁的毛头小子。

俞火竟没阻止，只扭头看向舞池。

本以为是默许。可惜，手机设了密码，锁定屏幕的墙纸不是女孩子惯常使用的自己的单人美颜照片，而是一张合影。女人明眸皓齿，亭亭玉立；身侧的男人，蕴含笑意的双眼，透出军人特有的刀锋般的犀利。

这是她的阿砺。

邢唐握着手机，忽然就明白了俞火邀自己喝酒的意图。而那句到了嘴边的“密码多少”再无法启口。

她还觉得不够，偏头问他：“我男朋友帅吗？”

到了这一刻，邢唐的眼神也有些变了，可那目光中的锐利却在看向她时顷刻间散去。

一秒后，他说：“嗯。”就此压下了关于楠楠的解释。

外面不知何时下起了雨，四周无一处不充斥着潮湿与沉闷，远处的高楼和街道也变得模糊不清。邢唐看到台阶下的积水，对她说：“我去开车。”

他终究是个礼貌的绅士。之前他以上洗手间为由出去，俞火都以为他走了。结果她出来时，却看见他靠在走廊窗前吸烟，微皱着眉，表情不太好。

她跟出来似乎让他有些意外，他缓和了下脸色，掐了烟走过来，问她：“走吗？”

俞火注视他醒目的眉眼，几乎就要开口解释，最终只说：“走吧。”

此刻，雨不是很大，俞火有心直接跑过去，他已经从她手里拿走了钥匙，留下句：“在这儿等我。”转身步下台阶，走进雨幕里。

没有行色匆匆，没有丝毫狼狈，那两条长腿明明走得也很快，却偏偏在霓虹映照下被营造出信步徐行的画面。而那越走越远的背影，挺拔得让人收不回视线。

邢唐很快回来，没开车，撑着车上那把备用的透明大伞。他走上台阶，眉目在灯光勾勒下清晰深刻：“有车肇事挡了路。”言语间把西装外套脱下来披在她身上。

这是他第几次把自己的衣服给她穿了？俞火在心里计算着，嘴上则忘了拒绝这份体贴。

邢唐撑伞的手一移，俞火就被拢到伞下，他的右边。他撑着那把透明的大伞，大部分倾向她，和她隔着一段礼貌的距离，走进雨雾之中。俞火抬头，雨滴落在头顶宽阔的伞面上，连成串地向下滑，像极了此刻她的心情，烦闷、焦躁。

距离宝马车不远的位置，有两辆车停在路中间，两拨人在协商着什么。一阵疾风刮过，俞火下意识抓紧西装前襟，邢唐的手则将伞握得很稳，并侧身护着她，把她送上副驾，再走回驾驶位一侧，收了伞上车。

俞火才注意到他左边肩膀湿了一大片。

系安全带，启动，打方向盘，他左手和右手的灵活度看似没任何差别。如果不是俞火亲手为他缝了十几针，根本想不到他左臂有那么长一道伤口。确切地说，如果俞火不是大夫，不会知道此刻他的刀口有多疼。

俞火手肘搭在车窗处，视线投向外面。

邢唐的车开得又快又稳，他一路都没说话。

到了繁华里西南门，俞火没让他把车开进地下车库，而是说：“停路边就行。”

邢唐就近找了一个空位，单手打着方向盘，利落地把车停得很正。

然后问她：“没醉吧？”

俞火清醒地摇头。

他点头，然后解安全带，看样子是准备走了。

咔嗒一声，车门落锁。

他垂眸半秒，抬头把目光对准俞火眼睛，等她开口。

月光和路灯映得他的眉眼清楚分明，而那深而静的目光让俞火的心怦怦地跳，她稳了两秒，说：“邢唐。”

这是她第一次叫他名字。邢唐注视那双亮得发光的眼睛：“你说。”他嗓音缓缓的，温和中带着某种期待，或者说是预感更为准确。

俞火看着他硬朗沉敛的容颜，终于说：“……再见。”与此同时，把外套还给他。

果然是拒绝。

邢唐有短暂的愣怔，又很克制地将外露的情绪迅速化解。

他偏头看了看窗外，再看着她的眼睛两秒，随即解开中控锁，下车。

关车门时他说：“再见，俞火。”

倒镜中他的背影越走越远，俞火靠在座椅里，用手遮住了眼睛。

难怪那位唐舅舅一口一个赤小姐地叫，连楠楠也喊她小豆姐姐，他却从不称呼她。或者在接徐骄阳那晚，只是遥遥对视的那一眼，他已认出了她。她却还一直抱着侥幸心理，赌他早忘了自己。

真的是……自欺欺人。

雨几乎停了，邢唐绕着小区走了一圈，再回到西南门时，那辆白色宝马并不在他先前停车的位置。他想了想，给物业经理打电话。

那边很快接起：“邢先生。”语气恭敬。

他把车牌号报给对方，让那边安排人到地下车库里确认，车在停车位上，末了还补充了一句：“是辆白色宝马。”

那边很快回过来：“二十分钟前回来的，现在正停在A座099车位上。”

邢唐说好，随即挂断，然后刷卡进入小区。回到家，他坐在沙发里，望向对面楼的灯火，脑海里浮现的，竟全都是那个和他说再见的女人。

她恼羞成怒地教训他看好女儿，她借着酒意质问他是不是交通警察，她为了和他划清壁垒界限故意称呼他“楠楠爸”，还有刚刚她挑衅似的问他，她的阿砺帅不帅。

然而，一切疏远，都敌不过她在他受伤瞬间，手起棍落时不经意外露的情绪。

那情绪即便不能理解为好感，也绝不讨厌才对。

可她却说再见。

邢唐笃定她的意思是，再也不见。

他不知道该回她什么，可他不想就此结束。

第三章 × 小贵人，雷锋叔

伤口在48小时内的痛感确实很明显，邢唐辗转很久都无法入睡。凌晨时，他来到书房，在书架最里侧的一本书里，取出一张保存极为平整的旧药方。再把西装内袋中的两张药方拿出来，剂量小的直接扔掉，剂量大的那张和收藏的那张放在一起对照，一模一样的字迹，只是落款处人的名字，旧方是俞火，新的则是赤小豆。但是那个赤字的第一笔，显然被改过。

她其实是下意识要写“俞火”，随即想起来此刻正打着“赤小豆”的名号，于是把俞字那一撇，改为了赤字的那一横。

她是记得他的，却一直拒绝和他相认。

邢唐看着那张当年在他看来仅是一张纸条的药方，目光在上面的药方组成、用法用量以及注意事项上掠过，定格在俞火的名字上。

寂静的深夜，回忆如疾风骤雨，席卷而来……

他们初遇那个晚上也下了很大的雨。夜空星月不见，浊云满布，眼前唯一的亮光只剩闪电，狂风更像一把锋利的剑，卷着尘土在空中飞舞，让人心生恐惧。

邢唐记得清清楚楚，那天是 10 月 10 号。

那个本是桂花飘香的季节，于邢唐而言，却满是血腥。他从救护车上跳下来，脚下跟着医护人员跑着，耳畔全是令人心慌的急救推床轮子和地面摩擦的声音。他甚至没勇气看一眼躺在上面的人毫无生机的脸。

抢救室外，他被护士拦住："家属在外面等。"

他气息很急地站在走廊里，看着亮起来的急救灯，身上冷得几乎要打寒战。

可他不能倒下。那里面的人，还生死未卜。回想案发现场的不堪，他像是受不了某种压抑似的，沉沉地呼出一口气，然后仰头。

事隔多年回想起那一刻，那份无能为力还那么清晰。又怎么会想到当时站在不远处的俞火，其实在感同身受着他的挫败和焦急？

护士神色紧张地出来，扬声问："谁是家属？"

邢唐听见了，却不敢应，生怕护士请他节哀。

护士先看了眼他身后，才看向他："你是里面那女人的家属吗？病人需要输血。"

绷紧的神经一松，邢唐上前一步："我是，抽我的。"

护士向他确认："你是 RH 阴性血吗？"

邢唐挽袖子的动作一滞，大脑在那一瞬间，一片空白。

俞火才注意到他手上全是血。

而护士接下来要说什么，她不用猜也知道。

俞火下意识撸起自己的袖子。

邢唐很快回过神，他拿起手机打电话，嗓音哑得厉害，可那边竟还犹豫。他突然就发了脾气，用近乎命令的口吻说："我让你现在马上调！"

调人事档案找血源，怎么来得及？他显然是慌不择路了。

俞火跑过来说："我是 RH 阴性血。"

邢唐应声转身，白色衬衣前襟上未干的斑斑血迹，触目惊心。

俞火眉心聚起，她重复一遍："我是 RH 阴性血。"

邢唐灰暗的眼底瞬间被点亮，他一把扣住俞火手腕："请你救救她。"

情急之下，他手劲不小，握得俞火有些疼，而他手上的血像是有生命力似的，瞬间浸入到俞火的肌肤里，让俞火感觉到它主人的渴求。

那是生命的渴求。

俞火挣开他的手，对护士说："抽我的。"

护士看着她，面露难色："可病人失血过多……"

俞火就明白了："先抽 800 毫升，应该能撑到血站送血来。"

给患者补血需要一个过程，而失血量在 800 毫升，不会危及生命。可她偏瘦，如果是正常采血，也就采 200 毫升，最多不会超过 400 毫升。

此刻，显然需要更多。护士担心她吃不消。

见护士迟疑不决，俞火急切地说："都什么时候了？救人要紧！"

护士快速权衡之后点头："跟我来。"

邢唐下意识跟过去，俞火边随护士走边回头说："你在这儿等。"冷静到不容反驳的语气，与面孔上未脱的稚气形成鲜明对比。

就这样有了血，勉强撑到血站送血来。邢唐不敢想，如果没有这个小姑娘及时出现，结果会怎么样。等抢救室里的人暂时脱离生命危险，他第一时间找到护士，询问献血小姑娘的下落。

休息室里，俞火脸色惨白地昏睡着，嘴里喃喃地说着什么。她声音很低，邢唐走过去，把耳朵贴近了才听清她呓语的是："奶奶……"

所以她刚刚也在抢救室外，是因为奶奶病了，才连衣服都没来得及换，就这么穿着睡衣来了医院？可她看上去尚未成年。她的父母呢？疑惑的同时，邢唐轻轻地给她盖上了被子。临走前，更像兄长一样用自己宽大的掌心在小姑娘发顶摸了摸，似安慰，又似感激。而前一秒还皱着眉头的女孩儿，就舒展了眉心。

一周后，俞火来到医院的特殊病区，五楼的高级病房。她敲门没人应，想了想，轻轻推开了门。

病房很静，病床上的女子脸色苍白，眉头紧锁，看样子睡得并不安稳。陪护的邢唐应该是连续多日没怎么休息累坏了，竟坐在椅子上睡着了，连有人进来，都丝毫未觉。

俞火扫了眼床尾卡，上面显示患者的名字是——赫饶。

见她的手臂露在外面，俞火上前一步，有心帮她放进被子里。结果一碰赫饶的手，她心一惊：病房温度适中，赫饶的手竟是冰凉。

俞火有一瞬的犹豫，还是伸手给她搭了个脉，同时仔细观察着赫饶的脸色。等她收了手，邢唐也没有醒。俞火悄悄退出了病房，找护士借来了纸笔，坐在门口的长椅上低头写方子。

方子刚刚写好，病房里就有了动静，随后有人从里面走出来。相比那晚的狼狈，此时的邢唐换了件白衬衫，衣摆规整地收进裤子里，下身黑色西裤，裤线似乎因久坐不那么笔直，但挺拔的身形弥补了所有，丝毫不觉有不妥之处。

注视身穿牛仔裤帽衫的俞火没两秒，他说："那天谢谢你。"

语气真诚，嗓音沉缓。

俞火没有接受他的这份谢意，反而说："我来是想问问你的名字。"

邢唐默声，轮廓分明的脸散发出凌厉冷淡的气场。

"一周前医生通知我准备奶奶的手术费，结果那晚之后又很快安排我奶奶做了手术，还说一切费用由医院的专项助医基金承担。我并没有申请过什么助医基金，想来想去，会帮我做这件事的人，应该只有你了。"俞火面色平静地注视邢唐，"现在我奶奶的手术成功了，我总要来问问恩人的名字吧。"

邢唐才明白她的意图，他没有否认为她安排助医基金的事，只说："稍等。"随即转身进了病房，再出来时手上多了一张名片。

俞火看到上面的名字："邢唐？"

邢唐点头："这次多谢你。今后有什么需要帮忙的，我会尽我所能相助。"

相比他以慈善资助的方式为自己解决高昂的医疗费，输血真的不过是举手之劳，可他却还如此郑重承诺，俞火怎么会不明白病房里的赫饶对他意味着什么。她把手里那张刚刚写好的药方递过去，用悦耳的嗓音说："不用啊。你不也帮了我吗？"

邢唐怎么都想不到，面前的小姑娘从三岁起就和父亲学习认中药，现在俨然是一位小大夫了。他不解地看着那张纸条，没接。

"是补气血的经方。"俞火指了指病房，"她气血虚弱，要好好调理。"说着，硬把药方塞到邢唐手里，"她外伤的愈复过程不会太久，你别担心。但她脏腑精气功能紊乱会诱发内伤……"

或许是担心邢唐听不懂，她换了个通俗易懂的说法："她应该是受到了过度的情绪刺激，这种刺激超越了她的心理承受能力，如果调节不好，是比外伤更严重的。”

此前邢唐一直在担心赫饶的外伤，经她提醒才恍然明白，赫饶的心理创伤怕是比外伤重百倍。可面前这个女孩子，是怎么知道的？

邢唐在这时打开“纸条”，上面规规整整地把药方的组成、用法用量以及注意事项都写得很明确，末尾除了开方人的名字，还有一句温馨提示：心情愉快是这世上最好的补药。字体端正，笔力劲挺，行笔风格有些男性化。

且不说方子是否对症，倒是写了一手好字。

邢唐抬头，打量面前这个看上去不过十五六岁的女孩子，目光里莫名多了几分探究。

俞火自动把他的打量理解为质疑，她很认真地说：“我是经过仔细辨证的，你要是不信，就找这医院的中医再确定一下，我以奶奶的健康发誓方子肯定没问题。另外，你最好自己煎药。医院代煎是很方便，可他们都是用高压锅煎，时间太短，药效发挥不出来。而且一下子把七天的药都煎出来，等吃的时候，药气都没有了。”

她说完也不再打扰，转身离开，走出几步又回头，晃了晃手中的名片：“你的样子不像是区区邢经理，倒更像是邢总经理。”最后微微一笑，“祝你女朋友早日康复。再见，雷锋叔。”

雷锋……叔？当时尚未过二十四岁生日的邢唐注视那抹背影片刻，又低头看了看手中的药方，露出了那一周以来唯一的笑容。

俞火到底还是太年轻，又是不认识的陌生人，邢唐实在放心不下。和唐开蒙一样，他也请了位老中医来给赫饶号脉。

老大夫问完诊，号过脉，拿着俞火那张药方边看边点头，没多大一会儿他又摇头，一副忧心忡忡的样子。

邢唐就问：“方子有问题？”

老大夫啧了一声，又捋捋胡子，才说：“配伍很大胆，但也不是不可，只是有两味药不太好买，就是这剂量……”他问邢唐，“是哪位先生给你的这方子？”

“是个小姑娘。”邢唐指了指药方上落款的名字，“应该叫，俞火。”

老大夫一脸惊讶，他又看了看方子，感叹：“这个俞火姑娘用药很是孟浪啊。”

孟浪？这个词让邢唐眼瞳暗了暗。

老大夫也开了张药方。邢唐对比过，配伍和俞火那张有些不同，剂量也小了不止二分之一。

多少有些犹豫，毕竟连老大夫也说她孟浪的。可想到她以自己奶奶的健康发誓，保证方子没问题，邢唐最终选择了俞火的药方抓药。有两味药确实很难买，好在那时候邢政也在学医，找到了途径。

结果不负所望，才吃了七天，复诊时，赫饶的身体明显好了很多。连老大夫都说：“嗯，恢复得不错。只是……”他看着赫饶，语重心长地说，“姑娘啊，再好的方子，再好的药，都治不了‘心情不好’这病。要想彻底恢复，你必须振作起来。”

六旬坐堂医的诊断，与尚未成年的俞火姑娘的温馨提示如出一辙。

邢唐顿时觉得自己遇到的小贵人俞火姑娘是位世外高人。

他当时还很后悔，怎么没向她要一个联系方式。

那之后，赫饶又坚持服了两个疗程的药。

三诊时，老大夫给她号脉，一脸惊喜：“好了，药可以停了。”

等他们走时，邢唐分明听见他小声嘀咕：“怎么疗效会这么好呢？”

他笑了，自始至终都没告诉老大夫，赫饶服用的，是孟浪的俞火姑娘的大胆大剂量方。

能再见面实属意料之外。毕竟，世界那么大，一个转身，可能就是一辈子。

次年六月，G 市，天气同样是——雨。

斑马线上，一个身穿白色 T 恤，扎着马尾的女孩儿怀抱着一沓资料，小跑着从他车前跑过。

绿灯适时亮起，邢唐迅速启动车，抢在她跑进街边的商铺前，把车停在她身边，边按喇叭边降下车窗，扬声喊她："小孩儿！"

被称呼"小孩儿"的俞火当时的表情真是丰富，从不可置信的吃惊，小小的愤怒，到最后认出他时眼眸中意外的惊喜："雷锋叔？"

果然是她，似乎还长高了些。邢唐眉梢微扬："上车。"

她站着不动，缩着脖子朝他摆手："不用啦，我身上湿，会弄脏你的车。"

邢唐执拗地催促："赶紧。这里不能停车，一会儿交警该来了。"

俞火这才乖乖上车，边用他递过来的纸巾擦脸上的雨水边嘀咕："我这么大个姑娘被你叫成小孩儿，好羞耻啊。"

邢唐眼里笑意深浓："那我被你这么大个姑娘喊叔，我都没说什么呢。"

俞火"嘁"了一声："我那是尊敬你嘛，你又不吃亏。"

尊敬？邢唐笑言："那我只好爱护你了。"

俞火扑哧乐了："原来我们是尊老爱幼组合啊。"

邢唐看了眼她手上的资料："勤工俭学？"

俞火笑眯眯地朝他晃了晃手上的宣传单和户型图："你们大唐

的楼盘哦。我今天带了七拨人去看样板间呢，厉不厉害？”

少女的声音清脆俏皮，微微上扬的尾音，带着点小得意，惹得邢唐又笑了，他说：“很厉害。”然后又问，“怎么没给我打电话？”

俞火就明白他是指她到大唐打零工的事：“我是路过看到的招聘，发现竟然是你供职的公司，想着试试呗，结果竟然聘上了。不过，就算不行，我也不会给你打电话的，万一被你女朋友误会了可不好。再说了，拿这点小事劳驾你，太大材小用啦。”

邢唐唇边的笑意还没散：“我哪来的女朋友？”

“那个叫赫饶的姐姐不是你女朋友吗？”她的语气听上去竟然还有点小遗憾，“你喜欢她的吧，要不那天在抢救室外，你不能急成那样。据我观察，你平时应该是个特别稳重的人，有种超乎年龄的沉稳，要不我怎么叫你叔呢！”

看人倒挺准。邢唐莞尔。

“你喜欢她就追啊，男人要主动一点，千万别憋着，你不说人家又不知道。其实女生都心软，你只要对她好一点。就是那种懒得看别人，只把她放在眼里的，她肯定不会跑太快，包你追上。其实上次你该乘虚而入的，人生病的时候，最脆弱，最容易被攻陷了。”她不但给他出谋划策，还不忘给他信心，“你又高又英俊，有挡不住的魅力，一出手，那就是神仙操作。”

她眉飞色舞的样子又俏皮又暖心，邢唐的嗓音里都带了不易察觉的笑意：“看不出来你还挺有经验的。”

“我虽然是纸上谈兵，但我是女生呀，懂女生的心。矜持什么的，是我们的特性嘛——尽管有的时候是装的。”她不小心说了实话，微微脸红着转移话题，“我告诉你，我会算命，你的面相很好的。你以为我说你气质像邢总经理是讨好你啊？我那是有根据的。不信我们打赌，你到三十岁的时候，肯定小有成就。至于以后，总经理都未必是你的人生巅峰。我这说正经的呢，你笑什么啊？”

邢唐根本收不住笑：“那就借你吉言了。”

她哼了一声：“你不信就算了。等你功成名就时想起我今天说的话，就明白了。到时候你想感谢我，我都未必接受呢。”

“我信。”可他眉宇间尽是笑意，实在不像相信的样子。

俞火被他笑得更不好意思了。她假装整理手上的资料，然后问：“赫饶姐姐的身体好了吗？”

“好了。”邢唐敛笑，“多亏了你的方子。还没机会和你说谢谢。”

俞火不在意什么感谢，只向他确认：“是完全按照我的方子来的吗？”

“完全照你的方子。也没让医院代煎，我们自己熬的，三碗水熬成一碗。”

“吃足了三个疗程？”

“对。”

俞火自言自语了句：“那就好。”

邢唐敏感地看她一眼：“有什么问题吗？”

俞火咬了下唇：“其实，我没和你说，当时她……还患有重症肌无力。”

邢唐握方向盘的手一顿。

“她当时的情况太不好了，我怕你承受不了没敢说。”俞火舔了下嘴唇，继续，“在中医里，重症肌无力属于痿证，一般是由于脾胃虚弱，受纳和运化功能失常，以致筋骨失养，肌肉瘦削。治疗以健脾益气为主。而我号脉发现，她症在无力，根在气虚，治在脾肾。只要补好了脾，使脾气健旺，有力升提，疗效会很明显。所以那方子，也能治她的肌无力。只要你给她按方服药，包好。”

难怪老大夫除了对剂量提出疑问，并不是完全认可她的方子，问题竟然是出在这里。邢唐沉默。

俞火以为他生气了，小心翼翼地看他一眼，低声道歉：“对不起，雷锋叔，我不该瞒你。只是，现在很多人一查出来得了病就吓得不行。尤其是癌症，没被查出来的时候，人都好好的，一旦查出来，人马上就颓了，吓死的真的不在少数。我就赌了一把，我想我以奶奶的健康发誓，你就算不信我，没用那张方子，也会请别的大夫去看她，那样也能查出问题，无论怎么都不会耽误病情的。”

邢唐看着她低眉顺眼的样子，有点好笑：“其实在那之前，她已经查出来患上肌无力了。”

“你知道啊！”俞火惊讶，然后抬手捶自己脑袋，“让你自作聪明。”下手还挺重。

邢唐赶紧把她的手拉下来：“你也是为我着想，而且考虑得很周全，是我该谢谢你。”

俞火抽回手挠了下脸：“我其实还是学生，不能开方的。但是，特殊情况特殊处理呗。我爸说，万事大不过人命。我看她病得那么重，不随手治一下，过意不去。”

邢唐的目光在她手上停留了一秒：“我倒是看走眼了。你年纪不大，医术竟然这么高。”

被表扬了，她眼角眉梢皆是笑意，不太谦虚地说：“倒没多高，也就和身高差不多。”

邢唐失笑。

那天的最后，邢唐把她送到大唐一个楼盘的售楼中心。

临走时，他忽然叫住她，问：“你什么时候再回 A 市？”

俞火答：“暑假啊。暑假我要回去看奶奶。”

邢唐又问：“到时候方便帮我看看病吗？”

俞火一怔：“你病了吗？我看你气色很好啊。”她忽然凑近，手上也不避嫌地去搭他的脉，“干吗等暑假啊？别再耽误了病情，我这就给你看。”

她的气息扑到他脸上，温热清新，而腕上的那只小手则微凉柔软，邢唐明显顿了一秒，开口时音色带点哑：“不是我，是我外婆，她人在 A 市。”

“哦，外婆呀。”俞火刚要收手，又偏头问他，“脉都号上了，顺便诊断一下？”

邢唐手上没动，眼睛注视她：“你不觉得麻烦的话……”

“这有什么麻烦的？”俞火指上微微用了点力，诊完右手，又诊左手，神色认真专注，片刻后她说，“都说十男九虚……”见邢唐眸色一沉，她瞬间笑开，“你是不虚的那一个。”

邢唐又没忍住笑意：“那我该骄傲吗？”

“可以小小得意一下。”但她还是提醒，“不过也不能仗着年轻透支健康，多注意饮食，坚持锻炼。”说到这里，还调皮地朝他眨眼，“练出腹肌，又多了一个身材优势，还怕追不到赫饶姐姐吗？”

那一刻，她的样子，又娇又俏，像小太阳似的明媚耀眼。

邢唐赶紧移开了目光，说：“谢谢，我会记住你的……医嘱。”

她笑得腼腆：“我还不是大夫呢。”

邢唐鼓励她：“早晚的事。”

她嗯了一声，然后又问：“外婆哪里不好呀？急不急？要是着急，我可以马上回学校请假。”

她是多么善良热心，邢唐那个时候就知道了。他说：“不急，她是老毛病了，等你暑假回去再去给她看也来得及。”

俞火点头：“那等我放假回家时给你打电话吧。名片上的那个电话可以打吧？”

名片她一直留着。这个认知让邢唐莫名有几分欣喜。思及此，他又拿出一张名片，在上面重新写下一个号码递给她：“打这个。”

俞火接过来，小幅度歪了一下头，对着他笑：“等我打给你哦。”

小姑娘眉眼灵动，像一朵含苞待放的花，充满朝气和美好。

邢唐莫名磕绊了一下：“……嗯，我等你。”

当时已近六月，距离暑假不远，本以为很快会再见。可直到八月中旬，暑假都快结束了，邢唐也没等到她的来电。后来，他特意去售楼中心查她的应聘资料。可她当时做的是日结性质的周末临时工，没有填表，让人无从下手。

邢唐在九月开学前回了趟 A 市，像是担心她在快开学时才想起来忘了联系他，时间匆忙，他再赶不回去，进而错过。

赫饶此前休学一年，当时也要重回学校了。她以为邢唐是去看自己，还劝他赶紧回去。邢唐嘴上答应得好好的，却迟迟没动身。

这期间，邢外婆突然走失，幸好并没走远，被派出所的民警送回来了。那一天，她见到了和邢唐一起找她的赫饶。

在此之前，邢唐和老太太提过一次：“我认识了一个小大夫，叫俞火，她答应我来给你看病。她特别厉害，等她给你看完，你可能就不用再打针，也许吃几副中药病就能好。”

邢外婆一听不打针特别高兴，可当天晚上睡觉的时候她就记混了，念叨着：“邢宝认识了一个小朋友，不对，不是小朋友，是……女朋友，叫什么火来着……”

于是，那天见到赫饶，邢外婆拉着赫饶的手，高兴地说：“是火火吧。”

火火？这个有点烈，又莫名柔软的小名在那一刻印在邢唐脑海里。他默了两秒，才回过神向外婆解释，那是赫饶。

老太太似乎也并不在意面前的女孩儿叫什么，见她和邢唐在一起，认定了她是邢唐女朋友，一口一个孙媳妇儿地叫。

老人家是病人，谁都不能和她计较，包括赫饶。只是，造成这样一个误会，邢唐确实也始料未及。又等了几天，俞火依然没打电话来，邢唐不得不回 G 市了。

同年十月，邢唐收到一份寄到大唐前台的快递，里面只有一张以他的名义向慈善基金捐赠的凭证，除此之外，寄件人的信息都不完整。

邢唐看着那张凭证，断定是俞火寄来的。只是他不明白，她当时明明没有拒绝那份资助，为何又以这样的方式把钱还回来，而她又为什么失约了？尽管有疑问，可知道她好好的，邢唐也就放心了。

再之后，是距今近七个年头的杳无音信。

邢唐从回忆中抽身，站在阳台上吹着夜风吸烟，大脑则不受控制地想：所以后来，她遇见了她的阿砺，她认为他为她申请的慈善资助是人情，为求心安，才以那样的形式还了回来？所以这次重逢，即便不愿和他相认，她还是给外婆看了病，是对当年失约的弥补？

正因有这些前情在，邢唐才会笃定俞火必然是开了方子的。

回想当年那个勤工俭学的清贫女孩儿，如今这个住在繁华里，开着宝马的女子，已是今非昔比。这一切的改变都源于那个阿砺吗？

这时，原本漆黑一片的对面楼忽然有一家亮起了灯，邢唐看见一抹纤细的身影走到阳台，胳膊随意地撑在护栏上，仰头望向天际的样子，融于深深夜色，缥缈而美丽。

那身影像极了她。不对，不是像她，此刻对面楼的女子，不是别人，正是她。

她就那么保持一个姿势在阳台上站了很久，久到邢唐都觉得有点冷，她才蹲下来，抱起了脚边的一只……应该是猫吧。她双手抱着那只猫，像逗它似的一会儿举高，一会儿放下，反复几次后，偏头用脸蹭着它，一下又一下。

明明看不清她的表情，邢唐依然觉得这一刻的她，那么温柔，又那么孤独。

指尖的烟燃尽，烫了他手一下。邢唐不想承认，自己竟然在嫉妒那个素未谋面的阿砺。

第四章 × 一生之城·康养小镇

次日，邢唐重回 A 市。

随后一周，他都留在那边。表面是重视“一生之城”这个项目，要亲自跟进拆迁补偿协议签订的进度，实际上是否还有别的成分在，用唐开蒙的话说就是：“我怎么觉得你这次过来，意图不明？”

邢唐自然不会答。

大蒙舅舅又笑眯眯地说：“我从派出所那儿把赤……不对，是俞小姐的手机号码要来了，等会儿发给你啊。你赶紧和她发展起来。你说这个小雷锋小机灵，居然还有马甲！简直是不羁似风、脑洞成谜的小宝藏啊。”

自从知道赤小豆不是赤小豆，而是俞火后，唐开蒙就对这个算是赫饶救命恩人的小丫头更有好感了，恨不得把民政局搬来，让邢唐和俞火原地结婚，倒是忘了，自己外甥曾经对赫饶的那点心思，被人家看得清清楚楚。

这一点，邢唐是在俞火和他说再见那晚后知后觉意识到的。那时他才想到，赫饶接机那一幕也被她看见了。而她必然也认出了赫饶。

初识时，她把他对赫饶的喜欢，看得清清楚楚。重逢后，楠楠又以父母之名对她介绍了自己和赫饶。误以为他和赫饶在一起，属正常思维。如此叠加的误会，倒不好解释了。

只是，她和徐骄阳显然是朋友，照常理分析，她应该知道徐骄阳和邢政是恋人。那么对于好朋友男朋友的大哥，她真的一无所知吗？那一刻，身为邢总的智商终于在线。邢唐不禁想，若她没误会，为什么要搬出阿砺让他知难而退？那个阿砺，真是她男朋友？

耳畔回响着唐开蒙对她“不羁似风、脑洞成谜”的评价，邢唐竟然觉得，她冷淡的眉眼，最是撩人。

意识到自己走神了，他深呼一口气，压下胸间的波涛汹涌，专注于工作。毕竟这样才符合他总裁的人设。尤其面前还有一场拆迁攻坚战要打，分心影响发挥。

木家村的拆迁，远比预想的难。哪怕有法务协助，可由于涉及产权问题，木家村的年轻村民极为抵触，他们甚至联合起来，集体拒签，完全一副油盐不进的姿态。

他们这样一闹，老人们就没了主意，或者说是不敢拿主意了，哪怕他们才是房屋的产权人。老人既想在自己百年后给儿女留下套房子，又担心自己糊涂被骗，最后不仅房子没了，还落下一身埋怨，最后连养老都成问题。

至于那些没儿没女的孤寡老人，邢唐分析得确实没错，他们本该是第一批签约，愿意入住康养小镇的人。但他们见别人家的儿女都反对父母签约，也怕开发商说一套做一套，等自己签了约，康养小镇无法像开发商现在承诺的那样，成为他们最终的归宿，也不敢签约了。

有邢唐坐镇，曹文浩倒是愈挫愈勇，准备打一场持久战。

木家村的村民却无心恋战。他们都有工作，没时间成天守在家里和开发商做斗争。两相僵持之下，他们开始闹事。堵拆迁办，让工作人员无法进出。拉条幅，指责开发商黑心。上访，到市政府告状。给记者打电话，请媒体报道此事。还有朋友圈和微博的各种“哭诉”。总之，在公众眼里，他们很快就把自己包装成了受害者。

事情越闹越大，短短一周的发酵，木家村拆迁的事，已是满城风雨。

有那晚遇袭的事在先，安全起见，西林调集了安保人员二十四小时驻守拆迁办。邢唐出行也有专人随行保护。邢唐认为没必要，但为了避免唐开蒙担心，他没反对。

鉴于林老师是唯一签了拆迁补偿协议的人，在事情陷入僵局的情况下，邢唐决定去一趟医院。

负责保护他安全的特警柴宇说：“邢哥，既然这些人这么不识好歹，就硬干呀。你们那个什么小镇那么好的项目，政府不都扶持的吗？我听说拆迁好像有个什么期限吧，到了期，他们说不搬好使啊？”

邢唐看了一眼面前这个甘愿牺牲假期给他充当司机和保镖的小伙子，笑了：“那不成了强拆？既然是好项目，就该善始善终。”

“可这事卡在这儿，开不了工，什么好项目也推进不了啊。我倒是觉得，只要善终就可以了。”柴宇还拿赫饶打比喻，“像我们组长和老萧，那老萧追我们组长时有多豁得出去，你也是亲眼所见。尽管我们整个特击队都鄙视他弱到极致的武力值，恨不得打死他换我们来，但人家愣是把我们组长娶了，走上人生巅峰。所以说啊，开端和过程都不重要，拿下了才是真章。拆迁这事，我建议你，别和他们耗。什么以德服人，那是打不过时的下下策。有些人，不能讲道理的。”

那位老萧先生要是知道自己追赫饶的事被描述成这样一个版本，不知作何感想？邢唐听得想笑，同时也有些好奇：“你怎么就相信这是个好项目呢？”

柴宇理所当然地答：“我们组长说的啊。她说你做这个项目不是为了赚钱，是为了给这个社会做好事。让我一定要保证你的人身安全。”

邢唐看向外面，嗓音低沉地说：“我没她说得那么伟大。”

柴宇只当他是谦虚，小伙子换了个话题：“邢哥，你最近是不是有什么不开心的事啊？”

“什么？”邢唐倒被他问住了。

“你是经历过大风大浪的人，拆迁这种小事，肯定难不倒你。但我看你……”柴宇从内视镜里看了眼邢唐，“工作之余总走神，有点茶不思饭不想的味道。”

琢磨了一下，他笑了：“我们组长恋爱那会儿也这样。我就在想，你是不是有女朋友了？这些天一直在A市，家里那位和你闹革命了吧？要我说啊，这边拆迁的事你就交给老曹大哥就行，他那么飙，有的是招对付那些拆迁户。你也老大不小了，赶紧回去把个人问题解决了，工作哪有干完的时候啊？”

自己最近走神这么明显吗？而且，他已经老到连个外人都操心他婚姻大事的地步了吗？邢唐捏了捏眉心：“你有女朋友了吗？”

“还没。”柴宇挠了挠头，有点不好意思，“但骄阳姐说要给我介绍个中医。”

“中医？”邢唐的第一反应是——那位徐大小姐准备把俞火介

绍给柴宇？做媒这种事，确实是她能干出来的事。不过，为什么是柴宇？！

邢唐眉心轻拧，问：“她怎么说？”

柴宇如实答：“骄阳姐说那姑娘是针推系毕业的，人仗义，性格好，长得也漂亮，和朋友合营了一家中医养生馆。”

这么听着，似乎每一条都很符合那个人。邢唐眸色略深：“叫什么名字？”

柴宇闻言扑哧一声乐了：“这些学中医的人也是有意思，把个中药当名字，骄阳姐和我说时，我都以为这姑娘是她爸充话费赠送的。邢哥，我和你说你别乐啊，她叫……赤小豆。我手欠上网查了下，结果发现赤小豆这种豆科植物，具备利水消肿、解毒排脓的功效。”话至此，他控制不住地哈哈乐了起来。

赤小豆？虚惊一场后，他把目光投向别处，有点好笑，又有点违心地说：“名字挺有个性。”

柴宇是觉得挺好玩的：“我听人说中医特玄。我就在想，我这个人好斗，要是哪天没控制住把看不顺眼的人给打残了，女朋友是中医，把人给治好了就得了呗。要是我气没消，就再打残，女朋友再治，简直是快意人生。”

这个逻辑……邢唐觉得小伙子很有想法，但他并不鼓励。

就这么一路聊着天，到医院时，他的心情明显好了很多。以至于林木和常娜两口子挡在病房门口，阻止他见林老师，邢唐都没动气。

他心平气和地说：“我只是想和林老聊一聊，听听他对康养小镇的看法。”

林木还算客气，他说：“我知道你是冲着拆迁来的，你也别绕弯子了。我爸确实签了那协议，但我作为他儿子，立场也很明确，我不同意他入住什么康养小镇。况且我爸现在病了，行动不便，话也说不利索，我也不可能把他送去养老院。如果你们不同意解除那份协议，我们就打官司。”

常娜可能觉得他太客气了，插话说：“你们要真想做公益项目，就不应该牵涉什么产权。说到底不就是个养老院吗？我还是头一次听说住个养老院还得把产权交给别人的！你们这如意算盘未免打得太响了！”她打量着邢唐，“看你也像是个成功人士，木家村住的都是穷人，骗穷人的钱，你能安心吗？”

“这位女士，如果只是单纯做公益，我们邢总，我们大唐，大可以向养老院、孤儿院做资助或捐赠就行，没必要吃力不讨好地运作这样一个项目。”西林觉得让邢唐和她对话太降身价了，他站出来说，“康养小镇是养老产业的示范项目，我们希望通过这个项目，真正地实现‘以租养老，房产合理利用’的目标，而不是守着房子等老。”

“你们是开发商，当然是想怎么说就怎么说了。”常娜冷哼，“守着房子等老，总比没房子住，养不了老要好。我公公现在……”

“你也知道那是你公公的房子。既然房产证上不是你的名字，”柴宇没西林的好脾气，他眼睛一抬，“站一边去，没你说话的份。”

他是常年受训练的特警，无论是语气、眼神，还是气场，相比普通人，怎么都多了几分攻击性。常娜顿时有点㞞，尽管她嘴上不示弱地说：“你谁啊？”身体却下意识往林木身后躲。

林木护住她，只对邢唐说话：“这位老总，我父亲正在病中，需要好好休息，你请回吧。”

“我不会打扰到令尊休息，也不介意你们在场旁听。”邢唐依旧客气，“我只是想向林老讨教一下，他如何看待自身的养老问题，又如何看待康养小镇提出的‘以租养老’的理念。我可以向你保证，绝对不说任何对林老健康无益的话。另外，如果林老后悔签订这份协议，只要是他本人的意思，我承诺你，同意解除协议。还有林老的住院费，以及后续的所有康复费用，全部由我个人来承担。”

林木没想到这个看似冷漠的开发商竟然会有如此诚恳的态度，他也确实因邢唐所说的同意解除协议而松动。

常娜却说：“别相信他，什么同意解除协议，那是有前提的。咱爸都病成这样了，也不听我们的劝，怎么可能同意解除协议？他这明摆着是诓咱们。”

“既然林太太有这个顾虑，那可以这样，你们把林老之前签订的协议拿来，我们当场解除。”邢唐说着，看向西林。

西林把事先准备好的那份林老师签字的协议递过来。

邢唐接过来：“协议解除，我再见林老。”

常娜既动心又不相信：“协议都解除了，你再见我公公还有意义吗？”

邢唐神色清淡：“那就是我的事了，不劳林太太费心。”

林木依旧觉得为难：“协议我爸收着，我们现在拿不出来。”

邢唐给他吃定心丸：“如果林先生同意，我可以帮你劝林老。”

常娜嗤笑：“那你图什么啊？纡尊降贵跑一趟只为了帮别人承担医疗费？”

“木家村的拆迁无法进行，康养小镇就只是个概念，我留着林老这一份协议，没有任何意义。”邢唐淡淡一笑，“难道我能占用你们林家不足四十平方米的面积盖一座养老院吗？”他把协议递给林木，直言不讳：“我图的是，木家村的两千户拆迁补偿协议。”

林木从邢唐手里接过协议：“我看一下，再还给你。”

常娜气极：“还还给他？你疯啦？”

林木不理她，只问邢唐：“我能拍下来吗？”

邢唐点头：“当然。”

林木把协议的每一页都拍下来，然后走开几步，拨通了俞火的电话：“俞大夫，城邦地产的开发商到医院来了，要见我爸，还有那份我爸签的协议他也带来了……”

本以为林木是要发给哪位律师，一听他称呼俞大夫，邢唐忽地一笑。

也不管什么礼貌风度了，他直接走过去，径自把手机从林木手上接过来，嗓音低沉地对那端说：“是我，邢唐。木家村拆迁这件事，俞火，你别插手。”

那边突然换人了，俞火滞了一秒，随即语锋犀利地反问：“邢总，你这是在警告我吗？”

“我怎么可能是那个意思？”邢唐聪明地放低了姿态，以诚恳中夹杂着温柔的语气说，“我知道林老是你老师。我向你保证，绝对不会损害到他的利益。我这样说，你能不插手吗？”

俞火没马上回答。

邢唐等了两秒，唇边笑意逐渐加深，他近乎迂回地提议：“如果你非管不可的话，等我回G市，我们当面说？”

俞火听到“当面说”三个字，本能地蹙眉，却没直接拒绝这个提议，而是说：“我本无意插手这件事。可既然你知道林老师是我恩师，又向我做出这种有失你大唐总裁身份的保证，邢唐，我给你机会说明。不过，如果这是你为了见林老师的托词，我会跟你没完。我是医者没错，但仁心和狠心，我分人的。大唐确实是大公司、业界龙头，可说到底，也不过就是一家房地产企业而已，我不相信，没人动得了你。”

一句大唐总裁，泄露了所有。邢唐终于可以确定，俞火自始至终都知道他是谁！当他叫出她的名字，主动相认，她不再回避两人相识的事实。不过，抵触和拒绝还不够，她竟然威胁他？她敢威胁他！

邢唐听着她冷冷淡淡的语气，在对自己发出灵魂拷问“我究竟怎么得罪你了”的同时，竟心甘情愿地吃下了这波威胁，舍不得和她硬对硬：“你说得对。几个混混都能要了我的命，更何况是你。”

他一副妥协的口吻，似乎还有那么点宠溺的味道，俞火听得火起：“好心提醒你一句，林老师脑中风后，留有残障，意识虽清楚，却有言语障碍。如果这样，邢总还是执意见他的话，你所说的每一字每一句，我都会让林木录下来。”

邢唐都要怀疑她其实是学法律的，又不得不佩服她的反应能力。

他笑了下，激赏的那种：“没问题。留下证据，也免得日后在你面前，我说不清自己。”

他很善于四两拨千斤，让她吵不下去。俞火默了一秒，又不客气地说：“以后改改随便拿人手机的毛病。”

真是不能给她留任何“把柄”，否则分分钟奉还。

邢唐被怼得一句话都说不出来。听着话筒里传来的忙音，他终于被气笑了。

俞火很快回拨过来。看到来电显示“俞大夫”，邢唐把手机递给了林木。

林木愣愣地接起来：“俞大夫，嗯，好，知道了，我让他等会儿……”通话结束，他问邢唐：“邢总是吧，你还要见我父亲吗？”

邢唐态度坚决地说：“见。”

林木就同意了：“那等韩大夫来了，你才能进去。”

韩树是跑着来的，他一眼认出了邢唐："是你！"

邢唐就明白是俞火请这位大夫来的，他朝韩树颔首："麻烦了，韩大夫。"

"没事。"韩树先进了病房，确认林老师病情稳定，才对邢唐说，"我没记错的话，是邢先生吧？林老有言语障碍，你和他交流的时候，尽量别提问，他表达不清会着急，更不能用言语刺激他，令他产生大的情绪波动，这些都不利于他的康复。另外，"他抬腕看了下表，"也控制下时间，别影响病人休息。二十分钟够了吧？"

邢唐认定这诸多的限制，是那位远在G市的小俞大夫给定的。先是威胁，再立规矩，她对他还真是关照。邢唐都不知道自己是该气还是该笑了。不过，想到会因林老师的事再次与俞火产生交集，忽然就觉得木家村的拆迁问题似乎也没那么难缠了。

他压下唇边的笑意，说："十分钟就够了。"

一行人一起进了病房。

随后的时间里，基本都是邢唐在说。

他向林老师介绍自己时，没说他是大唐总裁，而是："林老，您好，我叫邢唐，'康养小镇'养老理念的提出人。"

林老师先前只听林木说是木家村的开发商要来看自己，此刻听了邢唐的自我介绍竟然有点激动，他嗯嗯地回应着，更试图坐起来。

韩树和林木刚要上前，邢唐已在床前坐下，一手轻轻按住老人家肩膀阻止他起身，另一只手握住了林老师的手："您老别激动，先听我说。"

林老师才没再坚持坐起。

邢唐没有多余的寒暄，直奔主题："我料到推进这个项目会有难度，但我确实没想到，会艰难到推进了三个月，只签下您一位。"

他有点无奈地笑笑，“我从成年时起进入大唐实习，到如今接管大唐，十三年，还是第一次被难到几乎寸步难行。”

林老师看着面前的年轻人，听他说被一个拆迁难住了，手上回握了一下，像是安慰，更像是鼓励。

邢唐拍拍他的手表示回应：“其实两年前大唐就要买那块地，当时合同都签完了。只要依约付款，项目如期推进，如今可能已经竣工交房，您都可以办理进户手续了。可如果那样，作为业主，您除了能置换到五十平方米的住房外，小区周边依然没有学校，没有医院，没有公园，没有大型商超。生活和交通上的不便利依然存在。

“作为开发商，要凭借一个没有地理优势，又不具备任何亮点的楼盘，把所有配套都拿下来，不是件容易的事。那不仅仅是资金问题，更是城市的资源分配和规划问题。尤其在现今供大于需的形势下，传统房地产本就举步维艰，木家村这种远离市区，十年之内城市建设都发展不过来的项目，根本不会受到重视。能被开发，而不是被囤起来，已是万幸。那就只能是个再普通不过的项目而已。”

“考虑到这些，当时我做了件坏事。”邢唐说着自己就笑了，像个孩子，“我利用职务之便，让公司付不出土地款，导致政府把那块地收回去了。我笃定，有了大唐的违约在先，同业即便有人动了接手的念头，也会再三权衡利弊。这样，我就有时间运作周旋。终于，我从副总升总裁当了家，我做的第一件事就是再把这块地买回来。”

原来过程居然是这样的。韩树看着这位年轻总裁的侧脸，第一次觉得这个男人深不可测，与那天病房里的“楠楠爸”的温和形象大相径庭。

“我之所以对木家村有执念，是因为我外婆出生在那里。前些年我的公司开始做项目，外婆跟我说：‘邢宝啊，等什么时候你有能力了，也把木家村拆了重建吧。公园什么的，不是说建就建，那是政府规划，咱说了不算，你想办法给协调协调，哪怕有个社区医院也好，别让我们这些老年人连看病都像进城一日游似的那么难就行。’我一问才知道，她有个老伙伴住在木家村西里巷，突发脑出血时，救护车进不去，儿子从城里赶回来也没来得及，耽误了最佳抢救时机，不幸去世了。”

西里巷是木家村最偏且房子盖得最密集，私建滥建也最严重的位置。回想父亲病倒那天，如果不是俞火及时做了抢救，又提示他救护车进不来抬了担架，同样的悲剧势必会重演。林木录视频的手不自觉晃了晃。

“我筹措资金拿地、做规划、研究设计；费尽口舌说服那些董事、股东，让他们心甘情愿放弃一些利润空间。我想把‘康养小镇’以养老产业示范项目来做。最终能否达到预期，现在我还不能把话讲得太满。可养老是现今的社会问题，是全民性的。包括我，将来也要面临这个问题。”邢唐停顿了几秒，又说，“养老这件事，不是一个人或是一个机构就能解决的，却一定要有人来做。”

林老师再次用力握了下邢唐的手，用力点着头，表示赞同。

林木迟疑着要不要放下手机。

西林和柴宇的神色也是凝肃的。

此时正值午后，恰好有一束阳光落在邢唐头顶，映得他整个人像被光环笼罩。作为一个男人，韩树都觉得，面前这位大唐总裁，不仅有情怀，还很有人情味，与印象中那些唯利是图的商人形象截然不同。眼前莫名浮现出俞火扑进他怀里时的画面，韩树目光微变。

邢唐并不在意别人的反应，他继续：“您愿意签那份协议，代表您懂我要做什么。在这方面，我们是知音。所以拆迁遇阻，我就想来看看您。要不，我怕自己会动退缩的念头。”

林老师支支吾吾地说了半天。

林木翻译道：“我爸说，越是难做的事，坚持住了，收获也越大。他让你，别退缩。”

这份来自陌生人的鼓励，让邢唐欣慰又感动，他点头，再点头。

柴宇发现他眼睛竟然在瞬间红了。

邢唐却很快平复了情绪，他问：“林老，您现在依然觉得‘康养小镇’是个好项目吗？”随后回身看向韩树：“抱歉，韩大夫，我犯规了。”

韩树没有阻止，而是选择了沉默。

林老师点头，艰难又坚定地说了一个字：“好。”

邢唐真诚道谢，又略显无奈地说：“可大家盯着产权不放，认为大唐以拆迁的名义骗拆迁户房产。您说，我得有多大的胆子，才敢在政府眼皮子底下搞这么大的动作？但我并不否认，我确实干涉到了后续的房产交易。

“我是邢总啊，大唐上上下下几万人，我得对他们负责。先期投入那么多的资金，没有一个保障做前提，怎么行？所以，当像您这样的老人入住‘康养小镇’，享受到养老所需的生活、医疗等方面的服务后，在规定的年限内，业主不能随意进行房产交易，我们大唐有权力使用这一房产进行出租或其他用途，这便是协议中提到的‘以租养老’。

“通俗来讲就是，你们把置换的房子租赁给大唐，租金用以支付入住康养小镇的费用。您在签字之前一定算过一笔账，以康养小镇的配套，收费标准低不了，您那房子的租金根本不足以支付相应费用。但没关系，大唐将像您一样入住小镇的老人的房子统一规划使用，租金全部补给小镇。再加上社保和政府给予的相应补贴，小病小痛的医疗费用也解决了。这就是大唐明明有实力随手建一家养老院，却只在新开发的楼盘中配套建养老院的原因。”

邢唐回身看了眼林木：“没错，无论是大唐，还是我个人，都可以资助或捐赠养老院。但只凭大唐和我个人，又如何资助得了全国的养老院？以租金补贴的形式自给自足，才是长远之道。”他又问林老师：“这个账，您老算明白了是吧？”

林老师点头。

“养老是需要花钱的，是一种消费。您认同我这种说法吗？”见林老师再次点头，邢唐也点头，“村民却固执地不肯听专业人士的解析，拒绝了解入住‘康养小镇’享受到的待遇，只盯着一定年限内无法随意处置房子这一条款上，根本不考虑父母生活在康养小镇，有专人照顾，不仅生活无忧，连医疗都有保障。等父母百年，租赁的年限到了，他们既可以选择为自己保留日后入住康养小镇的权利，还可以在大唐任意楼盘选择同面积的房子进行置换。而所谓的消费，仅仅是置换房的租金而已。

“没错，根据近几年的房市，房价还有上升空间。但木家村那片区域的升值空间有多大，我难道不如他们看得清楚吗？木家村周边的旧楼，相比十年前，现在没掉价就是涨了。那里太偏了，配套发展不上去，居住的人越来越少。渐渐地，也没人在那边买房了。出租更成问题。但如果由大唐统一规划使用，境况就不同了。”

他眼神深邃，嗓音清冷：“养老这件事，说到底是与经济能力分不开的，既然是养老房，自然要留着养老。可怎么用它养老，他们脑子里那个根深蒂固的观念，我还非挑战不可了。”

林老师那只没被邢唐握着的手此刻握成了拳，他用力在床上敲了敲。

邢唐懂他是认同的意思："您签的那份协议，我带来了。我把他交给您儿子，让他请律师去看。我相信，如果连律师都证明您没被我这个开发商骗了，没有吃亏，他不会再阻止您。那时候，他会亲自把协议给我还回来。说实话，我怕的是没人仔细研究那份协议，看不到里面那些他们给不了父母的关照。我早希望他站出来和我打擂。"他缓和地笑，"等他输了，我看在您的面子上，不追究他的毁约责任，您说成吗？"

林老师笑了。

该说的都说了，邢唐就要告辞："那您老休息，我就不打扰了，等日后您搬进'康养小镇'，咱爷儿俩没准还有机会下盘棋。我棋艺尚可，应该能与您周旋几个回合。"

林老师笑得更高兴了，似乎对此很是期待。

常娜在这时要从林木手里抢那份协议，似乎是怕真如邢唐所说的那样，折腾到最后，林木不反对林老师签这份协议了。

林木躲开了，并以眼神警告她别乱来，然后当着邢唐的面承诺："爸，等您康复了，是想去康养小镇养老，还是和我们一起住，您来决定。"

终于获得儿子的理解，林老师竟然掉了眼泪。

韩树刚要说话，邢唐已经说："您老别太激动，情绪起伏太大对康复不利。这话可不是我危言耸听，是您学生俞火说的，您得听她的吧？"

林老师边掉眼泪边点头。

邢唐没再逗留，他起身离开。

林木追出来，把协议递过去：“我已经拍照留底了，这份还你。”

邢唐没接：“我既然带来，就是要给你的。没这份协议捆绑，你更能理智思考和选择。”他看一眼病房，“不用担心被你太太撕了。”

被洞悉了心思，林木微微尴尬，他替妻子解释：“她不是盯着我爸这套房，只是觉得让我爸住进养老院，别人会认为我们不孝顺。她这个人，就是爱面子。”

有这种想法的人应该不在少数。邢唐难得地多说了两句：“我不会往心里去。你们也不要因为这件事吵架。关于父母的养老问题，还是要商量着来。”

病房这边的情况，林木详细地转述给了俞火，包括视频也发了过来，末了还说：“他让助理把医疗费留下了，连拒绝的机会都没给我。还亲自去康复中心那边，把我爸后续的治疗安排好了。如果这些是他收买人心的伎俩，那他留下我爸签字的那份协议，把是否解除协议的主动权交给我，好像有点解释不通。”

通的。他说得清楚直白，他图的，是木家村的两千拆迁补偿协议。他要通过林木，让那两千户知道，签这份协议有利无害。既然他这么有信心，俞火倒要看看那究竟是怎样的一个养老示范项目。

至于那段视频，她反复看了几遍，捕捉到邢唐在说“养老这件事，不是一个人或是一个机构就能解决的，却一定要有人来做”时语气中的坚定之意，还有他说“我是邢总啊”时隐隐的动情和压力。

俞火眼前竟然浮现当年在病房外，她说他更像邢总经理时，他眉宇之间不经意间流露出的自信和傲气。

以至于一个陌生号码打到她手机里，用那低沉和缓的嗓音问她：“我今晚回来，有时间见一面吗？”她的大脑竟有片刻的空白。

俞火那几秒的停顿被邢唐视为在找理由拒绝。或许对她而言，是不想和他再见的。但对邢唐来说，至少要搞明白自己怎么就不被待见了。

为了避免被拒绝，邢唐再次开口："既然对木家村拆迁的事有兴趣，不想听听我这个开发商的版本吗？难道你看完林木发过去的视频，被我随手打的感情牌说服了？俞火，你不是那么轻易相信人的吧？"

激将法什么的，果然有用。

吵架还没输过的俞火放话："我是名副其实的'狼人'。邢唐，你别后悔惹我。"算是应了他的约。

狼人？这世上估计只有她一个女孩子会如此形容自己。

邢唐眉眼带笑："来不及接你下班了，那我在……繁华里西南门，上次遇见的地方等你？"

他的绅士风度此刻在俞火面前不是加分项。她不领这份情："不劳邢总大驾，我自己开车。"

邢唐倒不勉强："那就九点，老地方见。"末了不给她反驳的机会说，"这是我的私人号码，存上。"

通话结束，俞火琢磨了半天，才明白所谓的老地方应该是汉宫会所的钢琴酒吧。可什么时候，那里成了他们的老地方？还有，她都没追究他怎么有了她的联系方式，他倒命令她，存他号码。

这个男人，好想找理由打他一顿。

生平第一次，俞火这个必胜客被打败了，直到下班还在心情不爽，以至于去找赤小豆解决晚饭时，整个善和的人都跟着遭了殃。

前台的半夏看到俞火，笑眯眯地喊："九姐。"

她点头，人都上了两级台阶，又转头："半夏，你说，脾气不好是病吗？”

“啊？”好好地上个班，还要应对随堂小考，也是够了。半夏赶紧思考，“动不动就生气的人一般都肝不好，所以……”

俞火来了兴致，她从台阶上下来：“所以脾气不好是肝病？”

她抿了下唇：“肝在志为怒……”

俞火一歪头：“继续。”

半夏吞吞吐吐地说：“爱生气的人，肝气不舒，肝气郁结，郁结了就……”

“就怎样？”俞火双手搭在前台上，引导她，“或者你先说说肝的功能。”

整个善和，几乎没人能在俞大夫的提问下全身而退。尤其还是关于肝这个复杂脏器的问题，根本就是拔高题。半夏努力回想那一堆专业名词，越想越后悔上学的时候怎么没把书直接吃了呢。她颓了。

俞火哪里会不懂她的畏难心理：“你是学中医的，肝的生理机能和特性是必须学的，逃得过清明也躲不了端午。”

半夏瘪嘴：“老板，我这个月只迟到了一次，不用这么惩罚我吧。”

叫她老板就是认㞞的意思。问题是：“我在和你说专业，你却和我说考勤？”

俞火皱眉：“肝为刚脏，是因为它具有刚强躁急的生理特性。肝在五行属木，脾在五行属土，木克土，肝气太过克伐了脾气，所以爱生气的人，我们说他是脾气不好。肝和脾的关系，这个千古之谜，《中医基础理论》不是早就给我们解开了吗？你是怎么上的基础课？”

“太枯燥了，每每老师讲到肝功能这个问题时，我就自动解散干别的去了。”但这次，没那么容易过关了。毕竟，老板和老师不同。

而且，学艺不精的人，没权利反抗。半夏垂头，一副任凭处置的模样。

俞火也不心软，屈指敲前台：“《中医基础理论》第三章藏象，第二节五脏，第四小节肝，今晚回去抄一遍。石竹，明天你检查她。发现她偷工减料，这个月你的奖金加倍。”

见半夏吃瘪，石竹正偷笑，闻言赶紧憋住笑，故作严肃地答应：“好的，九姐，我保证尽心竭力、一丝不苟、精益求精。”

俞火盯她一眼：“这劲头要是用在学医上，肯定大有作为。”

石竹佯装委屈：“九姐，你这么打击我，我会变笨。”

“既然责任在我，”俞火朝她招手，“你过来，我给你扎一针，醒脑开窍。”

石竹连连摆手：“我错了，我和半夏一起抄书。”

既然她要和好姐妹共患难，俞火哪有不成全的道理？随后，她边往楼上走，边问遇到的人问题。什么孕妇感冒了怎么治啊，风热感冒是什么啊，以及乳腺增生真的摸摸就能治好了？

得知好多人都各自领了作业回去，赤小豆替大家说了句公道话：“都是混中医界的，出手何必这么重呢？”

俞火还理直气壮：“她们要是用点心把基础知识吃透，我也不用‘肝’着急。”

赤小豆坐下来，眯眼看她：“什么脾气不好是不是病，我看根本就是你自己心情不好找碴儿。果然，九姐闹人都这么有个性。”

“专业不过关还是我的错喽？”俞火嘴硬，“别人不知道，你还不了解吗？我向来有自己的原则，违背原则的事坚决不做。”

“我就是太知道你了。”赤小豆毫不客气地揭她的短，“除了治病，你的原则看心情。”

俞火呵的一声，拿出手机刷新闻，懒得再辩的样子，形同默认。

赤小豆推她一下："别装。我告诉你，我都发现了，你这趟A市去得有问题。回来以后干活的热情明显不高，下了班也不像以往似的过来帮忙。我想去找你浪，你还拒绝。说实话，是不是谈恋爱了？"

"我去A市是扫墓，不是相亲！"俞火头都不抬，"脑洞这么大，去写小说啊，笔给你。"

"你能给我提供素材，我就能写。"

"你天生就是一本恋爱宝典，要我提供什么素材？"

赤小豆要扑过来咬她："我就谈了那么一场恋爱好吧，说得倒像我阅人无数了。我生气了，不理你五分钟。"

"拜托你把时间战线再拉长点，我想静静。"俞火说着，注意力被一条新闻吸引过去。

赤小豆循着她的视线，看见一条标题为《揭露开发商骗局，还我产权》的报道。

报道中称："城邦地产是一家具备丰富的城市更新及旧改经验的企业，主要业务集中在A市旧村、旧城改造项目。其新项目'一生之城'的旧改房屋征迁工作于今年1月全面启动。据悉，木家村村民认为城邦地产此次的征迁补偿存在欺诈行为，他们将会集体拒绝签约。有关人士预测该项目将会被政府叫停。对此，记者欲采访该项目相关负责人，却被拒之门外……"

除文字报道外，还附了村民打着"揭露骗局，还我产权"条幅、拆迁办门口工作人员与村民对峙以及标注着"大唐集团总裁，城邦地产创始人"的一系列照片。其中一张照片中的男人应该是刚从车里下来，半边脸隐在路灯下，神色不明，深色西装衬托下，整个人的气场肃冷又倨傲。

"哎，这不是……"赤小豆把手机从俞火手里抢过来，点击那张照片放大，“这不是那天和你一起下机的大帅哥吗？”她把进度条往上拉，看到那句“大唐集团总裁”时，整个人瞬间兴奋起来，“居然是个霸总！”

他站在那里，神色看似散漫，却更傲然凉薄。

不是邢唐，还能是谁？

这才符合他总裁的人设。不知怎么回事，俞火内心的小情绪更大了。

赤小豆当即就上网百度。把近两年关于大唐、关于邢唐的旧新闻都挖出来了。

她边浏览网页边自言自语：“原来是现实版的豪门宅斗男主角！明明是大唐少东，却从基层做起，凭着在线的双商，干掉了后妈，绝对反杀，逆风翻盘，成为如今的霸总。我以为这种操作只是传说，原来是真的。”她啧啧两声，“贫穷限制了我的想象。”

她顺手又点开一则旧闻，没看两行，像发现惊天大秘密般更兴奋了：“未婚生子！”说着把手机举到俞火面前。

俞火瞥了眼那则旧闻：“大唐集团凭借‘蓝海国际’晋升地产新贵……近日，大唐那位新晋上任的小邢总现身霖江岸边，怀抱可爱女童，与神秘女子牵手漫步……”

照片中，男人站在遮天蔽日的梧桐树下抱着一个小女孩，右手轻抚在迎面而立的女人耳际，像是在帮她整理碎发，或者是要抚摸她的脸。女主角则只是个侧脸，让人看不清五官。

俞火眼前先是浮现候机厅里邢唐抱着楠楠微笑的样子，然后是机场出口处，他与抱着楠楠的年轻女子迎面而立的画面，最终这些画面和这篇旧新闻中的照片重合在一起。

她意味不明地笑了。

赤小豆遗憾感叹：“还真是别人老公。”手上却不死心地拉进度条，然后很轻易地翻到了一则关于萧氏萧熠和大唐小邢总争风吃醋的旧闻，以及萧总那场举世瞩目的婚礼报道。

那场以私人飞机为婚车的高规格婚礼，新郎的名字叫萧熠，新娘则是赫饶。婚礼上作为花童的小女孩，就是那个张口闭口喊俞火“小豆姐姐”的小机灵——楠楠小公主。

赤小豆差点尖叫，她激动地抓住俞火胳膊：“你看走眼了，九姐！”

俞火被她发病似的反应搞得莫名，她抚着胸口：“这是干吗呀？一惊一乍的，我心脏负荷很大的。”

赤小豆戳着手机屏幕：“你所谓的一家三口根本不存在好吗？那个女人和小女孩，都是别人家的！你的那位霸总是单身！”

俞火抚着胸口：“他单不单身的，和我没有一根针的关系。懂吗？”

赤小豆看她波澜不惊的反应，手劲更大了：“你其实早知道是吧？那你为什么骗我？你有小秘密了，俞小九！”

俞火摆脱她的手，避重就轻地说：“我知道什么了？你当我是神算子啊。”

赤小豆显然不信，顺势掐她一下：“你这个心口不一的女人！我砺哥怎么会喜欢你？”

俞火脸色冷下来：“别拿阿砺开玩笑。”

赤小豆也不介意她瞬间的翻脸，但也适时打住。

之后两个人出去吃晚饭，俞火边吃边说：“来聊聊你那个相亲对象。”

赤小豆说：“还没见着呢，徐主编说他出任务去了。”

俞火抬头问："听说是个警察？"

"特警！"赤小豆眼睛亮亮的，显然有制服情结。

俞火评价："高危职业。"

赤小豆随口说："砺哥不也是吗？而且常年不在家，见一面都难。"

俞火无奈："怎么又绕到阿砺身上了？我看你就是对他贼心不死。"

赤小豆浑身都在散发小爱心："砺哥是我男神！谁都不能取代他在我心中的地位。"

俞火白她一眼："节操掉了，快捡一捡。"

赤小豆哼了一声："你就是嫉妒我的执着和勇敢。"

"是是是，我是柠檬精行吗？"俞火不再说话，只留意着时间。

赤小豆发现她频繁看表："干吗？你还有事啊？"

俞火一口咬定："没。"

"撒谎会让人心跳加快的哦，小心我把你脉。"赤小豆用手指点她，"我今晚就寸步不离地跟着你，还要去你家陪睡，找到实锤看你还抵赖。"

俞火懊恼没藏好情绪。可转念一想，借此和那位邢总拉开距离也好，免得她单独赴约，再发生点什么不可描述的事情。不可描述？想到哪里去了，俞火仰头干了一杯水压惊。

赤小豆哪知道她有这么多的内心戏？到了酒吧，她批评道："真野，居然在这种地方约会！"

俞火只想将她灌醉让她闭嘴，于是给赤小豆点了酒，自己选择喝水，理由是："我还要开车。"

好酒的赤小豆却说："我不上当。我要保持清醒。"

俞火有点急眼了："你再废话，信不信我点你安眠穴？"

赤小豆边嚷嚷着"你心虚了"边径自喝起来。

然而，直到九点一刻，邢唐不仅人没出现，电话也没打来一个。

俞火的脸色有点不好了。

十点，邢唐依然没有出现。

十一点，也是一样。

俞火没再等下去。

半醉的赤小豆又失望又不能接受这个结果，她问俞火："是不是因为我跟来了，你偷偷给他发信息让他别来？俞小九啊俞小九，你变了！"然后打了个响亮的酒嗝。

木家村的村民越来越有组织性，已经从最初的几个人堵在拆迁办，吵闹着让负责人出来给众人交代，发展到后来的几十人近百人围坐在拆迁办门口，致使工作人员无法正常进出开展工作。这些人里，年轻人只占少数，而且每天换一批。这样一来就不必所有村民都耗在这儿，节省了人力和时间。

剩余的大部分人则是被儿女"派"来的闲来无事的老人。他们有的是自愿的。由于听信了子女的话，也认为好好地拆个迁不就得了，抓紧把补偿谈好，协议一签，他们该收拾东西收拾东西，该搬家搬家，就把房子腾出来。或者去城里的子女家里住一阵，或者就近租个房过渡一下，只等新楼房盖好了回迁。

别人动迁不都是这样吗？没听说还牵扯什么产权的。他们越想越觉得子女说得对。况且，他们对于入住养老院多少有些抵触。在他们看来，那种地方，是没儿没女，或是子女不孝顺的人才会去的。

当然，也有些老人是迫于无奈，硬被子女劝来的。有些年轻村民见父母摇摆不定，就连吓带骗，先说住养老院的种种不好，比如集体老年生活肯定不适应，大锅饭又难吃又不卫生。不如到时候把回迁的房子一租，搬去城里和他们住更自在，生病了也有他们随时照顾。

老人闻言马上就忘了平时子女一个月都不回来看他们一次。偶尔他们去城里看望孙子，还被各种念叨。什么没空接送，房子小住着不方便，他们加班熬夜要晚睡晚起，你别起太早制造动静打扰，剩菜剩饭怎么还吃啊……这些生活习惯和观念方面的差异带来的不便与矛盾。

理智一些的老人即便考虑到这些，也会分分钟被子女怼回去。一句："你要是现在不听我的，等回头被骗了或是在养老院住不习惯，我可不管你。"百试百灵，摆平了所有。

临去机场前，邢唐亲自去了一趟拆迁办，一位老人见工作人员对他毕恭毕敬，凑上前说："小伙子，你是他们领导吧？大娘求求你，你别弄什么养老小镇了，就给我们正常的补偿，让我们能活着住上新楼房，死了我们也能闭上眼，哪怕少点面积都行。我那老头子走得早，我也没几年活头了，临了再因为房子和儿子闹僵了，死了都没人送终。"

那一刻，邢唐看着老人家花白的头发，心里特别不是滋味。

他握住老人家满是皱褶的手，问："大娘，您今年贵庚啊？"

老太太答："我六十七了，眼睛花了，腿脚也不利索。"

邢唐眉心一聚："这是您自己的想法吗？您真的不想了解一下我们的康养小镇吗？"

老太太不说话，眼圈却红了。

克制着胸间翻涌的情绪，邢唐语气温和地说："您不愿意因为一套养老房影响和儿子的关系，我能理解。可大娘您有没有想过，就算置换到了新房子，还是您一个人住，随着年纪越来越大，身体也会出现各种各样的毛病，到时候谁来照顾您呢？儿子有自己的小家，要工作，能放下那些回来照顾你吗？这不是孝不孝顺的问题，这是现实问题。对吗？”

老太太不答。

邢唐继续：“我知道您在担心什么。关于产权，我们不是拿走了，我们只是代为管理回迁房。或租赁，或作为其他用途。您老应该明白，如果将来您搬去和儿子住了，这儿的房子要租出去，并不容易，毕竟这里太偏了。可由我们统一管理，使用率会大大提升。我们按平方核算年租金，等年限到了，您儿子可以选择拿回这套房子，或是在大唐任意一个楼盘置换同面积的新房子，超出的面积也可以按成本价购买。大娘，您既安享了晚年，还给儿子留下了财产，难道不是最好的结局吗？”

他这番话说得诚恳而有道理，不仅是那位年近七旬的老太太，在场的其他老年人也都听进去了。他们也都读过书，仔细一想，好像是那么回事。于是，很多人走进了拆迁办，表示愿意听一听康养小镇的介绍。反正在这儿干坐着也无聊不是。

这本是个很好的转折，曹文浩都不禁为老板鼓掌。可偏偏这个神转折，激起了年轻村民的不满，他们在阻止老人时，与拆迁办的工作人员发生了口角和推搡。一拥一挤之下，有位老人从台阶上摔了下来。

像是终于找到了突破口一样，年轻村民一口咬定开发商打人，借此闯进拆迁办。摔倒的那位老人的儿子更是不分青红皂白地直接冲上去，打了一名法务。

由于邢唐事先有过交代，无论如何都不能和村民动手，当时包括安保在内的所有大唐的工作人员，除了阻拦，只能保护自己人。混乱中，邢唐为了保护一位老人，避免他摔伤，左臂尚未拆线的伤口被一位年轻村民打了一拳。而柴宇由于他的交代去帮曹文浩解围，顾此失彼，没护得了他。

等场面控制下来，医院、派出所这一番流程走下来，别说是赶飞机，黄花菜都凉了。邢唐才想起来，错过了和俞火的约，连个电话都没给她打。他仰头看向夜空，思考如何道歉。

最后还是决定先发个信息试探一下。

他因理亏小心翼翼地问："睡了吗？"

俞火翻了个身，把亮起的手机按掉。

片刻，手机又振了下，这回他问："在家吧？"

俞火一骨碌爬起来，直接把电话打了过去，她火气十足地问："你到底要怎么样？都几点了？你这是骚扰知不知道？"

邢唐倒没想到她会打过来，他嗓音低沉地答："我只是想确认你回家了。"随后也不回避错误，直接说，"生气了？抱歉，我失约了。"

俞火的语气不太好："谁说我生气了？我根本没去。"

邢唐不信。但既然她这么说，他也不勉强："那就好。还担心你等久了，回家太晚不安全。"

"谁等你！"忽略他言语中的关切之情，俞火不耐烦地说，"没事我挂了。"

"俞火，"邢唐语气缓和而带着几许恳求，"等我几天。"

不知怎么回事，心在瞬间软了一下，俞火说不出话来了。

邢唐等了两秒，见她沉默，又说："休息吧。等回来我再当面向你赔礼道歉。"

通话结束，俞火把手机扔到一边。直到再躺上床，她都搞不清楚自己在气什么。不是不想见他吗，又何必介意他的失约？临睡前，她还在想，看来明天得给自己开个方子，去去肝火。

次日，俞火从网上看到了木家村村民与城邦地产工作人员发生冲突的消息。报道中称，事态严重，有老人尚在抢救……她马上给林木打电话。

林木证实了网上的消息，他说："事件的起因是大唐那位邢总说服了在场的老人，他们同意了解康养小镇的细节，才引起了年轻村民的不满，激化了双方的矛盾。有老人受伤，还有两位当场晕了过去。村民的情绪有些失控，他们把拆迁办砸了，还要抢电脑，据说现场的监控也被破坏了。没有视频监控为证，仅凭大唐工作人员口述，很难证明责任在于村民。那位邢总好像受伤了，我看他胳膊上有血。至于那两位老人的情况，大家都说很不好，但他们被送进来时，我看见了，人已经醒了，应该没什么事。"

可身为老人，谁还没点慢性病？他们若坚持以身体不适为由不肯出院，对于拆迁会很不利。即便是扶持项目，造成如此恶劣的影响，也不排除被叫停的可能性。

俞火自己都没意识到，听完林木的话，她第一反应竟然是为那位似乎又受了伤的邢总担心。连犹豫都没有，她把电话又打给了韩树。

韩树很快接起来，不等她说话，已抢白道："你是要问木家村那两位老人的情况吧？我早上上班听说这事去打听了一下，老人没生命危险。不过，他们的子女似乎是不依不饶地要把事情闹大，现在除了主治医生，他们不允许任何人探视和接近病房。"

俞火说："韩师兄，你能不能确认一下老人的真实情况？"

"这个我来想办法。"韩树停顿了几秒，又说，"我刚刚碰见那位邢总了，他昨晚受的伤，到现在还没处理。”见俞火不应声，他最后说，“那先这样。等我确定这边的情况第一时间告诉你。”

俞火道谢，随即挂断。

犹豫了很久，也挣扎了很久，俞火一再提醒自己，一旦把这个电话打过去，再想和他划清界限，就不那么容易了。

却敌不过深心处迸发出的那一丝隐忧。

终于，俞火还是翻出凌晨的那条通话记录，点了重拨。她甚至都在心里盘算，响过三声他没有接的话，就算了。

可才响了一声，那边就接了，邢唐微哑着嗓子问她：“怎么了？是有什么事吗？”语气温柔，像是等待已久。

他那边已经焦头烂额了，接到她的电话，第一反应却是问她有什么事。俞火不想承认，在那一刻，自己的心情突然变得有些复杂，某种情绪更是压都压不住，井喷似的往外冒。

她竭力克制着，没直接问他的情况：“林木把木家村的事告诉我了。”

所以不用他解释失约的原因，她主动打来电话，是表示理解和原谅了。邢唐心里骤然一松，反过来安慰她：“没事，这个冲突迟早都会发生，我在现场，反而更好处理。另外，你要是方便，和林木说一声，如果有村民联系他加入拒签行列，让他答应。反正我已经把林老的协议给他了，就让他说协议解除了。你务必提醒他，这种情况下，不要表露签约意图，以免成为村民公敌。”

他早料到会出现如今的局面，之前主动还回那份协议，除了那些他直接言明的意图，也有保护林家的意思。而他稳如泰山的语气既让俞火感到安心，又让她隐隐不安。可对于这种事情，俞火自认不可能比他处理得更好，也没有建议给他。

她只说：“医院方面如果有什么事，可以找韩树，他是我……”

“不用。这件小事，我还不至于应付不了。”邢唐拒绝得异常干脆，见俞火没吭声，才意识到自己的语气似乎是重了，他又缓和了下说，“我知道你是好意，是要帮我。但我不想让你为了我，欠下任何人情。”

这话听在俞火耳里，暧昧中又透出几分专制的味道。她口是心非地说：“我是考虑到林老师。不希望他和林木被牵连进来。”

邢唐信她就怪了。他温柔地说：“不会的，放心吧。”

俞火都准备挂电话了，到底还是问：“是伤口有反复，还是伤到了别处？”

似乎等的就是她这一句。邢唐唇边有了笑意，他轻声问：“我能理解为，你这是在关心我吗？”

俞火没回答，她直接挂了电话。

听着手机忙音，邢唐笑得很开心，连臂上的伤口都不觉得疼了。

随后几天，邢唐依然留在A市，俞火如常上班。接诊，随老主任查房，为患者针灸推拿，带着谷雨和荆诚这两个名义上是主任学生的实习医生，是俞大夫每天的必修课。

绝大多数患者给予俞火的性格和颜值五星好评，至于医术，尽管从小学医的俞火确实是有真本事的，可对于那些慢性病和老年病，如同邢家外婆患的阿尔茨海默病，那是一种神经系统退行性疾病，目前全世界都没有治愈的办法，只能靠药物和家人陪伴，延缓病情发展。中医再玄奥，也没办法手到病除。否则俞火一定会被举报：这哪是什么大夫啊？莫不是下凡历劫的小妖精吧。

同科室的其他大夫看似也和这位年轻漂亮的小俞大夫关系不错，可俞火心里再清楚不过，不是所有的眼光都是友善的。尤其老主任快退了，她又研究生毕业，刚刚考下执业医师资格证，有了处方权，风头正劲。

医生的职责是治病救人没错，可医院也是职场，晋升、评职称，连俞火都不是无动于衷，何况是别人。

所以这天，谷雨回到诊室时气鼓鼓地说：“他们都说俞大夫是走后门进的咱们医院，还说俞大夫和院长有不正当关系，真是气死我了。”

俞火正在整理医案，闻言轻描淡写地说：“再有人拿这些说事，你就直接告诉他们，我就是走后门进来的，后台硬着呢，这样就没人敢指使你们干活了。”

谷雨听懂了其中的维护之意，更加气愤：“现在学中医的人本来就少，还被西医各种看不起，被骂是庸医，怎么中医自己还内讧呢！”她问俞火：“俞大夫，你是懂西医的，更考了各种我们望尘莫及的证，干吗还在治未病中心受气？西医外科多热门啊！”

俞火头也不抬地答：“不想和你们在手术刀下相见。”

生死之痛虽远，却也很近。她身为医者，却不愿直面死亡。

下班后，俞火去大成律所，见南嘉予。

南嘉予是个典型的女强人，三十六岁，未婚，人称南大状。

彼此都是熟人，南嘉予示意她随便坐，单刀直入地问：“你给我发过来的那份木家村的拆迁补偿协议是谁的？和你什么关系？”

俞火顿时警惕起来，下意识坐直了：“是我高中老师。怎么了，南姐，有什么问题吗？”

南嘉予感应到她的紧张，笑了：“那协议是我经手的，你说会有什么问题？”

俞火意外：“你们律所和大唐有合作？”

对此南嘉予回答："大唐的老邢总是我们所一位合伙人的朋友。这位合伙人手上有别的案子忙，木家村这事就我跟进。我助理目前就在A市配合大唐做协议的解析工作，但不太顺利，前几天还和村民发生了冲突，闹进了医院。不过，大唐那边并没有让我亲自过去的意思，我就没管。"

"那这协议是可以签了？"俞火信任南嘉予，只是心存疑惑，"既然协议没有问题，为什么村民会有那么大的反应？其实协议我也看了，虽然对于一些法律的专业名词不太懂，但不可否认，大唐确实对业主的产权做了限制。"

"这个限制如同住院要先交住院费是一个道理。"南嘉予从专业的角度进行解释，"那是康养小镇，不是福利院。木家村的老人凭什么能在不支付任何费用的前提下，享受到全面的养老配套呢？就是因为他们要根据最终享受到的服务，把原本置换回来的房子暂时交给大唐使用。注意，是暂时，不是永久；是使用，不是产权所有。只是你所谓的限制，没办法即刻明确成一个数字。

"你了解那些老人目前的身体状况吗？你确定他们要在康养小镇生活多少年吗？你知道他们最终是病故还是自然老去吗？这些是需要老人有入住意向后，再根据老人类型和特点，安排居住设施和服务的。比如，自理型老人，他们生活能够自理，属于独立老人，对应的就是独立式居住设施，享受康养小镇提供的娱乐健康、餐饮等服务。而生活半自理，需要生活帮助的老人，则属于介助型，对应的就是介助式居住设施，享受生活辅助照料、康复治疗等介助服务，除此之外，同样可享受小镇的其他服务。"

俞火明白了："那些身体极度虚弱，需要24小时医疗护理的老人，就需要生活照料、专业医疗护理、医疗康复等24小时全程护理服务。”

“没错。”南嘉予挑眉，“你是治未病中心的中医大夫，接触最多的就是老年患者，这类人群最需要什么，你比我清楚。‘一生之城 · 康养小镇’不是个普通的房地产项目，而是一个医养结合的社区养老模式。目前我国的老龄化程度越来越严重，居家式养老会越来越难实现。绝大多数家庭都是独生子女，上有老下有小，谁能放弃经济来源，把全部的时间和精力用来照顾年迈的父母？电视剧里演得都挺好，可这世上有几个人能在事业上升阶段放弃工作回家照顾父母？又有多少人具备那个经济实力？所以，养老服务的社会化需求会越来越高。

“你平时定期去养老院做义工，应该知道，那里面住着的老人，基本上都是由于子女忙于事业，没办法兼顾父母的。但也不可否认，现在有很多人并不认可去养老院养老，他们觉得那样是没面子，怕别人说自己子女不孝顺。可他们忘了，他们孩子小的时候，也是要被送去幼儿园的，那其实和老了住养老院是有着共通之处的。

“现在的地产产品中，也出现了部分针对老人的服务，但后期运营管理缺失、模式不成熟，也是不可忽视的现实问题。这些问题的关键在于，没人愿意为养老事业无偿买单。大唐在这个时候转型做养老产业，有利有弊。利很明显，做好了，成为养老产业的先驱，业界地位不可撼动。从此人家就是大哥，走到哪儿都有面子。弊则在于，连老百姓都不相信会有人甘愿为社会的养老问题买单。这件事，还怎么干？光想想，已是阻力重重。

“但大唐还是决定做。康养小镇之所以能落户木家村，针对的是那里老年人口居多、地理面积大的特点，把养老院与居民小区结合在一起，既让入住的老人有归属感，又能在周边健全相关配套设施。

你的这位林老师能签这份协议，说明他看到了这些。怎么你那么聪明，还有疑问呢？”

俞火到底是大夫，关注点永远在医疗上，她闻言说：“既然是养老项目，医疗配套必不可少。可目前距离木家村最近的就只有西城中西医结合医院，要实现医养结合……难道大唐还能在木家村建一所医院吗？那可是大手笔。”

“这有什么不可以？一家医院而已，大唐具备这个实力。而且你也说了，那是一家中西医结合医院。你不是最推崇中西医结合吗？中医可以从根本来调理体内的平衡，西医见效快，尤其外科，治疗直接到位。在这方面，你和大唐现任邢总不谋而合。”南嘉予显然很看好这个项目，她很有耐心地继续说，“把一所中西医结合医院配套到康养小镇，再开通一条绿色通道，让康养小镇的老人享受最便捷最快速的治疗。除此之外，还有更重要的一点，凡是小镇居民都可享受平价医疗待遇。”

“平价医疗？”

“对，平价医疗。现今什么最贵？看病。药价是降了，但检查费、治疗费、手术器械哪一项便宜？小病还好，大病的话……工薪阶层、普通家庭，病得起吗？平价医疗对于穷人来说意味着什么，不用我再多说了吧？我都替木家村的村民庆幸，有生之年，得遇这样一位有社会责任感的实业家，不遗余力在做这件事！而我之所以特意让你来一趟，是想问你，想见一下这位邢总吗？”南嘉予说完，目光笔直地注视她。

俞火措手不及：“我和他见面？为什么？”

“你是大夫，对医疗系统最了解，你还热衷于助老事业，每个月都会带养生馆的姑娘们去养老院做义工。现在有个人，要做养老产业，你们不交流一下，我总感觉是种遗憾。”南嘉予语重心长地说，“现在国家鼓励建设养老服务设施，遴选相关试点项目给予倾斜支持。但让传统房地产商转型做养老产业，是需要一个过程的。现在有人敢为人先，你不愿意助他一臂之力吗？而且，康养小镇这个头开好了，对全国的养老服务提升，会是巨大的推进。说实话，我挺期待大唐的这个项目。毕竟，我也有年老的一天，也许未来，同样需要到养老院生活。我希望那个时候，有那么一家配套齐全、服务周全的养老机构，让我容身。”

第五章 × 如果止于此

从律所出来，俞火脑子里反复思考南嘉予的话，包括她对邢唐的评价。实业家……如此高的评价出自南大状之口，实属不易。

俞火不禁疑惑，那个坊间传闻冷漠精明的邢总，和她面前绅士有礼的邢唐，是同一人吗?

可无论真实的他是怎样的，赫饶于他，都是铭心的。俞火本以为，经历过那样一场生死之劫，他们在一起是迟早的事。乘虚而入什么的，还是她给他的建议呢。

最终赫饶却嫁给了萧熠，他在世人眼中成了争夺不成的落败方。

那些旧闻，俞火之前都看过，她当时甚至在想，他这个小邢总，情场失意，商场得意，还真是“祸兮福所倚，福兮祸所伏”。

他却似乎没有坊间传闻的那么……可怜。

徐骄阳曾说过：“阿政他哥那个人啊，心里装着的事太多，考虑得也多。像是对我，以前烦我防我，生怕我欺负他弟弟。等阿政走了，他还防我，防我想不开。然后任我说什么做什么，哪怕是挤对他，也不发火。你是不知道，以前总是对我横眉竖眼的，没好脸儿。”

然后她笑着笑着眼睛就红了，再开口语气都是哽咽的：“要是阿政在多好，又有阿政，还有那么个看似冷漠薄情，实则任我作的大哥，我也能横得起来了。”

那位大哥，似乎正亲力亲为去做一个没人愿意尝试，或者是不敢尝试的养老项目，还响应国家的倡导要医养结合，而这个“医”还是中西医结合。

为什么他会想到中医?

不知不觉到了家，俞火没急着把车开进地下车库，而是停在路边，拿出手机通过了那个人下午发来的好友申请。和别人不同，他没有昵称，微信的名字就是本名——邢唐，头像是一张雨滴图。

俞火想到他此前发来的短信，问她：“晚上有空吗?”点开和他的对话框，迟疑着要不要回复。

他的信息抢先一步过来，和她说：“谢谢通过。”

俞火没急着回，目光随意地飘向了窗外。说来也巧，竟然就看见了他。

那个在大唐呼风唤雨的邢总，此刻像个普通人一样，坐在小区门口平时老头老太太们晒太阳闲聊的石凳上，衬衫顶扣解着，袖子挽起，露出小臂，弓着身子，手肘拄在两腿膝盖处，低头操作手机。西装外套随意地放在一旁，还有一瓶喝了大半的矿泉水。

此刻的他，头顶没有总裁光环，身上也没有了上位者的威严，普通到像一个忙碌了一天的上班族，平凡而具有烟火气息，又隐隐透出几分颓唐和落魄。

如果不是亲眼所见，俞火完全想象不出来他的这一面。忽然就想起初次相遇那晚，他衬衫上全是血的样子。不知是出于怎样的心理，她举起手机，拍下了这一幕。

他的信息又来了，问她："可以见个面吗？"

所以，他从 A 市回来，特意到她家门口等她？

俞火有一瞬的冲动想下车，可她忍住了，问："时间地点？"

他不答反问："你现在在哪儿？"显然是要迁就她，选择距离她近的地方。

短暂的沉默，俞火回复："你抬头。"

几秒后，他直起身子，朝她的方向看过来。

目光终于对上，俞火分明看到他眼里的灼热和惊喜。

下一秒，他收起手机，拿起外套和那半瓶矿泉水，起身走向她，步态从容安稳，像是令人迷恋的慢镜头。

待走近了，他伸手为她打开车门，提议："下来走走？"

直到这一刻，俞火才发现，他眼睛里有明显的红血丝，下巴上也冒出了胡楂儿，最起码是熬了两个通宵的状态。

拒绝的话卡在喉咙里，她边下车边说："看来总裁也不全都那么风光。"

邢唐关车门时才反应过来，她是在评价他，邋遢。

他一笑："都是表面风光。"

况且，哪有白来的风光？越是身居高位，背后付出得越多。可像他这样，不顾形象，毫无总裁包袱地坐在小区门口等人的，也不多见。

俞火锁了车，刷卡进小区，默许了他走走的提议。

夕阳西下，红霞满天，两人沐浴着余晖并肩走在繁华里。晚风徐徐送来清香的花草味，还有她身上淡淡的像是草药的香气，都让邢唐觉得夕阳无限好，连日来的疲惫，也在顷刻间散去。

俞火一直没说话，辨不出喜怒的样子是惯常对待他的冷淡模样。邢唐只好主动开口：“听韩大夫的意思，林老恢复得比预期的好，或许用不上三个月就能恢复七八成。”

这些不用他说，韩树早已和她交流过。但俞火还是很给面子地接了这个话题：“病这种东西，看似来得又凶又急，其实都是日积月累，治本没那么容易。”说着偏头看他一眼，“林木说了，你不仅把林老师的医疗费给报销了，还亲自安排了他后续的康复治疗。”

不难听出她刻意把“报销”两个字咬得很重，邢唐侧头，看着身旁五官精致、穿着精巧的小女人：“他已经感谢过我，你不用再说一次。”

俞火被他言语和神情中的严肃惹笑了，她说：“你想多了。”

气氛因她这一笑缓和了不少，邢唐顺着她的步子停下来，见她要坐，伸手一拦。等把自己的西装外套铺在上面，才说：“坐吧。”自己则直接坐到了长椅上。

这份体贴究竟是性格使然，对所有女性的绅士之礼，还是独独对她？俞火犹豫一秒，坐在他西装上：“那两位老人的情况怎么样？”

她是问木家村冲突事件中受伤的老人。

邢唐答：“通过院方安排，已经做过全身检查了，无碍。”

他说得轻描淡写，可从韩树和林木的言语中不难看出，老人的家属明显要借此阻碍拆迁，不打算轻易罢休的。甚至是今天，韩树还来电说：“家属不同意出院。”所以，他的这个院方安排，想必也费了不少周折。而他应该是等检查结果出来，确定老人无恙才回来。

俞火瞥了眼他按时间算应该拆线了的左臂，欲言又止。

这个时候，一位认识俞火的邻居老大娘经过，她笑呵呵地问：“和男朋友约会呢，小俞？”

对于老人，她总是特别好脾气，哪怕被误会，依然爽快地笑答：“表哥。”

继楠楠爸之后又被冠以假表哥身份的邢唐失笑。

“表哥啊。”老大娘一听竟停了下来，直接问邢唐，“小伙子有女朋友吗？”

怎么他从来没发现这个小区的业主如此热情？

邢唐看一眼俞火，说：“有了。”

俞火仿佛没听见，她目不斜视地看向远处。

老大娘啧了一声，满脸惋惜：“也对，这么英俊，怎么可能剩下呢？”

等她走了，邢唐和俞火都沉默了，几秒后，两人不约而同笑起来。

邢唐感慨似的说：“很多年没听人叫我一声小伙子了。”

俞火有点毒舌地打击：“明明是老小子。”

而立之年于男人而言，不是风华正茂吗？怎么在她眼里，自己像是已经步入中老年行列了？邢唐注视她柔和的侧脸说：“似乎是到了让人喊叔叔的年纪。”

俞火险些顺着他的话脱口喊出那声“雷锋叔”，抗拒的情绪却在瞬间蜂拥而至，她沉吟片刻，没什么铺垫地说：“我这个人有很多原则。当然，你也可以理解为事多，其中之一就是不愿和商人打交道。”

气氛急转而下，邢唐眉心轻拧：“我能问下原因吗？”

俞火等的就是他这一问，而听完南嘉予一席话，心里明明不是那么想的，嘴上还是半分迟疑都没有地答：“商人重利轻别离。”

“商人重利轻别离，前月浮梁买茶去。”邢唐像是想到了什么，他垂眸说，“或许吧。”随后又问，“那份协议找人看了吗？”

从律所出来，到遇见他，俞火没时间沉淀，心里很乱，她随口撒了个谎：“还没。”

邢唐似乎是相信了，他还建议：“找人看看吧，要不依你的热心，也不放心。”

俞火假装没听出来他转换话题背后的示好之意：“这不等你的开发商版本吗？到时候结合起来分析。”似乎愿意和他走走，完全只是为了木家村这件事。

邢唐的目光落在她交握在身前的那双手上，考虑了几秒才说：“现在的房地产行业在走下坡路，继续做传统项目，会越做越小。大唐又只专注于此，其他行业涉猎不多，转型迫在眉睫。恰好这个时候国家又出台了措施，鼓励开发商用存量商业服务用地和其他集体用地来发展养老地产，这对于需要转型的大唐来说无疑是一个契机。”

俞火越听越不对味，却也没打断他。

邢唐注意到她蹙眉的小动作，继续：“根据目前我国的老龄化程度，我预测，未来五到十年，我国养老服务行业将会进入发展的黄金时期。大唐来开这个头，既能借国家利好政策的倾斜得到扶持，确保转型成功，又能抢占竞争制高点，可谓一举两得。”

他这番话，完全是一个商人从利益角度出发，和他去探望林老师时抒发的情怀，以及从南嘉予那儿听到的“医养结合”的惠民理念，截然不同。

俞火反复琢磨了下，又与他耐人寻味的目光对上，顿时明白过来，他这是故意顺着她先前提及的“商人重利”思路在“中规中矩”地回答她。

终于，俞火也被他的高智商和快速反应气笑了一次：“我该为邢总的眼光和远见鼓掌吗？”

邢唐似笑非笑：“如果没这点眼光和远见，怎么当得起你这声邢总？”

面前的男人，为商时，深沉、精明、善谋。可善谋事的人不是都能运筹帷幄吗，怎么在感情上，近水楼台的他偏偏输了？俞火笑自己最近总想些有的没的。她话锋一转：“不是来道歉的吗，怎么我等了这么久都没听到一句正题？”

“你不是说没去吗？”天色渐渐暗下来，路灯和楼顶的灯都亮了起来，邢唐借着这些光注视她眉眼，“况且，我早早把歉道完，你怕是已经走了，还会坐这儿跟我聊这么久吗？”

这个男人，话不多，但好像只要他想，每一句话都能把人堵进死角。意识到他今天看似临时起意，实则有备而来，俞火起身：“既然如此，就不浪费邢总时间了。”

早料到她会是这样的反应，邢唐一把抓住了她的手。

俞火下意识要抽回，结果一动，恰好被他的手掌握个正着。外人看来，俨然一幅她使小性子要走，男朋友牵手挽留的画面。

邢唐顺势握紧，眼眸沉湛似海，在夜幕灯火下，灼灼地望着她。

和那次邢外婆硬把两人的手搭在一起不同，俞火整只手都被他主动握住了。那只男人的手，手掌宽厚，掌心温热，贴着她的皮肤，令她胸口莫名涌起一阵微妙又酸涩的激荡。

邢唐也是心尖一颤，他语速很慢地说：“我问过徐骄阳了，她说你……”

前一秒还在躲避他眼神的俞火忽地垂眸看他，并在这时开始挣扎。

邢唐没给她挣脱的机会，他不顾臂上未愈的伤略一用力，把她拉近了些，右手更是直接搂住了她不盈一握的纤腰，把她整个人困在两条腿之间："我揭穿得太早了，要逃？"

尽管穿着及膝的半裙和丝袜，俞火依然能清晰地感觉到他西裤贴着小腿肌肤的异样。瞬间陷入被动又暧昧的窘境，让俞火失去了冷静，她略显急切地说："我未必什么都告诉她，她知道的也未必都是真的。"自由的那只手则抵在邢唐肩膀上，像是准备随时动作，以免他再做出什么出格的举动。

邢唐眼神一变："你知道我要说什么吗？这么急着反驳！"

夜色里，他微眯眼睛的样子像蓄势待发的豹子，忽然变得有点危险。俞火猛地意识到自己情急之下上了他的当。她唇角抿平。

这是她生气的前兆，邢唐笑着妥协："我怎么可能去问别人？我是诈你的。"

抵在他肩膀上的手瞬间动作，邢唐只感觉到臂上一麻，手上顿时没了力气。

俞火借机甩开了他的手，退出他的"包围圈"："邢唐，我们之间最好还是只谈木家村拆迁的事。至于其他，我说过了，我不和商人深交。"

上次是阿砺，这次是他商人的身份。小孩，你路子很多啊。

邢唐有点没耐心了。他站起来，借由身高优势俯视她："木家村拆迁的事我们谈不着。我是开发商没错，但你不是村民。无论是补偿，还是其他，那都是林家的事，他们有任何疑问或是要求，都可以找我，你代表不了他们。"

为了避免再惹恼她，他及时刹车，放下身段："不过，如果你对康养小镇感兴趣，我很愿意向你这位专业人士请教一下关于医疗配套方面的事宜，只是不知道俞大夫是否愿意赐教。"

“邢总有医疗方面的疑问，大可以找别人。项目都规划好了，还会缺顾问吗？”俞火冷笑，“现在说谈不着了，那电话里要当面说的话是诓我的？邢总倒是很有手段。”

邢唐眼睛里只有她：“我下飞机连家都没回在这儿等你，不是要和你剑拔弩张地聊什么手段。俞火，我们之间，除了楠楠爸以外，是有什么别的误会吗？”

“我不懂邢总在说什么。”俞火说完转身要走。

“你不懂？这话应该换我来说。”邢唐不允许她走，再次拦住她，“我不懂那个暑假你为什么没给我打电话。我不懂再见面你为什么假装不认识我。我更不懂你为什么以阿砺来搪塞我。俞火，如果我邢唐做错了什么，我绝不推卸。但你总要让我知道错在哪儿了。什么楠楠爸？大唐邢总是单身，即便不是满城皆知，你会没在徐骄阳嘴里听说过？她喝醉那天抱怨我去晚了，说什么错过了一个亿，指的是你吧？如果不是清楚你的个人情况，她会动撮合你我的念头？我当时是情商 12 分都被扣光了，居然没反应过来！倒是给了你机会。还楠楠爸！这个糊涂再装下去就不可爱了。”

俞火没想到他会这么直接，更没想到他居然会如此用心琢磨其中的微妙。那晚从酒吧回来后，他显然懂了她的拒绝。她以为，即便他有疑问，依他的骄傲，也绝不会问出口。那他们之间，也就那样了。可他失约后，她那一通电话把自己逼回了原点。

是她的问题！是她心软惹的祸。

当林木第一次提及木家村的开发商是城邦地产，她就知道是他。俞火一再提醒自己，别管林老师家的事，让林木自己解决就好，这样就可以避开他。

然而……

俞火背过身去，把脸隐在树影之中，半晌，终于说："名片我不小心弄丢了。"

这个理由很是敷衍。丢了名片，却能在给他寄快递时把他的联系电话写得一个数字都不差。邢唐几乎要提醒她走点心。转念想到自己今天约她的目的是让她承认记得自己，再把楠楠爸的标签摘了，让两人之间有个健康的开端。至于其他，以后总有机会。

邢唐没再逼她，移开目光平复了一下："所以，你不是假装不认识我，只是一时没想起来是吗？"

俞火不说话，算是默认。

邢唐适时退一步："是我想多了。"他拿起外套搭在手臂上，"走，我送你回家。"

俞火何尝不懂他是在给她台阶下，却还是负气似的说了句："不用。"

邢唐身高腿长地跟在后面，见她朝小区门去了，拦住她："去哪儿？"

俞火没好气："刷卡送客！"

都气成这样了，还想着帮他刷门禁卡。难得占了一次上风，堵得她哑口无言的邢唐忽地一笑。不过，他实在累了，不想再去外面转一圈，想了想，他从裤兜里掏出一张门禁卡。

俞火看着那张带着繁华里 LOGO 的小巧门禁卡，再抬头看他："你……也住这儿？"

邢唐把目光投向对面楼："B 座，二单元，十楼。"

俞火万万没想到他居然和自己同住一个小区，还就在她对面楼。繁华里明明不是大唐的楼盘。他作为房地产开发商，实实在在的有钱人，不是应该住独栋别墅吗？最起码也该住自己公司的楼盘吧，居然隐居在这儿!

俞火定定地盯着他:“你什么时候住进来的?”

邢唐如实答:“五年前。”

她是三年前,比人家晚!要说企图,自己反倒说不清了。

俞火忍了两秒:“什么时候知道我住这儿的?”

邢唐说:“我们坐同一班飞机从 A 市回来那天。”

所以那天确实是偶遇?!俞火还以为……

“当时为什么不说?”

“你显然是在气头上,没敢。”

“那今天又为什么说了?”

“早晚你都会知道,越晚知道就越生气。”

“我有什么可气的!”

邢唐看着她气鼓鼓的小脸,试探着问:“你不会因为这个搬走吧?”

“我为什么要搬走?”她回得有点凶,末了踩着小高跟鞋嗒嗒地往单元门走。

邢唐看着她的背影,提醒:“不把车停进地下车库吗?”

她头也不回地答:“不要了!”

看来是气得不轻。邢唐站在原地,半掩着脸,笑了。

到家后,俞火把钥匙甩在玄关上,噼里啪啦地制造一连串的声响,以发泄情绪。大款向来都是不惊不扰的,听到动静只竖了竖耳朵,确定是它主人无疑,继续趴在沙发上睡觉。

俞火见它这样,更是气不打一处来,过去捏它的脸:“这又是你第几个觉啊?不知道起来活动活动吗?跟你说过多少遍了,太胖了对心脏不好，你假装听不见是吧？”

大款脸皱在一起，显然不太满意主人对它动手动脚。

俞火却偏要它回应，用双手蹂躏它的脸：“天天给我冷脸看，也是够了！我告诉你，以后你要是学不会讨好我，我就把你变成流浪猫，成全你和流浪狗的跨种友谊！”

大款像听懂了什么，受不了似的喵了一声。

俞火自动把这叫声理解为妥协，她揉着大款的脸：“和我顶嘴，你还嫩了点！”

大款抗议地伸出爪子挠了她腿一下，像是说：“求放过！”

“以后你给我乖点！”她说着，忽然想到什么，放下大款跑到阳台上，往对楼看。

对着她的那户人家的阳台没有光亮，昭示主人尚未回来。

俞火还是唰地拉上了客厅的窗帘。

躺回沙发上时，俞火有种无力感。她心里再清楚不过，被赤小豆说中了，她这趟 A 市去得有问题。问题的根源就是邢唐。她一直不肯承认，对邢唐的抵触、排斥、拒绝，其实是因为发现了自己对他并不是全无感觉，才想用这些情绪把那丝好感压下去。

本来都快成功了，木家村拆迁的事又把他们拉到了一起。他对待拆迁的态度，他对林老师讲的那番话，他提出的康养小镇的养老理念，还有南嘉予口中那个不遗余力推行平价医疗的实业家……种种这些，无一不令俞火的防御溃败。

其实，从两年前邢唐升任副总，成了小邢总，俞火便再屏蔽不了他的相关消息了。

小邢总与赫饶和萧熠的三角恋、小邢总私生女、小邢总与继母争权等新闻相继爆出。一时间，大唐小邢总成了媒体的宠儿。

还是萧熠以一场高调的婚礼，结束了小邢总的情感话题。没多久，传出邢政患白血病的消息。再后来，老邢总退了，邢唐正式接管大唐，成为大唐邢总。

正可谓，情场失意，商场得意。

也算扳回一局。

那期间，俞火瞒着所有人做了一件大事，然后休息了一周。那七天，她的体重急速下降，整个人瘦得不行。

肖砺回来看见她，差点不敢认。

他摸着她的头，心疼地说："怎么又干傻事？"

她却只是笑。

肖砺当时眼睛都红了，问她："为什么要瞒着他们？"

她不以为意："没多大点事。"

人命关天，怎么不是大事？他们该知道。

肖砺压了压情绪："再有这种事，能不能先和我商量一下？"

商量的话，他也不会反对。

俞火不说话了。

事后她才想起来问："没告诉爷爷吧？"

肖砺摇头，但也警告她："没有下次。"

她别过脸去，小声地说："不会再有下次了。"

肖砺听见了，他搂住了她。

俞火低低地叫他的名字："阿砺。"像在寻求温暖和依靠。

肖砺轻拍她的背，坚定如山地说："我在。"

俞火闭上了眼，她在心里默念，祈祷："阿砺长命百岁。"

三个月后，徐骄阳来到治未病中心求医。邢政离世后，过度悲伤之下，她的脾胃功能严重紊乱，持续的失眠把她折磨得憔悴不堪。

华主任给她开了方子，明明是对症的，可两个疗程过去，丝毫不见好转。俞火看不下去，给她扎了两针，让她在诊室里睡了个好觉。从那天起，徐骄阳只认她，并成了善和的老顾客。

思绪被敲门声打断。俞火以为赤小豆又来监视她，也没问是谁，直接开门。

来人却是邢唐。

俞火一口气提了半天："你还有完没完了？难道是我家猫扰民了吗？"

邢唐也不恼，还以恳求的语气说："能麻烦你帮我处理下伤口吗？"

目光下意识投向他左臂，看见白色衬衫上竟有血迹，俞火眼神一沉："不会从那天出事就没处理吧？"

邢唐说："简单包了下，但刀口好像又挣开了。"

"你多大的人了，缝了针，自己都不知道小心吗？"想到自己刚刚还在楼下甩开他的手，俞火语气不好，"进来。"

邢唐也不回嘴，跟着她进屋。

和他那边不同，俞火住的是通透的三居室，除了保留了主卧，她把另外两个房间打通了，几十平方米的空间，摆放着书桌、书架、药架，甚至煎药的小斗都有，俨然一个小中医堂。

俞火打开药箱，小针刀、毫针、三棱针、梅花针，器具一应俱全。

邢唐看着那一架子的医学书，为她惊人的阅读量所折服。

俞火注意到他一直盯着书架："也不是所有都看过。但作为一个学医的人，医书怎么可以不全？"说得像是那些书只是摆摆样子。

可那些书没有一本是新的，全部都有被翻阅过的痕迹，有的甚至被看得很旧了。邢唐随手抽出一本翻开，内页里还有批注。难怪她小小年纪医术了得，除了天赋，更是后天的努力。

邢唐看向她的目光，更多了几分欣赏。

俞火这时吩咐道：“衣服脱了。”

邢唐理所当然地把衬衫脱下来。

俞火一回头，目光所及是他健康的麦色肌肤和紧实性感的腹肌，才意识到自己的话有歧义。可她是大夫啊，平时对患者都是这么说话的。对象换成他，怎么觉得哪儿不对呢？

她目光一闪，没好气地说：“谁让你都脱了？”

邢唐注视她微红的脸，唇角微翘了下：“没事，不冷。”

谁担心你冷啊？俞火因他偷换概念气得差点没把行医箱扔地上。然而，所有的不良情绪在拆开纱布，看到他伤口状态时全都消失得无影无踪。

俞火眉心聚起：“怎么弄成这样？”

邢唐还想隐瞒被村民打了一拳的事，只说：“不小心碰了一下。”

俞火抬眸扫他一眼：“我还以为拿石头砸的呢。”

邢唐倒是忘了，她是大夫，一眼就能看出伤口是如何造成的，他默声。

大款这时已经在邢唐脚边徘徊半天了，喵喵叫了几声后不见有人理它，晃了晃圆润的身体，一蹿就跳到了邢唐腿上。

邢唐看样子并不讨厌小动物，他挠了挠大款的肚皮，问：“它叫什么名字？”

俞火头也不抬地给他清创：“大款。”

邢唐以为自己听错了：“什么？”

俞火啧了一声：“你没听错，就叫大款。”

邢唐要笑不笑地评价道："挺土豪的。"

像是嫌他妨碍了她似的，俞火手肘轻轻动了下，示意他转过头去，才说："我还想直接叫它有钱人呢，怕太高调。"

邢唐轻笑。

俞火仔细看了看他的刀口："拆迁的事闹得那么大，都不知道请保镖吗？你这个总裁也是当得憋屈。"

邢唐说："原本有人跟着，偏偏出事的时候走开了。"

"不会是村民派去整你的吧？"她嘴上说得不中听，手上的动作却很温柔。

只觉得被她手碰过的肌肤像是在烧，邢唐喉结滚了滚："是名特警。"

俞火挑眉："特警好，有安全感。"

和他说话时，她的语气向来不好，但提到警察，她的语气似乎隐隐有些不对。会是因为赫饶吗？邢唐心中咯噔一下。如果她是因赫饶一再回避他，这事就不好办了。

俞火没再说话，清完创后，从行医箱里拿出个小瓷瓶，把里面的药涂在伤口上，缠纱布时，她问："刀口长得不太好，你之前没按时换药吧？"

邢唐话里有话地说："忙起来就忘了，也没人提醒。"

俞火的手明显顿了下，又很快恢复如常。包扎好后，她正准备说他两句，邢唐手机响了。

他看了眼来电显示，没马上接。

俞火以为是自己在场他有所不便，拎起行医箱就要起身回避，邢唐抢先一步扣住她手腕，同时接通电话。

那边都没给邢唐说话的机会，厉声训斥道："你是怎么做事的？

用人都不会了吗？签个补偿协议还需要你亲自到场？现在好了，闹出那么大的动静，我看你怎么收场！”

邢唐神色不动，语气却冷：“我们事前说好的，这个项目我全权负责，你不插手。邢总，你只要说到做到，这个场再难收，都是我的事。”

“你的事？你说得倒是轻巧！这是大唐的项目！你要是搞砸了，我看你怎么向股东交代！你马上给我从 A 市回来，过来见我。”说完也不等他答，径自挂了。

邢唐看了眼俞火，笑得苦涩：“……我父亲。”

那边声音很大，两人又离得很近，俞火听得清清楚楚。敢如此不客气和他说话，又被他称邢总的人，除了他父亲，不会是别人。只是，作为父亲，不听解释，只顾责难，连儿子的伤也不过问一句，也够过分的。

看来，面前这位邢总，不仅和继母关系不睦，和父亲也不亲近。考虑到他的伤，俞火说：“回去休息吧，天大的事，等睡足了再说。”

邢唐领了这份关心，他松开她的手，手掌在她后脑虚扶了下：“听你的。”又看了眼阳台，“窗帘不用拉得那么严实，我没有偷窥癖。”

俞火很想打开那只不安分的手，可他偏偏用的是左手，只能瞪他一眼：“你管我呢。”

邢唐只是笑。走到门口时，他看了眼跟在脚边的大款：“它好像挺喜欢我。”

俞火把对他恋恋不舍的大款抱起来，关门时说：“只要是男的，它都喜欢。”

邢唐回家休息了。为了早点儿处理完公事赶回来，他已经连续熬了两个通宵，确实有些扛不住了。

这半个月以来发生了太多的事，从和俞火重逢，他遇袭受伤，到经赫饶提示，意识到对俞火的情感变化，然后措手不及地遭遇了一次拒绝，再到木家村拆迁的事，桩桩件件，都令邢唐费神。而他其实还没有时间好好去梳理和俞火之间的问题，只是本能地跟着心的牵引走。邢唐躺上床时还在想，等木家村拆迁的事告一段落，再好好处理俞火问题。问清楚那个暑假她为什么失约 ，而她之所以抵触身为雷锋叔的他，到底是因为赫饶，还是其他。

可他想不出其他。那就只能是赫饶。

那个时候真的以为，再也不会遇到另一个让自己心动的人了。面对旁人对他个人问题的关心，他所谓的不抗拒，其实都是敷衍。可原来只要放下对一个人的执念，他爱的本能还在。一如把心空出来后，他就遇见了俞火。哪怕她冷淡、疏远、抗拒、躲闪，他还是控制不住地想要靠近。

不必隐忍的喜欢，原来是这样的。回想与俞火相处的瞬间，邢唐发现，自己总是在笑。他明明不是个爱笑的人，而她很多时候又分明是在怼他，他不仅不生气，心里还很欢喜。这样的他，连自己都觉得陌生。如此发散地想着，邢唐很快睡着了。

他做了个梦，梦见俞火那年如约给外婆看了病。外婆拉着她的小手，一口一个孙媳妇儿地叫，她羞红了小脸求助似的望向他。

他又笑了，注视她的眼神像在问："那你愿不愿意呢？"

之后画面不停地变，有他们一起回 G 市的飞机上，她语笑嫣然地和他讲中医段子的；有他送她回学校，目送她背影的；有她带他到食堂吃饭，把自己碗里的排骨夹给他的；还有他表情不太好地问她："将我拉黑了是什么意思？为什么不接电话？"以及她红着眼睛说：“你既然有喜欢的人，就别对我那么好，我会误会。”说完，她就跑掉了。

梦里的邢唐站在原地想了很久，才意识到他们的交往，超越了普通朋友的界限。他似乎有些困惑，那困惑是——自己喜欢的不是赫饶吗，是从什么时候起，另一个人走进了他的世界，他还带着她在里面跑来跑去？

画面再次切换，那个之前跑掉的小姑娘红着脸，垂眸低语：“可我还小，不能谈恋爱啊。”

他似乎不满意这个答案，用手抬高她的小下巴，强迫她看着他，半凶半哄地说：“你还能一直这么小，不用长大？”

她用那双清亮的大眼睛看他，小声说：“那你不是要等很久？”

他听见了，也听懂了，眼底就染上了笑。

她垂眸不语，半晌，抿平的嘴角慢慢扬起一个好看的弧度。

那一刻他的心情，无比愉悦。邢唐上前，一手搂住她的腰，一手抚住她后脑，俯身吻上她红润的唇。

本该是一个浅尝辄止的吻。毕竟那是他们的初吻，他表现得太急，容易吓到她。况且吻上去的时候，邢唐也没料到她的气息会点燃自己，那种明明陌生，又无比熟悉的感觉，瞬间让他全身紧绷。而她的生涩，和怯怯地回抱他腰身的举动，更令他把持不住地想要得到更多。

恋爱是该这样的，会激动，更会冲动。可她还那么小，这样是不是有点像禽兽？唇齿占尽的同时，邢唐顾不得再思考下去，他拉开后座车门，有意把她抱上去，把这个吻进行彻底。

却被手机铃声硬生生打断。

邢唐猛地从梦里清醒过来，他倏地坐起来。等身体和心都冷静下来，他不禁想：若那一年没有失联，他们现在会怎样？

手机铃声持续地响，来电显示是西林。

邢唐看了下时间，凌晨三点。

他意识到出事了。

接起来听完，他没马上说话。

那边也不催，只安静地等。

片刻，邢唐嗓音肃冷地交代：“让曹文浩全力救人，不惜代价。调集所有安保人员过去，保护好现场。拆迁办人员从明天起暂时放假，并注意他们的人身安全。你留在那边，主持工作。”

西林一一应下，收线。

也顾不得此刻是凌晨，邢唐打给赫饶。

事情发展到这一步，必然要有警方介入，交给别人，他不放心。

赫饶听完所有，说：“我马上联系 A 市刑警队，并让柴宇过去现场带队。那边你就不用担心了。至于……”

“别的我来，你不用管。”通话结束，邢唐站在阳台上，边看着对面楼漆黑一片的窗户边吸烟。结果没过多久，对面亮起了灯，一个身影闯进他的视线。

看她之前拉窗帘的架势，邢唐都以为，她再不会到阳台上来，给他“偷”看她的机会。

原本沉重的心情莫名好了许多，他拨通她的手机，问：“怎么起来了？”嗓音低沉，语气温柔。

俞火看着对面阳台上挺拔的身影：“突然醒了。你一直没睡吗？失眠？”

邢唐如实说：“睡一觉了。”顿了几秒，才说，“木家村那边出了点事。”

俞火随口问：“村民又闹事了？”

“不是。”他停顿几秒，“就在刚刚，有几间私建滥建房突然被人强制拆除了。”

“……强拆？”俞火真希望是自己听错了。

而最糟糕的是：“有两间房子里还住着人。”

俞火像是想起了什么，脸色煞白，半天没说话。

“幸好工作人员在那一带巡逻发现了，房屋尚未完全倒塌。但还是有人被困在里面了，现下正在施救。”等了半晌见她也不说话，邢唐问，“你觉得是我授意的？”

是他吗？那个充满情怀、充满社会责任感的他会做这种事吗？俞火是真的在心里反复认真地衡量和思考了下这个问题，可明明有了答案，还是没正面回答他，而是反问：“那么是你吗？”

邢唐低沉的嗓音在寂静的夜里传到她耳中，他坚定而不容置疑地答她：“不是。”几秒钟的停顿后，追问她，“信我吗？”

这回没有马上得到回应，而是许久的沉默。

邢唐的眼眸越来越暗。

终于，俞火嗯了一声：“这个节骨眼上干这种事，除非你这个总裁的智商被扣光了。”

连个小姑娘都能一语道破的道理，还有人拿此给他设陷阱。邢唐轻笑。

俞火略显担心地问：“那现在怎么办？”

邢唐说：“先救人。不出人命的话，什么都好办。否则，会有点麻烦。”

“你要赶过去吗？”

“不去。”接下来还有很多事要做。

一时间，两个人都没说话。

凌晨三点，整个城市都在沉睡，只有他们两个人立于高楼之上，隔着夜色，看着彼此的身影。那种感觉并不真实，又格外令人安心。

邢唐也说："你再去睡会儿，睡不着也别起来吹风了。等这件事告一段落，我们好好聊聊。"

俞火本能拒绝："我们有什么好聊的？"

又来了。好不过三秒。邢唐无奈："向你请教医疗方面的问题总可以吧，俞大夫？"

"我时间很贵，咨询收费。"

"我像差钱的人吗？"

"我倒忘了邢总是有钱人。"

"勉强能达到大款的标准。"

听见她轻笑一声，他也笑了，问："能麻烦你件事吗？"

俞火没什么防备："什么？"

他说："最近会有点忙，可能不太有时间跑医院，能不能劳烦俞大夫帮我换换药？"

那意味着，之后每隔一天，他都会像今晚这样，到她家去。

俞火该拒绝的，她甚至在心里提醒自己，要远离他。可想到那本该好了的伤，至今还血肉模糊的样子，情感战胜了理智，她听见自己说："不能太晚，我睡得早。"

邢唐笑："知道了。"

如邢唐所料，天亮后，大唐不满木家村村民闹事，阻挠签约，强制拆除造成人员伤亡的消息开始在网上传播起来。

邢唐深夜遇袭的事也被外界知道了。明明他是受害者，可这事偏偏成了他强拆的导火索。有网友猜测："莫不是开发商做了什么伤天害理的事，引得村民不满，被套麻袋后爆发了？果然有钱任性。”

相比之前的村民拉条幅、堵拆迁办、上访，强拆的影响是极坏极恶劣的。不仅网上传开了，各种指责大唐的报道也相继而来。

连篇累牍的报道铺天盖地，不过两三天的时间，被强拆的房屋数量、村民伤亡情况的不实数字不断曝光，快速吸引了公众的眼球。

一时间，大唐集团，这个传统的房地产公司为推进新项目而不择手段拆迁的消息被大肆发酵，以一种不受控制的趋势快速蔓延。

开始有记者往大唐打电话，要约时间采访邢唐，连江湾别墅那边的电话也被挖了出来。原本出差的徐骄阳得知此事后，匆忙赶回G市。从赫饶那儿证实了邢唐此前还受了伤，至今未愈的消息后，她从机场直奔大唐。

邢唐见到她，有点头疼：“我现在是众矢之的，你还来！”

“我就问你，是不是那个老妖……”想到邢政，她及时刹车，“是不是她搞的鬼？”

怎么会不明白她指的是郑雪君——邢政的母亲？邢唐克制着：“没有证据。”

“还要什么证据？”以为他又要算了，徐骄阳的情绪有些失控，“你不再是当年势单力薄的小邢总了，你是大唐的当家人邢总！除了郑雪君，谁敢和你对着干？”

邢唐劝她：“即便是她，也是我和她的事，你只要管好你下面的人，别让他们跟着外面那些记者胡乱报道就是帮我。其他的，你一概别管。”

徐骄阳眼睛都红了：“阿政都没了，她还不肯收手。我有的时候都会想，要不是她干了太多的坏事，阿政怎么会没？那么难找的配型，十万分之一，都找到了，竟然还会排斥！邢唐，你说，老天为什么对阿政那么不公？他为什么是郑雪君的儿子？！”

邢唐没有料到这件事会刺激到她。他双手扣住徐骄阳的肩膀：“那是医学问题。尽管医学是科学的，但很多事情也无法完全用科学解释。骄阳，这和阿政是谁的儿子没关系。况且这件事，未必就是她做的。”

压抑了一路，徐骄阳心里堵得难受，她努力不让自己哭出来，可眼泪还是很没出息地掉下来：“不是她，还能是谁？那块地，没人要的。同行都等着看大唐的笑话，认定那是个赔钱的项目。拆迁受阻已足够给你添堵，谁还会冒险做这种事？只有她！你心里明镜似的对吗？邢唐，我求你，别再让她害人了，让赫饶找到证据，让她去坐牢。我去和阿政说，他要是怪，就怪我。”

提到邢政，邢唐心里针扎一样地疼，他双手捏住徐骄阳肩膀，低哑道：“别胡说了。无论这件事最终是什么结果，都怪不到你头上。况且阿政他那么爱你！你听我的，这事你不要管，去出个差，等你再回来，我就处理好了。行吗？”他以兄长的身份要求她，“你给我好好的，徐骄阳，别让阿政放心不下。”

让她怎么好好的？她想邢政，想得不行。而他的母亲失去了那么好的儿子还不安分，还没得到教训。她做那样的事，到底是在为难谁？徐骄阳掩面而泣。

邢唐别过脸去。

为了避免徐骄阳跑去江湾别墅找郑雪君闹，邢唐亲自送她回家。

徐骄阳平静了很多，邢唐临走前，她还主动开口说：“我不会给你添乱的，忙你的吧。”

邢唐看着她萎靡的样子，心里不是滋味，却也没别的办法。她曾经有多爱邢政，失去他，她就有多痛苦。这件事，不是谁劝两句就能过去的。

但他还是拍拍她肩膀说：“别和自己过不去。”

逝者已矣，生者如斯。道理谁不懂？可真经历的时候才知道，相比离开的，留下的人才最痛苦。

徐骄阳坐在沙发上，把脸埋在膝盖上：“走吧，我不会想不开的。”

邢唐没再说什么，关门离开。走出单元门时，他忽然止步，看向树影下：“邵东宁？”

树影下的人一僵，随即走出来。

是萧熠那位得力的特助无疑。

“邢总。”邵东宁略显尴尬地笑了下，“知道她出差回来，我过来看看。”恰好看见邢唐送徐骄阳回来，他便没上去。

邢唐难得地解释了两句：“她因为大唐强拆的传闻联想到那位郑总，心情不太好。”

邵东宁对邢家的事是清楚的。他点头表示明白：“有什么需要，邢总尽管开口。”

邢唐才想起来，这位昔日总助已经在行使总经理权力了，他一笑：“恭喜了，邵总。”

邵东宁苦笑：“还不是我们那位萧总偷懒！”

邢唐不置可否。

两人有一会儿没说话，只是靠在车前吸烟。

一支烟吸完，邢唐说：“她应该不会这么快睡，上去看看吧。”

邵东宁眉头轻拧，抬头看了眼楼上：“不了。”

邢唐不再多言，可他人都上车了，又折返回来说：“给她点时间。”

他是邢政的哥哥，邵东宁本以为他刻意留下来，是想提醒自己，别和徐骄阳走得太近。注视面前这位与自己年龄相仿的邢总，邵东宁内心充满了感激，他说：“我知道。”

回到繁华里，已过十一点。考虑到这个时间俞火应该休息了，邢唐直接回了家。结果才进门，就收到俞火发来的信息，问他：“还来不来？”

生硬的四个字，难掩在等他过去换药的心意。

邢唐回：“马上。”转身出门。

A 座 B 座两栋楼相对，他就近从相通的地下车库过去。

原本已经睡得昏天黑地的大款一见他，立即来了精神，直在他腿边蹭，求摸求抱。

俞火看见它没节操的样子更加起火：“从来不见你对我这么热情。”

邢唐单手抱起大款，腾出一只手抚她发顶：“怪我回来晚了。”

俞火瞪他：“拿开。”

拿开前，邢唐又捏了她小下巴一下。

得寸进尺被他诠释得淋漓尽致。俞火咬牙，愈发后悔答应帮他换药。

邢唐只当没看见，他抱着大款坐到沙发上，开始脱衬衫。

衣服下那一排腹肌性感硬朗，彰示着男性的力量。明明不是第一次看，俞火的脸还是很没出息地烧起来。她自己都奇怪，阿砺常年训练，腹肌丝毫不逊色于他，怎么她从来没为阿砺心跳加速过。

转过身去磨蹭了半天，直到脸不烫了，才动手给他拆纱布，看了看伤口，她说：“下次拆线。”

邢唐偏头看她："这么快就好了？"

"这都多久了？还快？"她手上用点力气，"受伤没够吧。"

邢唐注视她："换药上瘾。"

俞火手上一滞，随即用力打了他大腿一下。

趴在上面撒娇的大款吓了一跳，喵的一声跳开了。

那小手还挺有力气，但对于一个男人来讲不过是挠痒痒。可即便隔着一层布料，那掌心的温热和指腹的柔软，也让邢唐微微战栗了下。

她难道不知道，男人的大腿是很敏感的吗？真是要命。

邢唐轻咳了一声，分散掉自己某一方面的注意力："我还不知道你多大了。"

俞火哪知道他那么敏感，随口瞎说："十八。"

"我都三十一了，你还十八？"邢唐笑得无声，"难道长得好看的人，都不用长大的？"

这人，气人的时候还不忘发糖。俞火忍笑："三十一。"

明知道她在胡说，邢唐还附和："看上去像十八。"

俞火终于被气笑了："二十四。"

邢唐自语了句："差七岁。"

俞火心想，你数学挺好啊，嘴上则故意说："五岁一代沟啊，邢总。"

邢唐也不是那么好糊弄的："代沟要看性格、生活态度，以及人生观、价值观是否一致。单纯的年龄差说明不了什么。"

"我都忘了，邢总双商过人。"

"过奖。"

又斗了几句嘴，药正好换完。邢唐知道分寸，看时间晚了，就准备走。见茶几上放着笔电，他提醒：“最近都别刷新闻了，免得心烦。”

俞火故意说：“要烦也是你烦，我当热闹看的。”

邢唐一笑：“那行。不都说评论区出人才吗？到时候讲给我听听，有什么有意思的评论。”

俞火收起玩闹之心，问他：“你一直按兵不动，在憋什么大招？不会真没辙了吧？”

“担心我？”邢唐欺近她，把她逼到沙发死角，“你想听的话，我愿意把我的计划说给你听。”

俞火双手抵在他胸前：“我真会点穴，不是开玩笑的。”

“那天领教了。”他说着又靠近几分，整个人几乎贴到她身上，“但要是我心甘情愿被点呢？”

他的呼吸喷到脸上，灼热暧昧。俞火的心跳忽然就乱了，而对他，她竟然下不去手。

见她脸红，邢唐也不逗她了。他克制了下，退开：“等这事过了再说。”

直到他走了，俞火才反应过来他的意思是等强拆风波过去，再和她怎么样！她又气又羞地骚扰大款：“他什么意思啊？我明明都拒绝了好吗？怎么和你一样赖皮！”

大款把脸扭到一边喵喵地叫着，也不知道是受不了主人的蹂躏，还是舍不得邢唐走。

次日，在强拆风波尚未平息之际，邢唐力压当红流量明星，被送上了热搜。继与萧熠、赫饶的三角恋风波两年后，邢总偕绯闻女友徐骄阳荣登各大新闻报道头条，什么日久生情隐恋，什么过夜留宿，全来。

当公关部把报纸杂志送到邢唐办公室，已经不记得他上次发脾气是什么时候的公关经理被他寒冰一样的脸色吓得都不敢坐了。

邢唐的视线在报纸上的他和徐骄阳从大唐出来，上了他的车，一起回她家的一张张照片上扫过，才明白大唐外原来驻守了记者。他们还拍得很巧妙，只有他送徐骄阳回去，没有他离开的。

幸好昨晚去换药了，否则还真解释不清自己了。

邢唐把报纸甩到办公桌上："撤热搜，发声明，说明以上均属不实传闻，警告他们立即停止转发转载行为，我将对不实言论的发布者依法追责。"

公关经理略显迟疑："会不会太强硬了？得罪媒体的话……"

邢唐抬眼："我好得罪？"

公关经理赶紧说："明白了，邢总。"

等公关部的人离开，邢唐给徐骄阳打电话。

徐骄阳身为业内人士，当然也知道了这件事，她接起电话就说："我们社长乐坏了，居然说要是知道把我往头条上一挂有如此惊人的关注度，早把我推出去了。你说这种社长我不打死他是不是对不起你？"

确认她又活过来了，情绪没因此受影响，邢唐放心了不少："我已经让公关部发声明了，你什么都别干，免得被反噬。"

"反噬？还走火入魔呢。"徐骄阳乐了，"同业居然拿我开刀，我不还回去，好像我业务能力不如他们似的。"

邢唐站在落地窗前，单手撑胯："你再折腾，我真的需要内外伤同治了。"

徐骄阳其实也不是真的生气，她晨起看到新闻时反而觉得，哎哟，照片拍得不错呢。此刻，她安慰邢唐：“我无所谓，他们爱怎么写怎么写，用这事把强拆的不利言论压下去也好，你正好喘口气。”

邢唐一口回绝：“不行。”

徐骄阳不解：“为啥？”

邢唐没正面回答，只说：“被问及和我的关系，别瞎说话，或者索性出国玩几天，费用算我的。下月初再回来，康养小镇还等着你来报道。”

徐骄阳故意和他唱反调：“以前和赫饶传绯闻也不见你这么紧张。怎么，我这颜值高攀不上邢总啊？我可是记得清清楚楚的，上次有人还说要是再有同业问我什么时候嫁给你，就说让他们问你什么时候娶我。这才过了几天啊，就改主意了！”

邢唐苦笑：“此一时彼一时。徐大主编，算我求你，配合一下。”

徐骄阳哼了一声：“看我心情。”

邢唐非要她一个明确的回答：“第一，强拆这事不必用我的绯闻来压，我另有打算；第二，我不想因为一条不实传闻被误会，懂吗？”

徐骄阳听出门道来了：“误会？你又没女朋友，怕什么误会？”

“快有了。”邢唐笑得矜持，“所以，你别添乱。”

意外的同时，徐骄阳更加好奇：“哪路仙人啊，能让你这个和尚罗汉还俗？！哎，那我还想给你介绍一个呢，我那个怎么办啊？我和你说，那可是个人美心善还有金手指的小仙女！”

邢唐知道她指的小仙女是俞火，一笑：“你那个也给我留着。等这事处理完，请你吃饭。”

还留着？专情的人设崩得毫无预警。徐骄阳一脸蒙地被挂了电话。

邢唐又打给俞火，有意提前备个案。

通了，没人接。

再打，还是一样。

不会已经看到网上的消息了吧？邢唐捏了捏眉心。

结果没多久俞火回过来，问他：“干吗？不是说了明天拆线？”

邢唐绷紧的神经骤然一松，他问：“吃饭了吗？”

上午十点……俞火反问：“哪顿？”

邢唐噎了一下：“你在哪家医院上班？我过去接你，一起吃个午饭。”

俞火拒绝得痛快：“无功不受禄。”

“感谢你帮我换药。”

“那可以直接付费，微信转账就行。”

“标准呢？”

“和你邢总的身份匹配就行。没别的事我先挂了，还在查房。”

邢唐抢在她挂断前说：“昨晚我送徐骄阳回家被拍了，上了热搜，你知道这事就行。”尽管公关部在撤热搜，难保不会有人截图。

那边明显停顿了一下，然后似有不悦：“不用和我报备。”

这生的是谁的气？邢唐站在落地窗前，俯瞰满城风景，笑得意味深长。

当天下午，邢业再次打电话来，语气比上次更重：“是不是我邢业要见儿子，还得和你秘书预约啊，邢总？！”

邢唐用平静的语气说：“我晚上过去。”

傍晚时分，柴宇把一份资料送至大唐：“我们组长说了，如果你不打算追究，她替木家村那几位受伤的村民追究。”

那是她母亲。即便抛弃了她，也是骨肉相连。与其她去追究……

邢唐接过资料："还是我来。"

车开到江湾别墅时，邢唐没急着进去，而是点燃一根烟吸起来。

此前没接管大唐时，即便做不到每周回江湾别墅一次，他一个月至少也会回来一趟。那个时候邢政还在。他那个可爱的弟弟总会找各种理由叫他回去吃饭，像是不知道他和郑雪君的关系有多紧张似的，找话题和他聊天。

而每次郑雪君提及让邢政弃医从商，他也总是一套说辞："我拿手术刀是救人，拿签名笔的话对大唐未必是好事。况且大唐有我哥啊。"

邢唐不懂，邢政为何对学医那么执着。直到他临终时说："其实我也不是特别想学医，太枯燥了，要背要记的东西又多，好累好难。可我不想接受她的安排进大唐，就想要不就多读几年书吧。本科、硕士、博士，再来个规培，等我走上救死扶伤的岗位，你早是大唐总裁了。那时候她要是还逼我，我再去投靠你。"

邢政笑得憨厚："你说我是不是挺聪明的？"

那个看似单纯天真的弟弟，其实活得比谁都通透明白。他一直用自己的方式维护那个家表面的平静。他以为，只要自己不进大唐，母亲就不会和继子争权、翻脸。那样，他们还可以是和谐的一家人。

这种平静确实也维持了很多年。直到邢唐升任副总，成为小邢总，郑雪君才有了危机感。她终于意识到，大唐其实不姓邢，而是姓唐。那个邢业从不提及的亡妻，那个给予邢唐骨血的女人，是姓唐的。邢业对邢唐的扶持和器重，更是超越了他们并不融洽的父子关系。

她深感威胁，却为时已晚。

如徐骄阳所说，邢唐已经不是从前势单力薄的小邢总了，他用成绩单让那些原本不服气的老臣闭了嘴，他还有自创自营的子公司辅助，甚至萧氏那个萧熠，他昔日的情敌，郑雪君的女婿，都在不遗余力地帮他。

郑雪君再想动他，或许只能选择像上次那样，采取买凶暗袭的卑劣手段了。尤其邢唐还拿到了她亏空的实据，邢业不再信任她，收回了她的财政大权。如果不是邢政得了白血病，如果不是他临终前替她向邢唐求情，她早该接受法律的审判了。

邢政葬礼那天，郑雪君哭晕过去了。所有人都以为她是承受不了丧子之痛，包括邢业。但邢唐知道，她更在哭自己，失去了争权的筹码。

可都这样了，她依然不安分。

也可能因为已经这样了，她再也无所顾忌。

既然争与不争都一无所有，不如放手一搏。

指尖的烟燃尽，邢唐才走进那个自大学时起就搬出去的家。

邢业正在客厅和自己下棋。

视线在父亲鼻梁上架着的老花镜上停顿一秒，邢唐在他对面坐下。

邢业也没抬头，视线依旧在棋盘上，右手轻轻一抬。

邢唐倾身上前，看了眼棋局，拿起一枚卒子，走了第一步。

两人对着窗外一轮孤月，无声对弈。

直到邢业的帅被将到避无可避、退无可退，他沉沉地叹口气，摘下了眼镜。

邢唐给他续了杯茶。

邢业端起来喝了一口，也不知是嫌烫还是嫌凉了，他只抿了一小口，便把杯子重重放下，杯座和桌面磕碰，发出清脆的声响。

邢唐不动声色地喝完自己那杯，把茶杯放回原位，抬头看向他。

邢业终于发难：“如果我不问，你是不是就打算这么一意孤行地干下去了？”

邢唐神色不动：“这是董事会上通过决议的项目，过程如何，我作为项目总负责人，不必每天向股东和董事交代。项目启动前，我们也交流过，这件事我亲自过问，出了问题，责，我来负。军令状摆在那儿，我不明白您何来一意孤行之说？”

邢业显然对他的回答不满意，嗓音提高了些：“你负责？大唐的声誉受损，这个责，你负得起吗？你怎么负？引咎辞职？你可以不做总裁了，但公司以后怎么办？”

“引咎辞职？我？”邢唐对此感到不可思议，“对于一家年纳税额近百亿的企业，一个木家村的养老项目，一个小小的拆迁问题，会逼得总裁引咎辞职？我的邢总，您低估我的能力没关系，但您是不是太高估一起恶意栽赃的强拆事件了？”

邢业定定地盯着他，像是认为他嘴硬不服输似的：“恶意栽赃？谁会恶意栽赃大唐、栽赃你？一个补偿协议都签不下来，用得着谁去栽赃？难道不是你自己沉不住气，和村民发生了冲突，气极之下做出那种糊涂事，以此给那些村民一个警告吗？”

想到连抵触自己的俞火，都相信强拆的事不是他授意的，而面前这位和他有着血缘关系的人却完全不了解自己，邢唐的声音里渐渐没了感情：“从十八岁踏进大唐开始实习，我没有一天不是小心谨慎、步步为营。生怕行差踏错一步，让自己落入别人特意为我布下的陷阱，致使我的人生走入另一个岔路。直至今天，成为邢总，我也不敢有丝毫的疏忽和懈怠。所以您记着，糊涂事与我，沾不上边。”

他抬眸看了眼楼上，嘴角隐现嘲讽：“或者，您应该和楼上那位探讨一下，如今的邢唐，到底会不会被一起强拆事件扳倒？而她和我站到对立面，胜算又有多少？”

邢业听懂了他的话里有话：“你的意思是，是你郑阿姨做的？”不可置信的语气。

邢唐把手上的资料袋推到邢业面前：“有人是不见棺材不落泪。我空口白牙地说，她无论如何不会承认。我只好劳烦一下赫饶，请她调动警队力量，好好地查一查，看看到底是谁在和大唐作对。赫饶和她是母女，总不至于故意冤枉她吧？”

他与父亲对视：“这件事拿到台面上来，会引起多大的风波，我们都清楚。说到底，她指使别人拆，等同于我在拆！无论如何，这盆脏水，都是要扣到大唐头上的。这层关系，您应该理得清。您说，让我怎么给木家村的村民、给那些股东和董事、给公众一个交代？”

郑雪君是邢夫人。若真是她指使……邢业却不相信郑雪君会如此拎不清：“不可能是雪君做的。她病成那个样子……”

邢唐一笑：“她确实是病了，还是心病。她若不想好，您请再好的大夫，也是徒劳。”

邢业拒绝再谈这件事，反手把几份报纸甩在邢唐面前：“她失去了儿子，白发人送黑发人，怎么能不病？我不要求你体谅她，可你现在和弟弟的女朋友搞在一起，是不是也病了？”

邢唐坚持先说项目：“关于康养小镇，阻碍确实有，但全在我预料之中——除了强拆！而强拆这起恶劣事件，我不打算大事化小、小事化了。如果哪天警方来请郑总去协助调查，身为继子，我可以给她请国内最好的律师。但作为大唐总裁，我会要求集团的律师团队，不惜代价，赢得这场官司。至于您那位邢夫人为大唐带来的不良影响，我来补救。这样，您还有什么说的吗？”

邢业没想到他会如此强硬，他抬手打翻了茶杯，厉声斥责：“说到底她都是你的长辈！”

邢唐眸色沉下来，声音愈发地冷：“长辈就可以肆意妄为、草菅人命吗？长辈没有这种特权！”

邢业胸口剧烈起伏：“我还活着呢，你就这样……”

“这话您不该对我说。”邢唐抬手指向楼上，“她在做这件事的时候考虑过您吗？她当您活着吗？”

啪的一声，一个巴掌重重地落在邢唐脸上。力道之大，打得他顿时偏过脸去。

从小到大，这是邢唐第一次挨邢业的打。三十一岁的大唐总裁，因为继母，被父亲打耳光。这种笑话，也只有他们邢家才闹得出来。而邢唐明明可以躲开，但他没有。

邢唐眼中戾气四溢：“至于徐骄阳，别人不明就里，凭几张偷拍的照片认定我和她有染没关系。你不知道我这一年为什么和她走那么近吗？阿政有多不放心她，我就得有多上心地看着她！而且，从前你们不是都不承认她是阿政的女朋友吗？您还任由那位邢夫人拆散他们，禁阿政的足。怎么阿政不在了，又来干涉我和她的交往？别说我和她之间不存在任何超越朋友的关系，即便是有，她情我愿，谁又拦得了？我邢唐喜欢谁，要娶谁，不需要任何人同意！”

邢业被堵得哑口无言，他指着邢唐，像是在说“你这个不孝子”，可他心里再明白不过，邢唐说得没错。可正因为邢唐的话太过诛心，他想到自己那位夫人和去世的次子，也是心力交瘁。

尽管父子间并不亲密，邢唐也从未和邢业说过如此重的话。见他颓唐地跌坐在沙发上，邢唐不忍心，也无力再继续这场谈话，转身要走。

邢业苍老的声音这时从他背后传来：“我不想再像当年那样，

直到人没了，再去后悔，后悔没有相信她，后悔没有好好照顾她。阿唐，我只是想弥补。”

邢唐身体一僵，胸间的钝痛瞬间袭来。他转过身来，眼底已是一片血红：“弥补？用对我母亲的亏欠，去弥补一个抛夫弃女的郑雪君？她不配！”

邢业痛苦地闭上了眼睛。

郑雪君在这个时候下楼来，她头发蓬乱地冲到邢唐面前，以带着哭腔的声音哀求：“你还我阿政，还我阿政！你把阿政还给我，让我去死啊……”俨然一副神志不清的样子。

邢唐甩开她的手，面色冷若冰霜：“这些话你留着和警方去说吧。”

郑雪君失心疯一样砸东西，哭喊着邢政的名字。

自从邢政去世，她的情绪一直不稳定。看护的人试图拉住她，邢业也上前来劝她。可她不听，推搡着，叫喊着，暗骂邢唐害死了邢政。

一时间，江湾别墅陷入混乱。

邢唐觉得讽刺极了，他不予理会，更无意再多说半句。可就在他准备离开时，郑雪君几近疯狂地挣脱了看护的人，更是用尽浑身力气一把推开邢业。

眼看着父亲顺着她手上的力道直直向后跌去，邢唐疾步冲过去，一把拉住邢业，邢业才没摔到地上的花瓶碎片之中，借着儿子的手劲跌坐进沙发里，邢唐则受惯性趋势没能站稳，后腰猛地撞在斗柜棱角处。

一股钻心的痛袭来，他额头瞬间沁出细汗。

郑雪君还在发疯，又跑过来两名看护的人才把她控制住。

邢唐强忍着后腰锥心般的刺痛，如山般站在她面前，一字一句：

“不要以为，装疯就能逃避罪责。”

也不知道郑雪君听懂了没有，她还想挣扎，看护的人及时给她注射了镇静剂。

从江湾别墅出来，邢唐浑身无力。他靠在车前缓了半晌，才动作缓慢地扶着腰上车。回到繁华里时，俞火窗前漆黑一片，昭示她已经休息。他都走到自家楼下了，忽然折返回去。

俞火被敲门声吵醒。她站在玄关处，透过猫眼看向外面。

邢唐听到里面的动静，退后两步，便于她看清自己。

俞火开门，目光在他扯松的领带上停留一秒，才抬眸：“都这么晚了，你……”

还没说完就被截断。

邢唐突然上前，把她扣进怀里搂住。

和在邢外婆病房门口跌进他怀里的情形不同，这一次，他是真真切切地拥抱着她。俞火甚至能感觉到他有力的心跳。而他的身体明明是暖的，俞火居然觉得这一刻的他，又冷又脆弱。

僵了一瞬后，俞火才要动，就听他哑着嗓子说：“别动，让我抱会儿。”

他再强硬强势，也是个有血有肉的普通人。每次郑雪君在背后对他下手，身边的人都在替他不平，邢业却没过问一句。说完全不在乎，是不可能的。所以，江湾别墅那一番对峙，邢唐也是带了几分委屈和恨意的。

他看似什么都不在乎，却也因缺失母爱，成长在那样一个没有温情的家里，而生过恨。恨老天不公，恨病魔夺去了母亲年轻的生命。他不明白，他究竟做错了什么，竟要承受这些痛苦。可清醒之后，他依然守护想要守护的人，守护自己那颗心，不去诅咒，不去抱怨，更不去憎恨。对美好，对爱，甚至对痛，都保持敬畏之心，遵照母亲的遗愿，在这个凉薄的世界里，深情地活着。

以为这一生就这样了。一个人累，一个人睡，直至终老。却再次遇见那个笑起来又娇又俏、满腹爱心的小太阳。多少次午夜梦回，邢唐都被赫饶中枪那日血淋淋的场景惊醒。

他把那张药方妥帖地收好，不是因为它救了赫饶的命，而是觉得，那是一张给了自己希望和勇气的良方。每当遇到难事，他就临摹那方子，一遍遍地在脑海里回忆俞火的话："你的样子不像是区区邢经理，倒更像是邢总经理。"

邢总经理……邢总。她是在那个时候就看穿了他的野心吗？抑或是，她当时只是随口的一句鼓励，鼓励他往前走，往高处走？

邢唐把俞火搂得更紧了，像是担心下一秒会被推开，像是要借由她身体的温度，和她的善良，消除自己心底隐匿的那丝无法道与别人听的痛苦。

感应到他情绪的变化，俞火伸手，在他背上轻轻抚了抚。

邢唐的心因她安慰的动作回暖。他把脸埋在她颈窝里，嗅着她的馨香和气息，平复了许久，才附在她耳边说："我知道很晚了，过来不合适，但就是特别想见你一面。"

俞火终究问道："怎么了？"语气是她不自知的温柔怜惜。

"没事，就是有点累。"邢唐舍不得这一刻的温暖和亲近，可也懂得适可而止，他松开手，在她发顶揉了下，"继续睡吧，我回去了，把门锁好。"

俞火垂眸，在他转身前说："进来，我看看你手上的伤。"

邢唐才发现手背上不知什么时候划伤了一处。迟疑半秒，他跟在她身后进门。

原本雷打不动的大款兴奋起来，蹿过来，围着他转。

邢唐下意识俯身抱它，腰上一阵钻心的疼。

他缓了缓，才招呼大款：“过来。”

俞火本是朝书房去的，没注意到他的动作。闻言，下意识回头，见他在逗大款，才反应过来，他那话不是对自己说的。

书房里，俞火手上翻弄着行医箱，耳畔是那个男人撸猫的声音：“不是说加菲都是高冷的吗，怎么你对我好像还挺热情？平时对你小主人也这样吗……”还有惯常冷漠的大款透出愉悦的喵喵叫声，她唇边不经意就染上了笑。

想到之前和他说该拆线了，俞火算算时间，决定直接给他拆了。考虑到他刀口周边长时间没沾过水，她准备了一下工具，打算拆完线后给他好好清理一下，免得他忍不住马上洗澡，影响针眼愈合。

客厅的声音却渐渐弱下去。俞火奇怪，走近一看，邢唐竟坐在沙发里睡着了，头轻轻歪着，手还搭在大款身上。

他是有多累，才在短短的几分钟之内，在别人家里睡着了？灯光萦绕下，俞火看着这个身高腿长的男人没什么形象地窝在她沙发上睡着的样子，心霎时柔成窗外的夜色，模糊得再也看不清那些遥远的阻隔她走近他的前尘过往。

俞火把行医箱放下，迈到他两腿之间，坐在茶几上，在不惊醒他的情况下，倾身握住他右手，动作轻柔地为他处理着手背上的划伤。等她完成所有，邢唐也没醒。倒是大款抬眼看了看，识趣地挪到一旁的单座沙发上了。

俞火注视那张轮廓分明的脸许久，才靠过去，小心地用指腹碰触他轻拧的眉头。

这个连睡着，眉宇间也有浅淡清寒之气的男人，人前明明冷静自持，可在人后，竟也有如此萎靡不振的时候。俞火不禁想，他今晚到底经历了什么，才会在半夜跑到她这里寻找慰藉和温暖？

而他的脸……俞火目光一滞。那微微的肿，分明是被打了。能让他忍下这一巴掌的人，除了女人，只能是他那位父亲。

所以，他回家了？就这样走了神，连邢唐什么时候醒了都没发现。直到手被握住，整个掌心贴到他脸上；直到他用另一只手把她搂过去，猝不及防撞到他的胸膛，结结实实扑进他怀里……俞火才发现他正眯眼看她，面孔上的神色迷人而又性感。

不给她逃避的机会，邢唐把她搂近，缓慢地靠近她的唇。他的胸膛紧实有力，带着男性特有的力量和安全感，还有俞火抵挡不了的吸引力。

明知道他要干什么，也知道该避开，而她一偏头就能做到。可那一刻，俞火整个人一动不动，直到他的唇压下来……

夜色寂静，星月无声。

俞火的脑子在这一刻一片空白。她不愿意再去想为什么，也没什么可想。他的唇冰凉、饱满、性感，符合他成熟冷酷的气质，属于他的气息钻进她口里，清淡干净。

应该推开他的，再赏他一个耳光，可当他用灵巧的舌撬开她的牙关，战栗感从舌尖传来，直撞进俞火心里，令她全身酥软下来，而那双柔软的手就摸上了他的脸。

邢唐动作一滞，随即吻得更深，双手更是一动，直接把她抱坐到他腿上，掌心扣在她背上，把她压向自己。力道之大，仿佛要把两人的身体揉在一起。

这太危险。可鼻端他熟悉的气息，唇上他霸道的重吮，都让俞火不想停下来，哪怕他带给她的是令人害怕的陌生感。

俞火的呼吸很快就乱了，也分明感觉到他的呼吸急促了，可那搂在她腰上、背上的手除了用了些力道，隔着薄薄的衣服紧贴着她，没有半分逾越。

这个吻没有持续很久。趁理智尚在，邢唐克制着冲动离开俞火的唇，与她额头相抵。

俞火连耳朵都红了，她逃也似的推了邢唐一把，试图从他怀里退出来，更为了掩饰内心的慌乱，低低说了句："别误会，成年男女的一时之需而已。"

邢唐怔了怔，体会到她此地无银三百两的解释背后的隐隐动情，轻笑："一时之需？"言语间手臂一伸，又把她搂过来，唇贴着她耳郭，"别以为我感觉不到，你是初吻。"

那他呢，也是吗？

这个问题瞬间盘旋在俞火脑海里。片刻后回过神，她又羞又气，就要以掌掴惩罚邢唐的冒犯。

邢唐也不躲，心甘情愿准备挨下她这一巴掌。

俞火却没打下来，手在距离他脸颊寸许的地方堪堪停住。

心霎时柔成一汪水，邢唐握住那只纤细的手，以略沙哑的嗓音说："我也是。"

也是……初吻？怎么可能？他曾经那样喜欢赫饶。

触及他炙热专注的目光，俞火沉默。

邢唐知道她信了自己，趁热打铁："别再和我提阿砺，也别说你无意和商人深交。俞火，我一步都不退。"

俞火与那双沉湛的眼对视，哑声："除此之外，我有一百个理由等着你。"

邢唐掌心贴在她后脑上，将她的头轻轻地按到自己肩上：“等我把那些不是理由的理由都推翻，你再答应我。”

俞火认命似的闭上了眼睛。

许久，他问：“明天还给我拆线吗？”

俞火不答。

邢唐并不逼她：“我去医院处理，你好好休息。”

俞火沉默。

邢唐离开的时候，俞火才发现他走路的姿势有点不对：“腿上伤了，还是腰不舒服？”

依她的性子，他要借由腰伤接近她，轻而易举。可一再地受伤，让邢唐身为男人的尊严受损。尤其他以为，睡一觉缓缓就好了。于是，他咬牙穿好鞋，看似无异地站起来，一派轻松地说：“没事。”

俞火不信，见他反常地要走，她抓住他的手：“我看看。”

邢唐反手一握，她就被他扯进怀里，他的唇几乎贴着她的唇：“不舍得我走就直说。我非常愿意留下来。”

他这样一来，俞火哪还好意思问及什么伤？她一把推开他，关门前说：“你想得美！”

似乎对她这个反应还挺满意，邢唐唇角向上扬了扬。

邢业万万没想到，赫饶会亲自带人到江湾别墅。

身穿警服的她站在郑雪君面前，那么平静又清晰地说：“郑雪君女士，有一起强制拆除案需要你协助调查。”

郑雪君虚弱地坐在窗前的榻上，身上裹着昂贵的披肩，盯着赫饶半晌，像没听见似的，轻轻地问：“阿政呢？阿政什么时候回来？”

饶是赫饶坚硬如铁，见她这样念着那个自己同母异父的弟弟，垂在身侧的手也不自觉握了握。

邢业犹豫了下，终于说："赫警官，方便借一步说话吗？"

赫饶身后还跟着两个年轻小伙子，他们对视一眼，退到门外。

邢业看一眼郑雪君，斟酌了许久才艰难开口："赫饶，你妈妈她……"

"我妈早在二十年前就死了。"赫饶截断了他的话，她脸色泛白，神色却坚定，"邢总，您是失去了一个儿子，可您还有一个儿子。您的那个儿子半个多月前回乡给母亲扫墓时被人袭击，臂上的刀伤至今未愈；您的那个儿子，为了您，为了阿政，一再放弃追究的权利。"她的视线落在郑雪君脸上，语气铿锵有力，"可我是警察。"

不等邢业再说什么，她直接上前一步，公事公办地说："跟我们走一趟吧，郑女士。"

然而，看似神思恍惚的郑雪君却在走到邢政生前的卧室时，情绪再次失控，她抱着那些不允许任何人动的邢政的遗物，又哭又笑，又笑又哭。

两名年轻警员都知道赫饶和郑雪君的关系，一时间不知如何是好。

赫饶的眼睛都憋红了，却还是转过身，冷声交代："带走。"

临近下班时，俞火被华主任叫去会诊。

精神科诊室外，一位身穿警服的女警正站在窗前打电话，俞火推门时听见对方说："我在医院，邢唐正赶过来……"

俞火脚步一滞，她回头，恰好那身影转过来。

正是赫饶。

可等赫饶朝她的方向看过来，她已走进诊室，连背影都被房门阻隔。

见治未病中心也来了人，精神科主任桑桎迎过来：“华老，您来了。”同时给俞火递了个眼色。

俞火点头表示回应。

华主任过目了一下患者的病历，递给俞火。

看到患者名字，俞火眉心聚起。

郑雪君，女，55 岁，医案编号：034H007。

初诊时间是今年的二月。

诊断为：因悲伤过度，出现表情淡漠、精神抑郁，后续出现狂躁、易怒等症状。给予氟哌啶醇 2mg，每日 3 次，疗效不明显，后加至 4mg，症状得以缓解。一周前出现心悸怔忡、心烦不宁……

桑桎是心理学家，华主任在中医方面更是权威，两人轻声交流着，另外几位大夫都站在一边听着。听完桑桎的意见，华主任回头问：“小俞，你看呢？”

一屋子的大夫齐齐看向俞火。

她合上病历说：“先看看患者。”

众人来到病房时，邢业也在，桑桎和他做过简单的交流后，他对华主任等人说：“有劳各位了。”目光在唯一的女性，而且是最为年轻的俞火身上停住。

桑桎于是说：“这位是华老的学生，治未病中心的俞火，俞大夫。”

反而是最不被看好的小姑娘被单独介绍了，其他几位大夫略显意外。但桑桎是外聘的心理学专家、权威，没人敢反驳他。

邢业嗯了声，俞火则礼貌地朝他微微颔首。

由于注射过镇静剂，此刻的郑雪君情绪相对稳定。俞火引导她站起来走动，发现她除了神情疲惫，双目呆滞，双手静止性震颤，步态有些慌张，四肢肌张力增高，感觉系统检查正常。

俞火又询问了邢业几句，具体地了解了下郑雪君发病时出现的症状和病程规律，再观其舌，舌质红，少苔，脉沉细数。

和华主任一样，诊脉时，俞火也是搭了郑雪君左右手。

等她收手，感觉到华主任的目光，她抬头与之对视一眼。

之后众人到了外间。

脑外科的左欲非注视俞火年轻精致的脸，本想直接问她看出了什么，毕竟先前见华主任看过病历先问了她，他其实略有疑问，心想，这么年轻的小中医难道不该是实习生吗？可华老在场，他便说："华老，您给大家说说？"

华主任却说："小俞来说吧。"

俞火也不扭捏，神色平静地开始："患者已经做过全身检查，排除了躯体疾病的可能性，确定删除了器质性因素，而根据患者的临床症状表现来看，可以考虑功能性精神障碍。但具体是精神病性，还是神经症性，我建议再观察一段时间。而患者白天进过食，还注射过镇静剂，情绪也有大的起伏，这个时候是不正常的脉，不能反映人体最真实的状态。其他的还要等号过晨脉之后才好说。"

精神类疾病通常是根据症状学诊断标准来确诊。就是通过一段时间的观察，确定患者都有哪些症状，以此诊断属于哪类精神障碍。不同于其他的疾病可以用仪器检查出来，直接盖棺论定。而以临床表现作为依据，一致性虽高，也存在一定的差异。所以俞火这样说，算是无功无过，没出奇之处。

左欲非闻言玩味一笑，没再说什么。其他几位大夫本以为会听到什么高见，结果……在他们看来，这位小俞大夫还是太年轻，没看出什么门道来，至于晨脉一说，无非就是敷衍。既然如此，大家也就没兴趣再问了。

华主任则对桑柽说：“明早患者起来，先不要让她进食，再让小俞诊一次。那个时候人还没有活动，保持的是安静的状态，阴气没动，阳气也没散开，才是正常脉。”这是对俞火所说的晨脉的解释。

桑柽略懂中医，知道中医讲究阴阳五行，故而对华主任的话深信不疑。至于俞火的医术，他更是因为了解，格外有信心，于是淡笑着说：“那就辛苦俞大夫了。”

俞火一笑：“应该的。”

之后那几位大夫又讨论了几句，一致主张继续服药，同时辅以心理疏导。若再发病，情绪失控，再注射镇静剂。总之，完全认定初诊的诊断，采取的也是最常规的治疗，相对保守。

左欲非没发表意见。毕竟他是脑外科的，只要确定患者没有脑血管病和脑瘤等疾病就可以了。他过来，无非是辅助其他大夫诊断。

华主任和俞火并未对西医的治疗方案提出异议，至于中医的治疗方案，要等号过晨脉再定。但或许西医大夫并不认为小俞大夫能给出什么有新意的方案，而是看在华主任的面子上，客气地没说什么，只回以尴尬又不失礼貌的微笑。

一行人离开了病房，桑柽落在最后，以眼神留住俞火。

病房门外，他低声问：“有什么高见？”

俞火背对电梯间方向，孩子气地笑：“你不是也懂中医？还问我？再说了，老主任都没表态，我哪来的高见？”

桑柽啧了一声：“心理学方面，我自然是有信心，但我掌握的那点中医学，也就能搭个喜脉。至于华老，他事事让你先说，是对你专业性的信任和培养。他怎么可能再表态？”

俞火听得直乐："喜脉？专门为未来嫂子学的啊？"

桑桎抬手敲了下她额头："你嫂子还不知道在谁家养着呢。或者你行行好将就将就我，搭救一下我这个单身汉？"

俞火笑眯眯地说："中医都快后继无人了，咱俩就别互相祸害了。"

桑桎当然也是玩笑，他又问："到底有什么看法？"

俞火敛了笑，神色认真："还是搭过晨脉再说。"

桑桎就明白她需要进一步确认："行，那你明早再过来一趟。"

俞火点头，然后就要走，却听背后一道声音喊她："俞火。"

嗓音极有辨识度，不转身也知道是那位邢总。

病的不是他继母吗，怎么还来得这么快？

俞火没回头，像没听见似的。

桑桎看向声音来源处。女警，之前见过了。脑外科左欲非，同院的医生，认识。至于另一位身穿正装，正望向这边的男士……

见俞火不应，他问："认识？"

"不认识。"俞火脚下未停，往楼梯间去了。

本以为能走掉，毕竟有外人在场。俞火以为依某人的性格，不会追上来。尤其他昨晚还承诺给她时间考虑。

结果俞火判断失误。见她头也不回地往反方向去了，刚刚赶来，正和赫饶及左欲非说话的邢唐居然扔下两人，径直朝她而来。

他步子大，走得还快，俞火又不好表现得太明显跑起来，很快就被追上了。

为了避免她尴尬，邢唐没与她发生肢体接触，只是越过她，站在她前面，挡住了去路："没听见我叫你，还是故意躲我？要是不说清楚，我可动手了。"

俞火只好看着他。然后发现，面前这个男人和以往完全不同。确切地说，这还是俞火第一次见他穿得如此板正。白衬衫，领带，精致的手工西装，黑色皮鞋，像是刚从重要的会议或是谈判场赶过来一样，威严、庄重。比之前任何一次见面，都更英俊挺拔。

想到昨晚那个吻，俞火脸颊热起来。像是怕他会有什么出格的举动一样，她条件反射似的把双手插进白大褂口袋里，抬头瞪他："你干吗？我告诉你，我都给你记着呢。"

邢唐的视线落在她唇上，别有深意地说："我也记着呢。"

俞火瞬间明白他的意思，差点控制不住抽手打他。触及桑桎询问的眼神，她故作平静地说："我患者，随便聊两句。"

前一秒还说不认识，这就改口了。桑桎不动，神情明显有些担心。

俞火只好又说："没事，你去忙吧，我明早准时过来。"

邢唐回身看一眼桑桎，转过来说："还挺关心你。"

俞火没好气："你管得着吗？"

"现在确实管不着。"邢唐眸色略深，很浅地笑了下，"等管得着的时候，再好好和你算账。"

俞火不想和他说话了，转身要走。

邢唐没想到她居然就在这家医院工作，而她刚刚从郑雪君病房出来他就看见她了，她却当着同事的面，试图以一句"我患者"定位他们的医患关系，还想一走了之。

他说到做到，直接动手扣住俞火手腕。见赫饶也是一脸疑惑地看着他们，他用仅有两个人能听见的声音，语速略快地说："因为我曾对别人动过心思，不肯原谅我？对你，这确实不公平。可怎么办？已经发生了，我无从否认。而从我发现自己喜欢上你，我就在担心出现今天的局面，当你和她碰面，你会想起从前。我担心你觉得我这个移情别恋的男人并非真心，更不可靠。但我必须强调一下，我是认真的。”

邢唐的手略微用了点力，把俞火拉得更近：“明知道不可能，我还是控制不住幻想，如果能和你重新认识一次，从告诉你我叫什么名字时起该多好。”

很低很轻的声音，却重重地砸在她心上。那一刻，俞火莫名心软。她承认，自己被戳到了。她也承认，确实不是全不在意他的那段过去。但眼下这种局面，让她怎么反应？

俞火不知道说什么好，她带着几分责怪的意味问：“你在说什么？”

邢唐丝毫不给她装糊涂的机会：“我在说赫饶。”余光瞥见左欲非和赫饶往他们的方向来了，他一针见血地问，“难道你不是因为她在，才要避开我的？”否则经过昨晚，她不至于转身就走，连个照面都不和他打。

他的智商和求生欲高到爆破天际。俞火想撒谎都没了底气，只能避重就轻：“我在上班，你和我说这些？”

邢唐抬腕看了下时间：“五点下班是吧，那我们十分钟之后说。”

左欲非在这时行至近前，他打量了两人几秒，试探地问：“你们……认识？”

俞火抢白道：“他是我患者。”然后盯着邢唐，像在警告他别胡说。

邢唐读懂了她的意思。为了讨好她，不惹她生气，也确实该顺着她的意思来。然而，他深深看她一眼，坦然又毫不避讳地表态：“我是她的追求者。”

信了你的邪！

比自己脱单还兴奋。左欲非那双桃花眼在俞火身上转了转，他笑得恨不得浪上天：“患者和追求者，这不矛盾。”

俞火也不是全然无动于衷，她的心几乎在刹那间温柔如绵绵细雨，把那好不容易建立起的对抗他的原本冷热酸甜都该扛得住的堡垒淋湿、击溃，更有种要被他引火烧身的错觉，脸色也不期然地在邢唐灼热的目光里愈发地红。

赫饶把两人对视的目光尽收眼底，忽然什么都懂了。她莫名欣慰。

终于，兜兜转转之后，邢唐与他的爱情相遇了。只是，她又快速思考，楠楠口中的小豆姐姐和这位俞火大夫是怎样的人物关系。毕竟，依邢唐对待感情的慎重，他不会轻易表露对一个人的喜欢，更不可能在这么短的时间内对两个人动心。

那就只能是，俞火就是小豆。

赫饶的视线在俞火隐隐恼怒又明显透出羞意的脸上移开，她问邢唐：“是她吗？”

从输血到留下药方的恩情，对于“俞火”这个名字，赫饶也是七年如一日地铭记于心。

邢唐的手从俞火腕上下滑，他握住她的手：“那个一直出现在我口中，只拥有姓名的小姑娘，就是她。”

连酝酿都不用，赫饶那双漆黑的眼睛里已涌起了泪意，她看着俞火，瞬间哽咽：“这么多年，一直遗憾没能当面向你说一声谢谢。俞火，谢谢你为我输血，还治好了我的肌无力。”言语间就要向俞火鞠躬。

俞火及时伸手扶住了赫饶，没让她完成这个动作：“生命没有第二次，血液细胞却是有繁殖和再造能力的，当时换作是谁，都会那么做的。”她偏头看向邢唐，“况且，他也已经替你谢过了。”

邢唐不确定是不是自己多心了，总感觉俞火这话里是语带机锋的。他下意识握紧了她的手。

面对两位握着手的恩人，赫饶平复了一下情绪说："希望以后有机会回报。"

俞火看一眼她的警服，笑得促狭可爱："还是别了。惊动赫警官，我得惹上多大麻烦。"

她对赫饶，倒很友好。邢唐因她这一笑，有些心猿意马。

俞火却没给他继续揩油的机会，冷静下来的她居然抬起了那只被他握着的手："既然是追求者，就别像抓捕者似的拽着我的手不放了。毕竟，现场还有警察在呢。你说是吗，患者同志？难道我需要当场向赫警官报个案，告你骚扰？"

见识了俞大夫刚性的一面，左欲非庆幸先前没在病房里把对这位小俞大夫的疑问表现得太明显。他若无其事地转了下身，用手肘捅了邢唐一下，既像提醒，更似嘲笑。

邢唐对此，则是无可奈何和纵容。他眼里漫着笑意："不用闹那么大。体面的追求，我还是会的。"言语中，松开了手。

俞火立即把获得自由的手重新插进口袋里。

赫饶不能像对待郑雪君那样和邢唐站在同一战线，以免造成误会。她把视线投向了郑雪君的病房："俞大夫，她确实是精神出了问题吗？"巧妙地转移了话题。

俞火默了半秒："西医是这么诊断的。"

邢唐听懂了她的话外之音，追问："依你看呢？"

换成是他，俞火的情绪频道立即转换了。她不客气地顶了一句："我又不是精神科的大夫，我看什么看？"看了下时间，她对赫饶说："我下班了，再见。"临走前又对邢唐说："别忘了谢谢赫警官，人家替你解了围。”

左欲非扑哧一声乐出声来。

邢唐压了压内心翻涌的小情绪，做最后的挣扎：“我该拆线了！”

俞火挥挥手，头也不回地说：“求一下左前辈，作为脑外科最出色的大夫，他肯定分分钟帮你搞定。”

左欲非理解无能，一时竟分辨不出这声“前辈”是褒义还是贬义。

直到俞火的身影消失在视线里，邢唐才嘶了一声。他单手撑在后腰上，背靠向墙壁。

赫饶看他表情不太对，忙问：“怎么了？”

邢唐闭了闭眼，才说实话：“腰疼。”

左欲非只当他是被怼的，还拿腔拿调地调侃：“这怎么能行呢？哪儿不好不行？偏偏是腰。”

邢唐咬牙：“闭嘴。再多说一个字绝交！”

最后，还是左前辈用那双拿惯了手术刀的手给邢唐拆了线。然后，左欲非把邢唐和俞火那段交集搞清楚了。他难得严肃正经地说：“那个小大夫是刚烈了点，但挺够劲的，我赞成你追她。”

这语气，倒像是他老子。邢唐不理会，径自系着衬衫袖扣。

左欲非同样不理会他，自顾自地继续：“你这口味也是多变。她和赫饶，完完全全的两种人。不过这样也好，但凡她们有一点相像，我都会以为你是找了个替身。”

邢唐眉眼一沉：“别哪壶不开提哪壶。”

左欲非叹气：“也怪不得人家怼你。那分明是个小人精，你当年对赫饶的情意，全落在人家眼里心上了。不怼你几次，意难平。”

这次邢唐没说话。

左欲非一副过来人的口吻：“不过你也别灰心，她怼你，说明她在乎你。要是对你完全没感觉，就懒得浪费口水了。”

邢唐伸手拿西装外套时腰又疼起来，他眉心聚紧。

左欲非才说：“真是腰疼！怎么弄的？”

“磕了一下。”邢唐又问及郑雪君的病，“会诊时，她说什么了？”

先前因俞火年轻而产生的质疑，多多少少被她治好了赫饶的肌无力抵消。左欲非仔细回想了一下会诊时俞火的表现和她的话，转述给邢唐。

邢唐沉默。

左欲非忽然就领悟了：“难道郑雪君没病装病，她看出来了？”他捶了下桌子，“嘿，这个郑雪君，还真是祸害遗千年啊！”

当天晚上，邢唐看着俞火客厅的灯光，发信息问她：“她到底病没病？”

俞火很快回过来，却是反问：“你觉得呢？”

他自然是觉得郑雪君装疯。真疯了，怎么可能指使人强拆陷害他？

俞火不等他答，又说：“明早我诊过晨脉再说。”

邢唐回她：“辛苦。”

俞火却说：“相比被追求，诊脉看病算不上辛苦。”

盯着手机屏幕，邢唐笑起来，他说：“早点儿休息。”

俞火没再回复。

临睡前，邢唐又发了条信息过去：“我有个提议。”话说到一半，有吊人胃口的嫌疑。

片刻，俞火问：“什么？”

“既然觉得辛苦，不如答应了。我保证，相比被追求，做我女朋友会很轻松。俞火，我会是个好男朋友。”信息发出去，邢唐静了几秒，自己先忍不住笑了。

俞火的回复晚了会儿，她说：“说梦话呢吧？”再没别的话了。

明明又被怼了。可这一晚，邢唐意外地好眠。

郑雪君这个正常的晨脉却连续三天都没号上。不知道怎么回事，每天晨起，看护或是邢业都会不小心惹到她，病房里能砸的东西她都砸了，没东西砸时，她就又哭又闹。而这三天，她都不肯吃东西，只能通过输液维持身体所需的营养。

又一次注射过镇静剂后，邢业说：“就采取西医的治疗方案吧，不用结合中医了。”

意料之中的结果。俞火说：“服用西药和注射镇静剂，确实可以快速控制情绪，令患者安静下来。但这只是暂时性的。长期强制抑制神经中枢的兴奋，会损伤患者的神经系统功能。她的感觉、运动、意识、植物神经功能障碍会越来越明显，别说治愈，致残率都会增高。”

邢业原本不动如山的神态略有松动。

俞火判断他听进去了，她继续：“根据患者的表现和之前脉诊的结果，我的中医诊断是，癫狂病。它是由于患者长期忧愁思虑，损伤心脾，致使心脾血虚，以致心神扰乱、耗气伤阴而引发。可以从滋阴降火、安神镇静方面来治疗。”

邢业微微蹙眉。

俞火再接再厉：“相比西医，中医治疗的效果确实不会十分明显，疗程相对也长，而精神类的疾病多属心病，也需要一定时间自我恢复。但采取中医治疗，不会像服用西药和注射镇静剂那样有很大的副作用，而且不会令病情加重，还能调理身体。对患者而言，即便不是一举两得，也有一得。”

邢业依然没有表态。

俞火没再劝，她最后说：“为了患者的健康着想，您再考虑一下。”

医院楼下无人的角落，邢唐问：“这么说，她确实是病了？”

“丧子之痛，换谁都得病一场。而她确实长期忧思过度，心脾有所损伤，这都是正常的。”俞火注视他，“但还不至于得精神病。”

果然是装的。邢唐懂了。

俞火才告诉他自己的想法：“根据她的发病表现和病历来看，确实很像病了。可她是赫警官带来的，而精神病人在不能辨认或者不能控制自己行为的时候犯罪，不用负刑事责任吧？我就想再确认一下。结果我才说要号个晨脉，她偏巧不巧地每天晨起都发病，情绪波动大不说，还严重到必须注射镇静剂才能冷静下来，让我号不到她的正常脉。而我私下里问过看护，她发病从没这么频繁过。”

邢唐注视她生动的眉眼，唇角微微上扬：“我们俞大夫不仅会看病，还能破案。”他情不自禁地伸手捏了捏她小下巴，“你怎么这么聪明呢？”尾音从喉结震出来，低低哑哑，格外性感。

俞火心尖一颤，偏头避开他的手：“邢总高赞。”

邢唐也不介意她的回避，虚心请教：“那现在怎么办？”

俞火建议：“要是赫警官坚持带她回警局，她必然会装到底。那这事，也得不到你们想要的结果。不如就缓缓。我刚才的话她一定听到了，既然我已经诊断她病了，她也就不担心你会继续追究她，毕竟中西医一致诊断她是精神病人，这是她最好的护身符。而我把西医治疗的利弊说得很清楚了，她本身又是不需要服药的，为了健康考虑，她应该不会抵触中医治疗。我借机把她留院，等木家村的拆迁落实了，你再找她麻烦不迟。”

清晨的阳光透过树叶间隙落在她脸上，映得她细嫩的皮肤白皙透亮。邢唐盯着她灵动狡黠的眉眼片刻，骤然间抓住她的手，把她拉进怀里：“别真的拒绝我一百次，我等不及。”

你这样为我着想，这样维护我，甚至不需要我说什么，已洞悉了我的想法和处境，这样默契，这样让我倾心，我真的等不及，恨不得把一生的忠诚和爱意即刻给你。

如俞火所料，邢业最终选择了中医治疗。他有意带郑雪君回家治疗，反正再贵的费用邢家都出得起。

华主任却不肯出诊。这倒不是针对郑雪君，而是对于在西医那边治了一溜十三遭的患者，他向来不收。在他看来，那不是为患者治病，而是替西医的副作用善后。最后还是陈院长出面，他才勉强同意收治郑雪君。只不过，主治医生还是俞火。

绕了一大圈，居然是个年轻小大夫负责治疗。邢业心里很不痛快，他直接拒绝俞火进病房施针，更恼火地对邢唐说：“那丫头看上去明显就是个实习大夫，怎么能看病？”

邢唐不接受他对俞火的质疑：“您是不是忘了，她不过号个脉，就把此前通过一系列检查才得出的诊断结果都号出来了？她也不是实习医生，她是有处方权的中医内科执业医师。”

邢业不听：“中医是讲经验的，她才多大？号个脉也就罢了，针怎么能随便扎？”

如此不可理喻，邢唐不想继续这场谈话了：“那你可以再去找陈院长，看看华主任肯不肯来。”他人都走到门口了，最终还是忍不住说，“我妈生病的时候，如果你多过问几句，或许她也不会走那么早。”

恰恰是年轻时犯过那样的错误，他才不想重蹈覆辙。偏偏又犯了儿子的忌讳。可郑雪君到底是邢夫人，让他如何置之不理？邢业如鲠在喉。

邢唐甩门离开，还没和站在外面的俞火说上话，里面忽然传来玻璃杯落地的声音。下意识以为又是郑雪君在作妖，本不想理会，转而想到看护者带她下楼散步去了，不在病房，他倏地折返回来。

邢业捂着胸口滑坐在地上，手边是玻璃碎片。

邢唐脸色骤变，他冲过去，边急问："怎么了？"边不顾腰上的痛感，蹲下去扶。与此同时，下意识喊俞火："火火！"

"先别动。"俞火已经尾随他进入病房，此刻，她半跪到地上，见邢业脸色苍白，额头有冷汗，右手紧紧地捂在心口处。

俞火轻轻触了触邢业胸骨："这里疼？"然后是心前区、胸骨下段、上腹部，确定完痛点，再结合他明显的气短和疼痛的持续性，她说，"是心绞痛。"

邢业说不出话。

"药带了吗？"邢唐边问边伸手去邢业裤兜里摸。

俞火是来给郑雪君针灸的，身上正好带着针灸包，她说："扶稳他的手。"然后取出毫针，在邢业前臂内侧腕横纹正中上两寸下针。

俞火捻着针，控制着刺激强度。随后又在邢业的天泉穴和曲泽穴之间按压，确认天泉穴是痛点，她把握力道持续按摩此点。也就两三分钟的时间，邢业的呼吸明显顺畅了很多，他喘息着说："药在……"

邢唐顺着他指的方向，拿起挂在一旁的外套，从里面掏出一瓶药。

俞火看了一眼，确定是治疗心绞痛的："含服一粒。"手上则继续着按摩的动作，直到邢业心脏堵闷的症状消失。

半小时后，邢业已经恢复过来。他看着俞火，眼里不再有疑问：“没想到你小小年纪，医术倒不错。”

俞火收起针灸包，谦虚而平静地说：“这只是最普通的中医急救，即便没有医学功底，也是一学就会。”然后又说，“您的身体状况不适宜照顾病人，陪护方面的事情还是交给看护来做吧，再说也有护士定时来看，不会有问题的。”

邢业没答应，也没反驳。

俞火也不多说：“我稍晚点再过来给患者针灸。”

这时，门外一道女声说：“妈妈，是这里。”声音清脆悦耳，让人可以想象声音的主人有多娇美。

另一道女声略显不悦地接口：“别大呼小叫的，打扰你姨妈休息。”

女孩子微微抱怨：“大上午的谁会休息啊？”话虽如此，声音却明显小了。

随后敲门声响起。

邢唐已经听出来是谁，他下意识看了眼俞火，打开了门：“郑总。”

来人正是郑雪君的妹妹郑雪眉。

她淡淡地笑：“你也在啊，邢唐。”

郑雪眉年近五十，眼角却看不到岁月的痕迹，妆容精致，头发绾起，那双漆黑的眼精明又犀利。剪裁合身的套装，衬得她整个人典雅端庄，与外界传闻的铁娘子形象略有不符。

随同郑雪眉一起来的苏子颜则继承了母亲五官上的所有优点，再加上年轻、肤白、身材好，典型的美人坯子。见到邢唐，她说：

“阿唐哥，没想到你也在，我们好久没见了呢。”眉眼带笑的样子，一扫先前被责备声音大的阴霾，更亲昵地挽住了邢唐的胳膊。

俞火移开了目光。

“请进，郑总。”邢唐借由推门的动作抽回了手。见俞火要走，他不顾有客人来访，说：“我送你。”

俞火的声音听上去没有丝毫异样，她甚至还朝邢唐笑了一下：“不用了，我一个小时后再过来。”说着一侧身，与郑雪眉母女俩擦肩而过。

郑雪眉的目光在俞火身上停留一秒，继而走向邢业。

苏子颜连看都没看俞火一眼，只顾问邢唐：“阿唐哥，你是要回大唐吗？”

邢唐没答，人已经跟着俞火出了病房。

走廊里人来人往，为了避免影响不好，邢唐和俞火并肩往电梯间走：“那位郑总是郑雪君的妹妹，另一位是她女儿。”

俞火神色无异：“我知道，康诚医药的郑总。”她难得地解释了一句，“我师兄黄药子在康诚医药做新药研发工作。”

原来还有这层关系。邢唐点头，没觉察出异样。

见他还跟着自己，俞火问：“你不回去招待客人，跟着我干吗？”

“又不是我的客人。再说了，”邢唐笑睨着她，“我不能给你任何误会的机会。”

俞火想了下才明白过来，他是指刚刚被人家姑娘挽手臂的一幕。她轻哂：“这种事情，邢总倒是很有经验。”

邢唐注视她：“这种事不需要经验，有智商就够了。”

俞火才发现这位邢总其实很自恋。她无语：“我在上班，你别跟着我了。”

“那我回公司了。”邢唐摸了摸鼻尖，“要不中午一起吃个饭？”

“谢我刚刚帮你父亲做急救？”俞火拒绝得理所当然，“这是医院，我是大夫，职责所在，不用谢了。”说着人已经进了电梯，伸手一推他肩膀，“再见，邢总。”

尽管没用什么力道，邢唐还是乖乖止步。

梯门关闭，他兀自苦笑。

郑雪眉没在医院停留太久，见到精神萎靡的郑雪君后，她亲自给姐姐梳洗收拾了一番，又陪着看似不太清醒的姐姐说了会儿话，就走了。

苏子颜等了半天也不见邢唐回病房，电话打过去才知道他已经走了，她为此情绪低落。

郑雪眉对她的心思心知肚明，很直接地说：“邢唐不适合你。”

苏子颜嘟嘴：“怎么不适合啦？阿唐哥人那么好，大唐还要和康诚合作，要是我们两个人在一起，不是锦上添花吗？”

“这和大唐与康诚的合作无关。”郑雪眉拂了下一丝不乱的头发，“他喜欢的人是赫饶。”

“可表姐已经结婚了。”苏子颜偏过头去，努力抑制眼泪，“他早晚都会放下的。就算他放不下，我也不在乎。”

“这是什么话？”郑雪眉不认同她的想法，语气和眉眼一样冷淡，“明知道他心思不在你身上，还不死心！你才多大，又不是嫁不出去，何必这么卑微？”

面对母亲的斥责，苏子颜有些委屈，她垂眸，小声说：“可我喜欢阿唐哥。”

郑雪眉忍了一下：“你对他或许只是崇拜。”

“不是崇拜，是爱。”苏子颜抬眸，眼里有明显的泪意，“我知道，阿唐哥和姨妈关系不好。可那是姨妈不对！她离开前姨夫可以，但她不能不认表姐啊。那是她的问题，怎么就得让我放弃爱情呢？”

“这无关他与你姨妈的关系。”郑雪眉一针见血，“问题在于他不喜欢你。”

“他又没说过。”苏子颜鬼迷心窍似的，完全听不进去，“要不是姨妈不喜欢阿唐哥，不允许我多接触他，我和阿唐哥相处的机会会有很多，他怎么会不喜欢我？再说以前是我还小，阿唐哥拿我当小孩子。现在我长大了，爸爸也赞同我们在一起，说那样苏邢两家就亲上加亲了。”

大唐集团在业界有不可撼动的地位，邢唐的身家更是每时每刻都在涨。若是苏子颜能嫁进邢家，对苏家的助益自是不必说。苏溢当然乐见其成。可对于邢家而言，即便邢唐同意联姻，也落不到苏子颜头上。更何况，邢唐的婚姻大事，岂是邢业做得了主的？大唐更不需要靠联姻巩固业界地位。

无奈苏溢太异想天开。

郑雪眉认为有必要让女儿清醒清醒。

可向来有些怕她的苏子颜却一反常态地发了脾气，她气鼓鼓地说：“我自己回学校，妈妈，你不用送我了。”

郑雪眉也是心烦不已。她坐进后座，吩咐司机：“回公司。”

俞火再去给郑雪君针灸时，邢业没阻拦。郑雪君此刻是精神病人，也不该有意识选择医生，所以，后续的治疗相对顺利。而除了治疗，俞火一句多余的话都不和邢业讲。

下完最后一根针，俞火确认好再来的时间就要走。

邢业跟了出来。

病房外，他以审视的目光看向俞火，言语直接：“你在和阿唐谈恋爱？”

俞火不卑不亢地回：“我不是他女朋友。”

“但我看得出来，他喜欢你。”邢业说，“他从未领过女孩子到我面前。”

“我是大夫，不是他领到您面前的女孩子。”俞火坦言，“而且您带夫人到我们院治疗前，他并不知道我在这里上班。”

“哦？”邢业显然不信，“我以为，是你们商量好的。”

“您多虑了。”俞火沉吟了几秒钟，“您不必在我身上浪费心思或时间，我只是个孤儿。而正因为我是个孤儿，我向往被父母祝福的婚姻。邢家，显然不是我的最佳选择。”

邢业注视面前这张年轻漂亮的脸，再回想自己心绞痛复发时，邢唐那一句脱口而出的“火火”，他若有所思。

当晚，邢唐在地下车库等到了俞火。当她把车泊进车位，他从自己的座驾上下来，问她：“为什么和他说那些话？”

俞火并不意外他会知道，平静地说：“防止他怀疑我为郑雪君治疗的动机。”

邢唐走近，把她拦在宝马车前：“真心话？”

俞火的背紧贴车身，她反问：“那你以为呢？”

邢唐眼神深邃地注视她：“我以为你借由他的口，又拒绝了我一次。”

灯光照在他脸上，轮廓分明。

俞火的视线滑过他的脸，从眼睛到嘴唇，从下颌到喉结：“你这么理解也没错。”

“我就知道。”目光灼灼地定格在她脸上，像是要从她细微的神情变化中寻到什么蛛丝马迹。

却失败了。

邢唐用手轻抬她下巴，逼她与自己对视：“行，我记着了，第三次。”

俞火不再回避，笔直地迎视他的视线：“邢唐，我不是欲擒故纵，我们是两个世界的人，不适合在一起。”

“嗯，第四次。继续。”邢唐眼底漫着笑意，似乎并没有把这个世界通用的理由当回事，“最好今天一次性把一百个理由都说出来，我也看看自己的心理承受能力究竟怎么样。”

面前的男人额头饱满，五官线条简洁硬朗，不仅英俊，更有与众不同的味道。俞火注视他，语气沉缓：“我只是一个无依无靠的小大夫，出身寒门，有着平凡无奇的经历，除了会点医术，拿得出手的也就是这张脸了。你是实实在在的豪门。当然，我知道，即便不是接管大唐，你依然可以再创造一个大唐出来。但我不想做你的灰姑娘。”

邢唐眉眼深邃，薄唇微抿成直线。

俞火的语气和神色一样，愈发认真：“你并不了解我。所有女孩子身上的缺点，我都有。甚至别人没有的缺点，我也有。你对我的好感，其实毫无道理。没错，这世上确实有一种感情叫一见钟情。可显然你对我不是。否则，那一年我们失联，你会找我。凭你邢唐，要找一个人，不是难事。但你没有。”

明知道她不是责怪，却莫名觉得亏欠，仿佛亏欠了自己七年。

邢唐神色微动，眼眸沉沉地注视她。

俞火几乎承受不住他的目光，她下意识握紧了拳：“遇见你那年，我十六，不懂爱情。你对赫饶的紧张、在意，我只觉美好。当我看见你衣不解带地守着她，我特别希望你们能在一起，所以我留下那张药方，想帮你治好她。”

她停顿了两秒，稳了稳声音：“输完血后，我又回了一趟抢救室，我听见负责抢救的大夫对你说，情况不好，让你有心理准备。我看见你手抖到拿不稳笔，是那位大夫扶着你的手签的字。那一刻你对死亡的恐惧，确切地说是对赫饶生死的在意，让我意识到，万一她没挺过去，你会受不了。”话至此，她的眼睛已经红了。

从他们相识，她是温暖的，善良的，刚烈的。这是邢唐第一次看见她这般柔弱——为他曾经的无助恐惧，流露出的柔弱。这柔弱让他特别难受，特别慌。

邢唐不自觉后退一步。

“我看过很多关于你的报道。对于你的家世背景，我了如指掌。那天拿到病历，看到患者名字是郑雪君，我就知道，她是那位与你不睦的继母。”不期然地在邢唐眼里看到意外，俞火继续，“我留了心，想证实她是装病，不仅仅是为你。我是医者，救死扶伤是我的职责。我不愿意看到，有人利用医学，逃避罪责。我相信法律是公正的。我也愿意，尽自己的能力维护它的公正。”

“但是邢唐，我想要的，是简单的生活，我不喜欢过尽千帆的男人。有人说，旧爱为你留下的伤，终有一日会由新欢为你治愈。我能治病，但我不是你的药。”俞火的眼神是沉静的，昭示此刻她有多冷静，“别在我身上浪费时间和感情。我不是第二个赫饶，不需要你以青春为代价来守候。”

这是个很强大的理由。她不介意赫饶，她介意的，是他不简单、不单纯的经历和家世。邢唐觉得好不公平，又无从辩驳。毕竟，不是他喜欢她，她就必须接受他。她有权决定自己的爱情。

邢唐直视她，灯光把他眉宇间的痛苦与挣扎映得那么明显。俞火已经没勇气直视，她最后说："谢谢你了邢唐。但是，对不起。"

"为什么偏偏在今天说这些？"邢唐低哑地问，"是因为苏子颜？我和她，八竿子打不着。我说的什么误会，是逗你的。"说完这些，他意识到自己抓的重点不对，可一时间，他心里太乱，有点不能思考。

俞火摇头："你那么优秀，堪称黄金单身汉，这G市有多少姑娘都想嫁给你，成为邢太太。你有爱慕者是再正常不过的事情。这些话我本想等到木家村拆迁的事告一段落再和你讲，即便成不了恋人，冲你做的是一个好项目，我也不该在这个时候给你添乱。但有些话还是早点儿说清楚的好，免得造成更大的误会。"

邢唐不信："怎么我觉得，你对我不是全无感觉？"

"我承认，我确实被你吸引了。尤其你还当着赫饶的面表示在追我，我是有些触动的。可这些不足以让我放弃自己的原则。"像是还觉得不足以让他死心一样，俞火又说，"若是我喜欢的人，我会主动，而不是躲避。"

所以，阿砺和所谓的一百个理由，都是借口。

真正的原因是，她虽然被吸引了，却不够喜欢他。

周围很静，光线朦胧，邢唐心中巨浪翻涌。那种由天堂直坠地狱的失落、疼痛，让他如同被毒哑了似的，好半天都找不到自己的声音，说不出话。他甚至像站不稳一样，把手撑在车身上，缓慢地靠过去，半晌。

她看着他小心翼翼维持面上的平静，心里如同被打翻了一瓶苦水，那令人难以承受的滋味无声流淌。俞火握紧了拳，狠心地转过了身。

擦身而过的瞬间，那只多少次看似无礼、实则被她纵容的手，再一次拽住了她。

邢唐艰涩地开口：“我知道，我的家世、我的经历，于你而言太复杂了。我也没有立场让你为了我放弃原则。但如果我说，若我们在一起，你跟的只是一个清空了心的男人邢唐，和邢家，和其他外界的所有都无关，你愿意再考虑考虑吗？”

苦水翻涌而来，涨得俞火胸口疼起来。她无法再多停留一秒，也不敢抬头看他一眼，挣开他的手，步伐急乱地走掉。

她终究是不愿意。

如同没有勇气面对她决绝的背影一样，邢唐缓慢地转过身去，而那串之前拿在手里的车钥匙，哗啦一声掉在地上，他霎时被抽空了心，难以呼吸。

这一夜格外漫长煎熬，前几晚还站在阳台上，彼此遥望的两个人都失眠了。而那么默契地，他们发现对面那个人家里，始终没有亮灯。可他们知道，对方是在家的。

次日清晨，俞火到地下车库取车时看见，旁边车位上那辆豪华版曜岩黑大奔还停在车位上。此前，旁边的车位一直是空的。直到邢唐表明自己也住繁华里，这辆车牌意外低调的大奔才停了过来。

尽管直到昨天才看见邢唐从车上下来，但俞火在它第一天停过来时，就猜到是他的。她莫名觉得，那车和它的主人一样，稳重、深沉。

她在大奔前站了片刻，如常去上班。

第六章 × 来处与归途

郑雪君的治疗很顺利。确切地说，俞火给她下了针后，她大多数时候都在昏睡。邢业省心，看护省力，不仅是郑雪君，连他们都跟着恢复着精神和体力。

俞火提前向华主任报备过治疗方案。对此，华主任是表示赞同的："多睡眠，少思虑，给她的大脑适当地'减减负'，免得思虑过度，导致气机郁结。没错，就这么治。"说完继续看他的宝贝医案。

晚上，俞火下班回家，那辆大奔依然停在车位上。俞火不知道那人是在她之前回来的，还是一天都没出去。

当天晚上，对面阳台的灯终于亮了。奇怪的是，窗帘拉得严严实实，什么都看不见。

接下来两天都是同样的情况。俞火上班时，那辆大奔停在车位上，昭示主人尚未外出。她下班时，大奔还停在原位，昭示主人已归。

有些事，你没留意时不会觉得怎样，一旦留心，就会觉得哪儿不对。可俞火实在想不出哪里不对。她一再提醒自己，不关你的事。

却发现自己总是走神，静不下心，甚至一晚上要下意识去阳台很多次。而连续几晚，她都在失眠。

这种不同寻常的安静持续了三天。第四天清晨，那辆大奔终于先一步出了门。见车位空空如也，俞火居然松了口气。

当天，有大批记者守在医院外。听谷雨和荆诚聊天俞火才知道，那些记者不知从哪里听说郑雪君得了精神病，守在外面是为了采访邢业。或许他们也在等，等着看身为继子的邢唐是否也会出现。那样就能一箭双雕。

这是邢家的事，照理说牵扯不到俞火。可她忘了，她是郑雪君的主治医生。那些记者采访不到邢家父子，注意力便转移到她身上了。所以，哪怕有保安守着拦着，还是有记者潜进了医院，把俞火堵在了病房。

“你是邢夫人的主治医生吧，能说说她的情况吗？”

“都已经留院治疗了，她是真的疯了吧？”

“俞大夫，请你谈一下邢夫人的病情。”

“你这么年轻，邢家为什么会同意由你作为主治医生呢？你和邢家是什么关系？”

“既然得的是精神病，为什么安排到老年病科？是现任邢总干涉治疗吗？”

“听说邢夫人是被现任邢总赶出了邢家，是这样吗？”

记者们把俞火团团围住，连珠炮似的发问。俞火没有应对记者的经验，但也知道这个时候最好保持缄默。可他们问得越来越不像话，字字句句都在往邢唐身上带。

俞火听不下去了，她嗓音清亮地发声：“以前听人说，人最津津乐道的是别人的隐私，并加以发扬光大，我还不信，今天看到各位，我深信不疑。”

饶是口齿伶俐的记者也被她的突然发难噎得静了一秒。

俞火扫了记者一眼，才开始她的质问：“难道各位不清楚，我国卫生法律、法规、规章规定，医护人员要保护患者的隐私权？而医疗隐私权属基本人权的一种，对病人隐私的保障，是表示对一个人最基本的尊重。你们问我患者的情况，是在考量我的人性吗？另外，我年轻并不是各位评判我能否成为主治医生的标准！而除患者的病情不能透露外，别人的家事，你们问得着我吗？”

现场静了片刻。

就在围观的医护人员准备叫好的时候，突然有位男记者义正词严地说：“你只是一个小小的中医大夫，这么说话未免太不客气了。要知道，我们媒体是有知情权的。”

俞火把视线投到那位记者脸上，不给其他记者附和的机会，她当即反驳道：“据我所知，那叫公众知情权，并非媒体知情权。政府赋予媒体的神圣职责和使命应该是舆论监督。怎么监督？客观严肃地报道才是监督！而不是望风捕影、无中生有。另外，我是中医大夫没错。但下次请您再称呼我时，把前面的形容词‘小小的’去掉。您可以不尊重我，但请尊重我的职业。对医生的态度，反映的是对生命的态度。”

有护士在这时喊：“俞大夫，12 床患者按铃。”

记者们依然围着她不肯让路。

俞火眼眸变冷：“各位现在的行为已经打扰到了病人的休息，影响了大夫们的正常工作，扰乱了医院秩序。烦请各位，行使你们权利的同时，别堵塞了生命通道。”随即嗓音一沉，“让开！”

俞火怼了记者的事，很快在医院传开。

左欲非还不知道邢唐被拒绝得正怀疑人生，他激动莫名地说："你家俞大夫莫非是变形金刚！就记者那嘴皮子，哪是一般人挑战得了的？她一出手，杀得对方片甲不留，我都以为她打好草稿上的阵。"

他甚至还放飞自我地为好兄弟操心："她这种怼人圣手，你不强势点，还真抵抗不住！"

邢唐才知道，俞火被记者围堵了。

他对左欲非说："媒体不是那么好应付的。你在医院，照看她一下。"

左欲非却说："作为追求者，这不正是你表现的时候吗？"

邢唐语气一沉："你是要提醒她，她是受我连累才被记者缠上的是吗？"

俞火很快就领教了媒体的厉害。次日下班后她去取车，发现宝马被涂花了。

俞火很久没那么生过气了。她在原地平复了半天，还是控制不住地用力砸了下车前盖，转脸见很多人在指指点点，小声议论。她并没因难堪或尴尬抬腿就走，而是沉着脸看向围观的人，语气犀利地说："脖子伸那么长有利于颈椎健康是吧？有热闹不看是王八蛋吗？用不用我去买包瓜子，让你们边嗑边看啊？！"

等人群散开，她拿出手机要打电话，邢唐抢先打过来。

俞火直接按掉。

他又打过来。

俞火憋了几秒，接通，不给那边说话的机会，直接抢白："可惜这是在电话里，你看不到，邢唐你信不信，我是举着菜刀问你：你想干吗？”

料到她会发火，那边也不生气，只用低沉的嗓音说：“到北门来，我在这儿。黑色商务，车牌 767。别倔，万一被记者扒出繁华里，你不嫌烦？”

俞火明白他的意思，道理也懂。可对方也太嚣张了，让她怎么咽下这口气？

邢唐能够想象她有多气愤，为了避免她气极之下再拒绝，他怼了她一句：“邻居，我只是顺路捎上你，别多想。”

不出他预料，那边啪地挂了电话。

邢唐抿唇，压了压脾气。

西林才敢说话：“这位俞大夫挺有个性。”

“嗯……脾气不太好。”

分明不是夸奖，可怎么听上去，那么宠呢。西林在内视镜中看了一眼，发现后座的邢总偏头看向外面，唇边有不易觉察的浅笑。

远远见她走过来，邢唐吩咐西林：“车往前停。”

西林照办，把车稳稳地停在俞火面前。

俞火看了眼驾驶位，发现不是邢唐。她再次确认车牌的工夫，后座车门打车，那道熟悉的男声说：“上来。”

本不想和他一起坐，可坐副驾，面对一位陌生男人，还不如面对讨厌的他。俞火坐进后座，等西林启动车，她说：“和平路 37 号，谢谢。”俨然一副乘坐出租车的姿态。

西林看了眼邢唐，等待老板指示。

邢唐眉眼微沉：“这个时候你不消停回家，还要去哪儿？”

鉴于有外人在，俞火小声回他：“你管我呢。”

邢唐别过脸，半晌："开车。"

这是同意了她的"无理"要求。西林领悟了，利落地启动车子。

短暂的沉默，邢唐再次开口："是我考虑不周，连累你了。"

俞火心里确实有点窝火。她再清楚不过，媒体这事不会就这么完了。而起因在邢家，邢唐势必会管。这种如同宿命般的捆绑，让她很无力。

不愿承认心理防线在退守，她嘴硬地说："作为大夫，被患者指着鼻子骂的时候多了去了，没什么大不了。"

邢唐转脸看她："为什么要回应，还那么强硬？你不是很聪明吗，难道不知道这世上最难缠的一类人就是记者？"

是啊，她明明可以什么都不说的。可那该死的记者偏偏造谣，暗指邢唐把郑雪君赶出了邢家！如此诋毁他，她忽然就爆发了。但当着他的面，她没好气："我怎么知道他们这么没品？邢总倒是有经验，还知道换车出行。"

邢唐没应，只把搭在座椅上的外套取下来，扔到她腿上。

他还冲她火？俞火刚要发作，猛地意识到自己今天穿的裙子有点短，此刻两人并排坐着，她的腿被他一览无余。

幸好没坐副驾。俞火伸手整理腿上他的外套。正琢磨如何缓和一下尴尬的气氛，又听他说："休几天假吧，免得再有记者去医院烦你。"

俞火不肯服软："他们能把我吃了？我俞火经得起历练，扛得住风浪，会被几个记者逼得连班都不上了？你当我是熊孩子，谁都能拿捏？"

你厉害，你是战士，可以了吧。

邢唐深呼吸，连续地。

西林磨磨蹭蹭地，用了比平常多一倍的时间才把车开到了俞火指定的地方。

邢唐没拦她下车，只降下车窗说：“明早别急着走，我送你。”

俞火回头看他，心想，难道真要一百个理由塞到你嘴里才行？随即又劝自己，他这是以邻居的名义。

终是一咬牙：“谢谢你啊，这么忙，还要亲自为我做司机。”

这个女人，来人间只是为了怼他吗？邢唐唇角抿平！

西林则在想，敢这么和老板磕，还没被反磕的……这哪是什么俞大夫，分明是未来老板娘。

行了行了，心里有数了。

得知她怼了记者，赤小豆骂她：“那不是患者，想黑你分分钟的事啊。你忍忍会憋死吗？”

俞火不以为然，还在关心：“见到你的特警男朋友了？”

赤小豆只顾发牢骚：“这些记者也是要上天的节奏！采访不到正主儿，居然拿主治医生开刀。他们的脑回路怎么这么迂回？”

俞火又问她：“你昨天在电话里说师兄要回来了，他怎么没和我说？”言语间拿起手机打给黄药子。

赤小豆继续：“对了，我还忘了问你。那个患者是那位霸总的继母？你是她主治医生这事到底是巧合，还是有什么不可告人的小秘密？你给我说实话，你和霸总是不是在玩地下情？你恋爱了是不是？”

见俞火接通了电话，问那边：“师兄，小豆说你要回来了……”赤小豆一把抢过手机，对黄药子说：“师兄，你最好坐最近的航班回来，俞小九她被野男人拐走了！”

行吧，善和她待不下去了，俞火只能回家躲清净。

风平浪静的一晚。

奇怪的是，连续多日失眠的俞火，躺下后很快睡着了。

次日晨起，她收拾妥当，神清气爽地出门。才从小区出来，昨天那辆商务车就停在了她身边，也不知道等了多久。

这个男人真的是……居然在短短几天内又满血复活了。而在见到他的瞬间，俞火不明白自己心底那丝隐约的喜悦又是从何而来。她抚了抚额，奇怪，也没喝酒啊，怎么有点上头呢！

邢唐见她不动，下来为她打开了副驾的门。

她却转身坐去后座。

邢唐微怔，忽而轻笑。

路上，她一直低头摆弄手机，像个不懂礼貌的熊孩子。邢唐则像和她比耐心似的，也沉默，要不是眼睛控制不住地不时透过后视镜看她，他都以为自己被她伤得心如止水了。

但其实是，冷静过后，想通了一些事。

且不说俞火拒绝的那些理由是真是假，相比他明知道和赫饶不可能，却心甘情愿坚守了那么多年，他连她几句狠话都承受不了的话，他的所谓喜欢，着实没什么分量。她不要他，连他自己都觉得没什么可惜。

再回想被拒绝时胸口不可抑制的疼，邢唐清醒地意识到，自己是真真切切地爱上了俞火。既然如此，就没有退缩的理由。

心意既定，万山无阻。

他打开了车载播放器。

“想带你去看晴空万里，想大声告诉你我为你着迷，往事匆匆，你总会被感动，往后的余生，我只要你。往后余生，冬雪是你，春花是你，夏雨也是你，秋黄是你，四季冷暖是你。目光所至，也是你……”

动人的旋律在车内缓缓流淌，俞火终于抬头。前面专注驾驶的男人，侧脸比她见过的任何男人都迷人。那浓墨重彩的帅，有种从骨子里透出的清俊味道。与他历尽千帆的经历，天差地别。可偏偏是这种反差，让她欲罢不能。

其实那天说完那番话，她并没有马上离开。她躲在单元门后，透过玻璃看他。看他在原地站了很久，看他向来挺直的背脊一点点垮下去，看他如同受伤的困兽挣扎似的走进反方向的单元门……那一刻，俞火终于知道什么是双刃剑。

那一刻，他的痛苦，直触她心。

在邢唐抬眸看向内视镜前，俞火把目光投向了窗外。

到了医院，他停好车，侧过身看着她低垂的眉眼：“大唐会处理这件事。但网络媒体互动性高，传播速度快，或许会有疏漏。看到什么别往心里去，我会记住是谁。”

前一秒还在想要不要拍给他一百块作为专车费，可他一句“我会记住是谁”，竟让俞火一个字都说不出来了。半晌，她才开口：“你没必要为了我得罪媒体。我是个大夫，不用和他们打交道。但你不同。”

宝马被涂花，气得恨不得提刀去拼命，却还在为他考虑。邢唐那颗受伤的心被安抚了，他说：“该我做的，自然是我来。最近我接送你上下班，万一我有事走不开，我的助理会来。委屈几天，最多一周。好吗？”

他语气温软，带着明显讨好的意味。俞火反驳不了：“木家村的村民还在闹，你专注处理那边就行，不用刻意顾我。我和记者冲突与这个不相干，别再给他们留下话柄。”

话至此，俞火抬头与他对视：“如果那几个记者觉得吃亏还回来，我无所谓的。不就是吵架吗？我还没输过。还有，我那车，也不用你管，我报警了。”

邢唐不担心她吵架赢不了，只是不希望她被这件事影响心情。他目光专注地看她，语气平缓温柔：“我们重逢不过月余，我就步步紧逼，是我心太急了。抱歉。那事我暂且不提了。等你足够了解我，了解我的心意，再说。”

末了，像是怕她再拒绝一样，他抬腕看表：“你要迟到了。”

他愿意退一步，是最好的局面。

对于邢唐，俞火是矛盾的。重逢之初，她总以为不会有下次了。毕竟，世界那么大，偶遇并不容易。偏偏让她遇见他被袭，他还为护她受了伤。问题也不在那一刀上，而是他挨刀后瞬间的反应，让俞火的心不复平静。

飞机上给他的药，是她带在行李中以备不时之需的。发生了那样的事，俞火本想临走前送到邢外婆病房，算是对他的感谢。她人都到特殊病区了，远离他的念头忽然占据了所有思绪，俞火折返回去。

却还不是结局。

航站楼再遇，他们一起回了G市。俞火约他去酒吧，趁他不注意时把手机屏保换成了和肖砺的合影。她没料到他会动她手机，她只想在适当的时候摆弄一下，让他看见。等他真看见了，她一不做二不休，索性让他误会个彻底。一句“我男朋友帅吗”，截断了所有可能，没留余地。

看他的反应，应该是相信了她和肖砺的关系。那就这样吧，从此以后，各走各路。结果，他去医院看林老师，他们又因木家村的项目有了接触。

他坐在小区外等她的样子，像是刻进了俞火脑子里，总让她不时想起。还有那张偷拍的照片，俞火不止一次删除过，事后又不受控制地从相册的最近删除里恢复回来。他的冷静分析，他套路式的对话模式，让一向反应迅速的她都着了道。

他半夜而来，俞火预感到会发生点什么，明明不该让他进门，却败给了他的颓唐和脆弱。

他吻了她，而她没有拒绝那个吻，更不讨厌。终于，为对抗他筑起的堡垒，在那一吻后塌陷一空。俞火骂自己没出息，轻易就动了心，又对自己无能为力。

见到赫饶那天，她又心软了一次。俞火禁不住想，这个男人实在太讨厌、太蛊惑、太令人上瘾了，本身就具备所有让人动心的条件，偏偏还如此主动。

答应他，似乎只差一个契机。

毫无防备之下，出现个苏子颜，连邢业也注意到了她。

俞火不认为自己想多了，她看得出来，邢业即便不是完全反对，也不看好。不是不看好她和邢唐的感情，是不看好她这个——小小的中医大夫。

俞火讨厌一切缺乏善意的审视和探究。

既然豪门规矩多，她就要把准备交出的心收回了。于是那晚，她说了狠话重话。本以为邢唐会气会恼，那样她或许会更坚定。可他没有。

他的痛楚，纤毫毕现。

俞火看着他挺直的背脊弯下去，恨不得冲过去抱住他，跟他说："你不是我喜欢的那种人，却是我喜欢的那个人。"

可或许，属于他们的故事，本就无法圆满结局。

俞火没有挽留，邢唐也没纠缠。

如果没出媒体的乱子……

俞火不愿再想下去，她在下车时说：“我的事，我自己处理。”

左右不肯领他的情。

邢唐打方向盘离开时不小心牵动了腰，他在疼痛中琢磨，这腰疼的毛病，她应该能治吧？显然是被她逼得没办法，在认真考虑卖惨的可行性了。

当天，一篇关于净化医疗风气的微博被送上了热搜。

单看微博标题，似乎像是上面下达的重要文件，其内容却暗指某医院的医生收入与医院业务收入挂钩。说什么上有政策，下有对策，尽管国家一直强调加强医德医风建设，推进医院廉洁文化建设，抵制不正之风，还是有人顶风作案，过度医疗、大处方、红包乱象不断。

博主“不食人间烟火”更是直言：“为了科室创收，无病收入院，如此消耗国家医疗补贴，是谁的错？”

最后他还说：“医疗从业人员的年轻化，对患者而言，是福是祸？你得到了患者的充分尊重，而你的业务水平，又是否匹配这份尊重？”

单纯看这篇微博，没人会联想到俞火，直到评论越来越尖锐，越来越偏颇。

好好说话不行吗：有些年轻小大夫，医术不怎么样，仁心咱也看不到，却顶着主治医生的帽子，还不好好说话，张嘴就怼得你翻跟头，也是醉了。

老子开心最重要：原来现在的富二代都去做医生了。开宝马，住豪宅，泡总裁！

你长得好看说什么都对：果然颜值高，是可以横行江湖的。像我这种丑的，去看个病都被小大夫藐视，生无可恋。

像这样明显带节奏的留言越来越多，吃瓜群众又特别会挑字眼。很快地，就有人挑出了关键字，并奇妙地组合成一段话：开宝马、住豪宅的年轻小大夫仗着有总裁撑腰，混成了主治医生，还不知收敛，瞧不起穷患者。

脑洞清奇到连推理小说作者都忍不住要献上膝盖了。

却还没完。

俞火被涂花的宝马不知怎么的，也被曝光出来。

照片拍得很巧妙，稍留心便能找到亮点，发现是俞火所在的中西医结合医院。而根据车牌号，那些关键词越来越明显地指向了她，有些留言还提及了“于大夫”这样的俞姓谐音。

蛛丝马迹愈发明显。

赤小豆把链接发给俞火：“肯定是那些记者干的！你说他们这么迂回，脑回路会不会打结？”

俞火浏览过后，确认是针对自己无疑。

赤小豆见她不吭声，气得咬牙：“你别管了，我找人处理。”

“怎么处理？撤热搜？别白费力气，他们最擅长利用渠道了。”俞火不慌不忙地说，“先让他们过足嘴瘾，回头我再和他们辩。”

邢唐也很快发现微博上的事，他正交代属下处理，就收到俞火发来的信息，她说：“你别插手，我自己来。”

在和赫饶的关系里，邢唐始终是以保护者的姿态存在。而在他的观念里，男人保护女人，也是亘古不变的道理。可到了俞火这儿，面对来势汹汹的记者，她居然要自己来。

邢唐认为他身为男人的尊严，受到了一万点的暴击。

又无比期待她的反击。

那就先由她折腾吧，他时刻准备善后。这对于邢唐而言，是全新的体验。

左欲非显然不如邢唐沉得住气，发现整个医院都在议论微博热搜时，他担心的是：“你家俞大夫很快就会被人肉出来，万一给医院带来不良影响，院方因此迁怒她，会有点麻烦吧。”

这份担忧不无道理。可连左欲非都能想到的层面，俞火一定不会忽略。邢唐决定先静观其变，一旦俞火应付不了，他再出手，把她和木家村的麻烦，一并解决。

当晚，俞火登录自己的微博账号，发了一条名为“是医疗行业病了，还是你病了”，副标题为“不服来辩”的微博。

她微博经营得不错，哪怕不是大V，可由于平时她会定期发些中医养生方面的知识，粉丝数量不少，大家也知道她是中医的专业人士，这条微博很快爬上了热门话题前三。

微博开篇，俞火直接表明自己的身份——“花宝马”车主，G市中西医结合医院治未病中心中医内科执业医师俞火。她也不需要任何人带节奏，直指回复净化医疗风气微博。

剑拔弩张的氛围立即被营造出来。

微博中，俞火首先公布了G市中西医结合医院在坚决纠正医疗服务中不正之风的专项治理工作自查报告。

报告中称：为持续提高中西医结合医院医疗服务质量，坚持标本兼治、惩防并举，要坚决治理药品回扣、滥检查、收受红包等行为，以患者评价作为标准，实行新的医务人员考评制度，加强医患沟通，避免生、冷、硬、顶、推、拖现象。并开通投诉举报渠道，公开处理、回复患者投诉。同时，对院内所有执业医师进行季度考核，确保在职医师的业务水平达标。对于业务水平不达标的医师，坚持再培训再考核上岗原则。

这类很官方的文字其实是不容易被公众接受的，很像作秀的官样文章。但有此前的微博铺垫，加之俞火率先表明了身份，又是针对性地回复微博，有效地消除了公众排斥的心理。

俞火在微博中附了他们医院医务人员考评制度和执业医师考核制度细则标准，以及第一季度的考评和考核结果排名。从中可以直观地看出来，俞火位列考评考核前三。而对于排名后三名大夫，院方则根据规定给予了处罚。

这是在医院公示栏公告过的。如此看来，G 市中西医结合医院确实是在推行新的医务人员考评和医师的定期考核制度。

然而，这些还不足以说明问题，力度显然不够。毕竟，现下社会说一套、做一套的风气很严重。谁知道这又是不是作秀呢?

俞火像猜到公众的心理一样，在微博中说：“院方既然开通了投诉渠道，患者或家属在遇到问题时，应该充分利用起来。能否得到解决，不正是考察医院执行力的机会吗？若你遇事投诉了，没被解决，或被敷衍解决，毫无疑问是院方执行力问题。但如果你没投诉，或者自身根本就是无理投诉，就别把责任推给院方。且凭空否定该渠道的作用性，在网络上做柠檬精对于净化医疗风气没有任何意义。”

她还不客气地说：“没有经历就没有发言权。评论区那几位同志，你们带节奏的本事，和你们的业务水平相比，哪个更胜一筹？”

最后俞火直接开火：“哪个行业敢叫板团队中没一个害群之马？不分青红皂白，一竿子打翻一船人，含沙射影，只顾过嘴瘾是我们该做的事，还是肃清害群之马，才是我们该长期坚持做的事？

“不食人间烟火楼主，《时报》张汉涛先生，你难道不该以社会最为忠实的记录者的身份，成为公众利益的代表吗？你作为信息传播者，不该以较为理性的认知，追求新闻本质，并客观阐述吗？你以行使媒体人权利的名义，考量我的人性，理直气壮地窥探患者隐私，是在置自身的职业道德于不顾吗？你利用公众正义感，到底是真心关注净化医疗风气问题，还是借此把风向转向我，你我心知肚明。

“我确实年轻，但你因此质疑我的业务水平，是对执业医师资格评定系统的质疑！难道你认为，我的医师资格证是花钱买来的？你确实有权利曝光我的医学道德情操，但请你以真凭实据去报道，别在此利用公众。否则这盆脏水泼的不是你自己，就是那些把火引到‘于大夫’身上的水军。一旦‘于大夫’追责，你说，结果会怎么样？

“张汉涛先生，你认为记者行业有害群之马吗？评定的标准是什么？又该如何处理？你可以不回答，但你不尊重人权和医生的行为，我会向你所在的报社，你的直属领导投诉。而因我拒绝透露患者隐私的行为令你恼火，进而做出的过激行为，例如涂花我的车，你必须承担责任，且要登报发声明向我道歉。

“我在此声明，任何人不要妄图道德绑架我，接受你的道歉！当然，不排除还有一种可能，就是我冤枉了你。若那样，欢迎你向我院投诉，既可以以此检验监督我院在处理投诉方面的执行力如何，还能自证清白。我在此承诺，若你无辜，我负责你的精神赔偿，并登报发声明向你道歉。你也可以不接受！我不强迫。如何？敢不敢站出来，还公众一个真相？”

俞火坦荡地自暴身份，对G市《时报》记者张汉涛尖锐犀利的几连问，瞬间把那些被带歪的公众领回了正轨。他们思考过后，一致认定俞火是被诋毁、被刻意抹黑的。

路人不仅纷纷粉她，还都留言，喊话张汉涛，让他站出来，和这位俞大夫辩一辩，以实证为自己正名。当然，也有人质疑俞火，问她凭什么认定是张汉涛涂花了她的车。

针对此类质疑，俞火回复："关于证据，后续会由警方提供，张汉涛记者能否替自己辩白，我们拭目以待。"

随后她又追着回复一条："难道你们的关注点不该是我如何认定'不食人间烟火'是张大记者吗？是心虚回避，还是默认？"

相比"不食人间烟火"微博隐晦含蓄的风格和语气，俞火的不服来辩明显更坦荡正气。但凡智商正常的人，都会对此事有所判断。

一夜之间，风势逆转。除了水军还在拙劣抵抗，公众几乎一边倒地支持俞火，且开始热烈讨论 G 市中西医结合医院的考评考核制度的合理性，甚至是治未病都成了热议。其他没参与进该事件的媒体记者，对俞火，对她所在的中西医结合医院都充满了好奇。

当院方收到无数采访电话，陈院长终于放心。他对华主任说："我担心了一晚，就怕公布出去的考评考核制度被公众误解为面子工程，起不到正面作用不说，还会带来负面影响。"

俞火发微博前，是与华主任商量过的。华主任当时看过张汉涛那条微博后，也认为任由事态发展下去，会让那些害群之马摧毁了整个公众对医院、对医务人员的信任。这对现如今本就紧张的医患关系和未来的医学发展来说都不是一件好事。试想，当患者病了，就医时对接诊大夫不信任，时刻担心大夫让他做的检查是不是只是为了创收的滥收费，是不是只有给了红包大夫才会好好地看病，会是一个什么状态。

不可否认，医疗服务中的不正之风确实存在，张汉涛提及的收红包、滥检查等行为也确实有，但因此否定整个医疗行业，否定所有大夫的医德医风，就太片面了。

保护医术高明、医德高尚的大夫，是医院、是行业该做的，也必须做的事情。否则，会伤了这些大夫的心。到那个时候，谁还愿意做医生？

华主任去找了陈院长，经院长同意，俞火才公布了自查报告。所以接下来，陈院长借被采访之机，呼吁社会各界行使监督之责，协助院方纠正不正之风，既为新考评考核制度的推行坚定了信心，更给了患者一针强心剂，为医院做了一波免费营销。

随后，以军总医院为首的 G 市几家大医院，也开始陆续发文，表示会切实加强医德医风建设，坚决纠正医疗服务中的不正之风，并对医德高尚、医术精湛的医务人员予以表彰，增强广大医务人员抵制不正之风的能力。

医学院也发文，表示医学培养计划中，医德风尚是重要的一课。在为国家和社会培养、输送医学人才时，他们会竭尽全力把好第一关。

医学院的学生，俞火的师弟师妹们纷纷留言，加入抵制医疗服务中不正之风的队伍，承诺不做“病医”，让公众看到了医疗行业的未来和希望。

在张汉涛及其水军做最后挣扎时，“花宝马”案子破了。当警方经调查获得 G 市《时报》记者张汉涛指使人涂花俞火宝马车的证据后，他终于无话可说。而那些帮他带节奏的记者也都被挖出来了，正是那天一起围堵俞火的那批人。

到此为止，该事件对俞火的影响已完全消除。而 G 市中西医结合医院开设的投诉渠道，相信有公众及媒体的双重监督，也会发挥实质性的作用，在提高医疗服务质量的同时，一定程度上改善紧张的中国式医患关系。尽管这不是一朝一夕的事情，但只要有人在为医疗行业的正向发展而努力，这个行业就不会病。

事情发展到这一步也算圆满，结果微博上又忽然曝光了一组俞火去阳光养老院做志愿者的照片。

这组照片很快被养老院官方证实，确有其事。

养老院院长接受记者采访时说：“五年来，俞大夫一直定期来我们院，为老人们检查身体，做推拿按摩。还有我们院的养生食谱，也是她根据中医时令养生原则制定的。”

即便是不了解俞火的人，也能通过这篇采访判断出俞火的品行和医德。至此，俞火成了网红中医。

对于徐骄阳这一波助攻，俞火并不感激。她说：“不要给我立什么爱心人设好吗？”

徐骄阳却说：“张汉涛就是记者中的渣，我早就看他不顺眼了，你实名向他宣战，我不插一脚，心里过意不去。你不能因此生气啊，我和小豆为了保护你，挑的照片可没一张正脸。”

俞火无奈：“我谢谢你们了。”

邢唐这才知道，俞火也在做公益，还是自己在做的助老事业。这样默契，这样志趣相投，让他更放不下了。

他在某天傍晚把俞火约到楼下，说：“康养小镇要推行的是医养结合的养老模式。现下，通过你与张汉涛这一役，再加上徐骄阳的报道，医疗服务和养老话题成了最近的热议。这比我预期的效果更好。所以，我打算蹭你个热度，把木家村的拆迁问题解决了。”

俞火不知道邢唐要怎么做。可想到此前由木家村村民引发的媒体对“一生之城 · 康养小镇”的关注，她莫名觉得，大唐这段时间的不作为是故意为之。

俞火也想看看邢唐究竟要怎么做，她一笑：“既然无意中给邢总做了回先锋，那就，江湖由我带你走。”

邢唐被她元气满满的样子逗笑：“徐骄阳见你实名向张汉涛宣战，特意向我介绍了你。”说着他笑开了，“她打算给我们牵个线。”

俞火服了那位徐主编：“那你怎么回复她的？”

邢唐语带笑意地说：“我说我是你的……患者。”

松口气的同时，俞火没在牵线的事情上纠结，只说：“警察办事效率那么高，应该是赫警官的功劳。你替我谢谢她。”

邢唐没否认是赫饶过问了她车被涂花的事，只说：“你怎么不自己谢她？”

俞火呵的一声笑：“我又没她号码，哪能像邢总一样随时随地和她单线联系呢？”

这话怎么听都有点酸酸的味道。邢唐看着她似笑非笑的样子，嘴角也微微翘起。他抬手抚了抚她发顶：“你知道的，我和她没什么了。”

俞火偏头避开他手时，就见一脸寒霜的肖远山站在不远处，身后跟着站得笔直的程嘉野。

俞火立即反应过来，老人家是知道了自己和张汉涛辩论的事。

肖远山睿智犀利的目光在邢唐身上停留两秒，转身走了。

“爷爷。”俞火叫了一声，肖远山像没听见一样没理会，只有程嘉野回头向她示意了下。她赶紧对邢唐说：“没什么事，我先回去了。”

邢唐顺着她的目光看过去：“那位是……”

俞火语带匆忙：“回头再和你说。”便追了上去。

邢唐莫名觉得肖远山和程嘉野身上有着和阿砺类似的军人气质。结合俞火称呼的那声“爷爷”，他反应过来，那位长者是阿砺的爷爷。

直到这个时候，邢唐才意识到，自己对俞火的了解太少。当然，他其实可以通过赫饶查一下俞火的背景。可他很快就打消了这个念头。她愿意让他知道的，自然会告诉他。若是她不想为他人所知的，他不愿私自探知。

一直没等到俞火的消息。深夜，邢唐发信息问她："老人家在你那边？"

俞火简短回复："没，回去了。"

邢唐追问："没为难你吧？"

俞火语气轻松地用语音回过来："为难我什么？你当我爷爷是怪兽，会吃人啊。"

照理说邢唐该放心的，可他又担心她的轻松是故意表现给自己看的。毕竟，那位爷爷的不悦那么明显。可俞火并没有要说的意思，他便没再追问，只说："有事要和我讲。"

俞火没回。

由张汉涛掀起的，俞火完胜的医疗不正之风对决的余波尚在，又出现了一个关于由 A 市西城中西医结合医院牵头，全市医院共同参与的纠风工作的微博。

博主称："由于网红女中医叫板记者，为医务人员正了名。各大医院纷纷效仿 G 市中西医结合医院开展自查纠风工作，除在医务人员考评中增设患者评分项，还设立举报通道，公开向广大患者征集'证据'，要肃清行业害群之马，加强医德医风建设，树立医疗新形象。"

微博配了一张 A 市西城中西医结合医院公告栏的照片。

对此，博主介绍道："医院说干就干，要在服务窗口等不涉及患者隐私的位置实行摄像监督，以促进依法廉洁行医。据说一旦确认医务人员存在违规操作，将根据情节轻重给予相应处罚，并公示处理结果，着力解决损害患者利益的问题，努力构建和谐的医患关系。”

博主还感叹：“由一起反转的医疗事件，令整个行业都动起来，开展整顿工作，这个行业的未来是光明的。我不后悔学医了，我为选择从事医疗行业而骄傲。”

微博发出后没多久就被送上热搜。不同于张汉涛联合其他记者歪楼带节奏，这条微博的评论要么是和博主一样，为医疗行业的自查自检行为叫好，称各行各业其实都有灰色地带，不能以偏概全，如果漠视问题的存在，早晚这个行业是会消失的；要么就是交流就医过程中遇到的医术好、医德又高尚的好医生等。

总之，这是一个充满正能量的微博，评论区更是很和谐，充满正能量。

媒体嗅觉灵敏，立即意识到最近的医疗行业是热门话题，开始有记者去证实这条微博的真实性。为此，有几家媒体采访了A市西城中西医结合医院的王院长。

王院长证实了这则消息，并介绍了具体的整顿措施。在采访中，他透露：“我院即将与大唐集团建立‘医养结合’联合合作，把分院落户在大唐‘一生之城 · 康养小镇’，为小镇居民提供非营利性医疗服务。”

就这样抛砖引玉地把康养小镇的医养结合理念引了出来。而非营利性医疗服务的提出，立即引发了社会关注，成为全民性话题。公众不禁猜测，这到底是公益事业，还是营销噱头。

三日后，康诚医药总经理郑雪眉的个人专访发布出来。在记者问及康诚未来五年的发展计划时，郑雪眉透露："新药研发一直是我们的工作重点，未来我们也将持续中药制剂的研发。而康诚目前中药制剂新药品仍在研的 19 个项目，已得到大唐集团的注资扶持。"

记者不解："大唐作为房地产企业，怎么会对药品研发有兴趣呢？"

对此，郑雪眉给出的答案是："大唐确实是传统的房地产企业，但他们的新楼盘'一生之城'属于养老地产项目。为完善康养小镇的医疗配套，小镇内设'长者医堂'。医堂除了销售由我们康诚及其他几大医药公司供应的平价药品外，还会有中西医结合医院的专业医务人员轮流坐堂，指导小镇居民购药，以及提供简单的医疗服务，相当于为医院做个分流。而我们仍在研的项目多适用于老年常见病，例如心脑血管疾病、高血压等。为实现研以致用的目的，康诚医药将与大唐建立'医养结合'联合合作。"

"医养结合"理念再次植入媒体脑里，他们开始对大唐这个康养小镇和所谓的医养结合有了浓厚的兴趣。可奇怪的是，在此之前，大唐在 A 市的新项目没有任何风声和推广，完全查不到可供参考的资料，除了木家村拆迁受阻和强拆事件这类负面新闻。

通过对王院长和郑雪眉的采访，以及微博上热度持续增高的帖子，记者以他们的职业敏感判断，非营利性医疗服务、平价药品，以及养老的社会性话题，是容易引起公众共鸣和引发探讨思考的。为了了解得更具体，他们纷纷致电大唐，要就"一生之城"项目对相关负责人进行采访。当得知这个项目居然是由现任总裁邢唐亲自负责督导时，他们意外而又振奋。

但采访是需要提前预约的，一时间他们还见不到邢唐。

记者们一方面不得不耐着性子等待，一方面又时刻关注微博上的信息。然后发现，越来越多的人参与到评论大军之中，且他们也在期待大唐方面的官方回应。

这个时候，木家村强拆事件率先有了进展。直接参与强拆的几人相继落网，警方连夜对他们展开了审讯。令人意外的是，他们一致称：之所以半夜私自强拆房屋，完全是与村民的私人恩怨。经过警方调查核实，所有证据都显示，他们此前确实与村民发生过冲突。尽管那冲突在警方看来，构不成伤人动机，可受伤的村民都承认强拆的那几个人确实威胁过自己。至于那些原本指向郑雪君的证据竟然在调查中有了合理解释。

赫饶气愤不已，可对于这样的结局，她也不意外。郑雪君做事之前，必然会先考虑将自己洗清排除在外，不会轻易给人留下把柄。

“一生之城”项目还要继续，为了不在关键时期影响木家村拆迁，赫饶只能同意先对外公布案件进展，让公众知道，四个强拆执行人并非大唐子拆迁公司的人。而由于大唐方面表示追究到底，案件将继续调查下去。

如此一来，由木家村村民集体拒签，到强拆事件爆发，再到郑雪君被现任邢总赶出家门的谣言散播而引发的微博对决等，一系列关于大唐的风波暂止。要求大唐出面给公众一个解释的呼声渐渐弱下去。取而代之的是期待，期待大唐快快官宣，给公众全面介绍一下这个所谓的“医养结合的康养小镇”究竟是怎么样的。

谣言不攻自破，大唐不必对那些负面报道做任何解释或澄清。

至此，大唐不再被动，掌握了主动权。

终于，时机成熟，大唐在万众期待中宣布：本周六晚八点，在皇庭酒店空中宴会厅召开“一生之城 · 康养小镇”配套签约仪式。同一天内，媒体陆续收到烫金邀请函。

签约仪式前一晚，黄药子和韩树同时回了 G 市。

晚上，俞火给两位师兄接风。

席间聊天才知道，韩树是和王院长一起过来和大唐签约的，黄药子作为康诚医药新药研发中心主任，也是回来参加签约仪式的。

关于与大唐的合作，韩树说："签约完成后，大唐日后的康养小镇项目落户在哪儿，我们院的分院就设立在哪儿，并为大唐开设绿色通道，提供非营利性医疗服务。"

黄药子则说："康诚也一样。签约后，凡入住大唐所建的养老小镇的老人，无论是常用药，还是手术用药，康诚均平价供应。"末了问俞火："我听韩树说，你和大唐那位邢总认识？"

赤小豆闻言抢白道："他们坐同一趟飞机从 A 市回来的。"

黄药子和韩树同时看向俞火。

俞火于是对黄药子说："认错人的那位老人家，是他外婆。"

原来如此。黄药子了然。

韩树沉默。

赤小豆发挥八卦精神，追问认错人是怎么回事。了解事情始末后，她一口咬定："原来你都见过人家家长了！"

俞火懒得和她分辩，转头去和黄药子、韩树聊康养小镇。

晚上她才进家门，手机就响了，是对楼那位邻居打来的。

俞火下意识看向窗外，隐约看见他站在阳台上。她跪坐在沙发上，既能看见他，又让他看不见："邢总，有何指教？"

邢唐未语先笑："才回来？"

俞火如实答："对啊，有约。"

那边轻笑："只要不是阿砺就行。"

俞火明白他说的阿砺不是阿砺，而是像阿砺一样的男性。她故意说：“是两个阿砺。”

那边依旧在笑：“比单独见一个安全。”

俞火也不和他闹了：“大晚上的打电话来就为了和我说这些有的没的？”

“你也知道晚了。”邢唐敛了笑意，略显严肃的语气中夹杂着关心，“下次再这么晚回来，给我打电话，我去接你。”

“不劳驾邢总。”

“反正是邻居，一起回家，省油。”不给她反驳的机会，邢唐又问，“明晚有空吗？”

俞火就知道他是要邀请自己参加签约仪式。

果然，邢唐说：“明天大唐会在签约仪式上发布一生之城的项目规划，有兴趣来听听吗？康诚医药的黄主任不是你师兄吗？他也去。还有韩大夫、徐骄阳，都是熟人。”

行了行了，搬出这么多人，何必呢？

再说，这场签约相当于是蹭热度的邢总逆风翻盘的时刻，不去见证一下，好像也挺遗憾。尤其，俞火本身也对康养小镇的医养结合很感兴趣。

她却还是模棱两可地说：“看我时间吧。”

就矫情吧。邢唐只当她是答应了，说：“明天见。”

次日清晨，俞火去地下车库取车时，雨刮器上夹着一张邀请函。

发邀请函这么随便吗？俞火哭笑不得。

一整天，那位邢总都悄无声息，一副笃定她会去的模样。反倒是南嘉予刻意打了个电话过来，建议俞火晚上去现场。

俞火下班后回家换了套衣服，接上赤小豆一起去皇庭酒店。她们到空中宴会厅时里面已座无虚席，开放式的玻璃顶棚把众人笼罩在夜空之下，满目繁星，觥筹交错。

俞火不喜欢这样的场面，径自找了个角落坐下，赤小豆劝不动她，自己四处参观去了。

俞火环顾四周，没有看到两位师兄和徐骄阳的身影，而她不经意间发现这个没任何死角的宴会厅里安排了很多安保人员。那些穿着西装，看上去若无其事地走在人群中的男人，其实都在用犀利的眼神注意着宾客的一举一动。其中有个年轻人，拿着对讲机，边审视着四周边交代着什么，目光不经意与俞火遇见，他颔首点头。

那不是普通的保安，而是警察。

俞火笃定是赫饶安排的。

南嘉予在这时找过来，未语先笑："漂亮就是有资本，不穿礼服都甩那些名媛几条街。"

俞火和她斗嘴："南姐，你到底是批评我太随意，还是损我不是闺秀啊？"

"和记者斗嘴上瘾了是吧？连我都不放过。你南姐好歹是律师，口舌方面还没认输过。"南嘉予说着凑近了，附在她耳边说，"那位邢总是单身，除了几则捕风捉影的花边新闻，连接任总裁都没公开露过面。看见了吗，人还没出来，就有人按捺不住，暗暗过招了。"说着朝某个方向扬了扬下巴。

俞火心想，那可不是什么捕风捉影的花边新闻，而是他实实在在的无疾而终的爱情。眼睛则顺着南嘉予示意的方向看过去，确实有几位年轻的名媛带着明显不太真诚的笑彼此交谈着，而其中最为漂亮醒目的当数身穿黑色小礼服的苏子颜。

视线停留几秒，俞火平静收回。

南嘉予一挑眉："既然来了，别急着走。我和邢唐说了，等会儿介绍你们认识。"

俞火讶然："你和他怎么说的？"

南嘉予笑道："我说介绍位中医高人给他。"

"高人？有多高，一米六六？"俞火失笑。

不理会她的调皮，南嘉予又道："他说他也认识一位世外高人，可惜人家不肯点拨他，他正犯愁怎么办。"

倒没看出来他在愁。俞火摸了下鼻尖。

由于稍后有法律解析环节，南嘉予先去忙了。

八点整，在西林的主持下，签约仪式正式开始。简单的开场白过后，省略了千篇一律的领导致辞环节，宴会厅的灯光暗下去，大屏幕适时亮起。

直切主题——

低沉的画外音在宴会厅中响起："人不独亲其亲、不独子其子，使老有所终、壮有所用、幼有所长，矜寡孤独废疾者皆有所养。"

这是大同世界，人们不仅以自己的亲人为亲人所赡养，不仅抚育自己的子女，要使老年人能安享晚年，使壮年人能为社会效力，使孩子健康成长，使老而无妻的人、老而无夫的人、幼而无父的人、老而无子的人、残疾人都有人供养。

原来这是他要做养老产业的初衷。希望终有一天，这个物质的、充满利益算计的现实社会能成为一个理想社会，人们不一定只为自己谋私利，而都愿意为公众之事竭尽全力。而他为了这个期待中的理想社会，先行一步。

或许有人认为这是笑话，或许这也确实是个笑话，永远都不可能实现。可如果这世上的每个人少一点贪心和欲念，多一点友爱互助之心，对未来的社会有美好憧憬，这个社会就不会越来越糟糕。那也是一种理想状态吧。

如同“先赚它一个亿的小目标”这个哏，对绝大多数人而言，只是笑话。可为什么大家又管这个笑话叫鸡汤呢？人总要有美好的希望不是吗？

伴随画外音，“一生之城 · 康养小镇”的全貌展现在众人眼前。

嵌入居民区，建筑面积达10000平方米的小镇服务中心分两栋楼，每栋四层，均带电梯。一层为养老照料中心、厨房以及“学院”。

学院每周都会开设一些课程，太极、书画、舞蹈，一样不少，既满足老人的娱乐需求，还丰富了他们的生活。这种“学院式养老”，是鼓励长者们多参加康乐活动。

小镇的二层至四层则为护理生活区，这个区域如同南嘉予所言，是根据老人的自身情况特点分类型的。自理生活区、介助服务区、护理区等，都有相应的配套措施。例如：自理生活区的休闲配套、介助服务区的康复理疗配套、护理区的专业医疗护理配套等。

顶层还有屋顶花园，老人可乘坐电梯直达，去晒太阳，去喝茶、下棋。

然后是小镇样板间展示，良好的采光和通风环境，清爽柔和的色调，根据老人习惯设计的房间摆设，以及卫生间卫浴设施，人脸识别系统门禁……

此外，A市西城区中西医结合医院分院落户康养小镇，为小镇居民开通绿色通道，提供平价医疗保障服务，证实并完善了此前王院长在采访中透露的医养结合的相关信息。而以康诚医药为首的十大医药公司，均为医疗配套合作商，为小区业主提供惠民平价药。

对于介助型和护理型老人，大唐将按照1 ∶ 0.5配备职业照护师，以适应医养结合的配套需求。

现场所有人看到这里或许都在想，这样的养老小镇，费用要高上天际吧。

项目规划却告诉你：木家村所有六十周岁以上的老人，在把置换的回迁房托管给大唐的同时，无须提前支付任何费用，即可拎包入住。

展示至此，现场一片哗然。

大屏幕在这时出现了两行字幕，邢唐低沉磁性的嗓音再度响起——

“青春若老，吾谁与归?

“一生之城 · 康养小镇——老吾老，以及人之老；让曾经的智者强者，老有所归。”

话音落下，灯光亮起。

上百人的宴会厅鸦雀无声。

甚至是俞火，都恢复了片刻才从展示中抽身。她猜，大家应该都在想，此刻身为青壮年的自己，老了是什么样子吧。

主持人西林没有打破这沉默，任由这无声持续了足有一分钟之久。然后，有一个人，率先鼓起了掌。接着，更多的人，全部的人，都站了起来。

掌声如同山洪暴发似的响了起来。

终于，那个站在幕后，构思这一切，又亲自为项目做介绍的男人，走过悬空长廊，出现在光影之下。

站在沸腾的宴会厅里，邢唐用他画外音的独特嗓音说：“本无意以这样的形式让康养小镇呈现在诸位面前。毕竟，实景落成，胜过万言。但最近关于大唐在 A 市的一生之城项目受阻一事，不仅在 G 市和 A 市闹得满城皆知，怕是全国都已传得沸沸扬扬。”话至此，他一伸手，王者般扫过全场媒体：“是你们的功劳。”

宴会厅里骤然响起笑声。

邢唐语带笑意地调侃：“都说职场没有功劳簿，只看成绩单。如果这个月你们的业绩没因大唐的一系列事件而飙高的话，我给诸位补发一轮红包。”

媒体人又沸腾了一次。

邢唐继续：“此前，大唐前任财务总监郑雪君女士因病入院的消息在坊间传开后，让外界产生诸多的猜测。人吃五谷杂粮，哪有不生病的？希望诸位能够让郑总好好休养，不再打扰。另外，借此机会，我要向郑总的主治医生表达歉意。因大唐为她带去的困扰，我深感抱歉。同时，更加感谢她的仁心仁术。”话至此，他忽然看向俞火所处的角落位置。

本以为他没有看见自己，俞火与他深沉热烈的视线对上，心跳莫名漏了半拍。

现场那么多人，此刻注意力又都在邢唐身上，大家下意识循着他的目光看过去。幸好赤小豆坐在她旁边，为她挡住了无数视线。否则，饶是镇定如俞火，一时怕也承受不了那么多道齐刷刷的目光。

邢唐无意让俞火曝光于人前。他迅速收回视线，言归正传：“今天是康养小镇的配套签约仪式，不是记者招待会，没有给诸位留提问的时间。针对你们最关心的几个问题，稍后会有专人一一为大家解答。”

他没再多言，示意西林走签约流程。

签约其实很简单，大唐与 A 市西城中西医结合医院，以及 G 市民营药企康诚医药达成了合作。从此以后，西城中西医结合医院，以康诚医药为首的十家药企，入驻大唐的养老项目——一生之城 · 康养小镇。

签约完成后，邢唐说：“个人的力量是微薄的，我能帮助一个人，一百个人，却帮不了一百万人，以及更多。在国家政策的扶持下，大唐得以把社会各界的有识之士联合在一起，共同做一件事：把‘一生之城 · 康养小镇’做成养老地产的示范和标杆项目。然后等待其他人去复制。如此这样下去，养老这个社会问题，就有望被社会人士所解决。”

最后他说：“父母在，人生尚有来处；父母去，人生只剩归途。在父母有生之年，在个人能力之内，为两位赐予我们骨血的长者，择一处归宿，无憾伴终老。”

掌声热烈，久久未停。

第七章 × 曾是未婚妻

签约过后，现场被划分为若干个区域：法律专区、医疗专区、入住咨询区等。每个区域都有相关的负责人及专业顾问为媒体答疑。

例如：关于入住小镇后，被托管房屋的产权问题，由法律专区的南嘉予及其助理解答；如何享受平价医疗服务，平价药品与正常就医购药的价格差是多少等，由医疗专区的王院长、郑雪眉、韩树以及黄药子等人分别解答；还有村民最为关注的，凭号入住是怎么回事，父母入住小镇后，自身又可以享受到哪些后续的待遇等，则由大唐一生之城项目团队负责讲解。

媒体只要根据接收到的邀请函颜色，到相应的区域进行采访即可。

如此一来，避免了所有媒体一窝蜂地涌向邢唐，“一生之城 · 康养小镇”的每一项配套又都是由专业人士解说，传递给公众的信息既全面又不会有偏差。

等报道出来，不会千篇一律都是邢唐的专访。毕竟，专访早就暗中给徐骄阳了。在此之前，采访稿都已经由邢总过目了。

另外，考虑到话题的持续性以及公众的接受度，大唐已事先和媒体沟通过，要求媒体分批次报道。故而，关于康养小镇的报道，将持续未来一周。

据邢唐推测，报道一出，木家村的拆迁补偿协议签订工作便能够顺利推进了。尤其当村民知道小镇床位也是有限的，先签约先挑房，他们一定会抢着来咨询和签约。

过程虽几经波折，大唐和邢唐也受到了一些诋毁和谩骂，却着实为大唐，为一生之城项目节省下一笔可观的营销费。

看到每一个采访区域都挤满了记者，俞火才反应过来，邢唐一直按兵不动是在酝酿什么。他在等，等事件发酵，等话题被炒起来，以公众的力量驱使媒体主动来采访和报道。相比大唐的策划团队来运作和营销，既省了钱，又占据了主动性。

所以，从村民集体拒签时起，一切都在邢总计划之中了。

依邢唐对郑雪君的了解，他必然是料到，即便不以强拆阻挠项目推进，郑雪君也会策划其他事件给他捣乱。事发后，邢唐当然不会坐以待毙。邢家父子的一场对峙根本就是意料之中。如此一来，身为邢夫人的郑雪君为撇清关系，病倒几乎是顺理成章……

看似愈演愈烈，影响也愈来愈坏的大唐拆迁风波，实则都在他掌控范围内。

只有俞火，是个意外。

所以，蹭她热度，还真是给她脸啊。

这或许便是“成大事者，不谋于众”？

俞火为邢总的高明叹服。

好不容易从重围中突破出来，邢唐径直向俞火的方向而来。一路上都有人主动上前和他打招呼，明明没多远的距离，却半天都没走过来。

赤小豆用胳膊肘捅了下俞火，发狠似的说："要是一会儿霸总对我公布你们的恋情，我们虚假的塑料花姐妹情也就凋谢了。"

俞火收回目光，看向她："不是说好了做彼此的小仙女永远不分家吗？特警对象还没见到，就要抛弃我了？"

赤小豆说不过她，执杯和她碰了下："友尽，就这样！"

俞火笑了，端起杯子喝了一口。

像过了一个世纪之久，邢唐才走近了。棱角分明的脸，深邃黑亮的眸，西装笔挺，步伐稳健，头顶朦胧的光线，洒下一片暖色，映得他英俊又迷人。

俞火注视他，竟有种终于等到你的错觉。

而在邢唐眼里，她依然是精致美丽的。白色绣花的蕾丝半袖半裙，微微露肤的感觉，柔美优雅又兼具仙气，如同自带了柔光一样，有种不食人间烟火的味道。

邢唐移不开视线："怎么来了没给我打电话？"

俞火在他眼睛里看见面色红润的自己："来就来，还非得劳驾邢总亲迎吗？"

她目光狡黠，唇角上扬，邢唐几乎控制不住要抚摸她的脸："是想去接你的，又担心因此惹上记者。"

俞火是真的无所谓："你忙你的，不用招呼我，等会儿我就走了。"

邢唐没接她的话，看向赤小豆："这位是……让我猜猜。"他停顿半秒，"赤小豆？你闺密？"

被点了名的赤小豆瞬间兴奋："你知道我？"

果然之前报的是她闺密的名字。

邢唐笑睨着俞火："火火常提起你。"

"都火火了！"赤小豆小声嘀咕一句，才对邢唐说，"估计都是说我坏话吧。我告诉你，她经常打着我的名号助人为乐，搞得我很有包袱。而我只要反抗，就要被怼。"说着她伸出手，"邢总你好，我是活泼善良、美丽大方、乐观向上的赤小豆，她的小仙女闺密。"

俞火无语："堆砌太多形容词就假了。"

邢唐伸手与她礼貌一握，替俞火正名："她没说你坏话，都是对你的夸奖。"

赤小豆才不相信，她收手时委屈地说："算了吧，她不怼我，嘴痒。"

原来被怼的，不止他一人。

邢唐淡笑："我也是一样的境遇。"

赤小豆数落俞火："你居然给霸总和我同样的待遇！行吧，我原谅你隐瞒被儿媳妇的事了。"

俞火瞪她一眼："你马上闭嘴，我们友谊的小船还能再继续划一划！"

"我怕你威胁啊？"赤小豆无所谓地说，"再说了，我不提，人家邢总就忘了啊？"说着朝邢唐眨眨眼。

邢唐好脾气地纠正道："火火是被我外婆认成了孙媳妇儿。"

赤小豆意味深长地"哦"一声："都差不多，反正男主角都是您嘛。"

这倒是。邢唐笑得矜持。

远远见徐骄阳朝这边招手，俞火顺势催促："赶紧去看看是不是你的特警对象来了。"

“合理怀疑你在赶我。”赤小豆转首对邢总说，“这个女人难搞得很。但我看好你啊。加油，邢总！”在俞火翻脸前，她跑走了。

“是柴宇吧？他今晚确实在。”邢唐说着给俞火换了一杯饮品，“关于小镇的医疗配套，有什么建议吗？现在还来得及完善进规划里。”

刚刚他站在台上，讲他的理念和构想，自信又专注的样子帅得不行。俞火根本没有思考，此刻忽然被提问，她只能说：“暂时还没想到，想到告诉你。”

邢唐也不急：“好，我们来日方长。”随即他抬腕看了下表，“时间还早，等会儿去钢琴酒吧坐坐？”

提到钢琴酒吧，俞火猜到他要说什么了。她以阿砺拒绝他是在钢琴酒吧，他失约也是在钢琴酒吧。

她抬眸：“是对那儿有执念吗？”

邢唐一笑：“从哪里跌倒的，从哪里站起来。”

细微的笑意挂上唇角，俞火微笑而不自知。

她的手机在这时响起来，来电显示是阿砺。

苏子颜恰好也行至近前，俞火于是走开了两步接起：“阿砺，我没在家，在外面。你回来了？不用来接我，我没喝酒，开车了。你在中兴大道附近……”

那里距离皇庭不远。既然如此，她回头，见苏子颜还在和邢唐说话，与他对视一眼，她说：“那我发定位给你。”

通话结束，俞火又忍了几秒，抬步往宴会厅门口走。明明看不见身后，依然觉得有道目光追随着自己，而她没有回头，用背影阻隔了身后的热闹与喧嚣。

走出宴会厅，俞火穿过长廊，电梯近在咫尺。

身后忽然有脚步声传来，她才要回头，已经被人扣住腰，闪身进了一间包厢。她下意识挣扎，便被一具有力量的男性身体轻巧地压向了墙壁。

借着窗外的月光，俞火看清邢唐的脸，轻责："你疯啦，不怕被记者看到？"

邢唐用身体抵着她："记者都忙着呢，要不我能和你说上话？"

不把各家媒体都安排得妥妥当当，他要当众和俞火说话，还真就有人在跟前当电灯泡，说不准明天再因此上个绯闻头条。他倒是无所谓，可依俞火的性格，必然会不高兴。

俞火试图推开他，可手才触及他的腰，明显感觉到他身体一僵。随即，他整个人更紧地贴近她。突如其来的亲密，让她也怔了怔。

邢唐居然还附在她耳边说："别摸，我受不了。"

受不了什么？没有过这类经验的俞火反应慢了半拍，而邢唐趁机轻吻了她脸颊一下，像是试探，又似情难自控。

他柔软的唇吻在她肌肤上，他温热的呼吸那么近地拂在她面孔上，顿时让俞火有种抗拒又期待的战栗感。再开口时，声音都没了底气："你不是说暂时不提吗？"

"是我说的。"邢唐与她额头相抵，"可我每见你一次，对你的喜欢就加深一分。火火，我们能不能换一种方式来了解彼此？"

"什么方式？"

"恋爱的方式。"

俞火不知如何回应。而她起伏的胸口，昭示她对这个提议的心动。

"我保证不会让你后悔。"邢唐说着，双手捧着她的脸，"我不知道你为什么要拒绝我，但如果你现在不想说，我可以不问。等你什么时候想说了，再告诉我。"

“要是我一辈子都不想说呢？”

“那就不说。只要你在我身边，我不在意其他。”

如此退让求全，与他的性格不符。

俞火问：“也不在意阿砺？”

邢唐的唇缓缓地向她靠近：“包括阿砺。哪怕你们曾经……”

手机铃声再次响起，打断了他。

俞火冷静了下：“我们改天再约吧，我今晚有别的事。”说着，把手机举到他面前。

邢唐看见来电显示，闭了闭眼。

俞火推了他一下，接起来：“阿砺，你到了？好，我马上出去。”

却没能马上出去。

邢唐把她搂过来，深弓着背，歪头含住她的唇。

这个吻来得无比急切激烈，一副要将她生吞的架势，有点冲动和失控，像是被先前的电话刺激了。

俞火口中呜咽，手上推搡。

邢唐并不放松，一手托住她后脑，一手扣紧她纤腰，下了要将她揉碎一般的力量。

俞火挣脱不得，更抵挡不住。

窗外星光稀疏，豪华包厢内光线昏暗，外面还隐隐传来宴会厅的喧嚣，周围的一切，无不让人感觉到温柔又刺激。尤其面前的男人还是令她动心的。确切地说，在亲眼见证他在工作上的专注与多谋后，也像他说的那样，每见他一次，对他的心动便加深一分。

心底那一丝抗拒一点点被化解，终于，她情不自禁地深深喘息。

感觉到她的软化，邢唐缓下力道，碾压变成温柔的吮吻，细细勾勒她的唇。直到走廊内响起脚步声，他手上一动，锁上了包厢的门。

身体却没离开她，与她紧紧相贴：“我知道这样冒犯了你。但怎么办？我控制不住。火火，我不想再对别人说，是你患者。”

他自嘲地笑了下：“可直到现在，我甚至都不清楚，阻碍我们的因素是什么。这让我很不安。”

她分明是对他有情的，却一再拒绝。她应该与阿砺不是恋人，可他们又似乎很是亲密。这些看似互相矛盾的情绪和关系，都是令他不安的根源。

这种情绪，在过去的那些年里，邢唐从未有过。哪怕当年萧熠出现，他也只是认命地想：到底还是有那么一个人走进了赫饶心里。尽管那个人不是自己，也没有那么不可接受。

现在，邢唐承认，自己在为俞火患得患失。

而他不知道，只要他稍一示弱，俞火就会心软。她闻言抬起脸，漆黑的眼比窗外的星光还亮：“阿砺回来得正好，有些话，我得当面和他说。”

邢唐顿时明白，她是要和阿砺说他的事。他不明白，俞火为什么要和阿砺报备？是要征求对方的意见，还是另有隐情？此前，阿砺只拥有名字。现下，这个男人真真切切地出现了，还要从自己手上把她带走。这种等同于拱手相让的局面，让邢唐做不到无动于衷。

俞火读懂了他眼里的疑惑：“如果你愿意等等，就给我点时间，我会给你一个解释。如果你不能等，或是不相信我，那我们就到此为止。”

她示意邢唐让她说完：“这是我对阿砺的尊重，也是对你的尊重。现在，阿砺应该是刚到家，也可能还没来得及回家就过来了，我不想让他久等。”

她把话说到这个程度，邢唐要是还不放人，肯定没后续了。自地下车库那晚，她虽然也时不时怼他两句，却没再拒绝。于邢唐而言，已经是个良好的开端。她也明确表示会给他一个解释。这就够了。

邢唐抵着她额头：“别让我等太久。”

俞火受不了他灼灼的目光，垂眸：“这么性急的追求者我还是第一次遇到。”

邢唐把她拥进怀里：“所以他们才追不到你。”

俞火忍不住打击他：“说得好像你追得到一样。”

邢唐就笑了，他把决定权交到她手上：“追到追不到，自然要看你。”

这还差不多。俞火把脸贴在他胸口上，他的心跳格外强劲有力，像是对她的态度，强势不退步。

过了数秒，邢唐主动松开她：“我送你下去。”

俞火稍微一想，便知道他是要对阿砺宣布所有权：“有必要这样吗？”明明他们还没确定关系。

邢唐注视她的眼，询问：“可以吗？”

人的本性是改不了的。如此以退为进的试探，符合他身为大唐总裁的心机谋略。

俞火挑眉：“我说不行，邢总会听？”

邢唐唇角微扬，笑得无声。

俞火嗔怪地轻轻推他一下。

如同撒娇。

邢唐手上一动，指尖触到她掌心，轻且坚定地握住。

俞火没像以往那样挣扎，而是反手回握。

邢唐垂眼看向他们交握的手，视线再向上移，落在她脸上。

俞火说：“别给记者拍到的机会。我不想和你的项目一样，被大肆曝光。”然后抽出手，替他整理了一下有点歪的领带。

除了换药，这是她待他最温柔的时候。

邢唐心软如棉，他极力克制着才没再吻下去。在俞火也整理了一下自己的衣裙后，他伸手打开了包厢的门，和她一前一后走了出去。

两人因太专注于彼此，没发现身后角落里愤恨的目光。直到他们的身影消失在视线之内，男人才说：“没想到邢总喜欢小大夫那款的。”

尖锐的女声压抑着呵斥：“你闭嘴！”

“男人嘛，没段历史倒稀奇了，却不是谁都能做邢太太。”

没错，凭她一个小小的中医大夫，也想嫁入豪门？可笑。

女人沉默。

“我可以帮你。”

“谁用你帮？”

“看来是我多事了。”

见他要走，女人赶紧说：“你有办法让她离开阿唐哥？”

男人停步，看着她：“只要用心想，办法总会有。”

女人轻哼，似乎是不相信：“你凭什么？”

男人滑开手机，递到她面前：“凭这些你不知道的。”

女人的目光被他手机里的讯息吸引，可她才看到关键之处，男人便收回了手机，以眼神询问。

女人有点相信他了，但是说道：“你喜欢那个大夫？要不你图什么？”

男人冷着脸握紧手机：“苏小姐平时都不玩微博吗？”

等男人离开，苏子颜还一脸莫名地站在原地。

邢唐和俞火对此一无所知。他们出来时，一辆外观大气的越野车抢眼地停在大堂外的台阶下。一个男人正在接电话，侧身而立，身形挺拔。皎洁的月光与柔和的灯光相融，笼罩在他瘦高的身影上，炫成了一道耀眼的光晕。偶尔来往的人，无论男女，均在注目。

邢唐注视那道存在感极强，且丝毫不逊色于自己的身影："他姓什么？"

俞火也不隐瞒，答他："肖像的肖，肖砺。"

肖砺。人如其名，硬朗坚毅。

这时，肖砺敏锐地感应到什么，扭头看过来。见到俞火，他嘴角扬起好看的弧度，而脸庞的棱角被这抹微笑消融下去，看着格外温柔。

肖砺挂了电话，拾级而上，朝俞火走来。

身穿作训服，脚踏军靴的男人，身高腿长，腰板挺直。一张脸英气明朗，一双眼安静深邃，有种特有的犀利从骨子里透出来。可他竟然还是个爱笑的人，或者，他在面对俞火时，气场与身份才会浑然不同。

思虑间，邢唐已把肖砺打量了个彻底。

肖砺也是一样。只是，相对邢唐对他的一无所知，他心如明镜。

行至近前，肖砺未语先笑："玩够了吗？"

这话听在邢唐耳里，似乎一语双关。

俞火不答反问："等烦了吧？"

换作别的男人，出于绅士风度，应该会否认。结果肖砺伸手摸了她头发一下，笑言："一点点吧。"然后转首看向邢唐。

四目相对，无须俞火介绍，他已伸手："久仰，邢先生。"

邢唐眉心微蹙，目光在他肩膀上定格一秒，伸出手与他轻轻一握：

“有劳了，肖少校。”

然后，各自收手。

而“有劳”两个字中蕴含的感谢之意，肖砺听懂了。他说：“她从来不会和我客气。”

这个她是谁，不言而喻。

答话的却是俞火：“说得好像我能随时使唤你似的。”

肖砺也不介意她的抱怨，只对邢唐说：“邢先生留步。”

面对他的淡然，邢唐面上也不动声色，微微颔首后，他对俞火说：“到家告诉我一声。”

俞火瞥了眼肖砺，点头：“知道了。”

之后，她就跟着肖砺走了。

邢唐看见肖砺替她打开车门，在她上车时虚扶了她肩膀一下。

顷刻间，心里巨浪滔天。

是从什么时候起，自己对她的占有欲如此强烈？

邢唐深呼吸。

回去的路上，肖砺没说话。直到受不住俞火一眼又一眼的注视，他才笑了：“怎么了？被我抓了现场，心虚？”

俞火“嘁”了一声：“是爷爷叫你回来的吧？前些天，我在微博上公开叫板记者，被他知道了。军总医院出面声援，应该是他老人家的安排。事情过去之后，我是准备回去向他请罪的。结果他先一步去了繁华里，看见了……邢唐。他很生气，我追上去留他上楼坐坐，他没理我，只说，让我好好想想怎么和你解释。程大哥和我说，爷爷最近身体不好，有点咳。我回去了两趟，爷爷不肯见我。”她的声音渐渐低下去，头也转向了车窗外，眼睛里雾气氤氲。

她何止回去了两趟？程嘉野已经在电话里都告诉他了。肖砺单手扶方向盘，用右手抚了她头顶一下：“爷爷只是和我说，太久没回来了，应该回来看看你。任务又恰好结束，我就申请了几天休假。等你的空当，我把近期网络上的新闻浏览了一遍。”

然后他问：“上次我们通话的时候，你并没有提起他。所以，是最近的事？”

俞火实话实说：“清明期间我回 A 市，遇见了他。”

肖砺点头：“这事我来和爷爷说。但是……”他停顿了一下，“他是邢唐，是大唐的邢总，城邦地产的创始人。而他和郑家的关系，这些你都考虑过的，是吗？”

俞火被戳中心事，她一个字都说不出来。

肖砺就明白了：“因为是他，你在为难？”

俞火轻呼一口气：“也不是为难，就是理智上认为，不该和他有交集。”

肖砺说话的风格和他军人的身份很匹配，他一针见血地问：“你要是对他全无感觉，不会觉得为难。小九，你喜欢上他了，对吗？”

自己一直回避的情感被他一语点破，俞火心里涌起惊涛骇浪。

见她不说话，肖砺竟以温柔又玩笑的口吻说：“我才多久没回来，小九就移情别恋了。”

俞火被他的措辞逗笑：“说得我好像是劈腿的渣女一样。”

肖砺也笑，末了说：“你长大了，早晚会遇见喜欢的人。不是他，也会是别人。很多比你小的女孩子，都换过几任男朋友了，你却一场恋爱没谈过。我也想过，那个人会不会是黄药子。”

面对俞火惊讶的目光，他一挑眉：“药子是个温柔的人，你们又有共同语言，在一起无可厚非。把你交给他，我也放心。却没想到，兜兜转转，会是……”欲言又止。

俞火也没想到，她说：“我拒绝过，还把和你的合影给他看了。”

他不仅没知难而退，还刻意以送她之名来见自己。肖砺一笑：“那他挺不把我当回事的。”

俞火还附和：“对，你被藐视了。”

肖砺眼中笑意更浓：“行，那今晚就让他睡不着觉。”

俞火打他。

回到西山干休所时，肖远山还没睡。他坐在客厅里看报，显然是在等他们。见到俞火跟在肖砺身后进门，听见她唤了声爷爷，他淡淡地说：“回来啦。”

从那天被撞见和邢唐在一起，俞火回来过多次，都没见到肖远山的面。肖砺常年在部队，除非受伤回来休养，休假的日子屈指可数，俞火早已适应和肖远山的独处。随着年纪的增长，她其实也越来越懂得哄老人家开心。确切地说，经过七年的相处，她和肖远山，越来越像一对亲爷孙。渐渐地，连俞火自己都忘了，如果最终选择肖砺以外的人恋爱、结婚，她于肖家，只是个外人。此刻，哪怕那个她喊了七年爷爷的人比以往任何一次待她都冷淡，俞火依然在瞬间湿了眼眶。

见她眼睛红了，肖远山终是狠不下心。他站起身，摆了摆手：“罢了罢了，只要你们俩好好的，我这个老头子没什么好说的。行了，你们都累了一天，早点儿歇了吧。”

俞火哽咽：“爷爷，对不起。”

肖远山却以为她是在针对那天的事道歉。老爷子也确实因此不痛快，但俞火在他身边七年，比肖砺这个孙子陪他的时间都多，感情很深厚。现下见两个孩子一起回来了，他气也消了大半，看样子是不准备追究她和邢唐的事了。

俞火却因为他的宽容再不忍心瞒下去："爷爷，其实我……"

肖砺截住她的话："那爷爷也早点儿休息。"

肖远山不觉有异，他嗯了一声，朝自己的房间去了。

等两人回到楼上俞火的房间，肖砺才说："我们说好的，谁先恋爱，由另一个人去和爷爷说。"

俞火抹了把眼睛："你别哄我了，即便是你先有了喜欢的人，也肯定会抢着去和爷爷说。我知道你怕爷爷怪我。"而他是老人家的亲孙子，再怪也是一时。

肖砺一笑："爷爷必然会生气。不是气你，是气我们。等他气消了，我们还是一家人。他会明白，没有你这个孙媳妇儿，还有孙女在。相比之下，后者其实才是更稳固的关系。而且日后还会多个孙女婿孝敬他，他是赢家。"

俞火垂眸："我有点后悔，骗了他这么多年。"

肖砺却说："有了这个谎言，我在部队才安心，才更放心他和你。"他把手扶在俞火肩膀上，"你今晚再好好想一想，是不是确定是他了。如果是，砺哥必须提醒你：那件事，你得忘了。或者和他摊牌。我没猜错的话，他应该不知道吧？"

"嗯。"否则他不可能只字不提。

肖砺洞悉一切似的问："不准备和他说？"

俞火摆弄着手机："没什么可说的。"

手机在这时进来一条信息，不用看也知道是谁。

见她握着手机不理，肖砺建议："还是回一下，免得他担心。"

俞火向来听他的话，这才解锁屏幕。

果然是邢唐，他问："还没到家？"

俞火回复：“到了”。

邢唐又问：“没回繁华里？”

显然他回去了，发现她家没亮灯。

俞火犹豫了一秒：“在西山干休所。”

西山干休所是什么地方，邢唐即便没来过，也必然有所耳闻。再结合阿砺的身份，他该知道她是在肖家。

那边有一会儿没再发信息来，俞火刚要收手机，邢唐又问：“今晚回来吗？我去接你。”

所以，即便她说让他相信她，他也明白，她和阿砺不是恋人，依然不希望她夜不归宿。

肖砺瞥了眼她的手机，笑了：“走，我送你回去。”

俞火犹豫：“都几点了，怎么和爷爷说啊？”

“就说你没带换洗的衣服。”

“我在这边有衣服。况且，每次你回来，我们都留在这边住的。”

“那你不怕他误会？男人的占有欲和你们女孩子的任性一样，是没有道理可言的。”

“我又不是他女朋友。”

俞火回复邢唐：“今晚不回去了。”

肖砺沉默了片刻：“先前我和药子通了个电话。康诚医药一直励志于研发类似泡腾片那样便于服用和携带的中成药，针对各种慢性病。大唐和康诚的合作，看似是完善了康养小镇的医疗配套，大唐获益，实则康诚才是最大的获利方。”

俞火素来对康诚医药不关心，她闻言问：“怎么说？”

肖砺别有深意地看她一眼：“康诚医药之所以会联合其他药企给康养小镇供应平价药，是因为有大唐注资的前提在。”

“这个我知道。”

“那你知道大唐注资额是多少吗？”

这个在郑雪眉的专访中并未提及。

俞火摇头。

“十个亿！”

“这么多！”

“于大唐而言不算什么。可哪怕只是一个亿，对于商人来讲，也是要计较的。”

这倒是，商人重利，没有利益回报作为前提，不会有人愿意投入资金，尤其新药研发成本大，周期长，成功率低，国内几乎没有医药企业能够承担一整套流程的花费。对于康诚而言，大唐的十个亿，堪称雪中送炭。

肖砺还没说完：“在其他药企专注于西药的新药研发时，康诚反其道而行之，更注重中药制剂的研发，是因为什么，你应该猜得八九不离十。但大唐为什么会选择扶持他们呢？依邢唐和其继母的关系，换成是我，在选择合作伙伴时，一定第一个剔除康诚。可大唐偏偏选择了康诚，冲的是什么？”

俞火恍然大悟：“中医药？”

“西城中西医结合医院被大唐选中，作为康养小镇的医疗配套，仅仅是由于这家医院距离木家村近吗？要知道，他们是要在小镇里建分院的，距离根本不是问题。既然不是距离的问题，为什么不选人民医院、不选第一医院？那些医院和西城中西医结合医院最大的区别在于……”

“中医？”

肖砺点头：“药子说，十个亿还不是大唐注资康诚的全部资金，只是第一笔而已。”

面对俞火的诧异，他继续：“药子听他同学韩树说，邢唐在与西城中西医结合医院的合作谈判中明确表示，建在康养小镇中的分院，医疗器械要是全世界最先进的，以保证西医方面的医疗条件优良。至于中医科，他要求，必须由中医专家坐堂，且与中医学院达成合作，每年定期定量向医院输送中医人才，由中医专家亲自带，以确保中医传承。”

给了俞火几秒时间消化，肖砺才说：“综合这些来看，他要扶持的是康诚吗？他要扶持的分明是中医啊！在西医快速发展的今天，出现一位认可并扶持中医发展的实业家，是多难得的一件事。”

扶持中医发展？肖砺的话如重石般砸在俞火心口上，她从未考虑过这一层。

肖砺注视俞火：“为什么这么重要的信息你会忽略掉？是因为邢唐。你意识到了吗？”

是这样吗？由于对象是邢唐，她失去了应有的理智和判断。否则，针对康养小镇奉行的医养结合理念，无须任何人点拨，她该率先反应过来，主动去和黄药子交流。但对于身边的人，她一直回避提及邢唐。

俞火微微尴尬：“你怎么向着他说话？”

“我向着谁了？”肖砺装糊涂，“我们聊的是大唐邢总。”

“可不就是他？”俞火拿抱枕砸他。

肖砺不以为意地笑：“你若对他无意，刚刚你一定不会允许他送你下来。可你现在也不是全心地信赖他。所以砺哥让你想的是如何放下心结。否则你带着这个心结和他在一起，或许走不到最后。小九，恋爱这种事，还是谈得越少越好。不信有机会你问问邢唐，他若知道会遇见你，会在你出现前把自己搞得元气大伤吗？”他说着笑了，“还是，你真正的心结是那位赫警官？”

俞火瞪他一眼，像是在说：我不是，我没有。

肖砺摸摸她的小脑袋：“不是就好。砺哥其实希望你找个简单的人，过简单的生活。但命运就是这样，永远不会遵照我们的意愿安排。既然他已经有了那样一段抹不去的经历，只要他放下了，你也别较真。那于你们没有任何益处。而正因为有那样一段过去，他应该会更懂得珍惜，会待你更好。我看他是个磊落的人，会对你忠诚。”

“你们是第一次见面吧，总共没说上三句话，就给他这么高的评价，我都怀疑你是不是阿砺。”她撸他袖子，“我看看胳膊上的伤还在不在。”

“又皮！”肖砺把她的小脑袋往后推，“有这么帅的高仿吗？”

闹够了，他才继续：“我不知道他什么时候起喜欢上了你，但我判断，他之所以对中医那么有感情，是受你影响。他或许自己都没意识到，对你的感情那么深。”

末了，肖砺看了下时间：“不回去也好，算是考验他吧。等你明天睡醒了，告诉砺哥你的决定。剩余的事情我来处理。”

俞火感动得不要不要的：“你怎么对我这么好啊！”

肖砺还逗她：“那也没见你爱上我啊。”

俞火撇嘴：“你不也一样？”

肖砺敛了笑，神色认真起来：“当年你太小，我也还太年轻，都不懂得爱情，心思也不在那上面。后来，兄妹的感情基础打得太牢了，有爱，却不是爱情。”

他握住俞火的手：“若能以这样的方式彼此扶持守护，会比做恋人、做夫妻更让我们觉得幸福。所以，砺哥操点心，替你镇着某人，挺好。”

俞火感动得无以复加，她哽咽：“哥，有你真好。”

肖砺也有点眼眶发酸：“这么多年都不肯叫我哥哥，却为了他改口。你说，你还能否认喜欢他吗？”

俞火说不出话。

这晚的最后，肖砺说：“我回来不是兴师问罪。我了解你，这件事，不问过我，你不会轻易答应。那么，我的意见是：若你喜欢他，小九，我同意。”

次日清晨，肖砺和俞火一起陪肖远山吃早餐。

席间，肖远山对肖砺说：“一会儿你送丫头上班。”

肖砺边给俞火倒牛奶边说：“我知道。”

肖远山又说：“你难得休一次假，别只顾着陪我。”

俞火面色凝重，肖砺则平静地点头。

之后，换了便装的肖砺开车送俞火上班。

到医院后，他问：“考虑好了吗？”

俞火沉思片刻，如同给他承诺似的，郑重其事地嗯了一声。

肖砺丝毫不觉意外，他点头：“我知道了。”

等俞火下车，他折返回家里，和肖远山摊牌。可他明明做好了足够的铺垫，也讲明了所有的道理以及利弊，老人家却还是因为多年来认定了他和俞火这门亲事，一时接受不了，乍然病倒。等他清醒过来，既不肯见肖砺，也不肯让俞火为他治疗。两人因此谁也不敢离开。于是，俞火在西山干休所守了整整五天。

鉴于肖砺的身份，保健医生还是把肖远山的病情告诉了俞火。

和俞火判断的差不多，尽管肖远山已近杖朝之年，可由于多年来她坚持以时令养生原则为老爷子进行中医调理，他的身体还是很好的。这次突然病倒，主要在于“气”。

气大伤身是有医学依据的。

人生气时，心脏的收缩力加强，心跳加速，大量血液涌向心脏，会给心脏造成严重的负担。还有人在动了气后，出现两肋疼痛和肝区疼痛的症状。另外，人在情绪冲动后，呼吸会变得急促，这时肺泡会不停扩张，没有时间收缩，导致肺部疼痛，所以才有“气得肝疼”和“肺要气炸了”的比喻。

但这些都是一时的。气消了，情绪平复了，症状会随之消失。不过，长此以往，就会对脏腑造成伤害，引发疾病。可肖远山在动过气，出现了短暂的昏厥后，持续多日精神萎靡，食欲不振。

相关的检查都做了，没有查出任何异样。

保健医生急得团团转，生怕老首长有个三长两短，他们的饭碗也就碎了。

肖远山连肖砺都不见，俞火更是进不去他房间。号不到脉，俞火只能根据保健医生对肖远山的气色以及症状的描述来判断。她认为肖远山此次动怒生气，引起了交感神经兴奋，导致胃肠血流量降低，蠕动减速，引起肠胃功能紊乱。

肠胃功能紊乱是包括胃镜等各种检查都发现不了的异常，多与情志因素有关。治愈不难，难在他因为生俞火的气，拒绝接受中医治疗，连同保健医生中的一位中医专家都被拒之门外。

肖砺对俞火的诊断确信不疑。既然如此，除了再和肖远山恳谈一次，求得原谅，别无他法。俞火坚持和他一起去。肖砺让她先在外面等一等，保证说服爷爷见她。

相比五天前，肖远山已没了发脾气的力气，他虚弱地躺在床上，闭着眼睛，像是睡着了。

肖砺坐在肖远山床边，轻轻地握住老爷子的手：“我和小九都知错了，爷爷想怎么惩罚我们都行，但千万别和自己的身体过不去。您不是说，等着抱重孙子吗？虽然我和小九不会结婚，但您孙子又不是找不到女朋友，干吗非小九不可呢？”

肖远山没有睁眼，也不回应。

“那年，俞奶奶去世，小九没了亲人。您和我说，我们要照顾好她，才不枉俞爷爷救过您的命。我明白，您认为我们从小一起长大，哪怕中间因为我爸工作调动，我们举家搬来G市，我和她分开了，但小时候的感情是最真挚的。她嫁给我，成为肖家的媳妇儿，我们可以给她最大的庇护。

“如果没有俞家的变故，我们两小无猜，青梅竹马，自然而然地喜欢上彼此，在一起无可厚非。可偏偏是在她几乎成为孤儿的情况下，您把这样一门亲事定下来。爷爷，您想过吗？如果小九爱的不是我，我们是在乘人之危啊。”

感觉到肖远山的手轻轻动了一下，肖砺知道老爷子听进去了，他再接再厉：“小九善良、孝顺，人也漂亮，喜欢上她，很容易。可我不希望日后等她回忆起自己这一生的爱情和婚姻，恍然发现这一切都是建立在同情的基础上的。哪怕只是误解，我都不愿意看到她有这样的质疑。与其有那样一个不平等的开端，不如就让我们做兄妹。我们肖家是她的娘家，我是能保护她的哥哥，弥补她所缺失的亲情，难道不比她成为肖家的媳妇儿更好吗？”

肖远山终于睁开了眼睛，看着自己从小就宠爱的孙子：“你真的是这么想的吗？”

“我就是这么想的。”肖砺语气温和诚恳，“依我和小九现在的感情，即便她日后嫁给别人，我依然是不可替代的。但如果我们是恋人关系，您想想，就我这一年到头在家待不上几天的状态，她受得了吗？她本就缺失亲情，我若再以爱情绑架了她，又给不了她渴望的爱和温情，才是委屈了她。作为兄长和作为伴侣，她对我的要求是不同的。您说是吗？”

难怪无论肖砺多长时间不回家，俞火从不会抱怨，只会担心他是否受伤。

肖远山沉重地呼吸着，一次又一次。他觉得自己真的老了，很多事情，竟然看得不如孩子们通透：“这些话，你当年为什么不和我讲？爷爷又不会逼你们。”

肖砺说：“当初您表示出这方面的意思时，我并没有像现在这样考虑那么多。只是觉得，反正也是喜欢小九的，等她医学院毕业，要是她对我也是男女之情的喜欢，我就打报告，和她结婚。可这些年在部队，我越来越觉得，对她最好的爱，就是亲情之爱。我不希望，关系转变后，达不到她所期待的男朋友和丈夫的标准，进而破坏了我们之间十几年的情谊。

“有哪一场无疾而终的爱情不是不欢而散？您也一定不希望看到我们轰轰烈烈爱过之后，不欢而散吧。这的确是我的一种假设，若我和小九在一起，未必就是这么糟糕的结果。但万一呢？爷爷，我是男人，我伤得起，可小九再也承受不了失去了。您忘了吗？俞奶奶去世那一段时间，她是怎么过来的。我希望她的人生是加法，而不是先加再减，再加再减。

“您想让小九给您当孙媳妇儿，是因为您喜欢她，担心有一天她嫁给别人，就会忘了我们，抛下我们。不会的，爷爷，小九她敬您爱您，舍不得离开您，否则她不会不眠不休地熬了几个通宵守在外面，等您原谅。”

话至此，肖远山不需要再听下去了，他轻轻地摆了摆手：“去，把她叫进来。”

俞火见到肖远山那么憔悴虚弱，忍了几天的眼泪噼里啪啦地往下掉。从奶奶去世，这七年来，她几乎就没哭过。遇到难事的时候，她总是鼓励自己，没有什么是过不去的。而眼泪是最没用的东西，被欺负的时候，她也只会强硬地还回去。

因为无所依靠，她变得越来越尖锐、坚强。

肖远山看她泣不成声的样子，眼睛也开始发酸。终于，他朝俞火伸出了手。

俞火顿时痛哭失声。

外面的保健医生都吓坏了，以为肖远山去了。

最后还是肖砺哄好了她。直到她止了哭，肖远山才轻责道：“你这孩子，哭得这么伤心，我都快以为自己得了不治之症，不久于人世了。”

俞火连连摇头，迭声说：“对不起，爷爷。”

肖远山叹气：“是爷爷老糊涂了，硬要把自己的想法强加给你们。幸好你们有主意，没酿成什么不可挽回的错。否则等我百年了，都没脸去见老俞。”

他还佯装生气地问：“难怪大二的时候就张罗着开什么养生馆，连买房子也不肯让我出钱，偏要自己还房贷。俗话说得好：吃人嘴软，拿人手短。你这是早就准备着经济独立，等翅膀硬了要离开爷爷，是吧？”

“没有没有。”俞火赶紧解释，“我搞副业，只是希望能让自己没有经济顾虑，简单纯粹地做大夫。别等要用钱的时候，拿不出来，像那年奶奶生病一样。”她说着，声音里又带了哭腔，“我还怕爷爷不认我了，再不让我进门。”

肖远山微微嗔道：“不让你进就不进了啊？都不知道要赖呀？真那么听话，怎么还和阿砺一起糊弄我老头子？我竟然上了你们的当，还琢磨着这次阿砺回来，就把你们的婚事办了。”

俞火握着他的手，边哭边说：“我不是怕气着您吗？到时候连阿砺都会怪我，那我不是变成小可怜了，没人疼没人爱的！”

肖远山都气笑了。

可他心里其实也清楚，俞火说的是心里话，她怕失去。

他故意不耐烦地说：“别哭起来没完没了，我这还活着呢。去，给我煎药，等我养好身子，看我怎么收拾你们！反天了都！”

俞火傻乎乎地向他确认：“那您认我这个孙女啦？”

肖远山气呼呼地说：“孙媳妇儿没了，再不认孙女，我不是亏了？但既然是祖孙了，爷爷再给什么，不能不要，‘长者赐，不可辞’的道理好好领悟领悟。还有什么男朋友女朋友的，都得经我把过关才行。尤其那个姓邢的，必须好好考察。我的小九，怎么就看上他了！”

俞火赶紧表态：“我不要他了。”

肖远山终于笑了，半真半假地说：“我看行。”

次日，俞火恢复了工作。

谷雨和荆诚看到她都吓了一跳：“俞大夫，你怎么瘦了这么多？”

俞火随口说：“减肥。”

“你还减肥？”谷雨赶紧提醒她，“最近风大，你出门注意点，别被刮跑了。”

午休时，俞火补了个眠。等她起来，荆诚给她把午餐也准备好了：“我和小雨没去食堂，在外面吃的，顺便给你带了一份。”

精致的一荤两素，还有一份汤，都是补身体的。

俞火微笑：“谢谢了。以后教你们扎针的时候，我尽量温柔点。”

谷雨边坐到一边翻医案边说：“你还是骂我吧，要不我不知道自己几斤几两。”然后忽然想起了什么，“郑雪君的家属，我是说她继子，最近天天来。不是说他们关系不好吗？看着也不像啊。”

俞火沉默。

下午，经华主任同意，她通知邢业，郑雪君可以出院了。同时，她作为主治医生嘱咐：“再坚持服一个疗程的药，少思虑，多休息。另外，把您次子的遗物都收起来吧，尽量别让她看见。那对她的康复不利。”

邢业几不可察地皱了下眉，最后说：“谢谢你了，小俞大夫。”

俞火淡笑：“您客气了，这是我的本职工作。”在她转身的瞬间，又听邢业说：“你也要注意身体。”

俞火脚下一顿：“谢谢您。”

下班后，她坐在办公室里翻最近一周的新闻。

各大网络媒体除了曝光了“一生之城 · 康养小镇”园林式的落成全貌，还在报道中称：“大唐集团以双倍土地款作为保证金，确保养老小镇的实际落成与项目规划方案一致。”

另外，各大报纸杂志的头版头条，全部被大唐占据，由王院长及南嘉予，针对康养小镇在医疗配套及回迁房产权两方面问题，给予专业解答。

各大视频媒体则播出了对大唐高层、项目负责人的访问，介绍大唐十年规划。

直到这个时候，俞火才知道，“一生之城”是大唐的一个全国性项目。从 A 市起，大唐将在十年内，在全国遴选二十座城市，每城择一地建一座康养小镇。未来，小镇的老人可以以“旅行”的形式，在不同城市的康养小镇养老，即为“旅居养老”。

另外，在每座城市的康养小镇旁，还会比邻而建一家儿童福利院。除了为社会的和谐贡献大唐的力量外，让孩子和老人做邻居，既可从小培养孩子们尊老敬老的美德，也让老人们享受儿孙绕膝之福，实现“老少同乐”的美好目标。

俞火又找到了邢唐的个人专访。

除了谈及康养小镇的理念和构想，针对因拆迁引发的强拆恶性事件，他首先为大唐澄清：“尽管调查结果警方已经公布了，我还是想说，在强拆事件发生前，我们的拆迁补偿协议只签下来一份。而被强制拆除的房屋虽属私建滥建房，但责令限期拆除通知还没有下。这个时候，大唐如果强制开展拆除工作，等同于引火烧身，作法自毙。我们不会做这种自掘坟墓的事。可作为‘一生之城’项目的总负责人，我难辞其咎。大唐会积极配合司法机关调查此事，给受害人和公众一个交代。”

他借此又谈到拆迁管理：“大唐会严格履行规定程序，不会强行实施征地拆迁，对于村民提出的合理要求，会妥善予以解决，同时确保征地补偿费用及时足额支付到位，全面自查自纠实施的征地拆迁。”

难怪林木打电话告诉她，木家村的村民纷纷去签约了。如同世外桃源一样的实景落成图，各种惠民政策的全方位报道，还有双倍土地款作为项目保证金，即便是对传统观念的挑战，也终是会有人愿意尝试和冒险。

木家村拆迁的前期阻碍，至此算是清除了。至于后续，或许还会出现新的问题。但那些对大唐而言，应该不算什么了。

俞火换衣服下班。

在停车场里不无意外地看见邢唐。

他身高腿长地站在她的宝马车旁，也不知道等了多久。

见到她，他眉心蹙起：“怎么这么憔悴，病了？”

俞火搓了搓脸：“可能是减肥减狠了吧。”

她不想说，邢唐也不勉强。他提议：“先去吃饭，再送你回家。”

俞火却把自己的车钥匙扔给他：“不想在外面吃。”

邢唐轻车熟路地把车开到繁华里附近一家生鲜超市。

他并没打算让俞火下去，只问她：“想吃什么？”

俞火纳闷：“你会买菜？”见他皱眉，一副“我像是生活不能自理的人吗”的样子，她一笑，“你看着办吧。”

邢唐抬手捏了下她的小下巴。

俞火懒得动，她调了调座椅，在车里闭目养神。

邢唐动作很快，好像也就二十分钟不到，已经提着两个袋子出来了。

回到繁华里，车在地下车库停好，他扶着方向盘问她：“我能上楼蹭个饭吗？”

热度你都蹭了，还差一顿饭吗？俞火无从拒绝。

结果邢唐一进门，先是和扑上来抱大腿的大款亲热了一分钟，就解开衬衫袖扣，挽起袖子进了厨房。洗过手后，他开始择菜。

一个日理万机，五指不该沾阳春水的大总裁居然要亲自下厨？

俞火看他的样子，倒不像生手：“你会做饭？”

“简单的能应付，复杂的不行。”邢唐没抬头，继续着手上的动作，

“我从大学时起一个人住，吃怕了外面的东西，偶尔自己做饭。”

可他那么忙，所谓的偶尔搞不好是一年一次。

俞火好奇：“怎么不请家政阿姨？”

“不习惯家里有外人进出。”

“不会家务也自己做吧？”

“有什么问题？我一个大男人，也没多少家务。”邢唐回身看她，“你请了家政？”

俞火憋了半秒：“我怕大款太可爱，被人偷走。”

“也对。”邢唐转过身去，继续择菜，唇边浮现笑意。

他那么个高高在上的男人，此刻干着如此居家的事，动作娴熟流畅，眉宇之间皆是淡然。俞火双手抱胸倚在门口，看着看着，也笑了。她把自己平时用的围裙找出来，手才伸过去要递给他，他已朝她俯身，示意她帮自己穿上。

俞火顿了下，还是亲手给他穿上了。可他太高，她的围裙穿在他身上明显不合适。邢唐也不介意：“随便穿一下就行，别溅上油点。”

俞火还是勉强在他身后打了个结，顺嘴调侃：“邢总又不差一件衬衫，反正都是一买买一打。”

“我的衬衫又不是一次性的。”邢唐侧头看过来，“你对总裁有误解。”

俞火一歪头：“那么请问邢总，你还有什么我不知道的加分技能吗？”

邢唐注视她：“我说有的话，你是要给我爆灯吗？”

此刻，他的样子宁静又温和，黑眸中不见往日涌动的步步紧逼的炽热，只有清澈温柔的光，让他周身都透出暖意。俞火心中一软，脱口而出："行啊。"

夕阳的余晖从窗户照进来，落在她身上，波光流转的眼，色泽柔和的收腰裙，随意掖在耳后的头发，匀称纤细的小腿，无一处不透出少女的娇俏。

邢唐笑得温柔："去和大款玩会儿，很快就好。"

俞火斜眼看他："不用我帮忙打下手吗？俞大夫也是可以强大到开挂的。"

她今天一句没怼他，脾气特好，温温柔柔的样子，像阳光一样暖。邢唐俯身，凑到她耳边说："一旦我分了心，这饭就不知道几点才能吃上了。你不饿？"

俞火假装听不懂他的话外之音，强行抱走扒着某人裤脚的大款，回客厅了。

邢总还真是生活技能满分，不到一个小时，不仅做了四菜一汤，还没忘焖饭。而他从头到尾都没问她一句，什么东西放在哪儿，一点不像第一次进她厨房的样子。

听见他喊"洗手吃饭"，俞火立即放下大款去洗手。坐在餐桌前，她拄着下巴看他："看着还不错。"

他给她盛了一碗汤："那也不用这么盯着看，你那眼神容易让我误会。"

俞火立刻奓毛："我说的是菜！"

邢唐要笑不笑的："那你看着我干吗？"

俞火伸手打他。

他却借机握住她的手，手指在她手腕内侧轻轻摩挲，又在她发作前松开："先吃饭。"

先吃饭？！好像她急着对他做什么似的？好有歧义。

俞火不应，埋头吃饭。

邢唐假装没看见她悄悄红起来的耳朵，时不时给她夹口青菜：“尝尝这个。”仿佛发现了她不爱吃素。

俞火挨个尝一遍，主动表扬：“味道真不错。”

这次他倒谦虚：“那是你不挑。”

“全程等吃的人没资格挑。”

“可以挑。”邢唐抬眼看她，“还可以点菜。”

“我爱吃的菜有点复杂。”

“我学习能力还不错。”

“邢总是想借此‘登堂入室’吗？”

被看穿了，邢唐也不尴尬，他微微一笑：“总要找个恰当的理由才好过来。”

俞火想到他半夜跑过来那次，心想：你哪次来需要理由了？我又哪次没让你进门？桌子底下的脚却轻轻踢了他一下。

邢唐笑得一脸享受。

晚餐的气氛相当不错，俞火比平时多吃了一碗饭。绷了一周的情绪终于得到了彻底的放松，她索性连碗都不洗，坐在沙发上逗爱答不理她的大款。

邢唐收拾好厨房，又端了一盘水果过来：“平时你不在家，谁照顾大款？”

“小豆。她知道我家门锁密码。”俞火边吃边说，“要不下次送你那边，你帮我带？反正它喜欢你胜过我。”

邢唐心里想的是，你还想有下次？嘴上则说：“我也可以过来帮你照顾它。”

还没怎么样呢，就想要我家钥匙了？俞火用抱枕碰碰他：“你该回家了，邢总。”

邢唐顺手把抱枕放到一边，坐得离她更近了些：“我忙了一晚上，气都没喘一口就赶我走？”手上拿起个大樱桃递给她。

俞火瞪他，接过来吃掉。

片刻，那位又问：“肖砺回部队了？”

俞火吃着水果，含糊不清地答：“没有，他还有两天假。”

“肖老还没完全康复，他多留两天也好。否则你两边跑，也顾不过来……”话至此，他忽然停下来。

果然，俞火立即反应过来：“你怎么知道爷爷病了？”这事她连赤小豆都没说。

面对她灼灼的目光，邢唐终于说：“我找人打听了一下肖家。”

“打听？”俞火咀嚼了一下这两个字的意思，有点起火，“你调查我？！”

邢唐斟酌了一下措辞：“我只是找朋友了解了一下。”

“朋友？哪个朋友？赫饶是吗？”俞火眼神变了，“你凭什么？干休所也是我的家。我没有瞒你，我在那边。你发信息，我也都回了，我还让你别担心。你为什么还要这么做？这是你们邢家的规矩，还是你邢唐的规矩？怎么，和你做朋友，是要经过政审吗？”

“我没有找赫饶！”邢唐尽量心平气和，“你被一个对我而言全然陌生的男人接走，连医院那边都请了假，整整一周！我都不能问问吗？”

俞火有爆发的迹象：“那你可以来问我！为什么关于我的事情，要去问你朋友？难怪今天见面你一句都没多问，原来是了如指掌是吗？”

“问你，你会说吗？”邢唐也上来点火气，“你整个人瘦了一圈，你那么憔悴，明摆着是为了照顾肖老，熬了几个通宵导致的。但你怎么对我说的，你说是减肥！俞火，你能不能对我公平点？换成是肖砺，你会对他隐瞒我的事吗？他难道对我不是了如指掌？知己知彼，百战不殆。他都可以，我为什么不行？”

“你凭什么和他比？”话一出口，俞火就意识到错了，可她正在气头上，哪里会解释，更不可能道歉，只是小声补了一句，“你又不是我什么人。”

邢唐的脸色已经变了，他用缓慢的口吻说：“他是你的青梅竹马，他和你两小无猜，我没资格和他比！”说完，转头往门口走。

到了玄关处，他手搭在门把上：“我担心你们之间有什么，怕肖家人为难你，我更怕你病了！我每天白天去医院，确定你上没上班。我每晚等不到你窗前的灯亮起，就开车去西山干休所，可那里我竟然进不去！”

邢唐自嘲地笑了笑：“我疯了似的梦见你被软禁了，醒来之后只想报警。”

“我不认为这样去了解一下肖家有什么错。”最后他克制了下，说，“你最近都没休息好，早点儿睡。”

俞火想出言挽留，又不肯服软。

邢唐走出去，带上了门。

他倚墙站在外面，用手按住了脸。

为什么会突然提及肖砺？是在嫉妒他们有过婚约，还是连日来堆积在胸口的忐忑不安需要向她倾吐？可是，好好的气氛，本不该以此收场。

后悔却已经来不及。

赤小豆从电梯里出来，见邢唐站在俞火家门口，小吃了一惊。

邢唐却只是平静地朝她颔首，说：“来啦。”

赤小豆被他男主人般的语气搞得磕绊了一下：“她，不是回来了吗？你不进去？还是，我来得不是时候？”

“她在。”邢唐走进电梯，在梯门关闭前对她说，“可以的话，帮我美言两句。”

吵架了？不对，重点应该是，从什么时候起，霸总都上门来和俞小九约会了啊？

赤小豆匆忙进门，一副恨不得把俞火堵在床上的急切模样。

可惜，卧室床单平整，俞火更是穿得整整齐齐，连头发都丝毫不乱。

赤小豆泄气：“还以为会看见什么不该看见的。失望。”

俞火想把大款甩到她脸上：“空窗期怎么那么可怕！”

赤小豆笑嘻嘻地抢过大款：“大款，你来说，刚刚来的男人是不是你未来的老爸啊？”

俞火头皮发麻，把一切都和闺密交代了。

赤小豆听完所有，缓了缓才说：“居然能打听到砺哥家的事！大佬厉害。”

俞火不理她。

“那他之前那些绯闻，是空穴来风，还是确有其事？他要是敢拿你当备胎，我就让大款坐歪他脖子！”赤小豆盘腿坐在沙发上，想想又觉得不对，“看他对你的态度，挺认真的。你在顾虑什么？别以为你不说就瞒得了我，你喜欢他！”

俞火深呼一口气：“那天被爷爷撞见我和他在一起，我就准备和爷爷坦白。可爷爷不肯见我。然后阿砺就回来了。我只是想在答应他之前，把可能引起误会的因素清除掉，坦坦荡荡地和他在一起。否则那头瞒着爷爷，阿砺也不是说联系就能联系上的，我就和他暗度陈仓了，算怎么回事？我没有想到这件事对爷爷的打击那么大，他说病就病了。我真的吓死了，你知道吗？我没告诉他，是不希望他把这件事扛到他身上。这是我闯的祸，关他什么事？”

“那他不也是担心你吗？至于把人家赶出去吗？”赤小豆居然说，“你是没看见他刚才的样子，消沉死了。换我是你，早就扑上去，撕开他衬衫，把该办的事办了。霸总啊，单纯地用‘高富帅’来形容，力度都嫌不够。军营我砺哥世上独一无二，江湖我邢总更是可遇不可求好吗？你给句痛快话，不要我可上了。我反正不介意他喜欢过你。”

俞火真想和她绝交了：“赤小豆，你竟然是这样的人！”

赤小豆得意扬扬地享用邢总制作的大果盘：“谁让霸总比警察哥哥有吸引力呢。哦，忘了告诉你，我已经成功把柴宇柴警官发展成哥们儿了——铁磁！”

俞火有点反应不过来。

赤小豆丝毫不觉遗憾，她解释说：“不是我们没看上彼此，是他觉得我太漂亮了。”

这是什么奇怪的脑回路？

俞火噎了一下。

赤小豆于是把那天在签约现场的相亲经过和俞火描述了一番。

当时，徐骄阳把赤小豆往柴宇面前一推：“这就是我为你寻觅的小仙女，能不能追得上，看你本事了。”

……

媒人不专业啊。差评。

赤小豆脸一红，她羞羞地伸出手，温柔地说：“柴警官，你好，我是赤小豆。”

柴宇看了看那只纤细白嫩的手，犯傻似的问：“我用不用戴个手套？”

赤小豆憋不住乐了：“你当进手术室前要消毒啊？”

柴宇笑得腼腆，伸手握住她的手：“我平时训练惯了，手劲有点大，抱歉抱歉。”

徐骄阳拿手肘捅了他一下：“没出息！”

柴宇挠头：“你只说是个漂亮的姑娘，我没想到这么漂亮，有点接受不了。”

徐骄阳用高跟鞋踩了他一脚：“好友白加的啊？都不知道去朋友圈翻翻照片，事先做做功课吗？”

赤小豆适时替柴宇解释了句：“像我这种事业型的女性，朋友圈一般不发自拍。”

行行，你最上进。同样也不发自拍的徐主编懒得和她辩论，眼睛往俞火和邢唐的方向瞥：“你们自己发挥，我看看那对儿有没有戏。”

这心让她操得没够似的。

赤小豆说：“后来我和他聊了会儿。人呢，和你家霸总一样，符合男主角人设。”

想到她目测的某人身高，俞火说：“身高没个一米八五，不配当男主角。嗯，看来身高很有优势。继续。”

“人也挺帅的，还幽默。但求生欲太低了！”赤小豆啧了一声，“他居然和我说：‘你太漂亮了，我没安全感。’”

这个理由，柴警官，你牛。

“可他是特警啊，我有安全感。我就和他结拜了。”赤小豆抓起大款的爪子向俞火招手，“你就说，大款她姨妈睿智吗？”

俞火伸出手和大款击掌：“大姨妈厉害。”

赤小豆扑过去咬她。

“主要我听说，他之前似乎喜欢过他们组长。你知道他们组长叫什么吗？赫饶！我这脑子可不是摆设，我记得一则旧闻里提到过，邢唐的绯闻女主角姓赫，还是位警察。百分之百是同一个人！我就想……”赤小豆悄悄地看了眼俞火，“刚刚你家霸总还让我给他美言两句，我这，是不是说错话了？”

末了，她双手合十，求神似的说：“邢总对不起啊，我一冲动在歪道上跑远了，把你的黑历史又给她加深了一遍印象。”

俞火白她一眼。

赤小豆拍拍大款，让它自己去玩：“你见好就收，等他给你台阶赶紧下。这年头，找个靠谱的男人谈场恋爱是件多奢侈的事。不就是被查一下吗？他咋不查我呢？还不是稀罕你！你好好珍惜人家吧。那可是个黄金单身汉。我不和你开玩笑，你要是不要，我真追了。他要是不从，我就给他下药！”

俞火一个抱枕砸过去：“怎么那么饥渴呢你！”

但这个台阶，俞火等了一天，也没等到。

那位摔门而去的邢总既没打电话，也没发信息。

当天肖砺来接俞火下班。

他们说好的，和黄药子以及赤小豆一起吃个饭。

这是每次肖砺回来都会有的一次聚会。

点菜的时候，肖砺问俞火：“不是让你请他一起吗？你没请？”

此前肖砺和俞火说：“消失了这么多天，你好好解释。另外，替我邀请他一下，明晚一起吃个饭。”

俞火还不乐意：“干吗邀请他？没名没分的。”

肖砺笑：“那你就给人家一个名分。”

俞火还嘴硬：“我都和爷爷说了，不要他了。”

肖砺轻责：“口是心非。别闹了啊，男人是应该主动，但你也要和人家互动。否则他哪来的动力？放心，他要是敢对你不好，砺哥分分钟料理了他。可要是你作妖，”他撂下话，“我一样收拾。”

俞火满脸不高兴：“你不是应该什么时候都向着我吗？”

肖砺义正词严：“我让理不让人，帮理不帮亲。”

所以，原本昨晚俞火确实是准备给某人名分的，结果不欢而散。

此刻，俞火装糊涂：“谁啊？”

肖砺屈指弹了她脑门一下，还挺疼：“你说呢？”

俞火伸手揉了揉额头：“我没和他说。”

赤小豆在这时凑过来，附在肖砺耳边把昨晚两人吵架的事说了。末了，还拍拍肖砺胳膊，一副“你懂的”表情。

肖砺倒是全然不介意，他对俞火说：“你一个星期没回家，他不做点什么，反而不对了。”

赤小豆一击掌：“看看我砺哥，气场两米八。再看看你，当场发飙，人家不把砺哥当情敌就怪了！”

俞火瞪她：“好想把你毒哑。”

肖砺摸摸她的头表示安抚。

赤小豆嚷嚷着：“砺哥，我也要摸头！”

黄药子敲她脑袋一下。他已经从赤小豆那儿听说邢唐在追俞火的事了，看看时间，他说：“要不现在给邢总打个电话？正好我也和他聊一下康养小镇的事。”话落，已经拿起手机。

黄药子作为新药研发中心主任，和邢唐必然也是建立了联系的。俞火探过身去，抢走了黄药子的手机："要聊工作，你们换地方聊，还让不让人好好吃饭了？"

黄药子与肖砺对视一眼，笑得无奈。

"那就下次。"肖砺也不勉强，毕竟这个时候才请人家过来，也不礼貌。

于是，这顿饭依然是四个人一起。

尽管肖砺很少回来，这样的聚会一年到头不超过三次，但他是个温和好相处的人，赤小豆和黄药子又是俞火最亲近的朋友，彼此相识多年，称得上旧友。席间，他又与黄药子聊到了康养小镇，丝毫没有因长时间不见有所生疏。

之后赤小豆吵着去钢琴酒吧。看时间还早，俞火也没反对，肖砺和黄药子就带她俩去了。赤小豆和俞火算是那里的常客，提前打了电话，留了位置。

坐下时，俞火又看了一次手机，依然没有那位的任何消息，她失落而不自知。觉察到她的失神，肖砺问："要早点儿回去吗？"

俞火摇头，诱惑他："你要不要喝点？"

肖砺看看旁边在劝黄药子喝酒的赤小豆："我还是保持清醒吧。"

她狡黠一笑："那我喝了？"

肖砺要求："不能醉。"

以往和赤小豆出来，俞火都会保持清醒，现下有他保驾护航，而她心里又装着事，特别想喝几杯。于是，她撒欢似的和赤小豆喝起来，肖砺则和黄药子继续属于男人的聊天。

无论是喝酒还是玩色子，赤小豆都不是对手。连喝了几杯后，她要赖搬救兵："砺哥，俞小九又欺负我。"

肖砺笑得温和："那你让砺哥怎么办？能和她一决高下的，这在座的，也只有你了。"

赤小豆又向黄药子求援："师兄，你管管她。"

黄药子对这两个师妹也是没办法："手心手背都是肉，我向着谁啊？还是你们自己 PK 吧，别把战火烧到我身上，感谢了。"

男人怎么都这样啊！

赤小豆一拍桌子："再战！"

肖砺伸手拦了下："桌上这些是今晚的全部，不会给你们再点，控制下节奏。"

黄药子适时把果盘零食往她们面前推了推："别太急了，缓缓再喝。"

两人却不吃也不喝了，结伴去洗手间。一路笑闹着过去，没留意里面正有人走出来，在洗手间门口险些与之撞上。

对方被吓了一跳，手机没拿稳，掉在了地上。

俞火边赶紧说"对不起"边俯身去捡，确认手机外观无破损后，她站起身，"你看看能不能正常用……"言语间一抬头，对上一道蕴含恼意的目光。

竟然是苏子颜。

她化了淡淡的妆，娇俏的丸子头，精致的连衣裙和小高跟的搭配，有种脱俗清新的美。

俞火的手僵在了半空。

苏子颜不接手机，目光似有不屑："是你啊。能让阿唐哥当众向你表示感谢，你还挺厉害的。"

俞火没接她的话，手上还保持着递手机的姿势。

苏子颜却似乎偏要俞火回应不可。她讽刺地笑笑："作为大夫，职责该是为病人解除病痛，救死扶伤，实行社会主义的人道主义，而不是千方百计与病人家属搞关系，试图攀上高枝。你说对吗？”

这到底是个什么玩意儿？看上去人模狗样的。

俞火开腔前，赤小豆微眯眼睛：“大夫的职责？你好像挺知道似的。给谁上课呢？你是半斤还是八两，自己掂量明白了再出门！”

苏子颜也不露怯，她瞥了赤小豆一眼：“只怕是有人没掂量清楚自己的分量，仗着脸还能看，硬往上贴。大夫，多好的职业，想倒贴随便让病人来复两次诊就好了，多方便。”

这是冲着邢唐来的，和她争风吃醋呢。俞火本不想理，在她看来，苏子颜的表现太幼稚，一点技术含量都没有。和她吵，像在欺负小孩子。但是，抱歉，她耐心耗尽了。

俞火手上一松，苏子颜的手机再次掉到了大理石地面上。

那位苏小姐的脸色顿时冷下来。

俞火也不装手酸那一套，直接开腔：“来这儿不是该喝酒吗，怎么你喝的是醋？身上酸味这么重，呛着我了。”

她勾了下唇，眼睛里却没有笑意：“作为大夫，我给你科普点常识：醋吃多了会腐蚀口腔，损伤脾胃功能，也会引发骨质疏松、骨质脱钙。所以，适量饮醋，很有必要。”

这太客气了。赤小豆本想再补两句，俞火却已经准备走了。

苏子颜看了眼地上的手机，冷声喝道：“你站住！”

邢唐和左欲非恰好踩着她这句话出现。

左欲非循声看过来：“子颜！”目光触及俞火，他下意识看了眼邢唐。

邢唐眼里却只有俞火。

他脚下未停，朝她而来。

俞火与他对视一眼，本想转身进洗手间，又觉得那样像是理亏似的，索性站在原地没动。

苏子颜见他走过来，下意识往前迎了两步，委屈得眼泪都快掉下来了：“阿唐哥。”

邢唐胳膊一抬，避开了她伸过来抓他的手，径直走到俞火面前：“没事吧？”言语间，把她从头打量到脚。

俞火想到他遇袭那晚，他挨了一刀后，也是先这么问的她，火气忽然没那么大了，语气却没缓过来，生硬地反问：“能有什么事？”

邢唐看看她，又看看苏子颜和地上那部明显不是俞火的手机，尽管不清楚具体是怎么回事，也明白这两人之间是闹不愉快了。

他眉心不自觉聚起。

左欲非见气氛有点僵，把手机捡了起来：“是你的吗，子颜？”

苏子颜委屈巴巴地点头：“我刚刚没拿稳。”

赤小豆呵呵：“是我们摔的就是我们摔的，何必自己背黑锅呢？来，检查看看，摔坏没有，要是坏了，”她拿出自己的手机，“给你转账赔付。”

苏子颜抬头看了眼脸色不太好的邢唐，下意识握紧了手机：“没事。”

赤小豆才明白过来，这位千金大小姐四处乱咬是为了什么。她一拉俞火：“那咱们也别站这儿陪人家喝醋了，我怕喝多了胃疼。”末了，瞪了左欲非一眼。

我是谁？我在哪儿？我做什么了？躺枪的左欲非莫名其妙。

俞火故意在洗手间里磨蹭了很久。

出来时，邢唐还站在外面。

他走过去握住她手腕，给赤小豆留下句：“麻烦转告下肖砺，我送她回去，谢了。”话落，也不问俞火答不答应，便把人带走了，一副不容拒绝的姿态。

俞火倒没抗拒。只是，和苏子颜的偶遇，让她心生不快。

尽管事情明摆着，邢唐对那位芳心暗许的苏小姐无感。可两人还没怎么样呢，她已经要被迫接受来自他爱慕者的攻击了。

当然，只要俞火想怼，怼得苏子颜当众哭出来也不是问题。她甚至算不上是个有分量的对手。问题在于，俞火只想离那位苏小姐远远的。

都是他惹的祸。

从钢琴酒吧出来，邢唐带她离开了主街，转入旁边一条狭长的巷子。

明显不是去停车场的路。

俞火不解：“去哪儿啊？”

邢唐像没听见一样不答，只顾拉着她往前走。

俞火用蛮力和他较劲：“不说清楚了就别走。”

邢唐手上一松一拽，已捞住她腰身，把她抵到墙上：“怕什么，我还能把你卖了？换成是他，会这么不放心？”

这个他自然是指肖砺。

俞火被迫整个人紧贴着他，身体移动不了分毫：“你不是打听过了吗？那还不清楚我和阿砺的关系？说这些有的没的，是想撇清自己没还完的桃花债吗？”

他冷淡地回视她：“倒打一耙！”

几秒的沉默时间里，俞火恍惚嗅到了酸酸的别扭的味道。

巷外偶尔有车经过，昏暗的路灯朦胧了彼此的面孔，邢唐的目光从她的锁骨向上，脖颈、下颌、轻抿的唇，停留在清澈中透出几分羞愤的双眼。

他捏住她小下巴，解释：“我以前不知道。刚刚已经解决掉了。俞火，你给我记住了，我没有什么所谓的桃花债。”语落，一个亲吻落在她色泽嫣红的唇上，他贴着她的唇低语，“倒是你，都这么晚了不赶紧回家，还喝那么多酒。怎么这么野，嗯？”

又动手动脚！明明不是那种关系，却想吻就吻，还管起她来了。

俞火推拒着，头下意识向后仰。

邢唐手一抬，垫在她脑后，避免她后脑勺磕在墙壁上。

俞火尚来不及再动，他已经吻下来，用唇严严地封住了她的口，唇齿进驻，反复纠缠，吻得越发响。

俞火被夺走了呼吸，趁心智尚未被卷走前，她手臂抬起，就要掐上他的腰，迫他退开。

邢唐有所防备，捏住她的手腕扣在头顶，一边继续亲吻一边低哑地说：“我担心了那么多天，不应该被安抚一下吗？还为了他和我吵架！你知道我赶去接你下班，看见你上了他的车，有多生气吗？乖乖的，让我消气。”随即手上一动，与她手指紧扣。

这个要命的男人，百般抗拒之后，还是要对他举手投降。

直到被他吻得三魂七魄都快丢了，邢唐才离开她的唇，但还是把她搂在怀里，轻轻喘息。紧贴之下，俞火终于感觉到他身体的异样。她是大夫，即便没与人有过如此亲密接触，男人的反应，她怎么会不懂？

瞬间，耳根红透。

俞火微微挪动，却挣不开他强势的禁锢。

邢唐双手像是磁铁一样，隔着薄薄的衣料，热热地贴在她背脊的肌肤上，唇更是移到她耳郭处，低哑道：“别动，乖。”

俞火僵住。

良久，他缓过来，才终于放开她，手指轻轻拨开她额前的碎发，看着她："现在还要拒绝我吗？"

俞火不知道该如何回答，也不想回答他。

手机突兀地响起。

是他的。

邢唐不接。这一刻，没有什么比她更重要。

铃声却不依不饶地持续，像是有什么十万火急的事。

俞火推了他肩膀一下，示意他接。

邢唐依然舍不得松开她，单手搂住她肩膀，另一只手拿出手机。

是左欲非，问他："子颜去找你了吗？"

邢唐冷淡地答："没有。"

左欲非说："我转个身的工夫人就没了，电话也不接。你刚刚把人家拒绝得那么狠，她可别想不开啊。要不你给她打个电话，看看她是不是回家了。我知道你肯定是和俞大夫在一起，但万一出事，总是不好。"

邢唐不为所动："她是成年人。你要是不放心，就报警。"

"我有什么不放心的？！"左欲非气得挂了电话。

邢唐收起手机，搂着俞火往他停车的方向走。

上车前，俞火说："你还是打个电话问问吧。"

"你是在往外推我吗？这种事情，我心软一次，就会有第二次。你不明白？"邢唐为她打开车门，"善良别乱用。回家。"

他这么坚决强势，俞火心里又酸又甜。

一路平静，无语。

回到繁华里，他提议："去我那儿坐坐？"

俞火瞪他一眼："我怎么那么野，大晚上的跑去男人家里？"

邢唐轻笑："那你怎么上楼？"

她之前和赤小豆去洗手间，自然是没拿包的，门禁卡在包里，没有门禁卡，她进不去单元门，更上不了楼。

等等……俞火问他："你去我家，怎么上的楼？"

他都登门几次了，她才反应过来。

邢唐晃了晃手上的门禁卡："我这个是万能卡。"

物业居然作弊！

她反应倒快，一把拽住他手："给我刷卡。"

邢唐任由她，边走边说："我顺便上楼坐坐。"

反正今晚是势必要她个回答了是吧？偏偏不让他如愿。俞火等他刷完卡，把他拦在了电梯外："到这儿可以了，晚安，邢总。"

她若不想让他靠近，邢唐还真没办法。

他扶住梯门说："我腰有点疼，上楼你给我看看？"

俞火合理怀疑他在卖惨："腰疼去医院，挂我的号。"说着拨开他的手。

邢唐哭笑不得："火火，我真腰疼。"

俞火根本不信。

梯门关闭。

邢唐屈指碰了碰眉毛。

俞火到家后先给肖砺和黄药子报平安，没过多久，赤小豆就把她的包送来了。姐妹俩卧谈到很晚，临睡前，赤小豆迷迷糊糊地说："那个叫什么颜的女人弱爆了，你别当回事，差不多考察考察得了。确定了关系，下次再遇到这种心里没数的女人，撕得才痛快。"

也不知道俞火听进去没有。她翻了个身，望向窗外，久久未眠。

次日，邢唐到公司后吩咐西林：“把我下午的时间空出来。”

西林略有迟疑：“下午两点，康诚的郑总要过来。”

邢唐坐到班台前才说：“关于补充协议的细则，你和她谈就行。”

这是不想见郑雪眉的意思。

西林应下，见邢唐落座时似有迟缓，他说：“去医院看看吧，这都多长时间了还没好，别再拖重了。”

西林可是记得前段时间邢唐腰疼得几乎起不来床，可即便如此，他还是照常开会和工作。为了避免旁人看出异样，他每次都是最后一个离开会议室。而他每次起身时的缓慢，都昭示他的腰疼得有多厉害。西林劝了多次，他总说：“忙过这段再说。”这一忙，竟是一个多月。

邢唐这次倒没反驳，他说：“下午去。”

西林才开始向他汇报工作。

中途秘书敲门进来：“邢总，有位肖先生要见您。”

“谁？”邢唐的脸色比平时还要静漠几分。

秘书说：“肖砺先生。”

邢唐起身往外走。

看样子，是准备亲自下去。

西林跟上。

人来人往的大堂里，身穿常服的肖砺往那儿一站，特有的军人气质显得那么与众不同。

见邢唐亲自下来，他带着几分歉意说：“没提前打招呼就冒昧过来，希望没有打扰到你的工作。”

“不打扰。”邢唐客气地一伸手，“肖少校，这边请。”以眼神示意西林。

西林心领神会，快走几步，到休息区安排。

两人落座后，依然是肖砺先开口，他说："本意是昨晚一起吃个饭，结果小九居然没先和你说。要不是小豆告诉我你们闹别扭了，我还不知道。"

小九。单单是这样一个小名，已足够亲密。

邢唐压下心中微妙的不适感，说："怪我了。她几天没回家，情急之下，我向朋友问了下你们肖家的情况，惹恼了她。"他直视肖砺，态度诚恳，"抱歉，是我考虑不周。"

"没什么。换作是我，也是一样。"肖砺唇角微扬，"况且，我不也早把邢先生的情况摸得一清二楚了吗？若要道歉，也是我先。"

他如此坦荡，邢唐反倒不好意思起来："你是要回部队？"

肖砺点头："稍后归队。"

邢唐也不装糊涂，直言："肖少校是有什么要交代我吗？"

"只是想和你随意聊聊。来的路上还一直在想，从何说起。"肖砺笑得温和，"小九看似百毒不侵，但你应该也是了解的，她最心软。"

邢唐认同地一点头，等他继续。

"她乐于助人，尤其是长者和孩子。她还喜欢小动物。你见过她那只加菲猫吧？她说养那样一只高冷的宠物，习惯了它的冷脸，面对生活中的冷漠就不会心灰意冷。她从不闲着，工作、学习、经营养生馆、到养老院做义工、看书、练功、自制小药，还有护肤品……反正只要她想，会比你我都忙。"肖砺停顿片刻，像在斟酌措辞，再开口时话锋一转，"听小九说，你们认识的时候，你有喜欢的人。"

压力顿时袭来，邢唐的唇抿成一条平直的线。

但他没有否认："是。她不是我第一个喜欢的人。"

肖砺倒没别的意思："你应该希望，过去的事，不再被人提起。尤其别对她提起。我来，也是想和你说，七年前的那个暑假，她之所以失约，是因为她奶奶去世了。"

邢唐眼神一暗。

"她在单亲家庭长大，由俞叔叔和俞奶奶照顾。俞叔叔在她十五岁那年出了意外，之后不到两年，俞奶奶也走了。有那么一段时间，她手抖，无法号脉。她从小学中医，有天赋，有功底，无法号脉对她来说，不亚于西医外科大夫拿不了手术刀的打击。"话至此，肖砺缓了缓，"正因如此，她才没能如约去给你外婆看病。"

竟然是这样。难怪扫墓那天，她是坐在两个墓碑之间。而邢唐只注意到刻着"俞一归"三个字的碑。他猜到那是她父亲，却没想到，旁边的是她奶奶。

"老人家是怎么……"邢唐欲言又止。

肖砺沉吟半秒："因病。"

那一次的手术虽然成功了，却还是没撑过一年。邢唐神色凝重。

肖砺也沉默了片刻："她习惯了一个人扛起所有的事，不愿意给别人添一丝一毫的麻烦。她独立惯了，像我和爷爷，也很少被她依赖。这或许会让你们的沟通出现问题，需要时间磨合。在这方面，你多包涵，也多给她一些信心。"

邢唐郑重点头："我会的。"

"关于我们的婚约，你应该也知道了。"肖砺目光坦荡，"我人在部队，没办法照顾她更多。我希望借由这层关系，让爷爷，以及肖家人，给她更多的关照。当时爷爷提出这件事时，是我说服她答应的。我和她说，只有这样，爷爷才能不催婚，我才可以专心在部队发展。”他注视邢唐，说，“这件事，是我的主意，你别介意。”

那双深邃犀利的眼，此刻带着郑重的嘱托和信任的暖意，让人的心也跟着静下来。邢唐不禁想，面前的这个男人，不比自己少爱俞火一分。而俞火心里那个最值得信赖的人，也一直是肖砺。她爱他，并非男女之爱。她敬他，是发自内心的敬重。这样一个温柔又清醒的男人，好在不是以情敌的身份存在，否则哪还有他邢唐什么事?

他诚挚无比地说：“谢谢你，肖少校。”

肖砺微笑：“叫我阿砺吧。”

他步态沉稳地走出大堂，走进外面的暖阳里。

邢唐目送他离开，无端松了口气，胸间的酸涩醋意随之散去。

邢唐特意空出一下午时间，本想接俞火吃个午饭，再直接跟她回医院看腰。结果原定两点过来的郑雪眉竟提前到了，问邢唐有没有时间一起吃个饭。

邢唐猜她应该是为苏子颜而来。他说：“不好意思，郑总，我有个重要的约，只能陪您喝杯咖啡了。”

郑雪眉倒不介意。

见面后，她也不绕圈子，直言不讳地说：“子颜不懂事，给你添麻烦了。我替她向你道个歉。”显然已经知道昨晚他拒绝苏子颜的事。

郑家两姐妹，性格有所不同。相比姐姐郑雪君以儿子为筹码争权，掌了康诚大权的郑雪眉对苏子颜则完全是一副放养的姿态。反而是苏寒，要和女儿更亲近些。但在亲子关系上，邢唐自认没有发言权，他不会妄加评价。

“郑总言重了。”对于前一晚的事，他说，“我只当她是小孩子心性，不会放在心上。况且她喝了不少酒，看样子是醉了。”

这分明是给苏子颜留面子。

郑雪眉是感激的。她说：“我发现她有这个想法也劝过。毕竟，我们两家……但这孩子，有些偏执。”

“这和邢、郑两家没有关系。关键在于，我和她。”邢唐也不避讳，“说到底，感情这种事，没办法勉强。除此之外，像是合作，我们依然可以继续。”

他话说到这个份上，郑雪眉也不担心会影响两家的合作。想到苏寒的交代，她勉为其难地说：“从昨晚到现在，她一口东西也不肯吃，连房间也不肯出。你苏伯父希望你能去劝劝他。”

邢唐没办法答应：“昨晚我和她说，是谁都不会是她。这个时候我再去劝她，难免会给她希望。这对她而言，不是好事。况且，我刚刚和女朋友把误会解释清楚，不能再因此误会一次。”

“女朋友？你们已经……”郑雪眉欲言又止，“听说她是我姐姐的主治医生，叫……俞火？”她说着，脑海里也在回放那天在病房相遇的一幕，明白了邢唐当时追出去的真正用意。

邢唐无意对她谈及俞火。但她毕竟是长辈，礼貌上他还是点了头，同时补充道：“我不希望她因为我受到任何打扰。”

郑雪眉眉心微皱：“邢唐，你变了。从前的你，虽谨慎，却没有这么小心翼翼。”

邢唐微翘了嘴角：“那是因为没遇见她。”

郑雪眉意味深长地注视了邢唐几秒，像是在判断他是不是认真的，最后，她居然点了下头，说：“挺好的。”

邢唐莫名。

郑雪眉却已经起身告辞。

邢唐送她："关于补充协议，西特助会和您聊。等协议落实，我请您吃饭。"

郑雪眉说好。

大唐注资康诚，图的不是专利，而是扶持中药制剂研发。对于康诚而言，大唐成了甲方。哪怕名义上邢唐该叫她一声姨妈，但过去那些年，他都是称呼她郑总。依如今他掌管大权的形势，更不可能在合作中夹杂任何私人情分。

尤其他和郑雪君的关系已经恶劣到极致，和她之间又何来的私人情分？如果不是康诚医药专注于中药制剂的研发，他根本不可能选择和她合作。而在双方的谈判中，出资的他，除了始终占据主动，更是强势。

郑雪眉其实一直纳闷，邢唐难道仅仅是为了康养小镇这个养老地产项目吗？直到现在，她不禁猜测，他斥巨资扶持中药制剂研发，扶持中医发展，是因为他的中医女朋友。

他是为了俞火？

郑雪眉在心里无声地又说了一句：挺好的。

这么一耽误，就错过了和俞火的午饭。

没什么准备时，总能偶遇。每当他计划约她时，反而总有意外。邢唐都觉得，自己这个追求者很不称职。都被拒绝好几次了，一点实质性的追求行动都没有。

简单地解决掉午饭，他直接去医院，先找左欲非。

知道他腰还没好，左欲非惊讶："不是给你拿膏药了吗？没贴？"

邢唐居然说："你给我那款膏药味道太大了，贴上之后不仅我全身膏药味，家里都是那个味道。我怎么去公司？"

“身上有膏药味很羞耻吗？还是总裁身上有膏药味羞耻啊？”左欲非都有点生气了，“我还以为俞大夫上手，早给你治好了。白佩服她的手到病除了。”

邢唐摸了摸鼻尖：“我没和她说。”

“她是大夫，你病了不第一时间向她报告？”左欲非忍不住怼他，“还是怕她嫌弃你伤了腰，以后的幸福生活没了保障，更不答应你的追求了？”

邢唐笑骂：“滚！”

左欲非瞪他一眼：“先去拍个片，再拿给你家俞大夫看看。还是你打算继续瞒着她？”

回想昨晚被拒之门外的情形，邢唐说：“不瞒了。”

“现在才想到卖惨，活该你疼！”左欲非恨铁不成钢似的说，“我还以为……哎，你别踢我啊，你说你这突然要看腰，我能不多想吗？不过说真的，这腰一定要治好，要不以后你小心有心无力……”

片子拍完，居然是腰椎间盘突出。

左欲非骂他：“该！让你挺！再挺下去再给你来个骨刺，看俞大夫还要不要你。”

邢唐皱眉：“我就说这次怎么疼得那么厉害，在家养了几天也不好。”

“西医治腰椎间盘突出，只是开点跌打损伤的药，然后就是静养。但中医在这方面就比较牛了。”左欲非一扬下巴，“请示吧，看看你家俞大夫是在病房，还是在办公室。”

一个被下属请示惯了的总裁居然听得心头一软。

邢唐拿出手机给俞火打电话。

通了，但没人接。

他说："应该在忙。"

左欲非建议："那先去她办公室看看。"

路上，两人聊到中医。邢唐说："之前我受刀伤的时候，肩膀也被钢棍打中了一下，直到第二天，胳膊还抬不起来，开车都把不稳方向盘。她给了我两贴膏药，贴上就好了。那膏药是她自制的，味道没那么大。"

"你那是心理作用吧？"左欲非有点不信，"膏药无非就是简单的中医外治疗法，除了能发挥点活血化瘀止痛的小效用，没什么大用。我不是质疑你家俞大夫啊，她是华老的学生，肯定差不了。但客观地讲，医学是一门经验学科，年轻的中医大夫医术好的，寥寥无几。不可否认，中医虽说有上千年的历史，但临床疗效和西医没法比。除了小针刀，根本没有什么显著的科技成果。而且相比西医，中医太不科学了……"

一道女声在他们身后响起，质问道："你懂中医？"

左欲非吓了一跳，他回头，看见一个太阳眼镜卡在发顶的漂亮女人："你问我？"

赤小豆看了眼邢唐，也没打招呼，她踱步过来，语气很冲地回左欲非："刚刚不是你在侃侃而谈中医吗？"

听出她语有不善，左欲非一笑："这位小姐有何指教？"

赤小豆毫不客气地指教道："中医在我们国家单有记载的就有五千年的历史。西医进入中国不过二百年。西医没来之前那几千年中华民族是怎么活过来的？包括你我在内的十几亿人口是怎么延续到现在的？难道不是中医的功劳？西医有什么了不起？抗生素！激素！脱离仪器检查，西医是什么？你心里没个数吗？"

瞥一眼左欲非胸前的姓名牌，赤小豆嗤笑一声："我看中医别姓中，西医也别姓西，都随你姓左得了。”

从没被这样怼过，左欲非被噎得哑口无言。

“我叫赤小豆！对方辩友，欢迎来辩！”赤小豆撂下话，扭着小蛮腰走了。

左欲非气得胸口剧烈起伏，他看向邢唐：“她说她叫什么？”

“赤小豆。”一旁观战的邢唐难得地解释了一句，“据说也是一味中药。”

“中药？”左欲非看一眼赤小豆离开的方向，“我看她是吃错药了！等等，我怎么看她有点眼熟呢！她是昨晚和你家俞大夫在一起那女的？”

邢唐忍住笑：“她是俞火的闺密。”

“也是中医？”

“学过中医。”

左欲非撸袖子：“走，我去和她辩辩！昨天就瞪我！这还没完了！”

赤小豆先一步在病房找到了俞火，她连标点符号都省略了，一口气吐槽了一堆，末了说：“你们家霸总怎么会和这种人做朋友！”

“你说谁？”俞火抬头，“邢唐来医院了？你刚刚说诋毁中医的人是左欲非啊。”

“对，就是那个姓左的。”

“我是问你看见邢唐了？”

“啊，手里还拿了张片子。你不知道？我还以为他刚从你这儿走。”

“片子？”俞火猛地想起他昨晚喊腰疼的事，“手机给我用下。”

赤小豆把手机递给她。

俞火输号码。

“你能背下他号码？”

“你的我也背得出来。”

“我和你多少年的交情，他才认识你几天啊。”

俞火也不理她，手机通了，听那边语气淡冷地问“哪位”，她说：“是我。”

邢唐瞬间听出她的声音，他拿开手机看了下，是陌生号码，但再开口时语气已经缓下来：“火火，你换号码了？”

“我手机落办公室了，这是小豆的电话。”俞火问，“你怎么了？真是腰疼？”

她能主动打电话来，还如此关心他。邢唐心中一暖，他特别乖地说：“嗯，挺疼。”

“那你找什么左欲非，不知道他是脑外科大夫？还是你腰疼到脑子也坏了！”俞火没好气，“过来我看看。我在病房。”

左欲非听得一清二楚，等邢唐挂了电话，他落井下石：“该！让你瞒！”

邢唐无从反驳。

两人转道去老年病科的病房。

邢唐还有闲心问：“老年病科属于中医还是西医，还是中西医结合病科？”

左欲非答：“中医。”

邢唐追问：“中医就中医，为什么是老年病科？”

“可能因为他们科老年患者居多吧。我哪知道为什么啊？院长定的。问你家俞大夫去。”左欲非搓手，似乎还陷在要和赤小豆没完没了的战斗状态里不可自拔。

出了电梯，走进医生办公室前，邢唐拦了他一下，适时提醒：“我是来看腰的，那里面有一个是我……未来女朋友。你辩归辩，别太过，拆了我的台。”

“行了，我还能和那个什么豆打起来啊？我要脸！”象征性敲了下门，听到里面有女声说“进”，左欲非推开了门。

里面唯一的人回头：“找谁？”

陌生的一张脸，不是俞火，也不是赤小豆。

左欲非看一眼邢唐，像是在问：未来女朋友？

我不瞎。邢唐一把关上门。

看人家长得丑，就不承认了。左欲非鄙视他。

两人正无声交流，俞火从走廊尽头的病房里出来，她穿着洁白的医生服，手上拿着病历本，边低头在上面写着什么，边对身旁的护士说：“留针到晚上八点，到时候记得喊林大夫取针。今天是他夜班……”

赤小豆跟在护士后面慢悠悠晃出来。

直到俞火写完抬头，才看见站在办公室门口的邢唐和左欲非，又交代了护士两句，她神色淡然地走过来。

赤小豆在见到左欲非后，战火顿时燃起来，她抢先一步迎上来：“怎么了大西医，来我们中医求助啊？我先声明，中医接诊分人，不信中医的患者，我们不接。”义正词严的架势，仿佛她是大夫一样。

打脸了不是。才被人家听见他质疑中医，下一秒，身为西医的他，就陪兄弟来中医这边看病！但左欲非也不是吃素的，他回敬道：“你，我肯定是不信。中医，我也将信将疑，但我信俞大夫。”

你说气人不？

“也对，你才学过几年西医啊！凭那点浅薄的西医知识怎么评价和理解得了中医呢？当然是将信将疑了。”赤小豆看向俞火，“我们中医在治疗急慢性病方面的优势，我们的辨证体系、理论体系，如阴阳五行，还有哲学这些，一般人还真不懂。西医看似很科学，哪里有问题，仪器一查就清清楚楚。可清楚又怎么样？即便占了现代化的优势，不也有治不了的病吗？无非就是让人明明白白地死而已。”

末了，她还朝左欲非一扬下巴：“大西医，我说得对吗？”

对你个头。但似乎又有点道理是怎么回事？

俞火听不下去了，她出言截断两人：“你们是打算辩到天黑吗？这是病房，请你们克制一下自己好吗？”

赤小豆适时收兵，风向一转，故意拿腔拿调地问邢唐：“邢总哪儿不舒服啊？”

自己怎么怼他都可以，别人不行。俞火明显嫌她多嘴了，问：“你能治？”然后对邢唐说：“进来。”

见左欲非要跟进，她以大夫的身份说：“家属在外面等。你也是。”随即关门，把赤小豆和左欲非这一对中西医辩友一起关在了外面。

办公室里那位小大夫见俞火领着一位帅得恨不得把命给他的男人进来，居然有点坐立难安。

见她偷看邢唐，俞火说：“12 床的患者该推拿了。”

小大夫站起来：“哦，我这就去。”临走前还忍不住回头看了邢唐一眼。

俞火把手里的病历拍到办公桌上，眼角眉梢皆是不悦。

邢唐走近了两步：“火火。”

“在医院叫我俞大夫。”俞火不给他好脸色，“腰以前伤过？”

邢唐如实答：“运动时扭伤过一次。后来我一直比较注意，保养得很好。”

“运动都能扭伤自己，是多剧烈！”不等他答，俞火又问，“多久前的事？”

“两年前。”说着要把手上的片子给俞火，“我先去拍了张片子。”

俞火根本不接，她眼神很静很稳，唯有语气略冷：“转过去我摸摸。”

上手摸是触诊，是再正常不过的检查方法。她是坦坦荡荡的，可依他们现阶段的暧昧关系，一听她说“摸摸”，邢唐心尖一颤，像是俏大夫要对他做什么似的。

然而——别膨胀，你家俞大夫还在生气。

他乖乖转过去。

俞火撩起他西装外套，手指覆上来，摸上他腰，隔着薄薄的衬衫，轻轻按揉。

被她手指拂过的肌肤，瞬间火烧一样。邢唐一僵。

还怎么推拿？单单是这样都在心猿意马，要命。

“放松。”俞火却是认真地在检查。她仔细地摸着，手上由轻到重，“这里疼吗？这儿呢？这儿什么感觉？”

“疼，有点酸胀……”回答的声音有点哑。

如此这样上手摸了摸，俞火心里已经有数：“明天到治未病中心推拿。三到七天，症状应该能明显缓解。”完全公事公办的口吻。

治胃病？邢唐轻蹙眉：“我胃没毛病。”

俞火怔了半秒，才反应过来他误解了那个同音字，指了指那张自己没看的片子，她不太有耐心地解释：“腰椎间盘四五节轻微膨出不是吗？这是亚健康疾病，属于治未病范畴，未来的未。”末了不忘当胸插他一刀，“我看你除了腰椎间盘，没有突出的地方。”

邢唐也不生气，只关注：“能治愈吗？”毕竟，男人强不强，关键看腰啊。

腰对于男人的重要性，俞火作为大夫，当然很清楚。但是，让你拖，让你瞒！

她抱歉地说：“不能。我只能保证，保养得当，不再犯。不过我可以把推拿手法教给你……秘书。让她每天帮你按十分钟，恢复会更快。”

我为什么要给秘书摸来摸去？不是，是按来按去。

目光落在她五官精致的脸上，邢唐唇角一弯：“我还是想让你给我按。”

俞火抬眼，故意气他：“我收费很贵！”

他似笑非笑：“不贵不配我。”

这么会撩，难怪女儿都那么大了。干女儿也算！

俞火一挑眉：“行。但我不保证一定能让你满意，到时候邢总可别投诉我。”

“只要是你亲自上手，没有我不满意的。”邢唐表决心似的撂下话，“俞大夫在我这儿，零投诉。”

俞火懒得听他贫，抽出片子看了看，和她的诊断一模一样：“还拍片？不差钱、不怕辐射，还是不知道我的专业？以为养两天能好是吧？患者要都像你这么扛着，我们大夫都失业了。小病不治、大病难医的道理不懂？”

邢唐适时认错：“下次一定第一时间汇报病情。”话落，来拉俞火的手。

俞火打开他："再有下次，看我管不管你！"

邢唐笑睨着她："只要你肯管，保证没下次。"

俞火瞪他一眼："这次怎么伤的？"

邢唐不敢再瞒，如实说："不小心撞到斗柜棱角。"

俞火皱眉回忆，半晌："半夜去我家那天伤的？"

那天他离开时，俞火都发现他走路的姿势不对了。可他故意撩她，她一慌……让他钻了空子。

邢唐凑近了她低语："就是我们彼此交付初吻那天。"

不要脸，明明是你强吻的好吧？俞火伸手要推开他，又怕再闪着他的老腰，想到那天他是回过家的，她问："不会是郑雪君装疯推的你吧？"

邢唐把那天的情形简单说了下。

想象他硬生生磕到斗柜棱角的画面，俞火的手再次覆到他腰上："肿了好几天吧？"由于心疼，语气已经彻底缓和下来。

邢唐抓住她的手："没事，都好了。"

"那几天你没出门，是腰疼得太厉害了？"

"是你拒绝得太狠，伤心了，在家疗伤。"

"胡说。"

"真的。只要你答应，这腰不用治都能好。"她不点头，总觉得他们这对关系不稳。

"答应什么？"俞火挣开他的手，"腰治好了再说。还有，治疗期间，你给我规矩点，不许动手动脚。"

"在家也不行？"

"你还想回家治？没直接把你收入院，是体谅邢总日理万机。"

行吧，后路全被堵死。俞大夫，你真棒。

邢总一脸生无可恋。

俞火看看时间："你下午还有别的安排吗？"

求生欲又让他振作："等你下班算吗？"

"三点我得去主任办公室一趟。你要是不急着走，就去诊室等我。或者我安排个人先给你做一次治疗。这样你晚上睡觉能舒服点。"

就知道她说明天来推拿是气话。

邢唐盯着她："我不要别的大夫，我等你。"

"走吧走吧，去诊室。"

外面赤小豆和左欲非还在辩。

俞火打开门，恰好听见赤小豆说："中医的神奇你领教过吗？针刺麻醉术，你见识过吗？如果不是亲眼所见，我这个学过中医的人都不敢相信用一根银针刺了几个穴位就可以进行拔牙手术！对于你这种无知者，我真的不想做任何解释和评价，只能说呵呵了。"

辩论就辩论，人身攻击就不好了。

眼看着处于下风的左欲非要发飙，俞火截住了他："医学发展的终极目的是治病救人，在这一点上中西医殊途同归。你们同意我这个观点吗？"

两人同时看向她，又不友好地看了下彼此，点头。

俞火开始给他们调和矛盾："我们家四代从医，到我爸爸那一辈，既和我爷爷学了中医，还研究了西医。我爸和我说，那是因为我爷爷给人辨证时，病人听不懂，进而不相信我爷爷的诊断，不肯接受中医治疗。怎么解决这个问题呢？"

她看了眼左欲非："我发现你颈椎不好了，让你来推拿。你觉得自己颈椎很好啊，推什么拿，骗钱的吧？不相信是吧，去拍个片子，看看是不是第三四节膨出了。很多人并不知道，在做仪器检查时，是有生命不能承受之副作用的。但不得不说，借助西医的仪器验证我们的辨证，有时候比解释一堆外行人听不懂的理论体系要有效多了。所以中西医本就是各有所长，再争论也争不出结果。”

俞火一歪头：“你们觉得我说的有道理吗，中西医辩友？”

这是什么神奇的中医小大夫啊。

左欲非的关注点又变成了：“我颈椎真的不好了吗？我没觉得不舒服啊。”

俞火都不用上手：“问题不大，就是你平时做手术低头多了。”她看一眼赤小豆，“小豆推拿手法也很好，抽空让她给你按按。”

“我不要！”两人异口同声。

那么激动干什么，我多嘴了还不行吗？

俞火对邢唐说：“让小豆带你去我诊室，我应该……”

邢唐却说：“我自己去就行。治未病中心三楼，309。”

她倒是忘了，有人可是不惜投入大笔资金扶持中医，怎么会对中医治未病一无所知？他智商一旦上线，反应快得让人措手不及啊。刚刚还说成“胃病”！

俞火微眯眼睛：“我诊室在治未病中心三楼。”

怎么会听不出来她刻意把“治未病”三个字咬得很重？

邢唐眼角有笑：“我开玩笑的。好了，快去主任那儿吧，我回诊室等你。”

俞火拿手指点点他：“你给我等着！”

可等她回来时，只有邢唐一个人在诊室。

俞火问：“那对中西医辩友呢？”

“不知道，把我送过来就走了。”邢唐是第一次到俞火诊室来，刚刚趁她不在已经把诊室参观了一遍，他指着墙上公示的推拿价目表，“确实贵！”

俞火眉都没抬一下，原话奉还：“你不是说不贵不配你？”

他确实是这么说的，可这话经由她嘴说出来……暧昧又中听到他恨不得以身相许。

邢唐注视她低垂的眼：“你是最贵的？”

俞火让他坐过来，要给他摸个脉。

手搭上他腕，她抬眸：“除主任外，我最贵，但主任不接普通诊。”细细感受了一下他的脉象，才开口建议，“要不你再挂个专家号？反正依你的条件，没必要低调。”

华主任是专家没错，可那老头脾气古怪，治未病中心就没专家号一说。

邢唐闻言默声，没两秒，又笑出来：“要你！”语气坚定。

果然男人不流氓，发育不正常。撩她是吧！俞火不示弱地凑近他，附在他耳边回敬：“别浪。我手重，有你受的。”

邢唐顺势扣住她的手，用指腹在她内腕轻轻抚摸，语气低沉暗哑：“你的手劲，火火，我可能真的受不了。”

那满眼炽热的光，连心都要被融化了。俞火稳了稳，手心翻转，回握住他的手。

这还是她第一次主动与他发生肢体接触。

邢唐有一丝错愕，眸色渐深。

俞火与他对视，目光专注，语气平缓：“腰伤可大可小。你本身有过扭伤，像这次这样意外撞伤，或是不小心摔倒，都会引发旧伤。无法根治的话，会产生腰椎间盘增生，伴有骨刺。骨刺是挫伤后遗症，会压迫神经。一旦出现增生或是伴有骨刺，就不能推拿，只能手术。

“任何手术都存在风险，腰椎和颈椎涉及大量的神经，手术风险中最为严重的后果就是瘫痪。冒这么大风险的手术，效果往往还难以令人满意，术后康复期又长。所以，能不手术，我们都尽量采取保守治疗。

“病发时有多疼，又多大程度地限制了你的自由运动，你深有体会，不用我再赘述。趁现在年轻，伤得不重，还能去根。所以，治疗时，你必须听我的，积极配合。我说的规矩点，也不是开玩笑。你现在伤着，一定要避免剧烈运动。尤其是拉扯，治疗期间，不允许发生。

“因为你一个不当的动作，可能会推翻前期所有的治疗。做个听话的患者，我不仅把腰给你治好，再顺带着帮你调理下身体。”

俞火用食指轻轻点了点他手背：“雷锋叔，从脉象上来看，你的身体可不如七年前。再不注意，很快也是那九虚之一。”

她说这些，是让他重视自己的腰伤，认真对待治疗，完全是从他的健康考虑。暖意和对她的爱意一起涌上来，涨得邢唐胸中满满的。

缓了缓，他问：“我现在身体不好了？”

俞火安抚道：“过去七年，无论是你的体力还是脑力，消耗都是巨大的，身体有所损伤在所难免。只要你配合，很快就能调理好。但要是你不听话，”她唇角有笑，“就只能……人身两失。”

邢唐不解。

俞火抽回手，毫不扭捏地说：“你自己的身体健康，还有我这个人。”

邢唐懂了，他看着她：“我听你的。”

俞火一笑：“嗯，我喜欢听话的患者。”

随后她亲自上手给邢唐做了半个小时的推拿。

可即便有她那一番话做铺垫，当她那双柔软纤细的手轻轻揉捏在男人最敏感的腰背时，邢唐还是有种在承受煎熬的错觉。尤其她把手掌贴在他背上按揉时，那像是要沁入他肌肤的热度，让他的身体瞬间烧了起来，邢唐控制不住，深吸一口气。

俞火的手就不动了：“疼了？”可明明没用力。

邢唐忍了半秒：“可以再重点。”

“推拿不是力气越大效果越好。”俞火心无旁骛地继续着手上的动作，“你又是第一天按，肌肉有点紧，先帮你松弛一下。”

趴在治疗床上的男人嗯了一声。

俞火把他整个肩背都按过。

再坐起来时，邢唐觉得身上确实松泛很多。看着她微微泛红的脸，他说：“累了吧？”

俞火边洗手边说：“习惯了。”

邢唐等她洗好，用毛巾包住了她的手，边帮她擦手边轻轻帮她按揉。

明明隔着毛巾，没有直接接触皮肤，俞火的心跳还是快了。

她抿着唇，没抬头看他。

她难得这么乖，要不是事前她提醒过他规矩点，邢唐真想把她搂进怀里。

“俞大夫……”谷雨在这时推开了诊室的门，撞见一个帅得不得了的男人正握着她家俞大夫的手，顿时噎住。

俞火瞬间抽手，同时带走了毛巾，几乎给人一种邢唐只是给她递毛巾的假象，甚至还反应很快地对邢唐说了声：“谢谢。”随后看上去若无其事地交代谷雨：“把荆诚叫过来，给患者做个督灸。”耳根却悄悄红了。

这么帅的患者，为什么不是交给我！谷雨心中表示很有意见。

邢唐跟着荆诚去了隔壁诊室，他脱了衬衫，裸着背俯卧在治疗床上。

俞火亲自给他准备了灸盘和艾绒。消毒、取穴、点艾绒，也都是她来。之后似乎是有什么事，她被人叫走了。

邢唐第一次做督灸，有些不耐热。

为了避免烫到他，荆诚在旁边守着，来回移动龙骨灸具。可他还有一位患者，需要两边跑。趴在督灸床上的邢唐没等到俞火，瓮声瓮气地说："麻烦你把俞大夫找来看着我，你忙你的。"

患者本来就是俞火交接过来的，荆诚作为实习医生，不太敢去劳驾俞大夫。再说，男患者做督灸，都是他负责的。

邢唐却说："就说是我要求的。"

荆诚听他这不容反驳的语气，转身出去了。

片刻，诊室的门被人从外面推开。

邢唐听到脚步声与先前不同，先发声："有点烫，我怕烧伤。"

烧伤是施灸过程中最严重的事故，所以施灸过程中确实要有专人在旁，了解患者感受，及时移动灸具，掌控督灸进程，避免燃烧过快导致烫伤或过慢影响疗效。

俞火闻言什么都没说，只站在床边，轻轻移动了一下灸具。

邢唐不自觉地轻呼一口气。在他又觉得烫时，俞火心有灵犀地再次移动了一下灸具，同时为他科普："督灸可以祛风寒，舒经活脉，对腰椎间盘突出症的治疗效果很好。但不能频繁地灸，容易上火。最近饮食清淡一点，辛辣、寒性的东西就不要吃了。"

邢唐应下。

俞火又说："最起码还得四十分钟，能睡就睡会儿，有我。"

有我……这话一般都是男人说给女人听的，现下颠倒过来，邢唐不仅没觉得别扭，反而莫名舒坦和心安。

直到这个时候他才明白，俞火为什么要留自己在医院治疗。医院设备、仪器齐全，她要系统地给他调理身体，必须在这里。

她虽在气他隐瞒，却都在为他考虑。邢唐想和俞火说点什么，一时又想不起来要说点什么。他还想握俞火的手，可此刻是在治疗，想到她的身份和给他立的规矩，最终也忍住了。

半晌，邢唐低低地唤了声："火火。"

"嗯？"轻柔的语气。

邢唐却没再说话。

她也没问他要干什么。

邢唐轻轻闭上了眼睛。

诊室里安安静静的，只有他们的呼吸，和俞火来回移动灸具的细微声响。

或许是她在安心，或许是最近太累了，邢唐竟真的睡着了。再醒过来时，背上的灸具已经撤了，身上搭了条毯子。

他刚要动，就听俞火说："别马上起来，先平躺两分钟，免得出现体位性眩晕而摔倒。"

邢唐翻身躺过来，偏头看她："还以为你走了。"

俞火把手里的书合上，轻描淡写地说："我贵，挂我号的患者少，也没什么事。"

是怼他怼习惯了，转换不过来吗？

邢唐眼角眉梢浮上笑意。

俞火也不看他，起身往外走："衣服穿好。"语气略淡，表情也不明朗。

好好的怎么又生气了？

等邢唐意识到刚刚翻身时，身上的毯子滑落了，自己赤裸着上身时，才明白俞火是害羞了。他边起来穿衣服边想，当年听她的话加强了锻炼，保持了个好身材，看来是对的。

这么想着，邢唐眼里的笑意更浓了。

差不多快到下班时间了。

邢唐无意在她诊室多停留，以免影响她工作："我去外面等你。"

俞火却说："就在这儿休息会儿吧。"随手递给他一杯水，默许了他的等待。

邢唐于是慢条斯理地喝着水，等她下班。

这一等才发现，俞火其实很忙，除了她自己的诊室，其他的诊室她也要去。扎针、取针、推拿、按摩……患者有的是随诊，更多的是住院的。原来都是排好了时间的，却总有时间观念差，或者有事耽误了来晚的，连实习的谷雨都在抱怨："下次他们再不准时来，我坚决不等。"她都没任何不耐烦，而且推拿的时间一分钟都不少，末了还嘱咐患者注意饮食。

好不容易下班了，邢唐连餐厅都订好了，结果先前消失的赤小豆和左欲非居然很有默契地又回来了。

眼看着俞火就要答应赤小豆一起吃饭的要求，邢唐只能说："一起吧，正好我订了个四人位。"

也只好这样了。

而为了饭后能和俞火一起回家，先前是司机送邢唐过来的，他连车都没开。

此刻，他坐在左欲非车上，问："你们俩刚刚去哪儿了？"

左欲非说："她不是看不上西医吗？我带她参观了一下我们的先进医疗器械。"

可等到餐厅，趁赤小豆去洗手间的空当，俞火说：“人生不只有眼前的苟且，还有前任的喜帖。小豆心情不好，我得陪陪她。”

邢唐不解：“徐骄阳不是给她介绍了柴宇吗？”

俞火把两人结拜的事和他说了。

邢唐失笑：“他们这是自己亲手拆了‘CP’啊。”

俞火惊讶：“你还知道‘CP’呀！”

他盯着她：“我说过了，我们之间没代沟。”

俞火笑得无声。

赤小豆果然心情不好，好好地吃个饭，她偏要喝酒。

平时不太喝酒的左欲非也跟着添乱，还把杯子推到邢唐面前，边说“我酒精过敏，你陪她喝点”，边使眼色。

他在治疗，怎么能喝酒？即便是给他创造机会，时机也不对。况且，依他和俞火现阶段的良好发展，他会乱来吗？

不会，不敢。

俞火何其聪明，立即明白了左欲非的意图，她替邢唐一挡杯，问：“酒精过敏啊！哪儿诊断的？有循证医学根据吗？基因突变引起的吗？做过基因测序来确定它的多态性吗……”

她不是中医吗，这些也懂？

左欲非赶紧把杯子收回去：“行了，你别说了。”语落，仰脖干了。

邢唐只当俞火是对自己的维护，看她的目光更温柔了。

接下来，左欲非和辩友赤小豆拼起了酒。然后从赤小豆细碎的言语中得知，她对他们西医的所谓先进设备才不感兴趣，之所以辩着辩着就答应了他参观的提议，是因为她那个以“不想找大夫做老婆”为由提出分手的前男友的准老婆，是他们院的外科大夫，他的同事。

赤小豆今天到医院来，除了来向俞火吐槽这件事，更是来欣赏前男友准老婆芳容的。

这个女人，一边牙尖嘴利地和他辩论着，一边把他利用了。

这仇，我和你结下了。左欲非磨牙。

这晚的最后，邢唐为左欲非叫了代驾，他则坐俞火的顺风车回家。

停好车，俞火把赤小豆从后座扶出来，同时交代邢唐：“最近你都别自己开车了，出行让司机送，提醒他开车稳点，急刹最容易伤腰。”

邢唐却问：“我能搭你的顺风车吗？”

去大唐确实路过他们医院，完全顺路。只是——

俞火抬头看他：“身为总裁，你要那么早上班吗？”

“我可以先跟着你到医院做治疗，再去公司，时间正好。”考虑到她还要查房，他又说，“或者还像今天这样，我做完治疗，搭你的顺风车回家。”

反正就是黏上她了。

俞火无语。

邢唐就要伸手摸她的脸。

俞火抬手一指。

邢唐还是在她脸上轻轻捏了下：“规矩，我知道。”

那还捏？真是给你好脸儿了！

赤小豆的酒品还算好，不哭也不闹。

俞火把她扶进卧室，她扑到床上就睡了，只偶尔像说梦话一样嘟囔着骂一句：“臭浑蛋，渣男……”

俞火太了解她，她看似大大咧咧，还习惯性地对长得帅的男人发花痴，像对肖砺，对邢唐，都扬言过要追。但那都是表面文章，对于爱情，她很慎重。作为闺密，她们的爱情观是一致的：只想一生谈一场恋爱，心里只装一个人。

愿望固然美好，可爱情终究是两个人的事。

赤小豆的初恋，到底还是以失败收场。

那段时间她都有自闭倾向了，质疑爱情，质疑自己，甚至后悔学中医。因为对方说，她是学医出身，对人的身体太了解，没有神秘感，会影响未来的幸福生活。

可那位前男友居然要和一位西医外科大夫结婚了！

到底打的是谁的脸？

赤小豆气疯了。气极之下几乎忘了，渣的是前男友，和人家外科大夫没关系。没准和她一样，那位也是受害者。她居然抱着要撕了那位外科大夫的想法冲去了医院。幸好遇见了左欲非。要不是一场中西医辩论转移了赤小豆的注意力，俞火不知要费多少口舌才能拦下她。

所以，邢唐提出来一起吃饭时，俞火才会答应。对于赤小豆要喝酒的要求，她也没反对。

俞火给赤小豆灌了碗醒酒汤，给她盖被子时，她很乖地凑过来用脸蹭俞火的手，呢喃了一句：“俞小九，我好难过啊。”

俞火摸摸她的头：“为个渣男难过你是不是傻？老实睡觉。”

赤小豆哼唧了两声，翻了个身不动了。

俞火关上了卧室的灯，去了书房。她翻柜子，找出一个盒子，然后坐在书桌前写方子，确定方子无误，又根据方子配了药，末了守在厨房里熬药。等药熬好，她困得直接趴在料理台上睡过去了，直到邢唐打来电话。

他站在阳台上，看着她还亮灯的窗户，问：“怎么还没睡？”

她迷迷糊糊地站起来，不小心踢到椅子，疼得直皱眉："睡一觉醒了。"

邢唐听到她那边的声响，也皱起了眉："怎么了？赤小豆闹你了？"

"她睡得地震都震不醒。"她说着抬头看了下时间，"你怎么还没睡？熬夜伤身还需要我告诉你吗？还是腰疼得睡不着？"

"腰不疼。"他温声说，"快睡吧。我也去睡了。"

挂断前，俞火说："明天起得来的话，过来吃早饭。"

不睡了，不睡了。

邢唐立马说："好。"

次日赤小豆睡醒时，俞火已经做好了早餐，小米粥、蔬菜饼，还有煮蛋和小凉菜。

"怎么一股药味？你熬药了？"赤小豆晃到餐桌前坐下，"难怪邢唐追着你不放。你这么优秀，我都不想和男人谈恋爱了。"

俞火给她盛粥："全世界欠你一个俞火老公是吗？"

赤小豆看了看早餐的分量："我们俩哪吃得了这么多？"她歪着脑袋看俞火，"不会要给你家霸总送爱心早餐吧？"

敲门声在这时响起。

俞火打开门，神清气爽的邢唐站在门口，微笑着和她说："早。"

相比赤小豆的迟钝反应，大款热情地跑过来，朝邢唐喵喵叫起来，还用爪子扒他裤角。

俞火立即提醒："别哈腰抱它。"

赤小豆喝了一大口粥压惊："你们俩这算是……官宣？"

"宣什么宣？又不是明星。"俞火解释说，"不小心做多了，喊他来帮忙消化库存，免得浪费。”随即又补一句，“他住对面楼。”

“信了你的邪。”赤小豆意味深长地看了眼邢唐，针对他住对面楼的事，说，“邢总，够拼啊。”随后双手举碗，“敬你一碗粥。”

邢唐笑而不语。

俞火拍她一下：“吃都堵不住你的嘴。”

赤小豆赶紧主动给邢唐盛了一碗端到他面前：“我发誓没有亵渎你的意思。俞小九的男人，我不敢多看一眼。”

这个姑娘真的是……邢唐庆幸自己还没喝粥没喝水，否则肯定被呛死。

“别听她胡说了。”俞火坐到他旁边，“吃吧。”

大款求抱不成，自己蹿到邢唐大腿上坐好。

这一家三口也太和谐了。

赤小豆在桌子底下踢了俞火一脚，以眼神问：答应了？

俞火抬头看她，无声地答：考察。

你长得好看，咋说都行。

赤小豆运气。

可当邢唐剥了个蛋递给俞火，这口气瞬间崩了，她端起碗往客厅走。

俞火不解：“你不好好吃饭要干吗？”

赤小豆答：“没眼看。”

邢唐全程老父亲式微笑。

出门前，俞火把一个小巧精致的保温瓶和昨晚找出来的那个盒子递到邢唐手上。

本以为只是让他帮忙拿到车上，结果那盒子里装的居然是个护腰。给谁的，显而易见。

俞火也不避讳赤小豆在，她说：“阿砺训练的时候也扭伤过腰。当时就准备了两个，你戴应该合适。不介意吧？”

尽管并不是特意为他准备的，却满满的都是她的心意。而且她如此坦荡，毫无隐瞒之意。邢唐反问：“介意什么？”

俞火抿唇笑。

赤小豆自言自语道：“这一把把的狗粮塞过来，撑死了。”

那两位没听见一样。

等赤小豆在善和下车，俞火把邢唐载去了医院。

俞火不是每天都要和华主任去查房。这天，依然是她亲自为邢唐治疗。

邢唐已经能正视自己的腰伤。可俞火是他喜欢的人，对她，他要是一点想法都没有就不是男人了。俞火那软玉般的手一接触他腰背，哪怕是隔着衣服，他也分心，又舍不得放弃和她亲密接触的机会，只能咬牙忍着，颇有种痛并快乐着的意思。

治疗结束，俞火帮他把护腰戴好：“肯定会不习惯，适应两天就好了。平时要弯腰时，先缓冲一下，动作慢点。腰也不能凉着。”

邢唐盯着她低垂的头不说话。

没有得到他任何回应，俞火抬眸：“跟你说话呢，听见没有？”

邢唐注视她：“这算是答应我了吗？”

“不算。”俞火转过身去，“衣服穿好。”

邢唐沉默着把衬衫下摆掖到裤腰里：“那我去公司了，你忙吧。”

听出他语气中的落寞，俞火的心莫名一紧。她回身，把那个小保温瓶递给他：“喝一半，剩余的午饭半小时后喝。”

邢唐打开保温瓶，里面装的居然是中药。

她昨天睡那么晚，是在给他熬药？

自从母亲去世，哪怕邢唐发烧到起不来床，也都是自己找药吃。邢业从不会关心他是不是生病了，郑雪君那个继母更恨不得他一病不起才好。后来他成年了，有了照顾自己的能力，为了避免影响学业和工作，他也不敢让自己病。把自己照顾得很妥帖的他，还在赫饶生病的时候，为她熬药。

却什么都没为俞火做过。

忽然觉得对不起。

更承受不起她的这份心意。

邢唐眼眶热得难受。

为了避免俞火看见，他借喝药的动作掩饰过去了。

药特别苦，却是他喝过最甜的汤药。

到底还是没忍住，邢唐俯身亲了俞火脸颊一下，然后什么都没说，拎着剩下的药走了。

俞火站在诊室里，摸摸脸颊，笑了。

（未完结）

渔火已归

下

沐清雨 著

江苏凤凰文艺出版社
JIANGSU PHOENIX LITERATURE AND ART PUBLISHING

图书在版编目（CIP）数据

渔火已归：全2册 / 沐清雨著. -- 南京：江苏凤凰文艺出版社，2021.9
ISBN 978-7-5594-6139-1

Ⅰ. ①渔… Ⅱ. ①沐… Ⅲ. ①长篇小说－中国－当代
Ⅳ. ① I247.5

中国版本图书馆CIP数据核字(2021)第141595号

渔火已归：全2册

沐清雨 著

责任编辑　白　涵
特约监制　燕　兮
策划编辑　落　溪
营销支持　胡小雨　姚　瑶
设计统筹　46设计
封面绘图　符　殊
版式设计　蚂蚁王国
责任印制　刘　君
出版发行　江苏凤凰文艺出版社
　　　　　南京市中央路165号，邮编：210009
网　　址　http://www.jswenyi.com
印　　刷　北京美图印务有限公司
开　　本　880×1230毫米 1/32
字　　数　344千字
印　　张　20.5
版　　次　2021年9月第1版
印　　次　2021年9月第1次印刷
书　　号　ISBN 978－7－5594－6139－1
定　　价　79.80元（全二册）

目录

目录

第八章 × 你是我的太阳

随后一周，邢唐都坚持到医院做治疗。

可他太忙，每天的工作都排得很满，过来的时间并不固定。但只要他来，都是俞火为他推拿。如果赶上她正为别的患者治疗，他就等。甚至有两次，他干脆带了电脑来，边处理工作边在她诊室排队等待。

中药，俞火也坚持熬着，每天用保温瓶装好，若他坐她的顺风车，就直接给他，否则就放在他大奔车前盖上。他喝完会把保温瓶洗干净，再给她送回去。而自从那天亲了俞火脸颊后，邢唐一直规规矩矩的，没有任何逾越。

即便如此，谷雨依然看出了门道，私下里问俞火：“那是我们未来姐夫吗？”

俞火没承认也没否认，只问她：“你案例看完了？”

谷雨顿时蔫了，却在邢唐再来时，主动给他倒水，亲热地说：“姐夫，你等会儿，我这就去把俞大夫给你换过来。”

姐夫？嗯，姐夫。邢唐回味了许久。

在他腰伤快好时，苏子颜突然来到治未病中心，挂了俞火的号。

素颜的苏子颜看上去微有些憔悴，那双原本明亮的眼睛透出萎靡。

她坐在俞火对面，伸出了手。

俞火脸上的错愕只是一秒，她伸手搭上苏子颜的脉："哪里不舒服？"似乎她只是一个普通的患者。

苏子颜直直地注视她："你不是能号出来吗？正好我也见识一下。"

"到这儿来的人，都是健康出了问题，不是来开眼界的。"俞火收手，"苏小姐，你有什么话直说，别耽误我接诊。"

"我挂了号，也是你该接的诊。"

"所以我才坐在这儿，给你时间道明来意。"

"我来当然是看病。"

"苏小姐有病没病，自己不清楚吗？"

苏子颜笑："俞大夫是号不出来？那给我开单子做检查吧。"

"我不怕开完单有人无理取闹投诉我滥检查，我只怕有人承受不起仪器辐射。"俞火盯着她的眼睛，"苏小姐确定要我开单吗？"

苏子颜却站起来，自顾自地把一个红包插进俞火医生服口袋里。

俞火怔了一秒，随即把红包抽出来，甩回苏子颜怀里，语有不善："无论你是什么意思，都可以走了。"

"支票的数额不小，你不打开看看吗？"苏子颜掂着那个红包，笑了，"只要俞大夫肯离开阿唐哥，可以像得到这个红包一样，得到任何你想要的。"她还特意强调，"唾手可得。"

俞火都气笑了，她懒得和这位大小姐讲道理，又不得不说："你当自己是谁？有什么资格对我说这种话？”

俞火直视苏子颜，眼神寸步不让：“万一我说，我只想要他，你打算怎么满足我？能不再跑来我这儿做这么上不得台面的事吗？”

苏子颜没料到俞火如此强硬，还如此骄傲。她有点沉不住气了，再开口时语气冷下来：“你不过是一个名不见经传的小中医大夫，根本配不上他！你甚至连赫饶姐都不如！人家好歹还是个警官。你算什么？按摩师吗？阿唐哥也就是退而求其次罢了。”

她手里捏着那个红包：“装什么清高，这不是你们大夫的生财之路吗？也对，比起攀上大唐总裁，我这个康诚千金能够给予你的，还真不多。但是俞火，灰姑娘就是灰姑娘，穿上水晶鞋也会夹脚！我劝你别做总裁夫人梦了！”

俞火的脸色彻底冷下来：“苏小姐，我拜托你收起这种幼儿园水平的伎俩。你要是想借此告诉我，他曾喜欢过赫饶，我可以告诉你，你费心了，我早知道。至于你喜欢他这件事，我管不着，更懒得管。你大可以去缠他追他，只要他答应，我祝你们白头到老。但别拿我和别人做比较，你没资格。”

言尽于此，她送客：“苏小姐再犯病，建议挂精神科的号，治未病中心治不了你。”

苏子颜是含着金汤匙长大的，更被苏寒溺爱娇纵到过分任性，哪里接受得了有人这样跟她说话？她气不过，发了一通脾气，把俞火诊室里能砸的东西都砸了。

俞火没和她拉扯，只打电话叫来了保安。可经此一闹，医院里很快流传出“治未病中心的俞火借治疗之机，缠上患者，成为第三者”的谣言。

得知苏子颜居然跑去医院，和俞火发生了正面冲突，郑雪眉发了脾气，她斥责道：“你是不是电视剧里的狗血剧情看多了？大闹医生办公室，你是怎么想的？这件事若是传出去，让我的脸往哪儿放！”

“她乘虚而入是她不要脸。”苏子颜丝毫不认为自己错了，“要不是赫饶姐结婚了，阿唐哥正处于情感脆弱期，有她什么事？真当自己人见人爱啊。”

郑雪眉差点控制不住抬手给她一巴掌：“邢唐已经表过态，怎么都不会是你。你怎么还不死心？第三者，这种谣你也造得出来？让邢唐知道了，后果你担得起吗？”

苏子颜负气地说：“能怎么样？大不了更讨厌我呗。”

郑雪眉气得在原地转了个圈：“你就没想过，这么一闹会影响到康诚和大唐的合作？”

“哪有那么严重？”苏子颜小声辩解，“阿唐哥是个公私分明的人。”见郑雪眉还要数落自己，她有点气愤，“你不帮我争取阿唐哥就算了，还帮着那个姓俞的大夫。到底谁才是你女儿啊？”

如同被戳到痛处，郑雪眉扬手要打下来。

“你们吵够了没有？”书房门打开，苏寒沉着脸从里面走出来，“我还以为天塌下来了。”

苏子颜立即有了倚仗，她抱住苏寒的胳膊：“爸爸，你是赞同我和阿唐哥在一起的对吧。你还说，姨夫也不反对。那既然你们长辈都同意，我怎么就不能教训那个姓俞的大夫了？明明就是她想攀高枝，嫁豪门。”

郑雪眉气得头晕，她不知道该如何和苏子颜讲道理。

偏偏苏寒还添乱，他居然说：“我们苏家和他们邢家也算门当户对，怎么我苏寒的女儿配不上他邢唐？为他争风吃醋，那是给他脸。”

郑雪眉简直不相信自己的耳朵：“我们拿什么和邢家比？康诚和大唐要是有可比性，还用我这个总经理三番五次主动去大唐谈合作吗？争风吃醋？但凡是邢唐对她有一丁点好感，都不必她送上门去让人笑话！”

苏子颜先听不下去了：“那个俞火没出现之前，阿唐哥一直对我很好的。”

“他对我也很好！绅士，有礼，但也客气、疏离。他不单单是对你，他对外人都那样。”郑雪眉气得手都在抖，她指着苏子颜说，“你已经不是小孩了，说话做事之前给我好好想想。要是因为你的胡闹，损害了康诚的利益……”她看向苏寒：“苏家上下能饶得了她？”

苏寒眼瞳暗了，胸口也在起伏，昭示他也动了气。

但最终，他什么都没说。

苏子颜失去了助力，被郑雪眉呵斥回房了。

郑雪眉忍了忍，才对苏寒说：“你只是纵容她吗，还是因为对方是……俞火？”

苏寒的脸色很冷，语气亦然：“身为母亲，你又在维护谁？”

郑雪眉哑住。

“我苏寒的女儿当然不是非他邢唐不可。但你的女儿非要和邢唐扯上关系，你怎么办？”苏寒目光很沉地落在郑雪眉面孔上，“雪眉，你别忘了，你不只是康诚的郑总，更是——苏夫人。”

苏夫人三个字让郑雪眉有种醍醐灌顶的顿悟。她颓然跌坐在沙发上，半晌说不出话。

苏寒以胜利者的姿态对她说：“给邢唐打个电话，替你女儿打个圆场。真影响了康诚和大唐的合作，还不得是你这个郑总出面周旋？”

他站在那儿，居高临下地俯视郑雪眉：“子颜单纯、冲动、不圆滑、不懂得如何争取，你这个做母亲的，多替她想一想。”

“我替她想，谁又替我想？”郑雪眉欲哭无泪。

她在客厅坐了很久，还是把电话打给了邢唐。

邢唐正在开会，西林把手机递过来时，他看了来电显示两秒，抬手示意正在汇报工作的高管停下，然后接起：“郑总。”淡淡的语气。

“邢唐啊，”郑雪眉饱含歉意的声音传过来，“都怪我平时太娇惯子颜了，这孩子任性，居然闹去了医院，和俞大夫吵起来了，还……”

邢唐眼神微凝：“怎么样？”

郑雪眉听出他的不悦，考虑了一下措辞：“她扰乱了俞大夫诊室里的秩序，还打翻了一些东西。但刚刚我已经教训过她了。”

邢唐的语气冷下来：“凭俞火的涵养，不可能和她吵架。否则上次，已经回怼得她无地自容。郑总，我希望这是最后一次。”说完径自切断电话。

会议室里鸦雀无声。

一声郑总，在座的人几乎没人不知道电话那头是谁。两家公司才开始了合作，好像最后的流程还没走完，这就……

邢唐握着手机沉默了片刻，一抬头：“继续。”

之后的会议，气氛相对比较紧张。邢唐全程没说话，只在最后极为不满地否定了新楼盘的广告提案，冷声道：“下次再拿这种提案浪费我的时间，去人事部走离职程序。”

会议室里鸦雀无声。

等大家都离开，邢唐还坐在主位上没动。

西林唤了他一声："邢总。"

邢唐示意他等一下，先给左欲非打了个电话，问他："俞火那边什么情况？"

"你家俞大夫给你打电话啦？"左欲非显然也知道了，"我还琢磨要怎么和你说呢。"

"实话实说，长话短说。"听完左欲非的版本，邢唐心里有数了。他看了下时间，给俞火发信息："我今天稍晚点过去，大概四点半。"

那边没回复。电话打过去，也没人接。

邢唐按了按眉心，交代西林："约一下陈院长，我现在过去见他。"

西林适时提醒他："根据日程安排，稍后还有一个会……"

"你重新安排下时间。"他起身往外走，"先去医院。"

西林赶紧给俞火他们院长打电话。

那边听说邢唐要过来，特别热情："欢迎邢总莅临我院。"

去医院的路上，邢唐让西林绕路去了一间花店。车停好后，西林刚要跟上，他说："你等着吧。"

西林已经从老板急切要去医院的情绪里猜到俞大夫那边出了事，现在邢唐又要去买花，他不禁感叹：老板确实是坠入情网了，连送花这种老土的方式都用上了。由此可见，对俞大夫的用心。

这老板娘，跑不了了。

结果邢唐出来时，手上一片花瓣都没有，只拿了个十二寸相框那么大的精巧木盒子。

啥玩意儿？

西林纳闷了一路。

等他们到时，陈院长已经等候多时。跟他一起出来迎接邢唐的，还有几位院领导。

停车前，西林说：“为了争取和大唐的合作，陈院长也是煞费苦心。”

这位陈院长和A市西城中西医结合医院的王院长是老同学，与大唐的养老地产项目达成医养合作，会让医院获得多大力度的支持，他必然是通过王院长了解的。

尽管大唐并未对外公布G市也要启动一生之城项目，但大唐的十年规划摆在那儿，二十座城市，二十座康养小镇，拿下一份合作，也是获益巨大。

皇庭酒店那场签约仪式过后，不仅陈院长，还有多家医院和药企、医疗器械商等，都在通过各种关系，与大唐建立联系。

尤其木家村的迁拆补偿协议签约进展顺利，外界愈发看好大唐这个养老项目，很多人都在后悔怎么没有抢占先机，成为大唐第一批医养合作伙伴。

陈院长与邢业有些交情，还责怪老朋友：“这种好事怎么没想到我？”

邢业故意装糊涂：“你还能把分院开到A市去啊？再说了，你们院对中医的重视可远不及老王那边。”

“胡说。”陈院长闻言不乐意了，“我那儿可是有定海神针的。华老是中医界的权威，为了把他聘过来我下了多少功夫？现下中医没落，奔着中医来的患者越来越少，治未病中心的业绩年年都是各科室最低的，我说什么了吗？照样当宝贝似的供着那些中医大夫，凭借的都是我对中医满满的爱啊。”

从前倒是没发现老朋友对中医如此有爱。

邢业说："我现在也不当家了。合作上的事，你找邢唐去谈。医疗配套他主抓。"

于是，陈院长就找上邢唐了。

邢唐对陈院长自然是礼数周全，至于合作，始终没吐口。

相比A市西城区中西医结合医院，陈院长这边没有明显优势。尽管确如他所言，他们院里有定海神针华老，但G市却有一家中医医院，那是中医药大学的附属医院，根据中医力量评估，那才是大唐的首选合作对象。

问题是，陈院长这边有俞火啊。

于公于私都不及俞火。

不得不说，陈院长走了狗屎运了。

车才停稳，陈院长就迎了上来，亲切地和邢唐握手。见邢唐手上拿了个精巧的盒子，他以为那是给自己的礼物，刚要客气两句，邢唐转手把东西递给了西林。

差点嘴瓢了。陈院长老脸一红。

邢唐却亲切地说："陈叔叔怎么还亲自出来了？我一个做晚辈的，来拜访您是应该的。"

这声"陈叔叔"叫得陈院长脸上笑开了花："快到我办公室喝杯茶，我再带你到各科室转转。"

一辆黑色商务车这时停在邢唐的大奔旁。下一秒，车上下来两个年轻小伙子，合力抱出一大束包装得十分耀眼精致的向日葵。

这是什么神仙追求者这么土豪？

陈院长和众人都在纳闷，就见邢唐点了点刚刚交给西林的木盒子："一起送到治未病中心309室，别打扰到她接诊。"

西林看了看那束巨大的向日葵，心想，老板还是宠爱他的，否则让他把这束花扛去给俞大夫，他这两只胳膊就得申请报废了。

陈院长则趁这个空当问了下身边的副院长："309是谁？"

副院长低声答："俞火。"

俞火？再看看面前这位气宇不凡的邢总，陈院长领悟了。

难怪签约现场，邢唐会当众感谢郑雪君的主治医生。原来，是在追求人家啊。陈院长瞬间有种老丈人看女婿，越看越喜欢的错觉。

邢唐也不耽误，随几位院领导走进医院，同时颇有几分不好意思地对陈院长道："被拒绝了多次，也是没办法了。"算是对高调送花的解释。

陈院长是人精，一听就明白了，立即说："小俞那姑娘啊，医术高，人漂亮，还特别有个性。阿唐啊，你好眼光。陈叔叔支持你。"

邢唐笑得矜持："您见笑了。"

俞火从病房出来，一路上都有人在议论什么，见到她又马上噤声。

谷雨气不过："那个疯女人觊觎姐夫的美色不成，居然跑来闹你。真恨我当时不在诊室，否则分分钟捶死她。连我这个近视眼都看出姐夫在追你，那些人是眼瞎了才会听信什么小三的传言。"

俞火瞥她一眼，按电梯。

谷雨又说："你不会因为这件事迁怒姐夫吧？虽然他是罪魁，可你们要是因为这件事闹掰了，不是正中奸人下怀吗？"

电梯来了，梯门打开，邢唐在陈院长引领下走出来。

"姐……"被俞火掐了一把，谷雨朝各位院领导一鞠躬，默默退到一边去。

俞火和陈院长等人打过招呼，就要进电梯。

抢在陈院长对她发出陪同邀请前，邢唐说：“我半小时后到诊室治疗。”

众人面前，俞火忍了半秒：“约了四点半，按时来就行。”

梯门关上，陈院长关切地问：“怎么了阿唐？身体不舒服吗？”

邢唐淡淡一笑：“一不小心得了个腰椎间盘突出，在我们医院治一周了。”

一句“我们医院”说得陈院长心花怒放，他笑眯眯地说：“治腰椎间盘突出，我们治未病中心可是专业，我们小俞也最拿手。”他拍拍邢唐的肩膀，意味深长地说，“这么好的机会，可要好好把握。”

邢唐笑得无声。

回到诊室，看见那束占据了整张桌子的向日葵，俞火怔住。

当谷雨把卡片抽出来递给她，俞火看见上面略显熟悉的字迹：“你是我的太阳。余生，我将向阳生长。”落款是邢唐。

这字……把红豆薏米粥送到林老师病房的人，是他。

他的字，为什么那么像自己的？

俞火知道向日葵的花语：沉默的爱、爱慕、忠诚。强自压抑着心头间的滚烫，她发信息问他：“干什么？”

邢唐的回复只有两个字：“官宣。”

何谓官宣？谷雨出去转了一圈，兴奋地对俞火说：“现在满医院都在传，大唐会在他们下一个养老地产项目中与我们医院进行深度合作。在此之前，还会出资扩建治未病中心！而且，全院都知道单身的大唐邢总被你拒绝了数次，却越挫越勇地对你展开热烈的追求！姐夫一出手，小三谣言不攻自破。”谷雨很“柠檬”地说，“俞大夫，我实名羡慕你！”

赤小豆也曾羡慕她身边有肖砺。

无论是家世背景，还是肖砺自身，尤其是肖砺待她，都无可挑剔，万里挑一。每当肖砺休假回来，和她同框，俞火总能接收到很多或羡慕或嫉妒的眼光。可他们不知道，由于职业特殊，他们每年见面的次数，一只手都数得过来。他们在一起的时间，一年不超过十天。

如鱼饮水，冷暖自知。

当父亲和奶奶相继离开，当这世上，无所依靠，俞火只能像个大人一样，用自己强大的内心去抵挡来路的风雨。坚强的同时，她也会控制不住地期待，有那么一个人陪在她身边，为她遮风挡雨；有那么一个温暖的怀抱，陪她一夜安眠。

肖砺懂她。他说："去过你向往的生活，去找那个你喜欢的少年。"

她所憧憬的简单生活，她所寻找的纯粹少年，似乎都与那个叫邢唐的男人不沾边。

却偏偏是他，历尽千帆，风尘仆仆而来。

俞火打开那个精巧的木盒，里面不是什么贵重礼物，依旧是向日葵。可与那一大束新鲜的不同，盒子里是三枝寓意"我爱你"的永不凋谢的永生花。

永生花，不仅是在表达爱意，还在做出"相守一生"的承诺。

俞火家里养了很多绿植，却没一盆是开花的。

她怕花谢，因此拒绝种花。

邢唐是洞悉了这一切，才会送她永生花的吗？

相比与肖砺日久而生的默契，这份懂得，难能可贵。

原本经苏子颜那么一闹，俞火的心情确实很糟糕，尤其不想听邢唐说对不起，才连电话都不肯接，更在心里酝酿了一场争吵。

也只是争吵而已。

从主动问及他的腰伤、亲手为他熬药，到亲自为他治腰调理身体，俞火已经有了决定。始终不肯松口答应，是不希望确定了恋爱关系，他提出回家推拿这种危险的要求。那于他的腰伤百害而无一利。

他却不按理出牌。没一句道歉的话，只用行动为她摘掉了“小三儿”的帽子。甚至不惜搬出被她拒绝多次的糗事。

他那样的身份，谁会愿意拿被女人拒绝说事？可他全然不在乎，还以此自黑。

俞火承认，邢唐这一波操作，远比向她道歉的效果好。哪怕她并不喜欢这样张扬的追求，可这样的行动力和表达，确实比一句“对不起”更有力度和诚意。

俞火凑近了那些自己最爱的向日葵，闭眼嗅了嗅。伴着淡淡的花香，她想：还挺了解我喜好的。

半小时后，陈院长亲自陪邢唐来到309诊室，一脸慈爱地交代：“小俞啊，邢唐我可是交给你了。把你的看家本事拿出来，还他一个健康的腰。”

还健康的腰，院长你是有多傻啊。谷雨险些笑场。

等沙雕院长走了，谷雨也识趣地撤退了，离开前，她朝邢唐握拳：“姐夫，加油！”

当诊室里只剩他们，邢唐没提先前官宣的话题，更没有炫耀向日葵的意思，而是把手机往俞火桌上一放，径自脱了西装外套，取下护腰，直接趴到治疗床上，等待推拿。

他不说话，俞火也沉默，可她的手劲明显比平时大。

邢唐有点不受力，他嗞了一声：“轻点，火火。”

俞火当然不会在他腰上下手。她手贴着他背脊一路向上，在他大椎穴与肩峰连线中点，肩部最高处，屈指一击。

邢唐顿时觉得半边身子有点麻。缓了两秒，他嗓音低沉地问："是惩罚我吗？"

"你说呢？"

邢唐替自己辩解："我没有不规矩。"

"官宣也算。"

邢唐背过手来，摸索着抓住她的手："我拿你当女朋友追着，你总不能连我表白的权利也剥夺了。"

"别乱动。"俞火轻轻挣开，以左手食指压于中指上，力量均匀地按揉他右侧肩井穴。几分钟后，再以右手按揉他左侧肩井穴，直到邢唐感觉到穴位局部有酸胀感，她才说："这两天肩酸痛吧，股肉都是僵的，伏案时间太长了。"没再纠缠官宣的话题。

邢唐解释："最近要看的文件多。"

他有多忙，治疗这段时间，俞火也是有所了解的。她提醒道："枕头低点，小心落枕。"

邢唐却说："我不知道低点的标准是多低，要么你抽空给我看看？"

才安分几天，又蠢蠢欲动了？

俞火在他肩上一击："不枕最好。"

那位闷哼。

推拿了片刻，邢唐心疼她太累，主动提出："可以了。"

俞火又在他肩颈按揉了几分钟才收手。

邢唐坐起来活动了下身体，才整理衣服，末了端起她的保温杯。

俞火洗完手回身，正看见他的唇落在自己杯口："喂！"

邢唐喝完一大口，看着她："怎么了？"

俞火打他一下：“得寸进尺。”

邢唐只是笑，手上拿着她很少女风的保温杯，倚在窗前站着：“如果我不问，是不是不打算和我说？”

俞火明白他是指苏子颜：“谁说的？我酝酿了一场暴风雨迎接你呢。”

邢唐似乎恍然大悟：“难怪点我的穴。”

俞火扬眉：“点得不舒服？”

“通体舒畅。”邢唐伸手把她拉到自己身边，和她并肩靠在窗台前。

俞火知道，他要开始了。

果然，邢唐在喝了口水后切入主题：“原本你就不愿意和我在一起，她还来闹，我是真担心你再拒绝一次。”他看着俞火，“岁数大了，承受力也差了。”

俞火瞥他一眼，没言语。

邢唐继续：“不过，经她一闹，我才意识到，有件事我一直该做，却始终没做。”

俞火一时没反应过来：“什么事啊？”

邢唐朝那束向日葵扬了扬下巴。

俞火心里其实挺受用他没创意的老土行为，面上却忍着笑。

邢唐也不计较她的反应，在她鼻尖轻刮了一下：“遇见你那天，赫饶九死一生，我都以为她抢救不过来了，一路都在做心理建设。你却出现了。这份救命之恩，该她来报。可那个时候……我喜欢她，觉得回报这种事，就该是我来。”

俞火眉宇间隐含的笑意退了，她安安静静地听着。

“我打听到你奶奶要做手术，担心你不肯接受我的帮助，就直接安排了。我没想到你会特意来谢我，还留下那张药方。”邢唐偏头，注视她线条柔和的脸颊，“药方我一直留着。过去七年，只要遇到难事，我就把它拿出来临摹，以此提醒自己，要走得更远，该站得更高。因为你和我说，我更像邢总经理。”他笑睨着她，“如今的邢总，还满意吗？”

难怪他的字那么像自己的。俞火心中触动，却还嘴硬：“我说不满意，你还有进步的空间？”

邢唐敛了笑，看她的目光热烈又温柔：“有你，不是没可能。”

不是“为了你”，而是“有你”。莫名缱绻。

俞火感觉到脸上微微热起来，为了掩饰，她把保温杯从他手里抢了过来，转了个身。

邢唐没逗她，也转身看向窗外：“那个暑假我没有等到你的电话，除了担心你出事，更多的是后悔。后悔当时怎么没管你要一个联系方式，只能被动地等。你说我对你并非一见钟情，否则我们失联后我会找你。我想替自己辩解一句，我在那个暑假回了A市，我去了很多次我们初遇的那家医院。我想，万一你带着奶奶回去复诊呢。”

却没想到，她奶奶过世了。

俞火眼睛泛潮。

邢唐伸手搂住她肩膀，再开口时声音有了点哑：“对不起，我不知道。”

俞火听懂了，他是为奶奶去世时，他不在她身边而感到抱歉。但那个时候，他们连朋友都不算，他没什么对不起她。

俞火把眼里的泪意咽回去，连同那一段记忆，一起屏蔽。她本想说：你没错，不用道歉。却如鲠在喉。

邢唐也不需要她回应，他缓了缓，继续：“后来有一天，外婆突然走失了，所幸被附近派出所的民警送回来了。当时赫饶帮忙找人，被外婆认成了你。”

俞火闻言侧头，盯着他滚动的喉结，说不出话。

邢唐抬手抚摸她的脸：“我和外婆提过你，外婆就把你当成我女朋友了。当年她就认定了你，你说，是不是天意？”

俞火心中悸动，她轻轻别过脸去。

邢唐收回手：“也正是那天，我反应过来，对你的期待超出了我们才见过两面的关系。那段时间我很矛盾，既想找你，又不断问自己：为什么非要找你，喜欢的不是赫饶吗？我甚至质疑自己是个用情不专的男人。在这样的矛盾中，我收到你寄来的快递。你有我两个号码，也知道我在大唐工作，却给我寄快递。寄的还是捐款凭证。你是想借此和我划清界限，表示不欠我什么了是吗？”

俞火垂眸盯着手里的保温杯，不看他，也不说话。

这是默认的意思。

邢唐牵了下嘴角，了然又苦涩：“我以为那是我们的结局，从此不再相见，只偶尔回忆起那场相遇，记得有那么一个人，曾给予自己以恩。结果我们同住繁华里，有共同的朋友。你却像是不认识我了。我很纳闷，凭我们的交集，即便称不上刎颈之交，也算患难之交，你不应该把我忘得一干二净。况且我的变化并不大。倒是你，更漂亮了。”

俞火嘀咕了一句：“你刚才还说自己老了。”

邢唐轻笑：“我确实没那时候年轻，但你不觉得成熟稳重的我更帅吗？”

俞火被他逗笑，微微嗔道：“自恋。”

“我看出来你在刻意回避我，可你越躲，我越想探究原因。然后我发现，无论你表现得多冷漠，还是当年那个心向暖阳、古道热肠的小俞火。而你所有的躲避、伪装，都被给外婆的那张药方出卖了。”邢唐侧过身，面对她，“我看着药方上那再熟悉不过的字，只剩一个念头：这一次，绝不允许你再从我身边消失。当晚遇袭受伤，我心想，伤得真是时候，这下你不会丢下我不管了。我去给你送粥，以为你看见字条，能认出来那字像你的，该来问我点什么，结果你一点回应没给我。”

“那是养生粥，我以为……”

“以为是韩树？”

俞火点头。

邢唐捏捏她脸的脸表示惩罚：“你的方子那么神，让我对中医有了兴趣。这些年，我翻过不少医书，在中医养生方面也很有心得。”

俞火撇嘴。

邢唐轻笑：“决定以木家村为试点，推行‘医养结合’理念时，我首先想到的就是中医。但那个时候，我父亲反对大唐转型，股东和董事们也认为养老地产利润低，是赔钱的买卖。连左欲非都劝我，搞个社区医院，有那么个噱头就可以了。毕竟我才掌权，做个漂亮的项目，让年终分红好看，有利于稳定局势。可康养小镇明明是个好项目，我为什么不做？”

他说得轻描淡写，但转型涉及那么多人的利益，过程一定是艰难的。俞火看到他面孔上自信中透出些许痞气的笑，既心疼他一路走上高位的不易，又忍不住唇角上扬，为他骄傲。

邢唐叹口气：“我本想借着受伤的机会和你聊聊，听听你对医养结合的看法。对着那些老家伙，我一直是处在把自己的理念强行灌输给他们的位置。没人能交流，更没人给我意见，我担心考虑不周，令项目流产。你却要回 G 市了。”

忽然想到什么，他问：“那天看见赫饶来接机，心里不舒服了？”

“我才没有。”

“别否认。要是没有，你不会邀我喝酒，故意拿肖砺当挡箭牌。”

俞火没解释主要的原因是肖远山问及了他。

“前不久我做过一个梦，梦见你如约给外婆看了病。梦里我爱上了你，进而放弃了赫饶。火火，你问我是不是对钢琴酒吧有执念。其实我的执念不是那里，而是错过的七年。如果时间能够倒流，我希望那个梦成真。哪怕背负三心二意、朝三暮四的罪名，我也甘之如饴。”邢唐握住她的手，“我对你确实不是一见钟情。那个时候我心里装着赫饶，你又那么小，我没考虑到那一层，我们就失联了。可再见你，我的心境已截然不同。”

“在和赫饶的那一页里，我确实是被判出局的那一个，但那不代表我要一直沉湎过去，没有再爱的权利了。”他把俞火的手放在自己胸口，“这里现在被一个叫俞火的姑娘装得满满的，没有给其他任何人留下哪怕是一丁点的角落位置。”

俞火顺着他的力道把手心贴在他胸口，感受他一下一下的心跳。

邢唐盯着她低垂的眉眼，神色认真专注：“当年对于陌生人，你都肯开方子施救。现在，也给我开一个。”

俞火抬眸看他：“什么方子？”

邢唐弓着背，歪头吻了下她的唇：“治我对你欲罢不能的救命方。”

表个白都能扯到药方上，为了匹配她中医大夫的身份，也是够拼。可是，既然是表白，怎么连一句喜欢她，让她做他女朋友的话都没有？太不重视。

俞火轻轻推了他一下："铺垫也够长了，再不画重点我可走了，还有患者等着呢。"

这是嫌弃他废话太多？

推拿时酝酿好的一大篇情话，顿时说不出来了。邢唐忍了半秒："都下班了，哪还有患者？"随即心有不甘地反问，"我的重点是什么，你不知道？"

我早知道啊。可你关键的一句明明没说呀。

见他一副要发作的样子，俞火眼角眉梢都染上了笑意："想让我做你女朋友就直说，绕出去十万八千里，我都怕你迷路。"

邢唐笑得温柔："还不是被你拒绝怕了？你都不知道，我的心理阴影有多大。"

是啊，之前也是难为他了。

俞火也不闹他了，爽快又带点潦草地答："我同意了！男朋友！"

她就这么同意了！

和此前拒绝时一样，干脆利落。

邢唐反应了几秒，终于意识到，自己表白了一篇千字作文，重点却遗漏了。

这场发挥，不符合预期。

他半掩着脸，笑了。然后，他拥抱他的女朋友，叹息似的说："火火，我爱你，像爱了很久一样。"

终于，不再是推拒。俞火伸出双臂抱住他腰身："我承认我很感动。可你表白的地方选得实在不怎么样。我们和医院有什么不解之缘吗，还是你格外喜欢这里的味道？"

我只喜欢属于你的味道，温暖的，阳光的，甜的，烈的。

邢唐亲她耳边一下："怪我考虑不周，没能给你留下美好回忆。"

有你的记忆，都是美好的。俞火把脸贴在他胸口，听着他的沉稳有力的心跳：“看在你没什么经验的份上，我不计较了。”

这么大度乖巧的女朋友，真是，爱到不行。

邢唐心满意足地抱了她很久，才松开她些许，俯身要吻下来。

敲门声打断了所有。

下一秒，赤小豆推开了诊室的门。从她的角度恰好看到的是，他们吻了。

赤小豆身形一僵：“那个，打扰了！”

尽管被坏了好事心中郁闷，邢唐面上倒也没表现出来，他站直，神色淡然地松开了俞火。

俞火则微微脸红地对他解释：“我们约好了一起吃晚饭。”

所以，我的情敌不是肖砺，也不是韩树，而是赤小豆对吧?

邢唐习惯性抬手摸了一下眉梢：“那我怎么办？”

俞火掐了他胳膊一把，手顺势向下，握住他的手，朝赤小豆晃了晃：“别算后账说我瞒着你。看好了，我可是在第一时间告诉你了。”笑着望邢唐一眼，她介绍道，“我男朋友，邢唐。”

她这样落落大方，这样勇敢，邢唐十分受用，看向她的目光都要柔出水来。

都不知道照顾一下单身狗的情绪吗？赤小豆顿时觉得——人间不值得。幸好她求生欲还算强，很快恢复了镇定，说：“行，我同意了，你们在一起吧。”

她也同意了！果然是闺密。

可就在邢唐以为她会还他们一个二人世界时，赤小豆提议：“我们今晚是不是应该庆祝一下？”随即豪气地一挥手，“地方随你们挑，我买单。”

让女士买单，我总裁的光环呢？

邢唐默默握紧了俞火的手。

最后决定，叫上左欲非，再来一顿四人餐。

到了停车场，邢唐直接把俞火揽上了自己的大奔。

赤小豆虽不情愿，也不好做灯泡，边对左欲非说：“请绅士点，做好你司机的本分。”边不客气地上了他的车。

要不是看在我兄弟结婚，不对，是恋爱了，我保证不给你面子。

左欲非双手撑胯站了几秒，压着火上车。

晚饭的气氛可谓冰火两重天。

赤小豆和左欲非怼天怼地，完全不会好好说话。他点鹅肝，她说：“肝属木，摄入体内的毒素，都靠肝功排出。万一肝功能出了问题，排得不干净，遗留了数不清的各种有毒细菌……”

左欲非咬牙：“我点红酒总行吧？”

“经研究发现，红酒倒是可以有效增强心血管系统。”左欲非还没来得及得意，赤小豆又说，“像猩红的血液似的，配合肝脏，可是食补的最好配方呢。”她对服务生说：“就给他鹅肝配红酒。”

饶是外科大夫，也受不了这种刺激。左欲非快自闭了。

这边邢唐和俞火刚确定了关系，倒是甜甜蜜蜜。

点菜的时候，俞火还在为她家男朋友科普：“养心的、养肝的、养肺的、养肾的食物都在这儿……”

在为女朋友点饮料的时候，邢唐更是温声软语地说：“不能喝凉的，胃喜温不喜凉。”

赤小豆插话说：“邢总，你一定是霸总中最懂中医的。”说着还朝左欲非挤眉弄眼，一副“就你一个西医，你敢作妖吗”的表情。

左欲非回她“行行，你们都懂中医，你们牛”的眼神。

邢唐笑着望俞火：“被她潜移默化的。”

左欲非抖了抖，表示听不下去了。

赤小豆横他一眼：“这才哪儿到哪儿，要是看见他们吻一下，你不会脸红心跳起反应吧？”

“你一个女孩子，居然说这种话，都不害羞吗？”左欲非深感以后再见这姑娘要随身携带速效救心丸了。

赤小豆翻白眼：“害你个头啊。大家都是成年人，早晚你我也得这样好吗？”

桌上瞬间安静了，连旁边站的服务生都极力减少存在感。

一秒，两秒，赤小豆意识到说错话了。她脸腾地一红：“不是，我的意思是，我们，是我和别人，你也和别人，OK？”

行了，你别说了。

俞火笑倒在邢唐怀里，邢唐也憋不住笑出来，至于左欲非……也顾不上胃了，干了一杯冰水压惊。

赤小豆对服务生大喊：“买单！”

服务生体贴地提醒：“女士，菜还没点完呢。”

你能别说话吗？赤小豆啪的一声合上菜牌。

只能邢总善后。

“激情四射”的一顿饭后，左欲非提出去酒吧，继续庆祝他们即将开始的恋爱生活。

能不能体谅一下单身了三十年才有女朋友的人的急切？邢唐脾气都没了。

钢琴酒吧的老板萧熠居然也在。见邢唐与一个漂亮女孩子十指紧扣而来；见他俯身向她，听他在自己耳边说话；见他笑得那么温柔，那么……浪，萧熠欣慰如老父亲。

他主动迎上去，笑问："我是该听饶饶的，称呼一声俞大夫，还是听楠楠的，称呼一声小豆？"

赤小豆看过来："谁叫我？"

萧熠惊讶："还真有小豆这个人啊！"

"难道我是假的小豆？"赤小豆眯眼看俞火，"你是不是打着我的名号在线撩汉了？"

俞火嗔怪地看一眼邢唐："可惜被识破了，亏我还演得那么卖力。"

赤小豆不是很明白，却用手指点点她和邢唐："对我好点吧，你们。"

邢唐才正式为俞火和萧熠介绍："楠楠爸，萧熠。"

又揽住俞火肩膀："我女朋友，俞火。"

替邢唐高兴之余，萧熠朝俞火伸手："谢谢了俞大夫。日后若有所需，萧某刀山火海，在所不辞。"

俞火当然明白萧熠是为妻子感谢自己，她伸手与他一握："萧总客气了。我的所需不多，凭他邢唐，足以应付。你要是心有不安，不妨在他有所需时，倾力相助。"

言外之意，你不用谢我，谢他足矣。而她言语中对邢唐的维护，颇让萧熠意外。只是，他准备收手时，发现右手仿佛失去了知觉，动弹不得。

萧熠眼神一变，等明白过来是怎么回事，他立即识趣地向邢唐求助："她这手劲怎么比饶饶还大！邢唐，你快让她放手。"

"抱歉，萧先生，不知道你这么不受力。"俞火五指一松，没事人似的挽住邢唐手臂。

我受不受力是小，关键我怎么得罪你了？萧熠决定回家向老婆告状，俞大夫居然对他下手。

众人落座后，邢唐俯耳问：“干吗捉弄他？”

“当年他没少怼你吧？”俞火端起酒杯喝一口，小声回他，“替你报仇。”

这是什么神仙女朋友？邢唐笑得满足。

经历过先前的小插曲后，俞火心情大好地加入赤小豆和左欲非拼酒的行列。被禁酒的邢唐则和萧熠有一句没一句地聊天，直到赫饶那边收工了，萧熠赶去接人，俞火居然被左欲非灌醉了。

茅台千瓶的酒量呢？

左欲非眯着那双桃花眼，屈肘捅了邢唐一下：“兄弟只能帮你到这儿了。”

还想着给他创造机会呢。

“管好你自己吧。”邢唐把脚下有点飘的俞火抱在怀里，“你送赤小豆？”

“我来搞定，你不用管了。”左欲非把赤小豆扶进车后座，自己坐进副驾，车钥匙甩给代驾。

邢唐隐隐觉得哪里不对：“你别乱来！”

左欲非朝他挥了挥手，明显嫌他啰唆。

邢唐带着俞火回繁华里。

到了她家门口，他问：“密码多少？”

怀里的小女人在他颈间蹭了蹭，唇不经意擦过他喉结，呢喃：“雷锋叔……”

心脏瞬间漏跳了一拍，酥麻的感觉开始在心上爬。邢唐的唇抵在她额头：“先告诉我门锁密码。要是你不说，我可就带你回我那儿了。”细听之下，嗓音带了点哑。

俞火嘀咕了半天，才低低地报全一串数字。

邢唐凑近听清，输入开锁，带她进门。

连灯都没开，转瞬就将她按在了门后。

邢唐做了这一晚一直想做，却始终没机会做的事情——他低头吻下来。

狂风暴雨的一个吻，释放这段时间以来所有的克制与压抑，带着无尽的爱意和渴望，疯狂地攻城略地。

俞火下意识伸手要推，可似乎理智犹在，顾及他腰伤未愈，或者是还记得他们已是情侣，他只是在行使男友权利。她改推为搂，轻轻环住他腰身，小心地触碰他的唇齿。

俞火越发迷离，身体明明已经贴他那么紧，却像不够似的，想要更亲密。酒精作用下，那双小手开始不安分，竟落在他腰上，抓住衬衣布料向上一拉。

邢唐的衬衣下摆就从裤腰里被扯了出来。

他呼吸一紧，差点疯掉，手臂突然环过她的腰，将她打横抱起，大步走向卧室。

卧室里一片昏暗，一缕月光透过薄薄的窗纱透进来，轻缓柔和。借助微弱的光线，他们勉强看得清彼此的眉眼。

邢唐那双眼，深邃如海，此刻似有光在跳动，透出笃定的温柔和某种原始的欲望。当俞火反应过来，他已俯下身来。她清晰地感觉到自己的心跳乱了节奏，身体更在这一刹有了触电般的悸动。

酒意散了许多，俞火的大脑渐渐恢复了清明。她胸口微微起伏，原本无意识搭在他腰上的手不知是该认怂地收回，还是大胆收拢，抱他更紧。

邢唐注视那张月光映照下绯红的脸，手肘撑在她脑袋边，克制地把后背绷得笔直，身体也尽量抬起：“醒酒了？”

那声音沙哑到极致，俞火顿时觉得自己的每一寸肌肤都烫起来，也意识到似乎是自己闯了祸，引了火，搭在他腰上的手几不可察地抖了抖。

邢唐敏感地感觉到她细微的动作，他知道她还没准备好。

恋爱第一天，就把人拐上床，他下不了手。

她是个谨慎的姑娘，也不会轻易交付。

他珍视她，更尊重她。

尽管欲望已掩饰不住，邢唐却忍住了，只是温柔地吻了她一会儿，才重重叹了口气，喘息着埋首在她颈窝：“别怕，我不乱来。”

俞火任由他抱着，半晌才说了句：“你干吗抱我？腰伤还没好呢。”

邢唐心想：你不撩我，我能那么冲动？面上则一笑：“好不好的，都不妨碍我抱你。”

俞火心头泛起又甜又暖的情意，手则在他背上挠了下。

还不老实。邢唐惩罚似的用力亲了她锁骨一口，扯过薄被盖在两人身上，带着几分无奈地警告：“再摸我，真要了你。”

俞火哪里会不懂他是什么意思？她乖乖地任他搂着，枕着他胳膊，躺在他怀里，不敢动了。

邢唐侧过身，像抱孩子似的搂着她，下颌抵在她头顶。

许久，她在寂静中低低唤了一声：“邢唐。”

他的声音没有丝毫睡意：“要赶我走？”

“……不是。”

“喝水吗？”

“不渴。”

“困了？”

“没有。”

“那聊会儿天。”

俞火往他怀里贴了贴。

邢唐拍了拍她，才在她头顶缓缓地说：“我知道，相比肖砺，我还不能给你安全感。但我对你，不是因为你漂亮而产生的好感，是由了解，到喜欢，到爱。

“我爱那个举着药方，相信我会成功的你；我爱那个见我受伤，和护士互怼的你；我爱那个为了给我调理身体，熬药到半夜的你；我更爱那个明明有很多顾虑和拒绝的理由，却还愿意迈出一步，勇敢接受我的你。

“我很抱歉，自己有一个令你介怀的过去。可从我确定了对你的感情，我所给你的一切，一定是没给过任何人的。你要对我有信心，试着慢慢地信任我，依赖我。别因为害怕失去，就拒绝交付。我是说你的心。你要知道，该没安全感的人，应该是我。”

他是怎么读懂她的心的?

俞火静静听着，手在他腰间轻轻抚摸。

他用下颌蹭了蹭她发顶，表示回应：“从我母亲过世，这二十多年来，我已经习惯了忍耐和谋算。我无意成为一个心机深沉的人，无奈我就处在那样一个环境里。我不算计、谋划，我母亲和老邢共同创下的大唐就会落入他人之手。你说你不喜欢和商人深交，我理解。可商人不重利，是无法在商场中存活的。

“没有硝烟的战场也会死人，赚不到足够的利润，会被同行打压，直至踩死。赠人玫瑰，手有余香。可若你没有玫瑰，拿什么赠予?没有今时今日的大唐，没有大唐总裁的身份，没有足够的财力，再完善的‘医养结合’，再新型的‘旅居养老’，再理想的‘老少同乐’，都只能是空谈，无法成为现实。

“老邢在阿政去世后，捐了一个亿助力医学研究。这对于推动医学进步自然是好事。可他若不是一生谋利，何以捐得出那一亿？忠以为国，智以保身，商人致富，成名天下。不怕商人重利，只要取之有道，并愿意以名、以财惠及他人，就是大商之道。你说是吗？”

俞火嗯了一声：“让过去归零，我们重新开始。”

当你要给我百分百的自己，我又怎么会执着于过往？就让我们从零起步，一起为爱情，为未来加分。

她仰起小脸看他：“那天对不起，我不该说你拿什么和阿砺比那样的话。我不是那个意思。你不用去和阿砺比较。我当他是哥哥。你们于我，是不一样的。”

黑暗中，邢唐的心和眼睛一样，又涩又热，他把脸埋在她发间，低哑地回应：“好。”

俞火没再说话，像个孩子似的蜷在他怀里，没问他什么时候走，也没赶他走。

慢慢睡去，一夜好眠。

当朝晖染红天际，她在一片暖阳中醒过来。

白色的窗纱，鹅黄色的被子，水蓝色的地毯，入目的一切都是熟悉的。俞火伸了个懒腰，掀被下床，发现身上还穿着昨天的衣服，她迷迷糊糊地进浴室准备洗澡，然后没两秒又冲出来。

客厅的沙发上，邢唐和大款，一人一猫仍在酣睡。

他那么大个人，侧身屈膝躺着，身上只搭了件西装外套。怀里的大款压在他衣服一角处，趴得又乖又老实。

从来没有想过，有一天，会有一个男人，留宿在她家里。这一刻，俞火的心被一种陌生的情绪填得满满的，那情绪让她觉得既温暖又踏实。

这个世界没有变。但她的生活，却因为恋爱，因为这个近在咫尺的男人，悄无声息地在改变着。

俞火静静地站了几秒，转身回卧室拿被子，轻手轻脚地往邢唐身上盖。

大款睁开眼睛看她。

像是担心它叫起来惊醒邢唐，俞火立即把食指竖在唇边，朝它做了个噤声的手势。

大款似乎没领会她的意图，或者她给邢唐盖被子时没注意压到它了，它喵地叫了一声，踩着邢唐胳膊，跳下了沙发。

邢唐被吵醒了。他微微蹙了下眉，睁开眼睛时就看见他的小女朋友作势吓唬大款的鬼脸。

他不自觉笑了，伸手握住她手腕，把她拉向自己：“睡醒就不老实。”嗓音中透出刚睡醒的慵懒沙哑，语气又宠又温柔。

俞火像先前的大款一样半趴在他胸前：“你怎么睡沙发啊？太软了，对腰不好。”

邢唐注视她精致的小脸，笑问：“那我睡哪儿？”软玉温香在怀，却什么都不能干，他实在不敢多在她身边躺一秒。等她睡着了，他赶紧从卧室出来了，又舍不得走。

俞火这儿虽然也是三室，却只有一间卧室，一张床，他不睡沙发，就只能……俞火感觉到自己的脸又热了起来，她垂眸说：“回家睡呗。”

“小没良心的。”邢唐轻刮了她鼻尖一下，坐起来，“腰好得差不多了，没事。”

俞火却不放松："痛感减轻，看似快好了，却最容易让人忽略，导致复发。你别大意。"

"有你监督，我会注意。"邢唐说着慢慢俯身向她，贴住她耳郭低声说，"不治好了它，耽误了大事，影响安定团结。"

反应过来他指的大事是什么，俞火脸热，却为了掩饰羞涩故意说："有俞大夫在，耽误不了。"还伸手在他胸前点了一下。

不痛不痒的，明显没下重手。

邢唐亲了亲她脸颊，轻声低语："嗯，不能耽误。"

俞火流氓不过他，把脸靠在他肩膀上，与他交颈而拥："你再这样，我要反悔了，让你单方面官宣，把脸丢光。"

她搂着他脖子，整个人软软地依偎在他怀里，邢唐的心瞬间被融化了，他没再撩她。

拥抱了片刻，他看看时间："我回去洗漱一下，一会儿送你上班。"

俞火从他腿上下来："我先给你按按腰吧，你这么睡了一晚，肯定不舒服。"

邢唐站起来："你觉得这个时候我能经得住你上下其手吗？"

俞火反驳："什么上下其手，我那是推拿。"

"那这是谁干的啊？"邢唐指指自己被扯出裤腰的衬衣，"证据我都给你留着呢。"

俞火这才想起来在酒精作用下不受控制的举动，她双手捂脸："怎么喝点酒就崩了人设呢！"

邢唐好笑地摸摸她的小脑袋："我都给你攒着，到时候一起算账。"

俞火往外推他："你快走吧。"末了又补一句，"一会儿过来吃早餐。”

从这一天起，两人开始了正式的恋爱生活。

邢唐在俞火的监督下又坚持治疗了一周。从推拿到理疗，再到中药调理。终于，俞大夫宣布：“邢总，你可以暂时摘掉患者的标签了。”

“暂时？”邢唐蹙眉，“还没好？”

俞火帮他戴护腰：“治腰椎间盘突出最好的办法是养。你想以后不再犯，平时就得注意。别再伤到，也别凉着。否则，用不了多久，你还得来我这儿报到。”

邢唐对此不是很满意：“这算是落下病根了？”

“想恢复到没受伤过的状态那是不可能的。但只要你听我的话注意保养，我保证，二十年之后，同龄人中，你的腰是最好的。”俞火俏皮地朝他眨眼，“到时候，别人一个个都腰肌劳损，腰椎间盘突出，你还是现在这个样子，美不美？”

邢唐搂过她亲了口：“有火火在，我能美到一百岁。”

“贪心鬼。”俞火推开他，“跟你说了别再往医院送花了，你怎么不听啊？早知道你这么败家，不要你了。”

邢唐嘴角上翘：“全医院都知道我在追你，就送一次花，像什么话？俞大夫是那么好追的？做戏当然要做全套。”

戏精本精啊。俞火好想打他一顿：“你一天一束的，我都没地方放了。家里又有大款，不能插花，我也不好各科室送吧，人家会以为我在炫耀。哦，对了，主任还对花过敏，都不敢到我诊室来了。”

邢唐居然建议：“给谷雨和荆诚带回去，不能白让他们叫我姐夫。”

俞火给他下最后通牒："你再送，我不让你进门啦！"

"那就到我那儿去。"他说，"你也该到我那儿认认门了。"

原来他是这样的总裁大人！

俞火不理他了。

当天下午，她去病房时，路过门诊时遇见了左欲非，正要上前去打招呼，那位忽然掉头，进了男洗手间。

他反应那么急，像是故意躲她。

俞火琢磨了一路，到病房时猛地反应过来，好几天没见到赤小豆了。那个平时一天最少两个电话、十条微信，恨不得时时定位她的家伙，好像人间蒸发了一样，最近都没主动联系她。而她发过去的微信，她也回得敷衍。

这不符合她的风格。

再联想到左欲非的表现，俞火忽然冒出一个不得了的想法：不会这两个人发生了什么不可描述的事情吧。

俞火当即给邢唐打电话。

只响了两声，他就接了，简洁又低沉地"嗯"了一声。

俞火没觉察出异样，问他："那晚是左欲非送的小豆，还是你？"

邢唐低声答："你说我们官宣那天？我只带了你回家。"

会议室里的人齐刷刷看向大老板，正在汇报工作的高管不知道自己是否该继续，有点尴尬地顿住。

俞火不知道他在开会。把遇到左欲非的事讲了，还不怕事大地说："我打算一会儿去他办公室偶遇他，探探口风。"

邢唐失笑："你那分明是堵他。"

俞火还给男朋友布置任务："你今晚约一下左欲非，用你高人一等的智商证实一下那晚是不是发生了什么我们不敢想象的事。"

“不能吧。”心有疑问的同时，还问她，“要是我证实了，有奖励吗？”意识到会议中断了，邢唐示意西林：“你们继续。”

您在那儿和老板娘合力塞我们一嘴腻歪无比的狗粮，让我们怎么继续啊？谈个恋爱而已，不要太膨胀好吗？西林忍不住在心里吐槽他一番。

俞火终于发现不对劲：“你在干吗？”

邢唐如实答：“开会。”

俞火干脆利落地挂断。

邢唐笑着放下手机。

当晚，俞火没见到赤小豆。

至于邢唐，对象换成左欲非，他的发挥堪称完美。

到了酒吧，邢唐没有任何铺垫，直截了当地问：“那晚你把赤小豆带回家了？”

左欲非眼神一闪：“……没有啊。”

他那不太明显的一顿被邢唐捕捉到了。

邢唐抬眼看他：“那你把她送回她自己家了？”

左欲非看向别处：“……对啊。”

邢唐反应迅速地追问：“她家住哪儿？”

“她家……”左欲非不知道啊，反应过劲儿来，他没好气，“你要干吗？”

邢唐心里就有数了：“你行啊，我这个有名有分的都没怎么样，你们才见过几面，就闹出事了！”

左欲非还不承认：“听不懂你在说什么。”

邢唐呵了一声：“我懂了。”

左欲非仰头干了一杯酒。

邢唐看他一眼："不是说酒喝多了会拿不稳手术刀吗？"

左欲非垂着头："不喝也未必拿得稳。"同时打手势示意服务生上酒。

"怎么？"邢唐觉察到不对劲，"职称评级出了问题？不是说那几位的临床经验、学历、资历都不如你吗？"

左欲非搓了搓脸："一个副主任而已，无所谓。"

作为一名优秀的外科大夫，职称评级失败，不可能完全无所谓。可作为男人，失败了就再来，没什么可颓的。邢唐没劝他，只陪他醉了一场。

从酒吧出来，左欲非路都走不稳了，他颠三倒四地和邢唐絮叨："赤小豆那个女人啊，不好驾驭……哎，你说，我是不是也该谈场恋爱了？我这空窗期好像也有点长……"

他还笑邢唐："但我好歹还恋爱过，比你强，你可是凭实力单身了三十多年。"

"是，我凭实力单身了三十多年。你凭实力，一夜搞定了不好驾驭的赤小豆。"邢唐把他扶上车，总结性发言，"我们的实力，高下立见。"

左欲非又一副怅然若失的模样："我和你说啊，你得给我保密。"

邢唐踢了他脚一下："腿收进去。"

左欲非整个人半躺在后座上："……我被她给睡了！"

邢唐这个老腰啊，被风吹得又闪了一下。

回想那晚他和俞火的情况……他单手撑胯静了几秒，气笑了："行，你能干！"

左欲非却又嘟囔："这真是件苦恼的事。"

咋不矫情死你呢？！

邢唐顿时酸了，把左欲非送回家后，他直奔俞火家。

俞火穿着睡裙给他开门："不是说好在视频里说吗？你还跑过来干……"没等说完，依旧在泛酸的邢总已经搂着她进屋，用脚踢上门后，直接吻下来。

自从两人确定关系，某人基本是把男朋友权利行使到极致了。每晚不把她亲到脸红心跳，绝不回家。除此之外，倒也没过线。

但这一晚，他显然不是那么好安抚的。俞火才稍稍回应了一下，他就冲动得不行，搂着她不盈一握的腰，撬开她牙关，侵入得很是猛烈。

这还觉得不够，他的唇一路向下，用力在她颈间留下属于他的印记，手也愈发地不规矩。俞火被欺负得浑身无力，都以为逃不过今晚了，他的节奏终于缓下来，最后紧紧地抱住她，低哑地抱怨："左欲非都把赤小豆办了，我却只能在这儿望梅止渴。火火，你要补偿我。"

俞火瞬间冷静了："他们两个……都不需要过渡一下吗？"

邢唐被她的反应逗笑："生米煮成熟饭了。"

俞火急了："左欲非这是乘人之危！"显然在替赤小豆抱不平。

邢唐则替左欲非正名："他不是那样的人。但这个开端应该也是他始料未及的。是，欲非是男人，应该主动承担起来。问题是，他副主任职称评级失败了，可能没及时和赤小豆沟通。"

俞火经他一说才想起来，医院最近确实是在评职称。

但这绝对不能成为理由。

直到听邢唐提及左欲非说拿不稳手术刀的事，俞火先是吐槽了句："那点承受力。"随即想到奶奶去世后那一段时间自己手抖号不了脉的情况，她琢磨了一下，"他最近身体怎么样？"

"谁？"邢唐想了半天，"……半年前得过一场感冒。"

谁让你说这个了？俞火无语。

次日，俞火在上班前去了趟赤小豆家，直接把人堵被窝里了："左欲非副主任职称评级失败，你知道吗？"

"什么？"赤小豆挠了挠睡得乱蓬蓬的头发，一扭脸，"和我有什么关系？"

"没关系吗？那你这些天怎么不去医院找我了？难道不是因为某人？"俞火伸手把她脸扭过来，"别㞞，赤小豆，咱姐们儿敢作敢当。"

赤小豆憋了几秒，终是一咬牙："老娘趁着酒劲把他睡了！"

由于事前做了心理建设，俞火镇定地说："那就想清楚，要还是不要，躲在家里算怎么回事？他病了也不管？"

赤小豆倏地抬头，微眯眼睛："谁病了？"

"先说管不管。"

"先说什么病。"

"那你得问他了。"俞火挑眉，"讳疾忌医。没错，就是他，没对任何人说。你管不管？"

赤小豆没马上答。

"想好了来找我。"俞火撂下话就去上班了。

可还没等到赤小豆的回答，俞火在去卫生间时，听到有人说："听说脑外科出事了，有患者在术中死了。主刀的大夫因为这个副主任职称评级没过……"

这说的是左欲非？

俞火脚步一顿。

另一个接口道："手术本来就有风险，在医疗鉴定没出来之前，就把责任推到大夫身上，不合理吧。"

俞火听出来是治未病中心最八卦的甲乙两位大夫，她站在原地没动。

甲说：“但家属闹啊，非说是主刀大夫的责任。又恰好是评职称的节骨眼上，只能先撸下来了。不过听说，患者术前情况稳定，手术成功的概率很高，结果……没准真是主刀的问题。”

“咱们院的脑外科可是牛气的，不应该吧。”

“人有失足，马有失蹄，这种事谁敢保证啊？”

俞火忍不住就要开腔，甲话锋一转：“相比脑外科，咱们科那位年轻漂亮的没评上倒是挺让人意外的。不是说男朋友才给医院投了资吗？”

又扯到她头上了！俞火眸色一沉。

乙讥讽地一笑：“看来男朋友有钱也不行啊。”

我资历尚浅主动放弃评级，男朋友有钱还要被拿出来说事，也是没天理了！至于漂亮，这种出于嫉妒的肯定，俞火更不稀罕了。小姐姐我天生爆款，要你评价？她双手插在医生服口袋里，忍着。

甲又说：“听说最近总往院长办公室跑，估计是为这事。”

乙一笑：“那就再让男朋友投资啊，看管不管用。”

她之所以去了两趟院长办公室，是为了医院和大唐合作的事，老主任叫她一起为中医方面的合作内容提供意见。

俞火听不下去了，她在这时扬声问：“管不管用的，你想知道？”

笑声瞬间收回去。

俞火挑衅似的再度开口：“出来，我告诉你们啊。”

没人应声，卫生间静得只剩她自己的呼吸声。

俞火冷笑：“听你们聊得那么热血，还以为感兴趣呢。”她似乎还有点遗憾，“那算了。”再没别的话了。

半晌，卫生间里才有了动静，甲乙两人轻手轻脚地出来，确定门口没人，最先挑起话题的甲还不太服地压低声音说：“男朋友有钱了不起呗，嚣张个什么劲啊。”

俞火却根本没走，她轻飘飘地问：“甲姐这是说谁呢？”话音未落，人已经从走廊里现身，堵在门口，垂着眸，慢条斯理地修理着自己的指甲。

两人被吓了一跳。原本还抱有侥幸心理，觉得俞火也拿她们没办法。可此刻……被抓现场的甲姐只能赔笑：“小俞，你说你，怎么一声不响地站在外面吓人呢？”

俞火抬眸，潦草地看她一眼：“我先前难道不是拉着警报出场的吗，怎么甲姐没听见？”

甲姐脸都快绿了，另一位的脸色也好不到哪儿去。

俞火的视线在两人面孔上扫过：“你们刚刚聊什么呢？什么评级、什么投资啊？”

甲姐识相服软：“小俞，你别误会，我们可没说你。”

俞火看着她瞬间变幻的脸色，哂笑：“我不会把别人的三观问题代入到自己身上。除非，”她把指甲刀揣进口袋，抬头直视她们，“有人把矛头直指向我。”

那两位理亏，大气都不敢出。

俞火懒得和她们计较，但事关左欲非，她不得不说：“现下医患关系已经够紧张了，鉴定也还没有出来，你们就道听途说，妄加评价主刀，是忘了自己也是大夫吗？”

那两位羞愧地低下了头。

俞火通过华主任了解了左欲非那起手术的情况。

那是一起颅内动脉瘤手术，患者为四十八岁的男性，动脉瘤直径大小为0.5CM，出血的机会很大，属于破裂的临界值。根据患者嗜睡、意识模糊、轻微的灶性神经功能缺失的临床表现来划分，属Ⅲ级颅内动脉瘤患者，手术的危险性不低。患者本身还有既往高血压病史十年，入院后做心脏彩超，显示心脏搏动不规则，经由心内科会诊，确认心功能Ⅱ级。

麻醉成功后，手术开始，进行到第三十分钟时，监护仪上显示的生理参数突然出现异常，患者的血压先测不到了，随即心跳也停止了。

左欲非立即停止手术，给予心肺复苏，气管插管，抢救了足足四十分钟，于当天下午四点十六分宣布临床死亡。死亡原因考虑为肺栓塞或心搏骤停。

家属诉称患者的死亡与主刀医生的操作有直接关系，医院应该负全部责任。目前专家组正在对这件事进行调查，院方医务科也正就此事进行调解。

由于家属拒绝尸检，死因尚未最终确定。但就病历资料显示，诊疗过程是符合规范的。而事发后，院方已第一时间对病历资料进行封存，杜绝了后补、伪造和修改病历情况的发生。

这分明是一起医患纠纷，不是医疗事故。

俞火把情况简明扼要地转达给了赤小豆：“这事关他的职业生涯，是头等大事。你们的事，先放一放。”

赤小豆回复她：“我到医院了。”

俞火一笑：“我就知道，我家豆子最大气。”

赤小豆也笑：“怎么也不能输给九姐不是？我先去找他。”

如她所料，患者家属堵在左欲非办公室外。虽说没有拉条幅、送花圈这种偏激的举动，却非要让左欲非给个说法。明显是施压。

院方为避免冲突，原本有意让左欲非休息几天。可他不肯。尽管在这起纠纷处理好之前，他不能上手术台，还有患者因此事提出换主治医生，他还是坚持每天到医院来。不上台，不查房，也有很多事情要做，左欲非没让自己闲下来。

俞火过来时，左欲非恰好从办公室出来，他拽赤小豆的手，显然是不希望她与家属碰面。可他一出现，家属的情绪顿时激动起来，还有骂他“杀人凶手”的。

这罪名太大了，能压死人。

别说左欲非，赤小豆都听不了。她不顾左欲非的阻止，一脸倔强地质问围在办公室门口的家属：“专家组已经在对这件事进行调查和调解，你们这样堵在这儿要什么说法？在患者进手术室之前，医生难道没有和你们沟通手术的危险性吗？你们失去了家人，你们的哀痛，我理解，但在责任未明前，把这份哀痛转嫁到医生身上，否定他的医术，否定医生的价值，你们觉得很有道理是吗？”

俞火挤过人群，站到近前，仔细观察左欲非的反应。

他左手扣住赤小豆的手腕，右手紧握成拳，似乎是因为激动，或许是由于气愤，手微微颤抖。

赤小豆任由左欲非拽着自己手腕，她扫视众人：“你们怎么不想一想，他曾成功完成近千台手术？怎么不考虑一下他收治你们家属时，给予患者的救治？不同意尸检的是你们，不接受调解的也是你们。你们现在围在这儿到底是要说法，还是冲着赔偿来的，大家心知肚明。”

果不其然，此话一出，家属们立即闹起来。

见他们要一拥而上，左欲非的第一反应是把赤小豆往身后拉。

与此同时，俞火叫来的保安也到了。

场面很快被控制。

等家属被院方劝退，左欲非气得直在办公室里转圈：“你跑过来凑什么热闹？是，你伶牙俐齿，我辩不过你。但那些家属激动起来，管你是谁，万一伤到你，白吃亏的，你不知道吗？”

赤小豆被他骂得火起：“你是手术做多了脑子傻了吗？这种敏感时期，不老老实实在家待着，还跑来上班！不颁个爱岗敬业奖给你，是这届领导没眼光！”

“你！”左欲非用手指她，气得说不出话来。

“你你你，我什么啊？”

“我不和你说。”

赤小豆也不和他说了，摔门走人。

左欲非想留她，俞火见他手都伸出去了，又硬生生收回。

还有什么不明白的？本来嘛，真正喝醉的人，是乱不起来的。而他们居然……所以这两个人啊，分明是对彼此有情，又喝多了点，才借着酒劲直接打了个全垒。否则管你有病没病，和我有什么关系？赤小豆大可以不来蹚这浑水，更不会替左欲非出头，和家属正面磕。没错，她们两闺密和人吵架还没输过，但她们又没病，不是见谁都吵的。

左欲非的表现也很明显，他自始至终都没放开赤小豆的手，而在意识到危险时，第一反应也是护她，刚刚的斥责也都是站在她的角度替她考虑。

既然如此，俞火就放心了。

见她也要走，左欲非说：“谢谢你。”

俞火挑眉：“我是怕她吃亏，才叫的保安。”

左欲非沉默了几秒："我是谢你，把她叫过来。阿唐和你说了是吧？其实我……"他扒了扒头发，"我没想把责任推给酒。我给她打电话她不接，我又不知道她家在哪儿，那天我本想完成那台手术去问你，结果……"他说不下去了，有些颓然地叹了口气。

"她之所以不接你电话，应该是怕听到你说，你会对她负责。"俞火看着他，"我们都是学医的，深知酩酊大醉后脑子没有自我意识，身体细胞更没有动力干别的。真发生什么，也只是五分醉意五分清醒。"

左欲非没说话，默认。

俞火给他的建议是："抛开责任去考虑和她的关系。想好了，再找她。"临走前她又说，"你是医生，讳疾忌医的道理不用我给你讲吧。有什么需要，可以找我。抛开同事的关系，我还是你兄弟的女朋友，就当是学术交流呗。"

俞火以为他会考虑两天，结果她手才搭上门把手，就听他说："能做的检查我都做了，包括脑部核磁，没查出任何问题。"

俞火折返回来。

左欲非把手递给她。

俞火把了他两手的脉："从脉象看，你只是有点神经衰弱。"

左欲非点头。

俞火又说："但就是莫名手抖，时而肌肉痉挛是吗？"

左欲非抬头："你怎么知道？"

俞火没急着回答这个问题，而是和他确认："有时候你做完手术，手会突然出现像抽筋似的反应，但很快又好了。你以为是太累导致的，是吗？"

左欲非眼眸微沉，显然是被说中了。

俞火继续：“你是外科大夫，你知道这种情况一旦在术中发生，会很危险。所以你才做了全身检查。对吧？”

全中。左欲非不可置信地看着她。

俞火唇角微挑：“不要用那种眼神看我。我没那么神。只是七年前，我出现过和你一样的症状。你发病做不了手术，我发病号不了脉，我们也算同病相怜吧。那年我奶奶去世了，我受了打击，诱发了这个病。你呢，为了什么？”

左欲非皱眉思考了片刻，神色依旧是茫然的。

“不知道？”俞火啧了一声，“你太大意了。”

左欲非问：“这是什么病？”

俞火说：“隐源性癫痫。”

左欲非几乎是立即否认：“不可能。我们家没有癫痫病史。”

“不是说没有遗传病史，就不会得癫痫。你做过脑部核磁，排除了脑损伤、颅脑其他疾病，那么环境因素呢？精神刺激也是癫痫发病的诱因之一。不是吗？”俞火看着他，“在中医来讲，癫痫分为癫和痫两种症状。羊痫风是癫。抖、抽搐是痫。所以确切地说，你得的是痫病。

“诱发这个病，肯定有个前提，例如我，是在情感方面受到了打击。你有可能是职称评级失败。当然了，你肯定不是因为这个。毕竟在此之前你已经有症状了。那么精神过度紧张、疲劳呢，也是可能会触发痫病的。西医把癫痫归属脑神经疾病。中医则认为这是心病。”

“反正这起医患纠纷调解需要时间，正好找病因。找到了，不药而愈。”俞火朝门外扬扬下巴，“除了我，你身边还有位学过中医的人。反正你这病既不用吃药，也不需要施针，不如让她来。就算治不好，也肯定治不坏嘛。”

身为大夫，这么不严谨吗？

左欲非忍了下：“行。”一脸的视死如归。

俞火失笑。

从办公室出来，她对门外站着的赤小豆说：“带他去坐过山车，精神紧张之下再发一次病，他就信我了。”

赤小豆都听见了，她满脸嫌弃：“你是大夫，你怎么不给他治？”

俞火理所当然地说：“我还要谈恋爱呢，哪有空天天陪他找病因？再说了，你们那场辩论不是还没结果吗？用事实秒杀他，让他知道，他们那么先进的西医都查不出来的病，我们中医连药都不开就能治好。”

赤小豆被她骄傲得意的样子逗笑。

左欲非换了衣服出来了，见赤小豆没有走，他眼睛亮了，神色却透出几分尴尬：“那个……一起吃晚饭？”

赤小豆的耳根悄悄红了：“谁要跟你吃饭？”转身就走。

俞火给他递眼色。

左欲非领会，紧随其后。

到了医院门口，走在前面的赤小豆忽然止步。左欲非顺着她的视线看过去，就见他们科王大夫的未婚夫迎面而来。

想到王大夫那张结婚请柬，左欲非瞬间明白她这是遇见前男友了。一秒的犹豫都没有，他快步上前，在前男友先生开口前，伸手揽住赤小豆肩膀，温柔地问：“今天想吃什么？”

前男友脚步一顿。

赤小豆瞥了一眼面前那张很帅但也很欠打的脸，笑起来：“听你的啊。”

左欲非亲了她侧脸一下："真乖。"与前男友擦肩而过后，才低声说，"你是演员吧，假笑那么逼真！"

赤小豆咬牙："再不把手拿开，看我怎么剁了它！"

邢唐知道这件事，说："你是想撮合他们吧？"

俞火抱着他胳膊撒娇："我才不想为了陪别的男人找病因，忽略我男朋友呢，我又不差他那点诊金。"

"我尝尝是不是吃糖了，嘴这么甜。"邢唐低头亲她。

俞火乖乖地任他予取予求。

满足过后，邢唐笑着问她："这是安慰我被左欲非弯道超车的挫败吗？"

俞火主动凑过去亲他嘴角："我这是回应你热烈的爱。"

邢唐很吃她这一套，一脸享受。

但他担心："赤小豆能行吗？"

俞火给他吃定心丸："我会和她保持沟通的。"

邢唐放心了，他表扬道："相比徐骄阳，你更有做媒的潜力。"

"我比骄阳靠谱。"俞火向他吐槽，"你是不知道她介绍小豆和柴宇时有多随意。不过也多亏她的随意了，否则小豆他们这对中西医辩友也没什么后续了。总觉得，他们其实更配。

经过为期一周的调查，根据医患双方提交的材料、陈述、答辩及提问，专家组综合分析认为，患者在住院及手术期间，医院救治及时全面，符合诊疗常规，不存在医疗过失。主刀左欲非全力施救，亦尽了身为医生的职责。患者抢救无效死亡，与医疗行为无关。

精神科主任、心理学家桑桎对左欲非进行了心理辅导，以确保他并没有留下心理创伤。通过心理评估后，院方恢复了左欲非的工作。但他依然因此错过了职称评级，与副主任医师失之交臂。

患方却不接受这样的结果。他们情绪极为激动，竟然砸扁了左欲非的车前盖，连挡风玻璃也给砸碎了。如果不是柴宇送赤小豆到医院来找俞火，恰好赶上患方围堵了同样值夜班的左欲非，他险些被患方打了。还是柴宇亮出了警察身份，劝走了患方。

赤小豆要追上去再骂患方一顿，被柴宇拦住："医院不是有调解委员会吗？让他们去处理。你这样冲上去，只会激化矛盾，于解决事情一点帮助都没有。"

赤小豆气得肝疼："他们要是肯接受调解就不会这样了。你刚刚也看见了，他们居然让个老太太打头阵，明摆着是有预谋的。吃定了院方拿个老人家没辙！让我去撕了他们！"

柴宇把她拽回来："姑奶奶，这不是你的养生馆，你是馆长你说了算。这是医院，他是大夫，你就算不为自己考虑，也要为他考虑。"

左欲非从办公室追出来，恰好看见柴宇拽着赤小豆的手，听见她说："你说得有道理，听你的。"

柴宇松开手，问她："要我等你吗？"

赤小豆瞥了眸色很沉的左欲非一眼："不用，等会儿我去找俞小九。"

柴宇点头："那行，自己小心。"

左欲非就刚刚他为自己解围的事向他郑重道谢。

柴宇无所谓地说："举手之劳。"然后屈指敲了赤小豆脑门一下："遇事别那么冲动。我走了。"朝左欲非一颔首，转身走人。

等柴宇的身影消失在走廊尽头，左欲非一把把赤小豆扯进了办公室。

赤小豆被吓了一跳，下意识嗷了一声。

拐角处的柴宇五官敏锐，把她那一声叫听了个清清楚楚，走进电梯时，他抿唇笑。

办公室里，左欲非咬牙切齿地说：“这么快就有新欢了？还是个警察。赤小豆，你可以啊！”

赤小豆两手都被他控制着，她边挣扎边不示弱地回敬：“我当然可以了！以为小姐姐我没人要是吧？左欲非，我告诉你，老娘睡你就图一乐，别指望我对你负责。”

这个女人真的很气人。左欲非把她抵在门上，直接吻了下来，堵住那张喋喋不休的嘴。

赤小豆哪肯乖乖就范，毫不犹豫地张嘴咬他一口。

血腥味顿时涌上来，左欲非却不管不顾，一只手把她两手控住，一手捏住她下巴，继续。

赤小豆挣扎。

左欲非不松口。

撕扯间，有人在门外急喊：“欲非，有急诊！”

听出是同事的声音，左欲非动作一顿。

赤小豆趁机挣脱，一脚踢出去。

左欲非险些被踢中要害，他低喝：“你疯啦，想让我断子绝孙啊？”

赤小豆抬手就要扇过来。

左欲非在半空中截住她手腕：“还要打我？”他忍了半秒，笑了，“看我以后怎么收拾你！”话音未落，他一低头，快速在她唇上蜻蜓点水地亲了下。

赤小豆正要反击，他已经拉开了门，问外面的同事：“怎么回事？”

同事看见他一怔：“你的嘴……”

左欲非抬手抹了下嘴角，看到指腹上的点点血迹：“没事。先说说患者的情况。”

同事才说：“男性，四十岁，突发脑出血，不马上手术可能会成为植物人。但家属在外地，没人给他签字……”

左欲非脚步更快了，他冷静地说：“马上准备手术。”

“可万一……”同事迟疑。

“启动应急处置方案。”左欲非斩钉截铁，“出了问题，责任我担。”

所谓应急处置方案，是针对抢救危重患者，在无家属签字情况下，实施的医疗措施。而紧急处置权既是医生的权力，也是医生的义务。遇到这种紧急情况，医生应该也必须采取对应的“先抢救”措施。

问题是，抢救过来倒是皆大欢喜，万一没抢救过来，患方往往会把责任推给院方，或是医生身上。尽管法律明确规定，只要在诊疗过程中无失职、不当行业或医疗事故，抢救的后果无须医生个人承担，医生们还是被医闹吓怕了，以至于在实际操作过程中，还是会有医生有种种顾虑，或是不自信，不敢使用紧急处置权。

左欲非却在自身的医患纠纷还没得到妥善处理时，果断处置，把患者从死神手里抢了回来。术后，患者转危为安。家属从外地赶来，无以表达感激之情，非要给他跪下，惊得左欲非也要回跪了。最后，家属送了一面大大的锦旗，赞颂左欲非的仁心仁术。

院方也给予了左欲非表扬，陈院长更针对职称评级之事亲自安慰了这位年轻的外科大夫一番。调解委员会趁热打铁，给此前纠纷患方亲友中最有威望的死者弟弟摆事实，讲法律，讲清了医院无责任的事实和道理，经由他做通了其他家属的工作。

院方也很高姿态地免除了患方的医药费用。更考虑到患方家庭困难，从人文关怀角度，以人道主义帮助，补助了患方一笔费用。

医患双方握手言和。

这起医患纠纷终于落下帷幕，谷雨对俞火感叹："还是我们治未病中心安全。虽然也有人质疑我们的疗效，但相比西医那边遇到的刁民，我们科的患者简直太可爱了。"

俞火闻言开她玩笑："十床那位只要见到你就拉着你手不放，非要把孙子介绍给你的老奶奶也可爱吗？"

谷雨哼了一声："没你家姐夫可爱！"

俞火才想起来，中午和邢唐约好一起吃饭，他应该出发来接她了。可她有个随诊患者由于出差，临时改了治疗时间，她午休的时间只剩半小时。

她掐着点到楼下迎邢唐，笑眯眯地问："邢总可否赏光，到我们食堂用个餐啊？"

邢唐走过来牵住她的手："你有事走不了了？"

俞火把患者临时改时间的事告诉他，晃着他的手说："中午吃食堂，晚上我给你做好的啊。"

女朋友如此爱岗敬业，男朋友要是不懂点事以实际行动表示支持，别说上车，下岗的危险都有。邢唐决定好好珍惜这珍贵的半小时，他说："行。"

到食堂后，俞火指挥他去找个位置，自己要去排队。

邢唐接过她手里的饭卡："我来。"

等他打来了饭，又拧开矿泉水瓶盖，把水放在她手边，俞火凑近他耳边说："看着吧，下午就会有人传，我们的大股东给女朋友充了几万的饭卡。"

“让你吃到退休吗？”邢唐说着把筷子递过去，“难道不是该传俞大夫名花有主，所有权归了邢姓股东吗？”

俞火笑道：“从有人看见你开大奔接我上下班那天起，俞大夫屈服于金钱，向股东投怀送抱的流言蜚语就传开了，男同事都因此对我敬而远之。”

邢唐眉心微聚：“传言的效果非常好。但重点为什么是金钱，就不能是我用英俊帅气、体贴温柔、浪漫宠爱征服了你吗？”

俞火被他佯装思考的样子逗笑：“谁让你是大款呢。”

又和那只猫联系上了。邢唐无奈：“大款得罪谁了？”

俞火笑得不行。闹够了，两人才开始吃饭。可她才低头吃了几口，忽然受不了似的抬头：“再也不带你来食堂了。”

邢唐不解：“怎么？”

俞火朝周四看了看，逼退了众女医生和护士的视线：“你难道没感觉到周围无数道觊觎你美貌的目光吗？”

“看你都看不过来，没注意到别的。”邢唐神色泰然，目不斜视，“怎么和我在一起这么不专心，还有心思关注其他？”最后还刮了一下她鼻尖安抚，“快吃饭，你只剩二十分钟了。”

邢总，你这么会撩，犯规了吧？

俞火乖乖吃饭，回诊室的路上，和他聊起左欲非那起医患纠纷的最终结果。

邢唐丝毫不觉意外：“只要尊重事实，坚持原则，没有调解不了的矛盾。况且欲非也很冷静，主动向院方申请封存病历，请有威望的医学专家对病因做出科学评判。他那么自信，我对他更有信心。”

俞火叹气：“可惜了他的宝贝座驾。”

邢唐轻描淡写地说：“没事，患方经济条件有限，不能赔他，院方来。”

他身为股东，院方来，等同于他来。

俞火皱眉：“好像花的不是你的钱似的。不会他才是你女朋友吧？”

邢唐轻笑：“女朋友的名分我不是给你留到现在吗？”

俞火心想：你倒是不想留这么多年，无奈人家不要呢，嘴上则“嘁”了一声：“我是捡的。”

以前邢唐生怕她对赫饶耿耿于怀，现在她偶尔拿话刺他一下，他反倒觉得，她吃点小醋的样子可爱得不行。到了诊室，他把人拉进怀里亲了个够。

一吻过后，俞火给他把领带整理好，手搭在他腰上：“也不怪那些人不顾矜持地盯着你看，这宽肩窄腰的身材，再配上经典的白衬衫西裤，的确帅得禁欲又拉风。”

邢唐似笑非笑地看着她：“确实禁着呢。”

俞火在他腰上轻轻掐了下。

那晚他拿左欲非开车说事后，两个人已经亲密到只差突破最后防线的地步，而他也几乎冲动得难以自制，可发现她有些怯时，他还是克制地及时刹了车。自那之后，对她愈发温柔，愈发地宠。

俞火觉得，邢唐是故意在编织一张情网，一点点诱着她，让她自己慢慢放下防御。而她也确实越来越喜欢这样的他，更对他有了强烈的占有欲，不仅愿意带他去养生馆招摇，更带他到医院食堂过市，以宣示对他的所有权。

心早已为他丢盔弃甲。

俞火这么想着，就要投怀送抱。

外面在这时传来说话声和脚步声。

邢唐洞悉她所想似的，在诊室门被推开前，在她额头印下一吻。

却不是他们以为的那位改时间来治疗的患者。

来人是一男一女。男人膀大腰圆，面色不善。女人三十岁左右，此刻一副“你欠我一个亿，快还”的表情。

俞火见过那女人，她陪母亲来推拿过。她母亲和邢唐一个毛病，腰椎间盘突出。

俞火不明白他们这是什么意思：“你们是章力英的家属？有什么事？”

她一开口，男人心里有数了，他站在门口，气势汹汹地指着俞火：“你就是那个姓俞的大夫？你给我出来。”

邢唐眼眸一沉，他快步上前，不客气地打开对方的手，嗓音冷寒：“会说人话就好好说，不会的话，回炉去学！”

俞火还是第一次听他用这种暴烈强势的语气说话，而他今天偏巧穿了纯黑的西装，哪怕只是姿态随意地往那儿一站，都会产生令人感到压迫的气场。

对方的气势顿时有所收敛，口气却依旧粗暴无礼：“你谁啊？我告诉你，这事和你没关系，让姓俞的赶紧出来，我岳母要是瘫了，信不信我让她也躺下？”说着，竟要伸手推邢唐。

俞火已行至近前，她上前一步，抢在对方碰到邢唐前伸手抓住他手腕，略带惩罚地微微施力，向下一折。

男人的五官瞬间皱成一团，“哎哟”着痛呼出声。

对方太壮，手腕略粗，俞火其实根本扣不住他腕子，只是见不得他居然要对邢唐动粗，更觉得邢唐和这种人动手，跌份儿。

听到男人没好声地叫唤，俞火顺势甩开他，借由手劲逼他退后一步：“有话说话，别动手动脚。”话落，人站到邢唐身旁。

章力英的女儿见状也恼了：“你还打人？！”

邢唐把俞火护在身侧，再开口时眼神彻底冷下来：“真想打你，就不会这么客气了！”他目光扫过两人，“这里随处都是监控，你们想闹的话，大可以尽情发挥。我就看看，谁敢动她一下。”

已经有大夫听见动静过来围观，窃窃私语地猜测着什么。

男人边活动手腕边没好气地说：“你们是一家的对吧？那咱们就好好说道说道，要是说不明白，姓俞的，这大夫你也别当了。”

“就凭你？！”邢唐出言警告，“你最好对她尊重点，再张口闭口姓俞的，别怪我不客气！”

“你威胁谁啊？”男人的语气更差了，“我岳母来治病，结果病没治好，倒让她治瘫了，现在连床都起不来。光这一条，就够她吃不了兜着走了。”

“瘫了？”俞火眼眸一沉。

章力英是十天前到治未病中心挂的号。当时她颈肩背部有明显的沉重感，腰疼月余加重伴上肢麻木十多天。俞火上手检查，发现她颈椎 3 ~ 7 椎体棘突压痛明显，颈椎活动受限，椎旁压痛，右上肢感觉减退，右手握力减退。腰骶部压痛，叩击痛，行走后加重。

俞火的中医诊断是：项痹、腰痛症。就是西医的：颈椎病、腰椎间盘突出症。

或许是看她太年轻了，又只是随手摸了摸，章力英对俞火的诊断并不信任。当俞火建议她采用系统理疗，用定向透药疗法，配合推拿治疗，她不听，坚持拍片。

这样的患者治未病中心常有，他们既来看中医，又非要通过西医的仪器确认。俞火只好给她开了单子，让她做颈肩和行腰椎 CT 检查。

结果可想而知。颈椎生理曲度变直，腰椎 4、5 椎间盘突出。

章力英这才信了俞火，她女儿还问："大夫，你能出诊吗？我妈走路都吃力，来回折腾太遭罪。我们家离这儿挺近的，你抽个空过去就行，时间上我们不介意。"

俞火直接拒绝："我不出诊。"

章力英看了看推拿价格表："可不便宜啊，但也是医院赚了。你到我家去按摩，费用揣进自己兜里多好！"

俞火放下手中的笔，声音冷了几分："要治就按时过来，否则别耽误我接诊，后面还有患者。"

章力英嘟囔了两句，还是决定治。

随后一周，她每天都会过来治疗一次。但她很不守时，总迟到不说，事还特别多，一会儿嫌俞火手劲小了，一会儿又嫌时间短了，每天不占个几分钟的便宜，仿佛吃了天大的亏。气得谷雨都说："这种人你压根儿不该收她，让她疼死算了。"

谁让自己是大夫呢。俞火只能掐着人中继续治疗。可对于章力英这种事精儿，她也实在给不出好脸色。没怼她，是俞火最后的温柔和修养。

章力英丝毫不觉得问题出在自己身上，她还认为，这个小大夫待人太不热情了。完成这一疗程的治疗后，她反而投诉了俞火，说她来医院治病又不是没花钱，凭什么要看大夫的冷脸？长得好看也不行！

俞火哭笑不得，可还是对章力英说："你应该再坚持一个疗程。"

章力英不听："你不是说去不了根吗？那既然不疼了，再治不也是浪费钱？你们院收费多贵，你又不是不知道，我还是回家养着吧。"

既然如此，俞火照例做医嘱。

才隔了两天，人就，瘫了？

俞火瞥见章力英女儿手上拎着个袋子："新拍的片子？我看看。"

见妻子要把片子递过去，男人一把抢过来："你们不是嚣张吗？还动手。行，咱们就找个说理的地方去。姓……"触及邢唐冷沉的视线，他顿了一下，"俞大夫是吧，咱们走着瞧。"

两人转首闹到了医务科。

他们称俞火推拿不当，章力英的腰痛不仅没有缓解，反而加重了，现在双下肢更是酸麻无力。他们拿出了上午新拍的片子，证明章力英腰椎骨折了。

俞火这才看到了CT检查结果，上面显示：腰椎4、5椎间盘突出，腰椎3右侧横突骨折。

邢唐也看了片子。撇开俞火是他女朋友的身份，单纯是他作为腰椎间盘突出患者的经历，他不相信，凭俞火的专业和手法，会把别人按骨折了。

他冷冷开腔："既然你们说是俞大夫推拿不当导致了骨折，当时为什么不马上检查，反而隔了两天才来？这两天患者并不在医院，而是在家，你们怎么证明是我院大夫的过失？"

章力英的女儿声音尖细地接口说："我妈那天治疗完就觉得难受。可她说那是按摩后的正常反应，回去静养几天就会好。结果回家躺了两天，不仅没好，反而越来越疼。我们这才觉得不对劲，赶紧又带她来拍了片子，才知道居然骨折了！这是医疗事故，你们知道吗？你们说吧，现在怎么办？"

俞火拿着片子，对医务科的工作人员说："患者确实经我手推拿过。但骨折，别说是我，就是咱们医院的实习医生，也不可能这么不专业。”

“只要患者过来，我上手一摸，就会知道这骨折到底是摔倒造成，还是非专业人士推拿按摩不当造成的。”俞火看向家属，“你母亲离开医院后，到别的地方按摩了吧？”

女人立即否认：“你别想推卸责任。我妈在你这儿治完，哪儿都没去。”

俞火不愿再废话：“把你母亲请来，我上手摸过便知分晓。”

男人蛮横地说：“谁还敢让你上手啊？再说了，我岳母现在骨折了，动不了了，要摸也得你上门服务，我告诉你……”

威胁的话尚未出口，俞火突然上前一步，左手按在他肩颈处，右手拽住他胳膊，猛地用力向外一扯。

“咔吧”一声，像是骨头断裂。

男人瞬间疼得嗷嗷直叫，额头都在一刹那冒出了冷汗。

医务科的工作人员都傻眼了，一时忘了反应。

原本稳稳站在一边的邢唐也没料到俞火会突然出手，他甚至都没看清俞火是怎么动作的，她已经打完收手。

“脱臼而已，至于疼成这样？”俞火眸色略深，嗓音清冷，“那你岳母被我推拿致骨折，还能没事人似的离开医院，等了两天才让你们来找我算账？她的毅力可见一斑。或者是她痛觉神经退化了，四十八小时之后才有感觉的？”

原来她是这个意思。不仅教训了对方，还用事实为自己正了名。

这波操作绝对该被吹爆！

邢唐赞赏地点头。同时也在想，女朋友的身手未免太好了。

女人也顾不上辩驳了，嚷嚷着让俞火赶紧把丈夫的胳膊接上。

俞火笑道：“我手上没个轻重，正骨也不如推拿在行，你不怕我错手把他也弄骨折了？”

女人于是又朝医务科的工作人员发飙。

工作人员任由她闹。

一方面俞火在医院是出了名的人物，谁都知道面前的大佬是医院的大股东，是她男朋友，任由这些人在这儿叫嚣已经是最大限度的让步，秉持公事公办的原则了。

另外，经由俞火的分析，他们也判断这两人是来找碴儿闹事的。他们更愿意相信，那个叫章力英的作精，是嫌医院收费贵，在结束了一个疗程的治疗后，到外面的私人诊所按摩才伤到的。这么一想，也觉得应该给对方一点惩罚。

别以为我们院好欺负，西医那边的外科大夫不能随便动刀收拾你们，但中医这边，可有的是法子治你们。只让你尝尝掉膀子的滋味，算是手下留情了。

不服再来！

男人在领教过俞火的厉害后，再不敢叫嚣。甚至是最后陈院长和华主任闻讯赶来，他的态度也收敛了很多。可他初心不改，坚称是俞火推拿手法不当，导致了章力英腰椎横突骨折造成意外伤害，要求医院赔偿护理费、交通费、营养费、后续治疗费，以及精神抚慰金共计六位数。

这么会算账，你怎么不去抢劫啊？

西医那边的纠纷刚处理好，气都没喘匀，中医这边又出了岔子，陈院长后悔没随身带着速效救心丸。但他对俞火的医术有信心，尤其邢唐还在场，不拿出点态度自然是不行的。

他一拍桌子，要求彻查到底。

对于家属提出的让华主任亲自上门，为章力英检查和治疗的要求，邢唐当场给否决了：“患者既没住院，更无法证明是在治疗期间发生的意外，我院没义务上门。”

他盯着还吊着膀子的男人：“谁主张谁举证。你们认为俞大夫把你们家人治坏了，那就拿出证据。那张 CT 只是个结果，不足以说明问题。我们院方也会请警方协助调查，一旦证明章力英的骨折与我院无关，我们将以敲诈勒索罪追究各位。”

话至此，邢唐拿出手机，一滑屏幕：“刚刚你们所提出的要求，以及对俞大夫的恐吓，都有录音为证。”

男人见此刻邢唐还在录音，顿时㞞了。

他妻子却反应过来说：“那她还动手了呢。”

邢唐屈指点了暂停：“嗯，那一段我没录。”

别说患方，陈院长都没想到堂堂股东会有这么无赖的一面。

女人的脸都憋红了，她质问陈院长：“这是你们院方的事，家属都能干涉吗？”

“男朋友应该还不算家属，股东却在一定程度上代表了院方。”邢唐神色冷然地表态，“所以，你们一定要拿出有力的证据，否则我不会同意院方赔偿你们一分钱。万一，我先一步拿到了对各位不利的证据，无论是以男朋友的身份，还是站在院方维护医生的立场，我都不会善罢甘休。”

从医务科出来，邢唐没让俞火再继续上班，他对陈院长和华主任说：“在这件事情没有定论前，我替俞火请个假。”

发生了这样的事，大夫通常都没办法正常工作，陈院长和华主任自然没意见。

邢唐对俞火说：“收拾行李，明天我们去 A 市，看外婆。”

这个时候，居然要带她见家长！

俞火失笑：“邢总，你这样有点假公济私吧？”

邢唐不以为意：“合理利用时间。”

当天下午，俞火到养生馆和赤小豆交流左欲非的病情。

赤小豆略显挫败：“坐过山车、看鬼片，甚至蹦极，我都带他试过了。他倒是不质疑你的诊断了，还恨不得把他所知道的一切美好的形容词都用在你身上以示对你的敬佩，可病因还是没找到，以至于对于中医，他还不是太服。”

俞火笑而不语。

赤小豆推她一下：“说话呀，接下来怎么办？再继续下去，我也要发病了。”

“你怕黑，还恐高，平时连我要讲个鬼故事，你都拒绝。居然为了帮他找病因，看了鬼片，还蹦了极！”俞火用手指戳她胳膊，“你对他，超越了对我啊。”

赤小豆打开她的手：“还不是你派给我的任务？”

俞火嘴角弯起：“我这么好使？”

赤小豆微微脸红：“别废话了，赶紧说接下来怎么办。”

“找不到就算了呗。他既不是我患者，又不是我男朋友，我干吗操那份心啊？”俞火盯着赤小豆，“除非……”

赤小豆作势要掐她。

俞火眨眼：“除非他是你家属，看在我们的交情上，我赴汤蹈火也要治好他。”

赤小豆是真想掐死她，无奈不是对手。

闹够了，赤小豆才带着点别扭说：“那晚，我喝完酒有点冲动，他还吻我，我就一不做二不休了……你懂的。”

俞火没笑她，只问：“现在酒劲过了，后悔吗？”

赤小豆很认真地思考了几秒，摇头。

俞火记得她说过：“把最美好的，留给余生能一起走的那个人。”而她和前男友谈了两年恋爱，都没突破最后的防线，在酒后，把自己交付给一个只见过几面的男人，却未曾感到后悔。

不是爱，是什么呢？

俞火尝试为她解开心结：“爱情本来就有很多我们意想不到的开始。否则，所有的恋爱就都是一个模样了。像我和邢唐，七年前认识时，阴错阳差，成了彼此的恩人，未来仿佛有无限可能。可当时他是喜欢别人的。直到现在，我还清楚地记得他站在抢救室外，为另一个女人焦急惶惑的样子。”

话至此，她自嘲地笑了下：“我和他说，我不介意。但其实，心里还是会有那么一点不舒服。可怎么办呢？他喜欢上别人的时候，我又没出现。甚至我出现后，还鼓励他去追人家。能怪谁呢？”

俞火呼出一口气：“我若一味地抓住他的过去不放，不如不在一起。你和左欲非的情况虽然和我们不同，可如果你始终介意那一晚，于你们终究不是好事。发都发生了，那个人还不是你讨厌的，何不洒脱一点，坦然面对？”

俞火拍了拍赤小豆的手：“这世上，有多少人，当初都是爱得死去活来，最后还是分道扬镳。他们对彼此没有责任吗？但他们并没有因此将就下去。别再去想，他现在缠着你，是为了要对你负责。”

赤小豆被说中心事，不太自然地说：“可他连一句正经话都没有。”

“你不是躲他，就是怼他，他哪有机会啊？”俞火拆穿她，“还带着柴宇去刺激他。别否认，你的那点小心思啊，都被我看穿了。”

赤小豆哼了一声。

“刺激一下也好。感情是需要催化剂的。”

“像是砺哥对你家邢总起到的作用是吗？”

俞火扑过来呵她痒。

赤小豆边笑着躲，还不怕死地问：“和你家邢总打到几垒了？看你满面春风的样子，不会满贯全垒打了吧？”

等俞火搞明白满贯全垒打是什么意思，善和上下都听见赤馆长的惨叫声。

针对左欲非的病，俞火说：“隐性癫痫最难查的就是病因机制。它不是脑神经疾病，是精神压力导致的，在我们中医来讲，属于七情病。他作为外科大夫，超负荷工作是常态。长期过度紧张，或长时间疲劳是可能引起病发的。在没有找出明确的触发条件情况下，只能缓解他的精神紧张，想办法帮他减压。有那么好的中医底子，还不赶紧对自己男人好点，要不等他年纪大了一身的毛病，遭罪的也是你！”

赤小豆立刻奓毛：“谁承认他是我男人了？！我还没答应呢！”

“你的身体和你的心，远比这张嘴诚实。”俞火笑眯眯地交代，“我明天和邢唐去A市，记得帮我照顾大款啊。”

有了男人，儿子都不管了。

赤小豆忍不住嘀咕：“估计从A市回来，大款要有兄弟了。”

赤小豆的话反复在脑海盘旋，导致晚上再见邢唐，俞火莫名有些心虚，确切地说是心跳加快。然后，邢唐每晚到她家坐坐的男友福利被取消了。

不被允许进门的邢唐笑得无奈：“我看看大款还不行吗？”

撸猫是吧？俞火直接把最爱抱他大腿的加菲塞到他怀里，还有一袋小鱼干：“带回去吧，明早再抱回来就行。”然后关上了门。

次日下午，两人启程飞 A 市。

飞机上，邢唐才有机会问：“上次我问你是不是练过柔道，你说练过舞蹈，是敷衍我的？昨天看你对付患方的架势，显然是有身手的。”

俞火说：“你不是研究过中医吗，没听说过‘医武不分家’？”

邢唐眉心微聚，显然“医武不分家”不在他知识范围内。

“对邢总来说，这不该是常识吗？”俞火调侃完，才解释，“我从三岁起和我爸练八段锦，后来还练了易筋经。在我国古老的导引术中，八段锦是流传最广，对导引术发展影响最大的一种。易筋经就不用说了，它出自少林。很多武侠小说里都进过，那是一种非常神秘的武功。但其实我们练易筋经只是要通过拉伸筋骨打通全身经络，增强体质，促进身体机能。古语不是说‘筋长一寸，寿延十年’吗？就是这个道理。而八段锦和易筋经，一个是气功，一个是内功，有了这样的功底，再去推拿和针灸，会比没练过功的中医来治疗，效果更好。我练了这么多年的功，还熟知人体各处穴位，打架自然手到擒来了。”

邢唐恍然大悟：“你在推拿和针灸的时候，是在运功的？”

“对啊。”俞火拉起他手臂，掌心贴上去，“我在给你推拿的时候，不也这样贴着你的背轻轻按揉吗？其实是运功的过程。只有你才会觉得我那是在对你上下其手。”

邢唐握住她的手：“我那是面对你时，格外敏感。”

俞火打他一下：“还有我在施针时，捻针的瞬间，也会运用一些功力。所以每次推拿或是施针过后，会很疲惫。那除了是体力的消耗，主要是内力的消耗。这也是名中医一般都限制接诊数量的原因。”

饶是博学的邢唐，也觉得很神奇。他轻轻地捏着俞火的手，语气骄傲：“没想到我女朋友还是武林高手。”

俞火带着点得意提醒他：“以后听话一点哦。”

邢唐俯在她耳边低语：“每次我能亲到你，实际上是得到了默许对吗？”

俞大夫的气焰瞬间熄了，她脸颊染上些许薄红。

面前不施粉黛的小脸干干净净，透出天生的俏丽。邢唐一时情动，倾身吻住她。

俞火担心被人看见，感觉到他的热烈，赶紧推开他。

邢唐用那双氤氲的双眼，深深地注视她片刻，才让她背靠在自己怀里，一起透过舷窗边看外面天空的风景，有一句没一句地闲聊。

“现在还坚持练功吗？”

“练啊，否则浑身不舒服。”

“以后也教教我，强身健体。”

“我教你打太极吧。到时候我们还能一起推手。对了，上次我们一起从 A 市回来，你是装睡的吧？”

“嗯。不想你尴尬。”

“我当时只是借了你的肩膀枕了一下吗？还做没做什么出格的事？”

“往我怀里钻算吗？”

“你好烦！”

直到俞火的声音渐渐弱下去，在他怀里睡着了，邢唐才无声地说：“是我做了件出格的事，把你搂到怀里，直到飞机下降高度时颠簸才松手。”

俞火像是听见了一样，轻轻地哼了一声。

邢唐用下巴蹭了蹭她发顶。

飞机落地后，见到来接机的唐开蒙，俞火脆生生地喊：“舅舅。”

唐开蒙高兴得嘴角都快咧到耳根了，却还端着，扮成大家长的样子关心她坐飞机累不累，问她想吃什么家乡菜，说是昨晚问邢唐，邢唐居然回答不知道她爱吃什么，于是倪妩备了很多菜，只等他接到人，亲自问过俞火，再打电话汇报。

俞火心里暖极了。

邢唐则对唐开蒙说：“你这么一本正经的，会颠覆她印象中那个时刻想着为我做媒的唐先生形象。”

俞火憋不住笑。

唐开蒙在后视镜中看了他们一眼，问俞火：“我表现得那么明显吗？火火，你当时看出来了？”

俞火笑眯眯地说：“第六感而已。总体来说，舅舅，你掩饰得很成功。”

唐开蒙啧了一声：“难怪你总是和我聊你外婆的病，看来是在转移话题啊，我居然被你带跑了。”他还一脸歉意地对邢唐说：“大外甥，我对不起你。”

邢唐抬手捶了下驾驶位的座椅。

唐开蒙还向俞火告状：“看见了吧，从来都是这么没大没小地欺负我。”

两人你来我往地斗了一路，俞火眼角眉梢的笑始终没断。而当她来到唐家的四合院，邢外婆听见车声迎出来，亲热地喊着她“火火”

时，她意外极了。

见她半天没说出话来，邢唐笑睨着她：“愣着干吗？还不叫人！”

俞火反应了一瞬：“你事先和外婆说了？可她不是……”

“她是糊涂。”邢唐把她的手和外婆的手一起握住，“但我告诉她，有个又能干又漂亮的俞火姑娘，要来看她，给她当孙媳妇儿，你说她还会叫错吗？”

他说得轻描淡写，可老人家是病人，赫饶又是她记了很多年的人，要扭转她的想法谈何容易？为了避免外婆再把她认成赫饶，令她心生不快，他不知道费了多少口舌。

俞火眼眶一热，低声反驳：“我可没答应。”

邢唐捏捏她小下巴：“以前是我没和她说清楚，让她误会了。这个解释，是我欠你的。”又转首问外婆：“喜欢你孙媳妇儿吗？”

当然是喜欢得不得了，邢外婆连她向来宝贝的邢宝都不理了，只顾把俞火往房间领。等两人再出来，俞火手上多了很多金银细软，亮晶晶的，闪瞎眼。

见俞火求助似的看向自己，邢唐逗外婆：“哟，家当挺多的。”

邢外婆不给他看，边推着俞火进另一个房间边说：“这些都是外婆给你傍身的，不让邢宝知道。”

这样的外婆，简直太可爱。

俞火配合她说：“那我藏起来。”

邢唐还是跟进了房间：“舅妈知道你要来，特意换了全新的被罩床单。”

俞火才意识到这应该是他的房间，看了眼床边上两人的行李箱，才忽然想到一个重要问题，她避开外婆小声问：“我有自己的房间吗？”

邢唐似笑非笑地盯着她："你没有。"

怎么可能有？两人八字没一撇时，唐开蒙都恨不得把民政局搬来，让他们原地结婚。现在两个人以恋人身份回来，做舅舅的怎么会那么不懂事准备两个房间，让小两口儿分居？

不能够，不可以，不行。

俞火小紧张了下，再看他含笑的眼睛，莫名安下心来。

他是急切，但他又不急于一时，而是对她徐徐图之。

三十岁的老男人啊，也是难为他了。

俞火故意说："那我和外婆一起睡。"

不等邢唐反对，外婆已经在拒绝。老人家皱着眉说："那怎么行？你们才结婚，不能分房睡的，不吉利。"然后把俞火的手放到邢唐手里，"外婆还等着抱曾孙呢。"

曾孙？俞火合理怀疑老人家在装糊涂。

等外婆出去了，邢唐嘴角扬了起来："没地方去了吧？"

俞火瞪他一眼，转身把腕上的首饰摘下来。

邢唐走近，从背后拥住她："不用想着走的时候再悄悄给她留下。既然是给你的，就收着。要不她哪天再糊涂起来，放哪儿都忘了。"

俞火一动不动地站在他身前，后背贴在他胸膛上："太多、太贵重了。万一哪天我们分手……"感觉到搂着她的手臂骤然一紧，她没再气他，"我奶奶也留下一个首饰盒，是她攒了一辈子的，说是给我的嫁妆。"

邢唐其实想问问她奶奶是因为什么病去世的，又怕惹她伤心。最终，他只是用下巴在她鬓角边蹭了下："到时候我再补一份。"

俞火转过身来面对他："你补什么？分手费啊？"

"分手的话，什么都不给你。"邢唐深弓着背，低头在她唇上咬一口。

俞火仰头亲他："便宜都被你占了，分手了多亏。"

"就不会说点好听的？"邢唐照她臀上拍了下，末了，把人扣进怀里抱住。

俞火在他胸口蹭了蹭。

晚饭是在院子里吃的。晚风习习，家人在侧，一切都是那么温暖和舒服。

俞火看着碗里堆成小山的菜，又甜蜜又有压力，她悄悄地屈肘捅了下旁边的邢唐。

她的饭量，邢唐了然。他并没有拦着家人给她夹菜，只说："剩下的给我。"

看似寻常的一句话，难掩亲密。

俞火埋头努力吃起来。

后来见她一直没撂筷子，邢唐说："还没吃饱？"

唐开蒙啧了一声："你舅妈手艺这么好，火火捧场还不让了？"

邢外婆和倪妩也说："多吃点，那么瘦，不许减肥。"

邢唐笑道："我怕她撑着。"

饭后，邢唐和唐开蒙坐在一边聊天，俞火则和倪妩一起，为外婆按摩。

也不知道老人家是真感觉到俞火的专业，还是太喜欢俞火了，故意哄着自己的孙媳妇儿，俞火才一上手，她就说："还是火火按得舒服。"

倪妩忍不住打趣："妈，你是有了孙媳妇儿，就嫌弃儿媳妇儿了是吧？"

唐开蒙前一秒还在和邢唐说着话，闻言迅速补了一句："妈，你这样不好。”

邢唐和俞火相视而笑。

之后，外婆翻出相册，给俞火看邢唐小时候的照片。

这个时候她似乎又不糊涂了，指着照片解释：“这是一百天的，这是上幼儿园的，这是小学一年级入少先队的……”

俞火看到了邢唐妈妈的照片，是个很美的女人，明明是纤瘦柔美的模样，可即便笑着，也难掩眉宇间那股英气和倔强。邢唐的五官，更像她一些。

俞火翻着相册，仿佛看到了邢唐的成长。那个才几岁就有了现在邢唐影子的小男孩，从幼时的稚嫩可爱，到少年时的清俊帅气，再到而立之年的成熟稳重，走的是和别人一样的成长之路，却步步不同——除了天赋和后天的努力，更少不了谨慎谋算。

他说，他并不想那样。是啊，谁不愿意轻松地活？可身处其中，他有摆脱不了的负累。可他那么忙碌，那么辛苦，俞火留意到，他窗前的灯总是很晚才熄。她知道，他在工作。他却从没和她抱怨过一句，甚至她问起，他都说：“睡不着，看会儿电视。”俞火根本不信。

想到他一路走来的艰辛和孤独，俞火不自觉向他靠近，手搭在他腿上。

“嗯？”邢唐以为她叫他，见她没别的话，他自然而然地握住了她的手，边用拇指轻轻按着她的虎口，边继续和唐开蒙聊天。

外婆精神特别好，一直不肯休息。到了她这个年纪，每日所需的睡眠时间远不及年轻人。但睡觉是最养精神的，为了避免累到，俞火还是给她按了安眠穴，哄她睡下。

唐开蒙和倪妩也回了东边的房间，俞火再也磨蹭不下去，跟着邢唐回了西边他的房间。她先洗了澡，趁邢唐洗澡的空当，钻进了被窝。

邢唐出来见她躺下了，问："头发吹了吗？"

她背对他躺着："不用吹了。"

"不能湿着睡。"他随便擦了两下头发，从浴室翻出吹风机，"起来，我给你吹。"

俞火转过身，见他头发也湿着，身上穿了件宽松的纯棉T恤和短裤，露出肌理流畅的手臂和小腿线条。她偷瞅了两眼，不自觉联想到T恤里那迷人的腹肌，神色不太自然地爬起来。

邢唐哪里知道她在觊觎自己的身材？他坐在床边，给她吹头发。他没做过这种事，手法不太熟练，却专注认真、小心翼翼，生怕扯痛俞火。

伴随吹风机的嗡嗡声，俞火问："赫饶也来过家里吗？我没有别的意思，纯好奇。"

邢唐把吹风机调小了一挡，让声音没那么大，方便和她说话："她读警校时，来吃过两次饭。见到楠楠实属巧合。一老一小同时病了，住同一家医院。听见楠楠叫赫饶妈妈，外婆就单方面地把楠楠认成了曾孙女。但也是时而记得，时而不记得。"

和俞火猜得差不多，她没再问下去。

等头发吹完，邢唐旧话重提："是因为心里有她这根刺，那时候才假装不认识我？"

俞火打了个哈欠："我看你也不像是记得我的样子，那我也不能追着你说，我给你前女友……"

邢唐皱眉，把手中的吹风机重重地放在了床头柜上。

俞火立即改口："就赫饶……我给她输过血这事，没必要再提。"

邢唐轻责：“小醋坛子。”

“我可不是一般的醋坛子，而是绑着一吨炸药的醋坛子。”俞火挑眉，“那时候你单独带着楠楠，外婆又找赫饶，孩子还口口声声叫你爸爸，看见赫饶接机时，我瞬间脑补出一幕离异夫妻交接孩子的大戏。明知道你单身，还是忍不住气了一下。”

邢唐别过脸笑了下：“原来那个时候就对我有感觉了。”

俞火用脚轻轻蹬了他一下。

邢唐摸了摸她的小脚丫，又给她拉了拉睡裙。

俞火才意识到自己坐得不老实，睡裙卷上去了，她拉过被子裹住自己。

邢唐笑笑，他又随便吹了两下自己的头发，把吹风机放回去:“我睡沙发。”

房间里确实有张沙发。可他人高腿长的，腰还不好，她哪里舍得让他睡沙发?

“被外婆看到，还以为我欺负你。”俞火在床里侧蜷成一团，“我小，不占地方，你睡外面够的。”

目光触及那张有她的床，再回想她睡裙下两条修长的双腿，邢唐有些心浮气躁。

静了几秒，他关了灯，掀开被子侧身躺下，搂住了她的腰。

俞火的身体僵了一下，很快又放松下来。

黑暗中，他们谁都没有说话，耳畔只有彼此轻浅的呼吸声，鼻端充满了同款沐浴液的味道，还有对方特有的气息。邢唐觉得，自己是在重蹈她喝醉那晚的覆辙，面临一场意志力的考验。

等完全适应了房间的黑暗，俞火转过身来。

邢唐手上一揽，把她纳入怀中，拂开她的发，凑过来吻住她。

轻吸吮吻，无限深情。

借着昏暗的光线，邢唐看到她桃花一样的脸颊，还有那双雾气弥漫的湿漉漉的眼睛，觉得自己已沉溺得无法自拔。

他在她额头上落下一个吻，如同许下一个承诺般郑重：“睡吧。”

俞火的手自动揽上他的腰。

邢唐搂着她闭上了眼睛。

次日清晨，俞火枕着他胳膊醒过来。

邢唐的手还搂着她，合着双眼，呼吸均匀绵长。退去了清醒时的冷硬深沉，男人柔软而脆弱的一面展露无遗。

俞火盯着他安静俊朗的睡颜好一会儿，才轻轻动了下。

邢唐也动了，却是把她更紧地揽进怀里，头埋在她发间：“几点了？”嗓音低低的，是没睡醒的慵懒喑哑。

“六点吧。”她的生物钟是这个时间。

邢唐缓了缓：“不用起这么早，没人会说什么。”

俞火明白他的意思：“你昨晚没睡好吧，你再睡一会儿。我反正睡不着了，起来给外婆号个晨脉，我听见她起来了。”

她软软地蜷在他怀里，温热的呼吸似有若无地撩着他颈窝，邢唐何止是睡不好，简直是克制了一晚上。脑袋在她发顶蹭了下，他松开手：“……等会儿叫我。”

俞火应了，轻手轻脚起来。

邢唐闭着眼睛，听着她窸窸窣窣地换衣服和洗漱的声响。半梦半醒间，感觉到她在自己额头亲了一下，他唇角不自觉翘起了一个好看的弧度，然后就听见外面窗下她和外婆低低的耳语和细碎的脚步声，竟睡得更沉。

邢唐这一觉就睡到了九点多。

唐开蒙说："他每次回来都会睡懒觉。我们不会刻意等他吃饭，都是该干什么干什么，让他睡到自然醒，到时候你舅妈再给他张罗吃的。"

倪妩比邢唐大不了几岁，但对于这个很早就失去母亲的外甥，很照顾。以至于邢唐再怎么和唐开蒙没大没小，都格外尊重这位小舅妈。连唐开蒙都说，邢唐是拿倪妩当亲妈孝敬的。

除了倪妩确实对他很好外，邢唐更多的是感激她对外婆的照顾。再者，舅舅是母亲娘家最有分量的人，老人常说"娘亲舅大"。在失去了母亲后，唐开蒙是邢唐在这世上最亲的亲戚。对于舅舅的所爱，他自然也是敬且爱的。而他平时即便是面对邢业，也没有丝毫的松懈，唯有在外婆和舅舅身边，才会彻底放松下来。

俞火都舍不得叫醒他了。尤其她觉得，睡懒觉的邢总挺可爱的。

等他睡饱，神清气爽地从房间走出来，又恢复了平日的精英人设。

这一天，他们没有外出，一家五口人，待在四合院里，和俞火练太极，学推拿，聊养生。晚饭过后，他们还带着外婆打麻将，以刺激神经细胞活力，延缓大脑老化。这是对抗阿尔茨海默病发展的方法之一。

俞火给倪妩号了脉，通过问诊和观察面容，触及四肢，再根据舌淡、苔白腻、脉缓弱等症状，诊断为：带下，属脾虚湿滞，是并发不孕的疾病之一。治以健脾益气，升阳除湿。

唐开蒙有些忧虑："火火，你给想想办法，能不吃中药最好。你舅妈喝中药喝得现在闻到药味就想吐。"

俞火知他心疼妻子，说："先用针刺法看看效果。"

她是带了行医箱过来的，当下就给倪妩施针。

弹针速刺带脉穴和气海穴，投针速刺三阴交穴，运推至倪妩感觉到有酸胀感，再由上向下施刮法。投针速刺阴陵泉穴，搓针得气。每刺一穴，留针三十分钟。

留针时，俞火为他们解释："带脉固摄本经经气，气海通调任脉；三阴交、阴陵泉健脾利湿，调理肝脾肾以止带。二诊时加刺白环俞，助膀胱气化以化湿邪。到三诊时，四肢应该能回温，饮食有所增加。如无意外的话，四诊即愈。"

她还问唐开蒙："舅舅可还满意？"

唐开蒙满意得都视她为偶像了。

俞火又逗邢唐："等舅妈调理好身体，和舅舅有了宝宝，你就升级为哥哥了。"

三十岁的老哥哥，还挺稀罕的。邢唐失笑："以后领弟弟妹妹出去，搞不好会被人误会为是我的孩子。"

唐开蒙戏精上身，捂脸道："都怪舅舅不争气，连累了你。"

随后几天，俞火既没耽误给倪妩施针、给外婆推拿，还带邢唐去了一趟康诚医药的中草药种植基地，和黄药子聊了整个下午。

不太熟的两个人，从事的也是不同行业，却相谈甚欢。

俞火都忍不住问："你要转行啊？"

邢唐笑言："万一哪天在房地产行业混不下去了，就去医药行业分一杯羹。"

俞火只当他是玩笑，还附和："行啊，反正你身边这么多中医人脉，不运用起来也是资源浪费。"

邢唐捏了她小下巴一下。

黄药子很高兴能认识这样一位关注和扶持中医发展的实业家，

他说："我很期待邢总涉足医药领域。"

邢唐朝他伸手："真有那么一天，免不了要黄药师鼎力相助。"

黄药子与他一握："一切有助于中药制剂研发的事业，我都愿倾尽全力。"

俞火总觉得他们好像无声地达成了某种合作的共识。可他们先前的话题分明只是中草药。她第一次觉得，自己的智商不及格了。

随后，两人还去探望了林老师。

经过三个月的康复治疗，林老师已经可以拄着拐杖下地走动了，语言表达也基本无障碍。

终于，不用只是邢唐唱独角戏了，他们能够就康养小镇的养老理念进行一番交流了。

对于自己是第一个签约，表示愿意入住康养小镇的人，林老师的想法是："我在木家村住了一辈子，同事和朋友全都在那儿。现在退休了，要是还能和他们一起打牌下棋，也是一件幸事。"

"住楼房当然很好，可总是缺少了那么点住平房的邻里之情。"他看了看身旁的林木，"儿子是提过让我过去和他们住，可老年人和年轻人住不到一块儿去，生活习惯和观念的差异会产生矛盾。况且，你们这一辈的年轻人大都是独生子女，一对小夫妻，要负责赡养四位老人，负担也很重。我能自己养老，不给儿子添麻烦，是最好的。"

林老师说："中国是最重孝道的国家。我们弘扬孝道文化，但不能以此绑架儿女。现在不再是养儿防老的年代了，现实的压力那么大，孩子们能顾好自己已经很不容易。"

得知父亲要入住康养小镇的初衷，林木羞愧不已。他一直以为父亲是糊涂了，但其实父亲想得比谁都明白。他用一生积蓄让儿子成了家，帮他购置了婚房，临老也不希望拖累儿子，他选择接受新观念，尝试社会养老。

林老师笑着说：“我先报个名，等你们大唐在别的城市建好了康养小镇，我也体验一下旅居养老。世界那么大，我也要出去看看不是？”

邢唐闻言承诺：“这个心愿，我一定帮您达成。”

从林家出来，俞火抱住他腰说：“我特别期待那个旅居养老。”

“‘一生之城’是个全国性的项目，遴选的城市大多气候宜人，以疗养的形式择地而居，算是康养小镇的一大优势吧。”邢唐伸手搂住她，“父母忙碌了一辈子，到了养老的时候，也该出去转转了。有康养小镇给予照顾，子女也放心。”

俞火仰着小脸看他：“等你老了，我也陪你出去啊。”

小姑娘嘴角上翘，眼眸里盛满细碎的光，温柔又明艳。邢唐低头吻她。

俞火踮起脚回应。

人生最浪漫的事不是年轻时的风花雪月，而是等我们头发白了，握着彼此的手一起养老，回顾此生起落，看这如花盛世。

俞火原本有意当面感谢一下韩树。毕竟，林老师恢复得这么好，他功不可没。

邢唐却说：“我已经和王院长商量过，分院建成，副院长从治未病中心的资深医师中提拔一位。凭资历和医术，他是不二人选。”

那样，韩树将是最年轻的副院长。这份大礼，是他代表女朋友表达的谢意。

俞火弯唇笑道：“我怎么觉得，邢总是在吃醋啊。”

邢唐也不否认，坦然道：“你乖一点，否则我醋意会很大。”

俞火撞进他怀里：“我闻闻身上有多酸。”

邢唐别过脸，摇头淡笑。

回 G 市的前一天，邢唐提出带外婆出去转转。俞火本以为他是要带外婆去公园散步，结果邢唐把车驶向了木家村。

“这里有外婆童年的记忆，尽管她现在并不记得了，还是想在拆迁前，带她再来看一看。”邢唐站在巷口，目光所及那一栋栋紧密排列的老旧房子，“我妈和老邢涉足房地产业时，他们答应外婆，等有了实力，把这里建成 A 市最好的小区。可直到大唐上市，木家村还是原来的样子。”

“不是大唐没有开发的实力，是我母亲不在了，老邢忘了曾对岳母许下的承诺。如果不是外婆和我提到重建木家村，我也几乎忘了这里。”邢唐拉着外婆的手，慢慢地走进巷子，“可我还没准备好，郑雪君已经摘了牌，眼看着就要拿下这块地。她看中了地价，想囤几年再转手。我当时还不能和她正面交锋，我的筹码只剩自创的城邦地产。那时城邦恰好拿下一块地，那是一块关乎大唐整体规划，以田忌赛马原则从大唐虎口里抢走的一个项目。”

话至此，他笑了：“有意思吗？我创建新公司，和自己父亲打擂。”

俞火挽住他胳膊：“我说过，即便不接管大唐，你也可以再创造一个大唐。”

邢唐伸手搂了搂她：“可城邦已经为了那个项目倾其所有，没办法再和郑雪君争木家村了。我是可以等一等，等她愿意出手，再从她手里把木家村接过来，可我见不得她渔翁得利。”

那哪里是渔翁得利？分明是他不愿意与父母、与外婆有关的木家村，和郑雪君扯上一丝一毫的关系。似乎过了郑雪君的手，那些感情就不纯粹了，是一种玷污。

俞火问：“所以，你把从虎口里夺来的地又让给了大唐，以此推动城邦被收购？”

邢唐点头：“只有这样，才能套取大唐大笔的资金，让郑雪君付不出木家村的土地款。而那个牵涉到大唐整体规划的土地，无论是老邢，还是郑雪君，都愿意不遗余力。”

于是，为了拿回被城邦抢走的项目，大唐与城邦达成了收购协议。应城邦要求，大唐除了支付了城邦部分现金，还向城邦发行了股票。

邢唐如愿让郑雪君放弃了木家村，并轻而易举地拿到了他掌权大唐所需要的至关重要的几个百分点的股权。通过那次收购，拿到郑雪君亏空的证据实属意外。

邢唐说：“郑雪君的胃口比我想象的大。我料到她会借此赚上一笔，但我没想到她对城邦的估值溢价会高出那么多。城邦明明不值那些钱，她却利用职务之便，以及老邢对她的信任，要从中牟取几个亿的私利。”

俞火接口：“她是觉得自己的儿子进大唐无望，才疯狂敛财吧。”

“或许吧。”邢唐舒了口气，“这送上门的机会，我如果还抓不住，显然辜负了她的疯狂。”

城邦被大唐收购了，而郑雪君在收购过程中违规操作的证据落到了邢唐手里。等郑雪君知道城邦地产真正的创始人根本不是法人曹文浩，而是邢唐时，为时已晚。

是邢政保全了她。他都那么虚弱了，还在替自己的母亲向哥哥求情。

邢唐答应了不动她。他还满世界找匹配的骨髓，希望救活邢政。

可找到了又怎么样，依然不能改变邢政术后排斥的命运。

邢唐沉默了片刻，俞火知道他想到了邢政。每一次他与郑雪君交锋，都回避不了那个敬他又怕他的弟弟。他机关算尽，甚至视自己的父亲为对手，却一再为一份兄弟情妥协。

“我本想以城邦为矛，等它足够锋利再向大唐进攻。我想让老邢知道，我不用他的扶持，也能成功。我想让郑雪君知道，她处心积虑要占有的大唐，我根本不屑一顾。结果……”邢唐笑得无奈，“绕了一大圈，我还是做了大唐总裁，从她手里接过已经千疮百孔的大唐。没错，相比其他房地产企业，大唐还是实力雄厚的。可最近五年，大唐的纳税额却在逐年减少，工程问题也层出不穷。”

“再不转型，早晚有一天，大唐会被行业淘汰。”邢唐看着俞火，“你家邢总头都快想秃了，才想到把木家村这块地做成养老产业。”他说着还撩起额上的头发，“看看，发际线都变高了。”

俞火笑了，她说：“我们家邢总最辛苦了，所以得多睡点懒觉养一养。”

邢唐旁若无人地凑到她耳边低语：“你得陪我。”

俞火羞赧地推开他：“也不知道是谁整晚都睡不着。”

邢唐一手扶着外婆，一手牵着她：“我要是搂着你什么都不想，沾枕头就睡着，你就要哭了。”话音未落，手上被俞火按了一下，他忍不住嗞了一声，服软，“疼。”

看似在闲逛的外婆忽然说：“活该，谁让你惹火火哭的。”

邢唐闻言逗外婆：“火火不是你孙媳妇儿，而是你失散多年的孙女吧？”

外婆也不理他，只朝俞火伸手：“别跟邢宝计较，他呀，不会哄媳妇儿。来外婆这边，我们不理他。”等握住了俞火的手，她指了指不远处的一栋房子，“外婆小时候就住那里，那时候啊，我就和你王奶奶，还有张伯伯他们，在这巷子里来回地跑着玩……”

那个瞬间，邢唐湿了眼眶。

他以为外婆不记得了，甚至是他，都快不记得老人家最初的家在哪条巷子里。糊涂的外婆却记得清清楚楚。

老人家站在院门口，指着左手边的一间屋子说：“那还是你外公和你太爷爷一起盖的呢。那时候穷，家里人又多，不够住啊。”她像是想起了什么，在院子里转了一圈，最后抹着眼泪说，“现在有大房子住了，还吃得好，穿得暖，人却都不在了。”

邢唐背过身去，微微仰头。

曾经，粗茶淡饭饱即休，补破遮寒暖即休，三平二满过即休，不贪不妒老即休。如今，丰衣足食，安富尊荣，什么都不缺了，却独独丢了一份情深。更忘了，三月的纤风，四月的细雨，不落的太阳，和喜欢我的你，才是我拼尽所有，要实现的梦。

第九章 × 塑料姐妹花

俞火是带着牵挂走的。

去机场的路上，她眼睛始终红着。登机后，邢唐才把她搂进怀里哄：“又没多远，平时周末也能回来的。以后我们常回来看她。她不都说了吗？要等你回来陪她打麻将。”

可外婆已经到了见一面少一面的年纪了。回想失去奶奶的痛，俞火把脸埋在他胸口上。

邢唐温柔地抚摸她的背。

机长这时从驾驶舱出来，见两人旁若无人的样子，轻咳一声。

邢唐应声抬头，就见身穿飞行制服的盛远时站在那里。

他并不意外，调侃道：“南庭今天上席位？”

提到管制妻子，盛远时眼底尽是温柔：“没她指挥，我不飞的。”

俞火也和盛远时打招呼：“七哥。”

盛远时点头：“看到旅客名单，我还以为是巧合，可俞和邢都属小姓，不那么容易撞的，我就猜是你们。”他眉心微聚，样子像是在认真思考很严肃的问题，“怎么我们彼此都认识，我却没想到你们会是一对呢？尤其是小九，我一直以为你会成为军嫂。”说着，还用脚踢了下邢唐：“你小心别破坏了军婚。”

邢唐伸脚还击，不落下风地说：“你别归心似箭飞太快，波道里训你一顿，是南庭能干出来的事。”

盛远时笑道：“老司机了，我有分寸。”

简单聊了几句，彼此约好回 G 市再聚，盛远时回驾驶舱。

邢唐才问：“你和远时怎么认识的？通过南律师？”

俞火摇头：“是通过我师兄桑桎，就是给郑雪君看过病的那位桑大夫。南庭体质特殊，对很多药物过敏，桑师兄请我帮南庭调理过身体。南庭生产那天，我大半夜地被抓过去，守在产房外。之后我还给南姐治好了脾胃失和。从那以后，七哥单方面认了我做妹妹。南庭和我说，他是怕我称南律师为姐，在辈分上压他一级。所以现在，我和他们都是各论各地叫。”

按南嘉予的年龄，小姨的辈分确实令身为外甥女婿的盛远时头疼。

邢唐笑了。

俞火半趴在他身上：“他们只有生病时才会想到我，要不怎么不早点儿把你介绍给我啊。”

邢唐却不上当，他微眯眼睛：“别以为讨好我两句就能蒙混过关。来，说说，怎么全世界都认为你和肖砺是一对？”

俞火拉过他胳膊搂到自己肩膀上，整个人靠在他怀里，嗓音温软地撒了个小娇：“不造成这种误会，全世界人民都要给你年轻漂亮的女朋友介绍男朋友，哪还轮到你啊？你说是不是啊，雷锋叔？”

似乎有那么点道理，但雷锋叔的称呼，他不太受用。邢唐低头在她脖子上吮了一下："这次就饶了你，再有下次，看我收拾你。"

俞火咬他下巴："怎么收拾啊？"

邢唐搂紧她，性感的低音在她耳边响起："用我喜欢的方式。"

俞火猛地想起，这几晚他虽然都极力克制，却也把她欺负了个彻底。如果不是到A市的第二晚她来了例假，或许，他们真的也管不了那么多，情难自控地全垒打了。

见她乖了，邢唐亲亲她脸颊，低声问："还要几天？"

俞火明白他在问什么，手在他腰上掐了下。

片刻，她低低地应道："两天吧。"

他在她耳边轻笑了下，说："好。"

简单的一个字，竟有种讳莫如深的味道，暧昧至极。

俞火心尖轻颤。

飞机落地，邢唐才开机就有电话打进来。他看了一眼来电显示，偏头对俞火说："不是要去洗手间吗？我在外面等你。"

等俞火进去了，他接起来："查到了？"

那边的柴宇说："那一家人㞞得很，我只是诈了他们一下，他们就承认去了私人诊所。我把资料给你送过去？"

"不用。"邢唐眉心微蹙，"走正常程序。"

那意味着要经过警方。可这事牵扯到他的合作伙伴，柴宇提醒了一句："他们咬出来的人姓苏。"

仿佛意料之中，邢唐的语气没丝毫变化，他说："知道了。"

从机场出来，邢唐先把俞火送回了家，自己则去了公司。

西林第一时间来到他办公室，把需要签字的文件带过来。邢唐一一过目签字，唯有康诚医药那份补充协议被甩了出来。

"你走之前交代过，康诚这份协议缓一缓。流程早走完了，我一直压着。”西林顿了半秒，“距离支付第一笔扶持金的时间只剩两天，财务也备好了款。康诚那边已经给我打过一次电话了。”显然是康诚急了，在催。

邢唐的视线停留在那份协议上，手上则屈指轻敲了两下桌面，没表态。

当天下午，苏子颜被警方带走。郑雪眉才知道她居然教唆患方诬陷俞火引发医疗事故。她虽不情愿，还是在苏寒的授意下带着律师赶了过去。

郑雪眉在气头上，见到人，恨不得挥巴掌：“你还嫌脸丢得不够？苏子颜，你知不知道自己在干什么？你怎么那么蠢？！”

苏子颜也豁出去了。况且她很笃定，这么点小事，父母肯定摆得平，无非就是被责难几句，没什么大不了。思及此，她的大小姐脾气顿时来了：“你就只会在乎我是不是给你们丢了脸。我是你女儿，你从来不会关心一下我失恋了，有多难受！”

简直是被爱情冲昏头脑。郑雪眉斥责道：“难受就可以做这种事吗？对方是谁，你想过没有？康诚是你爸一辈子的心血，我们好不容易才争取到和大唐的合作，你竟然在这个节骨眼上做出这种事！况且，你所谓的失恋只不过是一场暗恋！邢唐根本对你无意，你怎么还不死心？”

苏子颜愚蠢地认为，这是她和邢唐、俞火之间的事，不会牵涉到两家公司。甚至直到现在，她都不肯接受邢唐不喜欢她的现实：“相比那个姓俞的大夫，明明是我和阿唐哥更配！她不是缠着阿唐哥吗，那我就毁了她！”

郑雪眉怒意更盛：“我是这么教你的吗？你以为世界是你的，你想怎样就怎样？”

苏子颜突然低吼："你教我？从小到大你管过我多少？你除了工作还是工作，你比爸爸都忙！"

郑雪眉像是被戳到痛处，有那么几秒，她说不出话。

苏子颜以为郑雪眉心软了，她以带着哭腔的声音恳求："妈妈，你帮帮我啊，我以后都听你的。我再也不闯祸了，你们去找姨夫，把我和阿唐哥的婚事定下来。你们长辈都同意了，他肯定会答应的。这样我们两家不是亲上加亲了吗？妈妈，我真的喜欢阿唐哥，除了他，我谁也不要。哪怕只是联姻，我也不介意。"

邢唐嗓音冷沉地表示："我介意。"

苏子颜见他来了，也顾不上矜持了，冲过来抓住他的手臂："阿唐哥，我知道我惹你不高兴了。只要你肯给我机会，我可以向她道歉。你看着我长大的，应该知道我不是坏女孩儿，我只是……"她眼泪掉下来，"我只是喜欢你。"

苏子颜本就年轻漂亮，此刻梨花带雨的样子更是楚楚可怜。邢唐却不为所动："谢谢你的厚爱，但上次我已经说得很清楚了。"他拂开臂上那双手，神色坚毅，语气淡冷，"我之所以来这儿一趟，不是表示我们之间还有余地。我是要当面告诉你，这次只是警告，再有下次，我绝不姑息。"

郑雪眉脸色不太好看："邢唐。"

邢唐直接截断了她："不用道歉，原谅是不可能的，别再犯是我最大的宽容。"他直视郑雪眉，"闹得如此难堪，康诚和大唐的合作也不宜进行下去了。"

大唐迟迟没有反馈那份协议，郑雪眉就有不好的预感。可她以为那只是邢唐对苏子颜大闹俞火办公室表达的不满，以此敲打康诚，不会真的影响两家公司的合作。在她看来，苏子颜确实有错，可也没到不可原谅的地步。

却没想到邢唐如此不留情面。

郑雪眉稳了稳心神："我还是觉得我们应该公私分明。邢唐，木家村马上要开始拆迁了，这个时候医疗配套出了问题，对大唐会很不利。我们是不是冷静一下？"

"那就不是郑总需要操心的问题了。"邢唐眼神冷下来，"大唐能扶持康诚，自然也能扶持其他药企。"

郑雪眉据理力争："康诚在中药制剂研发方面的优势，没有哪家药企能比。况且，我们的研发团队也是国内顶尖的。"

这些在此前看来，确实是康诚最大的优势，也是邢唐决定和康诚合作的原因。但那时候，没有俞火，也没有苏子颜的无理取闹。

此刻，邢唐说："郑总未免太自信了。"

苏子颜不可置信地盯着邢唐，有些口不择言："阿唐哥，你真的为了那个女人连公司利益都不顾了吗？她对大唐，对你，毫无益处不是吗？从前是赫饶，现在是她，我不明白你为什么总是这么选？因为她们都出身寒门，都孤苦无依可怜吗？我看不出来，那个大夫到底哪里好？"

"在我眼里，她没一处不好。"邢唐注视面前这个相识多年，明明熟悉，此刻又十分陌生的女孩子，眉心蹙起，"无论是赫饶，还是俞火，都是我的选择，不需要向任何人交代，尤其是你。至于你说的可怜，更是可笑。相比她们的无所倚仗，却自强不息，苏小姐，你该审视下自我。没有审视，就很难发现，其实最可怜的人是你。"

"我可怜？"苏子颜眼角的泪意犹在，"先爱上的那个都是卑微的对吗？如果不是爱上你，我会变得这么可怜，做出那么下作的事情吗？"

“你还知道自己的所作所为很不光彩！”邢唐已经有些不耐烦，“你根本不懂爱。你如果懂，不会费尽心机去构陷一个无辜的人。”

“她无辜？”苏子颜冷笑，“只怕她是个心机深沉的女人。否则就凭她，凭什么高攀上你？”

宁和明白人打一顿架，不和糊涂虫说一句话。邢唐无意再继续下去，他把话说绝：“无论是我，还是大唐，都不需要商业联姻。退一万步讲，即便需要，那个人也不会是你。苏子颜，我自认没说过，也没做过让你误会的事。你不用抱任何不切实际的幻想。我和你，没一丝可能。上次你闹到医院，我没追究，已是宽容。这次的行政拘留，是给你的教训。你最好适可而止。若再犯，”邢唐眼中生寒，“我会让你们苏家以康诚为代价来偿还。”

再回公司时，邢唐拿起那份康诚已经签字盖章的协议，放进了碎纸机。

西林讶然，他不得不说：“之前的合同已经签了，我们毁约的话，会涉及赔偿。毕竟康诚那边的新团队已经组建起来了。”

“赔偿？”邢唐抬眸，“是大唐赔不起，还是我邢唐赔不起？”

西林没再说什么，开始着手准备善后的事情了。

当晚，一个号码打进俞火手机里，她没接，但也没挂断，直到那边放弃。

G 市中西医结合医院很快发了公告，针对此前治未病中心的纠纷做了阐述，以此证明俞火在诊疗过程中并无过失。同时附了患方的道歉函，还有院领导联名的声明。

声明中称：只要医护人员在诊疗过程中尽全力施救，不存在失职和过失行为，治疗结果由医院一力承担。院方将承担起保护医护人员的责任，让医护人员在安全的环境中工作，有尊严地被对待。而全院医护人员要齐心协力提高自身业务水平和服务质量，最大化杜绝医疗事故和医患纠纷的发生。

陈院长还在声明中写道：“疾病和痛苦是不可能被全部消灭的，一如我们无法阻止所有的死亡。但我们可以通过医学，避免早死，促进人类健康。”

声明的最后，是医学生誓言：

“健康所系，性命相托。当我步入神圣医学学府的时刻，谨庄严宣誓：我志愿献身医学，热爱祖国，忠于人民，恪守医德，尊师守纪，刻苦钻研，孜孜不倦，精益求精，全面发展。

“我决心竭尽全力除人类之病痛，助健康之完美，维护医术的圣洁和荣誉，救死扶伤，不辞艰辛，执着追求，为祖国医药卫生事业的发展和人类身心健康奋斗终生。”

当围在公告栏的年轻医护人员自发地诵读起誓言，那个场面，让来就医的患者都心情激荡。路过的院领导见状也纷纷表示，医学后继有人。

自那之后，医院的氛围明显好了很多。院方更接到多封表扬信和多面锦旗，都是称赞医生仁心仁术，护士为患者着想，用心护理的。甚至还有一位不知名的患者，直接粘到公告栏一封道歉信，称在治疗期间由于自己晕针导致血管跑偏，错怪护士学艺不精扎不准，把护士骂哭了。

他在信里说：“对不起啊小姑娘。我一个大老爷们儿居然晕针，也是没脸。其实你是人美心善的小天使，我却骂你‘长得有创意，活着靠勇气’，是我瞎。等我赚钱了，我去治眼睛。”

这封信全文手写，哪怕字歪歪扭扭，惨不忍睹到让人没眼看，却足见患方诚意。

那个被道歉的小护士蹲在公告栏前哭了，她不顾形象地边哭边说："我辞职报告都递了，准备这辈子就算去夜市摆地摊，也不再受这种气。你却道歉……"哭过后，她朝围观的人借了一支笔，在道歉信上回复道："我原谅你了。祝你健康。"然后转身跑去领导办公室要辞职信了。

由此可见，令人感动的事其实随时发生在身边，医患关系也并非真的"血肉模糊"，不可调和。有时只是错误的认知导致了医患矛盾的加剧，只要有人能够先退一步，彼此多一些理解、信任以及尊重，医患关系是可以得到改善的。

当一切平息，谷雨不禁感叹："好在事情反转了，否则我也要成惊弓之鸟了。我都想好了，要是俞大夫因为医闹辞职或是什么的，我也放弃从医。"

不只是俞火，连荆诚都说："求你别说话了，你的乌鸦嘴啊，好的不灵坏的灵。"

谷雨不服气地打他："有人因妒生恨针对俞大夫，也不能怪我啊。"

"针对我？"俞火敛了笑，"什么意思？"莫名联想到几天前那个她知道是谁，却拒接的来电。

"你不知道啊？"谷雨一拍大腿，"姐夫这是什么神仙男朋友，做好事都不留名的。"她告诉俞火，"姐夫查出来了，来闹事的患方是收了人家钱才故意抹黑你，收买他们的人你见过，就是那个砸了你办公室的苏子颜。她那天是不是还要给你塞红包？她是故意的，当时她偷拍了照片的。这次的纠纷一曝光，说你收患者红包的微博就上了热搜，不过当晚就被撤了，肯定是姐夫的手笔。"

怪不得那天苏子颜会反常地拿出一个红包，还说里面是支票。原来是计划好了拍照留下证据，以待他日对付自己。俞火回想当时的情景，却因为当时注意力都在苏子颜身上，没发现门口有人拿手机在偷拍。

她头疼地揉了揉太阳穴。

谷雨继续：“这次事件，患方没事，院方代表你接受了道歉。苏子颜却被行政拘留了。你说我们医院牛不牛！从源头上追究！”她还问俞火，“你真不知道啊？我看你回来上班时那么淡定，以为姐夫早告诉你了。听说苏家那边疏通不了，还来找过陈院长，希望院方能让一步，康诚医药愿意在日后双方的合作中，调低药价。可面对如此大的利益诱惑，我们院长居然拒绝了，简直不要太帅！”

那哪里是院长拒绝，分明是邢唐的意思。没有在公告里直指苏子颜，应该是他最大的让步。可惜没有不透风的墙。这不，连谷雨都知道了。

俞火犹记得，邢唐那天明确表过态，若他拿到证据，无论是以男朋友的身份，还是站在院方维护医生的立场，都不会善罢甘休。

他并不是说说而已，他真的那么做了。

俞火请了一个小时的假，提前午休去了大唐。

但见邢唐是需要提前预约的。为了避免打扰到他工作，俞火对前台说：“先问一下西特助，看邢总有没有时间吧。”

西林得知她来了，心想老板为了女朋友都和合作伙伴翻了脸，自己身为助理，可不敢比老板还牛气。他赶紧下楼，亲自相迎：“俞大夫光临，我们大唐蓬荜生辉。”

俞火礼貌地和这位助理先生打招呼。见邢唐也从电梯里走出来，她眉眼带笑地说：“我只是来做个诊后随访，不用这么兴师动众劳驾邢总吧。”

诊后随访？那还不如回家。

邢唐眼里就有了笑意：“女朋友驾临，我还敢不洒水净道、列队欢迎吗？”

等他行至近前，俞火抓住他西装前襟小声说：“那你是不是还要再沐浴焚香一下？”

邢唐握住她的手，俯在她耳边暧昧低语：“等晚上。”

听懂了他的言外之意，俞火的脸控制不住染上了绯红。她也终于明白了，为什么最近邢唐会忙得见不到人影，连飞机上提及的两天之约都没顾上。

苏子颜身为康诚医药千金，居然会被行政拘留，且凭苏家的能力扭转不了局面，必然是他在暗中使了力，施了压。

两家才刚刚建立了合作，就这样正面对了一局。俞火有点不敢想后果。毕竟，房地产商和医药企业的合作，在业界也属首例，影响力可见一斑。再加上木家村拆迁的僵局，几乎也是借由那场隆重的签约仪式打破的。现下两家公司的老大掰了，合作如何继续？一旦继续不下去，会不会影响到康养小镇项目的推进？想想，都觉得头疼。

邢唐下午还有会，两个人就近选了家餐厅吃饭。

点完菜，邢唐捏捏她的手：“最近有点忙，忽略你了，没生气吧？”

俞火也不拐弯抹角，直言不讳地问：“忙着善毁约康诚的后吗？”

邢唐与她笔直的目光对视：“什么都瞒不过你。”抢在她开口前，他收了笑说，“特意跑过来，不会是劝我收手吧？火火，你要清楚，你男朋友具备保护你的能力。在你受委屈的时候，没必要忍气吞声。

你可以要求我替你出气。你要有信心，我能做到，也愿意为你去做。我不希望听见你说，算了。”

“谁说我要算了？我没那么高尚，我也自私，我男朋友这样为我，我挺喜欢的。”俞火注视他棱角分明的脸，眼底炽烈的情感也不遮掩，“要是我遇见这样的事，你不闻不问，我反而会闹。”

邢唐喜欢这样坦荡的她。他宠爱地揉了她发顶一下：“怎么闹？”

俞火歪头想了想：“分手。”

邢唐笑了，他说：“万幸。”

俞火主动搂住他脖子，吻着他说：“谢谢你。”

“我应该做的。”邢唐扣紧她的腰，加深了这个吻。

饭后临别时，俞火还是忍不住问：“会不会很麻烦？”

邢唐摸摸她的脸：“还好。赔偿金对大唐来说其实九牛一毛。但我想了想，明明是苏家有错在先，我为什么还要赔钱给康诚？”

俞火诧异：“你的意思是……”

“我虽然不差钱，根据合同也似乎该赔钱，可游戏规则是对方破坏的，损失的不应该是我。”邢唐笑得倨傲，“所以，我的团队正在研究如何反索赔。”

他居然是这么盘算的。俞火担心：“康诚不会轻易妥协。尤其苏家还会觉得，苏子颜得到的惩罚过重了，他们或许也在酝酿反击。”

邢唐认同地点头：“苏寒更丢不起这个脸。挽回颜面的唯一办法就是让我也吃点苦头。不过没关系，最近他们只顾忙着周旋苏子颜被行拘的事，同时坐等大唐赔偿。我可没闲着。如果他们适可而止，大唐不会咄咄逼人。可若他们不知收敛，我不会手软。”

见俞火神色凝重，邢唐抬手刮了她鼻尖一下：“接管大唐至今，我还没试过身手，是时候让那些曾给我使过小绊子的老家伙，见识见识你男朋友的实力了。否则业界都不知道，大唐邢唐，是个有脾气的人。”

连他自己都说商场如战场，没有硝烟的战争也是可以死人的，俞火却为他此刻表现出的桀骜不驯也充满了信心和激情。

既然他都考虑到了，俞火表态：“我确实是个睚眦必报的人，但也不是不知轻重。你保护我的心意我懂了，我也觉得做到这一步够了，我不需要你再为我冒更大的风险。你是我男朋友，更是大唐邢总。除了我，你还要对那么多的员工负责。可如果他们不依不饶，不知悔改，邢唐，你记住，肖家的支持，是你锋利的矛，也是你牢靠的盾。”

她的意思是，她愿意和他一起迎战外敌。不得已时，更愿意去请肖远山出面。尽管邢唐并不需要，可还是被她这份维护之心感动了。他紧紧地把俞火抱进怀里。

正午的阳光，炽烈滚烫。四周寂静无声，全世界仿佛只有他们，倾心相守，彼此守护。

然而，这一战的导火索不是康诚的反击，而是苏子颜那个偏执到没头脑的女人。或许是由于从小被众星捧月惯了，受不了被拘留的委屈，在出拘留所的当晚，她竟然割了腕。

俞火是次日得到的消息。那天早上她才来到医院，就感觉到有人在对她指指点点。起初她以为是苏子颜被行拘的后遗症，大家在议论她倚仗男朋友是股东种种。直到下午，谷雨为了维护她，和西医那边的一位女大夫吵起来了，她才知道，苏子颜自杀入院了。

那位砸过她办公室，扬言她是介入别人感情第三者的女孩子，以一种令人无法忽视的姿态，再次出现在她供职的医院里。

一夜之间，俞火成为全院焦点。她为了上位，逼得人家大学都没毕业的小姑娘自杀的流言，以烈火烹油之势极速蔓延。

俞火本以为，苏家会把矛头对准大唐，对准即将拆迁的木家村。她甚至在和邢唐见过面后，第一时间和肖砺通了电话，提前请好了外援，以避免伤及邢唐分毫。

苏子颜却再次将目标锁定了她，以一场无声的以死相逼的进攻，向她宣战。

那个弱到正面交锋分分钟惨败，只能撒泼的苏大小姐，居然有死的勇气?

俞火都不知道是该佩服她，还是该同情她。

谷雨还在骂："那种作死的女人就不该浪费医疗资源救她！怎么不让她死呢！"

荆诚拉她一下："你少说两句吧。俞大夫，清者自清，我们都知道你是什么样的人，也清楚这中间是怎么回事。她再造谣，也不可能把白的说黑。"

换成其他人、其他事，或许可以当作什么都没发生过，反正俞火向来不在意那些于自己而言无关紧要的人和事。

偏偏是苏子颜。

俞火双手撑在桌面上，连续深呼吸调整自己。

谷雨过来扶住她："要不给姐夫打电话让他来接你回家休息吧。"

俞火摆了摆手，她看了下时间："十床的患者该取针了。"

荆诚拦住她："你休息，我去。"

俞火坚持自己去。

谷雨和荆诚不放心，非跟着一起。

病房外，俞火刚要伸手推门，就听见里面几道声音在议论。

甲说："给你扎针的那个小大夫，多漂亮的一个人，听说医术不错的，但作风不太好，据说和别人抢男朋友，都闹出人命了。”

乙说：“被抢了男朋友的姑娘自杀了，也在这家医院里。”

丙则说：“身体发肤受之父母，不敢毁伤，怎么这么想不开呢！”

如果只是这些，俞火至少可以做到若无其事地走进去，取针，然后回敬一句：“八卦大夫还是避讳点，毕竟是病房，被当事人听见了怼你们两句，影响医患关系。”

可甲又说：“哎，这事有意思了，微博热搜。”

谷雨与荆诚默契地对视一眼，同时拿出手机。

俞火有强烈不好的预感，觉得这个微博会是一记重磅。可她想不出来自己有什么污点是怕被人扒出来的。除非……

不可能。苏子颜是疯了，才会拿那件事做文章。那等同于伤敌一千，自损八百。不，她不可能知道。郑雪眉不会让她知道的。

俞火大脑快速运转，猛地想到那个《时报》的张汉涛记者。是他吗？除了他，谁还会关注她一个小小的大夫？所以，一战失利后，他一直在伺机报复她？

微博热搜！世人皆知。

邢唐会怎么想？会怪她吗？

他那么精明强干、善谋多虑的一个人，不会全无感觉，却自始至终没问过她一个字。俞火明白，在他打听过肖家，自己发过脾气后，他出于尊重，没对她的身世做任何探究，是在等她主动告诉他。

他一直克制隐忍着没突破最后一道防线，是看穿了她对他没有完全依赖。他耐心地，步步为营地用爱化解她的不安，获取她的信任。从 A 市回来后，她其实已经准备好了。她想，等他们完成那个两天之约，就把连赤小豆和黄药子都不知道的秘密对他和盘托出。然后，请他对全世界守口如瓶。

却横生枝节，要以最不堪、最惨烈的方式，让他知道了。

短短几分钟的时间，那双清澈明亮的眼眸竟被逼红了，俞火的手不自觉握成了拳。

这时，病房里的甲再次发声，她如同发现新大陆似的说：“争风吃醋到自杀的两个人居然是姐妹？！那个大夫……是私生女！”

俞火手上的病历本“啪”地掉在地上。

谷雨已经翻到了那条帖子，只看了几行，她控制不住地爆了粗口。

荆诚手疾眼快地扶住险些站不稳的俞火：“俞大夫！”

俞火几乎是在瞬间脸色苍白。可就在荆诚准备扶她到办公室休息一下时，她挣开荆诚的手，大力推门进了病房。

哐当声中，俞火不顾众人诧异的目光，沉默着给十床取针。再从病房出来时，她脱了身上的白大褂往旁边一扔：“替我向主任请假。”

等谷雨和荆诚反应过来，她已经进了电梯。

谷雨顿时急了：“她不会做什么傻事吧，要不要通知姐夫？我去翻病历，那上面应该有姐夫电话。”

“等你翻到，黄花菜都凉了。”荆诚拽起她的手跑向电梯，确认电梯停在了十楼，他边按电梯按钮边说：“从十楼天桥过去，就是西医那边的 VIP 病房，她肯定去找那个姓苏的了。”

“可她们……”谷雨进电梯时又瞄了眼手机，自言自语道，“我不相信！我们俞大夫怎么会是那个二百五女人的姐姐！”

荆诚比较冷静，他说：“这就说得通，为什么上次那个女人砸了她办公室，她都忍了。”

谷雨瞠目结舌，根本消化不了这个结果。

俞火在护士站问到了苏子颜的病房号。

但护士拦住她："俞大夫，家属谢绝探访。"

俞火轻巧地拨开对方的手："我不想为难你。"

护士还是跟在她身边："俞大夫……"

踢开苏子颜病房门时，俞火提醒护士："去叫保安。否则别说是你。"她目光冷寒地注视病床上的苏小姐，"在我没把话说完之前，谁都不能让我出去。"

苏子颜下意识坐直了身体，清了清嗓子对护士说："你出去吧。"

护士略显紧张地看了两人一眼，退了出去。

俞火顺手反锁上门。

苏子颜的脸色就绷不住了："你要干什么？"

"这就尿了？"俞火一步步走近她，眼神冷沉，"自杀的勇气呢？"

"你有病！"苏子颜极力往床头缩，"姓俞的，我告诉你，这是医院。"

俞火笑了："所以，我是主场作战，优势占尽。"

苏子颜强作镇定："我就不信你敢怎么样。"

"我也不信你会自杀！"俞火走到病床前，一把扣住苏子颜缠着纱布的左手。

"你要干什么？"苏子颜右手输着液，不敢有太大的动作，唯有嘴上不服软地嚷道，"姓俞的，我警告你，别以为有阿唐哥护着你，你就能为所欲为。你是大夫，我是患者，信不信我告得你失业！"

外面已经有人在敲门。

俞火全然不顾，她一条腿半跪在病床上，手上利落地扯开了苏子颜左腕上的纱布，毫不客气地用言语刺激她："失业又怎么样？做你阿唐哥的全职太太，不是更好？"

苏子颜气极："有我这条命横在这儿，你们别想在一起！"

俞火语速很快地回敬："这就是你打的主意对吗？你以为，你以死相逼、以命相搏，我们迫于压力，就无法在一起了？那你真是太不了解我了。苏子颜，我告诉你，没有你上次砸我办公室，我还意识不到我有多爱你的阿唐哥，多想以女朋友的身份撕了像你一样纠缠他的女人！你那一闹，反而促成了我们。你再闹这么一次，我还非嫁给他不可了。不冠以邢姓，你给我扣的这顶第三者的帽子，我怎么摘？"

"你别做梦了！"苏子颜的声音里带了哭腔。

俞火单手控制着她，掏出手机，开启相机："你好歹也是动物医学专业的，割腕割在哪儿死得快都不清楚？我拜托你做戏也做全套！"言语间把她的刀口拍得清清楚楚，还有那张因愤怒而扭曲的脸，一并拍了下来，"你不是喜欢造谣，还吃定了我会忍而不发吗？今天我就让你见识见识，让你亲身体验一下怎么手撕第三者！微博热搜是吧？我帮苏小姐成为网红，你看怎么样？"

苏子颜声嘶力竭地喊："姓俞的，你放开我！你这个野种！"

俞火的眼神瞬间变了，她一扬手，一记响亮的耳光又狠又利落甩到苏子颜脸上。

她手劲本就大，出手时还用了十足的力气，苏子颜顿时被打得偏过脸去。

"我是没妈。"俞火原本很冷静，此刻却有些失控，声音都不稳了，"但那两个字唯独不能从你嘴里说出来。"

苏子颜在她狠厉的目光下竟不敢还击，只是不管不顾地抓起桌上的东西砸过来："张汉涛说得没错，你就是别有用心，你出现在我的生活里，你抢了阿唐哥，是为了报复！你这种女人，凭什么被阿唐哥喜欢？你就是野种，我妈和我，这辈子都不会认你！”

俞火的心顿时被扎成了筛子，可她把泪意憋了回去，硬气地说：“我本就和你们没关系，何来‘认’一说？从我知道你们的存在，我就有了选择。选择视你们为陌生人。”

“从前是赫饶，现在是你！为什么你们都可以，唯独我不行？我们明明是……怎么就我不行？”苏子颜说着，愈发激动起来，她疯了一样扯过针头，扎向俞火。

外面已经来了保安在撞门，郑雪眉更是心急地喊：“你们在干什么？开门！”

俞火不避不闪地站在原地，在针头距离自己寸许时，稳准地扣住苏子颜手腕，把她甩到病床上。苏子颜却在下一秒又抓起针头，等俞火反应过来扑过去，已经来不及了。

门在这时被人从外面打开。

“别让人进来！”郑雪眉边大声呵斥保安，边疾步冲进来，然后恰好看见，俞火握着针头扎进苏子颜腕间的伤口。

她霎时红了眼，情急之下一把拽起俞火，回手就是一巴掌：“你是想杀了她吗？她是你妹妹！”

毫无防备之下，俞火被拉扯得踉跄了两步才站稳。她看见苏子颜面孔上诡异的笑，再看到郑雪眉双眼迸发的怒意，脸上火辣辣地疼，远不及心尖万分之一的痛。

“俞大夫！”门口的谷雨急红了眼，和荆诚在外面与保安推搡拉扯。可他们哪里有俞火的手上功夫，在几个很壮的保安面前根本没有发挥的余地。

目光触及俞火红起来的脸，郑雪眉心中涌起悔意，可苏子颜流血的伤口，又让她眼中飞溅的怒意压不下去：“你怎么能那么狠心？

她已经这样了，你就不能放过她吗？你还是个大夫，你怎么配？”

“你们母女，没一个有资格跟我说‘配’这个字！”俞火手握成拳，眼神冷寒得不带一丝情感，“我学医二十年，哪怕不像外科大夫那样如履薄冰，也有寒窗之苦。她却联合一个记者教唆患方诬陷我，要毁了我的职业生涯！我想问你，我不配在哪里？

“我把她对邢唐那点心思看得清清楚楚，我故意说重话戳邢唐痛处，逼他远离我，就是不想与你们有任何瓜葛。我再问你，我有什么不配？”

俞火指着苏子颜：“但凡邢唐对她有一丝好感，今天我站在这儿，接受全院的议论和嘲讽是我活该。但事实是，邢唐爱的是我俞火。我请问你，我哪里不配？”

俞火继续质问：“还有郑女士，你有什么资格打电话给我，为她求情？你在拨打我手机时，想过我是谁，你又是谁吗？”

“她是做得不对，我不求你谅解，可你哪怕劝她几句。”郑雪眉强自压抑着翻涌的情绪，尽量不去想她的那句“我是谁，你又是谁”的质问，她面露痛苦，“可你刚刚是在做什么？要杀了她吗？”她确实和苏子颜不亲近，但二十多年的亲情也不是假的。

“她才不配我赔上自己杀她。”俞火上前一步捏住苏子颜手腕，不顾她的挣扎和叫骂，厉声道，“你不是也学过医吗，怎么不看看她的刀口？是不敢看吗？怕看过之后发现，她根本不想死！所谓的自杀，不过是一场要拆散我和邢唐的闹剧！还有这一针，睁开你的眼睛看看进针角度，用你的医学思维去辩证一下，是我给她扎进去的，还是她自己扎给你看的！郑雪眉，你的女儿利用起你来，和陷害我时的毫不手软，如出一辙。”

郑雪眉眼神骤变，她转脸盯着苏子颜。

苏子颜撕打俞火：“你胡说！你这个疯子！”

俞火看着这个失去理智的妹妹，话锋犀利：“你不是说有你的命横在中间，我和邢唐没办法在一起吗？你敢用死来验证一下结果吗？你如果敢，我给你答案。苏子颜，试试吗？”

苏子颜手上占不到丝毫便宜，嘴上又无以辩驳，号啕大哭。

郑雪眉已承受不了更多，她无力地喝道：“够了！”

“是够了。”俞火转过身，背对她，“刚刚那一巴掌，算我还你那一点骨血。从此刻起，我们两清了。”

她眼睛模糊一片，声音也抑制不住哽咽了：“我不像你，说不爱就不爱了。我像我爸俞一归，爱了就是一辈子。所以，别再白费心机了，除非邢唐不爱我了，否则谁也拆不散我们。”

听到俞一归的名字，郑雪眉的神色痛苦不堪，她一句话都说不出来。

俞火再没别的话，她走出病房。

几个保安这才松开谷雨和荆诚。

谷雨看着她疲倦的神色，还有脸颊上那道明显的掌痕，心疼得眼泪都要掉下来了。

俞火伸手推了荆诚一下：“带她回去上班。”

荆诚看着她的脸：“俞大夫。”

俞火以命令的口吻说：“带她走。”

荆诚迟疑了半秒，拉着谷雨离开。

俞火闭眼靠在走廊墙壁上缓了片刻，再睁开眼时，看见脸色惨白如纸的赫饶站在不远处。

对视的瞬间，两双眼睛里都涌起潮湿的波光，像是了然，或者是某种感同身受的疼。

却不知道该说什么。

俞火默了几秒，朝反方向而去。

赫饶看着她挺直又倔强的背影，颤声唤：“俞火。”

俞火身形一顿。半晌，她转过身，努力笑起：“……姐。”语毕，眼泪滚落而下。

邢唐开了一天的会。

解除与康诚的合作，将会对大唐造成的不利影响，邢唐并没有对俞火说实话。

康诚医药是一家集研发、生产、临床、销售为一体的上市许可持有人公司。根据与大唐的合作意向，他们将搭建国内一流的研发平台，组建顶尖的研发团队。

研发主任黄药子，更是具备丰富的分析和制剂工作经验，带领团队完成过创新药、3 类药、6 类药研发工作的药物制剂研发的高端专业人士。要把这样一群可遇不可求的医学精英收归麾下，岂是件容易的事?

西林之所以提醒邢唐，康诚的新团队已经组建起来了，代表康诚已经有了动作。只要一动，必然会牵涉到资金。通俗地讲：我开始工作了，动用了人力和财力，你却不干了。那好，我来计算下损失。研发中心的设立，实验室设备的升级，高薪聘请的专业人才，每一项叠加起来，最终会形成一个天文数字。

邢唐对俞火说，违约金于大唐而言九牛一毛。但这一毛有多值钱，是和大唐的市值、邢唐的身家决定的。

当邢唐有了决定，他首先做的就是要求自己的团队人员精准核算损失，再根据损失的数字，制订应对方案。

再者，为了获得大唐的注资，康诚更是以自身在业界的威望联合了十家药企，为大唐的养老地产项目提供医疗配套支持。现在，两大企业的合作出了问题，那十家药企难免会有波动。这就需要邢唐提前做好防范，以免大唐与康诚解约不顺利，彼此对立起来，大唐再同时应对十家药企的毁约，会十分被动。

除此之外，还有最重要的一环。

木家村拆迁在即，若在这时被外界知道大唐首个养老地产项目的医疗配套出现了问题，谁都不敢保证，村民会不会出现反弹，质疑大唐的实力和诚信，再故技重施，借由媒介闹一波。

将种种可能性都考虑到后，邢唐不仅分别约见了十家药企的负责人，重新达成了合作意向，更飞了两趟 A 市，在曹文浩的安排下，召集村民代表开了会，提前就康养小镇的医疗配套问题，亲自进行说明。

一切布置妥当后，邢唐才喘了口气。由于连续多日的超负荷工作，他在会后独自在会议室里休息了片刻。可他才扯松了领带，把腿搭上旁边的椅子，西林神色匆忙地推门进来：“萧总电话，说有十万火急的事。”

邢唐接过西林的手机：“怎么啦？”

那边的萧熠如释重负：“我的邢总啊，我快把你手机打爆了！”

“手机在办公室，开会没拿。”中午他和俞火通过电话，把自己下午的工作安排告诉了她，自然也不担心她会找他。邢唐随口解释完，问他：“什么事？”

萧熠不太正经地问他：“一个好消息，一个坏消息，先听哪个？”

邢唐很疲惫，没力气和他贫：“能只听好消息吗？”

“那就先说好消息。”萧熠深呼吸，“邢唐，我们成连襟了。”

“什么东西？”邢唐以为自己听错了。

萧熠也不废话，直切重点：“你家俞大夫是饶饶的表妹。你和我，我们要成连襟了。”

俞火和赫饶是表姐妹，意味着郑雪眉和俞火是……母女？邢唐神色骤变，他倏地站起来，一手拿着手机，一手撑在胯上，有那么几秒没说话。

在某个瞬间，他是不相信的。但萧熠再不靠谱，也不会拿这种事情开玩笑。

“我本以为郑雪眉和她贪慕虚荣的姐姐不同，可事实证明，她们俩果然是亲姐妹。在嫁给苏寒之前，郑雪眉和你准岳父生了俞火，在俞火不满周岁时，她跟了苏寒。三年后，又生了苏子颜，从此掌权康诚。”话至此，萧熠停顿了片刻，像是在给邢唐消化的时间，“俞火没和你说吧，否则依你的脾气，早该中止和康诚的合作。”

邢唐其实早有猜测，俞火的母亲是在世的。根据她随俞一归生活的经历也不难猜到，是那位离开了他们父女。但无论前情如何，又是否另有隐情，于邢唐而言，俞火认的人，他就认。俞火不提不认不原谅，他也不会倚仗和她的关系，扮家长强迫她改变。他只想，她一直待在他身边，由他疼着爱着照顾着，开开心心就好。

怎么都没想到那个人会是郑雪眉！

邢唐眼瞳暗下来：“你怎么知道的？”

“郑雪眉给饶饶打电话说苏子颜自杀，让饶饶过去劝劝她。饶饶亲耳听见俞火说的。”萧熠收敛了玩世不恭，语气冷起来，“有人发了微博，营销号转得不亦乐乎，‘千金归来，重生复仇’的话题已经上了热搜第一。”

邢唐很快找到那篇名为“千金归来，重生复仇”的微博。

这次不再是含沙射影、水军带节奏了，而是直接曝光了姓氏，直指俞姓中医大夫为某知名药企郑姓总经理的私生女，在被抛弃了二十几年后，为报复母亲，抢了同母异父的妹妹的男朋友，并倚仗男友在房地产业强大的势力，把苏姓妹妹送进了拘留所。其妹不堪受辱，自杀未遂。

除此之外，赫饶也被牵扯进来了。微博称："曾因世纪婚礼轰动一时的赫姓新娘，与俞姓中医大夫为表姐妹。两人不仅有血缘关系，连被母亲抛弃的命运也相同。更有意思的是，俞姓大夫的现任男朋友，房地产业最年轻的总裁，曾与赫表姐相恋，并育有一女……"

邢唐眼中升起厉色，向来善于隐忍的他已经濒临爆发的边缘。

微博结尾处还有直戳人心的四连问——

"由复仇而起的爱，能走多远？"指俞火对邢唐。

"本就没有基础的姐妹之情，该如何修复？"指俞火和苏子颜。

"面对那个无辜的孩子，你是小姨，还是继母？"指俞火与楠楠。

"家有三姐妹，你到底爱谁？"指邢唐对赫饶、俞火、苏子颜。

末了，博主还自觉幽默地说："豪门多恩怨，入门需谨慎。"

最后还附了当年邢唐、萧熠和赫饶的三角恋传闻链接，就是赤小豆曾翻出来的那些旧闻。对照之下，微博的可信度直线上升。

评论很快就把相关几人的情况和人物关系扒得一清二楚。包括根据郑姓总经理嫁入苏家的时间，推断出俞火几乎是在不满周岁时就被母亲抛弃了。包括俞火的姨妈，赫饶的亲生母亲，是邢唐继母这种当事人不愿被外人知的关系。

总之，这条微博所呈现出来的内容——超劲爆，比娱乐圈还热闹。

邢唐眼中怒意飞溅，抬手把电脑挥落在地。

萧熠听到他这边的动静，说："博主交给我。不是帮你，他敢拿饶饶和楠楠说事，就要能承担得起后果。”之所以先给邢唐打电话，是让他看一眼原博，知道是怎么回事。

邢唐没拒绝。他脸上风云变幻，凌厉的黑眸带着一丝野性的暴戾：“这个博主，如果我没猜错，应该是《时报》记者张汉涛的小号。我查过了，他是《时报》某高层的外戚。除了让他为侵犯隐私权和诽谤罪付出代价外，也让他老子知道，什么是子不教父之过。”

萧熠知道这事触怒了邢唐。他眼底也是疾风暴雨：“我出手只会比你更狠。后续有什么需要，尽管开口。”

相比萧氏涉猎多个行业的便利，大唐作为传统房地产企业，要碾压不相关的药企，确实多有掣肘。然而——

邢唐沉声：“我自己来。”

这是要手刃郑雪眉了。相比当年，无法因郑雪君对赫饶的抛弃而对大唐出手的萧熠来说，简直不要太痛快。

邢唐回到办公室，看见手机里有几通赫饶和左欲非的未接来电。

他先打给俞火，被提示关机了。

左欲非再次打过来，他语速很快地说：“苏子颜昨晚自杀入院，刚刚俞火去了她病房，据说两人动了手。苏子颜手上添了新伤，俞火她……”

邢唐冷声追问：“怎样？”

“他身边叫荆诚的实习医生跑来告诉我……”左欲非喉结上下滚动两下，“俞火被郑雪眉打了一个耳光。”

邢唐两腮咬得紧紧的，刀锋般锐利的眼，一眨不眨地盯着窗外，垂在身侧的右手紧握成拳，手背上青筋暴起，周身散发出一股狠戾的气势。

西林站在他身后，都感觉到了由里到外的压迫感，不自觉收敛了呼吸。

再打俞火的手机，依然关机。

赫饶又打过来问他：“见到俞火了吗？”

邢唐反应迅速：“她来大唐了？”转首看向西林。

西林马上出去问秘书。

赫饶说：“她说要去找你，我把她送过去的。但她不让我陪她上去。我在大唐外等了半个小时，她没出来。”可回警队之后又不放心，才打邢唐的手机确认。

前台说有位小姐来问过邢唐在不在。前台知道邢唐在开会，如实相告：“我问她需不需问一下西特助或是章秘书，要打断邢总吗。那位小姐说不用。她说，她等一等。”

前台指了指休息区：“她一直坐在那儿，低头看手机。什么时候走的，我没注意。”她是新人，没见过俞火，并不清楚来人是未来老板娘。

猜测俞火等他的时候，应该在浏览微博，邢唐的脸色愈发不好。他拿起车钥匙往外走，同时对西林说：“今晚不用加班了，都回去休息。未来一个月，会很辛苦。”

西林就懂了，和康诚的一战，即将开锣。

邢唐先去了善和，赤小豆还什么都不知道，她说：“俞小九没来啊。这心急火燎的，干吗呀？你们吵架了？”

邢唐急着见俞火，没时间和她解释，边往外走边说：“你问左欲非。”

邢唐回了繁华里，刷自己的万能卡到俞火家，直接按密码开门。

只有大款在。

邢唐转头去了西山干休所，和此前来时一样，无论如何，山下的警卫都不让他进。他都准备报肖砺的名字了，冷静一想，又觉得不对。依俞火的个性，出了这样的事，她最想瞒的人应该就是肖远山，不会来这边。和警卫一确认，果然，一整天都没有女生来过干休所。

邢唐又根据赤小豆提供的信息找了几处俞火可能会去的地方，一无所获。他只能再次折返回繁华里。直到临近九点，俞火都没有回来，手机也始终处于关机状态。从起初认定她一定不会有事，随着时间的流逝，邢唐越来越慌。

赤小豆急得要报警，赫饶知道俞火失踪了近五个小时，已准备动用警力。

邢唐坐在俞火家客厅看向自己家漆黑一片的阳台，猛地想到什么，他忘了大款还趴在自己腿上，起身冲了出去，惊得大款喵的一声蹿到沙发上。

一路从俞火家奔回自己家。

电梯门打开，邢唐看见他的女孩儿，像颠沛流离归来的人一样，抱着双腿，额头抵在膝盖上，坐在他家门口，胸间充斥的忐忑不安瞬间化作了温柔和疼惜。

俞火听见电梯的动静抬头，四目相对，他们看到彼此眼里闪动的微光。

邢唐单膝触地跪下来，把她拉进怀里抱住，嗓音低哑地说："委屈了。"

俞火哽咽："你怎么才回来？"

邢唐眼睛泛潮，不自觉收拢手臂把她搂得更紧，平复了几秒才问："手机没电了？"听她闷闷地嗯了一声，他轻责："不会先回家充电吗？知不知道我多担心？"

俞火仰头看他，委屈巴巴地说："我想先等你。"

此刻她的表情，呆萌憨厚，思维更和精明犀利的俞大夫人设相差甚远，邢唐的心在瞬间软得一塌糊涂，手掌在她小脑袋上揉了两下，嗔道：“小傻子。”

她也不反驳，只是往他怀里缩了缩，抱怨：“好饿好冷。”

哪怕是夏天，楼道里也很凉，她还穿着短袖待了几个小时，怎么会不饿不冷？邢唐心疼极了，一手托在她背上，一手伸到她腿弯处，双臂向上一勾，把她抱起来：“回家。”

俞火下意识搂住他脖子，末了，轻责：“这种抱法最需要腰腹用力了，你小心点啊。”

“怕什么？不是有你吗？”邢唐亲她额头一下，“开门。”

“密码多少啊？”

“和你那边一样。”

“我生日啊。”俞火边输入密码边后悔，“早知道我先进去睡一觉了。”

上次她喝醉，邢唐送她回家时记住她那边的密码后，回来就把自己常用的密码改了。本想哪天她来认门时再告诉她，结果一忙竟给忘了。他问：“因为是九月的生日，小名才叫小九？”

俞火点头：“但我还是更喜欢你叫我火火。小九像一条小狗，还是无家可归流浪的那种。”

都说儿的生日，娘的苦日。她或许真正在意的是，被唤小九时，会下意识想到那个女人吧。邢唐也不揭穿，只逗她说：“小猫小狗不是该叫‘大款’这种土豪名吗？”

她还附和道：“真有才，取那么好听的宠物名。”

“可不是吗？”邢唐把她抱到客厅的沙发上，才去门口换了拖鞋，又拿出一双特别少女心的粉色小拖鞋，走过来给她换上。

那么高大的一个人，蹲在那里给她换鞋的样子，温柔得像在发光。

一瞬间，俞火又是想哭，又很骄傲。

这个男人无论在外人面前多刚硬冷漠，对她都是体贴周全，像对待一个孩子。可她明明比一般的同龄人独立。俞火努力压抑胸间的酸涩，淘气地说：“新买的，还是早买好的，以备带女孩儿回家时用啊？”

邢唐起身挤过来，俞火来不及动，他人已经把她压在沙发上，既像回答她，又似自言自语地说：“你却到现在才来。”话落，低头吻住她。

俞火贪恋这一刻的亲密温存，她抱紧他，闭上眼睛回吻。似乎唯有他的拥抱和亲吻，才是真实的，温暖的，才能化解她心里的难过。

邢唐感应到她的情绪，更加温柔地吻她，不带一丝欲望。

许久之后，他离开她的唇，在她挨了打的一侧脸颊上亲了亲：“还疼不疼？”

俞火伸手摸了摸脸：“能看出来吗？”她以轻松的口吻说，“那苏子颜惨了，我打她那一巴掌可比我挨的这一下重多了。我手劲有多大，你是知道的。”

其实不刻意留意，很难看出来，却疼在他心里。邢唐抚了抚她鬓边的碎发，几不可闻地叹了口气。都这个时候了，她还在安抚他。

俞火明白他在心疼自己，她低声说：“对不起，让你最后一个知道。”

“你没有对不起我。”邢唐把她抱坐到自己腿上，坦诚地说，“尽管我不希望我们之间有秘密，可如果说出来会让你难过，不提也罢。你好好地在我身边，比什么都重要。”

俞火看着他的眼睛：“你不高兴了吗？”

他右手搂着她，左手与她十指紧扣：“我的火火受了委屈，我怎么高兴？”

她满不在乎地说：“也不算委屈，谁让我先动手打了人家女儿呢？人家妈妈替女儿出气，理所当然。”

人家女儿，人家妈妈……是需要多大的勇气，才能说出这样看似无所谓，看似与自己完全无关的话。邢唐的心，抑制不住地跳痛了一下。

她自嘲地笑了笑：“我其实对她没感情。可人就是那么奇怪，当我知道和她的关系，就没办法只当她是陌生人了。”

俞火把头枕在他肩膀上：“我去病房闹，也是想看看，她有多偏心苏子颜。结果她不是偏心苏子颜更多一些，而是眼里完全没有我。”她明明在笑，眼里却雾气氤氲，“……我替我爸爸难过。”

邢唐用下颌蹭了蹭她额头：“伯父他……”

“他出夜诊，回来的路上遇上泥石流。那年，我十五岁。”俞火转身搂住他，下巴搭在他肩膀上，与他交颈相拥，“从我有记忆那天起，我就以为我妈妈死了。我爸爸医术好，人缘更是好得不得了，有很多女人主动示好，可他从来不多看一眼。我奶奶劝他，他就拿我当挡箭牌，说怕后妈对我不好。”

那时候俞火才几岁，不太懂后妈是怎么回事，可别的小朋友都有妈妈，她也想要。无意间听到奶奶和爸爸的对话，她颠颠地跑过去表态：“我不怕后妈。”

俞一归这辈子，悬壶济世，救人无数，无愧于世人，亦对得起父母亲朋，唯独亏欠的人，就是俞火。他抱着小小的女儿说：“爸爸不给小九找后妈。爸爸除了是爸爸，也是小九的妈妈。”

“可妈妈是女生啊。”见俞一归脸色不是太好，她又改口说，

“那……要是爸爸不喜欢后妈，小九也不要了。”说着还亲了爸爸一口，表示安慰和喜欢。

俞一归笑了，欣慰又苦涩的那种。

自那之后，奶奶也不再提起后妈的事了。

“我小时候超凶的。”俞火吸了吸鼻子，“大多单亲家庭的孩子都有被欺负的经历。我也不例外。但每次有人骂我是没有妈妈的野孩子，都会被我打得很惨。我知道打哪里疼，还看起来没伤，你说我鬼不鬼？”

她回忆起小时候，笑眯眯的样子有点小得意，可爱极了：“我爸爸因为我和人打架，没少被找家长。”

俞一归却从来没有因此责骂过她一句。小的时候，俞火还很得意，觉得反正爸爸不会修理她，那就干呗。直到她渐渐大了，终于明白，俞一归的纵容是因为自认亏欠了她一个妈妈。

俞火不再轻易和人动手。但她更懂得保护自己了：“我挨了欺负，我爸爸和我奶奶会心疼。我不想他们难过。”

邢唐在她后脑勺揉了揉：“我不能二十四小时守着你，万一我不在的时候被欺负了，打得过的，就上，不用手下留情。我和伯父一样，不怕被请家长。打不过的，向我告状，我替你找回来。听见了吗？”

俞火用脸蹭他的脸：“万一我下手重了，把人家打坏了，可是要赔钱的。这年头，碰瓷儿是专业。”

邢唐笑：“你家邢总最不差的就是钱，你不知道？”

俞火也笑了，撒娇似的在他怀里扭了两下：“我爸爸去世后，奶奶告诉我，我妈其实还活着。她拿出一张已经泛黄的合影，照片上的爸爸笑得特别温柔特别暖，那个女人却……不太开心。”

奶奶眼泛泪光地告诉她：“你爸是不想留在G市的，我们老家落后，穷，很多人看不起病。他想毕业后回到家乡治病救人。可为了那个女人，你爸跪在你爷爷面前说，他会很努力地成为一名好大夫，救更多的人。”

俞爷爷并不苛求儿子一定要回家乡。外面的世界那么大，他希望儿子走出去。否则何必寒窗苦读十余年考医学院呢？把他的医术传承下去，不就可以了？

俞爷爷把自己行医多年记录下来的医案都交给了俞一归，对他说：“无论医术多高，都会有我们救不回的命。但身为医者，我们救人的心，永远都要坚定。哪怕有一丝希望，都不能放弃。”

俞一归带着父亲的嘱托接受了G市军总医院的高薪聘请，成为最有潜力的中医大夫。

本以为这样如了郑雪眉的愿，他们就可以像别的恋人一样，幸福地在一起了。

却依然不行。

奶奶对俞火说：“我能理解年轻人先忙事业，不愿意太早结婚的想法。可她怀孕以后还是不愿意登记，我就有感觉。但她说，女人结了婚，还有了孩子，尤其是孩子还小，会影响工作、升迁……她的事业心很重，你爸是知道的。在你爸看来，一个女人愿意为一个男人生孩子，就表示爱的坚定。他没有任何怀疑。所以，直到你出生，他们也没结婚。”

俞火即将满周岁的时候，俞一归辞掉了别人羡慕的工作，带着俞火，回到那个偏远的、落后的小县城里，开了一家诊所。对于郑雪眉，他只对父母说：“我们分开了。”

他小心藏起的那张合影还是被母亲发现了。

奶奶对俞火说：“她明明答应了你爸爸的求婚，连登记用的照片都拍好了……”

俞火没让奶奶再说下去，她不愿意让一位母亲回忆一个女人对儿子的背叛。俞火抱住年迈的奶奶，说：“我没有妈妈。”

时隔多年，俞火对邢唐说：“奶奶是怕哪一天她也走了，我变成孤儿。她以为，我和那个女人会有相认的一天。可她那样辜负我爸，也从没回去看过我，我没想过认她。不过，从那个时候起，我还是逼着自己学了好多技能，像舞蹈、画画、钢琴……”

她轻轻笑了，还自黑道：“你肯定想不到，我这么一双巧手，点穴准到没对手，在琴键上居然蠢得像猪蹄儿。”

邢唐笑不出来。

俞火也伪装不下去了，她连续深呼吸了几次，才能继续：“和从小学医习武的初衷不同，我学那些只是为了，万一有一天遇见她，不至于输给她另一个女儿一根手指头。直到有一天，我们班有个长得确实不漂亮的女同学被男生起哄嘲笑丑，她妈妈冲到学校把那些男生骂了，我听见她妈妈安慰她说‘我的女儿是全天下最可爱最漂亮的孩子’时，我恍然大悟。不是你有多优秀，妈妈就有多爱你。而是，因为你是妈妈的女儿，妈妈才甘愿倾其所有去爱你，去保护你……”她忽然说不下去了，静静地窝在邢唐怀里。

感觉到颈间的濡湿，邢唐胸口胀得难受，他说：“火火，你有我。”

我会视你为珍宝，倾其所有去爱你。

心中那丝酸涩终于泛滥，俞火哭出声来。

邢唐抱她更紧，如同抱着失而复得的宝贝。

俞火哭累了，才哑着嗓子告诉他：“其实七年前我去大唐找过你。”

邢唐身体明显一僵，等她继续。

俞火坚定地说：“奶奶去世后，我和左欲非一样，也手抖。但我的病因很明确，是情感方面受到了打击，只要能克服，就会好。我还想成为我爸爸那样的好大夫呢。况且，我为了学医，风雨无阻地练了十几年的功，不能就那么白费了。”

邢唐摸了摸她的头发，为她的坚强和理智感到骄傲。

俞火揉了揉眼睛：“我好了之后，想到对你的承诺，去了大唐，想当面问你，还要不要给外婆看病。可我看见你和郑雪眉一起从大唐出来。”

那是俞火第一次见郑雪眉，就凭着那张郑雪眉和俞一归的合影，一眼认出了她。那一刻，她心里的震动大到一步都迈不动。

俞火知道母亲的存在，可那么多年过去了，那位母亲从未去看过她。俞火以为，她们此生都不会有相见的一天。

那个阳光温暖、微风和煦的下午，俞火蹲在邢唐看不见的角落里许久，久到忘了时间，忘了身在何处。

等确认郑雪眉是邢唐继母妹妹的时候，俞火知道了自己和赫饶的关系。

俞火说：“给赫饶输血时我还想，好巧，我们两个居然都是这么稀有的血型。不救活她，是对这份奇缘的辜负。”

所以，在输血量达到600毫升，她脸色苍白如纸，护士都要收手时，俞火用仅有的力气按住护士的手，虚弱地说：“再抽！要不撑不到血站送血来，这些血就白费了。”

护士于心不忍，可想到抢救室里同样年轻的生命，她鼓励俞火：“撑住。”

俞火连点头的力气都没有，却还在笑：“没事，我的身体素质，比你想象的好。”

邢唐那天是进过抢救室的，他亲眼看着那一滴滴血输入赫饶的身体。当血袋里的血所剩无几，他听见医生都焦急地问："血还没送到吗？"

如果这些血都不够，谁还能救赫饶？邢唐紧张得连呼吸都乱了。

终于，在最后一滴俞火的血注入赫饶体内，血站的血送到了。对俞火的感激，在那一刻，是最强烈的。

"现在你知道了，我因为和她的关系回避你，又因为赫饶，难过了许久，更因为苏子颜，说狠话拒绝你，伤过你的心。"俞火用那双漆黑的眼注视邢唐，"你怪不怪我？"

邢唐看着她："我确实有点怪你。"

俞火垂眸。

邢唐用手抬起她的脸，坦言："总觉得，世界对我们很不公平，我们也不该承受这些，更希望有其他方式解开这些结。可如果没有错过那些年，我们现在会怎么样，我会不会移情于你，又能否在羽翼未丰的情况下，和你一路走到今天，都是未知数。相比现在我们在一起，我宁可相信，这就是最好的安排。那些你受过的委屈、吃过的苦，火火，我会在余生，尽力弥补。你也别因此怪我，好吗？"

俞火点头，还很大气地承诺："我再也不把你往外推了，哪怕微博说的是真的，你和赫饶确实在一起过，还有了女儿，我都不抛弃你。"

邢唐噎了一下，看着她含泪忍笑的表情，反应过来后用力亲了她一口："这是审我呢是吧？"

"那你说，你认楠楠为干女儿，难道不是为了以此为由，和赫饶建立一种超越友谊的关系？"俞火掐他一把，"我楠楠爸楠楠爸地称呼你那么多次，你倒是一副坦然的样子。还干爹，我看你是想当人家继父吧？”

邢唐无从否认，他笑得无奈：“你都这么说了，我还能反驳吗？”随即抱了抱她，“当时认楠楠为干女儿，除了是我的私心，也是权宜之计。这个说来话有点长。不过有一点可以肯定，楠楠不是我和赫饶的女儿。干爹的由来，回头我再和你交代，嗯？”

俞火故作勉强地答：“行吧。”然后向男朋友撒娇，“好饿啊，你还一直拉着人家说话。”

邢唐一拍脑门：“我这里食材有限，将就吃个面，还是叫个外卖？”

俞火摸摸瘪瘪的肚子：“外卖太慢了，吃面。”

邢唐用额头抵着她的额头：“你可以去洗个澡，洗完正好吃饭。”

在男朋友家洗澡，这意思不言而喻。

俞火面上一热：“……没有换洗的衣服。”

邢唐状似征求她意见：“我去给你取？这么近，几分钟就回来了。”

俞火有点小别扭：“你知道放在哪儿吗？”

邢唐捏她脸蛋一下：“之前那些天我恨不得长在你家，还会摸不清你那边的地形？”

俞火微微嗔道：“流氓啊。”

邢唐笑得一脸宠爱。

最后，他不仅给俞火取来了衣服，连大款和大款的小鱼干也一并带过来了。更趁她洗澡的空当给赤小豆他们报了平安，免得大家担心。

当两人坐在餐桌前吃饭，俞火用脚丫轻轻踢他：“干吗拿那么多东西啊？居然用行李箱装，好像我多矫情似的。”

邢唐面色不改地答："反正早晚都要搬，索性多拿点。"

这是要同居的节奏了？俞火慢半拍地反应过来，默声。

邢唐注视她低垂的染上绯红的小脸，似笑非笑地提醒："头发掉碗里了。"

俞火又踢了他一下。

饭后，邢唐洗碗。见大款一直围在他脚边喵喵地叫，他问："它为什么这么喜欢我？"

"它喜欢更强势的人呗。"俞火靠在餐桌前，欣赏男朋友优美的小臂线条，头头是道地解释，"作为喵星人，它其实是很有心机的小东西。对于体形健硕的男主人气场，它臣服。再加上男主人并无奴性，不会特别宠溺它，它才会刻意讨好。"

邢唐还是第一次听到这种说法，他将信将疑。

俞火被他认真思考的样子逗笑："我胡说的啊。"

邢唐洗好碗，擦干手，就要把她捉过来收拾一下。

却被手机铃声打断。

邢唐看来电显示是西林，轻抚了她背部一下："去熟悉一下家里的环境。"

俞火只当他有工作要处理，强行抱走了大款。等她把邢唐这边的大四居参观完，他和助理的通话还在继续。

俞火也不打扰，径自从酒柜里取出一瓶红酒，打开，喝了一大杯，然后很乖地窝在沙发里，隐隐约约地听见书房里熟悉的声音有条不紊地交代着什么，渐渐地，昏昏欲睡起来。

某个瞬间，俞火猛地惊醒。

触及她警觉惊慌的目光，邢唐心疼地柔声安慰："是我，别怕。"

俞火缓了缓，才意识到邢唐正伸手抱她，她手臂主动揽上来，仰头亲了他喉结一下。

邢唐的动作停滞了半秒，随即手上一收，将她抱进怀里，吻住。

她比以往任何一次接吻都热烈，还学他的样子，探索似的碰触他的唇齿。邢唐闻到她口中淡淡的酒香，才确定茶几上的杯子是怎么回事。他扣住她后颈，加深了这个吻。

俞火的呼吸渐渐被夺走，可她没有退却，更没有停下的意思，还伸手把邢唐衬衣的下摆从裤腰里扯出来，又摸索着解他皮带扣。

邢唐哪经得住她这样？他眼底幽深，唇滑向她耳垂轻吮，嗓音喑哑："怕不怕？"

俞火若即若离地吻他喉结，吐气如兰地呢喃："那你温柔点儿啊。"

这样的回应，远比亲吻更撩人。

邢唐清晰地感觉到身体触电般的悸动，连心脏都漏跳了一拍，他抱起她走进卧室。

房间没有开灯，透过窗纱投射进来的月光和客厅洒进来的微光交融，光线昏暗且暧昧。

待看清彼此的眉眼，邢唐被小姑娘满眼的爱慕和依赖震撼，心中那团本就炽热的火在瞬间燃烧得更烈。他欺身而上，给她实实在在的温暖，亦感受她实实在在的柔软。

夏夜微凉，房间里却连空气都是炙热浓烈的，喘息的暧昧声也越来越重。邢唐像对待一件价值连城的艺术品似的，小心地触摸他的小姑娘，整个过程温柔得不得了，也把俞火折腾得不得了。

邢唐伏在她身上，低哑道："火火，你是我的了。"

俞火红着眼睛在他肩头轻咬了一口。

邢唐无声地笑了，他翻身躺在一侧，把她拢在怀里。

俞火一动不动地依偎在他胸口，轻轻合上眼。

夜寂静，风无声，人安枕。

相比邢唐和俞火彼此交付的幸福，苏家却是一场暴风骤雨。

苏寒发现那条微博时，气得险些犯了心脏病。当年的事，他也是当事人之一。对于俞火，他自然不陌生。可他根本不担心郑雪眉会和俞火相认。随着俞火的长大，郑雪眉对她的亏欠，早已到了没有颜面相认的地步。

苏寒万万没想到的是，事情会闹到苏子颜被拘留，进而闹自杀的地步。这在苏寒看来，是他这辈子，最大的耻辱。

他立刻派了人去医院，要把苏子颜接回来。毕竟微博基本是指名道姓了，凭媒体敏锐的职业嗅觉，很快就会反应过来，追去医院采访。这种时候，万一郑雪眉或是苏子颜说错了什么话，无疑会增加康诚的公关难度。

却还是晚了一步。

邢唐去过善和后，赤小豆就给左欲非打了电话。起初左欲非还什么都不肯说，生怕她冲动之下再做出什么过激的事。可到底经不住赤小豆的“威胁恐吓”，她一句“等我从别人嘴里打听出来是怎么回事，我和你之间再没一句话好说”，左欲非立即妥协，把什么都招了。

赤小豆了解了事情的始末后从震惊到气疯只用了一秒。她直接杀去了医院，还在路上召集了徐骄阳去助阵。

于是，继俞火大闹了苏子颜的病房后，同一天内，赤小豆又去闹了第二波。

她杀气腾腾地冲进病房，先是毫不客气地把自带的咖啡泼得苏子颜头脸尽是。又趁郑雪眉没反应过来，手脚利落地砸了病房里一切能发出声响的东西，引人来围观。最后戏精附身般地自编自演了一场孕妇撕小三的戏码。

她指着狼狈不堪的苏子颜骂：“身为康诚千金，就可以仗着家世好勾搭别人老公吗？还有脸假自杀栽赃我要逼死你！苏子颜，你的脸呢？”说着，她还看似下手很重地捶了两下自己平坦的小腹，“今天我就一尸两命地死在你的病房，我看你怎么踩着我和我宝宝的命和我老公在一起！”

这是什么神转折？左欲非一脸蒙。

围观的人大多也都听说了这家医院的大夫和苏子颜的“恩怨”，此刻事情来了个超级大反转，他们也很傻眼，正震惊而激烈地讨论交流着剧情，见赤小豆又要对自己下手，基于对弱者的同情，纷纷上前拉她，劝她别想不开，还有骂苏子颜狐狸精不要脸的，更有指责郑雪眉怎么教育女儿的，让她不会教就别养。

闹剧现场，骂声一片，全程还有徐骄阳带去的记者小哥哥拍照摄像。

等保安来疏散了人群，赤小豆拍了拍衣角，冷笑：“懂了吗？这叫‘以彼之道，还施彼身’。敢有下次，信不信老娘抱个孩子到康诚大门口再闹一次？”

不顾苏子颜的吼叫，她看向郑雪眉，言语和眼神一样冷：“我还以为俞小九的妈早死了，没想到不仅活得如此光鲜，还有脸带着她所谓的妹妹住到她供职的医院里！怎么，全G市就这么一家医院肯收治你们这种神经病吗？你在维护自己这个人心都没长全的女儿的时候，还记得俞小九也是你十月怀胎生下的女儿吗？过去那些年，你尽过几天为人母的责任？还你不认她！我问问你，你有脸认吗？

你凭什么认？！”

郑雪眉作为康诚总经理，素来以端庄娴静的形象示人，先不说撒泼吵架她并不在行，何时被人如此打过脸？当即被质问得哑口无言。

对于俞火的生活圈子，郑雪眉私下里是了解过的。因此知道，面前这个泼辣的姑娘叫赤小豆，和俞火既是医学院同学，更是合作伙伴。那家生意红火、日进斗金的善和中医养生馆，是她们俩人合伙开的。赤小豆的话，尖锐刻薄，却也句句在理，郑雪眉无以辩驳。

苏子颜的笨嘴拙舌更不是赤小豆的对手，只知道抓起枕头砸她，喊着让她滚。

赤小豆毫不客气地揪住她的头发，迫使她仰脸面向郑雪眉：“看好了，这个才是你女儿，我们俞小九不屑要你这种妈。”甩开苏子颜后，她问身后的徐骄阳：“拍好了吗？”

徐骄阳冷着脸点头。

郑雪眉理智犹在，她顿时警觉：“你们要干什么？”

“爆料啊。”赤小豆顿时变脸，她收起了面孔上的凶狠，笑得快意，“对付你们这种不做人事，还偏要人脸的有钱人，最省事了。几张照片，一段视频。不就是抹黑人吗？我也会的。”

郑雪眉直冲记者而来：“你们最好不要乱报道。”

徐骄阳挡在两名属下面前，一把打开了郑雪眉抢相机的手：“苏大小姐都能自暴家丑，还在乎我们随手抖点边角料吗？不过郑总，我真得提醒你一句，你不管不要的女儿俞火现在是邢唐的女朋友，未来的邢太太。那位被牵连的你姐姐抛弃的女儿赫饶，是萧氏总裁萧熠的夫人。一下子得罪两大企业，你们康诚是找死吗？”

不仅郑雪眉的脸色变了，苏子颜也吓傻了，她懵懂地问：“什么家丑？”

赤小豆懒得再废话，她留下一句：“我等着看你们的结局！”走人。

苏子颜疯了一样要扑上来，被站在一旁的左欲非拉开。他揽着赤小豆离开，边走边训：“你可真行！居然能想到扮孕妇以牙还牙。要不是亲眼所见，我都不信！”

赤小豆心情不爽，甩开他的手：“你们男人没一个好东西！”

被迁怒的左欲非扒了扒头发：“我这是得罪谁了？”

徐骄阳一耸肩。

确认俞火平安，赤小豆拉着徐骄阳一起去喝酒了。左欲非不放心，尽管遭到了两个女人的排斥和挤对，还是硬跟着去了。

赤小豆喝高了，把郑雪眉骂了个体无完肤，然后替俞火委屈得径自哭起来。至于徐骄阳，她默默地喝了很多酒，然后一动不动地趴在桌子上，默默地掉眼泪。左欲非知道，她在想邢政。他转过脸去，不忍心多看一眼。

得知微博热搜一事，郑雪眉怒不可遏地甩了苏子颜一巴掌：“谁让你这么做的？”

这是苏子颜第一次挨她的打。尽管从有记忆时起，郑雪眉并不像别人家的妈妈那样亲近她，她甚至也感觉到妈妈并不是很喜欢自己，可即便如此，从小到大，无论她闯了多大的祸，都没被打过。

苏子颜不可置信地看着郑雪眉：“你竟然为了那个女人打我！”

“你既然知道她是你姐姐，为什么非要闹到让我左右为难的地步？”郑雪眉气血直往上涌，她再没心思和苏子颜讲道理，直接把人带离医院。

回苏家的路上，苏子颜给张汉涛打电话，那边一直关机。她越想越怕，忍不住对郑雪眉解释：“不是我让他发的微博，是他说只针对姓俞的，也是他告诉我那个患者和姓俞的关系不好，说可以借此给姓俞的一个教训，还有红包的事，也是他……”

“人家有名有姓，别张口闭口姓俞的！”郑雪眉已经控制不住脾气，她冷言质问，“你怎么会和那种人搞到一起？”

苏子颜才把康诚和大唐签约那天遇上张汉涛，以及后续张汉涛指使她陷害俞火的事讲了。

“也是他告诉你我和……”

“他说你是，那个人的妈妈。”苏子颜眼泪掉下来，“我不相信。”

“你故意和她作对，就是想证明，我会偏袒你？”

“……也是因为我真的喜欢阿唐哥。”

没想到真相会如此惨烈地被撕开。郑雪眉的内心很崩溃，她有气无力地说：“你怎么就不死心呢？你难道不懂感情是不能勉强的？”

苏子颜却说：“你不也勉强自己和爸爸生活了这么多年吗？”

郑雪眉以为自己听错了：“你说什么？”

苏子颜的眼泪掉得更凶：“你们面上很好，但总是吵架。你也不喜欢我，无论我多乖，成绩多好，怎么讨好你，你看都不看我一眼，我都知道。”

郑雪眉闻言，胸口剧烈起伏，好半天一句话都说不出来。

“和大唐的合作不顺利，爸爸不是很生气吗？有一天我路过书房，听见他和你说，让你管好俞一归的女儿，让你分清楚自己的女儿是谁，让你安分……”苏子颜眼睛红红的，她憋着泪说，“你以前不是在中西医结合医院体检的，后来……是因为她对吗？”

郑雪眉转过脸，把视线投向车窗外。半晌，她哽咽：“你们……

是可以相安无事的，怎么你……”偏偏戳破这一切。

“那她为什么非要和阿唐哥在一起？她不是姐姐吗？她难道就不能让让我吗？”苏子颜抓住郑雪眉的手，“她是连你也要抢走吗？妈妈，我才是你的女儿啊，你不能偏心她。”

直到这一刻，郑雪眉才知道后悔。后悔自己不该漠视她，任由苏寒娇惯她，把她培养教育成了一个偏执到没有理智、是非不明的人。

郑雪眉闭着眼睛靠在后座，再也说不出一句话。

苏寒见到他们母女回来，直接发了脾气。

苏子颜直到这一刻才意识到，张汉涛所谓的帮她，其实只是利用。确切地说，他们本想相互利用对付俞火。结果，确实也伤到俞火了，可对于苏家的损害更大。

从苏寒的言语中，苏子颜知道，张汉涛必然要为曝光俞火的身世付出代价。先不说大唐和萧氏会如何招呼他，连康诚都不准备放过他了。

这确实是家丑，被外扬至此，苏寒怎么咽得下这口气？偏偏自己的女儿还和张汉涛搅在一起。他慈父的形象也崩了，指着苏子颜喝道：“滚回房间去！没有我的允许不许踏出房门半步！”

从没被吼过的苏子颜哭着上楼。

苏寒看着神思恍惚的郑雪眉，怒火更是压不住：“如果不是你疏于对她的教导，她会变成今天这个样子吗？骄纵，自私，行事不知轻重，甚至连识人都不会！我看你该带她去看看心理医生。”

“苏寒，你没资格说我！”郑雪眉抬眼看他，目光绝望痛苦，“是你说，我只要把她生下来，其他的都不用管。这么多年你对她溺爱，才是造成今天这个局面的根源。”

苏寒眼瞳暗了：“可你是她妈妈！至于俞一归的女儿，你早舍弃了她。还是你忘了，跟我，是你自己选的？”

郑雪眉被他刺痛了，她红着眼爆发：“我有的选吗？你那样设计我，让他看见我跟你……我怎么选？！”

这是多年来两个人极力回避的不堪。如今被再次提及，苏寒的脸色也变得很难看，他盯着郑雪眉，那双有了岁月痕迹的眼深不见底：“你如果不是想将错就错成为苏夫人，当年为什么不去和俞一归解释？凭他对你的感情，只要你把一切推给我，他会原谅你。”

“但你没有！”苏寒语气寒凉地提醒，“你选择放弃了他们父女俩！我没计较你和别的男人生过孩子，我给你苏夫人的名分、郑总的权力，我的所有，都是你的，你该知足，该好好珍惜。这几年，你每年清明都以去基地为由，给俞一归扫墓，我不是不知道。我给你机会忏悔了，你也要懂得适可而止。”

苏寒看着她：“当年你当着俞一归的面答应我，今生不再见他们父女，就注定了你这辈子，只能是子颜的妈妈。她是不是偏执狂，她心理是不是健康，她都是你的女儿。”

郑雪眉哭着低吼：“苏寒，你就是个疯子！”

苏寒笑得冷漠：“我是疯，可你为什么放着正直深情的俞一归不要，偏偏选了个疯子？承认吧，你就是个喜欢名利和荣耀的女人。你的价值观早就扭曲了，你也放弃不了我这个疯子给你的这一切。”

他说着，收敛了面孔上的笑：“把你的伤心和后悔收起来吧，看看怎么挽回局面，应对大唐才更重要。否则，再失去了康诚总经理的身份，你才是什么都没有了。还是你想为了那个不可能原谅你的女儿，甘愿放弃现在所拥有的这一切？”

最后，他像深爱郑雪眉一样抚摸她的脸：“你想要重新选择一次，雪眉，我成全你。”

俞一归都去世九年了，她还能怎么选?

俞火已经二十四岁，那缺失的母女之情，又哪里由得她来选?

郑雪眉失心疯似的笑，笑自己这混乱不堪的人生，笑被贪心束缚的自己。

当晚，郑雪君打电话来："那个叫俞火的大夫，是你和俞一归的女儿?"

郑雪眉独自一个人坐在没有开灯的书房里。黑暗中，她说："如果你要感谢她治好了你的病，不该把电话打到我这儿。"

郑雪君笑得阴沉："过去是赫饶，现在是俞火，邢唐还真是偏爱我们郑家的女儿。"

"我们郑家，不配有她们那样的女儿。"郑雪眉哑着嗓子说，"我已经要忘了当年是你把我送到苏寒面前的。我承认，我原本就是个爱慕虚荣的女人，是我半推半就，没资格怪你。我也不奢求一归原谅，更不可能和俞火相认，反正我也回不了头了。但是姐，算我求你，别再和邢唐斗了，阿政已经不在了，你还要怎么样啊?你能怎样?"

"看来你是真想让邢唐做你女婿了。"郑雪君的声音渐渐冷下来，"可你想过吗?他即便娶了你女儿，也不会认你这个岳母。"

"我不用他认我，也承受不起。"郑雪眉的眼泪无声落下，"只要他好好待俞火。"

郑雪君冷笑，她意味不明地说了句："现在才想起来要做慈母吗，晚了。"然后挂断。

郑雪眉滑坐到地上，捂着脸无声痛哭。

俞火做了一晚上的梦。梦见当年给邢唐药方时，他的迟疑；梦见小雨那天，他眼含笑意地喊她"小孩"；梦见重逢后，她称呼他楠楠爸，他要气不气的样子；梦见她在地下车库说狠话拒绝他，他眼底汹涌的痛苦；还梦见自己答应做他女朋友，他眼角眉梢的爱意与温柔……睡梦中的人，不自觉更紧地依偎向身旁的温暖。

次日，俞火被生物钟叫醒。她缓缓睁开眼，看见阳光透过窗纱洒进来，被镀上一层金色的房间里，她爱的男人在她身后，即便是睡着，也不忘把她温柔地搂在怀里。侧卧的姿态既像禁锢，又亲近甜蜜。

感觉到他温热的呼吸拂过头顶，看着那只昨晚一直捣乱，不知何时跳上床来的大款正赖在她身前酣睡，俞火心中是前所未有的宁静和柔软。

早上醒来，阳光和你都在，才是我想要的未来。

俞火转身，把脸贴在邢唐胸口上，手揽到他腰上。

邢唐没醒，却下意识拉了拉被子，把俞火裸露的肩膀盖好，还在她背上拍了拍，像哄孩子一样温柔。

俞火和他无声地拥抱着。渐渐地，她感觉到了某人的心猿意马。

伴着男性的气息拂过耳边，俞火听见他嗓音低沉地说："想要你。"

什么没醒？不存在的。

俞火眼底的羞意藏不住，她在他腰上掐一把："节制点，小心腰疼。"

邢唐笑声愉悦："你男人正值当打之年，你却要他节制？"

俞火面色绯红，无力地搡他一下："我浑身疼，想泡个澡。"

邢唐低喃一声："我抱你去。"在她的惊呼中，直接把人抱进了浴室。

大款被隔在门外。

邢唐很受用她的火热和大胆，他微微仰头，手上用力的同时，身体贴她更紧。

俞火情难自控，在他耳边呢喃：“邢唐，我爱你。”

邢唐略略停下，双手捧住她的脸，额头抵着她，诱哄：“再说一遍。”

俞火目光都有些涣散，却一下一下啄他下巴：“我爱你。不知道是从重逢那一刻起，还是根本就是从初见时起。”

这是她第一次承认爱他，还可能爱了很久很久。

邢唐的眼睛霎时红了，他缓了半秒，低哑道：“我会让你知道，我多爱你。”

亦用余生证明，你没爱错。

旭日东升，春光正浓。

接下来两天邢唐和俞火都没上班。乍一听还以为邢总不知节制，开车上瘾。其实不然，是俞火生病了。

由于长年练功，平时又很注意养生，俞火的身体素质其实还不错。可经历了病房那一闹，她本不愿承认的那一丝对郑雪眉的期待破灭后，无形中遭受到了一波情感打击。而人的身体是极为敏感的，抵抗力的强弱与主人的心情有直接关系。

哪怕俞火表现得再坚强无所谓，当与郑雪眉彻底决裂，她的情绪也低落到极点。这直接影响到酶的活性，当酶的活性降低，她的抵抗力随之直线下降。

当天午睡后，俞火就没起来。

发现她小脸通红，像是很热的样子，邢唐心中警铃大作。他伸手探她额头，竟有些烫手。

邢唐当即把她从被窝里搂起来："火火，我们去医院。"

俞火迷迷糊糊的，眼皮涩得很："……我还不想上班呢。"

到底还是因为郑雪眉，她连热爱的工作都开始抗拒。

邢唐心疼地说："不是上班，你发烧了。"

"难怪早上醒过来的时候我觉得骨节酸痛，还以为是你闹的呢。"俞火软软地靠在他怀里，右手三指搭上左手腕，闭眼感受了片刻，"没事，只是有点着凉，不用去医院。"

医不自医。这种时候，邢唐哪里肯听她的？他语气坚决地说："不行。"

俞火没力气和他拉扯："你用我手机给小豆打电话，让她过来帮我推拿，烧很快就能退的。"见邢唐依然执拗地要给自己套衣服，她无奈地抓住他的手，"我自己的身体我清楚。你别紧张，好吗？"

邢唐见她神志清楚，他考虑了几秒，勉强同意："到傍晚烧还不退，必须去医院。"

俞火朝他笑："好，听你的。"

邢唐这才给赤小豆打电话。

半小时后，左欲非把赤小豆送到邢唐家。几乎是同时，黄药子也打来电话。本该在A市的他，此刻居然在俞火家门口。他显然也是看到了微博，匆忙赶回来的。

俞火虚弱地瞪了邢唐一眼，小声责怪："这下全世界都知道我昨晚住在你这儿了。"

都这种时候了，她倒还在意起别人的眼光了。

邢唐用手指捋捋她的头发："你留宿在男朋友家里有什么问题？或者以后，我留宿你那儿，我不怕被人知道。"

俞火微微嗔道："你脸皮越来越厚了。"

邢唐不在乎地一笑："不厚怎么追到你？"

惹得赤小豆直翻白眼："你们俩当我是死的啊？"

左欲非也附和："我也什么都听见了。"

俞火没力气反驳，邢唐似笑非笑："你们俩又不是外人。换你们这样，我和火火可是乐见其成。"

赤小豆脸上挂不住，她一扬手："这病没法治了。"

黄药子恰好在这时赶到，赤小豆顺势让位。

黄药子给俞火摸脉，经过辨证确认她是风热感冒："你那边有柴胡滴丸吗？或者穿心莲滴丸也行。"

俞火点头："都有。"

赤小豆去取药的空当，黄药子对邢唐解释："她最近没休息好，卫气不固，外邪乘虚侵入才会引起感冒发烧。按这里能止痛，清热解表，帮助退烧。"他在俞火肘部的曲池穴按摩，几分钟后，又按大拇指和食指中间虎口处的合谷穴，"她习过武，底子好，睡一大觉就没事了。"

还真是一大觉。

俞火差不多睡了一天一夜。如果不是黄药子始终在，并说："她只是睡着了，不是昏迷。烧已经在退了。休息是恢复元气最好的办法，让她睡到自然醒。"邢唐早把人送医院了。

俞火醒过来时，已近黄昏。

邢唐背靠床头，双腿搭在床边，手轻轻抚在她头顶，闭着眼睛睡着了。

俞火身上还是没什么力气，她把手从被子里伸出来，捅捅大款，小声："自己有多重不清楚吗，还趴在人家肚子上，快下去。"一开口，才发现自己的嗓子哑得不像话。

大款睁开眼看看她，喵了一声，像是在抗议主人打扰自己。

邢唐一个激灵醒过来，见一只小手正在捅大款，他唇角有了淡淡的笑意：“醒了就不老实。”

俞火仰头看他：“谁让它压着你啊。”

邢唐把大款抱到一边去：“好点没有？还有没有哪里不舒服？”

俞火从被子里爬起来，手肘搭在他腿上，撒娇似的说：“胃难受。”

邢唐以为她又添了新病，瞬间紧张：“胃疼了？”

她却笑了：“饿得难受啊。”

邢唐掐她脸，扶她起来吃饭。

俞火看到餐桌上只有小米粥、红薯，以及清淡的小菜，耍赖：“我不该吃肉补补吗？”

邢唐径自剥着红薯的皮：“我是按你师兄的要求给你准备的。至于肉，”他抬眼看她，“等我能吃的时候，你才可以。”

俞火假装听不懂他所谓的肉是何意，她不情愿地用勺子舀着粥，还在嘟囔：“可这也太素了，我这么虚弱，需要营养啊。”

“所以只有最营养的小米粥才是你虚弱的脾胃能接受的。”邢唐把红薯递过来，训她，“肉生痰的道理忘了？生病的时候不该饮食清淡、少油少盐？你平时是怎么给患者做的医嘱？你这个大夫当的可以。”

俞火失笑：“我都忘了，邢总算是半个中医。”

人在生病时和大病过后，身体都是极度虚弱的，只有米粥才是最好的补品。所以黄药子嘱咐他给俞火熬点小米粥。邢唐是懂医理的，自然照办。

他也笑了：“骗不了我吧。快吃，吃得多才能好得快，才有肉吃。”

俞火只能乖乖吃素，谁让邢总都自我牺牲，陪着吃素了呢。

得知俞火生病，赫饶和萧熠也来探望。

楠楠一进门就扑进邢唐怀里，委屈巴巴地说："干爹，你好久都没去看我了。"

邢唐半蹲着，让小丫头坐在他腿上："等干爹忙过这段时间，带你去游乐园玩好吗？"

楠楠瞬间开心起来，然后又忽然说："那你可以把小豆姐姐的电话号码告诉我了吗？我想约她一起去呢。"

邢唐低头笑了笑："小豆姐姐在干爹这儿呢，要不你当面约她？"说着便把楠楠抱进了屋。

由于事先通过电话，俞火知道他们一家三口要来。此刻，她抱着憨态可掬的大款朝楠楠挥手。

楠楠哇的一声，挣着身子向俞火伸手，要抱她怀里的大款。

果然，小孩子都是喜欢毛茸茸的小动物的。

有了大款的楠楠，亲爸亲妈不要了，干爹和小豆姐姐也不理了，只喊了声"小豆姐姐"表示打招呼，便蹲在客厅和大款玩起来。

等两个男人进了书房，针对此前萧熠在俞火手底下吃了暗亏的事，赫饶笑言："出手够狠的，我都没握麻过他一条胳膊。"

"他还真告状了啊。"俞火也无悔意，反而带着几分小得意地说，"我本想直接把他那条胳膊卸掉的，看在你的面上才算了。"

卸人胳膊这种事，从前都是她的活儿。赫饶失笑："合着我还得谢谢你手下留情了？"

"姐妹之间干吗客气呢？"俞火笑眯眯地，"我也是仗着小姨子的身份。反正萧总作为姐夫，不会拿我怎么样，是吧，姐？"

赫饶敲她脑门一下：“是啊，他告状也没用。”

那天在医院相认后，两人情绪都比较激动，尽管是赫饶送俞火去的大唐，但一路上，她们也基本没交流。缓冲过后，彼此心里都有了准备，再见面，姐妹俩虽都默契地回避关于母亲的话题，却也有说不完的话。

等邢唐和萧熠聊完公事出来，姐妹俩还亲热地拉着彼此的手。

再看看和大款玩得不亦乐乎的楠楠，邢唐感慨似的说：“我这儿从没这么热闹过。”

萧熠拍拍他的肩：“好日子这不来了吗，妹夫？”

总觉得这声妹夫是占了自己便宜。邢唐应也不是，不应也不是，他笑着拍开萧熠的手，凑到楠楠身边：“知道它叫什么名字吗？”

楠楠眼睛亮亮的：“它还有名字吗？干爹，你快告诉我，它叫什么呀？”回头见俞火看过来，她猛地想起什么，一捂嘴。

俞火眉眼一弯：“怎么了？被姐姐发现你的小秘密了是吗？”

楠楠那双水汪汪的大眼睛看着俞火：“对不起小豆姐姐，我不是故意骗你的。因为太婆生病了，不能让她担心干爹，只好我来假装干爹的女儿。”她拿小手指指萧熠，“这才是我爸爸，我爸爸叫萧熠，骗太婆是他的主意呢。”

就这么被出卖了，果然坑爹。

萧熠无辜地摊手：“这难道不是一个善意的谎言吗？”

赫饶睨他一眼，他立即噤声，老老实实站到一边去了。

俞火也禁不住笑了，她顺着楠楠的话说下去：“姐姐也要告诉楠楠一个小秘密。”

楠楠眼睛倍儿亮：“什么小秘密啊？”

“姐姐叫俞火，不叫赤小豆。”俞火说着拉起楠楠的小手，在她掌心写下“俞”字，“楠楠知道的，太婆记性不好，老是忘事是吗？”

楠楠点头。

她继续：“小豆这个名字好记呀，而赤小豆又是姐姐的好朋友，所以姐姐就告诉你和太婆，姐姐叫赤小豆。另外呢，楠楠知道吗？赤小豆还是一味药……”

楠楠张着小嘴，一脸好奇：“赤小豆是药呀？”

到底是小朋友，给个理由就行，楠楠瞬间被俞火小姐姐带跑了。

萧熠看向邢唐：“你这个小媳妇儿很机灵啊，我和饶饶琢磨了好几天，都不知道该怎么解释这个名字的问题，到她这儿，分分钟掰过来。”

俞火闻言朝邢唐一扬下巴：“在智商方面，我像他。”末了还啧了一声，“怎么姐夫你的身手半点不像我姐呢？”

欺负他没有武力值是吧？他只是轻易不施展好吗？想当年迎亲时，他可是打败过柴宇的！萧熠立刻转向赫饶：“饶饶，我们回家吧，不请他们吃饭了，浪费粮食。”

楠楠立刻抱住俞火大腿：“我不回家，我要和火火姐姐一起留在干爹家玩。”

萧熠纠正她：“以后要叫小姨，不能再叫姐姐了，知道吗？”

楠楠似懂非懂：“小姨？和骄阳姨妈一样吗？”

“差不多吧。”萧熠笑道，“或者，从你干爹那儿论，应该叫干妈。”

楠楠的小眉毛就皱在了一起：“干爹干妈应该是一家人吧？”她似乎就懂了，“火火姐姐是干爹的女朋友对吗？那我还能不能嫁给干爹呀？”

见小丫头瘪着小嘴一副要哭的样子，抢了人家准老公的俞火赶紧哄：“能嫁能嫁，长大了就能嫁了。”

楠楠憋泪："那我要快点长大，超过小姨。"

俞火还鼓励她："楠楠加油。"

邢唐看着一大一小，笑得无奈。

第十章 × 大健康产业

俞火病好后回了趟医院，和华主任一起去了陈院长办公室。回来后她收拾了自己的东西，开始休年假。谷雨和荆诚以为这是她辞职的前兆，既难过又不舍。

从那天起，俞火除了偶尔去善和外，大多数时间都在阳光养老院做义工。

这是过去几年里她定期做的事情，邢唐倒也不拦着，他去做该做的事情了。

大唐毁约于康诚的事，很快被房地产和医药两大行业知晓。在众人都在猜测两家公司是否因微博上提及的原因才闹翻时，大唐没有保持一贯低调沉默的姿态，而是主动和康诚联系，洽谈违约事宜，并表示，愿意赔偿康诚的一切损失。

这等同于承认，大唐毁约，有错在先。

消息一出，业界哗然。

根据大唐与康诚的主合同，两大企业达成合作后，康诚将搭建国内一流的研发平台，组建顶尖的研发团队，以确保创新药的研发进度。

在与大唐达成合作意向后，康诚已经开始运作。其实对他们来说，平台和团队是现成的，只需要在原有基础上进行一次全面的技术升级，便是质的飞跃。而他们前期的动作越快，留给技术研发的时间就越充分。毕竟，大唐投入资金，不是无限制无限期的。

根据合同规定，康诚要提供阶段性成效报告。未如期完成阶段性目标任务，大唐将不再继续投入资金，且前期的资金还要收回。那意味着，康诚要为研发滞后自行买单。

大唐在支付了第一笔资金后，未能保证后续资金及时到位，康诚的研发结果也将与大唐无关。康诚可以不必履行对康养小镇的医疗配套支持，也无义务为大唐的养老地产项目供应平价药，更不必返还已收到的资金，只当大唐是做公益了。

如此看来，合同其实对彼此都有制约，谁也占不到便宜。

眼下的情况是，大唐尚未注入一分资金。这种情况下，大唐提出解约，就需要支付康诚违约金。金额的多少，则根据康诚的先期投入来计算。这一条款是苏寒提出来的。

当时两大企业达成了合作共识，而距离大唐支付首笔款的时间也不长，几乎可以排除掉违约情况的发生。而康诚为了规避风险，完全可以等大唐的款项入账再动。

可是，别看大唐未涉足过医药领域，但对创新药研发的流程和时间，甚至是康诚正研发中的项目进度，都是做过详尽且深入调研的。

大唐在阶段性目标任务制定上，既符合现实，又严谨苛刻。康诚若想得到大唐全部的扶持，不能有半点懈怠，且需要争分夺秒。以至于在双方沟通主合同条款时，苏寒提出，为确保研发进度，康诚需要马上动起来。

南嘉予仔细研究过该条款。针对此，大唐也要求，违约金不以总投资额为基数制定，而是要康诚拿出相关费用明细，确定费用支出，大唐才赔付。

机关算尽的同时，也很合理。

主合同就此落下。在不担心有所损失的情况下，康诚迅速行动，进行技术升级。

他们确实动了，研发中心的设立，实验室设备的更新换代，新团队组建——这些先期的投入，此刻都需要大唐来买单。

当西林代表大唐表示愿意依约支付违约金，苏寒十分意外。此前，大唐连谈都不谈，邢唐更是连电话都不接，完全一副“要赔没门”的姿态。他都在做打官司的准备了。

苏寒想不通，短短几天时间，大唐的态度为什么会有 180 度的转变。难道是因为俞一归的女儿，大唐无意恋战，只想以此划清与康诚的界限?

苏寒希望如自己所想。他立即让康诚的团队核算先期投入费用，经他再三复核后，给大唐发了过去。

大唐拿到康诚的数据后，与自己核算出的数据对比后发现，康诚所计算出的金额高出大唐的数据五倍不止。

西林向邢唐汇报：“新研发中心所处地段的房价，以及每一台新设备的采购价格，我们均以高出行业最高标准的百分之二十来核算。”言外之意，大唐已经给了康诚价格上浮的空间。可康诚显然不满足于那百分之二十。

既然如此，邢唐就把康诚的数据报告甩过去：“那就让他们重算。告诉苏寒，如果康诚的财务连这点账都算不明白，大唐不介意派人协助他们，费用由我个人来出。”

西林原话转达给苏寒。

苏寒气得直接摔了电话。

康诚却不可能再拿出第二份数据报告。否则那等同于默认数据有水分，他们作假了。

一周后，康诚把同样数字的报告再次递交大唐。只是这一次，多了一项人力成本。意思是，我们进行选址、选设备、洽谈价格，得有人去做吧，难道不必支付工资奖金吗？

邢唐拿到康诚的这份报告时都气笑了：“康诚的薪资待遇高到都超越我这个总裁了？”

西林收起报告，笑道：“没想到康诚一个采购部经理的年薪居然比你还高，我都想跳槽了。”

邢唐调侃起属下来：“人往高处走。若真有那么好的去处，我不拦你。”

可明明这份报告大有问题，大唐却审核通过了。随后，邢唐几乎是以全公司上下皆知的姿态通知财务部：“准备款项，解除合同签订后，七日内支付违约金。”

那可是好大一笔款。财务总监冲到总裁办公室：“邢总，你这样逼我，不担心我猝死给你看吗？”

邢唐平静地笑道：“账上有多少钱我会不知道？别说解除合同还没签，即便今天就签，大唐也是付得出来的。你不会有事，放心。”

财务总监要哭了：“可那笔款是有大用处的你又不是不知道。我头都熬秃了，才在你规定的时间内，筹措出那笔款。马上要用了，你却让我再吐出一笔违约金来，臣妾办不到啊！”

简直是大型宫斗剧现场。

邢唐屈指碰了碰眉梢。

等财务总监从邢唐办公室出来，要么办到，要么递辞职报告的总裁命令在坊间传开。

苏寒万万没想到会如此顺利。以免夜长梦多，他立即让康诚出具了解除合同模板发到大唐，只待大唐审核回执后，走下一步流程。

这本来是两大企业内部的事情，媒体却总能第一时间获得消息。大唐尚未回执解除合同，类似“大唐拆借资金支付违约款”“为承担康诚的违约责任，大唐财务总监疑猝死”等报道相继出来。

康诚上下，包括苏寒在内，都以为进行到这一步了，解约成功基本没悬念。甚至大唐的基层员工都以为，大唐要赔钱无疑了。

肖远山在这时来了趟大唐。

邢唐立刻终止了会议，亲自下楼相迎。

他从电梯里一出来，就见肖家爷孙坐在大堂休息区。肖远山手里转着玉石保健球，肖砺换了便装，低声说着什么。

像是感应到他的视线，肖砺转头看过来。见到邢唐，他主动起身。肖远山因孙子的动作抬了抬眼，视线在邢唐身上定格时，眼神明显暗了暗。

邢唐有种大事不妙的感觉。他恭敬地先和肖远山打招呼：“肖老，您好，我是邢唐。”

肖远山收回视线，沉声：“我知道你，大唐邢总。”

邢唐可不敢应这声“总”，他说：“您是长辈，叫我名字就行。”

肖远山没理他。

邢唐这才和肖砺打招呼：“阿砺休假了？”

肖砺淡淡笑道：“今晚还得回去。”

见肖远山没让邢唐坐，而邢唐就始终规规矩矩站着，肖砺说：“我们坐下说。”

老爷子不发话，邢唐不能坐。他默了半秒，迂回道：“这里有点吵，要么肖老到我办公室坐坐？”

“就这儿吧，我说两句话就走。”肖远山抬眼看他，语有不悦，“你是打算一直站着，让我仰着脖子和你说话，还是我也需要站起来？”

邢唐才敢落座。

这个刁钻的老头。西林见老板恭敬的样子，忍不住吐槽，却也不忘安排茶水。

和肖砺的温和相比，肖远山明显冷硬很多。而他被俞火视为亲爷爷，此刻亲自到访，邢唐顿觉失礼。眼下，老爷子给他脸色看，他大气都不敢出。

还是肖砺替他着想，主动开口：“小九休假的原因，我们都心知肚明。冷处理确实是最好的办法，时间长了，大家也就淡忘了。可在一定的时间内，她必然还是要承受一些非议。‘清者自清’没错，但也‘众口铄金，积毁销骨’。”

邢唐明白肖砺是在征求他的意见，问他是否考虑让俞火换一家医院工作。

他确实考虑过，但俞火必然不愿意以这种方式离开中西医结合医院。她之所以休假，不是因为苏子颜自杀入院令她承受非议，而是郑雪眉在处理这件事上的态度伤到了她。她自知，此时的心态不适宜继续工作，休假是为了调整自己。

于是他说：“我尊重俞火的意见。”

意料之中的答案。肖砺看了看他，点头。

肖远山这才开口，他以质问的口吻说：“你和那个苏子颜是怎么回事？”

这是以俞火爷爷的身份问的，邢唐必须答清楚。否则，老爷子若是因此反对俞火和他交往，会是很大的阻力。邢唐心里明白，现在能阻碍他和俞火在一起的人，唯有面前这位长者。

他慎重思考了几秒，才开口：“我父亲在我母亲去世后续弦了一位夫人，名为郑雪君。她一母同胞的妹妹郑雪眉与俞火的关系，我是最近才知道。在此之前，我好奇过俞家，也动过一探究竟的念头，但怕俞火不高兴而作罢。我与郑家的交往，只限于大唐决定向养老地产转型后，选择医疗配套伙伴时的合作洽谈。在过去的那些年里，我与苏子颜从未单独约过会面，我本人对她也没有任何好感，更不曾给过她暗示或希望。”

邢唐还毫不回避地说：“但她因我对俞火造成的困扰和伤害，我难辞其咎。”

他并未推诿责任，态度也很诚恳，肖远山心中的不满淡了些，可再开口时，语气依旧是严厉的：“年轻人谈朋友，吵闹误会都是在所难免的。但你要清楚，要不是跟了你，小九不会受那样的窝囊气。你站出来保护她，那是应该的，我不会因此称道。”

话至此，肖远山的目光陡然犀利：“可若你做得不够，我老头子必然饶不了你。我肖远山的孙女，不能在你身边受委屈。”

邢唐点头：“您教训得是，我记下了。”

肖远山过来无非就是给他个下马威，见状稍稍收了脾气，改问：“康诚的违约金不是小数目吧，你真的打算便宜他们，认赔了？”

邢唐也不绕圈子，他实话实说：“一分不赔。”

肖远山盯了他几秒，终是嗯了一声：“还算有点骨气。”他转了转手中的保健球，“不管旁人如何看待此事，说我们小题大做也好，说我们借题发挥也罢，我们都该明白，做这件事是为了什么，为了谁。

军人是保卫国家疆土不受侵犯的守护者。男人，除了要有家国担当，还要扛起对女人的责任。这样才配说爱，才配得起女人对他的爱。”

邢唐听懂了：“您放心吧，我有分寸。”

肖远山这才点了头。当邢唐把西林送过来的茶，双手递给他时，他接了。

肖砺见状适时对邢唐发出邀请：“有空和小九回家坐坐。我不常回来，都没人陪爷爷下棋。”

肖远山自然明白孙子这是提醒邢唐该主动登门了。想到居然是自己先来大唐找邢唐，他不太痛快地说：“一个个的棋都下不好一盘。”

邢唐感激肖砺的铺垫，他赶紧表态：“早听火火说肖老棋风凌厉，擅长攻杀，改天还请肖老赐教。”

难得他对下棋也有兴趣，而且听口气似乎棋艺还不赖。肖远山的神色缓和了几分，他故意聊起了下棋之道，然后发现，面前这个年轻人是个可攻可守、善攻善守的商人。转念想到，他能从基层做起，最终坐上高位，必然是有些本事的，倒也不觉得意外了。

看时间差不多了，肖远山一抬手：“累了，回家。”

邢唐一路把两人送上车。

肖远山在他关上车门后，降下了车窗。

邢唐见老人家还有话要说，上前一步。

肖远山看了他一眼：“万一有什么应对不了的，说话。”

看似简单的一句话，却是一句不轻言的承诺。

俞火一语成真，肖家的支持，成了大唐牢靠的盾。

却也因这份支持，邢唐更是非要以自己锋利的矛取胜不可了。似乎只有那样，才配对俞火说爱，才对得起肖远山的信任与认可。

当天晚上，他要得格外激烈。好在他肆意但不放肆，热情更不忘情，全程都照顾她的感受，很好地控制着节奏和力度，给了俞火全新又愉悦的体验。

疾风骤雨过后，邢唐自背后搂住她。

俞火嗓音低哑地问："爷爷没为难你吧？"

邢唐闭着眼睛笑："和阿砺通电话了？"

俞火嗯了一声："我问他爷爷说了什么，他让我问你。"

邢唐用下颌蹭她头发，倒没像她那么听话地把全过程讲给她听，而是说："他老人家是准备检验一下我的能力。我能过关，你是奖励，否则……"

俞火侧头看他："怎么样？"

邢唐顺势在她身上轻捏了一下，才语带笑意地答："他老人家就助我通关。"

俞火明白过来肖远山是什么意思，她像孩子似的兴奋起来，转身扑进邢唐怀里："爷爷不反对我们了，万岁！"

邢唐边搂住她边问："他之前反对你和我在一起？"

俞火实话实说："倒也没直接反对，只是不太支持。"

邢唐手掌扣在她后脑勺上抚了抚："委屈我的火火了，受了这么久的夹板气。"

俞火在他怀里蹭："我没觉得委屈，反而有种叛逆期早恋瞒着家长的刺激感。"

邢唐在她臀上掐了下。

俞火笑眯眯地凑过来亲他。

大唐向康诚回执了解除合同。基础条款，大唐一个字都没修改，一副完全认同康诚提出的所有条件的姿态。唯有违约金支付那里，大唐附加了一条——康诚向大唐移交出新设立的研发中心、所有实验室设备，以及研发团队后，大唐在七个工作日内全额支付解除合同中双方约定的违约金。

苏寒震怒。在他看来，我康诚凭借从业经验、业界地位获取的一手资源，你大唐说拿就拿走了？摆明是渔翁得利，是在敲诈。

在大唐看来，你既然把获取这些资源的一切成本全部加诸我身上，全部归咎于我毁约的损失，没问题，我来买单。但既然是我买单，东西你总要给我吧。

这就好比有人损坏了你的东西，你要求人家照价赔偿。人家同意了，但是，钱赔给你，你得把损坏了的东西给我。你却说“不行，东西是我的”，就说不过去了。

于是，双方各执一词，解除合同谈不下去了。

徐骄阳在这时亲自追踪报道两大企业的解约进展。她在新闻稿中这样写道：“大唐认同康诚提出的高于市场价格五倍的违约赔偿，康诚却拒不交出由大唐买单的研发中心、研发设备所有权，并矢口否认研发团队并非为双方合作所组建。那么请问康诚，既然你认为所有这些都是你康诚原有资源，何以又称这是为双方合作耗资重新组建？以此向大唐索要高额赔偿，是趁火打劫吗？”

除此之外，报道中还附了康诚和大唐两份数据对比，以此证明康诚所谓的合理违约金是狮子大开口。

先不说康诚一时间拿不到违约金，舆论更是直接倒向毁约在先的大唐。公众一致认为：大唐之所以毁约，搞不好是因为康诚并不是真心要为养老产业提供医疗配套服务，而是打着这样的幌子，借此赚大唐一笔。

业内人士则根据两份数据报告一眼看出来，康诚的数据有假。

如此一来，康诚首先失了诚信。

公众不仅没因大唐的毁约质疑大唐实力，反而因赞同邢唐提出的养老理念，看好大唐的养老地产项目，替大唐担心和着急，甚至直接关系人——木家村的村民们，都积极联合起来，称要团结起来协助大唐，寻找真正具有诚信精神的医药企业合作，以保证康养小镇医疗配套完善。

大唐在这个时候发布声明：向养老地产转型的大唐，为了不让“医养结合”成为一句空谈的理念，而是让这一理念得到全面的推进和实施，惠民于社会，大唐宣布，进军医药行业。

次月，大唐集团拟收购瑞意医药百分之五十一的股权，以超过三百亿的交易金额成为该季度全行业内宣布的最大一笔并购交易案例。

至此，邢唐成为这家市值近千亿的医药企业的实际第一大股东。

苏寒这才反应过来，大唐所谓的同意赔偿只是个姿态。康诚若接受解除条款，表面看来大唐损失了巨额违约金，实际唾手可得研发中心和团队，无形中削弱了康诚最优势的行业竞争力。而无论解约结果如何，因大唐先有了这个姿态，再加上康诚那份明显有水分的数据，既可消除毁约可能会为木家村拆迁带去的负面影响，更为宣布与瑞意医药的合作，制造了最佳契机。

然而，这都还不是重点。

重点在于——原本苏寒还在想，大唐与康诚所属行业不同，大唐再有实力，也不能把康诚怎么样。现下，他不得不开始考虑，瑞意成为大唐集团的控股子公司后，会不会向康诚发起进攻？如果答案是肯定的，康诚要如何抵抗，又是否抵抗得了？

郑雪眉劝苏寒接受解除合同，将研发中心和设备的所有权移交大唐。至于研发团队，可在适当减少违约金数额的情况下与大唐谈判，争取留下，为康诚保住核心竞争力。

苏寒明白郑雪眉的用意，留住人才，再用大唐的违约金重新搭建平台、购进设备，对康诚而言，这一役不算完败。

只是，那样新药的研发进度必然滞后，损失不可估量。尤其他以为，有聘用合同牵制，康诚的研发团队是极为稳固的。只要他不同意移交，大唐一个人都挖不走。故而，苏寒不同意郑雪眉的方案。

“邢唐很清楚，瑞意的优势在于仿制药研发，不拿下康诚的新药研发团队，无法在短时间内弥补其在新药研发方面的劣势。”直到这时候，苏寒才反应过来，“他就是冲着我们的研发团队来的。”

得知大唐同意赔偿后，苏寒忽略了这个关键点，一门心思琢磨如何核算，才能最大化获取违约金。他头脑一热，把现有的研发团队稍做调整，重组后作为新研发团队，以高额人力成本的形式，出现在违约核算数据报表中。

邢唐是给过康诚机会的。不然，他不会把报表打回来。苏寒没意识到问题出在新研发团队的费用核算上。相比研发设备的明码标价，他以为，大唐无法在浮动空间最大的技术型人才聘用上找出破绽。再向大唐报表时，新研发团队的先期投入费用，他一个小数点都没改。

既然把这个所谓的新研发团队视为康诚为双方合作新组建的团队，费用纳入违约金范畴，邢唐甘愿为此买单，以高昂的代价将康诚使用和培养了多年的精英团队收归大唐麾下。

说到底，是你苏寒送到我手里的。不拿，是对你贪心的辜负。

苏寒思来想去，觉得目前最好的办法就是按兵不动。反正拿不到大唐的违约金，康诚的资金链也不会断，研发工作还可以照常进行，康诚是没有实际损失的。如此一来，大唐反而被动了。他们斥巨资并购瑞意医药，却无法按原计划为瑞意提升市场竞争力，无疑是棋差一着。

针对康诚失信的报道，为挽回声誉，康诚也发了声明，表示愿与大唐友好解约。此前为双方合作所投入的一切费用只作为自身技术升级。尽管代价是巨大的，为了创新药的研发成功，康诚也在所不惜了。康诚更会不计前嫌，在大唐有需要的情况下，为其养老地产项目提供配套支持，供应平价药，让老百姓吃到放心药、便宜药。康诚还暗示公众，大唐之所以毁约，是因为康诚不同意被其收购，大唐才以此打击康诚，并选择了瑞意医药。

看到康诚的不要脸声明，邢唐笑了。他并未计较苏寒歪曲事实，只吩咐西林，把准备好的解除合同发过去。

大唐的新版解除合同来得如此之快，几乎给苏寒一种错觉，这一切本就在邢唐计划之中。可他又马上否定了自己。他坚信，邢唐意在康诚的研发团队，不可能轻易放弃。

可从解除合同中，他找不出任何蛛丝马迹。

真的就只是一份不牵涉违约金的解除合同。

苏寒琢磨了两天，也想不出邢唐是什么意思。最终，他边骂邢唐小人，一分钱没赔就解了约，边不情不愿地在解除合同上签字盖章。

大唐随即对外公布，与康诚解约完成。与此同时，瑞意医药正式更名为向阳药业，品牌标识为太阳花，寓意是：太阳的博爱和永恒，带给人们健康和希望。

邢唐在接受媒体采访时表示："进入一个行业最快捷的方法，就是并购一家行业内运行发展良好的企业。大唐选择走捷径，不单单是为养老地产项目服务，更是要践行健康使命。确保用药安全是民生工程，大健康产业更是值得千秋万代去做的事情。为此，大唐将不遗余力。”

通过媒体的报道，公众才知道，向阳药业的前身瑞意医药，主营业务和康诚一样，也是以中成药为主，同时还涵盖了化学药和生物药，下辖八家药品生产企业，两家医药公司，两个药物研究院，以及两个药材种植基地，药品包装公司也有一家。现在市面上流通的很多常用药，都是瑞意医药生产的。

公众于是认定，大唐毁约康诚，根本不是康诚所说的不愿被大唐收购，而是大唐看不上康诚。毕竟，瑞意医药的实力远超康诚。人家大唐又不差钱，既然要进军医药行业，当然要选择一家更有实力的公司。

大唐毁约康诚，不仅一分钱没赔，反而因并购一家中国医药制造业百强企业，强强联手致力于民生工程和大健康产业的发展，广受赞誉。

赤小豆翻看着相关报道，喋喋不休地说：“我从一开始就看出来，你家邢总不是池中物，没想到他居然能翻出如此大的浪。三百亿并购一家药企！他身家到底多少啊？”

俞火正盘腿坐在沙发上看书，漫不经心地答：“不知道。”

赤小豆显然不信：“都和人家睡过了，还不知道这些？”

俞火头也不抬地反驳道：“你睡左欲非前，都了解清楚了？”

赤小豆瞬间翻脸：“滚！”

俞火也不生气，她放下书问：“你们俩怎么回事？我看他分明是在追你，你还别扭什么呢？我生病前一晚，你是在他那儿住的吧？怎么，一回生二回熟啊？”

被揭穿了，赤小豆微窘：“那就让他追一追呗，太容易得到，总是不珍惜。”

俞火笑着打了她一下：“作！”

赤小豆又把话题绕回邢唐身上，她一脸羡慕地说：“我怎么看向阳药业的品牌标识更像向日葵呢！我可是记得，某人给你写过一张卡片，”她煞有介事地回忆起来，“你是我的太阳。余生，我将向阳生长。向阳药业、太阳花……你家邢总分明是借此高调地向你示了一波爱啊。我酸了。”

俞火笑而不语，眉宇之间溢满的幸福感根本掩饰不住。

邢唐什么都没说过，可当他以第一大股东的身份提出瑞意医药更名为向阳药业，又将品牌标识定为太阳花，她就明白了他的用意。

向阳——除了是对企业寄予的向阳发展的美好期待，也是他对她爱的表达。而她最爱的向日葵不仅很像太阳花，天生又是向着太阳生长的。从企业名字到logo，都与她有着千丝万缕的关系。

说不感动是假的。当晚，俞火回报以热情。

邢唐很享受。他明白，俞火懂得了他的心意。他依旧什么都不说，只以行动表达。

相爱让两人心意相通。相通的心意又让他们更加相爱。而相爱的美好，让他们都有种苦尽甘来的感慨，仿佛从前那些磨难，都是为了走向对方。

这样的爱情和爱人，值得倾其所有。

苏寒却以为，解约完成，康诚没拿到大唐一分违约金，大唐便不会再为难康诚。事实是，大唐因忙于向阳药业的内部整合等事务，暂时没空理他。

但不代表风波即止。

就在苏寒准备督促研发中心加快进度，争取提前完成手上项目的研发时，以黄药子为首的那支研发团队，集体提出辞职。

不仅是苏寒，连郑雪眉都没有想到，大唐没把康诚怎么样，反而是康诚自认为最稳固的研发团队自身出了问题。

郑雪眉把黄药子请进总经理办公室，语重心长地说："药子，在中药制剂研发方面，我们有着同样的执着和期望。我们不顾西医对中医的偏见，坚持研发中成药，希望把中医传承下去，并借此提升中国药企在全球的竞争力。我们坚持了这么多年，很快就要成功了，这个时候，你怎么能离开呢？"

黄药子也不和她绕圈子，他直言不讳："我是俞火的师兄，我的父亲是俞火的研究生导师。这一点，你早知道的是吧？所以我的合同相比别人，才更苛刻。郑总，你在向我抛橄榄枝时，已经考虑到了或许有一天，我会因为你和俞火的关系放弃康诚是吗？"

郑雪眉没想到他会如此直接。提到俞火，她的脸色有点不好："我没想到和俞火之间会走到这一步。之所以会让你觉得合同苛刻，是康诚想长久地留住你这样的人才。我亏欠俞火是我的事，康诚和你是另一回事。药子，我们能否抛开私人关系，只谈未来发展，以及身处医药行业，身上所担负的责任？"

黄药子舒了口气："抱歉郑总，我抛不开和俞火的私人关系。我的父亲黄芪曾和你、和俞伯父是师兄妹，我是刚刚知道的。至此我才明白，为什么当年我放弃研究所的工作选择康诚，我的父亲会那么生气。我确实不愿意窝在研究所里给那些老教授做助手，熬年头，熬资历，等人到中年，才能真正地做一些研发工作。但我更不愿意在明知道你和俞火关系的情况下，继续留在康诚，做什么研发主任。

“我不敢想，我每每和俞火聊到康诚，聊到有着远大中医抱负的郑总时，她的心情。我自以为，作为师兄，对她的关照是够的。事实却是，我和你站在同一阵线，一直在伤害她。我不能再继续下去了。哪怕她完全不需要我这么做，我也必须和你划清界限。否则，我担不起她那一声师兄。”

“如果今天是苏总和我谈，我会说，我有了更好的去处。换成是你，我实话实说。郑总，我没办法在明知道你和俞火关系的情况下，继续和你共事。”他站起来，不容反驳地说，“我可以放弃此前所有的研发成果，但我的团队，我要带走。当然，如果你能说服他们其中任何一个留下，我没二话。”

郑雪眉不得不提醒他：“除了研发成果，药子，一旦你坚持单方面中止合同，是要承担毁约赔偿的。这与康诚和大唐解约不同，这没余地。康诚曾经为你提供的一切，都是有代价的。”

黄药子神色不动：“那就请郑总从现在开始核算吧，算清楚了，给我个数字。”

郑雪眉盯着他：“向阳药业是你的退路？毁约赔偿，是邢唐为你买单对吗？”

黄药子自觉没必要解释，这是他个人决定，与邢唐无关，与向阳无关。他只说：“放心吧郑总，哪怕倾家荡产，黄药子也会把毁约赔偿一分不差地打到康诚账上。”

黄药子说到做到，从那一天起，他的研发团队停止了工作。

如果只是他这一组的工作暂停了，对于康诚来说也还不算致命打击。至少短时间内，不会是大问题。可苏寒错在，见挽留无效，居然真的在根据合同核算，黄药子和他的团队成员们，因单方面提前中止合同，需要支付多少赔偿金。

这无形中寒了其他研发人员的心。在他们看来，黄药子曾带领团队完成过创新药的研发工作，于康诚的贡献是巨大的。现下，在黄药子甘愿放弃研发成果的情况下，康诚却拿出大额账单让其付账。研发人员的工作积极性顿时削弱，甚至还有人翻出自己压箱底的合同，找专业人士去研究，生怕自己年轻不懂事时签下的并不是什么双赢合同，而是主动权完全掌握在康诚手里的卖身契。

向阳药业则在这时一改以往的低调，开始在行业中崭露头角。

首先，向阳在大唐的支持下，先后收购了两家新企业。那两家企业在基因检测及疫苗研发方面，都有不可超越的竞争力。为充分发挥该竞争力，向阳不惜耗资扩大研发团队，在行业内招兵买马，集结技术型人才，誓言要在三至五年内，研制出五到十种自己的创新药。

康诚那边的研发团队正值动荡之时，向阳广发英雄帖，吸纳人才，几乎是在昭告世上，向阳向康诚宣战了。此战的第一役就是——人才争夺。

这个时候再说邢唐和黄药子不是商量好的，根本没人信。可他们每次见面，聊的都只是中医和医药行业发展，其他话题，并未提及。

却因为俞火，有了默契。

属于男人间的默契。

邢唐没有纠结康诚为保住研发团队自愿放弃赔偿，就是料定了，黄药子会在关键时候“倒戈”。向阳收购新企业，为的就是补充自身在新药研发方面的不足，对外公布计划组建新研发团队的消息，即是对黄药子的接应。

黄药子做研发工作绝对是牛人，但让他以一己之力对抗康诚，是没有胜算的。如同他自己所说，只能倾家荡产认赔。这就是搞研究的人的脾气，执拗到傻。

邢唐则是商人思维，明摆着吃亏的买卖，他绝不会做。当黄药子迈出这一步，向阳马上站出来，收编黄药子团队的同时，以企业之力与康诚谈解约。

公对公，谁都占不到便宜。至于赔偿，南嘉予看过合同之后表示：“赔是要赔点的，但金额可不是他们说了算。”她笑着望邢唐，“邢总不费吹灰之力半路截和了人家的精英研发团队，适当出点血，也是正常。”

邢唐无所谓地挑眉：“南大律师都认可的赔偿，我没有不认的道理。”

于是，继大唐毁约康诚后，康诚再次陷入解约风波。康诚上下，人心惶惶。

一个月后，解约成功的黄药子带领他的团队签约向阳。向阳则为了增强企业研发动力，驱动研发人员创新积极性，在合同中明确规定，确保研发人员的知识产权得到有效保障。这代表，在MAH制度下，研发人员可以作为上市许可持有人持有药品批准文号，从而获得直接收益。研发团队为之一振。

人才的流失，让康诚元气大伤。

就在康诚休养生息之时，行业内又爆出一个重磅新闻：向阳药业收购了S省的新药特药。

先不说康诚的很多药品都在该连锁药店销售，S省根本就是康诚医药的主战场。向阳杀进S省，其中不变的逻辑就是与康诚抢占市场。

苏寒意识到，邢唐确实是要以向阳药业为矛，向康诚发起进攻了。

康诚年销售额近百亿，过半的销量都集中在S省。一旦S省的市场份额被抢，于康诚是致命的打击。

尤其现在的向阳，曾创造出连续四年保持百分之三百发展速度的“瑞意现象”，可想而知，它的营销团队有多精悍。可以毫不夸张地说，但凡是他们看中的市场，没有拿不下来的。

从管理到营销，向阳原有的团队都是专业的。所以，即便邢唐成为实际第一大股东，他作为外行，也没有过多地插手公司事务，除了提出一条“碾压康诚，三个月内，迫它退出一线市场”，其他全盘交由原本的管理团队操作。

向阳的实力本就不容小觑，现在还背靠大唐，自然势不可挡，一路向阳。

收购了新药特药后，对于该大型连锁药店销售的所有药品，向阳在最短的时间内，按照药品的功能和用途重新进行了分类整理，对于一些使用广泛、功能类似的非处方药，对比后剔除了一批在临床应用中疗效差的，以及药品含量低的。

在这一次整合中，康诚的几十类药品被下架了。向阳药业原本在仿制药方面就具备明显优势，很多仿制药相比康诚，不仅药品价格更低，而且疗效也更好，顺势被增补上架理所当然。

当康诚的供应商接到新药特药的退货通知，他们以为是康诚的药品质量出现了问题，纷纷给康诚总部打电话，要求派人来处理。

药店之所以有如此大的动作，不用想也知道是向阳故意为之。此刻，向阳代表的又是大唐邢唐。就算郑雪眉有心与药店方面周旋争取，也是徒劳。

尤其从大唐解约的事情爆发，苏寒已经重新接管了公司事务。郑雪君虽名为总经理，却没了实权。她索性什么都不管了。

苏寒立即召集销售团队开会，给他们下死令，全力稳住 S 省销量。可他都多少年不下市场了，对市场的现有情况根本无法真正掌握，除了拍桌子发火，也拿不出什么行之有效的突围方案来。

康诚的销售团队还是迅速行动起来。他们开始协助供应商进行二次铺货，试图把因新药特药下架带来的销量影响，从其他渠道弥补回来。

可新药特药是S省规模最大的连锁药店，他们下架的药品，除了一些私人小药店外，谁敢接手？即便有敢卖的，量少不说，还趁势向供应商要了很大的促销支持。供应商自然是不愿损失利润空间的，马上回头来找康诚，要求康诚为此买单。

为避免销量冲击，康诚在医药促销方面投入了相当大一笔资金。不过，医药的促销效果并不显著。毕竟，家里没病人，谁会买一堆药呢？常备药或许家家有，品类和数量却都有限。以至于康诚砸进去的促销款如石沉大海，半点回响都没有。

一心求量的康诚，在这一轮促销中完败。

除此之外，苏寒还忽略了一个问题：他只考虑到要把从新药特药下架的药品拿到别处销售掉，却忘了通知工厂减产。

新药特药的集体下架，导致康诚的销售团队把重心全部放在了消耗这部分药品上，进而影响了当月销量。如此一来，供应商次月的进货量大幅下降。康诚的药品很快就出现了大量库存积压。

停产后，还有一大库房的药品发不出去。与此同时，供应商因康诚的药品销量持续下滑，陆续向康诚返货不说，还纷纷转向向阳，开始求着向阳要代理其药品。

康诚不仅要筹措资金向供应商支付返货货款，连库房都要被新生产出来的药和从S省各供应商处返回来的药挤爆了。

从被毁约，失去资金支持，到折损研发团队，进而失去了核心竞争力，再被夺了S省的市场份额，导致药品销量的大幅度下滑……短短几个月的时间里，康诚便从民营医药佼佼者，被迫退出了一线城市，成了三流药企。

业务的急速缩减，资金链的断裂，让康诚不得不面临裁员的窘境。

一家企业的成长历程是艰辛的，衰亡却可能是在一夜之间。

苏寒都以为自己做了一场梦。他怎么都不肯相信，原本处于辉煌的康诚，就这样毁在了自己手上。现下，连找一家愿意接手康诚的企业都不可能了。毕竟，谁会收购一家濒临破产的公司呢？

苏寒把一切责任都推给了郑雪眉，逼迫郑雪眉去大唐，求邢唐放康诚一马。

邢唐早料到会有这么一天，他倒没避而不见，只是给了时间限制："郑总，十分钟后我还有个会。"肯给她十分钟，看的都是俞火的面子。

郑雪眉面露尴尬："要怎么做，你才能放过康诚？"

邢唐眼神微敛："资本市场并购打法多样，其中不变的逻辑就是抢占市场，塑造核心竞争力，向阳进入S省，确实是我针对康诚。但是郑总，你们寻求的突围之道未免太不给力了。现在倒还仗着是火火生母的身份来找我，不觉得方向错了吗？"

他的尖锐，让郑雪眉脸色一白。

"我说错了？"邢唐盯着她，"或者你是以康诚总经理的身份而来？那么郑总，我只能送客了。"

"我是对不起俞火，也没资格把过错推给任何人。"郑雪眉极力稳住自己的声音，"可康诚并不是我的，那是苏家两代人的心血。而且多年来，康诚一直秉持着让老百姓吃上放心药和便宜药的原则。我不能说康诚有多伟大，但至少是一家健康的企业。邢唐，这样的企业，如果因为我们的私人恩怨没有了，对于老百姓来说也是损失。”

“郑总不必跟我打感情牌。”邢唐神色冷沉，“没了康诚，还有向阳。比康诚诚信健康，有原则有爱心的药企多得是。老百姓不是非康诚不可。况且，如果你们康诚确实是把让老百姓吃上便宜药作为经营理念，又怎么会在新药特药的价格整合环节，被下架那么多类药品？”

邢唐的语气愈发冷淡：“经对比，康诚的儿童感冒药系列比向阳同类产品的市场价格高出百分之二十七。获取如此巨大的利润空间，是你们的便宜药？而同等价格下的同类药品，你们的药品含量只有向阳的一半。不下你们的架，下谁？”

“没有一定的利润空间，康诚如何进行创新药的研发？在这方面，康诚难道不是取之于民，用之于民吗？”郑雪眉试图做最后的辩解，“现在注重中药制剂研发的企业本就不多，给康诚一个机会，既是中医的传承，也是惠民啊！邢唐。”

邢唐沉默几秒：“此前大唐之所以选择与康诚合作，我看中的是郑总在中药制剂研发方面的长久执着。我以为，你和俞火、和黄药子对中医的情感是一样的。但其实，你只是出于对俞伯父的愧疚吧。”

郑雪眉的神色陡然一僵，她错愕地看向邢唐。

他注视郑雪眉的眼睛：“如果你看到俞火家里是什么样子，就会明白她对中医才是真的执着。从她身上，我几乎能想象得出俞伯父在中医方面的专注和钻研。而郑总你，对外标榜出来的自己对中医的认可和热爱，只是因为内心对俞伯父有所亏欠，而不知从何处弥补。”

邢唐从她抽动的面部表情判断，自己切中了要害，他几不可闻地叹口气："你明明可以弥补到俞火身上，可你偏偏置最该被弥补的人于不顾。微博热搜是萧氏撤的，张汉涛是萧熠解决的。你郑总，为了减少对康诚的损害，却和苏寒站在一起，出面辟谣！"

邢唐以为，即便张汉涛那边不需要康诚出手了，郑雪眉至少也该做点什么，哪怕是悄悄给俞火打个电话。

可她没有。

他眼睛晦暗深沉："当康诚发声明否认那件事，你的沉默，等同于对俞火再一次舍弃。郑总，如果说当年你有苦衷，重新选择的机会已经又摆在你面前了，你怎么就看不到？我都在想，只要你能主动向俞火走出一步，哪怕不能相认，我都不打压康诚，还会让向阳带着康诚主导医药行业。但你舍弃俞火，我只能让你一无所有。"

邢唐起身："回去告诉苏寒，当年他能从俞伯父手中抢走所爱，今时今日，我作为俞伯父的女婿，也能从他手上，毁掉他所爱。而他已经过了东山再起的年纪了。这就是因果报应。还有郑总，不用再来找我，你在我邢唐这儿，没情面可讲。"话落，他推开办公室的门，对秘书说："送客。"

当天下午，俞火照例在阳光养老院做义工，帮老人们检查身体，做按摩，调配食谱。等她忙完这些，在几位老人的招呼下陪他们写毛笔字时，居然看见邢唐从院长办公室出来。

邢唐在她的注视下走过来，偏头看了看她的字："在书法方面，我对你特别服气。"

俞火笑得眉眼弯弯："那是，作为中医大夫，药方写得像狗爬，怎么像话？"

邢唐旁若无人地抚了抚她发顶。

老人们发现两人居然是一对，纷纷表示他们是郎才女貌，天生一对。

俞火这时才知道，邢唐是这家养老院的爱心捐赠人。他每年除了会给养老院捐赠善款，还会根据季节，以及老人们的需要，为养老院添置空调，更换桌椅等设施。而这件事，他已经坚持做了长达十年之久。随着他职位的晋升、收入的增加，捐赠额也在递增。而除了阳光养老院，邢唐还捐赠了多家老年机构，年捐赠款数额高达千万。

难怪人人都不看好养老项目，他却非做不可，还能做出那么完善的一套规划来。原来，在很久以前，他就在计划，并以个人的力量，在做这件事了。

看似冷漠的外表，却有一颗善良热忱的心。这样的一个人，是她男朋友呢。

离开众人视线，俞火扑进他怀里："我越来越喜欢这样的你了。"

邢唐回抱她："要知道火火这么好骗，我再多捐赠几家养老院，是不是就不用被拒绝那么多次了？"

她还替他担心："那你不是要破产了！"

他笑："我要是这么轻易破产，怎么讨你欢心啊？"

她也笑："我果然是被金钱征服的。"

养老院一位名为谢圆圆的工作人员在这时跑过来说："俞大夫，有位小姐找你。"

俞火问："是小豆吗？"

"赤馆长我认识啊，不是她。"谢圆圆形容了一下来人的外貌。

是苏子颜。

邢唐瞬间明白了她的来意，他无意让俞火见。

俞火觉得苏子颜都找到这儿了，不见一面，难保她不又闹一场。为了避免影响到老人们，她决定见。

邢唐陪她一起去了会客室，里面却空无一人。

谢圆圆挠头：“她说了在这儿等的啊，怎么又走了呢？”

“可能她意识到，找你也没用。”邢唐把郑雪眉去找自己的事告诉了俞火，当然，有些话，他省略了，“这是向阳和康诚的事，和你无关。”

俞火带着几分涩意笑了下：“我知道你有分寸，不会对她……赶尽杀绝。”

所以一直以来，针对向阳和康诚，俞火没过问过一句。她心里是有把握的，清楚无论邢唐怎么做，都会给郑雪眉留一条后路。他向来考虑周全。

俞火也不能开口替郑雪眉求情，一来，向阳针对的是康诚，而康诚并不是她郑雪眉的；二来，那对不起邢唐和黄药子对她的回护之心。

邢唐搂了搂她：“直到我面对她，才终于懂了，当年萧熠对郑雪君的无奈。”

郑家姐妹固然可恶，但到底和赫饶、和俞火血脉相连。无论如何，他们都不能把她们逼上绝路。

俞火眼睛泛潮，终于，她把这几个月来压在心里的感激化作了一句：“你辛苦了。”

邢唐亲她额头：“是你委屈了。”

康诚的事暂时告一段落，向阳展开后续的市场维护工作，黄药子则带领他的研发团队，投入创新药的研发上去了，俞火也接到陈院长和华主任的电话，催促她回治未病中心上班，连谷雨都几次三番威胁她："你再不回来，我和荆诚都要被老主任闷死了。万一我俩被迫改行，都是你的责任。"

一切似乎都回归了正轨，邢唐也终于可以略略松口气了。

夕阳漫洒的秋日傍晚，他站在家门前，下意识摸了摸西装内袋。触及刚刚取回来的那个小绒盒，他如同怀揣着某种承诺般深吸了一口气，输密码开门。

进屋后，就看见身穿居家服的小女朋友，怀抱着大款，正坐在阳台的藤编椅上看书。邢唐的心，瞬间柔软无比。

自从两人突破了那层关系，其实大多数时间都是在俞火那边住。倒不是她不肯搬过来，而是她习惯了闲暇时在自己的小药堂似的房间里捣鼓着配制些小药、翻医书、看医案什么的，过来邢唐这边反而不方便。

为了迁就女朋友，邢唐自动自觉地向俞火靠拢。反正对他来说，有火火足矣。

这样一来，邢唐这边，他们基本只偶尔过来住一住。用俞火的话说就是："有了女朋友连家都不要了吗，总得回来擦擦灰吧。"

邢唐全随她。

俞火听到开门声，小脸从书后露出来："你回来啦！"放下书，跑过来抱他。

邢唐接住她："先前没看到你的信息，还准备去养老院接上你在外面吃。"

"我们好久没在家吃饭了。你的厨房这么高级，不用浪费啊。"俞火随口答他，还在他脱西装时，体贴地说，"我帮你挂。"

"我自己来。"邢唐小走位避开，自己把西装挂好，末了，还状似不经意地整理了一下，像是怕被她发现衣服中的秘密一样。

俞火不觉有异，她直接进了厨房。

邢唐跟进去抱着她亲了个透，才去洗澡。等他再出来时，餐桌上已经摆好了三菜一汤。

再看看相比三个月前焕然一新的家，绒毛地毯、抱枕、花架、绿植、花色图案的窗帘，还有阳台上的那套藤编桌椅，以及上面摆放的漂亮茶具……即便是偶尔才过来住两晚，她还是在他忙着收拾康诚时，悄无声息地添置了这么多东西，装点他的家。

从心理学角度分析，房间陈设能看出一个人的性格。像俞火，她家里明明面积也不小，却被她摆得满满的。表面看是女人东西多，实则是她心思简单，需要点缀和填充。

邢唐则恰恰相反，他脑子想的事太多，心思过于复杂，反而对简洁有着特殊的心理需求。所以，无论是他家，还是他办公室，没一件多余的东西。

直到生活中有了俞火，小东西才渐渐多起来。可他从前追求的极简黑白灰变成现在的色彩斑斓，邢唐竟没半点不习惯，反而有种新奇感，还觉得温馨舒服。尤其这些都是俞火喜欢的，他没理由不喜欢。

只是，她改造他的家……邢唐坐到餐桌前，把盛好的汤端到她手里时问："什么时候才肯刷我的卡？"

"乍一听还以为是直男式求婚。"俞火笑起来，"我买那么一大堆东西，都不及你这一把餐椅贵，邢总还担心女朋友负担不起吗？"

早前，邢唐发现俞火开始往他这边购置东西时，给了她一张卡，说："我知道你不缺，但早晚我的工资卡都是要交给你的。"

俞火当时开玩笑说："原来一夜暴富的最佳捷径是脱单啊。"

邢唐还逗她："后悔拒绝了我那么多次吧？"

俞火扬眉配合："还好我聪明，及时止损。"

话虽如此，但她并没有用那张卡，只是放在了书房的抽屉里。然后依然刷自己的卡，一样一样地往他这里买东西。

现下，邢唐的关注点却在她前一句上，他定定看着她，目光明亮而深邃，然后他笑了下："是在暗示我吗？"

等俞火明白他是指求婚，踢了他一下，嗔怪："你明知道我不是那个意思。"随后带着几分小甜蜜和小别扭说，"我还没享受够恋爱生活呢，你别求啊，我不保证自己会答应。万一再像追我时那样被拒绝，你别怪我。"

邢唐克制不住似的，看着她又是一笑："年纪大了，可经不起被拒。"

他才是提醒好吧。还拿年龄说事。俞火莫名有点心跳加速，却还安慰他："没事，你老当益壮。"

一句比一句扎心。邢唐揉了揉她头发："吃饭。"没再提求婚的事。

当天晚上，俞火霸占着邢唐的书桌，摆摊似的在上面放了一堆资料。

邢唐凑过去看了看："职业照护师培训？"

所谓职业照护师，是经过系统培训，集护理师、康复师、社工师、文体治疗师、教师为一体的"五师合一"，专门为老年人提供有效而科学照护的专业人士。相比普通护理的生活照护，职业照护师需具备医疗及专业照护能力。

邢唐拿起一份资料，是一家培训机构的培训内容设置：老年共病诊疗照护、老年慢病管理、照护培训师能力素质提升、情景模拟强化练习……

他蹙眉：“你参加了培训？”

俞火嗯了一声：“你不是预测过吗？说未来十年，我国需要六千万人以上规模的照护师队伍，才能满足养老护理需求。康养小镇的规划书里我看你也写到了，要培养一批职业照护师，在保证对老人生活照护的同时，给予医疗及特殊照护。”

她指了指书桌上已经分好类的资料：“这三家养老机构的照护师培训方案我仔细研究过了，医疗照护涉及相对专业。你可以从中选择合作对象。”她说着，从资料下面拿出一个证，献宝似的说，“我已经通过了培训，考到了资格证。”

“你还考了证？”邢唐接过她手里的小本子打开，确实是署了她名字的照护师资格证。居然为了他的养老地产项目考了这个，难怪最近忙得不见人影。

“我有医学底子，上手很快。”俞火一脸小兴奋，“在照护老人方面，我现在可不仅仅是义工了，更是专业人士。”

俞火以为，康养小镇奉行的“医养结合”理念，除了硬件上的医疗配套外，对老人的照护服务也必须是专业的。想到邢唐提及的职业照护师，她决定亲身体验一下。

“俞大夫去考照护师，大材小用了。”邢唐放下证书，半搂着她说，“我家俞大夫未来的事业发展方向该是教授、医院院长才对。”

俞火笑道：“男朋友是大股东，女朋友成为史上最年轻院长也不是不可能。”

邢唐亲她一下：“回头帮我完善一下照护师培训方案。”

“好啊。”俞火应下，随后拉他坐下。

邢唐笑睨她：“想干什么？”

“除了要向邢总邀功，还有件事儿要向邢总请示。”俞火坐到他腿上，搂住她脖子，“听谷雨说医院发了通知，要组建一支志愿服务队，去贫困山区做医疗援助。”

这事邢唐听陈院长说过，本以为她在休假，会就此错过。

他微微蹙眉。

俞火立即用指腹抚平他眉心，软软地说：“时间不长，就四个月。”

邢唐眉眼一沉。

俞火料到他未必赞成，采用迂回战术：“陈院长和华主任给我打电话了，我已经答应他们下周就回去上班。之前休了那么久的假，现在院里在召集人手下乡，我怎么也该做点贡献吧。况且现在只是报名阶段，还要院领导审核，中医这边的名额也有限，我未必就能通过。即便通过，也不是马上出发，还有一段时间才走呢，走前我好好陪你呀。”

邢唐依然不松口：“先不说志愿服务队所到之处都是最偏远贫穷的地方，生活条件极差，单看这次的出发时间，春节前是回不来的。你是准备留我一个人过年吗？”

这点她倒忘了。哪怕他强大到说进军一个行业，便可迅速筹措几百亿并购一家企业，可过去那些年，他所承受的孤独也够了。俞火从来不知道，心中的情绪，会因为想到他一个人孤零零地过年，酸涩成这样。

她说不出话来了。

邢唐默了两秒：“我这样说，确实有些自私。凭什么别人都能吃的苦，能承受的分离，到我和我女朋友身上就不行了呢？但是火火，四个月，将近半年，时间不短。再说，医疗援助并非一定要人到场才能做，我们可以换一种方式，比如向阳捐赠药品。陈院长和我提起志愿队的想法时，我已经交代下去了，从今以后，志愿队走到哪儿，向阳的送药车就跟到哪儿。还不可以吗？”

俞火有点泄气，她低声道：“反正就是不能去是吗？”

邢唐寸步不让：“你是和我商量，还是你已经报了名，现在只是通知我？”

俞火垂眸：“……我没报名。”

邢唐都想直接把话说死了，可见她嘴角落下来，终是缓和了一下语气：“这事再说。”

俞火没接话。

两人没因此争执，但气氛明显沉闷起来，甚至平常邢总热衷的家庭作业他都无心做了。后半夜俞火突然醒过来，半边床是空的，轻手轻脚下去，才发现邢唐去客厅阳台上吸烟了。

她走过去，问：“不是都戒了吗，怎么又吸？”

他其实没烟瘾，以前只有太累，或是情绪不好的时候才偶尔吸。和俞火在一起后，基本就没吸过。

邢唐把烟掐了：“有点睡不着。下不为例。”

俞火从背后抱住他：“你说得没错，医疗援助的方式很多，不一定非得我去冲锋陷阵。我留守医院，也是为医疗事业做贡献啊，你别不高兴了。”

邢唐转身搂住她：“没不高兴，就是觉得理智上该答应，情感上又舍不得放你走，矛盾。”

他向来都是杀伐果断的，做事从不犹豫，却因为顾虑她的感受左右为难。一如俞火，明明习惯了凡事自己做决定，却不能不顾及他的想法。算了，从下乡和男朋友之间做选择也不是那么难。

俞火认夙，谁让自己喜欢他呢。

她说："你要是半点犹豫没有，我可能还有点不开心，以为你不在乎我呢。算了算了，不去就是了，反正我也担心，你和大款没人管，作息饮食乱了套，身材走样。"

邢唐哪里会听不出来她在安慰自己，他叹了口气："是我自私了。"

"对女朋友就该这样，我喜欢。"俞火说着，手开始在他身上点火，"我有没有说过，你的腹肌很性感？"

邢唐的声音顿时低下来："没有。"

俞火解他睡衣扣子："当年让你坚持锻炼身体看来是对的。"她仰头朝他眨眼，"我家邢总的身材，一级棒。"

邢唐抓住她的手，唇贴在她耳边："棒的只是身材吗？"

俞火咬上他的唇，低喃着肯定："腰恢复得更好。"

邢唐哪儿受得了她这样，迅速把人抱回被窝里。

俞火因他的急切抗议："轻点啊，睡衣新买的呢。"

他只顾攻城略地，好半晌才哑声回了句："……那就再买。"

没人再提志愿队的事。

由于要回医院上班了，俞火充分利用最后几天的休假时间，一面照常去养老院帮忙，一面争分夺秒地钻研邢唐那份照护师培训方案。然后无意间，俞火发现了抽屉深处那个精致的小绒盒。打开后，她有种被闪瞎眼的错觉。

猛地想起那晚她提及求婚的话题，邢唐的反应。俞火开始认真思考，等他开口时，自己要如何回答。想着想着，不自觉傻笑起来。

如此这样好几次，邢唐不解："怎么了？想到什么高兴事了？"

她收了笑，若无其事地说："没有啊。"

邢唐宠爱地摸摸她的脸，倒也没再问。

可等了好几天，邢唐都带她去吃过有小提琴伴奏的特别浪漫的烛光晚餐了，依然没有任何动静。俞火孩子气地翻了翻手机日历，查看近期有没有什么黄道吉日，猜测邢唐到底会选哪天办了这件大事。

周五下午，俞火心血来潮地去大唐接邢总下班，有意给男朋友一个小惊喜。从电梯里出来后，发现秘书位空着，正迟疑是等确认邢唐没客人再进，还是直接敲门，就听见没关严门的办公室里传出徐骄阳的声音。

“你可真是爱国、敬业、友善、和谐、富强、心大，外加有骨气！为了表示对女朋友参加志愿队的支持，婚都不求了。难道不是在她走之前把事情落实下来，才更安心？”

邢唐的声音紧接着传出来，俞火听见他语气无奈地说：“我又不是因为对她不放心才决定向她求婚的。我定制戒指时，还不知道有志愿队这回事。”

徐骄阳替他着急：“那既然都准备好了，干吗不办？”

“我是求她嫁给我，不是让她以此交换什么。”像是担心徐骄阳不懂，邢唐继续，“以她的个性，决定要去，肯定是谁也阻止不了的。她却小心翼翼和我商量。我不同意，她不坚持，也不争取。”他笑了，自嘲的那种，“我不想让她误会，我仗着向阳打压康诚的事向她邀功，才想冷却一阵子，等她回来再求。”

“你这可真是邢唐式思维！哎，你还真打算让她去啊？四个月呢，时间不短。”徐骄阳忍不住骂，“忘了自己贵庚了吧？用不用我提醒你，过了这个年，您老三十二了！再不抓紧，左欲非都抢你前头了。”

俞火这才明白他为什么为求婚做好了一切铺垫，却临时改了主意。

她也不偷听了，直接推门进来，走到邢唐面前：“从我拒绝你，又接受你这件事情来看，在感情上我是个不太坚定的人。邢总，你可想好了，真要冷却一阵？”

邢唐一时没答话，稍显沉默地看着她。

俞火目光安静地与他对视，直到读懂他眼里的真挚和重视，她摘下自己腕上那个特殊的手镯，按开卡扣，从中取出一根银针，当着徐骄阳的面把银针弯成一枚活口戒指。

抵在邢唐指尖，她用清泉一样的嗓音说：“别以为偏远又贫穷的地方就没长得帅的男人，一走一百多天，空虚、脆弱、寂寞、冷，我也会有。再加上俞大夫颜值很能打的，你风筝线放出去，拉回来的可能是一串情敌，你应付得了吗？”

她说这话的时候语气寻常随意到像在问“吃了吗”一样，清澈透亮的眸子则亮得如夜空的星：“我也没你那么多虑，什么交换，什么邀功，我想都没想过，我只知道，你是我男朋友，有保护我的责任，就该为我竭尽所能。而我之所以和你商量，仅仅是出于对男朋友的尊重。”

邢唐的表情有一瞬的空白。他喉结滚了滚，还是没说出来话，唯有那双幽深的眼睛有泪光闪烁。

俞火盯着他一连串的反应，忍着笑，有点凶地问：“愿不愿意娶我？给句痛快话。”

她就这样把自己交付给他了，一点都不矫情。邢唐眼睛泛潮，开口时声音有点喑哑：“是不是太草率了？”他都还没跪，还有花、戒指什么的，一时也不在手边。

“草率什么？我态度端正，很认真的。”俞火唇角含着矜持又坚定的笑，语气却有点潦草，“说话，娶我是不是求之不得？”

手上一动，那枚银针戒指就滑到他无名指上。邢唐握住她柔软纤细的手，喉结上下滚动了一下：“心向往之，梦寐以求。”

回答勉强满意吧。俞火垂眸，再抬头看他时，眼里有阳光般的暖意。

她语带笑意地提醒：“我这个小太阳，是能发光发热温暖你。但那是我顺心眼时发挥的功效。我不顺心眼时会立刻化身毒辣炙热的大太阳，分分钟晒死你。你可要有心理准备，别到时候……”

她话还没说完，人就被邢唐抱进了怀里。那正面而来的碰撞与摩擦，如同她的名字一样，带着火热的温度，灼烧他的身心。

邢唐低哑地问：“还有别的嘱咐吗？”

“还有很多要求。”

“说来听听。”

“一时没想到，等想到再告诉你。”俞火伸手回抱他，“不用太感动。我是觉得，你来求婚未必成功。换我来，必定马到成功。”

邢唐抱她更紧：“嗯……逻辑满分。”

徐骄阳都快流下老母亲欣慰的泪水了，她说：“老邢，你居然是被求婚的那个！这算不算因祸得福啊？”

老邢是什么鬼？俞火笑着反驳：“别欺负我未婚夫。我可护短！”

“你有功夫，你厉害，我惹不起行了吧。”徐骄阳撤退。

当晚回家，邢唐拿出那枚定制戒指，拉住俞火手的同时就要屈膝跪下。

俞火一把拉住他：“我不用你跪。我只要你在余生，像现在这样，笃定地爱我。”

邢唐把那枚 9.9 克拉的钻戒戴在她无名指上："沧海明月，天长地久。"

经徐骄阳扩散，两人定下婚约的事，很快在朋友圈传开。

邢唐瞬间成为男人们的公敌。

萧熠致电说："我向饶饶求婚的时候，求婚词没有一万，也有一千，还一度进行不下去，饶饶现场捞了我一把，我感激涕零至今。你居然被我小姨子求婚？什么命？我不服！"

盛远时发信息说："我的求婚虽然是后补的，那也是天上地下地折腾。跳伞啊，哥们儿！我以为这辈子不会有人如此牛了！结果被你分分钟秒杀！老邢，你赢得不体面，我鄙视你！"

左欲非则说："我就猜你家俞大夫肯定会报名参加志愿队，都准备好嘲笑你又要回归单身生活了，结果你居然身份升级了！这身翻得漂亮！但是阿唐，做人要厚道，钻戒那么浮夸会误伤到兄弟知道吗？礼份子没了啊，我要攒老婆本！"

邢唐回复萧熠："那怎么办？要不再试试我未婚妻的手劲？"

回复盛远时："没盛机长那手艺，跳不了伞。唯有智取。"

至于左欲非，他说："总不能一直被你超车！"

俞火无意间看到他的回复，坐在他腿上说："邢总这明显是达到了人生巅峰啊。"

邢唐眉眼带笑地搂住她："多谢未婚妻替我挽尊。"

新晋未婚妻小姐大大方方地亲了他一口。

至于黄药子和赤小豆等人，则是俞火主动通知的。

黄药子笑："我听西特助说，邢总定制了一枚很大很耀眼的钻戒。"

俞火意外：“你居然知道！干吗不告诉我？”

黄药子温柔地说：“这种事当然还是要给你惊喜才好。”

俞火直接给赤小豆发了自己和邢唐牵手的照片。

赤小豆秒回：“钻戒闪瞎了我的狗眼！但是，你家霸总手上的是什么鬼？”

俞火毫不隐瞒地回复：“毫针。”

赤小豆笑得前仰后合，她居然说：“给他个下马威就对了。以后敢不听话，什么点穴、扎针的，全套伺候。”

邢唐看见后皱眉，像在问：我什么时候不听话了？

俞火给他一个安抚的吻。

肖砺知道后，提醒俞火：“该带他回去见爷爷了。”

俞火才想起来还有大事没办：“明天我们去看爷爷吧。”

邢唐没意见，见俞火要把钻戒收起来，他问：“不戴？”

俞火耐心解释：“我是中医大夫，戴着这么大的钻石给患者推拿，你不怕戒指把人家扎坏吗？那可真就是医疗事故了。”

她平时连指环都不戴，应该也是考虑到工作方便。但结婚戒指是最好的防桃花武器。邢唐说：“回头再给你定制一枚小的，适合平时戴。”

俞火闻言直接从他腿上跳下来去了书房。

邢唐跟过去：“找什么？”

“你的那张卡。”俞火拉开抽屉，把那张他交出来的卡拿出来，“我得没收它，免得你再败家。”

邢唐沉默了半秒：“火火，我还有别的卡。”

俞火扑过来：“你敢藏私房钱！”

邢唐笑着接住她。

次日，俞火带邢唐回了西山干休所。

警卫处，程嘉野等在那里。

邢唐注意到他肩膀和领口处比肖砺还高的军衔标识，主动说：“有劳了。”

程嘉野也关注了向阳与康诚的一役，对邢唐这位杀伐果断的商人倒有几分钦佩，他颔首道：“老首长等着呢，咱们走吧。”

进门前，邢唐把后备厢里准备的东西带上。俞火才知道他竟然早备了礼物，她调侃道：“不是说过关了我是奖励，这些又是什么？”

邢唐一脸淡定：“礼节不能缺。”

俞火凑到他耳边说：“爷爷要是反对，我就和你私奔。”

邢唐轻责：“胡说。”

俞火笑嘻嘻地进门：“爷爷，我回来给您请平安脉了。”

回应她的是肖远山浑厚低沉的嗔怪：“嗓门那么大，方圆五公里都知道你回来了。”语气里却有掩饰不住的愉悦。

俞火跑过去搂他脖子：“这是我跟你和阿砺学的通信靠吼技能啊。”

肖远山忍笑：“那你应该站在自家阳台喊他啊。”说着，目光转向后进门的邢唐，显然是知道了两人住对楼的事。

邢唐那声“肖老”几乎就要出口，最终，他随俞火改口道：“爷爷，我来看您。”

“好好，进来坐。”肖远山的态度远比上次在大唐热情得多，“不用拘束。我这个老头子规矩再多，也架不住她和阿砺这两只猴子的破坏。”

俞火抗议：“我不是猴子，我属兔！”

肖远山哈哈笑。

邢唐放下手中的东西，坐到老人家旁边，发现他正对着一盘象棋僵局推演。

肖远山看到他带来的那副价格不菲的金丝楠木象棋，说：“破得了这局我才收，否则啊，怎么带来的，再怎么带回去。”

这可是道难题。“护夫火”即时上线：“谁说是给您的了？我留着阿砺回来和他玩。”

肖远山看了邢唐一眼，笑道：“就她和阿砺那点水平，只怕会辜负了你的心思。”

邢唐捏了俞火手一下：“他们兄妹是给我机会呢。否则，轮不到我来陪您下棋。”

肖远山闻言顿时觉得面前的邢唐顺眼了很多，更有些迫不及待地要了解他的棋艺了。

俞火边给他们泡茶，边在旁边看棋局演变。

肖远山的神色忽而惊喜，忽而凝重。邢唐下起棋来则神情专注，低垂的墨黑眼睫始终波澜不惊，和他平时思考问题时的淡然稳重如出一辙。

不知不觉间，俞火就凑近了他，和他胳膊挨着胳膊。

邢唐看似专注于棋盘，却也不是对她的亲近浑然不觉。

三局两胜之后，邢唐谦虚地对肖远山说：“您老承让。”

肖远山有点没面子，但遇到对手的他又有点兴奋：“我可没让你。”他琢磨了一下自己的某步棋，一拍脑门，像是在懊恼怎么会走那一步，然后又道，“再来一盘。”这回他打开了那副金丝楠木象棋，“试试手感。”

邢唐与俞火相视一笑。

肖远山破了这辈子的败绩纪录。对于邢唐的棋艺，他多少有点服气："从小练的吧？"

邢唐如实答："我母亲喜静，从小教我下棋。十岁那年，我得过全国象棋锦标赛少年组冠军。"

后来母亲去世，邢唐其实很少再下棋了。但他心里装着事，反而下棋能让他静心，所以和肖远山一样，他也常常和自己对弈。

俞火意外又兴奋："没想到我家邢总还是世界冠军。"

平时她称呼他"邢总"都是调侃，只当是两人的小情趣。此刻在肖远山前面，邢唐微蹙了下眉，随即纠正她："只是国内，不是世界。"

"都差不多。"俞火抱住他胳膊，"我就知道你无论做什么，都能做到最好。"

她一脸崇拜，眼眸更是亮得像在发光。

邢唐看着她，眼神刹那间就带上了点说不清的缱绻。

肖远山把两个人的对视看在眼里，自言自语道："我去看看饭好了没有。"然后像是没眼看一样走开。

邢唐意识到失态了，矜持地垂眸笑着。

俞火则趁肖远山背对他们，快速在未婚夫侧脸上亲了一下。

晚饭后见时间差不多了，邢唐告辞，肖远山特别给面子地送他们到门外。

目送两人离开，程嘉野说："这位邢总和外界传的不太一样。"

肖远山还站在门口："他能在郑雪君那样的继母手中接过大唐，必然是有点本事的。但和康诚的这一战，我倒是小看他了。我以为他会以大唐之势，直接收购了康诚，以求速战速决。他却并购了瑞意医药，成立了向阳药业。"

老人家若有所思："众人只看到向阳打压的康诚退出了一线市场，赞他有手段。实际上，向阳对康诚，如同你对付一个手无缚鸡之力的老百姓，胜之不武。"

对于商场上的事，程嘉野不关心，但老首长的比喻他听懂了。

肖远山笑了笑："这一役最难的，在于大唐对瑞意的并购。你想想，瑞意的发展趋势可谓如日中天，没有大唐，早晚也会成为医药行业的老大，为什么要接受大唐的并购？他却做到了，还不是强行并购，而是与瑞意的创始人达成了信任与共识。"话至此，他自言自语道，"攻心为上，攻城为下。这个年轻人，不简单。"

程嘉野有点懂了。

肖远山看向远处，叹息道："他和小九其实很像，看似对什么都不在乎，可对自己在意的却会拼死守护。这样的两个人，或许是注定要在一起的。"然后他又像想起什么似的，沉沉叹了口气，"但愿是一段善缘。"

程嘉野没再说话。

第十一章 × 瞬间即永远

回医院上班前的最后一个周末，俞火照例带善和的两个姑娘去阳光养老院做义工。

邢唐则回了趟江湾别墅。

尽管一直以来，父子俩都比较疏远，但毕竟要结婚了，邢唐还是觉得应该当面告诉父亲一声。他对邢业说：“要是你愿意，改天去我那儿吃顿饭吧。”

邢业明白邢唐无意带俞火回家来见自己。他问：“就打算结在繁华里了？那边的房子是不是太小了？”

大唐是房地产企业，邢唐作为总裁，完全没必要在房子方面做投资，所以只购置了繁华里那一处房产。“房子再大，没有家人，也只是一个空壳而已。”见父亲脸色不太好，他意识到自己的话说重了，“火火喜欢热闹，她嫌别墅太空了。”

邢业点头，再点头。

邢唐坐了片刻要走，邢业难得挽留：“吃了午饭再回吧。”言语间，他看向楼上，“刚刚她妹妹过来把她接走了，说带她出去散散心。”

难怪楼上没有半点动静，原来是没在家。每次邢唐回来，郑雪君总要在他面前晃一晃，似乎要证明，她才是这个家的女主人。

拒绝的话几乎到了嘴边，可见到邢业两鬓的白发，邢唐把话咽了回去。

邢业亲自去代阿姨准备午饭了，邢唐抽空给俞火发信息：“我在江湾别墅吃饭。”

俞火得知郑雪君不在家，说：“好啊，那我也不操心你的午饭啦。”紧接着给他发过来一段小视频，她在背景音嘈杂的视频中说：“采买火上线！晚上来蹭饭吗，邢总？”

邢唐才知道养老院食堂负责采买的张姐辞职了。他皱眉：“怎么是你去？没其他人了吗？”

“我就是其他人啊，哪里需要哪里搬的机动火。”俞火语音回复他，“张姐走得急，新人还没招聘到，院长安排圆圆暂时采买几天。可这姑娘平时在家连饭都不做，香菜和芹菜都分不清。我就主动请缨来帮忙了。”

邢唐隐隐听见谢圆圆反驳：“谁说我分不清香菜和芹菜的？”

俞火还在嘲笑她：“那我刚才说买芹菜，你往袋子里装香菜？”

“我那是……”谢圆圆气结，“香菜明明也要买的嘛！”

邢唐听着两人你一言我一语的，想笑，但还是不太放心地交代俞火：“菜别自己拿，选好了让商家送到院里。”

俞火嫌他啰唆：“知道啦，本来就送货上门的，否则我们两个人能拎几斤啊。”又悄声和他抱怨，“我真得回去上班了，休息了这么久，我手都生了，上午才推拿了三个人，手居然酸了！要不能跑出来采买偷懒吗？”

邢唐哄她：“晚上回去我给你按按。”

俞火俏皮地回她一个比心的表情。

邢唐吻她。

父子俩安安静静地吃了顿饭，直到邢业午睡了，邢唐才离开。本想直接去接俞火回家，结果G市正在建的某个项目出了点问题，邢唐掉头去了趟现场。处理完已经临近八点，他直接回了家。

此前俞火发过信息，告诉邢唐她到家了。结果家里却没开灯。且不说这个时间俞火不可能睡觉，即便是她累了先躺下了，也不会不给他留灯。

邢唐进门后发现俞火蜷在客厅的沙发上睡着了，悬着的一颗心才归位。行至近前，见她眉头紧锁的样子，他又紧张起来：“怎么了火火？不舒服吗？”

俞火费力地睁开眼睛，借由他的手劲挣扎着起来，要去洗手间。

邢唐扶着她，见她干呕不止，他的第一反应是：“这个月的例假来了吗？”

俞火没吐出什么，她无力地靠在邢唐怀里，想告诉他不是怀孕，可张了张嘴，却发现自己说不出话了。

邢唐眼神微紧：“嗓子疼？晚饭的时候不还好好的吗？”她还把晚餐拍下来，发语音和他说：“没想到工作前最后一天过来是帮厨的，猜猜哪几道菜是我掌勺的？”

那个时候，她的声音听起来没有任何异样。

俞火又尝试说话，结果还是发不出声音。

邢唐脸色顿时变了，刚要抱起她往外走，俞火已经摸到他西装内袋中的手机。

邢唐停下动作。

俞火的手似乎有点无力，好半天才输入了几个字。

邢唐看到手机里那四个字“食物中毒”，心中大骇。

俞火继续输入：养老院，师兄……

邢唐明白了，尽管心里只想第一时间送她去医院，还是稳住心神先给养老院的冯院长打电话：“马上检查院里有没有人不舒服，俞火好像食物中毒了，她晚饭在那边吃的。如有人有异常，立刻送医院。”

邢唐随即又打给黄药子：“火火怀疑自己食物中毒了，你马上到我……直接到她家来。晚饭吃了什么？等我稍后发信息给你。火火她失声了，你快点。”结束通话，他抱起俞火回她家。

邢唐认为，俞火家里应该有能够解毒的中草药。就算解不了，也能缓解。

俞火怕他慌，表现得很坚强，哪怕脸色已经白得不像话，腿上也一点力气都没有，身体的全部重量更是依附到邢唐身上，还是在等电梯的空当，用手机编辑道：“我没事。”然后闭上眼睛仔细回想，自己这一天都吃了哪些东西，再用手机编辑出来，发给黄药子。

到家后，俞火先口服了乌梅，然后开始大量喝盐糖水。

黄药子到时，除了失声，俞火已经出现了胸闷、头痛、恶心、四肢无力的症状。发现她眼睑下垂，瞳孔散大，脉搏加快，他顾不得和邢唐解释，直接冲到书房把俞火备的家用呼吸机拿了出来，给她吸氧。

意识到事情的严重性，邢唐脸都白了。但见黄药子有条不紊，他竭力稳住情绪，随时准备听从黄药子的招呼打下手。

黄药子迅速写好了一张方子，语速很快地交代邢唐："通知养老院那边，怀疑是野芹菜中毒。到医院后，把方子拿给大夫参考。此前乌梅口服、先盐水后糖水口服，缓解毒素，争取时间。"

邢唐照办。

黄药子开始配药：甘草、野菊花、金钱草、苦参、黄连、生地黄、赤芍、防风……配齐后，他亲自煎药。

等药期间，邢唐照着他的吩咐又打了两个鸡蛋，把蛋清剥离出来给俞火灌了下去，以保护她的胃和组织吸收。等药煎好，又喂俞火喝了一碗。

之后每隔半小时，黄药子给俞火号一次脉，到凌晨时，三次药喝完，她不再有窒息感，心跳也恢复正常。黄药子微调药方，又煎了一轮药。

次日清晨，睡醒的俞火脸色恢复了些许红润，四肢也终于有了力气。黄药子又给她扎了两针，她才勉强能说话，先问："那边没事吧？"

邢唐知道她在担心养老院，他把刚从冯院长那儿获知的消息转述："发现得及时，救治也得当，十一位出现中毒症状的老人都没事了。"犹豫了一下，他还是实话实说，"只有一位老人还没脱离危险。"

俞火无力地闭了闭眼睛："是芹菜吗？"

黄药子点头："根据你中毒的症状，我判断是野芹菜。"

俞火挣扎着坐起来，靠在邢唐身上："我不会认错芹菜的，况且昨天芹菜是我和圆圆直接买回去，不是菜商送的净菜，照理说不会有问题。"

黄药子猜测："会不会是食堂之前剩的芹菜里有野芹菜？"

俞火摇头："我出门前确认过，食堂没芹菜了。"

邢唐眉心聚起："怎么会想到买芹菜？"

俞火有气无力地答："昨天的菜谱，有芹菜炒肉。"

两天后，那位原本身体虚弱的老人尚未脱离危险，依然在ICU病房。

第三天清晨，邢唐才把早餐做好，门铃就响了。

打开门，两位身穿警服的男子站在门口，其中一位问："是俞火家吗？"

邢唐神色不动："是，有什么事吗？"

来人亮出了证件："现在有一起养老院投毒案，请她随我们回去协助调查。"

邢唐才知道，那名尚未脱离危险的李翰林老人的家属报警了。

俞火还在洗脸，她听到外面的动静，穿着睡衣从卧室出来："怎么了？"

邢唐冷静地说："去洗脸，换好衣服再出来。"

俞火看到门口的警察，忽然就有不好的预感。等她迅速收拾好自己再出来，邢唐已经给南嘉予打了电话。

阳光养老院所有的工作人员，以及当天随俞火去做义工的善和养生馆的半夏和石竹都被带去了警局，协助调查。

俞火仔细回想那一天的情形，尽量不落细节地描述给警方。

做笔录的两个年轻警员反应敏锐，确切地说，是职业敏感。他们的问题很多，也很犀利，会问："你不是大夫吗？听冯院长说，你每次去养老院都是给老人们检查身体和推拿针灸，为什么突然去食堂帮忙了，还外出采买？”

俞火镇定地回答：“我的职业是医生，我去养老院是做义工。以往我只是每周去一天，为院里的老人检查身体和推拿都忙不过来，自然做不了别的事。最近三个月，我每周去四天，当然就会做些力所能及的事。”

警员的关注点却是：“之所以休假，是受你同母异父的妹妹苏子颜为情所困自杀这件事的影响吗？”

俞火拒绝回答这个问题，她几乎是立刻反问：“我休假的原因和案子没关系吧？”

警员定睛看了她几秒：“食堂的养生食谱是你制定的吧？那你对老人们每天每顿吃什么是最了解的了？”

俞火神色平静：“我是根据《二十四节气养生经》定的食谱。但食堂也会根据实际情况调整。毕竟，时令蔬菜其实很抢手，也有买不到、量不够，或菜商当天没有进菜的情况发生。所以你说的我对老人们每天每顿吃什么是最了解的，不严谨。尤其是，我记忆力虽然还可以，却也不是完全背得下来食谱。我没必要去记这个。”

警员盯她一眼：“根据菜谱，那天需要用到芹菜的只有一道芹菜炒肉，为什么会突然包了饺子？”

俞火如实回答：“院里有几位老人是北方人，他们爱吃饺子。而那天芹菜有点买多了，食堂里还有现成的肉馅，圆圆提议包两盘饺子……”

警员闻言，眼神顿时变了：“你说的圆圆是谢圆圆？”

俞火说是。

警员又问：“菜明明是由菜商直接送货，为什么芹菜你要亲自带回院里？”

俞火说："院里有两家固定的合作菜商，但有些食材也随机采买。因为阳光养老院是非营利性机构，在确保食材新鲜的情况下，要对比价格的。芹菜就是那天随机采买的，我选的那家价格低。而在那家只买了芹菜，我反正也是开车去的，就直接带回来了。毕竟，没有哪个菜商愿意为那么点芹菜专门送一趟货。"

警员继续问："芹菜全程只过了你的手？"

"是我带回院里的，也是我择的菜，芹菜炒肉那道菜也是我做的。"俞火想了想，解释说，"野芹菜和芹菜我是分得清的。不相信你现在把两种菜放到我面前，我现场区分给你看。"直到这一刻，她都以为警员只是怀疑她分不清正常芹菜和野芹菜。

警员却意味不明地说了句："你当然分得清。"

俞火抬眼看他，目光中质问的意味明显，可她忍了忍，说："我保证我买的，我带回院里的，和我择的炒的，都是正常的芹菜。"

警员追问："饺子馅呢？是你剁的吗？"

这一问的用意很明显，俞火明白自己给出的答案起着关键性的作用。

"是。"

剁碎后的芹菜若被换成了有毒的野芹菜，就太难区分了。尤其没有人会刻意去分辨。

对警方而言，这是调包芹菜的最佳时机。尤其当天的菜谱没有饺子，这几盘芹菜馅的饺子出现得太巧合，也太可疑了。而中毒的人，偏偏都是吃过饺子的。

警员放下手中的笔，后背靠在椅子上，定定地盯着她，一副了然的姿态。

俞火目光笔直坦荡地迎视他的视线，毫不退缩，毫无惧意。

最后，警员质问她：“你为什么要这么做？”似乎认定了她就是投毒的人。

俞火的眼瞳暗了，语气也冷下来：“我在院里做了五年的义工，那里的每一位老人，我都叫得出名字，包括他们身上有哪些疾病，我都一清二楚。”她反问警员，“我为什么要这么做？况且，我也中毒了，是受害者之一。”

警员沉默了片刻，似乎被问住了。确实，面前的女人年轻、漂亮、娇小、纤细，还是位救死扶伤的中医大夫，而凭她五年的义工经历，爱心人设完全成立，没人愿意相信她会投毒，还是对老人下手。

“但你自己就能解毒不是吗？”警员的语气和眼神一样，顿时犀利起来，“你也说了，你六点钟到家就觉察到了不舒服，可直到你男朋友到家，当时快九点了吧，你才说自己食物中毒，才让他提醒养老院那边。你知道吗？那三个小时，对于身体抵抗力远不如年轻人的老人来讲，有多宝贵。”

警员愤恨地说：“李翰林老人不治身亡了！俞火，要是再早哪怕一刻钟，他或许不会死。”

听闻李翰林老人因耽误了最佳抢救时机身亡，俞火的心理防线瞬间崩塌。

明明事实是，她发现自己不舒服时，首先并没有联想到是食物中毒。毕竟，谁会稍有不适就认为自己中毒了呢？再者，起初她只是觉得咽喉有点疼，而当有要吐的感觉时，和邢唐一样，她的第一反应也是怀孕。俞火还给自己搭了个脉，当时她还在想，如果是喜脉，邢唐会高兴吧。

可惜不是。

俞火还小小失望了一下。那个时候，她的心跳也是正常的，脉象无异，她才没打电话催促邢唐回家。直到他回来，中毒的症状正好明显显现，俞火才有了判断。

可这些，在李翰林老人死亡的残酷现实面前，似乎不值一说。

本以为有惊无险，老人们都平安。

却还是晚了一步。

俞火无法像先前那样平静阐述，她用手按住了脸。

审讯一度进行不下去。

俞火被拘留了。

李翰林老人的去世，让这起看似简单的食物中毒案升级成了谋杀案。

谢圆圆称是俞火提议包的饺子，与俞火的证词有出入。再加上原来院里的采买张姐曾是俞火的患者，张姐能去院里工作，是经俞火介绍的。她的突然辞职，在投毒案发生后显得有些蹊跷，像是为俞火采买野芹菜制造契机一样。

至于俞火也是受害人这一情况，由于她自救及时，没受实质性损伤，在警方和李翰林家属看来，反而成了脱罪的手段。于是，俞火作为芹菜的全程经手人，成了此案最大的嫌疑人。

邢唐提出来："动机呢？她这样做的动机是什么？"

南嘉予告诉他："李翰林的家属指出老人生前与俞火发生过矛盾。"

邢唐仔细回想："是指李翰林家属给老人送去的人参补品，俞火不建议他吃这件事？"

南嘉予点头。

俞火此前和邢唐提过，她说："人参是很滋补的药材，但并不是每个人都适合吃。人参性热，越吃越上火。李爷爷肺火胃火都大，不宜再吃人参进补。可我让他别吃了，他就不高兴，说是子女孝顺，还能害他吗。现在看见我都绕道走，像是我要抢他的参片一样。”

她还犯愁：“怎么说服他呢？”

善意的提醒和劝诫，在老人因食物中毒而死亡后，成了矛盾，成了杀人动机。

邢唐气到无语：“简直可笑。”

但法律讲求的是：谁主张谁举证。当现有的证据都对俞火不利，要推翻谋杀的指控，就要拿出实质性的证据。

这个时候，以“母亲生病，需回乡照料”这个理由提出辞职的张姐失踪了。经柴宇连夜赶赴她老家证实，她母亲好好地在家务农，最近半年连感冒都没得一场。再查张姐的银行账户，也没有大家所假想的近期内有大额不明款项的入账记录。而她离异，上初中的儿子跟前夫生活在一起，她的失踪没有引起任何人的注意，甚至没留下蛛丝马迹。

阳光养老院的监控录像也不完整。哪怕邢唐这个爱心捐赠人在年初确实出资更换了一批监控设备，但养老院不同于其他企业，没有专人负责监控的日常维护。直到投毒案发生，警方来调取监控录像，才发现有几处位置的监控早已经坏掉了。

眼看邢唐就要发作，赫饶适时说：“无论是谁，在他们决定要陷害俞火前，一定是第一时间破坏监控，避免留下直接证据。”在调取监控记录之前，她就料到了这个结果，“我已经让人调取养老院周边街上的监控，看看能不能从中获得线索。”

邢唐双手撑胯站在落地窗前，冷静了片刻：“你说监控录像什么时候坏的？”

赫饶答：“十天前。”

“十天……十天……”邢唐终于想到，“一周前，苏子颜去过院里找俞火。”他把当时的情况回忆给赫饶，“我以为她是去找火火求情，让我放过康诚。但不知道为什么，她去都去了，却又没见火火就走了。”

警方马上请苏子颜协助调查。

苏子颜却否认去过养老院，她说：“我不知道俞火在那儿做义工，我没有找过她。”

当时接待来访者的谢圆圆也否认：“我没见过这位苏小姐，我不认识她。”

监控是在十天前坏的，即便当时去找俞火的人是苏子颜无疑，但当她和唯一的接待谢圆圆都否认的情况下，一时间没人能证明苏子颜到过养老院。那她和投毒案就连边都沾不上。

邢唐越想越觉得这件事和苏子颜脱不了干系：“一定是她。否则我和火火听了谢圆圆对来访者的描述，不会一致认定是她！她和谢圆圆都在撒谎。”

警方要求谢圆圆回忆当日来访者的外貌，试图做出一个画像来。可若她有心撒谎，随便描述一些外貌特征出来，对案件也是毫无帮助。

线索就这样断了。

苏家还是被二十四小时监控了。

连善意的提醒都可以视为矛盾，俞火与苏子颜之间的矛盾，岂不是不共戴天？邢唐坚信，苏子颜，乃至苏家，是有陷害俞火的动机的。且这个动机，远比俞火投毒谋杀李翰林老人的所谓动机有力百倍。

对于这件事，邢唐心里有了定论。

于是，原已鸣金收兵的向阳再次夹击康诚。

这一次，不逼得苏寒破产，向阳是不可能收手了。

只因邢唐撂了狠话：“我宁可错杀！也绝不放过苏家！除了苏寒，所有一切他苏家人的产业，概——莫——能——外！”

总之，在南嘉予为俞火申请取保候审时，邢唐已经动手，对苏家大开杀戒。

他甚至给郑雪眉打电话，满身戾气道：“如果让我知道你也参与陷害火火，郑雪眉，你会死得比任何人都惨。这不是警告，是我邢唐对你的威胁。”

郑雪眉连说话的机会都没有，电话就被挂断了。

苏子颜被警方带去问过话后，郑雪眉其实逼问过她。苏子颜坚称没去找过俞火，更与案件毫无关系。郑雪眉相信了。准确地说，她不认为苏子颜有胆子做出那种事，她也没那个能力和智商。

郑雪眉也不相信俞火会投毒。尽管俞火从小不在她身边长大，但她是多么像俞一归，郑雪眉还是清楚的。她认定那是场误会，凭邢唐和赫饶的能力，一定能够找出证据为俞火洗脱嫌疑。

邢唐却打来那样一通电话。他的大发雷霆，证明了事情有多棘手。而能令泰山崩于前都色不变的大唐邢总气急败坏到这种程度，一定不是毫无缘由的指控。

郑雪眉不再笃定，她冲到苏寒办公室，质问他：“是不是你？不管怎么样，那是我女儿！”

苏寒像是料到她会来一样，他语气冷寒地说：“子颜才是你女儿！如果你想以她换取俞一归女儿的平安，大可以试试！”

“真的是你！”郑雪眉失去理智似的上前厮打他，又抓起办公桌上的东西砸他，“你为什么要这么做？我都已经不认她了，你为什么还要置她于死地？现在养老院那边死了人了，她会坐牢的，你知道吗？她才二十四岁！她做错了什么？”

苏寒控住她的手，冷冷地甩开她：“没有她，邢唐不会对康诚下手。即便他不喜欢子颜，我们高攀不上邢家，康诚也不至于落得今天这个局面。这都是拜他俞一归女儿所赐。我承认我不是邢唐的对手，那就别怪我不择手段，从他软肋下手。”

苏寒目光阴沉：“他邢唐不把一个全新的康诚交还到我手上，别指望我放过他未婚妻。我就看看，他怎么选！取保候审？”他冷笑，“他能干预我救女儿，我就能让他保不出未婚妻！”

郑雪眉抹去眼角的泪，低吼：“苏寒，我要揭发你。”

苏寒还鼓励她：“好啊，你去。只要你们找得到我涉案的证据，只要你愿意以子颜、以你年过半百的亲姐姐的后半生去交换俞一归女儿的清白，我不拦你。”

她的亲人居然都牵涉其中！郑雪眉跪坐在地上，无力地嘶吼：“啊——”

当晚，郑雪眉哑着嗓子给郑雪君打电话，哭着控诉：“为什么要这么对我女儿？她为你儿子捐过造血干细胞的啊！郑雪君，俞火用自己的血，救过你一双儿女，你怎么可以这么对她？”

郑雪君阴郁的声音透过话筒传过来：“可术后排斥了不是吗？如果我当时知道是她捐的骨髓，我一定要再验验！没准她根本就是要报复我拆散了你和俞一归，故意伪造符合的检验报告，借此要了阿政的命！否则她凭什么那么好心？又为什么瞒着所有人？如果不是我知道她是你女儿才去查了她，我根本不知道这一切！”

“你疯了，郑雪君！你和苏寒一样，你们都是疯子！”郑雪眉声嘶力竭，“血型不同，配型成功的概率微乎其微，她却为了救人，不惜跑去国外配型。却因为这份善良害了自己吗？郑雪君，你和邢唐怎么斗是你们的事，你别牵连她，算我求你了！”

郑雪君笑得狰狞：“要怪只怪她选错了爱人。还连同邢唐牵制我。上次住院，我几乎露出了马脚，都是拜她所赐。与其说牵连，不如说是我还她的。雪眉，你就当没有这个女儿吧。反正我这个患了精神病的人，谁也不能把我怎么样。还有你那个女儿苏子颜，不想她也被拉下水，你最好闭嘴。哦，忘了告诉你，那天你接我出去散心，也是我安排好的。万一我被警方找上门，协助我避开邢业安排这件事的你，也脱不了关系。是折损她俞火一个，还是赔上郑、苏两家，全在你一念之间。”

还觉得不够，郑雪君最后说：“别急，我还有两份大礼要送给她和邢唐。”

除了南嘉予，没人能见到俞火。

俞火却因受到李翰林老人去世消息的打击，一度不肯开口说话。直到南嘉予把邢唐那句“火火，我在等着娶你”带给她，她才恢复了些精神，配合南嘉予。

南嘉予也带回了她对邢唐要说的话：“她说因为外面有你，她一点都不怕。她让你别慌，查案听赫饶的。”

邢唐还是急得整晚睡不着。他来回在家里踱步，像下棋一样，反复推演各种可能性，寻找突破口。

赫饶咬死谢圆圆和张姐两条线，一面加紧对谢圆圆的审讯，一面全力追踪张姐的下落。因职业的敏感，赫饶坚信这两人与此案有分割不开的关系。

赫饶从谢圆圆的家人入手，尝试以他们为切入点，攻破谢圆圆。

张姐的父母，乃至其儿子和前夫，则都在警方监控范围内。

赫饶不相信，她们这种没有案底、初次涉案的人，能扛得住心理压力，长时间不开口，不露面。如果张姐真和案子无关，也没理由像人间蒸发一样消失得无影无踪。

然而，在所有人都在为此案拼尽全力时，网上忽然爆出一则有关城邦地产的新闻。

确切地说，是则旧闻。

这则消息是关于七年前城邦地产在A市进行旧城改造项目时发生的一起拆迁事故。

那起事故当时并没有引起多大的轰动，而是很快被城邦当时的挂名负责人曹文浩妥善处理。七年后此事再次被翻出来，却爆出一个惊人内幕——那起拆迁事故的受害人祁淑珍，是俞火的奶奶。

除了肖家早知内情，所有人都震惊了。包括饱经事故的萧熠，都等着邢唐站出来否认这件事。

大唐却没有动静。

邢唐看见这则新闻时，人在办公室。

西林清清楚楚地看见一贯波澜不惊、沉稳冷静的老板，脸色瞬间变得惨白，然后他不可置信地抬头看向西林，像是要询问什么，可喉结滚了滚，又一句话都没说出来，唯有那只原本在笔电触摸板上划动的手，一直在抖，一直抖。

西林不忍心再看下去："邢总……"

回应他的，是邢唐冰冷至极的声音："出去！"

西林退出去后，在办公室外站了很久，里面一直静静的，一点声音都没有。回想上次俞火和郑雪眉的关系曝光出来时邢唐不加掩饰的愤怒，西林慌了，他给曹文浩打电话。

曹文浩很快把电话打到邢唐手机里。

铃声完整地响过一遍，没有人接。

第二遍依然如此。

直到第三遍，邢唐才接，他只问了两个字：“是吗？”

曹文浩经西林提示看了那条新闻，他语气艰涩地答：“那起事故的受害人确实是祁淑珍老人没错，但是……”

邢唐听不下去，他直接挂断。

难怪提及俞火奶奶的去世，肖砺有那一秒的迟疑。

难怪俞火会把那张捐款凭证寄至大唐。她因为奶奶，确实决定和他划清壁垒界限的。

难怪重逢后，她才会冷淡他，疏远他，刻意躲闪回避他。

她拒绝他，最大的原因是：他们之间，隔着她奶奶的命。

她却还骗他说，是因为郑雪眉。

或许的确有郑雪眉的因素在，但她奶奶才是最根本、最重要的原因吧。所以，他只是打听了一下肖家，她就有那么激烈的反应。她其实是怕他再深入探究，会知晓这一切，然后再以愧疚之名纠缠或是补偿她吧。她又是怎么说服自己，接受了他，并对此只字不提？

邢唐突然间失去了全部力气，视线也变得模糊不清，他缓慢地起身，竭力稳住身形站在落地窗前，用手遮住了眼睛。

在肖远山出面担保后，俞火取保候审获批。可当她从拘留所里出来，看见了等在外面的黄药子、赤小豆、左欲非、赫饶、萧熠、徐骄阳，甚至程嘉野都来了，唯独那个最该来，也是俞火最想见的未婚夫先生，不在。

所有人都沉默。

还是赫饶把事情的始末告诉了俞火。

俞火眉心紧了紧，问："新闻还在吗？"

赫饶点头："他不表态，没人敢动。"毕竟，这是他和俞火之间的事。

俞火没表现出太大的情绪波动，她只是从赤小豆手里接过手机，上网找到了那则新闻。看到上面说：她是出于对邢唐的报复，才接近邢唐。她笑问赫饶："他不会相信了吧？"

赫饶明白俞火是故意说笑："他是出于愧疚。无论如何，他身为城邦的负责人，说他有不可推卸的责任，并不为过。"

俞火把新闻快速浏览了一遍，抬头对众人说："那起拆迁事故经警方调查，确认是意外无疑。我确实曾迁怒过他，更拒绝了城邦的赔偿款。谁让我当时知道了他是城邦幕后的老板呢？但我爱他，没有任何所谓的报复之心。也不是找不到对付他的办法，才失心疯似的往他捐赠的养老院投毒。"

俞火看向萧熠："这种无稽之谈，姐夫，麻烦处理一下。"

有她这句话，萧熠明白该怎么做了。

赫饶却说："这桩旧事在这个时候被曝光出来，有破坏你和邢唐关系的嫌疑，也有坐实你投毒动机的意思。我们直接删除，已经看到的人，以及幕后策划这一切的人，应该会以此大做文章。"

"道理是这样没错。但是，这对大唐的声誉会造成不良影响。尤其他不站出来澄清，公众就会信以为真，认定那是一起责任在城邦的拆迁事故。"俞火对赫饶说，"当年的事是城邦一位名为曹文浩的经理出面处理的，具体是怎么回事他一清二楚，卷宗应该也还在。姐，你调一下卷宗，把真相公之于世，替他澄清。至于我的部分……"

她神色淡然："真相只有一个。我没做过，一篇无中生有的报道，坐不实那所谓的动机，更定不了我的罪。就算一时找不到证据，早晚会找到。我才多大，有的是时间等。”

那一刻，在场的人不禁为之一振，更有泪盈于睫的感动。感动于她对邢唐爱的坚定，亦感动于她的释怀和勇敢。而对于爱，他们似乎也有了不一样的理解。

俞火给肖远山报过平安后，让程嘉野送她回了繁华里。如她所料，邢唐不在。

俞火洗了个澡，去超市买了菜回来，根据邢唐的喜好做了三菜一汤，分装在两个保温瓶里，拎去他家。

天已经黑了，他窗前一丝亮光都没有。

但俞火知道，他在。

她也没按门铃，直接输入密码开锁。

门打开时，俞火看到沙发上瞬间僵直的身影。

给了他几秒的缓冲时间，俞火才开灯。把手中的保温瓶放在餐桌上，她走向他。

邢唐终于抬头看她，短短几天不见，她瘦了。

他比她更憔悴了。俞火发现他下巴上的胡楂儿，眼睛里的血丝，以及那里面盛满的泪光。

她在他脚边蹲下，仰望他，语气温柔：“不是说等着娶我吗，怎么不去接我啊？”

邢唐红着眼注视她，没说话。

俞火用手抚摸他的脸，又凑近了吻他干裂的唇：“那是意外，不怪你的。我不许你往自己身上揽，听见了吗？”

她是怎么熬过那段失去奶奶的痛苦时光，她依然守口如瓶，还这样轻易赦免了他。

邢唐伸手把她搂进怀里，低哑哽咽地重复："对不起，对不起……"

她瞒着他，就是不希望他如此自责。

却终究没逃过。

感觉到颈间的濡湿，俞火的眼睛也潮得厉害。她心疼地回抱住他，温柔又坚定地告诉他："你没有对不起我，我也没因此少爱你分毫。"

赫饶调出了当年那起拆迁事故的卷宗。

说是意外，其实并不准确。

对于祁淑珍来说，那是一场无妄之灾。

对城邦地产而言，也很冤枉。

俞一归去世后，或许是不愿触景伤情，也可能是考虑到孙女未来的发展，祁淑珍卖掉了家乡的旧屋，带着尚未成年的俞火搬到了A市。

那时俞火已经马上高三，并不适宜转学。可相比县城，A市的教学质量自然更好。尤其从俞爷爷到俞一归，对县里的医疗发展都是有贡献的。不用托人找关系，县里就向市里申请，解决了俞火的上学问题。其实也不算解决，以俞火当时无论什么考试都是全县前三的成绩，A市的学校根本是抢着要她。

不负所望，俞火在高考中发挥稳定，以足够上清华北大的717分的成绩，成为A市那一年的高考状元。当G市医学院招生办打来电话，俞火几乎是毫不犹豫地选择了俞一归的母校。唯一放心不下的只剩奶奶祁淑珍。

她们所住的那片区域在这时传来了拆迁的消息。俞火和祁淑珍一商量，决定拆迁时选择置换房，可以留着祖孙俩日后居住，也可以在房价涨起来时卖掉，再根据俞火毕业后的工作情况，就近再买一套房。

俞火的经济头脑是在那个时候体现出来的。年纪不大的她居然很看好房地产业。于是，她说服了思想保守的奶奶，把手中的积蓄都拿出来，准备在签拆迁协议时，添钱置换一套面积大些的房子。

安排妥当后，俞火去医学院报到了。祁淑珍则留在 A 市等待签拆迁补偿协议，计划等这边开始拆迁，暂时去俞火学校附近租房子过渡一段时间。

祖孙俩已经开始期待在 G 市的新生活了。

拆迁却拖了近一年。直到才在行业中崭露头角的城邦从另一家开发商手里接过这个项目，拆迁才终于被纳入了日程。

祁淑珍却突然病倒进了医院。由于要做一台大手术，高昂的费用让俞火一度想要向城邦地产申请更改拆迁补偿协议，把置换房改为货币补偿。

却在那时遇见邢唐。

邢唐以助医基金的形式，为她解决了难题。

可事实是，助医基金的申请也是需要流程和时间的，为了不耽误祁淑珍的病情，老人家那一次的全部医疗费用，是邢唐个人承担的。而他为了不给俞火增加思想负担，事先和院方打了招呼，通过院方转告俞火，启动了助医基金。

邢唐没想到，俞火会以他的名义捐款，还了他为她申请助医基金的人情。他更是想不到，一起由前开发商发动的不正当竞争，殃及了祁淑珍。

当时拆迁在即，早已康复出院的祁淑珍只等俞火暑假回来，就打包行李去G市了。俞火也在计划时间，想着回去时，先给邢唐外婆看病。

前开发商却为了阻碍城邦地产的项目进度，丧心病狂地试图以一起强拆事件栽赃城邦，祁淑珍便成了那起事件的受害者。

那是城邦地产第一次遭遇危机，所幸邢唐没慌，指挥曹文浩与警方密切配合，很快把前开发商揪了出来。

城邦因项目停滞损失不小，可相比人命，也不值一提。

本来赔偿该是前开发商的事，毕竟他们才是罪魁祸首，可对方老大都折进去了，怎么赔?

邢唐交代曹文浩处理此事，务必妥善安排受害者家属。

三名受害者，其他两家均接受了高额赔偿，唯有一家拒绝赔偿，且要解除先前的拆迁补偿协议。

当时这件事，是程嘉野过去处理的。

所以曹文浩并没关注到俞火。处理过程中，他向邢唐汇报："老太太的家属拒绝赔偿，只要求变更拆迁补偿协议，把原有的置换房换成货币补偿。"

发生了这样的事，家属不愿再保留由城邦承建的置换房，也在情理之中。邢唐回复说："你想办法把赔偿款以房屋补偿形式交给家属。"

曹文浩有点为难："家属已经根据原有房屋面积，和我们的补偿办法，算好了金额，一分不多，一分也不少。"

那是邢唐做项目以来，第一次经历这样的事情，他心情本就很沉重，此刻，连求个心安都不能。那一瞬，邢唐脑海里莫名地浮现出俞火的脸，他决定："把赔偿款以受害人的名义捐给医疗慈善救助基金会。"

曹文浩照办。

这件事显然是城邦地产替前开发商背了黑锅。可如同赫饶所言，事情因城邦而起，邢唐作为负责人，有推卸不了的责任。

俞火当年也是那样想的。在她看来，城邦地产和前开发商之间一定是存在恶意竞争，才会彼此结了仇。得知邢唐和城邦的关系后，她确实恨了邢唐一阵子。认为邢唐是奸商，为了做项目，为了赚钱，不择手段。

可他外婆没错。想到自己答应了要给老人家看病，俞火还是决定去一趟大唐。

然后看见了郑雪眉。

那一步，终究没有踏出去。

那之后，俞火刻意屏蔽有关邢唐的消息。

但城邦的发展势头越来越好，做的项目极具口碑。自那起拆迁事故之后，他们在拆迁方面的工作，比行业内任何一家公司都做得好。

媒体的报道总能时不时地传递给俞火，她就会控制不住地想起邢唐。每每想到他对赫饶的紧张在意，以及在危急之时对奶奶的出手相助，俞火又不愿意相信他是不良商人了。

真正对他改观，是在邢政生病之后。

那个时候，全世界都知道大唐老邢总的次子得了白血病，急需适合的骨髓做手术。俞火作为邢政的表妹，悄悄去看邢政。

她穿着白大褂，跑去了邢政所在的医院，随医学院的同学以大夫的名义进了邢政的病房。那一刻，面对那个斯文又虚弱的表哥，俞火眼睛酸得似乎眨一下，都会落下泪来。

邢政还主动问："你是新来的实习医生吗？"院里的大夫他差不多都认识，俞火显然是个陌生面孔。

俞火说不出话，她怕一开口，就会哭出来，只能点头。

邢政可能以为她刚刚实习，对生死的恐惧太强烈，居然安慰她：“虽然我不能自医，可不是有你们吗？作为同行，我相信你们，也相信我的家人。”

俞火差点冲口而出：“我不仅是你的同行，也是你的家人啊。”但她忍住了，哽咽道：“你要坚持住，一定会找到适合的配型的。”

这份来自“陌生人”的鼓励让邢政也红了眼眶，他说：“好。”

俞火匆忙离开了病房，在门口与徐骄阳擦肩而过。

随后，她听见徐骄阳说：“撩小姑娘是吧，小心我打断你的腿。”

邢政笑着哄她：“除了你，别人在我眼里都是男生。”

徐骄阳揪他耳朵：“油嘴滑舌。”

俞火躲在无人的楼道里，平复了很久。在她准备走时，见低头打电话的邢唐朝这边走来。情急之下，她转身往楼上跑。

邢唐对此浑然未觉，他推开楼道的门，站在窗台前：“抓紧时间找，阿政的时间不多了。这和他母亲是谁没关系！他姓邢，是我弟弟。”听那边说了几句，他继续，“郑雪君的材料处理掉吧。销毁，懂吗？别让我知道你悄悄保存起来了。”

结束通话后，西装革履的小邢总居然就那么毫无形象地坐在了台阶上，胳膊肘拄着膝盖，手掌撑着半边脸，像在思考，又似犯难。

很快地，又有人推开了楼梯间的门。

是赫饶，她说：“就知道你在这儿。”说着坐在他旁边，半晌，“结果出来了。”

邢唐垂眸：“我们都不适合是吗？”意料之中的沮丧。

赫饶仰头，逼退眼中的泪意。

邢唐沉默了片刻，说：“好人多福。我不信找不到适合的配型。”

坚定又负气的语气。随即他起身，大步走了出去。

赫饶把脸埋在膝盖间，哭得无声。

那一刻，俞火很难过，为邢政得了那样的病。又不禁羡慕邢政，有赫饶那么好的姐姐，和愿意为他选择饶恕的哥哥。

或许就是在那个时候真正释怀的吧。为了邢唐对郑雪君的放过，为他不自觉外露的无助和孤独。以至于和邢唐重逢后，木家村发生了强拆事件，她对他没有丝毫怀疑。

俞火在寂静的夜里说："那个时候觉得你是个好哥哥。"

邢唐搂紧她："当时心里很怕，怕留不住阿政，又无人可说。也有些后悔，后悔每次见面都对他那么冷淡。明知道他怕我，却从不肯主动亲近。"

俞火不愿他再去想那些，她故意说："邢总主动亲近过谁啊？当年那么喜欢的人，也不见有什么表示。"

邢唐的唇在她头顶碰了碰："还好没表示，否则不知道还要被未婚妻拒绝多少次。"

俞火转过身往他怀里蹭："以后主动点。"

邢唐没反应过来她是什么意思，俞火的手已经钻进他睡衣里，问："都不想我吗？"

邢唐嗓音低哑地答："想。"

言语已是多余的，唯有身体的纠缠才能证明有多爱，又有多想。

很久之后，他的节奏缓下来，宣示般低语："火火，你是我的。"

这是他第二次这么说了。俞火手臂搂上他汗湿的背，绵软地回应："永远都是啊。"

后来，邢唐在半梦半醒间听她说："我真的没怪你，奶奶也不会怪你。"他翻身搂紧她，眼泪抑制不住地落在她发间。

俞火的取保候审能够获批，苏寒很意外。直到了解到肖家的背景，他大感不妙。而从拘留所里出来的俞火，居然没和邢唐决裂，显然也在郑雪君意料之外。她开始等待时机，要把第二份大礼送出来。

康诚原本还试图做最后的抵抗，结果国家医保药品目录全面调整，在向阳的抗癌药被纳入医保报销目录的同时，康诚多种药同时被淘汰出局，形成雪上加霜般的一波冲击。

却还不够。

苏寒好不容易争取到两家公司的资金，邢唐连回避都懒得，以一种“你若注资康诚，我让你明天消失在业界”的姿态干预进去，直接终止了他们尚未展开的合作。

销量的急速萎缩，库存的大量积压，资金链的彻底断裂……终于，苏寒只剩破产一条路可走。

他气急败坏地给郑雪君打电话：“你不是说他会因为受到打击，萎靡不振吗？可你看他，简直疯了一样要毁了康诚！”

关她什么事？但郑雪君面上还是敷衍道：“他找不到证据为未婚妻洗脱谋杀嫌疑，自然要找人开刀。你想办法撑一撑，只要坚持到开庭，我再爆个料，坐实俞火报复他，进而投毒杀人，他就再没有力气和你斗了。”

苏寒将信将疑：“你有把握？”

郑雪君笑得冷漠：“既然一条人命拆不散他们，就再加一条。”

邢唐却没给苏寒喘息的机会。

几乎是在一夜之间，在大唐的作用下，此前和康诚有合作的药品包装公司、药品原材料厂、中草药种植基地，均来追讨上个季度的应收账款。而被拖欠了工资的员工见状再也按捺不住，开启了罢工追薪之路。

康诚不行了。

这家药企的倒闭速度之快，令人始料未及。

苏寒再顾不得什么颜面，也没有算计的力气和武器了。他居然带了记者，闹到了大唐。声称大唐恶意竞争，破坏行规。

前台把情况汇报到总裁秘书处，没多久，邢唐亲自下来。

面对苏寒的叫嚣，他近乎冷漠地道："作为一家被淘汰出局、濒临破产的企业，苏总，你没资格和我谈行规。商场如战场，成王败寇，愿赌服输。"

被苏寒召集来的记者刚想采访他，瞬间被柴宇带来的人冲散，而以徐骄阳为首的另一波记者在这时及时赶到，把苏寒团团围住。

"苏总，据说康诚目前有九位数的应付款是吗？"

"康诚什么时候宣布破产？"

"苏子颜涉嫌阳光养老院投毒案，是真的吗？她杀人了是吗？"

"听说郑总不是病了，而是被苏家软禁了，您要不要澄清一下？"

记者连珠炮似的发问，问题一个比一个犀利，苏寒很快就招架不住了。

邢唐站在人群外，冷眼旁观。

直到柴宇把苏寒带来的记者处理掉，现场所剩都是自己人，邢唐才示意徐骄阳可以停了。

他如王者般穿过人群行至苏寒面前，一字一句："你干预我取保候审，我不是不知道。我都给你攒下了，现在一并还你。苏寒，你已经没有筹码了，别指望翻身。还有你那个失心疯的女儿，也要为自己的所作所为付出代价。"

苏寒咬牙切齿地说：“就算我输，你也赢不了。子颜不过是被我利用，她做的事，不足以判刑。但你未婚妻没做的事，一旦被坐实，就是死罪。邢唐，我赌我失去女儿一时，你失去未婚妻一——辈——子——”

“我就知道，你脱不了干系。”邢唐用那双锐利如鹰的眼睛注视苏寒，声音冷寒如冰，“你的一时，可能就是你的一辈子。至于我，等案子结了，我会陪俞火去我岳父墓前，把你致使苏家所有产业破产，余生还要蹲在监狱里的悲惨结局告诉他，让他安息。”

苏寒歇斯底里地闹起来，柴宇让人把他拖走了。而他所有的丑态，均被记者拍了下来。

邢唐气质矜贵地整理了一下袖扣，对徐骄阳带来的记者们微微颔首：“各位辛苦。”语落，在众人注目下，步态平稳地离开。

天网恢恢，疏而不漏，郑雪君千算万算，漏算了自己的亲生女儿有多能干。

在邢唐解决掉苏家的同时，赫饶把躲在邻市的张姐找到了。她连夜审讯，从张姐嘴里诈出了一点有用的线索。

苏子颜是去过阳光养老院的，还获知了食堂食谱。

如此一来，谢圆圆和苏子颜的口供就被推翻了。

当苏子颜再次被警方带走，郑雪眉知道，她轻易回不来了，如同自己，受困于苏寒，轻易走不出苏家。所幸，康诚的危机，苏家的劫难，让苏寒疏于防备，郑雪眉终于寻到机会，用保姆的手机给赫饶打了电话。

赫饶很快赶到，以让郑雪眉回警局协助调查之名把她带离了苏家。

郑雪眉提出见邢唐，然后避开旁人，把一个 U 盘交给他："我没有实质的证据，但这里面的录音至少可以证明，是他们干的。"

"他们？"邢唐看了眼门外，"苏寒和郑雪君？"否则她大可以直接把录音交给赫饶。

郑雪眉最不想面对这一刻，她边哭边说："我一步错，步步错，终于还是到了这一步。邢唐，我不想两个女儿都失去。"

录音正是郑雪眉当面质问苏寒，和打电话给郑雪君，求她放过俞火的全过程。录音里，苏寒和郑雪眉虽然没有直接承认投毒案与自己有关，但是，也已足够。

康诚被毁，苏寒连同郑雪君一起陷害俞火，是对邢唐的报复。

郑雪君始终都是不安分的，哪怕邢唐已经无意追究她从前做过的那些伤天害理的事，她在装疯卖傻的同时，伺机而动，找邢唐软肋下手。

还有，那个他以为是自己和萧熠找到的适合的骨髓，居然是俞火的。

作为表妹，她和邢政配型成功的概率，远比陌生人高出许多。她那么善良，得知邢政病了，怎么会什么都不做？她自己也说，忍不住去看了邢政。

邢唐以为，只是这样。事实却是，那个傻姑娘，悄悄地做着她认为该做的事情，不炫耀，不邀功，不被人知。

听完两段不算长的录音，邢唐缓了很久，才让自己平静下来。他抓住重点问郑雪眉："她说的两份大礼，第一份是火火奶奶的那次事故。第二份呢？是什么？"

郑雪眉摇头，她是真不知道。

邢唐的大脑高速运转，他努力思考，思考郑雪君所谓的第二份大礼会是什么。直觉告诉他，那是比俞火奶奶的去世，更为严重的事情。

邢唐把对自己和俞火而言最为重要的人统统过滤了一遍后，突然想到了……俞一归。

可俞一归不是出夜诊回来的路上遇上了泥石流吗?

直觉却告诉他，没那么简单。

邢唐坐不住了，他在原地转了一圈，再开口时语气艰涩至极:“俞伯父当年是去哪里出夜诊，给谁出夜诊，你知道吗?”

郑雪眉并不知道那么多细节，她只知道，俞一归出事那年，俞火十五岁，也就是九年前的六月。

九年前的六月?那个时间，如果俞一归去的是A市，那么……

邢唐不敢想下去，他下意识抓起手机，打给俞火，可当听见那边柔声问他“怎么了”，却一个字都问不出来了。

见他不说话，俞火还以为信号不好，又唤了他一声:“邢唐!”

邢唐连续地深呼吸，声音还是不稳:“没事了。”挂断后，抓起桌上的车钥匙就走。

郑雪眉跟出去:“你要去哪儿?”

邢唐根本忘了赫饶还在外面，他说:“我去问郑雪君!”

既然知道她手里还藏着大牌，邢唐不能坐等，他要逼郑雪君把牌打出来。

当郑雪眉请自己回避时，赫饶就猜到和郑雪君有关系了。此刻见邢唐一脸寒霜地出来，她确认自己猜中了。没有任何犹豫，连痛苦的时间都没有，赫饶跟上去。

邢唐一路并道超车，平常四十分钟的路程，他只用了一半的时间就到了。饶是赫饶车技娴熟，还拉响了警笛，照样被他甩在后面。

等赫饶赶到江湾别墅，恰好听见邢唐几乎是低吼着质问道：“俞伯父的死和我有关是吗？郑雪君，我告诉你，没有人能阻止我和俞火在一起，你更不行！”

赫饶的身体倏地僵住。

郑雪君像是被邢唐的突然出现惊到了，她又拿出一副懵懂惊恐的表情来，甚至是怯懦地问：“你要干什么？我不要和你说话，你快走。”

邢唐不给她逃离的机会，一把扼住她手腕：“城邦那起事故是你曝光的对吗？你狠心地揭开俞火的伤疤，为的就是让我愧疚，要逼她离开我是吗？你就那么恨我？我除了夺了你在大唐的权，还对你做过什么？郑雪君，没有你，我们父子不会疏远至此。没有你，我也不会成为这个家的外人。你几乎得到了一切你想得到的，我始终受制于你不是吗？你到底还要怎么样？”

郑雪君不接他的话，仿佛被他的爆发吓到了极点。

邢唐非逼她开口不可。他松开她，走到邢政房门口，一脚踹开了门：“我本想给你留一丝念想，可你不是疯了吗？还留着这些做什么？”说着已经动手要砸东西。

郑雪君就不允许了。

她拼了命地拽住邢唐：“这是你弟弟的房间！你手上拿的是他的遗物！”眼见邢唐要把邢政的东西顺着窗口往下扔，郑雪君嘶吼，“我就是要让你不好过！我的阿政没有了，凭什么你还好好地活着？同样是邢业的儿子，凭什么你什么都有？你还想爱，想结婚，门都没有！”

她也不知道哪来的力气，竟然把邢唐拉了个趔趄。

邢唐并不是真的要扔邢政的遗物，顺势把手里的东西给了她。

郑雪君抱着抢过来的东西，眼底一片血红：“我失去阿政有多痛你知道吗？邢唐，我要让你体会一下，失去挚爱的痛苦！”

她甚至都忘了要放下邢政的遗物，又折返回了自己的房间，翻出一份资料甩过来：“看看吧，祁淑珍，俞火的奶奶，拆迁事故受害人！俞一归，俞火的父亲，正是为你出夜诊，回家的路上遇到泥石流。邢唐，你爱的女人的两位至亲，皆因你而死！你觉得当她知道这些，还有勇气和你在一起吗？”

竟然真的是这样。

那个患者，是他。

邢唐几乎站不稳，他倚靠在楼梯扶手上，一句话都说不出来，一动也动不了，胸间那股剜心的疼蔓延向全身，疼得他，以为自己要死了。

赫饶捡起掉在地上的资料，没有勇气看到最后。

郑雪君看着邢唐失魂落魄的样子，心里痛快极了，她忘乎所以地说：“你以为没人能够阻止你们在一起了是吗？你看看，她父亲能不能？我一直等你自暴弱点，终于，你有了爱的人，有了软肋。我斗不过你，那就只能朝她下手了。没错，我是买通了养老院里的人，送了野芹菜进去，要栽赃嫁祸她。”

郑雪眉笑得疯狂：“我知道凭我这点手段，害不死她。但是没关系，我来告诉她，她爱的男人都为她带去了什么。她所有的亲人都因你而死，甚至是她自己，也一再被你牵累。你不觉得你所谓的爱，是对她最大的伤害吗？你怎么过自己心里那一关，邢唐，我很好奇。”

“郑雪君，你闭嘴！”终于，赫饶听不下去了，她近乎失控地拔高了声音，“你是想让所有人都跟着你痛苦吗？你以为全世界都欠了你，你以为你想要的，别人就要捧给你，而你不喜欢的，就必须摧毁？我告诉你，不是这样的！没有人欠你，更没有人理应容忍宽恕你，你对我们每一个人造成的伤害，势必要偿还。”

郑雪君看着她，没有丝毫感情地回敬道：“偿还？因为你是警察？因为你要大义灭亲地把我送进监狱？好，去找证据，去和这个曾经爱你，现在爱你表妹的男人一起找证据，我等着你们拿出证据抓我。”

她笑了，笑得得意又狰狞：“然后再因为我有病，不得不放了我。无论我做什么，只要装得像个精神病人，就能没事了。”

赫饶也被逼红了眼：“你终于承认自己是装疯了！”

“没错，从头到尾我都是装的。木家村的强拆是我安排的，投毒案也是我制造的，还有俞火奶奶的死，俞一归的死，都是我查出来的，准备送给，”郑雪君看向邢唐，“准备送给你的结婚礼物。谁让你命大呢？我买通人追到A市，都只让你受了那么点伤。不下点狠手，怎么让你痛？可除了把我留院，牵制我几天，你们拿我一点办法都没有。”她说着，笑得愈发大声。

偌大的别墅回响着她的笑声，张狂、阴森、凄厉，让人胆寒，更让人悲痛。

“谁说没办法？”邢业的声音突然传来，打断了所有。几秒后，他上楼来，走到赫饶身边，而他手上拿着视频录制功能正在开启着的手机。

他什么时候回来的？录了多久？郑雪君的反应慢了半拍：“你不是……”

“我不出去，你能拿出真实的自己面对阿唐吗？”邢业仿佛在瞬间老了很多，眼角的皱纹都更重了，他痛心疾首地说，“我瞎了一辈子，终于在今天看清了你。阿唐看在阿政的面子上，一再地放过你。赫饶嘴上不承认，却顾念母女之情，在情与法之间为难。但是我，没有他们那些牵绊和顾虑。你我这辈子的夫妻之情，就到此了。”

见他要把手机交给赫饶，郑雪君要过来抢。

赫饶稳稳接过手机，并从腰间取出了手铐，直接扣在了郑雪君手腕上。她掷地有声：“有一点伯父说错了，我不需要在情与法之间为难，因为她不配我大义灭亲。我和她，早没有一点关系了。”

赫饶想劝邢唐，瞒着俞火。邢业也是。可他们又太了解邢唐了，知道他宁可冒着失去俞火的险，也不会愿意背负这个秘密一辈子。

赫饶只能换一种说法：“即便她知道，也于事无补。与其让她再痛一次，邢唐，你为她担下这痛，行吗？”

邢业看着儿子此刻灰暗至极的那双眼，也忍不住说：“阿唐，你不是很爱她吗？那就当什么都不知道，用下半辈子好好待她，权当弥补。”然后问赫饶：“这些录音和视频，都别让俞火知道，能做得到吗？”

不等赫饶回答，邢唐的手机响了，他不看也知道是俞火打来的。先前他那么反常，她不可能感觉不到。

邢唐拿出手机，盯着屏幕两秒，接通：“我这就回去了。”嗓音已完全哑掉，如果不是语气一如既往地温柔，都像换了一个人。

俞火什么都没问，只说：“开车慢点，我等你。”

邢唐收起手机，站起来时身体不自觉地晃了下，但他很快稳住自己，抬步往外走。

赫饶知道他有了决定，也知道不该再劝，可是还是叫道：“邢唐！”

邢唐没停步，也没转身，只说：“我死都行，但我不能骗她。”

不知道自己是怎么把车开回繁华里的，直到把车停到地下车库，邢唐还觉得耳鸣。他趴在方向盘上很久，久到都以为自己睡着了，听见有人敲车窗。

他如梦方醒，抬头坐起来，看见俞火站在车外。

邢唐几乎以为她知道了，等不及来质问他。

车门打开的刹那，俞火上前握住他的手，关切地问："怎么了？脸色这么差！"

邢唐注意到她手上拿着宝马的车钥匙："要出去？"

"一直等不到你，想去公司接你。"俞火说着，替他锁了车，"回家吧。"

"嗯……回家。"邢唐反握住她的手，用力到俞火都感觉到了疼。但她什么都没说，任由他一路握着，直至进门。

看到餐桌上的饭菜，邢唐心口针扎一样疼，他回身抱住俞火。

他身上清冷的气息，侵袭到她的发肤。那感觉，很是陌生。俞火心中的不安愈发强烈，她伸手回抱他："饿了吧，先吃饭。"自己都不知道，在回避害怕什么。

邢唐松开她寸许，复又低头吻住她。

俞火还没反应过来，唇齿已被占尽。他吻得很深，带着几分急切，仿佛还带着某种压抑不住的情绪。他闭着眼睛，锁着眉，用舌攻占。

俞火没躲，她伸出手，一寸寸地抚摸他的轮廓，像是安抚。

邢唐吻得更深。

他们就这样站在门口，沉默地拥抱着，仿佛要吻到天荒地老。

渐渐地，两个人的呼吸都急了。在窒息前，俞火离开他的唇，与他额头相抵，轻喘着问："先吃饭，还是先休息？"言语间，已伸手去脱他外套。

邢唐抓住她的手，用沙哑的嗓音要求："说你爱我。"

俞火很乖地说：“我爱你，很爱很爱。”

邢唐心中绞痛：“火火，我也很爱你。爱到自己都有种错觉，过去那所谓的爱，都不是爱。爱到，你的出现，让我发现，别人不过如此。爱到，只要你在我身边，瞬间都像永远。”

爱到，不敢爱了。

俞火咬着唇，怔忡地望着他。

如同抗拒不了宿命的安排一样，邢唐抬起那双充血的眼眸与她对视，有那么一瞬间，他真的不想说了。

然而——

“九年前的那个夏天，我无意中发现，我父亲所认定的我母亲挪用大唐公款，是郑雪君设计的。可那个时候我羽翼未丰，拿她一点办法都没有。而且事情过去那么多年，想要找到让我父亲相信的证据，也太难。”

他一急，眼睛忽然看不见了。他又不能让郑雪君知道，就回了A市。那段时间，邢唐看遍了西医，他们都说，他眼睛没事。可他眼球疼，眼眶疼，头也胀痛，发展到后来，咽喉更是干得不行，食欲都开始下降。短短半个月的时间，他整个人像是快不行了。

他那是上了一股急火，气机逆乱，血随气逆，致邪热内炽，上攻于目，引起的暴盲。眼外观看似无异，视力却急剧下降，严重到，可能会真的失明。

俞火心口一窒。

“在我滴水不进，只能靠输液维持时，经外婆老朋友介绍，终于请到一位中医……”邢唐继续不下去了，更怕俞火承受不了更多，他深深地望着她，眼里浮现出寂静的泪光。

俞火懂了，她抬眼望向别处，眼泪滚落而下。

第十二章 × 万物向阳，渔火已归

郑雪君是投毒案的策划者，苏子颜在苏寒的怂恿下拿到了养老院的食谱，张姐辞职，只是为了让热心的俞火能在谢圆圆的求助下去采买和帮厨，野芹菜则是谢圆圆在苏寒的安排下带进院里的。

当一切水落石出，涉案的每一个人都难逃法律的制裁。而有录音和视频为证，郑雪君也再无法装疯，终是要对自己的所作所为负责，算应了那句恶有恶报。

至于郑雪眉，在去了一趟西山干休所，在门卫处站了很久后，直接去机场飞 A 市了。所有人都觉得，她是为了离俞一归近点儿，才在离开苏家后，选择去 A 市长住。

这样的结局或许已经是最好的，却难免令人唏嘘。

徐骄阳本就和俞火投缘，得知是俞火为邢政捐的造血干细胞，对俞火的感觉更不一样了。她去给邢政扫墓，坐在墓碑前说："那个我说你撩人家的小姑娘，是你表妹。是她给你捐的造血干细胞。你没想到吧？"

“你那个妈啊，怪不了任何人，赫饶得下多大的决心办她啊。还有你哥，被她害惨了。婚期一改再改，现在连新娘都……”徐骄阳抚了抚邢政的照片，眼泪开始酝酿，“还是你有傻福，不用面对这些。换你活着，就凭你的傻劲，得为难死。”

赫饶请了两天假，在家睡得昏天黑地。

等她恢复了精神，萧熠才说：“去看看邢唐吧。”

楠楠腻在赫饶怀里：“妈妈，你是不是病了？小姨不是医生吗？我们去看干爹时，让她帮你看病吧。”

赫饶一滞：“……你小姨没在干爹家。”

楠楠皱起了小眉头：“小姨不是干妈吗？干妈怎么不在干爹家呢？”

赫饶答不出来。

萧熠把楠楠抱到腿上：“等见到干爹，你让干爹去接干妈，好吗？”

“他们吵架了吗？干妈不要干爹了？”小丫头噘起小嘴，不太高兴的样子，“干爹多好啊。”说着从萧熠腿上跳下来，“我们快走吧，我要安慰干爹。”

路上，萧熠问她：“你是喜欢干爹多一点，还是干妈多一点？”

楠楠有点头疼：“就算他们分手了，不还是我干爹和小姨吗？不用非要选一个喜欢吧。”

还懂分手？萧熠捏她小下巴一下：“你倒是什么都不损失。不过，还是干妈吧，否则会要了你干爹半条命啊。”

楠楠一听要她干爹半条命吓坏了，催促司机叔叔快点开。

一家三口到了繁华里，按门铃，没人应。

萧熠以为邢唐不在：“去公司了？”

“西林说他在家。”赫饶打邢唐手机，隐约听见屋里的铃声。

她挂断，让楠楠叫门。

好半天，邢唐才开门。他神情疲惫，眼眶凹陷，眼底布满血丝，身上的衣服像是穿了几天没换，西裤有很多皱褶，衬衫顶扣解着，袖子挽到手肘处，整个人看上去又颓又憔悴。

楠楠有点委屈地抱住邢唐大腿：“干爹，你怎么这么慢啊。”

“干爹睡着了。”他说着拉起楠楠的小手进屋，连话都没和萧熠、赫饶说。

萧熠和赫饶一进门就发现他家不一样了，相比上次来明显温馨了很多，一想就知道是俞火的杰作。而邢唐先前明显是躺在沙发上的，此刻上面还有条没叠的薄毯。

邢唐也不避讳他们，只是随手把毯子往旁边拽了拽。

赫饶把带来的饭菜直接拎进厨房，装好了盘，给楠楠递眼色。

楠楠立即拉邢唐的手：“我饿了，干爹，你来陪我吃饭吧。”

邢唐也没拒绝，跟着楠楠坐到餐桌前。看到饭菜的那一瞬，他想到那天，俞火做好了饭等他。可那顿饭，她没陪他吃。

他没有要人劝，端起碗，拿起筷子，一口一口地吃着。

赫饶见他埋头吃饭的样子，眼睛酸得不行。

萧熠是过来人，见状，心里也堵得难受。

邢唐才吃了几口，忽然起身进了卫生间，把才吃的东西全吐了出来。

萧熠不解：“怎么了这是？病了？”

楠楠也跟进来，像个小大人似的拍邢唐的背：“干爹，你哪里难受啊？”

赫饶赶紧给他倒了杯水。

邢唐漱完口才说：“没事，胃有点不舒服。”

他惨白得不像话的脸刺得赫饶眼眶生疼：“你这些天都没怎么吃饭是不是？这么折磨自己，你心里就好过了吗？明明舍不得，却把人送走，你在想什么啊？不是该去求、去缠、去接她回来吗？颓在家里有什么用？”

邢唐也不应她，只把吓得快哭的楠楠带了出去，坐在阳台的藤编椅上。

楠楠不敢让他抱，只乖巧地坐在一边，拉着他的手：“干爹，你好一点了吗？我给干妈打电话，告诉她你生病了，让她回来照顾你好不好？”

邢唐回握住她的小手：“干爹没事，睡一觉就好了。”

楠楠瘪嘴，一副要哭的样子：“干爹，我不想你生病。”

邢唐伸手摸摸她的头：“楠楠别怕，等干爹好了，带你去游乐园。”然后回头看赫饶，示意她把楠楠带走。

此刻，他连应付孩子的心情都没有。

等赫饶领着楠楠出去了，萧熠坐过来。

邢唐长长地舒了口气，才说：“从我认识她，她要么笑着，要么冷漠，再不就怼天怼地，还打得了架，斗得了记者，强得我都觉得，我之于她，可有可无。那天她哭了很久，没责怪我，也没闹，就只是站在那儿，悄无声息地掉眼泪。我从没见她那么无助委屈过。我却什么都做不了，甚至不敢再和她说一句，我爱她。”

他的嗓子有点哑，也有些干涩，像是好多天都没开口说过话似的：“我不杀伯仁，伯仁却因我而死。萧熠，我怕被郑雪君说中了，我的爱对她而言成了伤害。”

“郑雪君的疯话你也信？”萧熠气不打一处来，“俞火是个明事理的姑娘，不会怨你的。也不能怨你。只是这事，总要给她点时间，毕竟那是她父亲。”

邢唐闭了闭眼睛：“这几天我一直在想，如果那次俞伯父没去给我看病，他们就不会搬家，她奶奶也不会出事。他们一家人现在应该还好好地在一起。或许她和肖砺，他们其实……也很般配。”

“般配个屁！她要是能爱肖砺，还轮到向你求婚？那个时候你只是个病人，生病求医没错！”萧熠气他的胡思乱想，“别不信命，很多事情都是注定的。不是你，也会是别人！”

但这话没办法对俞火说，只能她自己想通。

邢唐哑声：“可她谁都没有了。”

“正因为这样，你对她而言意味着什么，你想过吗？她只有你了，你却把她送回肖家。”萧熠忍不住骂，“这是在放弃她，你懂不懂？”

不然怎么办？这种情况下，邢唐没脸把她强留在身边，又不放心她一个人在家。所以那天，他提出让俞火回肖家，还找借口说：“我要出差几天，你去陪陪爷爷。”

俞火抬起水亮的眸子错愕地看他。

邢唐别开了脸，没勇气和她对视。

俞火眼睛更红了，她连外套都没穿，越过他开门就走。

邢唐追出去，硬把她拽上自己的车。

打了两次火才打着。邢唐打方向盘向左前方，脑袋略微偏向驾驶座那侧车窗，在俞火看不见的角度，他抬手抹了下眼睛。

车速很慢，可一路太顺，连个红灯都没遇上，终究还是到了。

邢唐心里天人交战，还没决断出结果，俞火已经推开了车门。

他握紧方向盘，没挽留。

几分钟后，邢唐拿出手机打给程嘉野。号码是肖砺给的，说他人在部队，不能保证随时联系得上，让他万一有事找肖远山。当时还在想，能有什么事？结果才几天，真出事了。

程嘉野很快接起，应该也是肖砺早有交代，并没问是谁，直接称呼道：“邢先生。”

邢唐默了一秒：“程中校，请帮我接一下肖老。”

片刻，那边换了人，肖远山不悦的声音传来，质问道：“怎么回事？小九为什么哭着回来？你欺负她了？”

如果只是欺负就好了。

邢唐喉结滚了滚，卡了两秒。

肖远山语气一沉：“邢唐！”

等邢唐稳住声音说完，那边有短暂的沉默，随即挂断。

他坐在车里，脑袋抵在方向盘上，很久。

回想那天的情形，邢唐望向窗外，那双深邃的眼睛里，分明有了泪色。

一周后，邢唐才去公司。面上和以往没两样，依旧杀伐果断。但他明显比以前更静更冷了。西林好几次去他办公室，都见他站在落地窗前发呆，叫他几声都不应。

这次也一样，西林不得不提高了音量：“邢总，陈院长来了。”

邢唐转过身来，眼神略暗：“俞火出事了？”

刚刚见到陈院长，西林第一时间替老板问过了，于是答：“俞大夫还没上班。”

邢唐意识到失态了，他默了半秒：“请陈院长进来。”

陈院长对他和俞火的事多少知道一点，见他情绪不高，既没安慰，也没寒暄，只是递过来一份名单：“这批医疗服务队的报名名单出来了，你看看。”

邢唐是医院的股东没错，但这种事其实没必要向他请示，陈院长却特意跑一趟……邢唐拿起名单，毫不意外地在中医师一栏里，看见了俞火的名字。

手不自觉紧了紧，随即又松开，邢唐放下了名单。

陈院长把他细微的神情变化尽收眼底，想了想说：“小俞现在的状态并不适合出任务……”有意以医院之名替邢唐留人。

邢唐截断：“让她去吧，她既然报了名，就会以最好的状态面对。行医时，她不会逞强。”

这一点，陈院长是相信的。他迟疑一瞬，没再说什么。

等办公室里只剩自己，邢唐拿起手机，翻看和俞火的聊天记录。最后一条还停留在半个月前。从那天他送她去了干休所，他们一条信息没发过，电话更是没打。

当天晚上，左欲非找邢唐喝酒，他拒绝道：“我在吃药，喝不了酒。”

左欲非问他怎么了。

邢唐答：“胃不舒服，黄药子给我个方子，吃着中药。”

左欲非哦了一声：“行，我告诉小豆。”

赤小豆转达给俞火了，她没给邢唐打电话。

一周后，志愿队即将出发前往距离G市几千公里的Y省，进行为期四个月的医疗援助工作。

出发前一晚，俞火回繁华里收拾行李。

见她窗前的灯亮了，邢唐倏地坐直，然后连鞋都没来得及换，就那么穿着拖鞋出门。可当站到她家门口，他又没勇气敲门，更别提直接输密码开锁。

他就那么倚墙站在门外，很久很久，然后像没来过一样，悄然离开。

次日清晨，俞火按照计划时间出发，一开门，就见邢唐站在外面。柔和的光线里，他眼神有些疲惫，有些温柔，看着她说："我送你。"

俞火的目光停在他脸上，可能是最近都没休息好，他的眼眶凹得明显，脸色也不太好，一种苦涩又心疼的感觉从喉咙直落进心底。

邢唐走过来，从她手里接过行李箱。电梯一路向下，他们看着上面显示的楼层数，谁都没说话。一直到地下车库，到机场，一路沉默。

直到院里的人都到齐了，集体办好了登机手续，俞火不得不过安检了，邢唐再也忍不住，把她搂进怀里，像要把她按进身体里一样，紧紧抱住。

他嘱咐："好好照顾自己，别让我担心。"

俞火胸中一痛，压抑了一路的情绪充斥在胸口，眼泪跟着涌出来。她没有伸手擦，怕他发现，一埋头，把泪蹭到他胸口，用微微哽咽的语气说："你也是。"

邢唐艰难地嗯了声。

俞火挣开他，头也不抬地转身走。

邢唐本能地跟上去，走了几步又停下，眼睛一瞬不瞬地盯着她的背影。

俞火都快走到安检口了，忽然停步。

邢唐的心瞬间提到嗓子眼，期待又害怕的情绪反复在脑中徘徊。

俞火折返回来，泛潮的眼睛避开他的眼睛，狠下心说："邢唐，别等我了。"

这话犹如寒霜落进邢唐的心，犹如利刃凌迟过胸口，比她在地下车库拒绝他那次，更让他疼上百倍。

邢唐垂眸盯着她发顶的旋儿，好半晌才压抑住胸口尖锐的疼，哑声："……好。"

转眼进入冬天，清晨，邢唐醒来，窗外的天地白茫茫一片。

G 市已经几年没下过雪，这场雪来得有点突然，有点惊喜。

他披上衣服，分开窗纱站到阳台上。

漫天飞舞的雪花，铺落在屋顶和地上，把这个世界包裹在银装里，晶莹得像是个童话世界，幽雅、恬静、纯洁。

他俯身抱起快二十斤重的大款，习惯性和小家伙说话："火火和我说过，等冬天时让我带她去冰城看雪雕、堆雪人，去步行街踩一踩据说一个银圆一块的方石地砖，在零下三十摄氏度的户外吃冰棍，去冰雪大世界打最长的冰滑梯。可她又担心为了抗寒要穿厚厚的羽绒服和雪地鞋，会丑成熊孩子。"

像是想起俞火说这话时可爱俏皮的模样，他径自笑了："她穿什么都好看，哪里就像熊孩子了？"

大款不习惯被寒风吹，闭着眼睛往他怀里蹭。

邢唐摸摸它光滑的毛："她那边也降温了，不知道她带的衣服够不够厚。"

大款像是听懂了，喵喵叫了两声。

邢唐望着远处，自言自语："你也想她了吧。我也是，无时无刻不想。"

如同安慰似的，大款伸爪轻挠了他胸口一下。

邢唐破天荒迟到了。

西林看见他头发上，大衣肩头，全都是雪，不解：“你是走来的？”

邢唐脱下大衣抖掉上面的雪，又扒了扒头发，难得地解释了一句：“这种天多半会堵车。”意思是，与其堵在路上，不如走着过来。

从繁华里开车到大唐并没多远，可如果走，至少也得一个钟头。西林默默地在心里吐槽完老板的任性，把向阳这个季度的业绩报表递给他。

趁邢唐翻看的空当，他顺嘴提了提向阳送药车的经历：“Y省的大于县穷得让人想象不到，土地贫瘠，道路崎岖，七百多人的村子，绝大多数村民居然生活在人畜混居的石板房里。送药车跟着医疗队到了那里，挨家挨户送了常用药，包括向阳这边送药负责人秦队，还有志愿队的医务人员几乎都把身上带的现金给了村民。”

邢唐放下手中的报表：“那种地方，现金用处不大。”

穷成那样，钱都花不出去。

西林又说：“只有俞大夫把自己随身带的衣物和日常用品分给了村民，还和院方联系，提出收集衣物等用品，发往大于县。”

这确实是她会做的事。

邢唐沉默了几秒，交代：“你负责筹备，成立公益事业部。先设立旧衣回收站，收集员工淘汰的衣物，回收站统一清洗消毒后，由向阳的医疗送药车直接送到贫困山区村民手中。另外，你核算一下，我名下的资金有多少，拿出一半……”

他取过一张白纸，用钢笔写下“俞一归”三个字，递到西林面前：“以俞大夫的名义，成立‘善归慈善基金’。我来制订长期的扶贫计划，你亲自跟进，资助真正需要的人。”

“你名下一半的资金？”西林觉得有必要提醒他，“即便作为大唐和向阳大股东持有的股票不能动，短期内可筹措的你名下的资金至少也有六十个亿。邢总，慈善是个无底洞，光靠你一个人来做，并不能……”

“我知道。”邢唐面上波澜不惊，像是要拿出来的不是三十个亿，而是三十块钱似的，“慈善公益事业发展现状并不令人满意，慈善机构多，捐钱的人也多，但贫困的人更多。如何把捐的钱真正地用到贫困的人身上，是首先需要解决的问题。有这笔资金垫底，再以大唐在业内的影响，才能募集到更多的善款。”

他作为发起人和最大捐赠人，才有资格做资金使用计划，并监督运行。如此一来，能避免很多问题。

所以，你又要身先士卒是吧？一半的资金，西林想想都觉得心疼，却只能说：“我尽快核算。”

当天中午，邢业来了大唐。父子俩在食堂用餐。

邢业看了看四周，说：“食堂重新装修后，环境好了很多，连厨师的手艺也进步了。”

“换了一批人。”邢唐说，“工作环境和福利待遇一样，都是员工考虑留任的基础条件。在薪资方面，业内大唐最高。不能输在其他方面。虽说员工和公司之间是双向选择，但大唐的硬件够硬，我们的选择权就更大，才能聘用到业内同岗位中最优秀的人才。”

邢业看着面前的儿子，竟觉得有些陌生：“我像你这么大的时候，还只考虑到年利润是多少。什么人才，什么发展养老助老事业，什么公益慈善，统统没有想过。”

“基础不同。”邢唐抬头与父亲对视，“那个时候的大唐还只是一家小公司，不以创造更多利润为目标，不会有现在的大唐集团。”

邢业闻言，心里既欣慰又愧疚。他想了想，把过来的目的说了：

“我想把江湾别墅卖了，一个人住，太空了。”

邢唐拿筷子的手明显一顿，才问：“想换去哪里？”

邢业看着他低垂的脸：“我看繁华里的环境不错，旁边的配套也齐全。”

邢唐轻蹙眉心，在邢业以为他会拒绝的情况下，又听他说：“行，我来安排。”

邢业眼眶有些热，却也没说话。

饭后，邢唐送邢业下楼，他说：“上次的事，谢谢。”

邢业明白儿子指的录视频的事。

那天，邢唐在回江湾别墅的路上，给邢业打过一个电话。

他在电话里说：“如果你真的对我母亲有愧疚，就帮我一个忙：让郑雪君以为你外出了，等我一会儿到了，把你所看见的一切录下来。你会知道，你所谓的弥补有多可笑。如果是我错了，我辞去总裁一职，不再涉足房地产业。”

挂断电话前，他最后说：“爸，算我求您。”

那声久违了的“爸”，让邢业眼底涌起泪意。他猜到，邢唐是回来找郑雪君，可他猜不到是为了什么事。但他还是照办了。他也想看看，究竟是不是自己错了。在看到郑雪君的真面目后，邢业终于发现，自己这一生有多可笑、可悲。

所幸，他还不算彻底失去这个儿子。只是，父子已疏远半辈子，未来如何，他没有把握，只能摸索着往前走，希望还有机会，挽回哪怕只是一点点的父子之情。

临走前，邢业到底还是问：“和俞火联系了吗？你们……”

“这件事您就别管了，我有数。”邢唐没给他机会说完，便替他关上了车门。

晚上下班，邢唐直接去了俞火家。自从她随志愿队出发，他把大款抱去自己家里，他时常会来这边开窗通风和擦灰。

结果竟然还有别人在。

赤小豆看见他没好气：“人都走了才来，不觉得晚了吗？”

“什么早晚的？”左欲非及时帮腔，“又不是不回来。”

邢唐也不接话，只问：“你们怎么来了？”

抢在左欲非回答前，赤小豆怼他：“你又来干什么？大款都被你偷走了，还好意思来。”

邢唐也不避讳，边往卧室走边说：“给她收几件衣服。”西林说她把随身带的衣物都捐了，他担心她没有换洗的。她那个人，那么爱美爱干净。

赤小豆抢先一步拉开衣柜，气呼呼地说：“不用你献殷勤。”

想到必然是俞火联系了赤小豆，让她过来帮忙收拾衣物的，邢唐没坚持，和左欲非一起在客厅坐下。

却始终关注着赤小豆。

见她拿出一条裤子，邢唐说：“那条是低腰的，她穿着工作可能不太方便。”

赤小豆回身瞪他一眼，放回去了。

隔了一会儿，他说：“那件薄了。我查了下天气，那边有点冷，过几天还会降温。”

赤小豆忍了忍放回去，换别的。

没多久，他又开口了：“那件颜色太浅，容易脏，她没时间天天洗，况且天气不好，不容易干。”

赤小豆把衣服甩回去，态度很差：“你那么了解她，你来！”

邢唐也不生气，起身过去，一件一件挑选，然后坐在床边低头叠着。

赤小豆见他边叠边细心地抹平衣服上的皱褶，细致得像在完成一件手工品。而他额前的发丝垂落着，被窗外皎洁的月光晕成温柔的暖色。她心中五味杂陈，冲去阳台上吹冷风。

左欲非跟过去。

赤小豆终于憋不住了：“俞小九走两个月了，再加上没走之前那段时间，足足三个月，他没给俞小九发过一条信息、打过一个电话！枉我一直替他说好话，连砺哥也在帮他。”

左欲非搂了搂她肩膀：“他们之间的问题不是旁人说两句就能解决的。他们的感情，也不会因为少打了几个电话、少发几条信息就淡了。我记得你告诉我，你把他生病的事转告俞火时，俞火说知道了。我问过他，俞火没有给他打电话。开始我还觉得，俞火有点狠心。”

赤小豆竖起眉毛。

左欲非啧了一声：“你听我说完。后来我才反应过来，黄药子那个药痴都快和实验室、中草药融为一体了，怎么会知道阿唐病了？肯定是俞火和黄药子通电话了，让黄药子关注的。黄药子是能直接开方子的，但这种时候，你师兄会那么不识趣吗？他必然是把阿唐的症状转告了俞火。要论对阿唐身体的了解，谁会有俞大夫清楚？所以其实在你和俞火说之前，俞火已经知道阿唐病了，药方也通过黄药子给了阿唐。”

赤小豆更气了：“那他还不主动点？到底是谁的错啊？他不要本末倒置！”

左欲非不得不替邢唐反驳：“难道是他的错？”

赤小豆自然明白他是指俞一归的事情。她虽气，却也不是是非不分，忍了忍，终究没说话。

左欲非摸了她头顶一下，继续先前的话题：“俞火没走之前，我约他喝酒，他特意强调，在吃药，不能喝。我说会告诉你，他也没反对。他并不是要让俞火心疼，他知道药方是俞火给的，借此告诉俞火，他在好好吃药，让她放心。”说着戳了赤小豆脑门一下，“你个小傻子。”

赤小豆打开他的手：“你聪明，那怎么现在才琢磨明白？”

左欲非挠头。

“原来，”赤小豆有点喷火，“他利用我啊！心机男！”

左欲非无语：“智商不如人这种事，我们自己知道就得了。”

赤小豆使劲掐了他胳膊。

左欲非嗷了一声。

邢唐收好衣服，对赤小豆说：“东西我随药品给她带过去，要是她问起，你告诉她一声。”末了又说，“就说是你给她收拾的。”

赤小豆翻白眼，见他要走，她说：“别说我没提醒你，她在那边遇到了一位老朋友。”

邢唐身形一顿。

赤小豆盯着他僵直的背影：“那人是砺哥战友，现在一路随医疗志愿队走，为了谁，不言而喻。”

邢唐搭在门把手上的手不自觉紧了紧，然后用力一压：“有个人照顾她，挺好。”

当门从外面关上，赤小豆气到原地爆炸：“等俞小九领回来一个，我看他好不好？！”

左欲非轻责：“你也是，他都这样了，你还刺激他，想让他死啊。”

赤小豆哼一声：“活该！”

邢唐一晚没睡好。明明很累，却怎么都睡不着。翻来覆去到凌晨才有睡意，天刚蒙蒙亮又醒了。睁开眼，看到空了一半的床，他翻了个身，把脸埋进另一个枕头里。

一个人睡了那么多年，早已习惯。等身边突然多了俞火时，他完全不需要适应，几乎是立刻接受了，还上瘾似的一刻也离不开，然后有一天没有了她，又不习惯到每晚失眠。

大款被他翻身的动作惊醒，此刻凑过来，蹭他手臂。

邢唐也不抬头，只伸手搂住那柔软温暖的一团，寻求慰藉。

缓了半天，他起床去书房，开始做自俞火走后一直坚持在做的一件事——把本可以直接对她说的话，写下来。

外婆问你什么时候再回去陪她打麻将。我告诉她，你出差了，去很远很穷的地方帮助有需要的人。外婆又问，你什么时候回来。我不知道该怎么回答，也不知道过年还要不要回去。

舅妈怀孕了。大蒙给我打电话时居然哭了。他说，以为这辈子和舅妈只能是二人世界了，这个小生命的到来，让他好慌。他让我问你，孕期的注意事项。我没告诉他我们……

他握着笔，怎么都写不出“分手”两个字，停顿了很久，才继续。

我去咨询了药子，以你的名义回复了大蒙。他还是很紧张，一直问我你什么时候回来。

你走后，阿砺来了趟家里，打了我一拳，下手挺重。还逼我还手！我怎么可能是他对手？你也不在，万一伤了腰我不知道该找谁治。就耍赖说：“随你打，但别伤到我腰。”他火了，折了家里一把椅子。见惯了他温和的一面，我都不知道，他脾气这么爆。

阿砺走时甩给我一张通行证。说来也奇怪，你在时，干休所我想进进不去，现在反而能随意进出了。周末我去陪爷爷下棋，一天下来，他一盘没赢，他没留我吃饭，把我赶走了。我好像有点过分了，没做好尊老工作。

大款不像从前那么黏我了。除了晚上会自动自觉上床睡在你那边，大多数时候只知道在阳台上晒太阳、睡懒觉。应该是和我一样，太想你了。

欲非向赤小豆求婚，赤小豆没答应。她说你不在，她没主意。欲非来和我说，让我赶紧把你接回来，别耽误他终身大事。可我知道，这期志愿任务结束时，你不会回来。

我说不等你是违心的。无论你去多久，我都等。

俞伯父终身未娶，我非你不娶。

似乎全世界，只剩我一个人……

可在人前，邢唐一句不提俞火。他不再出席应酬，不多说一句与工作无关的话，连左欲非和萧熠约他喝酒和运动，他也拒绝。他要么在办公室工作，要么在家睡觉、撸猫、临摹俞火的药方和给她写信。

但他养成了每天慢跑的习惯，还去附近的公园拜了一位八十高龄的长者为师，学打太极。总之，邢唐平静又冷漠地把自己活成了孤家寡人。

除夕前两天，唐开蒙打电话问他怎么还不回来。他说：“我年后再去看外婆。”

唐开蒙以为他要去看俞火，说医疗队条件艰苦，嘱咐他给俞火多带些吃的用的。

明知道肖远山那边什么都不缺，邢唐还是送去了很多年货，然后连屋都没进，直接走了。又去看了邢业，同样送去了一堆东西，还陪父亲下了两盘棋，走前说：“不陪你过年了。”

然后在除夕夜，飞去了冰城。

飞机落地后，再折腾到市区的酒店，洗完澡已是凌晨，这个年就算是过了。

大年初一，他走在步行街上，冻得下巴都僵了，还是准备买一根马迭尔冰棍尝尝。付钱的时候，一位面相看起来很有福气的本地男人提醒他：“原味的好吃。”然后自己买了一根原味的，给身后的女朋友买了一根抹茶的，还笑呵呵地向他解释，“偏要吃什么抹茶，说了全是香精也不听。你等以后后悔的。”

邢唐琢磨了一下，觉得这个以后是指结婚以后。他表达过谢意后，也买了原味的。

他平时很少吃甜品，尤其还是凉的，但也觉得味道确实不错，和俞火嘴馋破戒时网购回来的不是一个味。

走到江边才发现周边的安全区域，以及江堤和江面上，随处都是憨态可掬的雪人。上网查了下，才知道这是今年的雪人大观。

冰雪之美，确实与众不同。

邢唐觉得自己来对了，遗憾的是，他是一个人来的。

他拿出手机，拍了几张造型各异的雪人照片。之后又遇见了那对本地情侣，帮他们拍了合影，后又架不住那男人的热情，让对方给自己和雪人合了个影。

可等拍完，邢唐都没看到照片，就听他女朋友吐槽：“你是专业黑子吧。人家那么帅，被你拍成这样，没眼看啊！”说着接过手机，指挥邢唐站好，又是人像，又是滤镜地拍了好几张，满意了才把手机还给邢唐，潇洒地一挥手：“不用谢。”

邢唐翻看照片，两相对比之下，两人的摄影技术立分高下。他下意识看向情侣离开的方向，觉得那女孩儿纤细的背影便想到了俞火，眼睛忽然酸得不行。

邢唐站在原地，选了几张雪景，最后配上那张所谓的黑照，发了一条朋友圈，说：新年健康。

千里之外的大于县和冰城的气温差了二十几度。但南方的冬天并不比北方好过，俞火裹着羽绒服在外面接肖砺的电话，通话结束后见信号还不错，随手刷了会儿手机，不期然地看到邢唐那条“新年健康”的朋友圈。

他一年也发不了两条朋友圈，上一条还是她用他的手机发的。

俞火记得当时还和他闹：“高冷人设不招人稀罕，有生活气息、接地气的暖男才能找到女朋友啊，邢总。”然后编辑道：“家有一猫，如有一宝。天天掉毛，好不烦恼。”配图是大款抱他大腿的照片。

那之后，苏子颜闹自杀，大唐并购瑞意，向阳夹击康诚，养老院投毒案接连发生，别说他忙得分身乏术，连她都没心情发朋友圈了。

可从志愿队下乡以来，每到一处，俞火都习惯性发一条带坐标的朋友圈，她告诉自己，这样能省去很多麻烦，免得这边信号不好，不能及时联系上的话，肖远山和赤小豆他们会着急。

但到底是在借此向谁报平安，她拒绝去想。

俞火一直试图用忙碌麻痹自己，并竭力克制不去想邢唐，无奈每一个给她打电话的人都会提起他。

肖砺说：“人瘦了，但挺有自我保护意识。我想陪他打一架，让他发泄发泄。他居然提醒我，别伤到他的腰。”

黄药子说：“气色不好，明显睡眠不足，忙得脚不沾地，我想给他号个脉，看看他胃怎么样了，还得提前和西林预约，否则见不到他。听说，又出差了。”

徐骄阳说：“谁叫都不出来，连我假装喝醉让他接一下，他都让我找别人，说他睡了。还不到九点呢，他这老年生活也提前太多了吧。”

赤小豆说：“我去要大款，他不给。小鱼干没了也不买，只知道给我转账。要不是看他一次转账的钱，够大款吃几辈子了，我坚决不理他。”末了还说，“衣服都是他给你收拾的啊。我要收，他一会儿嫌薄了，一会儿又嫌颜色浅了，一会儿又说你穿着不得劲，事太多。合不合穿的，你找他。”

赫饶说：“以往但凡是楠楠的要求，他没有不满足的。现在楠楠给他打电话，缠着他让他来家里吃饭，他也不肯，连敷衍都懒得敷衍。楠楠委屈，说干爹有了干妈以后，不要干女儿了。”

最后又忍不住替邢唐说话：“我知道你并不是怪他。发生了那样的事，你需要时间平复。但是俞火，他真的很爱你。你这一走，他没了半条命。”

俞火盯着他的那条朋友圈，心里翻江倒海地疼，到底还是什么都没做。

春节很快过去，又开始了新一轮的忙碌。由于去的都是偏远山区，那里多为留守的老人和孩子，别说吃饱穿暖还是问题，很多人连字都不认识，除了正常的义诊外，俞火他们还要为村民们讲解常用药的适应证、用法用量和注意事项，免得他们吃错了，引发其他问题。常常一天下来，已经累得连话都不想说。

临近三月时，志愿队里的同志们都在倒数回家的日子。只有俞火还像刚来时一样，做完自己分内的工作，还会把别人遗漏或是不爱做的工作全做了。

倪易舟听到些消息，和她确认：“下周你要直接转 G 省，继续下一轮的工作？”

俞火没否认。

倪易舟语气略沉：“那么多贫困村，志愿工作不会停止，你是准备一直跟下去？有头吗？”

俞火看他一眼：“你不跟了？”

倪易舟在她脸上扫了一眼：“你跟我一样？”

“怎么不一样？”俞火垂眸小声嘀咕，“还不都是工作！”

倪易舟听见了，他懒得废话，和她说明两人工作性质和内容的区别。他已经从肖砺那儿听说她和邢唐的事了，包括俞一归那一段。此刻，他压着脾气教训她：“差不多得了。这么折磨人家，有意思？别不懂事。”

俞火心里委屈，顶他：“谁折磨谁啊？”

倪易舟盯着她：“互相折磨。”

俞火不想和他说了，转身要走。

倪易舟也不拦，只看着她背影说：“你就没想过，你说让他别等了，他多难受？”

俞火回头，语气有点冲：“还有你不知道的吗？”

倪易舟也不解释是听荆诚说的，只说：“说那么重的话刺他，自己不疼？”

俞火抿紧了唇。

“换成是我，也得答应。否则难保你再说什么狠话，更没余地了。”倪易舟走过来，用手掌拍了她后脑一下，“他是太爱你了，才不敢留你，怕你过不去心里那道坎，为难自己。”

俞火垂眸，半晌没说话。

倪易舟本想趁热打铁再劝两句，下周把人打包送走，也算对得起肖砺的托付。志愿队却突然接到求医电话，四十公里外的小农村有个孩子高烧不退。

当时没睡的大夫只剩俞火，她有心喊同组的另一位西医大夫同去，转念想到对方感冒了，就取了行医箱，朝倪易舟喊：“车钥匙给我。”

“大半夜的你能开山路？”倪易舟习惯性反问，同时领她往自己车的方向走。

俞火见他坐进驾驶位，也不废话，从另一侧上车：“正好我不认识路。”

倪易舟瞥她一眼，像是在说：“那还要自己开？”边启动边没好气地提醒：“安全带。”

俞火麻溜扣好。这位大爷可没肖砺的好脾气，她不敢惹，尤其还有求于人。

往小农村去全程盘山路，所谓的四十公里，比开二百公里还累。再加上傍晚的时候还下过雨，又泥泞又滑，路况十分不好。

幸好倪易舟总下乡，对路况很熟悉，再加上太晚了路上没有别的车，故而车速略快。结果开出一半左右距离时，在一个弯道处，迎面忽然出现一辆车。

对方车速也不慢。

他们发现彼此时距离已经很近了，倪易舟反应迅速，手上猛打方向盘，与此同时，脚下也踩了刹车。本意贴着右侧停住，把左侧留给对方通过。

前轮却不知碾到什么打了滑，车子瞬间漂移，猛地横了过来。

副驾陡然暴露给对方，成了最危险的位置。

对面的车也踩了刹车，可两车距离太近了，根本不是一下子能停住的，司机眼见着自己的车朝着对方的车身撞了过去。

对面车前灯刺眼的光线中，俞火下意识抬手遮住眼睛。

同一时间的 G 市，邢唐猛地从梦中惊醒。前一秒如坠深渊的感觉太过真实，他额头已沁出细汗。坐在床上好半天，心跳始终平复不下来。他忽然有不好的预感，再顾不得什么顾虑，抓起床头柜上的手机，拨俞火的手机。

连续被提示：您拨打的号码不在服务区。

以她所处的位置，没信号本是再正常不过的情况。

邢唐却越来越慌。他打给西林，让他立刻联系向阳送药车的秦队，以确认俞火平安。

秦队也关机了，再联系和他同行的司机，和俞火的情况一样，不在服务区。

邢唐坐不住了，他也不管是否会打扰到别人休息，电话打到陈院长手机里，语气很急地说："陈叔，麻烦把志愿队名单发我一份。"

"怎么了阿唐？"陈院长的声音闷闷的，显然是被吵醒的。

邢唐什么都顾不上了，说："我要找俞火，确定她平安。"

"志愿队那边出事了？"陈院长彻底清醒了，他一骨碌坐起来，"你等等，我马上找人。"

当时已经很晚了，名单什么的都在医院办公室里，即便有陈院长的命令，名单转给邢唐，也是需要时间的。尤其大晚上的，还有人关了机，一时联系不上。

邢唐等不了，他转而打给盛远时："现在有去 K 市的航班吗？"

要去大于县，必先到K市。

盛远时看了下时间，疯了：“后半夜了啊，老邢，你要干吗？千里追妻？”

邢唐嗓音沉下来：“我觉得俞火出事了。”

都是过来人，盛远时明白有时候某些预感不是凭空而来，他收起了玩笑之心：“联系不上了？”他凝神想了想，“我这边最早的航班是明早六点。你等下，我查一下其他航空公司有没有比这更早的。你别急，等我电话。”

“我现在往机场去。”挂断后，邢唐换衣服出门。

很奇怪，在危险逼近的瞬间，俞火竟没有丝毫惊惧。

短短的几分钟，或者只有几十秒，却让她有种醍醐灌顶般的彻悟。

车前灯刺眼的光芒中，俞火眼前快速闪过好多的画面，那画面如同她梦见俞一归出意外那晚一样，清晰得让她笃定，都是真实发生过的。

她看到年轻时的俞一归和郑雪眉在镜头前幸福地笑。可似乎是摄影师出了问题，也可能是相机坏了，他们的脸都笑僵了，照片也没拍好。

郑雪眉不高兴了，望向俞一归的神情，有明显抱怨的意思。俞一归温柔地搂了搂她的肩膀，表示安抚。她才释然了一点，然后又看向镜头。

原来，她不是不情愿，只是没了耐心，恰巧被摄影师抓拍了。

俞火又看到了几帧俞一归给人看病的画面——

他眉心轻聚，神情专注地号脉；他垂眸思索后提笔开方；他拿着方子，站在药柜前，按方配药；他没有任何不耐烦地为患者做着医嘱；深夜，他披着外衣，坐在桌前记录医案；他接到一通电话，带着行医箱要出门……

祁淑珍似乎是不太同意，俞一归握着母亲的手说了几句什么，然后出门。

俞火有点猜到他要去哪里了。

画面转换，俞火看到了年轻时的邢唐。他躺在床上，额头上有细密的汗珠，皱着眉头，闭着眼睛的样子，昭示他有多不舒服。

俞一归坐在床前，三指按在邢唐寸关尺处。过了片刻，眉心略微舒展了，先前紧抿的唇角也松弛下来。

俞火作为大夫，从父亲细微的神情变化判断，他经过辨证确认，邢唐的病，自己能治。

邢外婆却很紧张，拉着俞一归的手，急切地询问着。或许是恳求。看她的神情，那时候应该是清醒的，或许是九年前，她还没病。

俞一归对邢外婆说明病情。

邢外婆的神色放松下来。

俞一归打开行医箱，取针。

左手大拇指指甲切按在睛明穴的皮肤处，轻拨眼球，推针速刺，不捻转不提插。

同样的手法切按球后穴，弩法进针。

揣定太阳穴，弹针速刺，搓针行捻转泻。

揣定风池穴，弹针速刺，搓针，行透天凉之法。

以上分别留针二十分钟。

唯鱼腰穴，点刺不留针。

睛明和球后二穴针感较强，对手法的要求极高，手法重了很容易导致小血管破裂，需以轻柔的手法疏经通络。

根据俞一归下针的穴位，俞火确定，邢唐当年确实是得了暴盲症。俞一归是在用针刺法为他清热明目。

俞一归取针时，邢唐的神情不像此前那么紧绷难受，轻闭着眼的样子，像是睡得很安稳。

邢外婆再次握住了俞一归的手，似乎是在说着感谢的话。

这时，原本无声的画面中，忽然传出俞一归的声音，俞火听见他语气温和地说：“等他睡醒，眶深部的压痛感基本会消，视物会微有模糊，但不要紧，视野会逐渐变大，三天之内应该能恢复正常。我再写张方子，服一个疗程的药，调理一下，就能痊愈。”

邢外婆不停道谢。

俞一归都有点不好意思了：“您老别客气，治病救人是我身为大夫的本分。”

下一秒，雷声大作。

俞火的心瞬间揪紧，她清楚地看见俞一归向外看了一眼，随即接起了手机：“妈，看完了，这就往回走，你带着小九睡吧，不用等我了。”

不用等我了……随口的一句话，竟成诀别。

俞火捂住嘴，眼泪瞬间溢出眼眶。

俞一归很快写好了方子，交给邢外婆。

邢外婆却拦住他：“不行不行，再急也得等雨小点儿才能走。”

雨确实太大了，不安全。俞一归没再坚持，他坐下来，和邢外婆聊起了天。

俞火听见他那么温柔地说：“小九是我家丫头，大名俞火，十五了。那是……”俞一归往邢唐的方向看了看，“您外孙？邢唐，好名字。二十二，正是好年纪。”

不知邢外婆说了什么，他似是有些为难，又带着几分腼腆地说：“丫头还小，现在说这个还太早了。可要是将来两个孩子有缘，那当然是好。”

所以，那一年，那一夜，在还没有见到俞火的情况下，邢外婆就和俞一归提了亲吗？

俞火捂着嘴，憋着不让自己哭出声。

画面开始变化，世界再次无声。

俞一归出门了，打着邢外婆硬塞给他的伞，上车往家走。

没有路灯的晚上，外面很黑，本来渐小的雨又大了起来，还有风的呼啸，令人心生恐惧。

在雨水的倾泻之下，泥沙松动，从山上往下滑，速度越来越快，面积也在渐渐增大。

俞火想喊俞一归，提醒他别往前开了，危险，停下，停下。

却怎么都发不出声音，眼睁睁地看着俞一归的车行驶到他当年遇难的路段，瞬间被泥沙和碎石掩埋。

声音终于冲破喉咙，俞火悲戚地喊：“爸——”

雷声轰鸣，没有人听见她绝望的呼唤。

电光石火间，俞火睁开了眼。

天亮了，她躺在县医院简陋的病房里，床边坐着的荆诚手撑在脸上，靠在一边睡着了。

俞火倏地坐起来，因动作过猛，头晕得厉害。

荆诚本就没有睡熟，听到她嘶了一声，醒了过来。

俞火抓住他手臂，急问：“倪易舟呢，他怎么样了？”

“他转市医院了。哎，你别急，他伤得不严重。”荆诚见她要下床，立马掏出手机拨号，“他走时还交代了，等你醒了，第一时间通知他。”

俞火抢过手机，接通后不等那边说话，抢白道：“倪易舟，你还好吗？伤哪儿了？”

对方还是惯常冷淡的语气，简明扼要地说：“右臂骨折，已经处理好了。”

俞火担心他有所隐瞒，追问：“只是这样？腿呢？没受伤？”

那边淡淡答道：“腿没事。”

“真的？”俞火有点不信，毕竟当时的情况挺危险。

“怎么我只伤了胳膊，你还挺遗憾？”话虽这么说，语气却缓下来，倪易舟安抚道，“我真没事，对方司机没系安全带伤得有点重，为了避免耽误救治，我才跟过来。现在他人也脱离危险了。”

倪易舟又问了一下她这边的情况，尽管离开时已确认她没受外伤，医疗队的领队医生也说她没大碍，此刻确定她思路清晰、头脑清楚，他才彻底放心，嘱咐她好好休息，便挂了电话。

俞火躺回去，闭上眼睛。

荆诚给她搭脉。

等他收手，俞火才睁眼问：“怎么样？”

荆诚嘶了一声：“应该没有脑震荡什么的。”

俞火微微蹙眉：“应该？荆大夫不觉得这样的措辞太不严谨了？”

荆诚挠头：“患者是老师，我有点怯。”

俞火被他的夙样逗得扑哧一声乐了。

荆诚随后告诉她，已经有大夫赶去小农村给那个孩子看病了，让她不用担心。

俞火嗯了一声，随即闭上了眼睛，先回忆了一遍危险突发时，脑海里浮现的那些画面，又想到被邢唐送回肖家后，黄药子带黄芪去看她的情景。

黄芪说：“你爸爸不顾你奶奶的劝阻执意出那趟夜诊，是出于身为医者的本分和他本性的善良。他确实可以不去。这世上，每分每秒都有人因病痛而死，我们救不了所有人。可也有无数医者在和时间赛跑，和死神争抢生命。他只是其中之一。我们也是。或许有一天，我们也会遭遇命运的不公，难道我们要去责怪、怨恨病人不该来求医吗？为医者，必当先具佛心。医者仁心，大医精诚。”

那天的最后，他拍拍俞火的肩膀：“或许命里注定你们父女是邢家的恩人。你和邢唐，是你父亲结下的善缘。俞火，你爸爸不会后悔出那趟夜诊，他只会在乎，邢唐有没有被他医好。他是走了，他早晚会走，可邢唐还在。若邢唐能替他守护你，他会安慰。你是他的女儿，他最珍贵的宝贝。你获得幸福，他便安心。”

俞火在那天失声痛哭。

哭过之后，她报名参加志愿队。至于邢唐，她心里惦记着，又在嘴上回避着。

道理全懂，可做到又是另一回事。俞火总在深夜睡不着时问自己，如果命运重来一次，俞一归和邢唐，她选谁？

这是一道无解题。

更是一道答案不容推翻的现实题。

她为难自己了。

邢唐心疼她的为难，替她选了。可他替她做的这个选择，让她更为难了。

他们都忽略了——爱一旦滋生，便是一株小草的力量，哪怕是疾风骤雨、沉重的巨石，都压制不住。

荆诚见她在发呆，把手机塞给她：“姐夫打过电话找你。”

俞火转脸看他。

荆诚说：“队里不知道你和倪大哥出诊了，直到于县长来找人。”

志愿队队长才发现俞火不在，而她和倪易舟的手机全都打不通，后来向阳车队的秦队长带着两名大夫沿途去找，才及时发现了受伤的他们。

荆诚看俞火愣愣地半天没反应，解释说：“是姐夫把电话打到于县长家的，也是姐夫让秦队长带着大夫去找你，说万一有什么，可以第一时间施救。”他最后说，“姐夫刚才打电话来时，我听他像是在机场。”

俞火翻看通话记录，确实有邢唐的来电。

分别四个月，他终于打来了电话，还仿佛有心电感应似的，感知到她的危险。

俞火握紧手机看向窗外，也不知道在想什么。

荆诚悄然退出了病房。

半晌，俞火回拨过去。

邢唐看到来电显示，有种恍如隔世的错觉，半天才接起来，却只叫了声“火火”就哽咽到难以成言。

那再熟悉不过的男低音，也让俞火瞬间泪下。

她吸了吸鼻子，问他：“你怎么知道的？”

邢唐深呼吸：“我不知道。就是忽然醒了，心里难受得不行，又联系不上你，有点急。”

她却不依：“只是有点吗？”

听出她语气中的委屈之意，邢唐哑声：“急疯了。”他又不放心地向她确认，“荆诚说你一点伤没受，我不信。到底伤哪儿了？还疼不疼？”

邢唐听于县长说，两辆车受损都挺严重的。荆诚却说她没事，他以为是安慰。

“你希望我受伤啊？”嗔怪的口气。

“我宁可伤的是我。”

“确实没伤，只是晕了会儿。”

当时对面的车已经逼近，俞火都以为逃不掉被撞的命运了，倪易舟却来了个神操作。他手脚的动作快到令人眼花，挂挡，踩油门，打方向盘，狭窄的盘山路上，车子瞬间向左转了半圈。

如此一来，相比初时的车头方向，相当于是原地掉了个头。同一时间，他单手扶方向盘，右手揽向俞火的头。

哐的一声，对面的车追了他们的车尾。

倪易舟右臂骨折，俞火无外伤。

至于昏迷，志愿队里最有经验的主任医师经过仔细检查后对倪易舟说：“你当时对她做了防护，她头部没有受到碰撞，颅脑不该有所损伤，应该很快会醒。”

荆诚作为中医，号过脉后也说：“脉象无异，心跳正常。”

对方司机的运气显然没他们好，倪易舟权衡过后，跟去了市里。

此刻，俞火问：“你在哪儿？”

邢唐说：“S 市和平机场，等着转机去 K 市。但航班出于天气原因延误了，起飞时间待定。”

俞火负气地问：“干吗不直飞来？”

“最早的航班是今早六点，我等不了。”本想转个机，争取早点儿到，没想到竟被滞留在途中了。

俞火的语气缓和了些："昨晚出来的？"

邢唐是凌晨出门的。他说："算是今早。"

俞火咬了咬唇："回去吧，别来了。即便现在马上登机起飞，落地后你再折腾到大于县，至少也是十个小时以后的事。"等他到了，他们也该收队赶往最后一个志愿地了。

邢唐执意要来，显然是不放心她。

俞火沉默了片刻，像是在做一个极其重要的决定，才说："这期志愿任务马上结束了，我下周回 G 市。"

这是邢唐听过的最动听的情话。刚刚恢复如常的嗓音顿时低哑了好几度，他承诺："我去接你，风雨无阻。"

在志愿队即将从大于县出发，前往计划中的最后一个县城时，那个半夜求医的男孩病情出现了反复。志愿队不能因为一个人影响整体行程，最终队长决定，留下一个医疗小组，其他人按原计划启程。

俞火申请留下，和西医任姓大夫一起前往小农村。

由于此前任大夫给孩子治疗过，对孩子的病情更为了解，再加上她本就是具备丰富临床经验的儿科大夫，两人赶到后，依然是任大夫主治，俞火从旁协助。

任大夫做完初步查体，请俞火做中医辨证。

俞火结合孩子明显表露出的症状，又观察了舌苔，发现其舌边尖红，苔黄，号脉确认，脉浮数，她的诊断是："病毒袭肺之症。"

任大夫也诊断是感冒引起的肺炎。她先用枕部冷敷的物理降温法，随后又给药并肌肉注射。

为了加快退烧速度，俞火也先后用推拿、点刺放血，以及用温水擦浴的方法协助退热。

本以为一天之内，孩子的体温即便恢复不到正常值，也该有所下降。确切地说，应该是持续地渐渐下降才对，结果体温始终居高不下，孩子还迷迷糊糊地喊疼。

正常情况下，孩子生病时，精神差，睡得久，夜间长时间不进食，不喝水，体温才容易升高。而体温的高低并不能说明病情的严重与否。毕竟，个体反应是有一定差别的。但发烧温度过高，持续时间又长，是可能造成高热惊厥的。尤其孩子还出现了四肢酸疼和胸痛的症状。

两人当机立断，决定把孩子送到市里的医院。

孩子的奶奶非要跟着一起。

舟车劳顿，两个女大夫还要救治患病的孩子，实在没有心力再去照顾一位腿脚不便的老人。

小农村的村主任马上联系了孩子在外打工的父母，通知他们赶到医院去。随后又安排了车，送俞火和任大夫及孩子往最近的市里赶。

临行前，俞火想到此前已经有一个患者因救治无效死亡，结合孩子反复的病情，她提醒村主任："再发现有村民出现类似症状，千万别耽误，马上往市医院送。"

村主任应下，并在他们出发后，挨家挨户去查看。

俞火和任大夫带着孩子赶到邻近的市医院后，孩子呼吸困难到已经需要吸氧了。然而，经过一番救治，病情并没有明显好转。

考虑到该市医疗卫生条件有限，俞火建议，立即把孩子转往省会 K 市的医院。

孩子的母亲在这时及时赶到，同意转院。

所幸该市处于小农村和 K 市中间位置，转院不会耽误时间，而经过此前的一番救治，也为后续的治疗争取了时间。

争分夺秒赶到 K 市医大一院时，那边已经做好了接诊准备。

医大的老大夫根据俞火和任大夫提供的病情信息，在给孩子查体时发现，孩子的情况比预想的稍好一些。他纳闷：“这孩子的免疫系统功能很强大啊。”

任大夫才想起来：“路上小俞给孩子口服了板蓝根和西洋参。”

板蓝根是中药，具有清热解毒、凉血利咽的功效。西洋参里有大量的锗以及人参皂苷，能够增强免疫系统，诱导b淋巴细胞的增殖，产生大量的抗体，具有抗病毒以及抗病菌的功效，对孩子的病情大有帮助。

老大夫看向俞火：“中医？”

俞火点头：“中医内科执业医师，俞火。”

老大夫凝神看了看面前这个很像实习生的年轻大夫，沉吟片刻：“小姑娘跟我来。”

于是，已经连续四十个小时没休息的俞火，又参与到新一轮的治疗中去了。

治疗持续了整整五天，孩子的病情终于稳定下来，体温基本恢复正常。

当天下午，志愿队从下面的县城赶到K市。

俞火与大部队会合，稍微休整后，将一起返程回G市。

从四个月前出发，志愿队一直在贫困山区辗转，很多地方饮用水都紧张，队里的大夫们都很久没有好好地洗过澡，睡过柔软舒服的大床了。到达酒店后，大家在最短的时间内办理好了入住，各自回去洗漱了。

荆诚知道俞火连轴转了将近一周，帮她拿了房卡，又把行李送到房间门口才走。

俞火刷卡进门后发现居然是个豪华套房。她以为自己走错了，又核对了一下房间号，确认没问题，边嘀咕：“院里什么时候这么舍得了。”边拖行李箱进门。

回身锁门的瞬间，背后一副火热的胸膛贴过来。俞火不及回头，腰身已被人自后搂住，熟悉而久违的气息将她包裹住，邢唐在她耳边低唤：“火火。”嗓音中带着几许缱绻的温柔。

昨夜这个男人还在问她回程的具体时间，此刻就出现在她面前了。

俞火搭在门把手上的手僵住，有几秒没说话，也没动。

邢唐侧头，唇贴在她颈窝处。

心软得一塌糊涂，眼睛也酸得不行，喉咙更像被霎时涌上来的那几许不愿承认的欢喜堵住。俞火哽了几秒，才压住胸口那股涩意，微凶地说：“不是让你别来吗？”

邢唐松开搂在她腰上的手，扶着她肩膀让她转过来，用指腹摩挲她脸颊：“我太想你了。”想到不能再多等一天，于是从千里之外赶来，接你回家。

距离机场一别，两人已足有四个月没见，对彼此的思念是无论如何都掩饰不住的。俞火视线不移地注视他，邢唐也细细流连她的眉眼。最后，他率先按捺不住，手掌顺着俞火脸颊向后移，扣住她后脑的同时，深弓着背，歪头吻住她的唇。

双唇碰触的刹那，彼此都因这份久违的亲密微微战栗了一下。邢唐缓缓闭眼，嘴唇抿住她的唇，搂在她细腰上的手不自觉收紧，将人牢牢按向自己。

渐渐地，他唇上加了力度，细咬深吮。俞火也是想他想得不行，哪儿受得了他这样？手臂搂住他脖颈，和他缠到了一起。

气息浓烈，亲吻真实，难分难舍。

直到感觉到邢唐的气息开始不稳，手臂再次收紧，俞火才微喘着离开他的唇：“……我一周没洗澡了。”

邢唐亲她眼睛：“我不嫌弃。”

俞火费力地推开他：“那也不行。我才接触过肺炎患者，安全起见，必须消个毒。”

邢唐也是才知道，她这几天没随志愿队走，而是早早到了K市，在医大随同救治那个孩子。他心疼她的疲惫，摸摸她的头：“水给你放好了，去泡个澡。”

俞火打开行李箱找出睡衣，进浴室前又想到什么，凶巴巴地警告道：“你不许进来，我们还没有和好呢。”

明明是被拒绝，邢唐却笑得特别幸福。

俞火进去很久，一直没出来。

邢唐不放心，他站在浴室门口问：“火火，还没好吗？”

里面一点动静没有。

邢唐又唤了一声，依然没人应。他伸手推门，发现门没锁，探身进去一看，俞火竟然半躺在浴缸里睡着了。

看着她明显的黑眼圈，邢唐没舍得叫醒她，直接用浴巾把她裹着抱起来。

俞火一个激灵，突然醒了过来。

邢唐把她抱到床上，塞到被窝里，柔声哄：“睡吧。”

俞火迷迷糊糊地揉了下眼睛，朝他伸手。

邢唐都快忘了她上一次对自己撒娇是什么时候。而自那通电话后，两人的关系虽有些回暖，也天天发信息，可她远不如从前热情，几乎是他问一句，她答一句，好像和他没话了。

邢唐并不确定俞火过了俞一归那道坎，但那场车祸把他的愧疚和自责吓没了。他清醒地意识到，自己放不开她。哪怕她怪他怨他，他也不准备放手了。

俯身亲了俞火额头一下，他说：“等我脱了衣服陪你睡。”随后拉上窗帘，开始脱衣服。

俞火困得眼睛都睁不开了，还强撑精神看着他，等他躺上来，头往他怀里蹭：“……瘦得都不帅了。”

邢唐握住她的小手：“腹肌还在，不信你摸摸。”

她很听话地细细摸了摸，又似有若无地亲他胸口一下，然后不动了。

邢唐低头一看，她竟然又睡过去了，唇边还挂着笑。

默了两秒，他失笑。

算了，她太累了，就让她好好睡一觉再说吧。

反正他们，来日方长。

邢唐给她掖了掖被角。

俞火是被饿醒的。她睁开眼睛，发现周围好黑，一时有点不知身在何处。直到感觉到脖颈处温热的呼吸，后背火热的胸膛，她唇角微微扬起。

像是知道她醒了一样，原本安安分分搂在她腰上的手开始骚扰她。

俞火忍着没动。

身后那人又摩挲着吻她耳垂，低哑道：“醒了？”

俞火身子微颤，再装不下去了，轻轻转过身来。

邢唐已撑起身子。昏暗中，他目光贪婪，紧紧盯着她因刚睡醒而泛红的小脸：“想我吗？”

俞火伸手抱住他的腰，用行动回答。

邢唐目不转睛地盯着她，目光灼热带有侵略性，他说：“我想你想得要死。”

俞火主动仰起头吻他。

两人纠缠到一起。

激动又激烈。

很久后，邢唐翻身下来，将俞火收入怀中搂着。

俞火轻轻喘息，半晌，低低抗议了一句：“勒得慌。”嗓子微有些哑。

邢唐轻笑，松了松手劲，柔声问她：“饿吗？”

俞火很乖地嗯了声。

邢唐套好衣服起来，打电话让人送餐，又给她把睡衣穿好，两人才终于坐下来吃口饭。

俞火还没缓过劲来，吃饭的时候又在打瞌睡，明显还没睡够。

邢唐没再打扰她，而他也很久没有好好睡一觉了，吃完饭，两人又随口聊了几句小男孩的病情，就又睡了。

再醒过来时，已是第二天上午近十点。

半边床是空的，俞火不在房间。要不是她的行李还在，邢唐几乎以为昨晚是个梦。

他靠坐在床头，打电话给她。

响了两声，她就接了，却不怎么热情，淡声问他：“干吗？”

邢唐蹙眉：“在哪儿呢？”嗓音性感慵懒，一听就是刚睡醒。

俞火眼底浮现笑意，她说：“和男人约会。”

“干什么呢？”邢唐不自觉坐直了，“你再说一遍。”也不知道是真没听清，还是给她机会改口。

俞火不再逗他，如实说：“在大堂见朋友。”

“等着。”邢唐挂了电话，收拾妥当后下楼。才到一楼大厅，就看见俞火和一个与自己年龄相仿的男人坐在休息区，笑着聊天。

邢唐的第一反应是……赤小豆提及的那位老朋友？

他神色不动地走过去：“这位是？”

他一从电梯里出来俞火就看见了，见他分明满眼醋意，还故作镇定的样子，她看一眼对面那位，含糊不清地说：“我男朋友。”

邢唐还是更喜欢她介绍自己为未婚夫。随即觉察到味道不对，他注视她：“我没听明白，这介绍的是谁？”

俞火迎视他的目光：“当然是他，难不成是你啊？”

对面的男人无语地抿了下唇。

邢唐却是眉心微紧：“那我呢？”

俞火答得干脆：“前男友。”

她昨天确实向他声明过，说他们没有和好。可后来他们不是已经进行了一番深入的沟通了吗，还不算和好？

邢唐气笑了：“我们分手了？”他怎么不记得两个人有谁提过“分手”两个字。

“没分吗？”俞火仰着小脸看他，质问，“那之前四个月你干吗去了？”

邢唐这才明白，她这是有精神和自己清算送她回肖家的账了。既然如此，面前的应该不是外人。他很宠爱地抚了抚未婚妻发顶，转向对面的男人：“倪易舟，阿砺战友？你好，我是邢唐。”言语间率先伸出了手。

倪易舟丝毫不意外他知道自己，起身与他握手，同时朝俞火微扬下巴：“她未婚夫，我知道。”

回想于县长向他描述的车祸现场的情况，邢唐已经猜测到了倪易舟那掉头的神来一笔。此刻，见他包着纱布的手臂，几乎能想象到车祸发生的瞬间，他对俞火的保护。

邢唐异常诚恳地说："那一晚，万分感谢。"

倪易舟却轻描淡写地说："下意识地，换谁都会那么做。"

邢唐提议："一起吃个午饭？"

倪易舟知道志愿队明天返程，本就是来看俞火，顺便见见这位传奇的未婚夫先生，闻言点头："行。"

"你们先聊着，我去订个位置。"邢唐又回身，拿手指点了俞火脑袋一下，低声道，"晚点儿再和你算账。"

等他走了，俞火对倪易舟告状："他威胁我！"

倪易舟说了句公道话："都被前男友了，还不能有点脾气？你也别太霸道了。"

俞火不满："你怎么胳膊肘往外拐帮他啊？他可是把我晾在外面四个月呢。"

"那我帮你打他一顿？"倪易舟说着就要起身，"只要你舍得，我不嫌费事。"

俞火以为他来真的，拉住他胳膊："你敢动他试试。"

果然，女人都是口是心非的。

但被女朋友维护的感觉，应该不赖。

倪易舟一笑，转脸又训她："既然都想通了，就别作了。一百多天，他不会比你好过。"

俞火瞪他一眼："你管我呢。"

"我懒得管。"倪易舟朝邢唐离开的方向看一眼，"我等着看他好好管教你。"

俞火伸手打他。

不痛不痒的，倪易舟眉都没抬一下。

倪易舟从部队转业后一直在做扶贫相关的工作，邢唐热衷养老和公益事业，两人聊得很投机，更针对像大于县这种贫困地区如何脱贫的问题交流了彼此的想法，这顿饭持续的时间比预期长，气氛意外融洽。

临走时，倪易舟挺仗义地说了句："还是收拾得轻。"

邢唐摸了俞火发顶一下，宠爱之意不言而喻。

俞火则回敬他："等有人拿住你的时候，看你还会不会这么说。"

倪易舟笑得无所谓："能拿住我的人，还不知道在哪儿。"

针对他的情感问题，俞火挤对道："还扶贫！我看你最需要被扶贫。"

邢唐认为未婚妻这样说就有点人身攻击了，把人揽到身后，他笑着对倪易舟说："日子定下来给你寄请柬。"

倪易舟点头："行。"随即一摆手，"走了。"

目送他离开，俞火转身往电梯间走。

邢唐跟上去，牵她的手。

俞火挣开，邢唐停滞半秒，揽住她肩膀，强势地搂紧，把人直接带进电梯。

梯门关闭，他按下楼层数字时，唇覆下来，温柔又紧密地吮吻。

俞火任由他吻了几秒，躲开，脸埋在他胸口："有监控啊。"

邢唐轻笑："你那个位置正好被我挡住。"话虽如此，倒也没再乱来。

可一到房间他又来了，直到俞火求饶，他才捏着她下巴，带着几分威胁的意味问：“还说不说分手了？”

俞火又气又委屈：“谁让你把我送回爷爷那儿的！是你先不要我的。你居然不要我了？！”

邢唐没想到，送她回肖家的举动，会让她如此介意。他也终于明白，自己主动打了一通电话后，她马上软化的原因了。

她没有怨他，她只是一时接受不了俞一归遭遇的那场意外与他有关联。如果他没有送她回肖家，她或许会矛盾，会难过，会沉默一段时间。但在理智上，她不会选择离开他。

这一刻，邢唐才真正体会到，俞火对他的爱。

他心中酸涩，说：“对不起。”

明知道不该怪他，明知道他也不好过，可就是不想听对不起，不想他对不起她。

俞火踢他打他：“我说不让你等，你还答应！求我两句跌份儿吗？要不是我出了车祸，你是不是打算一直不管我了？是不是等我自行消化一切啊？你知不知道，我多怕再也见不到你！”最后一句，她几乎是带着哭腔吼出来的。

对于那起车祸，邢唐更是心有余悸。他拉着她的手，用力往自己脸上打：“我的错。我不该顾虑太多。我只是怕你把分手两个字说出口。我怕你和我说：‘邢唐，你放过我吧。’”

回想自己忍痛送她回肖家时的心情，邢唐用力抱住她：“我想着，让你看不到我，让你没机会说，那我们就不算分手，就还有希望。火火，我没有不要你，我是太想要了。”

听出他的哽咽，俞火再也下不去手，却还嘴硬：“别以为这样我就会原谅你。谁知道是不是以后一吵架，又送我回娘家。你求的婚不算数了，想要娶我，你得重新求，答不答应，看我心情。”

俞火只是随口说的，邢唐却立即表态：“好，我再求。”言语间松开她，单膝触地跪了下来。

俞火还没反应过来拽他起来，邢唐已经从西装内袋中取出了那枚闪闪发光的钻戒，握住了她的手：“这一跪，不是跪你，是跪俞一归大夫。跪谢他救了我的命，并向他承诺，我邢唐愿用自己这条命，守护他女儿的余生。”

邢唐抬头仰望她，那双深邃的眼睛里，波光涌动：“俞火，救命之恩，我想以爱、以余生相报，你愿意接受吗？”

面对这一跪，还有他发自肺腑的感恩宣言，俞火哽咽着抱怨：“还想让你多求几回呢，你却搬出我老爸，以救命之恩相挟。邢总，能收收你高人一筹的智商吗？太聪明了，容易谢顶。还有，以后你得少让我哭，哪怕是喜极而泣。”

眼中的湿意尚未压下去，又控制不住笑了。邢唐却没顺着她，霸道地把戒指戴到她手上：“那你以后又多了一项任务，有空的时候多研究一下，看看如何帮我防脱发。否则等老了，只能和一个谢了顶的老公散步了。”

这是什么画风啊，好好的求个婚不行吗？浪漫的气氛请保持住啊！

俞火憋不住乐了：“脱发不用怕，俞大夫生发有妙招。”

如此俏皮的未婚妻，怎能不爱？邢唐抱紧她，以一种失而复得的心情。

俞火不再别扭，踮起脚搂住他脖子，与他交颈相拥。

风雨过后，我爱的人，依然站在面前，除了拥抱，我不知道该如何表达这份欣喜与感动。

次日，志愿队返程回G市。

托俞火的福，荆诚被升舱了。他坐在头等舱里，笑呵呵地对邢唐说：“姐夫真好。”

俞火白他一眼：“没姐，哪来的姐夫！”

邢唐的注意力却在她被空调吹乱的头发上，他说：“长了不少。”

她捋了捋过肩的头发，皮起来：“待我长发及腰，大款娶我可好？”

邢唐看一眼她头发的长度，说：“那要到什么时候？等不了。”

俞火伸出胳膊抱住他劲瘦的腰，仰着小脸望着他笑。

邢唐低头，旁若无人地亲她眼睛。

头等舱果然不是好坐的，人在飞机里，粮从天上来。

飞机经停A市，邢唐和俞火回了趟外婆家，顺便给唐开蒙解压。

给倪妩号过脉后，俞火恭喜大蒙舅舅：“等着吧，五个月后荣升爸爸。”

像是自己要当爹似的，邢唐兴奋地亲她一口。

俞火拉着他的手，轻轻地晃，撒娇的小模样，又娇又俏。

唐开蒙抚摸着倪妩微微隆起的肚子，老泪纵横到说不出话。

外婆却责怪邢唐：“邢宝有了媳妇儿都不要外婆了，过年也不回来。”

俞火立即挺身而出替未婚夫说话：“是我想他了嘛，非闹着他去看我的。外婆，您要怪怪我啊。”

外婆哪舍得怪她，拉着俞火的手说：“都瘦了，怀孕要注意营养啊。”

俞火一脸黑线：“外婆，怀孕的是您儿媳妇儿。”她歪着小脑袋凑过来，“您看清楚，我是您孙媳妇儿啊，辈分差了一大截呢。”

外婆认真地盯着她和倪妩看了看，恍然大悟：“火火，你和邢宝也要抓紧啊，再晚，外婆怕是等不到喽。”

邢唐像对待孩子似的摸摸外婆全白的头发，笃定地说：“能等到。”

俞火垂眸，唇角微微上扬。

晚上，邢唐刚洗完澡上床，俞火就扑进他怀里。

未婚妻主动投怀送抱，邢唐自然是十分受用。

但他笑问：“不怕被外婆听见了？”

“她老人家睡得沉着呢。”随后又小声嗔道，“你别那么用力。”

邢唐覆上来：“……那就轻点。”

许久之后，两人平复了呼吸，俞火低声训他：“你怎么不问我是怎么想通的？又在怕我难过吗？那你安慰我就好了啊，就知道回避。”

邢唐一只胳膊被她枕着，把脸埋在她发间，不愿再去回想那起车祸。

俞火却憋不住：“我给你讲一个聊斋故事。”

“什么？”邢唐没听懂。

等俞火把车祸发生瞬间，看到的那些画面和听见的话讲给他听，邢唐沉默了很久。他不确定当年的情形是不是那样。俞一归已不在，外婆也病了，唐开蒙和倪妩当晚又恰巧没在家，一切已无从求证。

但邢唐愿意相信，确是如此。

原来，他们的缘分是从九年前起。如果俞一归没有发生那起意外，如果他痊愈后多过问一句大夫的情况，如果外婆没有病，如果他不是先认识了赫饶……可惜，一切假设没有机会成立。

好在命运虽然残酷，却不是一个悲伤的结局。

俞火用手点点他下巴：“外婆眼光可比你好，知道早早预订我。”

邢唐亲她脑门：“难怪她总能轻易记住你的名字。”或许潜意识里，她是记得俞一归的，更对他十五岁的女儿念念不忘。不然怎么解释，她错认了赫饶那么多年，邢唐只和她强调过一次，她便记住了俞火，似乎瞬间回过神来，从此忘了赫饶是谁。

曾经，我只信事在人为。终于，我不再怀疑命中注定。

邢唐抱她更紧。

第二天，两人一起去扫墓。相比去年四月时的剑拔弩张，此刻有种恍如隔世的错觉。

到了俞一归墓前，邢唐半点含糊都没有，双膝跪地磕头。

一谢俞大夫救命之恩，二诺守护其女余生，三愿与俞火执子之手，与子偕老。

还有祁淑珍，邢唐也给老人家带了花和酒来。

俞火对两位至亲说：“这个人，你们都不陌生。以后，他会代替你们照顾我。要是他违背了誓言，中途变心照顾别人去了，你们就把他带走，我不会心疼的。”

邢唐握紧她的手：“我会好好疼爱火火，二老放心。”

之后邢唐又把俞火带到母亲面前：“这是你儿媳妇儿。走了很多弯路，浪费了很多时间，险些把她弄丢了。”

俞火与他十指紧扣：“我方向感很强，丢不了的。”

众人得知俞火和邢唐和好如初，都流下了老母亲般欣慰的泪水，颇有众望所归之感。唯有楠楠，稍显失落地问赫饶：“我长得再快也没有用，还是不能做干爹的女朋友是吗？”

赫饶回答不出，只能把这笔账算到萧熠身上。谁让他没事误导女儿，总想在辈分上占邢唐便宜。活该。

当然，肖远山是把两人骂了的，警告他们：“再敢折腾，看我怎么打断你们的腿。”末了，还抬手指邢唐：“自己的女人自己管好，别没事就给我往回送，我懒得给你们断官司。”

邢唐有错在先，不敢反驳。

俞火却小声嘟囔：“也不知道是谁说的，不让孙女嫁了，养她一辈子。”

肖远山作势拍她：“你还犟嘴！”

俞火活蹦乱跳地躲到邢唐身后：“我说实话嘛。”

邢唐护住她，对肖远山承诺：“没有第二次。”

肖远山哼了一声，撂狠话：“再敢有，阿砺拆的就不是椅子，而是你那一身骨头。”

舅哥可是专业打人一辈子，腰不好的邢唐哪敢造次？

俞火则小声说：“他敢！”

肖远山懒得理她，只命令道：“既然折腾够了，抓紧时间把婚礼办了，我等着抱曾孙。”

俞火无语：“爷爷，您步伐太快了。”

邢唐倒觉得确实该快马加鞭，他立刻动起来，翻皇历择吉日，约时间拍婚纱照，给俞火定制中式礼服，准备迎娶未婚妻，以求尽快立住俞大夫家属的人设。

一场威胁到全球健康的传染性疾病悄然而来。

俞火重回治未病中心上班时，听小喇叭谷雨说，最近西医那边的病人明显增多，他们先后出现不同程度的发烧、干咳、四肢酸疼无力、呼吸急促、气短、胸痛等症状。院方采取一系列治疗手段，收效甚微，已经有人被转到了重症病房。

随后，倪易舟带来一个坏消息：“小农村那个孩子的奶奶……病危。”

俞火把小男孩的病情在脑海里反复过滤，又结合院里收治的患者情况相对比后发现，他们的症状基本相似。对此，她向华主任做了一次详细汇报，秉持宁可矫枉过正，也绝不掉以轻心的原则，建议院方把现有的患者进行隔离治疗的同时，请传染病医院的专家来会诊，并向 K 市医大一院调取小男孩的病历作为参考。

院方意识到事情的严重性，将情况及时上报到疾控中心。

与此同时，向阳药业的板蓝根颗粒、板蓝根含片等中成药出现了供不应求的局面，其他医药企业的板蓝根药品也开始被民众抢购。市场销售人员反映，坊间都在传，板蓝根能治一种疑似感冒的怪病。至于怎么个怪法，谁也没能说出个所以然来。

板蓝根与玄参、马勃、牛蒡子等药配伍，确实能治咽喉肿痛等症。但体虚而无实火热毒者是忌服的，脾胃虚寒的人也要慎用。另外，虽说相比西药，中药的副作用小，但是药三分毒，又怎么能乱吃？

邢唐要求向阳药业对全国的药品经销商及直属连锁药店做出醒目提示：运用中医中药，脱离辨证论治都是不准确的。并提醒购药者，现下没有任何研究证明板蓝根对疑似感冒的所谓怪病有防治或治疗作用，希望大家不要盲目购买和服用，治病请遵医嘱。

俞火赞同他的决定，并提醒：“对公司的每一处角落都要进行彻底的消毒，包括你的办公室。尽快安排一次员工体检，一旦发现有人体温异常，或是有感冒的迹象，第一时间送院治疗。如果可以的话，最近都尽量别出差。你也不许去人多的地方。”

邢唐意识到事态严重：“你是怀疑这病传染？”

“我希望不是。可是，”俞火解释，“小农村的男孩生病时一直是他奶奶在身边照顾，现在那位奶奶也病了，症状和男孩的基本一致。”

邢唐毫不质疑她的医学敏感性，立即落实下去，为了避免造成恐慌，他让西林以公司福利的形式安排了体检，并要求各部门主管领导，调整部门员工工作安排，尽量减少出差频率。

邢唐更以第一大股东的身份提出：“向阳所有板蓝根类中药制剂，保持原有价格不动，不允许涨价。”而为了避免有人恶意收购向阳生产的板蓝根药品，再加价销售，向阳更在当天制定出限购令。

当时疫情尚未充分展现，没人确定该病是具有传染性的，一切都只是猜测和预防。公共场所照样人满为患，各旅游城市也是淡季不淡。直到参与过该病救治的医护人员开始有人出现发烧及上呼吸道感染症状，该病才被确认具有传染性。

传染病疫潮终露端倪。

很快地，世界卫生组织发出健康警告，并建议隔离治疗疑似病例，该病被命名为新型病毒性流感。

鉴于2003年抗击疫情的经验，各省市纷纷启动一级响应机制，推进新型病毒防控工作。

但起初很多民众并未重视，在他们看来，只是流行性感冒而已，没什么大不了。连大唐的个别员工，在公司有明确规定，且配发口罩的情况下，依然有人因不戴口罩“裸奔”被扣奖金。直到有人因此受到致命威胁，甚至有患者付出了生命的代价，大家才恍然大悟：流感不是感冒，就像老虎从来不是猫，尤其此次的流感是加了“新型病毒性”这个前缀的。

开始有人上网查询病毒相关资料，发现人体细胞对于任何一种新的病毒都是没有记忆的，所谓的防御能力其实是天然免疫力，也就是白细胞与病毒的斗争。在这个大家看不见，甚至发现不了的斗争过程中，一旦病毒过于强大没被及时消杀，肺里就会产生炎症，严重的就会出现呼吸衰竭、呼吸窘迫、明显的高热等症状，进而有生命风险。所以，这次的新型病毒又是一种从前没有出现过，且一时之间白细胞还打不过的病毒。

一时间，整个世界似乎都充满了消毒水的味道，发烧成了最令人恐惧的事，隔离和疫病这样的字眼，更是充斥了每个人的大脑。

从首都组建防治病毒卫生队，确定首批流感定点医院，小台山流感定点医院以奇迹般的速度在一周内竣工启用，这场危及全球健康的抗病毒之战正式打响。

当被感染人数持续增加，各地市开始新增一批批医疗机构作为收治被病毒感染的确诊病例的定点医院，同时将会展中心等地改造为方舱医院，最大化增加床位，收治疑似病例。

G 市传染病医院作为被征用的第一批定点医院，几乎是在一夜之间就没了床位，医护人员和医疗物资也急需驰援。俞火等治未病中心的中医们纷纷请战，甚至是七十高龄的华主任也披挂上阵，要为患者服务。

陈院长看到请战书上“不计报酬，不论生死，义无反顾”这十二个字，哽咽到一句话也说不出来。

俞火是医者，且像俞一归一样怀有悬壶济世之心。邢唐知道她不会袖手旁观，哪怕他们婚期已定。

俞火很抱歉，她拉着邢唐的手说：“对不起，这次没和你商量。”

婚礼延期是必然了。疫情当前，邢唐也明白不能，更不应该阻止她。他说：“欠我的婚约，就用余生来还吧。”然后把她带去了民政局，“哪怕这样草率了，让你埋怨我一辈子，我也一定要这么做。”

作为近距离接触患者的大夫，被感染的概率自然比普通市民高出许多倍。俞火知道邢唐在担心什么，她想安慰他，可全球危机摆在那儿，言语安慰太过无力，她最终选择以玩笑的口吻说出事实：“万一我有去无回，邢总可就变二婚了。”

邢唐眼神陡然一变，下一秒，他把俞火搂进怀里，哑声：“当你成为我的妻子，对我这个丈夫是有责任的。你可以倾尽全力去救人，你也应该那么做，那是你身为大夫的职责。但你也要时刻记得，你的丈夫在等你回家。火火，你得平安回来。”什么有去无回，他不接受。

俞火心中触动，她回抱他，脸贴在他胸口：“我答应你，还你一个健康的新娘。”然后她笑着说，“走吧，领证去，否则有人乘虚而入怎么办？我家邢总作为黄金单身汉，觊觎的人可是不少。”

邢唐摸摸她头发：“就是，邢总靠脸吃饭，也能赚翻。”

俞火掐他腰一下：“敢出轨，让你净身出户。”

邢唐轻笑：“我可以签好所有文件，把我名下动产不动产都过到你名下。等你完成任务，即可跻身富豪榜。这样你能安心了吗？”

俞火眉开眼笑：“结婚礼物这么厚重，我都舍不得不要你了。”

邢唐弓身吻住她的唇：“才舍不得吗？该罚！”

拍照前，俞火给他整理西装领带，邢唐为她把两鬓的碎发掖到耳后，彼此都满意后，才坐到镜头前。拍完，俞火还特意跑过去看，确定两个人的表情都很好才让打印。

工作人员说：“俊男靓女，怎么拍都好看。”

俞火可不这么认为，她说：“他不一定的。况且我得确定，他笑得比我开心。”

邢唐笑得无奈又宠爱。

工作人员也憋不住乐了。

领证的过程很快，当拿到两个红本本，俞火都不太敢相信，自己变身已婚人士了。可看着结婚证上，那个明明内敛，此刻却笑得很开心的男人，又觉得结婚是件很美好的事。确切地说，和面前这个名为邢唐的男人结婚很美好。

俞火把两本结婚证都交给他：“这回有法律保护了，邢总可以放心了吧？”

邢唐仔细端详了证件好半天，才揣进西装口袋里。

回家后，邢唐亲自下厨做了一顿饭，然后帮俞火收拾行李。

体会过他的细心，俞火索性什么都不管了，去书房整理行医箱，又根据邢唐的身体情况，配了两副调理和增强免疫力的药，写下一长段医嘱，免得嘱咐得太多，他记不住。

晚上，邢唐百般温柔，俞火在他耳边轻喘低唤：“……老公。”

那动听的声音如夏夜的风拂过心头，邢唐心软如绵，情动不已。

时间不停歇地向前走，窗外不知何时下起了雨，伴着疾风，倾泻而下。但又有什么关系，此时此刻，他们唯有彼此，外界的任何东西都阻隔不了两颗紧紧相贴的心。

我爱你，也知道你爱我，在这一瞬间，在这一夜这一生。

送俞火和左欲非进隔离区前，邢唐承诺：“你们医院的后勤保障我管了，什么都不会缺。”

俞火和左欲非对视一眼，朝他竖大拇指。

赤小豆红着眼睛一左一右地拉住俞火和左欲非，哽咽：“你们不能战斗减员，给我一个不少地出来。”

俞火用另一只手握住邢唐的手，点头说：“好。”

邢唐把她拉进怀里抱了抱，左欲非和赤小豆也不再扭捏，紧紧地拥抱在一起。

自那之后，他们就和病人一起被隔离了，与外界的联系只剩电话。

即便不清楚医院里边的具体情况，从官方公布的确诊和疑似病例来看，邢唐也能想象俞火有多忙。根本舍不得占用她本就少得可怜的休息时间，只是给她发信息，让她知道，他在外面一切都好，至今为止，包括远在 A 市的外婆舅舅，以及独居的郑雪眉在内，无一感染。

他还给俞火打气：“我暂停了向阳新药研发团队的工作，让黄药子他们这些药学精英全身心参与到医药研究所的抗病毒药研制中去了。向阳建立了自己的口罩生产线，日产量十万。大唐收购了两家羽绒服加工厂，转产制作防护服，支持疫情防控。火火，别怕，有我。”

对于医疗行业来说，常备资源不可能满足疫情暴发后的需求，像邢唐一样爱国的人士在这个时候都积极行动起来，从全世界采购口罩、防护服等医疗资源支援一线。总之，你想到的，总会有人及时提供；你想不到的，也会有人提供。疫情面前，每一个人都以己之力为家乡、为祖国加油。

却依然阻止不了确诊病例的持续增加。

左欲非更为了抢救一位重症患者，不幸被感染，生命垂危。

俞火全面接手他的治疗，采取一人一方的中医治疗法的同时，把他的病情变化和自己的中医辨证告诉黄药子，希望为科研工作者提供没有偏差的一手信息，助他们开展抗病毒药的研制工作。

俞火更和华主任一起，通过对确诊病例治疗的经验总结，拟订中医药防治方案。她还在轮休期间，领着治未病中心的中医大夫们练八段锦，改善心肺功能和精神状态，与病毒对抗，而他们科室以“苍艾散”烟熏空气消毒的办法更在整个医院的病房全面推广。

终于，当首位以中医治疗方案救治的患者左欲非从重症转为轻症，中医药的临床疗效取得了阶段性的胜利。

中医药效果显现，不仅中医界，连西医界都振奋不已。

此后，中医抗病毒医疗队也以实践证明，有中医及时介入治疗，病人的治疗周期和恢复期明显缩短。于是，各定点医院推行中西医结合方案，严格把握激素的使用指征，以中医治本，提升机体免疫力为原则，对确诊病例进行治疗。

终于，中医药研究所通过无数昼夜的不懈努力，利用西医理念，以植物基因提取技术，从中药中提取中药素，制成的中成药剂在临床试验中显示出对新型病毒具有一定疗效。

消息一公布，举国欢腾。

当新药完成临床试验的注册审批，向阳药业工厂的几万名员工两班倒，二十四小时开工进行生产。向阳更不计成本地向社会高危群体大量捐药，以榜样之力带领医药行业抗击流感。

当左欲非通过各项检查确定痊愈时，俞火哭了。

在鬼门关转了一圈，左欲非的心情也不平静，等她止了泪，才说：“还想着万一你不幸被感染，我拼了这条老命也要替阿唐治好你。结果颠倒了，真是没脸。”

俞火揉着眼睛说：“你作为西医，却为中医以身试药。左欲非，你生来就该是中医家属。”

左欲非笑了："那是不是代表，我再向赤小豆那个死女人求婚，稳了？"

俞火把赤小豆在他昏迷时发来的语音按给他听："左欲非，要是你敢死，我马上去找第二春，把你忘得一干二净。"她泣声说，"你要是挺过去了，就是我的英雄，我嫁给你。"

左欲非的嘴角都要咧到耳根去了，半晌他说："作为英雄，我得端着点。"又笑着对俞火说："什么中医西医的，以后就是一家人。"

俞火与他击掌。

六月初，G 市中西医结合医院新收治确诊病例、疑似病例转确诊病例等数据均为零时，医院恢复正常医疗秩序。截至月末，全国最后一处疫情工作解除隔离，这场抗流感之战终于取得了胜利。

在这一场战役中，中医药如同 2003 年在抗击疫情中发挥的重要作用一样，在早期干预、阻断病情发展、减轻症状、减少西药激素用量及毒副作用等方面，都起到了积极作用，因此再次得到世界卫生组织的赞赏和肯定。

此后的全国中医药工作大会也有重要指示，强调中医药学包含着中华民族几千年的健康养生理念及其实践经验，是中华文明的瑰宝，发展中医药是新时代中国特色社会主义事业的重要内容，要充分发挥中医药在疾病预防治疗、康复中的独特优势，坚持中西医并重。

向阳药业因在抗击疫情期间立下了汗马功劳，被评为"抗击流感先进企业"，邢唐获"年度中国医药行业十大新锐人物"。

当邢唐站到台上谈及"确保药品质量，践行健康使命"时，俞火相信，有他的向阳药业，必然能成就大健康产业。

除此之外，邢唐还有一个意外收获——疫情过后，大唐的股票持续上涨。追溯其原因竟是，一组由权威机构发布的数据显示，大唐开发的所有楼盘小区在流感肆虐期间，无一例确诊病例，无一例疑似病例。

记者采访大唐物业子公司负责人后获知，在流感发生初期，大唐总部便下发了通知，要求下属物业子公司对所有服务小区的公共区域进行每日两次的消杀工作，还要给业主免费发放口罩和消毒液，连米面油菜都要送到业主家门口，以减少业主外出频率，并设立岗亭，由专人对进出小区的业主和来访者进行登记、测体温。疫情最为严重时，更对小区进行自我封闭隔离。他们在疫情防控方面的完美表现，获得了所有业主的赞誉。

对此，俞大夫调侃道："走上人生巅峰的邢总，有没有点小激动啊？"

我不要什么人生巅峰，我只愿，你每一次出征，都平安归来。

邢唐温柔地抱住她。

得知邢唐和俞火都领完证了，左欲非恨不得把那个习惯性和自己唱反调的赤小豆押去民政局。可赤馆长自疫情之后，对中医的兴趣竟比读医学院时还浓厚，每天忙着向俞大夫学习，根本没空理他。

什么英雄，什么嫁给你，不存在的。

左欲非只好去找邢唐："能不能让你老婆给赤小豆那死女人捎个话，让她先配合我把终身大事办了成吗？算我求你了，兄弟。"

邢唐也有些苦恼："我家俞大夫也是天天研究医案到深夜，和她商量婚礼的事，她头也不抬地答我：'你是一家之主，你定夺。'我差点以为，自己的家庭地位超越大款了。"

左欲非挫败："要不咱俩过得了。"

邢唐不理他了。

当晚，俞火依然拿着医案窝在沙发里钻研，邢唐不动声色地坐到她旁边。

本以为和往常一样，他在撸猫。可不知什么时候，俞火就被他抱到了腿上。他也不说话，只是似有若无地撩她。

人家现在是有名分的，她为人妻，也是有义务的，直接拒绝多伤感情。

俞火开始分散他注意力："我根据生辰八字算了下，你是太阳火命，我是大海水命。"

邢唐是什么人，立即明白她在顾左右而言他，他心不在焉地问："所以呢？"

她试图说服他："根据五行制化的规律，我为水，你为火，我天生克你。"

看看，他家俞大夫不仅会治病，算命也是一套一套的。

邢唐抬头，微眯眼看她："别犟了，你命里缺我。"

俞火按住他的手："水火不容，你遇到我就得熄火。"而不是像现在这样，越烧越旺。

邢唐把医案从她手里抽走："就不能是我火旺，把你烧干吗？"

敢情这是烧开水呢。俞火服了她家邢总的快速反应，当反抗无效，她搂住他脖子："来把我烧干吧。"

许久后，邢唐在她耳边低哑地说："我们之间，应该叫水火交融。"

俞火连反驳的力气都没有了，窝在他怀里一动不动，昏昏欲睡时，听见邢唐问："火火，你喜欢小孩儿吗？"

俞火转过身面对他，以指腹抚触他眉眼，不答反问："你喜欢男孩儿还是女孩儿？”

邢唐盯着她的眼睛：“你给我生的，无论男孩女孩，我都喜欢。”

俞火故意说：“都有干女儿了，还要我生干吗？”

邢唐神情严肃，语气认真：“那怎么一样？”

俞火笑了：“别急，等我给你生。”

轻抿的唇角慢慢扬起，他再度吻上她的唇：“那我得更努力点。”

次年春暖花开之时，康养小镇落成，俞火随邢唐去了A市。

昔日破旧的木家村不见了，取而代之的是田园风格的现代化小区。小桥、流水、绿植、绿色食堂、夕阳学院、屋顶花园，每一个细节，每一处落成实景，均与签约仪式上曝光出来的规划图一模一样，甚至比规划图更完美。

除了装修接近尾声的医院大楼，职业的照护师团队已然到位，至于物业服务，当然还是大唐自己来。服务管理、设备维护、设备监控等三大系统保障，一样不差，“康养小镇”成为全国第一家可视化物业管理的养老社区。

这样的康养小镇，如此专业的养老项目，可以直接在全国复制推行了。

却还不是全部。

康养小镇揭牌仪式完成那一瞬，俞火才看到小区大门上那个刻有“渔火已归”养老示范项目的金色门牌。连酝酿都不必，她的视线霎时模糊。

至此，俞火才知道，邢唐将大唐在全国的养老项目总称，由原定的“一生之城”更名为“渔火已归”，寓意：让老年人老有所归，同时纪念为中医奉献了终生的俞一归。

俞火泪眼蒙眬地看他：“那为什么是‘渔火’？”

邢唐用指腹为她拭泪：“当然是因为我太太叫俞火。”

当变故来袭，当你离去，我以为，太阳再不会升起。永夜，是我未来的世界。你却用万丈光芒冲破黑暗，重新站在我面前。

他与她十指紧扣：“我的俞火，出走不忘归来。余生有你，邢唐别无所求。”

你不是微光，是我的暖阳。

万物向阳，渔火已归。

（正文完）

番外一 × 十里红装，成妻成婿

邢唐和俞火的婚礼异常低调，除了亲朋好友，没有外人到场。这还是邢唐坚持的，依俞火的意思，证都领了，繁复累人的婚礼不办也罢。

她说："我知道你想给我最好的，你也有这样的能力。但对我而言，我们相爱就是给彼此最好的礼物。婚礼规格再高，都不及余生相守重要。"

她还拿娱乐圈举例："那些明星的婚礼一场比一场奢华，誓词也是听者落泪。可你看热搜，不是官宣分手，就是性格不合离了的，再回想之前的婚礼不觉得讽刺吗？"

可若结局是美好的，过程再没有遗憾，不是更圆满？

追求完美的邢唐不同意不办婚礼："我不想委屈了你。我希望等我们老了，回忆起这段时光，都是幸福和感动。"

"能在老到头发花白时还被你视若珍宝，才是我最大的福气。我说过，不用你跪我，因为我们是平等的。你是男人，是我的依靠，但在这段爱情和婚姻里，你不仅仅是给予方，也是获得方。你付出爱，同样也得到我的爱。你护我，同样被我护。”俞火懂他，她握住他的手说，“不要觉得简化婚礼是委屈了我，更不要再因为曾经喜欢过赫饶觉得对我有所亏欠。那些过去的追究无益，未来荣辱与共才是我们该经历，也该为之努力的。再说……”

俞火轻轻拉他袖子，邢唐低头，她凑到他耳边悄声说：“邢太太有孕在身，不宜劳累。”

话音落地，邢唐愣住。

俞火歪着小脑袋看他：“这份结婚礼物，邢总可还满意？”

邢唐半晌才反应过来，他退后一步，注视她依旧纤瘦的腰身，“你……怀孕了！”

俞火俏皮地朝他眨眼，“你那么卖力，不中奖怎么说得过去？”她分明在笑，话锋却又一转，“只是，有点小麻烦。”

像是担心伤到她似的，邢唐扶在她肩膀上的手都不敢用力，语气也更温柔了：“怎么了？是有什么不舒服吗？”说着，视线再次落在她平坦的小腹上。

“你喜静，我担心以后家里会太闹。”见邢唐皱眉，俞火不忍再逗他了，她终于笑开了，“邢总厉害哦，一举两得。”

在智商方面没服过谁的堂堂邢总居然慢了半拍才反应过来，他略显迟疑地和她确认：“是……双胞胎？”尾音轻得连自己都快听不见了。

“也有可能是龙凤胎。我没号出性别来，不过可以肯定的是，”俞火拉着他的手覆到自己小腹上，“这里面可是两个呢，我棒不棒？”

半生孤独半生苦，余下的岁月，他不只有她，他还会有两个宝贝。

邢唐几乎喜极而泣，他哽咽：“我的火火最棒。”

肖远山得知俞火怀孕，也不同意婚礼大办了："那些都是形式，你们俩好好的最重要。"他最后拍板，"一切以小九的身体为重。"

其实说自己怕累，只是俞火劝邢唐简化婚礼的借口。她向来注重养生，身体的底子是很好的。备孕时，她还特意给自己调理了。当然，也悄悄给邢唐调理了。之所以没事先告诉他，只为了给他个惊喜。

而邢总对于俞大夫让吃让喝的东西，从来就没拒绝的时候。哪怕他自认为身体棒得很，俞火让他喝中药，他也二话不说地干掉，甚至都不问治什么的。

俞火还逗他："不怕是毒药啊？"

药太苦了，邢唐下意识皱眉，末了才说："我不是早中了你的情毒吗？"

俞火听他这么说，佯装不高兴："所以你这是将计就计，以毒攻毒，要解情毒？"

邢唐把她抱坐到自己腿上，笑言："我中的是无解的情花毒。"

俞火却说："俞大夫是高手，没准能调配出绝情丹。"

邢唐失笑："又下毒又解毒的，你当自己是毒手药王啊。"

俞火在他怀里撒着小娇，邢唐笑得温柔。

大款早习惯了主人的腻歪，不惊不扰地继续睡着懒觉。

然而，即便是肖远山发话了，邢唐依然认为，结婚这种一生一次的大事，仪式感是不能缺的。这一天就该特别隆重，终生难忘。领证已经仓促了，婚礼不能再简化，尤其他家俞大夫还备了那么一份特殊又厚重的结婚礼物给他，是大功臣。

于是，在完全不惊动和累及俞火的情况下，他在最短的时间内筹备了一场令人惊艳的中式婚礼。这场余韵悠长的传统中式婚礼既有深厚的中国文化底蕴，又贴合俞火中医的身份，堪称世纪婚礼。

婚礼上，新郎亲吻新娘，承诺："忠诚守护，永不相负。"

新娘温柔回应："良缘永结，匹配同称。"

他们身穿金丝线绣成的龙凤袍，拜天地，掀盖头，十里红装，成妻成婿。

番外二 × 遮风挡雨，披荆斩棘

邢唐满三十三岁时，荣升为父，一儿一女凑成一个“好”字。为表达对岳父俞一归的感恩和追思，邢唐提出，儿子随母姓俞，取名“之行”；女儿则随他姓邢，取名“之遇”。

俞之行，邢之遇——他只愿一双儿女长大后，能像他和俞火一样，得遇良人，余生与之同行相守。

肖远山欣慰至极，他对肖砺说：“你说得没错，他确实是小九最好的归宿。”

晋升为舅舅的肖砺小心地抱起胖嘟嘟的小之遇，笑得温暖柔和。

肖远山见他只顾逗孩子，忍不住提醒：“你也老大不小了，抓点紧。”

终于，爷爷开始盯着他了。

被催婚的肖砺任由外甥女抓住自己前襟的纽扣，轻叹道：“舅妈哪儿那么好找啊，你说是不是？”

小之遇像是听懂了，笑得眼睛都眯成了一条缝，乖乖躺在婴儿床上的之行小哥哥则眨巴着大眼睛，一脸的淡定平静，神情像极了他沉稳睿智的爹。

肖远山只当肖砺是敷衍，他问邢唐："你那儿有没有和阿砺年龄相当的姑娘？"

与肖砺对视一眼，邢唐说："您放心吧，爷爷，我会留意。"

肖远山心里其实对邢唐是很满意的，面上却总是一副不太待见的样子，有种身为娘家长辈不容冒犯的强大气场。此刻，他语气不太好地说："别只说不做，我等着看结果。"

于是，在肖砺脱单之前，邢唐经常因此事被肖远山问责。谁让他半路截和了人家的孙媳妇儿，这债势必是要还的。

邢唐只差把为肖砺介绍女朋友这事让西林列入日常工作了。搞得肖砺连假都不敢休，生怕他那个总裁妹夫给他安排相亲的行程。

我就单个身，怎么了？

作战能力拔尖的肖砺，在个人问题上，不免有些挫败和困扰。直到那个不需他为之遮风挡雨，可以自己披荆斩棘的小姑娘出现，他开局不太顺的爱情，终于步上正轨。

番外三 × 感激不尽，甘之如饴

之行、之遇兄妹俩满月时，赫饶和萧熠一起来看俞火和宝宝。

趁赫饶和俞火聊天的空当，萧熠悄悄和邢唐说："抽空让你家俞大夫给我和饶饶也调理调理，楠楠也该有个弟弟或妹妹了。"心里则想的是，要是能像他连襟一样儿女双全最好。

他一副迫切的模样，惹得邢唐失笑。

邢总看着自己那一双儿女，故意说："弟弟和妹妹这不都有了吗？"

萧熠啧了一声："……就得意吧你。"

从被俞火求婚，到如今喜得龙凤胎，登上人生巅峰的邢总确实有得意的资本。邢唐笑了笑，笑里有控制不住的属于男人的得意。

然而，被邢唐挤对还不够。等萧熠要走时，已经给赫饶号过脉的俞火居然还出刀："姐夫，你能不能努点力？这种事，是光靠调理就能解决的吗？"

你怎么知道我不努力了？难不成我们夫妻做家庭作业，还通知你围观？萧熠用手指点点邢唐，一句话也说不出来。

等赫饶怀孕后，面对萧熠的满心感激，俞火又说：“不用谢我，是姐夫你努力的结果。”

努力这个哏过不去了是吧？这小姨子也太欺负人了，是不是没被社会教过做人？

萧熠忍不住对邢唐发飙：“邢总这都不管管？夫纲不振！”

邢唐漫不经心地瞥他一眼：“我正想说，赫饶安胎这事，让她别管了。毕竟，之行和之遇还太小……”

萧熠急急截断了他：“邢总，你贵人事忙，这种事就别操心了。我的意思是说，饶饶安胎这事，除了你家俞大夫谁都管不了，我更信不过。”他倒是能屈能伸，居然还规规矩矩地朝邢唐作了个揖，“拜托了。”

邢唐抿唇笑纳。

萧熠误以为他不满意，赶紧又说：“不是我说你邢唐，你也太有福气了。你们家俞大夫，只应天上有，人间能得几回见？”

邢唐谦虚地一点头：“嗯，过奖。”

事实证明，萧总如此放低身段是值得的。别看赫饶常年锻炼训练，身体素质比一般人好，可怀孕时，症状远比别的孕妇明显，恶心、头晕、食欲下降、疲倦、呕吐等，全来。

见赫饶被折腾得不行，萧熠也快没了半条命，他不禁心疼地说：“要知道这么辛苦，我还努什么力啊。我们有楠楠就够了。”

最后还是俞火用针灸和推拿的办法缓解了赫饶的孕期症状，为她稳住了胎，更在临近预产期，萧熠又不得不出差时，撇下邢唐和一双儿女陪在赫饶身边照顾，甚至考虑到赫饶为稀有血型，为了避免发生意外提前备了血。总之，不需要萧熠操半点的心，俞火已为赫饶做好了万全的准备。

当儿子降生，除了赫饶，萧熠最感激的人就是俞火了。别说是被怼几句，面对恩人小姨子，命给她都是可以的，连赫饶都开玩笑说：“现在俞火的话就是圣旨，我都觉得地位不保。”

邢唐则揶揄萧熠：“萧总向来懂得审时度势。”

萧熠还沉浸在得子的喜悦中，他笑道：“看在我小姨子的面子上，你怎么损我都行。”

终于，在赫饶这件事上赢过邢唐一次的萧熠，全在俞火这儿悉数还了回来。但谁让这个舌锋如火的俞大夫先是以稀有的熊猫血救了他妻子的命，又以精湛的医术保他儿子顺利出生，他这个姐夫，即便是要被小姨子欺负一辈子，也是甘之如饴。

番外四 × 岁月无波澜，余生不悲欢

小之遇从小受邢唐宠爱，小之行则和俞火更为亲近。

俞火因此替儿子抱不平："那么偏心女儿，良心不痛吗？不怕儿子疏远你？"

这点他倒是忽略了。邢唐屈指碰碰眉头。

刚刚洗过澡的小之行恰好听见了，才三岁的小朋友居然说："妹妹是女生，爸爸偏心她一点，我不怪他的。"

这么懂事的儿子，恨不得把命给他啊。

俞火心疼地抱起儿子："妈妈今晚陪你睡。"

小之行边搂住母亲的脖子边替他爹问："那爸爸怎么办？"

不给邢唐表达的机会，俞火抢白道："他有你妹就够了。"

哎，爸爸果然还是更爱妹妹一些。

小之行于是对邢唐挥挥小手："……爸爸晚安。"

邢唐无奈，只能等儿女都睡熟了，再把小妻子求回主卧。

分居什么的，用外婆的话来说就是：不吉利。

第二天，幼儿园亲子活动，父母要和孩子组队，一起参与游戏。

为拉近小之行和邢唐的关系，俞火询问儿子：“我和妹妹一起，你和爸爸组队好吗？”

小之行扭脸看看被母亲教育后一脸期待的他的“老父亲”，和眨巴着黑葡萄似的大眼睛的妹妹，说：“都行，我不挑的。”

很佛系嘛，还不挑。只是，这讨好的技巧，跟谁学的啊？

邢唐深呼吸。

根据活动要求，他把自己的左腿和小之行的右腿绑在一起，为表温柔体贴，他边绑边问：“紧不紧？要是觉得勒要告诉爸爸。”

小之行活动了一下腿，绷带就掉下去了，可见邢唐系得有多松。小朋友煞有介事地叹了口气，躬身帮忙：“爸爸，我是男孩子，没那么娇气的，你可以再系紧一点啊。”

怎么有种被儿子“训斥”的错觉？他是不是三岁啊？

邢总努力调整自己的心态，默默在心里说：对不起啊，你爹我也是第一次当爹，没有和儿子相处的经验。

像是感知了他的歉意，小之行忽然安慰似的拍了拍邢唐的手：“没事的，爸爸，一回生二回熟，下次你就有经验了。”

这什么神仙儿子？安慰起老父亲来，如此轻车熟路。邢唐努力保持微笑。

游戏前半程还算顺利，小之行聪明，行动力又强，邢唐只要稍稍用点心迁就他的步伐，父子俩的配合就很默契，很快就领了先，成为夺冠热门人选。

临近终点时，旁边跑道上的俞火和小之遇不知谁绊了谁，邢唐眼角余光本就始终留意着妻女，见两人有摔倒的迹象，他下意识回身去扶。

小之行不料爸爸有此反应，而他人小没力气，眼看着就要被邢唐的动作拉倒。所幸他反应够快，一把抱住了邢唐大腿。

束缚感陡然强烈，邢唐才反应过来儿子还挂在自己腿上。他左手揽住小之行肩膀，让小朋友更安全地趴在自己腿上，有力的右手则朝侧后方伸出去，稳妥地扣住俞火胳膊，帮她站稳。

有惊无险。

却输了比赛。

只是，一家四口相扶相搀走到终点的一幕，温暖了全场。

小之行仰脸看着邢唐，略带遗憾地说："爸爸，我们输啦。"

邢唐俯身，捏住他双肩："只要妈妈和妹妹安好，我们就是赢的。"

小之行毕竟才三岁，如此深奥的话未必听得懂。结果，小朋友歪着小脑袋想了想，竟然对邢唐说："我知道了爸爸，我会好好保护妹妹的，像你保护妈妈一样。"

那一刻为人父的骄傲感异常强烈。

邢唐搂住小之行，由衷地夸奖："之行真棒。"

小之行伸出还不太长的小胳膊搂住他爹的脖子："因为爸爸棒呀。"

父对子，并不是要多宠爱才最好，而是适时地引导与交流，属于男人的交流，才最重要。这或许就是父爱与母爱的区别。

回家的路上，俞火看着前面不远处小之行牵着小之遇手的一幕，对邢唐说："有哥哥真幸福。"

邢唐搂了搂她肩膀："有妹妹，从小就习惯了关照她，等他长大遇到喜欢的女孩子，会照顾得更好。"他低头看着妻子，"不像我，不体贴，不周到，还不会追求，情路坎坷。"

俞火搡他一下："为什么坎坷，需要我帮邢总回顾一下吗？"

不用不需要不必了。

邢唐识相地转移了话题："有那么可爱漂亮的妹妹，他眼光差不了，你不用担心儿媳妇的问题了。"

人家才三岁，三十岁的问题都被你考虑到了，邢总可真是深谋远虑。

俞火回敬他："你宝贝女儿的标准也低不了，毕竟她哥哥那么优秀。"

邢唐盯着前面被哥哥牵着小手的小之遇，嘶了一声，显然不太能接受女儿终将出嫁的现实，他缓了几秒，才说："难道不该以我为参照吗？"

我刀呢？俞火忍不了了："人家是找老公，不是嫁老爹，邢总，你能清醒点吗？"

邢唐被噎得无语。

当晚，他翻来覆去睡不着。

俞火太懂他了，她安慰道："那至少是二十年后的事儿，你现在担心太早了。"

邢唐搂紧她，说："你好好管着点她，不许早恋。"

女儿三岁，就在担心她早恋了。邢总，你怕是抢救不了了。

俞火真不理他了。

后来，在一次特殊的采访中，徐骄阳问小之行："你们家谁说了算啊？"

小之行看了看他爹，脆生生地答："妈妈。"

嗯，没毛病。大家长邢总神色无异。

徐骄阳又问："那既然妈妈是老大，你和妹妹，还有爸爸，怎么排位呀？"

“排位？”小之行又看向他爹，“爸爸，我不太懂。”

邢唐慢条斯理地拨了儿子小脑袋一下，淡声提示：“家里妈妈说了算，那妈妈就是第一位的。”

小之行就懂了，他答徐骄阳：“妹妹第二位，我是第三。”话至此，他去拉邢唐的手，“爸爸第四。”

家庭地位至此，邢总甚至还微微笑了下。

然而下一秒，小之行又纠正：“啊，说错了，大款是第四，爸爸第五。”生怕别人不知道大款是谁，小朋友还补充道，“大款是一只加菲猫，妈妈的宠物。”

全场笑了。

俞火从身旁男人略沉的眼眸中读懂了他的心理活动，她在这时悄悄拉了下邢唐袖子。

邢唐倾身向她，低头。

俞火附在他耳边，用仅两人能听见的声音说：“在我心里，你是第一位的。”

邢唐注视她的眉眼，温柔笑起，他轻声低语：“我也是。”

徐骄阳没注意到两人的小动作，继续提问：“那之遇最喜欢爸爸还是妈妈呢？”

小之遇此刻还腻在邢唐怀里，她眼睛亮晶晶地看着她爹，答：“妈妈。”

这答案就有点意外了。邢唐低头看了女儿一眼。

小之遇哪儿能理解她爹那颗争宠的老父亲心，听见骄阳姨妈问她这么说不担心爸爸不开心吗，她答：“不会的，爸爸也不是最喜欢我呀，他最喜欢妈妈。”小丫头说着，还仰脸问邢唐，“是吧，爸爸？”

这个解释……全场注目下，邢唐看向俞火的目光专注热烈，他那么坦然地答：“是。”

邢总，您这是逼我们做柠檬精吧?

这波恩爱秀的，全场酸了。

采访结束时，小之遇睡着了。邢唐一路把女儿抱上车，姿势标准又温柔。小之行则乖巧地拽着父亲的西装下摆跟着，更不忘帮妈妈分担，把妹妹的小背包挎在肩膀上。

好的爱情和婚姻或许就是这样，依赖和甜蜜总在不经意间，是旁人看不懂的深情，也不必旁人看得懂。如同邢唐，哪怕一双儿女最喜欢的不是他这位父亲，哪怕俞火还是时不时怼他这个丈夫两句，可基于俞火是与他倾心相许的爱人，之行之遇是与他骨血相连的至亲，他甘心笑纳一切。

至此，愿他们，岁月无波澜，余生不悲欢。

番外五 × 任凭时光流转，余生依旧是你

俞一归为邢唐出那趟夜诊，返家途中遭遇车祸伤了腿，在家养伤期间，都是俞火这个尚未出徒的小俞大夫替父亲治疗。

不是什么疑难杂症，她倒应付自如，只不过小俞大夫总会在换药时唠叨："说了多少次不让你出夜诊，偏不听。这回好了，伤了腿，诊所都去不了了吧。"

俞一归看着女儿的发顶说："本来可以去的，是你不让。"

俞火哼了一声："我还不让你出夜诊呢，你也没听。"

又绕回来了。俞一归笑得无奈。

敲门声打断了父女俩的对话，一道辨识度很高的男声问："请问是俞大夫家吗？"

不等开门的祁淑珍回答，俞火抢白道："俞大夫不在，小俞大夫行吗？"语落，一张棱角分明的脸闯入视线之内，剑眉浓郁，轮

廓阳刚，俊朗得不行。

俞火有短暂的失神。后来回想起那一幕，她才发现，自己属于对于一切颜值高的事物毫无抵抗力的一类人。实在不想承认自己肤浅。

身形修长的年轻男人站在门口，看着从屋里冲出来的小姑娘，默了一秒，说："恐怕不行。"

这在俞火看来，明显是信不过她的医术。尽管她才十五岁，无论是年纪，还是所学，确实也不怎么令人信服，可颜值高也不能随意质疑人吧。

俞火不服气地说："怎么就不行呢？看你这脸色，应该是大病初愈，调理而已，小儿科好吗？"

而已？人不大，口气倒不小。而她梗着脖子辩驳的模样，有点可爱。

来人微微一笑："前几天俞大夫为我出了趟夜诊，现在我病好了，特意来感谢俞大夫。"

所以，小俞大夫不行。

原来是他！俞火本就因俞一归出夜诊伤了腿郁闷好几天了，闻言，脸色沉下来，再看着来人手上拎着的礼物，更是气不打一处来："我爸爸为了赶去给你治病腿才伤成这样，你再感谢能让他复原吗？作为一个男生，不能坚强点吗？大半夜的非要折腾人……"

"小九！"俞一归在这时截断了她的话，轻责了一句，"你也是学医之人，怎么能说出这样的话？"

俞火心中委屈，可到底顾及俞一归，她小声嘀咕："爸爸当然比学医重要啊。"

来人才注意到俞一归拄着拐杖。

俞一归已经认出了他，笑了：“是邢唐啊，眼睛都好了吧？”

“已经痊愈。”邢唐扶住他，“没想到连累您受了伤，实在抱歉。”

“抱歉能治病的话，也不用出什么夜诊了。”俞火嘀咕。

俞一归没再训她，只交代她泡茶。

俞火不情不愿地去了。

那天，邢唐被俞一归留下吃晚饭。

原本他赶时间回 G 市，但不知怎么的，触及俞火那双明显透出嫌恶的清亮眼眸，他竟鬼使神差答应下来。不像自己。

席间，俞火硬是挤到祁淑珍和俞一归中间坐，避免和他挨着。等意识到这样反而要和他面对面，很不友好地瞪了他一眼。

邢唐抿唇，借着低头吃饭的动作，悄悄遮住了弯起的唇角。

临走前，俞一归借由为邢唐复诊支开了俞火，他说：“暴盲的病因病机并不复杂，多因肝阳上亢、气血亏虚、元气亏损所致。我看你是个自省自律的人，双目也没受到过撞击，此次发病多半是因为情志抑郁、肝失调达，并非其他原因。”

邢唐注视俞一归那双矍铄通透的眼睛，不语。

俞一归语重心长地说：“你还年轻，今后要经历的还有很多。等到了我这个年纪回望过去，就会发现，这世上，没什么是一尘不染，更没什么是过不去的。”他拍拍邢唐肩膀，“病由心生，放下自在。”

邢唐不知道俞一归是如何通过一顿饭就洞悉了自己，只觉得面前这位被人称为“大医”的俞大夫不仅医术精湛，更通透豁达，看穿了世事。

医病先医人，医人先医心，应该就是这个道理。

邢唐恭敬又虔诚地朝俞一归鞠了一躬，他说：“谢谢您，俞大夫。”

这一谢不单单是为了那趟夜诊，而是比夜诊更雪中送炭的提点。

自那之后，邢唐只要回A市看外婆，都会到下面的镇里拜访俞一归。有时去诊所，有时直接去家里，两个男人也不见有多少话要说，无非就是下下棋，喝喝茶，聊些在俞火看来无关痛痒的话，或者是她不太听得懂的男人之间的话题。

起初俞火总是不给邢唐好脸色，反正，她是坚定地把俞一归的腿伤归咎于邢唐了，对他很不友好，甚至会直接呛他："你怎么又来了，不会是对中医有兴趣想拜我爸爸为师吧？我告诉你啊，那样的话，你可要喊我一声'师姐'的。"

师姐？怎么论的？邢唐凝视她，难得地开了个玩笑："我叫倒没问题，你能应吗？"言语间，唇边隐现笑意，柔和了眼角的锋利，让逆光而立的他，显得俊朗又温柔。

俞火的心跳忽然就漏了一拍，脸颊那抹红晕淡化了她的犀利，让那句"我有什么不能"那么没底气。

等她以帮奶奶为由躲进厨房，邢唐垂眸，低笑了一声。

似乎从那天起，俞火不那么反感他出现在家里了，虽然她还是不会给邢唐什么好脸色，却也不会赶他了，偶尔碰上她心情好，还愿意主动聊两句。

比如问："好好的周末都搭在老俞身上了，女朋友不闹你呀？"

听他说自己单身，还小大人似的训他："颜值能打，工作也不赖，还是个潜力股，怎么会没女朋友？肯定是太挑了。"

邢唐感谢她的夸奖，至于太挑，一时不知如何回答。

小俞大夫也不介意他的沉默，追问："你喜欢什么样的女生啊？"

什么样的呢？在此之前邢唐从未考虑过，现下，他抬眼看她。

小俞大夫被他不同寻常的目光看得发毛："你不会是喜欢我吧，

要不没事总往我家跑什么？大老远折腾一趟，只为陪老俞下棋？我不信。”

末了，又像担心自己说中了什么似的，一语截断他的后路，横眉竖目地要求道：“不许喜欢我，我还没成年。”

邢唐闻言有短暂一瞬的怔忡，他眼神专注地看着面前那张肌肤白皙、眉眼精致的小脸，内心无端涌起一股说不清道不明的情绪，那情绪促使他胸口一点点热起来，让他分神了。

俞火没得到回应，反而在他的凝视中，看到他眸中隐隐的光，轻推了他一下：“听没听见啊？”

邢唐低着眉眼，神情隐隐透出一丝纵容，他模棱两可地回了一个“嗯”字，也不知道是回应俞火的哪句话。

小俞大夫不放心地拿手指点点他，一副警告他“你要安分”的模样。

之后有一段时间邢唐没再来。

俞一归觉察出异样，忍不住问：“你是不是又赶人家了？”

俞火也不否认了：“我每次都赶他啊，他还不是照来不误！”

俞一归轻斥道：“你不许再耍小孩子脾气了。我伤了腿是我的祸，与我为他出夜诊是两回事，若你连医者仁心的道理都不懂，也不用学医了。”

俞一归鲜少用那么严厉的语气和女儿说话，尤其还牵涉了学不学医这种严重的问题，俞火红着眼眶，强忍眼泪看着俞一归，终是没有辩驳。

俞一归最心疼女儿，舍不得说重话，见状缓和了一下语气说：“邢唐那年轻人不错，稳重谦逊，进退有度，值得深交。你把他当哥哥、当朋友相处，总是没坏处的。你不会一直在爸爸身边，等你去 G 市上大学，他也是个熟人，会有个照应。”

俞火小声：“谁要他照应？”

尽管嘴上不服，倒也明白了俞一归的苦心。天下的父母有哪一个不是时刻都在为孩子的将来打算呢？俞一归用他精湛的医术治病救人，结下善缘，只愿有一日，善缘有果，能照拂到他女儿，让她余生平安喜乐。

这是他的私心，更是身为父亲的爱之深重。

俞火依然没有主动给邢唐打电话。一方面她没有邢唐的号码，就算有，她也不知道打过去要说些什么，总不能傻气地问他怎么不来了。他们充其量不过是普通朋友。而当时正值高中的她，也没有多余的心思考虑太多与学业无关的东西，只是在心里放下了对他的偏见，不再因为俞一归的腿伤迁怒于他了。

直到俞一归再次出诊回来，俞火才知道邢家外婆患上了阿尔茨海默病。那期间俞火正在放寒假，俞一归便在一个冬日带她去了邢家，以现场教学的方式传授她医术。

邢外婆当时只是偶尔忘事，病得并不重。她还记得俞一归，见到他身旁跟了个漂亮的小姑娘，眉眼间尽是慈爱的笑意。

老人家热情地拉着俞火的手说：“是小九吧，果然是个漂亮的丫头。”言语间又拉起外孙的手，和俞火的一起握住，看向俞一归道，“这丫头我可是给邢宝定下了，俞大夫，你不能反悔。”

邢唐并不知道外婆和俞一归有过什么约定，因而没有心理准备，闻言看向俞火，生怕令小姑娘尴尬，可当目光触及俞火低垂的眉眼，他嘴角不自觉漾起了温柔的笑意。感觉到那只柔软素白的小手在暗中使力挣扎，他下意识握紧。

俞火抬头，触及他笔直坦荡的视线，脸在刹那间红透。

邢唐就忘了要帮她解围，任由外婆继续。

那天，俞火始终躲着邢唐，没让他有机会说话。直到临走时，才凑到他身边悄声警告：“我是不会早恋的，更不会接受包办婚姻！你别想了！”

注视着她倔强纤细的背影，邢唐无声笑开。

似乎就是从那一天起，邢唐和俞火之间的关系悄然发生了变化。

邢唐来俞家的次数更为频繁和固定，每个月至少一次。这样的频率，倒也算不上多夸张。但A市距离G市是上千公里的距离，他过来一趟，必然要放下很多公事。再者，以往除了年节，他也不常回来，一年也就三五次而已。两相比较之下，连唐开蒙都说：“你回来这么勤，是担心我照顾不好你外婆？那可是我妈！”

邢唐自然不会解释自己不符合以往行事风格的举动，究竟是为了谁，他不说，俞火更不会多想。况且，那时她正心无旁骛地备战高考。

只是每次邢唐走，都会特意和她打招呼，大多是嘱咐她“晚上别学太晚，注意眼睛”之类的在俞火看来的客气话，然后换她回敬一句：“这么唠叨，不会是早更了吧？”

什么话？俞一归都想给她两下子，邢唐却只是无所谓地笑笑。

连祁淑珍都说：“邢唐那孩子性格真不错，说话都是带着笑的。”

俞一归已经了解了邢唐的脾气秉性，清楚那年轻人并不是那么好相与的，他对母亲说：“他分人的。”

祁淑珍隐隐明白了什么，问：“邢家外婆的提议你当真了？”

俞一归像是想到了什么，忽而沉默，终是没答。

不知从什么时候起邢唐换了风格，临走前总会敲门进入俞火房间，和她单独待一会儿。有时只是静静地翻看一下她的书，不说话，不打扰。有时问问她的课业，陪她练习英语听力。有时……像那一天，居然问她："晚饭怎么吃那么少？你还在长身体，不要减肥。"

长身体？俞火低头瞄了瞄自己，觉得他这话有点流氓。她凶巴巴地怼他："要你管！"末了还故意气他，称呼道，"糖宝。"

邢唐蹙眉："那不是……"他顿了下才说完整句，"节肢动物吗？"

他竟然知道"糖宝"是条虫子。俞火扑哧一声乐了。

邢唐无奈，取过她手里的笔，在本上写下一串数字，以命令的口吻说："我的号码，存上。"

等他放下笔，俞火瞬间奓毛："你干吗写我作业本上？"

邢唐不仅没歉意，反而屈指轻敲了她脑门一下："再窜改我小名，下次写这里。"

高考前，邢唐打来电话，那边脆声问："你好，哪位？"嗓音清亮温柔，是俞姑娘专属。

果然是没存他的号码。邢唐说："是我。"

那边默了两秒，语气冷下来："干吗？"

天差地别的态度，邢唐差点以为打错了，他明显噎了下，才说："考试时放松点，别给自己太大压力，尽力就好。"

本身很有信心的俞火无语："谁说我有压力了？"

"那就好。"邢唐逗她，"我倒忘了，我们火火是小学霸。"

祁淑珍和俞一归平时都叫她"小九"，连邢外婆也那么喊她，唯有邢唐不同……俞火对于他"我们火火"的称呼感觉怪……窝心的。

她哼了一声："不敢在邢总面前称王称霸。"

当时只是邢经理的邢唐也习惯了她"邢总"的调侃，没有纠正，只向她确认："听俞叔说你想报考G市的中医药大学，那是目标还是备选？"

据他了解，俞火成绩优异，稳定发挥的话，北中医基本是保的。

他才想确认一下她真正的想法。他都在考虑，一旦她冲刺北中医成功，是要去外地上学的。最少四年，又是千里迢迢……会有点麻烦，但总有办法的。

俞火不知道他瞬间的百转千回，她甚至没注意他是从什么时候起不再称呼俞一归为俞大夫，而是改口叫“俞叔”了。她肯定地告诉他，G 市中医药大学是她的唯一选择，随即反问：“邢总有何高见？”

邢唐无端松了口气，他没发表什么高见，只意味不明地说：“挺好。”

后来他又交代了几句，无非就是让俞火注意休息，保证最佳状态应考，俞火听得快睡着了，她不耐烦地打断他：“邢爸爸，您有完没完啊？”

继“糖宝”后，又是邢爸爸，饶是心理素质优秀的邢唐，也承受不了。他忍了下，最后说：“我在 G 市等你。”

通话结束后，俞火反复咀嚼邢唐的话，莫名地，脸颊越来越热。那天，俞火始终无法集中精神看书，她气得给邢唐发信息：“影响了我考试，要你负责！”

邢唐不明所以，却爽快地回复：“责无旁贷。”

显示发送成功后，他盯着手机屏幕上的那四个字，忽然觉得用词不当，可又有种想宠她的错觉，这错觉让他心尖一颤，如同有暖流涌起，刹那间驱走母亲去世后那里盘旋多年的寒意。邢唐捏了捏眉心，起身站在窗前，在万家灯火中笑得异常温柔。

俞火当然是如愿考上了 G 市中医药大学。

邢唐却食言了。俞火报到那天，他在外地出差未能赶回，没有去车站接她。等他回来，俞火军训都结束了。他从机场高速下来，直奔她学校。

宿舍楼下，邢唐给俞火打电话。那边接得很快，听他说就在楼下，意外之余，颇有些兴奋地说：“等等啊，我马上下来。”

一反常态。

不等邢唐琢磨出原因，俞火一阵风似的从宿舍楼里跑出来。邢唐下意识迎过去，下一秒，她扑进他怀里，踮脚搂住他脖子。

那是两个人第一次发生肢体接触，恋人般亲昵。

怀里那柔软得好得不得了的触感，让邢唐忘了反应。

俞火却还嫌不够似的，仰头，把小脸凑近他。鼻端专属于她少女的馨香太明显，邢唐喉结滚了滚，如果随后没有听见她用仅两个人能听见的音量解释：“帮忙解个围，我在被不喜欢的人追求。别动，他现在就站在你左手边三米外的位置。”气氛如同小别重逢般美好。

压下失落感，邢唐掌心贴住她腰眼处一揽，她的身体便与他严丝合缝地紧贴在一起。

俞火轻呼：“喂！”

邢唐不为所动，把她牢牢地锁定在怀里，说：“我可不轻易帮人。”性感的男低音，隐隐透出危险的气息。

俞火呼吸一滞：“那你想怎么样？”

邢唐眼底有笑，唇贴在她耳郭低语：“要么不做，要做就做全套。”

在那一瞬间，俞火几乎以为邢唐是要吻她。

却不是。

邢唐没有冒犯，只轻笑着放开了她，随即把搭在手臂上的西装外套裹在她身上，温柔地说：“想我了？衣服也不穿好就跑下来。”

谁想你！俞火在心里无声骂了句“臭不要脸”，脸却不受控制地火烧一样热起来，人也没了先前往他怀里扑的勇气，垂眸说：“还不是怕你等久了？”

嗔怪的语气听在旁人耳里，如同撒娇。

邢唐抚了下她发顶，说：“等不到你，我又不会走。”

戏精本精。俞火咬牙抬头，小声说：“差不多行了。”

邢唐挑眉，牵起她的手：“陪我走走。”

追求者正一脸失恋地站在不远处看着他们，俞火拒绝不了。

本来只打算随便在学校里转个十分钟，便把这尊神送走，结果邢唐一句“也许他还没走，不怕穿帮？”打消了俞火敷衍的念头，她乖乖地带他熟悉了一下医学院，还在同学们私下里传的所谓的情人林坐了很久，直到快到熄灯时间了，邢唐才送她回去。

居然被邢唐说中了，追求者真的还没走。或许是站累了，也可能是承受不了失恋的打击，那个向俞火表白三次被拒的男生，此刻正坐在女生宿舍楼前的台阶上，低头看着地面。

俞火有点于心不忍，正要开口劝那位回去，邢唐轻推了她后背一下，说：“进去吧，周末我来接你。”语气温柔，却有不容置喙的威严感。

俞火仰头看了他半秒：“那你开车小心，到家告诉我一下。”说着就要脱下西装给他。

这份半真半假的关心，邢唐很受用，他按住她的手：“穿着。”随即朝她俯身。

从男生的角度看，他亲了俞火。

实际上邢唐只是凑近了她说：“晚安。”

戏就这样做足了。

等俞火走进宿舍楼，邢唐朝男生伸出了手。

男生犹豫几秒，借着他的手劲站起来。

高大、俊朗、年轻，其实是个很理想的对象。

然而，邢唐拍拍他肩膀：“回去吧。”说完头也不回地走了。

初秋的夜里，身穿白衬衫配西裤的男人，成熟内敛，姿态强势。

相形见绌。男生在原地站了片刻，苦笑着摇了摇头，朝反方向去了。

那晚之后，男生没再纠缠俞火，学校里则流传出针推系系花名花有主的“谣言”。

邢唐兑现了承诺，只要不出差，周末都会来看俞火。她要是在图书馆看书，他就带着笔记本电脑边处理公事边陪她；她要是有兴致，他便带她出去熟悉这座城市；平常她去做家教，邢唐也会尽量接送；遇上节假日，只要俞火不回 A 市，没和舍友相约玩耍，都是和他在一起，包括情人节。

明明是寒假，不用担心有人怀疑他这个男朋友是“解围”送的，邢唐还是会以探望俞一归为由过来，至于带来的那束娇艳欲滴的花，他则对祁淑珍说：“我看奶奶养的花花期快过了，给您添点新鲜的。”

这理由，看似合理，也哄得老人家很开心。

俞一归看了眼高高兴兴插花的俞火，再结合邢唐自打进门眼睛便没离开过俞火的举动，几不可闻地叹了口气。

总之，两人的状态在全世界看来是恋人无异。但他们之间，只限于解围那晚那个拥抱，没再更进一步了。

只是偶尔邢唐问起：“学校里有人追你吗？”

俞火便会以抱怨的语气说：“你总开豪车来接我，全学校都以为我被霸道总裁包养了，谁还会追我？”

不清楚怎么就立了个霸道总裁人设的邢唐失笑：“不是你让我帮你解围吗？”

俞火哼了一声表示抗议，又在他看不见的角度，唇角弯起而不自知。

这种状态持续到俞火大二。

那一年，俞火决定创业。

起初俞一归是不同意的，认为她现阶段的主要任务是学习，俞家虽不富裕，但供她读大学是没问题的。祁淑珍也觉得孙女的理想是做大夫，既然如此，做什么生意呢？

邢唐没急着表态，当然，他其实也没有立场。他只是问：“怎么突然想起开养生馆？中医的就业前景确实不如西医，但中医博大精深，你三岁起学，半途去经商，以后不会后悔吗？”

“我不是放弃中医，也从没想过放弃。我的理想从我懂事时起只有一个，就是做一名优秀的执业中医师，像我爸爸一样治病救人。我开养生馆，只是想让自己没有经济顾虑，以后能够简单纯粹地做大夫。我不希望有一天要用钱的时候拿不出来。”

邢唐认识的俞火善良、积极、乐观，从未因来自小县城，因出生在单亲之家，而有丝毫的自卑。在这些背后，看似柔弱的女孩儿却早在考虑经济独立了。

邢唐支持她创业，但他说：“我就一个要求，不可以影响学业，考研不能耽误。”

俞火嘟嘴：“比我爸爸还严格。”

邢唐抚了她小脑袋一下：“需要我做什么？”

俞火显然是有预谋的，闻言也不和他客气：“只要你让老俞相信我能把养生馆做起来，让他同意我创业就行。我不想瞒着他干。”她狡黠一笑，“这可是考验邢总能力的时候哦。”

邢唐琢磨了一下，觉得好像被套路了：“要是俞叔不同意你创业，怎么像是我能力不行导致的？”

俞火笑眯眯地说：“这话可是邢总你自己说的。”

邢唐笑着掐她脸蛋一下，说：“那就想想怎么谢我吧。”

俞火丝毫不担心邢唐说服不了俞一归，她和赤小豆迅速动起来开展选址工作，在邢唐这位“地产大佬”的指导下，很快租下了门店。房东很好说话，一听她们是在校生，租金让了步不说，还破天荒同意房租月交。这对于刚刚创业、资金不足的俞火和赤小豆来说，犹如天助。

紧锣密鼓地完成前期准备工作，开业前夕，俞火请邢唐吃饭。在善和中医养生馆，小俞大夫亲自给邢总做了顿家常菜，举杯时真诚地对他说谢谢。

邢唐就知道她肯定猜到租房的事自己从中出了力。他也不客气，坦然笑纳了她的感谢，末了提醒：“既然做了，就把善和经营好，争取三年内把门店房产变为私产。”

大唐集团是地产行业的龙头老大，他十八岁入公司学习，现在可谓是行业翘楚，他的前瞻性俞火深信不疑，她被点醒，有了第一阶段的目标。

那天的最后，邢唐问她：“想要什么开业礼物？”

俞火笑眯眯地说：“你帮我搞定了老俞，已经是最好的礼物了。”

邢唐懂她的独立，开业那天没封红包，只给他负责管理的两个部门员工每人办了张养生年卡作为福利。有了这笔订单的支持，养生馆的起步稳了。

后续的经营邢唐从不过问，只在俞火向他请教时，帮她参谋，给她方向。俞火年纪虽小，却很有魄力，知道宣传和口碑的重要性，一方面从医学院挑选优秀的师姐师妹加入善和，确保了技师的专业性；另一方面把可用的资金作为营销费用，网络推广、高档社区的免费推拿体验等，广告效应几乎是立竿见影，再经由大唐员工口口相传，新客人逐渐多起来。

当善和上了轨道，俞火经由导师推荐，被校方选送为交换生，要去北中医完成大三学业。俞火当年因不想离俞一归太远未选择北中医，此次作为交换生去学习一年，像是冥冥中的一种弥补。

接到通知后，俞火甚至没有先告诉俞一归，而是直接去了大唐，想第一时间和邢唐分享这个好消息。

却不小心撞见他和郑雪君吵架。确切地说，是郑雪君单方面在吵，邢唐平静地签着文件，连眼神都吝啬给对方一个。

郑雪君应该是被他的态度激怒了，她语带讥讽地说："前几年三天两头地往 A 市跑，让全世界都以为你是为了雪眉那女儿，结果却是在自创新公司和我打擂。哦，对了，"她冷笑，"也许你并不是为了俞火，而是为了赫饶。邢唐，你觉得你爸爸是会赞成你和俞火在一起，还是会同意你把我的亲生女儿娶进邢家？"

原本神色不动的邢唐闻言腮线绷紧，他放下手中的签字笔，抬头，目光沉湛犀利。

郑雪君并不躲闪，与他对视："我说错了吗？你难道不是在她们姐妹之间周旋？"

俞火来 G 市上学前，俞一归已经把郑雪眉是她母亲的事告诉了她，但他并没有提到郑雪君。俞火不确定俞一归是不是因为和郑雪眉分开得太久了，并不知道她的姐姐成了邢唐的继母，或者是，他是特意回避了这件事。

然而，这些都不是关键。问题在于，邢唐曾经频繁来往俞家，经郑雪君一说，成了顺便。他意在继母的女儿……赫饶？

这个于俞火而言陌生表姐的存在，顿时让她失去了走向邢唐的勇气。刹那间从心底翻涌而出的酸涩之意，让俞火意识到，她喜欢上了邢唐。

不知道是从什么时候开始的。

或许根本就是看见他的第一眼。

居然是这样。也正因为是这样，在他面前所有的害羞，以及那些以“解围”为由的如同恋人般的往来接触，都有了合理的解释。

那么他呢？显然是对她无意的，否则他会主动。

这样的认知让俞火无意多停留，怎么来的，就怎么回去，因而没有听见邢唐在短暂的沉默后对郑雪君说：“结识赫饶确实是我刻意为之，为的是有朝一日回敬你郑总。但有位先生对我说，病由心生，放下自在。人生路上，考验重重，我要把握住自己的心，等将来面对所爱之人，才能做到足够坦然。”

眼前浮现一个小姑娘带笑的眉眼，他继续：“无论俞火是否与你们郑家有关系，也不管我爸是否赞同，她都是我邢唐认定的人。郑总，我郑重提醒你，别拿俞火试探我，更别动她，她还是个学生，伤了她一根头发，或是影响了她的学业，都别怪我不再给你脸面。”话至此，邢唐的语气更沉了，“我迟迟未对她表态，不是犹豫周旋，也不是怕你找到我的软肋，是我想给她最大的安全感。比如，当我成为邢总。”

郑雪君几乎是咬牙切齿地说：“邢唐，你终于承认自己的野心了。”

邢唐轻笑：“我什么时候否认过？”

郑雪君摔门而去。

由于郑雪君的介入，邢唐在 A 市的公司竞标受阻。他开始往返于A市与G市之间，忙得无暇顾及俞火，因而忽略了，他打去的电话，她总以各种理由搪塞，聊不了两句就收线，他发过去的信息，也基本石沉大海，收不到回复。

等邢唐终于搞定了公司的事，才意识到似乎是被俞火疏远了。等他电话打不通，找到医学院时，才听说俞火作为交换生要去首都。

“你不知道？”赤小豆挠头，“半个月前事情就定下来了，她和我说要当面告诉你的啊。她今天不让我送，我以为你送她呢。”话音未落，邢唐已转身跑向座驾。

赤小豆朝他背影喊：“东站，半小时后开车！”

邢唐争分夺秒赶到火车站时，距离开车只剩五分钟。

俞火的手机依然是关机状态，他也不知道她在几号车，只能从后往前一节一节车厢找。

当俞火看见站台上那抹跑动的熟悉身影时，眼睛忽然就湿了。

他到底是来了。

他又何必来？

爱情面前，俞火没能管住自己，她逆着人流挤到车门处，开机打给他。

看见来电显示时，邢唐瞬间止步，视线在邻近车厢搜寻，就看见了站在车门前的她。可不等他跑过去，车门关闭，火车缓缓启动。

他迅速接起电话，喘息着问：“为什么不告诉我？”

俞火听见话筒里他急促的呼吸，看着他顺着火车行驶的方向追着她跑，喉间一哽：“你喜欢赫饶啊？”

邢唐乍然止步。

火车提速驶出去，他们看不见彼此了，唯有她低低哑哑的声音传过来，邢唐听见她说：“对不起，我不是有意听你和郑雪君说话的。”

最后一节车厢从眼前驶过，火车在视线内渐行渐远，邢唐在站台上，一时间不知如何接这个话题。

这沉默在俞火看来是默认，她轻轻地说："那我们以后不要联系了。"

忙音刺耳，邢唐把手机从耳边拿开。他单手撑在胯上，原地站了许久。

以为就到此为止了，毕竟这世上最不能勉强的就是爱情了。可想通是一回事，还没体会到恋爱甜蜜就失恋的俞火还是失眠了整晚。

火车到站时，外面正在下雨，清晨的空气扑面而来，冰凉而潮湿，像极了俞火那一刻的心情。她拖着行李箱下车，和同为交换生的男同学一起出站。

却在出站口看到邢唐。

他还穿着昨天那套西装，身形挺拔地站在不远处，目光热烈地注视她。

俞火以为出现了幻觉，下意识揉了揉眼睛。

男同学发觉她没跟上，以为她行李太重拿不动，主动接过她的行李箱。

邢唐已经迎上来，边说："麻烦了，谢谢你一路照顾火火。"边从男同学手上接过了俞火的行李，空着的另一只手自然地握住了俞火的手。

男同学早就听闻针推系的俞火是有男朋友的，昨天没见有人送站还奇怪。此刻，他理所当然地把邢唐当作俞火男朋友了。

邢唐难得地对外人解释了一句："没来得及送她，只能来接一下弥补了。"末了还轻轻捏了捏俞火的手，低声求饶："别生气了。"

特意从 G 市追到这，只为接站？这是什么神仙男朋友啊。

饶是男同学，都有点羡慕俞火了。

俞火一时没反应过来。

邢唐也不急，他连夜坐飞机赶过来，提前安排好了车，把两人送到北中医。

到底是俞火修行不够沉不住气，才到宿舍安顿下来，她便迫不及待地问："你这是什么意思？"也不等邢唐回答，又说，"大一那年是我请你帮忙解围的，因为这事，让别人误会了我们的关系。说起来，我应该向你道歉。你碍于我爸爸一直照顾我，还帮我创业，邢唐，我挺感谢你的。"

话至此，俞火抬起头："我爸说你人品好，值得深交，我也相信你不是郑雪君说的那种人。你喜欢谁是你的自由，是我自作多情了，你又何必走这一趟……"

"你等等。"邢唐截断她，问，"你刚刚说的自作多情，是我理解的意思吗？"

俞火本就难过，听他这么问，眼圈在瞬间变红，可她没有逃避，她就那么红着眼眶与他对视，大胆又勇敢地说："我喜欢你，是我的事。你不接受，是你的权利。我不该闹脾气不打招呼就走，对不起。"

她那眼神，柔弱可怜，与以往厉害的模样大相径庭，看得邢唐有种良心都受到了拷问的自责，他不自觉放柔了语调："我什么时候说过不喜欢你？"

可你也没说喜欢啊。你身边还有别的女孩儿呢。俞火没经历过爱情，在以为他对赫饶动了心思的前提下承认喜欢他，已经是对勇气的最大考验，他还说这种模棱两可的话，心里委屈死了。

怕她羞恼跑掉，邢唐躬身，捏住她双肩："喜欢这种话本该由我来说。之前顾及你没成年，后来无意中得知你是郑雪君的外甥女，怕你拒绝和我扯上关系，瞻前顾后，考虑太多，反而让你误会了。谢谢你没有相信郑雪君的话。但我还是要替自己解释一下，关于赫饶，我确实动过不磊落的心思，但俞叔点醒了我，我早把心里那一丝阴暗收了起来，和她的交往只停留在普通朋友的基础上，没有喜欢。”

最后他温声软语地说：“从帮你解围那天起，我就把你当女朋友对待的。我这样说，你愿意相信我，给我证明只喜欢你的机会吗？”

本以为失恋了，却经历了一场表白。这突如其来的神转折让俞火有点不知所措，她挪开目光看了下别处，小声道：“我是愿意相信你的，又不太甘心就这么轻易相信了。”

可怜巴巴地坦承。邢唐也不去追究她这是不是算答应了，他直接做了一件很久前就想对她做的事，收拢手臂把她搂进怀里，低头俯在她耳边说：“那就先考验着，总要让你心甘情愿才行。”

他的怀抱温暖安全，他身上的味道清爽好闻，俞火贪恋这个拥抱，没舍得推开。

邢唐是临时决定过来的，公事耽误不得，当天还要返回 G 市。俞火站在宿舍窗前看着他的身影，越看越舍不得。

如同感应到她的心情一样，楼下的邢唐停步，拿出手机。

俞火的手机紧接着响起，她听见他说：“与其站在窗前看，不如下楼送送我？”

下一秒，俞火挂断了电话。

很快地，她从宿舍楼跑出来，像两年前请他解围时一样，扑进他怀里。

同样一个动作，那一刻，却是不一样的心境和感受。

邢唐搂紧她，视若珍宝。

那天，邢唐看着校门口来往的那些比自己年轻，未来或许比自己更优秀的北中医的男生，掐了她脸颊一下：“有人追你的话，知道怎么处理吗？”

俞火想了想，有点明白邢总的担忧了，她心里甜蜜，说了句“总有办法的”，然后踮脚亲了他侧脸一下，头也不回地跑掉。

登机后，邢唐收到一条信息，他的小女朋友说：“我会乖乖的。”

他透过舷窗看向停机坪，摸着被亲过的侧脸，笑得志得意满。

回到G市，邢唐把因临时调整行程而耽误的工作处理完，才有时间和俞火煲电话粥。千里之外的小姑娘心疼他连续几天没休息好，轻轻责备：“其实打个电话就好了啊，干吗非得连夜跑来？那么不淡定，一点不像你。”

邢唐不会告诉她，她那句“以后不要联系了”让他多慌多心疼。他也不会说：“不当面听你收回那句话，心下不安。”只逗她：“女朋友那么漂亮，不去宣示主权怎么放心？”

尽管没有正面答应，俞火还是被“女朋友”这个称谓取悦，嘴上却反驳：“邢总这么会哄人，不像是凭实力单身的样子。”

“那也没哄好。”邢唐叹气，“人家可是不太情愿。”

俞火眼角眉梢皆是笑意，连声音都轻快愉悦：“那你可要努力了。人家脾气烈，还任性矫情，可不太省心。”

邢唐也笑：“那怎么办？自己选的人，宠着吧。”

就这样恋爱了。

在他们相识的第五个年头，水到渠成。

分隔两地的状态，是煎熬考验，也是感情沉淀加深的过程。当俞火完成北中医的大三课程，成为小邢总的男人亲自去把他的小姑娘接回来。

他说：“以后再不许你离开我这么久。”

俞火仰头，吻上他的唇。

人生的剧本继续，俞火完成本科学业后开始读研，毕业后考取了医师资格证，成为中医内科执业医师。

那时的邢唐已掌权大唐，他把她的各类证照收好，将那枚定制的代表生命和永恒的钻石戒指戴到俞火手上，深情又专制地说：“要把小俞大夫变成邢太太，如同又经历了一次九年义务教育。火火，我该毕业了。”

相识那年她十五岁，如今她二十四岁，九年，当她脱下校服，他亲手为她披上婚纱。

这个版本的故事里，他们之间，没有错过，没有别人，更没有遗憾。有的只是他们赋予彼此的，这世间最唯美浪漫的爱——初初见你，余生有且只有你。

后记 × 永不熄灭的渔火

2018年4月我去了台儿庄。

如同有制服情结一样，我是有古城情怀的。但对台儿庄的向往，却是源于台儿庄战役。

台儿庄大捷坚定了全国军民坚持抗战的信心，鼓舞了全民族的士气，意义重大。

这是我决定去台儿庄的初衷。

尽管1938年发生的台儿庄大战使那座古城化为废墟，如今的一切皆为重建，台儿庄城市精神犹在。所以，那是一趟追寻红色记忆，感受红色精神之旅。

在台儿庄大战纪念馆中我看到一段记载——历史上的台儿庄是一座运河名城，它形成于汉，发展于元，繁荣于明清，据清代《峄县志》记载："台（儿）庄跨漕渠，当南北孔道，商旅丽萃，居民饶给，村镇之大，甲于一邑，号称天下第一庄"，呈现出"商贾迤逦，一河渔火，歌声十里，夜不罢市"的繁荣景象。

莫名的，这段文字看下来，我对"渔火"二字印象最为深刻。

渔火，渔船上的灯火。入夜后，江上的点点光亮，照亮晚归的人回家的路。一如邢唐，他余生的归途，需要一抹只为他绽放的光芒。那抹光便是像渔火般温暖明亮的姑娘，她看似姗姗来迟，实则早已归位，只待邢唐回眸。

那一刻《渔火已归》这个书名在脑海中瞬间形成。就这样，台儿庄之行最大的收获是，敲定了新书名字。所以，不是因为俞火取了这个书名，而是先有了书名，近而有了俞火。

再说说最后一则番外，是不是有朋友看糊涂了呢？

还记得邢唐做过的那个梦吗？梦里他与俞火没有错过，梦里的他，爱上了小小的俞火。可惜梦被助理的来电打断，没有结局。当时连载，我还问过大家，想不想看邢唐和俞火没有错过的版本？很多人留言说想看，我答应了要写。

于是，我在实体书的番外中兑现了那时许下的承诺，以时光倒流的方式弥补了两人的遗憾。让邢唐经历了从校服到婚纱的别样“九年制义务教育”式守护，给了他与俞火一段“有且仅有你”的无憾之爱。

关于俞火中医师的设定，我在做调研时看到过一篇报道，一位教授曾说：“选择学医，就是选择了一辈子的高三生活！”

我才知道，医学生从求学到从医的一路难辛。我希望通过《渔火已归》让更多的人关注中医发展，传承中医文化，为弘扬国医国药精粹尽绵薄之力。

谨以此书，致敬以俞火为代表的那些医者们。你们是逆向而行的英雄，感谢你们为守护人类健康付出的努力，感谢你们曾在危难来临时不计生死地为我们拼命。愿你们每一次出征，都平安归来，被守护的我们是你们永不熄灭的渔火。

最后说明一下，本故事纯属虚构，本书中所涉及的医学知识及病例均参考《中医基础理论》《中医救急实用手册》，及《当代名老中医典型医案集》（针灸推拿分册；内科分册；外、皮肤、骨伤、眼、耳鼻咽喉、口腔科分册。）但中医辩证一人一方，若出现类似症状，请勿以书中方式自行治疗，及时就医，听从医嘱。

愿与《渔火已归》结缘的你，一生健康无忧。

沐清雨

2020 年 8 月 8 日于哈尔滨